Robert Jordan

Die Straße des Speers

Zu diesem Buch

Der Wettlauf um das Kristallschwert Callandor, genannt »Das Schwert, das kein Schwert ist« oder »Das unberührbare Schwert«, nähert sich der Entscheidung: Niemandem ist es erlaubt, die magische Waffe zu berühren, außer Rand al'Thor, dem Wiedergeborenen Drachen. Doch diese Bestimmung ist gefährlich, und Rands Gefährten versuchen verzweifelt, den prophezeiten Retter zu warnen. Denn das Schwert wird im »Stein von Tear« aufbewahrt, der mächtigen Festung über der Stadt Tear, und dort wartet bereits der Dunkle König darauf, den Drachen endgültig zu vernichten ...

Robert Jordan, geboren 1948 in Charleston, US-Bundesstaat South Carolina, begeisterte sich seit seiner Jugend für die phantastische Literatur und schrieb zunächst erfolgreiche »Conan«-Romane. In den neunziger Jahren begann er seinen weltberühmten Zyklus »Das Rad der Zeit«, ein in der Fantasy einzigartiges Werk epischer Breite, das inzwischen knapp dreißig Bände umfaßt und Millionen Fans in der ganzen Welt gefunden hat.

Robert Jordan

Die Straße des Speers

DAS RAD DER ZEIT 6

Aus dem Amerikanischen von
Uwe Luserke

Piper München Zürich

Von Robert Jordans »Das Rad der Zeit« liegen in der Serie Piper vor:

1. Roman: Drohende Schatten (8551)
4. Roman: Das Horn von Valere (8554)
6. Roman: Die Straße des Speers (8556)
7. Roman: Schattensaat (8557)
9. Roman: Der Sturm bricht los (8559)
10. Roman: Zwielicht (8560)
14. Roman: Stadt des Verderbens (8564)
16. Roman: Die Hexenschlacht (8566)
18. Roman: Wolken über Ebou Dar (8568)
25. Roman: Die Herrschaft der Seanchaner (8575)
29. Roman: Der neue Frühling (8579)

Als Hardcover-Broschur bei Piper:
Das Rad der Zeit 1. Das Original. Die Suche nach dem Auge der Welt
Das Rad der Zeit 2. Das Original. Die Jagd beginnt

Deutsche Erstausgabe
Dezember 2004
Erstmals erschienen:
Wilhelm Heyne Verlag GmbH & Co. KG, München 1994

Titel der amerikanischen Originalausgabe:
»The Dragon Reborn 2«, Tom Doherty Associates (TOR Books),
New York 1991

Umschlagkonzept: Büro Hamburg
Umschlaggestaltung: Nele Schütz Design, München
Umschlagabbildung: Peter Eilhardt
Innenillustrationen: Johann Peterka
Karte: Erhard Ringer
Autorenfoto: Agentur Luserke, Friolzheim
Satz: Schaber Satz- und Datentechnik, Wels
Druck und Bindung: Clausen und Bosse, Leck
Printed in Germany ISBN 3-492-28556-2

www.piper.de

Inhalt

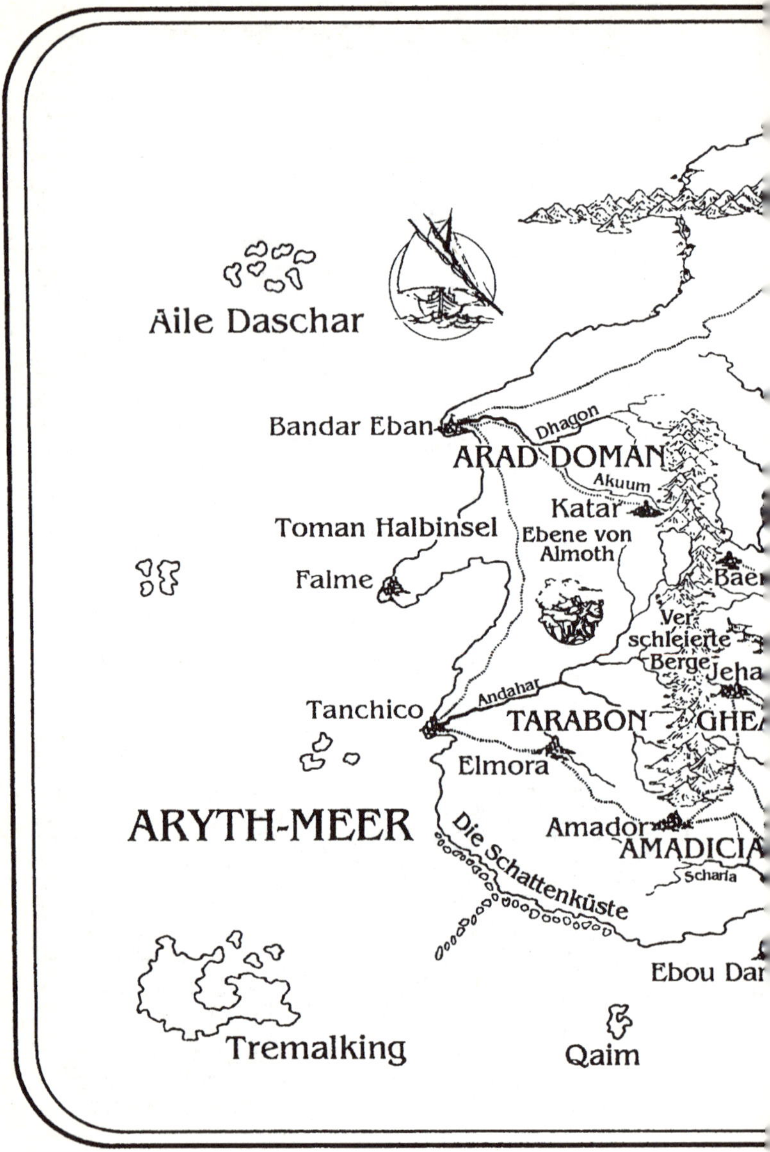

Aile Daschar
Bandar Eban
Dhagon
ARAD DOMAN
Akuum
Katar
Toman Halbinsel
Ebene von
Almoth
Falme
Baer
Ver
schleierte
Berge
Jeha
Andahar
Tanchico
TARABON
GHEA
Elmora
ARYTH-MEER
Die Schattenküste
Amador
AMADICIA
Scharia
Ebou Dar
Tremalking
Qaim

Die
Große Fäule
Schayol Ghul
Das Verdorbene Land
Berge des Verderbens
Tarwin Paß
Chachin
Schol Arbela
Fal
Dara
Niamh Paß
Fal Moran
KANDOR
ARAFEL
SCHIENAR
Ariel
Wüste
Ivo
Schwarze Hügel
Luan
Tar Valon
Brudermörders
Dolch
Haevin
Drachenberg
Jangai Paß
Gaelin
Caralain
Steppe
Cairhien
CAIRHIEN
Alguenya
Rückgrat der Welt
ANDOR
Caemlyn
Weißbrücke
Vier Könige
Aringill
Manetherendrelle
Storn
Hügel
von
Kintara
Erinin
Iralell
Lugard
MURANDY
Far
Madding
Haddon-Sümpfe
Cary
Stedding
Schangtai
ALTARA
Ebenen
von Maredo
TEAR
ILLIAN
Tear
Godan
Illian
Mayene
MEER DER STÜRME
Inseln der Meerleute
Cindaking

KAPITEL 1

Im Gewebe

Vom Sattel aus blickte Perrin stirnrunzelnd auf die flache Steinplatte hinunter, die an der Seite der Straße halb unter Unkraut verborgen zu sehen war. Die Straße bestand aus einer dicken, festgefahrenen Lehmschicht, aber Moiraine hatte ihnen vor zwei Tagen gesagt, sie sei früher gepflastert gewesen. Teile des ehemaligen Straßenpflasters traten von Zeit zu Zeit noch an die Oberfläche. Hier nannte man sie die Lugard-Straße, denn sie befanden sich bereits in der Nähe des Flusses Manetherendrelle und an der Grenze nach Lugard. Diese alte Steinplatte wies seltsame Markierungen auf.

Falls Hunde auf Stein Spuren hinterlassen könnten, dann sähen sie wohl so ähnlich aus. Jedenfalls hätte man meinen können, ein großer Hund habe hier seine Pfotenabdrücke hinterlassen. Auf dem gesamten sichtbaren Boden darum herum waren aber keine Hundespuren zu sehen, nicht einmal dort, wo der Boden einigermaßen weich war, und außerdem roch es nicht nach einer Hundespur. In der Luft lag nur der schwache Geruch von etwas Verbranntem, beinahe wie der Schwefelgestank nach einem Feuerwerk. Vor ihnen lag ein Dorf, genau dort, wo die Straße den Fluß erreichte. Vielleicht hatten einige Kinder hier draußen heimlich mit Feuerwerkskörpern gespielt.

Das ist aber ziemlich weit weg, weiter, als sich Kinder normalerweise fortschleichen, wenn sie etwas Verbotenes vorhaben. Aber er hatte auch Bauernhöfe gesehen. Vielleicht waren es Bauernkinder gewesen. *Was auch immer, es hat nichts mit den eigenartigen Markierungen zu tun. Pferde fliegen nicht und Hunde hinterlassen keine Spuren auf Stein. Ich bin einfach zu müde, um noch einen klaren Gedanken zu fassen.*

Gähnend gab er Traber seine Fersen zu spüren, und der Braune galoppierte den anderen nach. Moiraine hatte sie hart vorangetrieben, seit sie Jarra verlassen hatten, und sie wartete nicht, wenn jemand auch nur einen Moment lang zurückblieb. Wenn die Aes Sedai sich etwas vorgenommen hatte, dann hielt sie sich auch eisern daran. Loial hatte sogar das Lesen aufgegeben, nachdem er vor sechs Tagen einmal von seinem Buch aufgeblickt hatte und feststellen mußte, daß er bereits eine halbe Meile zurückgeblieben war und die anderen sich schon über dem nächsten Hügelkamm außer Sicht befanden.

Perrin ließ Traber neben dem großgewachsenen Pferd des Ogiers verhalten, hinter Moiraines weißer Stute, und wieder mußte er gähnen. Lan war irgendwo voraus und erkundete den Weg. Die Sonne hinter ihnen stand nur noch etwa eine Stunde über den Baumwipfeln, aber der Behüter hatte ihnen gesagt, sie würden noch vor Einbruch der Dunkelheit eine kleine Stadt namens Remen am Manetherendrelle erreichen. Perrin wollte eigentlich gar nicht sehen, was sie dort vielleicht erwartete. Er wußte ja nicht, was es sein würde, aber seit Jarra war er äußerst mißtrauisch.

»Ich weiß nicht, warum du nicht schlafen kannst«, sagte Loial zu ihm. »Wenn sie uns endlich zur Nacht anhalten läßt, bin ich so müde, daß ich schon schlafe, bevor ich auch nur liege.«

Perrin schüttelte nur den Kopf. Er konnte Loial nicht erklären, daß er Angst davor hatte, fest einzuschlafen, und daß sogar sein leichtester Schlaf von Alpträumen durchsetzt war. Wie dieser seltsame Traum, in dem Egwene und Springer vorgekommen waren. *Na ja, kein Wunder, daß ich von ihr träume. Licht, wie mag es ihr nur gehen? Ist wohl mittlerweile in der Burg in Sicherheit und lernt, wie man eine Aes Sedai wird. Verin wird sich um sie kümmern und auch um Mat.* Er glaubte nicht, daß sich jemand um Nynaeve kümmern müsse. In Nynaeves Nähe waren es seiner Meinung nach gewöhnlich die anderen, um die man sich kümmern mußte.

Er wollte nicht weiter über Springer nachdenken. Er bemühte sich ja erfolgreich darum, nicht an die lebenden Wölfe zu denken, auch wenn er sich dabei wie zerschlagen fühlte; da wollte er nicht, daß sich auch noch ein toter Wolf in seine Gedanken einschlich. Er schüttelte sich und riß die Augen weit auf. Nicht einmal Springer.

Es gab aber noch andere Gründe außer den schlimmen Träumen, daß er nicht schlafen konnte. Sie hatten wieder Spuren gefunden, die deutlich zeigten, daß Rand hier durchgekommen war. Zwischen Jarra und dem Flüßchen Eldar hatte Perrin nichts entdecken können, aber als sie den Eldar auf einer Steinbrücke überquerten, die sich von einer fünfzig Fuß hohen Klippe zu einer anderen auf der gegenüberliegenden Seite spannte, hatten sie ein Städtchen namens Sidon hinter sich gelassen, das ganz in Schutt und Asche lag. Jedes Gebäude. Nur ein paar Steinmauern und Schornsteine ragten noch über den Schutt hinaus.

Betrübte Einwohner hatten ihnen erzählt, daß eine umgefallene Laterne in einem Heuschober das Feuer verursacht habe. Dann habe es sich wie wild ausgebreitet, und alles ging schief. Die Hälfte aller auffindbaren Eimer wies Löcher auf. Jede einzelne brennende Hauswand war nach außen umgestürzt statt nach innen, und damit wurden auch die Häuser in der Nähe in Brand gesteckt. Brennende Balken aus der Schenke waren irgendwie bis in den Dorfbrunnen auf dem Vorplatz gerollt, und so hatte niemand mehr

Wasser holen können, um die Brände zu bekämpfen. Es gab noch drei weitere Brunnen, aber sie alle wurden durch umstürzende Häuser begraben. Selbst der Wind hatte sich gedreht und aus jeder Richtung die Flammen erst richtig entfacht.

Es war nicht notwendig gewesen, Moiraine zu fragen, ob Rands Anwesenheit alles ausgelöst hatte; ihr Gesicht, so kalt wie Eis, war Antwort genug. Das Muster formte sich um Rand herum, und dem Zufall war Tür und Tor geöffnet.

Nach Sidon waren sie durch vier kleine Städtchen geritten, in denen nur Lans Künste als Spurenleser ihnen sagten, daß sich Rand nach wie vor ein Stück vor ihnen befand. Rand war nun schon eine Weile lang zu Fuß marschiert. Unweit von Jarra hatten sie sein Pferd tot aufgefunden. Es sah aus, als sei es von Wölfen oder wilden Hunden gerissen worden. Perrin war es schwergefallen, nicht mit seinem Geist hinauszufühlen, besonders als Moiraine von dem Pferd aufblickte und ihn mit gerunzelter Stirn anblickte. Glücklicherweise hatte Lan in dem Moment Rands Fußspuren gefunden, die sich von dem toten Pferd entfernten. Ein Stiefel hatte eine dreieckige Scharte von einem scharfen Felsen abbekommen, und deshalb waren seine Spuren leicht zu erkennen. Aber zu Fuß oder beritten: Er schien immer vor ihnen zu bleiben.

In den vier Dörfern nach Sidon war das Aufregendste, woran sich die Einwohner erinnern konnten, die Ankunft von Loial. Bei der Gelegenheit erfuhren sie, daß er wirklich und wahrhaftig ein Ogier war. Das nahm sie völlig in Anspruch, und so bemerkten sie Perrins Augen kaum. Als ihnen dann die Farbe seiner Augen auffiel… Nun, wenn Ogier schon Wirklichkeit waren und keine Sage, dann durften Menschen ja wohl so ziemlich jede Augenfarbe haben.

Aber danach kamen sie an einen ganz kleinen Ort namens Willar, und dort feierte man. Die Quelle auf dem Dorfanger sprudelte endlich wieder, nachdem die Bürger ein Jahr lang das Wasser von einem Bach herschleppen mußten, denn sie hatten keine andere Quelle oder Brunnen erschließen können, und die Hälfte der Einwohner war bereits weggezogen. Nun würde Willar nicht sterben. Dann folgten drei weitere Dörfer ohne sichtbare Spuren am gleichen Tag, und anschließend erreichten sie Samaha, wo jeder Brunnen im Ort gerade erst in der Nacht zuvor ausgetrocknet war. Die Menschen flüsterten etwas vom Dunklen König. Als nächstes kam Tallan. Dort war am Morgen vorher jeder noch so alte Streit, den seine Einwohner in den letzten Jahren untereinander ausgetragen hatten, wieder hochgekommen – eine wahre Flut von Auseinandersetzungen! Es mußten drei Morde geschehen, bis die Menschen in diesem Ort wieder zur Besinnung kamen. In Fyall sah es so aus, daß die Ernte in diesem Jahr wohl ganz schlecht ausfallen würde. Doch der Bürgermeister stieß beim Graben hinter seinem Haus, wo er eine neue Toilette anlegen wollte, auf mehrere halbverfallene Ledersäcke voll Gold. So würde niemand verhungern müssen. Keiner in Fyall erkannte die dicken Münzen, die auf der einen Seite ein Frauengesicht und auf der anderen einen Adler trugen, aber Moiraine sagte, sie seien in Manetheren geprägt worden.

Perrin hatte sie nach alledem, als sie eines Nachts um das Lagerfeuer saßen, schließlich doch gefragt: »Nach Jarra dachte ich … Sie waren alle so glücklich bei ihren Hochzeiten. Selbst die Weißmäntel waren am Ende nur die Narren. Fyall hat auch Vorteile aus Rands Eigenschaften gezogen: Er kann mit der bevorstehenden Mißernte nichts zu tun gehabt haben, denn das war schon vor seiner Ankunft klar, und das ganze Gold war ja ein Segen! Doch all die anderen Dinge … Diese brennende Stadt und die ausgetrockneten Brunnen und … Das ist schlimm, Moiraine. Ich kann nicht glauben, daß Rand böse ist. Das Muster formt sich vielleicht um ihn herum, aber wie kann denn das Muster soviel Böses vollbringen? Das ergibt keinen Sinn, und letzten Endes muß doch alles einen Sinn haben. Wenn man ein sinnloses Werkzeug herstellt, ist das reine Metallverschwendung. Aber das Muster verschwendet aber doch nichts.«

Lan warf ihm einen sarkastischen Blick zu und verschwand in der Dunkelheit, um eine Runde um das Lager zu drehen. Loial hatte sich schon unter seinen Decken ausgestreckt, und jetzt hob er den Kopf und spitzte buchstäblich die Ohren, um zu lauschen.

Moiraine schwieg eine Weile lang und wärmte sich die Hände. Schließlich antwortete sie und starrte dabei in die Flammen: »Der Schöpfer ist gut, Perrin. Der Vater der Lügen ist böse. Das Muster eines Zeitalters und auch das Gewebe der Zeitalter selbst ist weder das eine, noch das andere. Das Muster *ist* einfach. Das Rad der Zeit webt alle Leben in das Muster hinein, alle Handlungen. Ein Muster, das nur aus einer Farbe besteht, ist kein Muster. Für das Muster eines Zeitalters sind Gut und Böse soviel wie Kette und Schuß.«

Selbst jetzt, drei Tage später, als sie im Schein der Spätnachmittagssonne einherritten, fühlte Perrin noch die Eiseskälte, die ihn überfallen hatte, als er diese Worte zum erstenmal von ihr hörte. Er wollte einfach an das Gute des Musters glauben. Er wollte glauben, daß Menschen, die böse Dinge taten, damit gegen das Muster handelten und es verformten. Für ihn war das Muster eine wundervoll fein gewirkte Schöpfung eines Meisterschmieds. Daß darin wertloses Metall und noch Schlimmeres ganz selbstverständlich mit gutem Stahl verschmelzen sollte, war für ihn ein bedrückender Gedanke.

»Es geht mir nahe«, murmelte er leise. »Licht, wie mir das nahegeht.« Moiraine blickte zu ihm zurück, und er schwieg. Er wußte nicht genau, was der Aes Sedai naheging, außer Rand natürlich.

Ein paar Minuten später kehrte Lan zurück und lenkte sein schwarzes Streitroß neben Moiraines Stute. »Remen liegt gleich hinter dem nächsten Hügel«, sagte er. »Sie hatten ein oder zwei aufregende Tage, wie es scheint.«

Loials Ohren zuckten einmal. »Rand?«

Der Behüter schüttelte den Kopf. »Ich weiß es nicht. Vielleicht kann Moiraine das feststellen, wenn sie es sieht.« Die Aes Sedai blickte ihn forschend an und trieb ihre Stute zu einer schnelleren Gangart an.

Sie erreichten den Hügelkamm, und unter ihnen erstreckte sich Remen bis ganz zum Fluß hin. Der Manetherendrelle war hier eine gute halbe Meile breit, und es gab keine Brücke. Nur zwei überfüllte bootsähnliche Fähren überquerten, von langen Rudern vorwärtsgetrieben, den Fluß in eine Richtung, und in der Gegenrichtung fuhr eine weitere, beinahe leere Fähre herüber. Noch drei weitere lagen an einer langen Kaimauer, zusammen mit fast einem Dutzend Flußhandelsschiffen, einige davon mit einem Mast, andere mit zweien. Zwischen dem Anlegeplatz und der kleinen Stadt selbst lagen einige massige, graue, aus Stein erbaute Lagerhäuser. In der Stadt waren die meisten Häuser ebenfalls aus Stein. Nur ihre Dächer waren mit Ziegeln in allen Farben gedeckt, von Gelb über Rot bis zu purpurnen. Ein wildes Durcheinander von Straßen zog sich um einen Platz im Stadtzentrum.

Moiraine zog sich die weite Kapuze an ihrem Umhang über den Kopf, um ihr Gesicht zu verbergen, bevor sie hinabritten.

Wie üblich starrten die Passanten auf der Straße Loial an, aber diesmal hörte Perrin ehrfürchtiges Gemurmel: »Ogier«. Loial saß höher aufgerichtet im Sattel als seit einiger Zeit, seine Ohren waren steif, und der Anflug eines Lächelns verzog ein wenig seine

Mundwinkel. Er bemühte sich offensichtlich, nicht zu zeigen, daß er sich geschmeichelt fühlte, aber er sah aus wie eine Katze, die man hinter den Ohren krault.

Remen wirkte auf Perrin wie ein Durchschnittsort. Es roch nach Menschen und von Menschen erzeugten Gerüchen, auch der Geruch des Flusses mischte sich natürlich kräftig unter, und er überlegte gerade, was Lan wohl gemeint haben könnte – da stellten sich ihm die Nackenhaare auf, denn plötzlich witterte er etwas, das nicht hierher gehörte. Kaum hatte er die Witterung in der Nase, da war sie auch schon wieder verschwunden wie ein Pferdehaar auf glühenden Kohlen, doch er erinnerte sich daran. In Jarra hatte er genau das gleiche gewittert, und auch dort war die Witterung so schnell verflogen. Es war kein Entstellter oder Ungeborener – *Trolloc, seng mich, das heißt nicht ›Entstellter‹! Und auch kein Ungeborener! Ein Myrddraal, ein Blasser, Halbmensch oder was sonst, aber kein Ungeborener!* – kein Trolloc und kein Blasser, aber der Gestank war kein bißchen angenehmer, genauso beißend und widerlich. Wer auch immer diesen Geruch verströmte, hinterließ offensichtlich keine bleibende Spur.

Sie erreichten schließlich den Marktplatz. Genau in der Mitte hatte man eine der großflächigen Pflasterplatten herausgenommen, damit eine Art von Galgen errichtet werden konnte. Aus dem Erdboden erhob sich ein dicker Balken mit einem Querbalken obenauf, an dem ein eiserner Käfig etwa vier Schritt über dem Boden hing. Im Käfig saß ein hochgewachsener Mann in Grau und Braun gekleidet, das Kinn auf die Knie gestützt. Er hatte keinen Platz, um sich zu bewegen. Drei kleine Jungen warfen gerade Steine nach ihm. Der Mann blickte stur geradeaus und zuckte nicht einmal, als ihn ein Stein zwischen die Gitterstäben hindurch traf. Mehr als ein Blutgerinsel war bereits auf seinem Gesicht zu sehen. Die Stadtbewohner achteten im Vorbeigehen genauso wenig auf das, was die Jungen taten, wie der Mann selbst, obwohl sie sich alle die Hälse nach dem Käfig verdrehten, die meisten zustimmend und ein paar auch ängstlich.

Moiraine gab einen Laut von sich, in dem Ekel mitschwang. »Es gibt noch mehr«, sagte Lan. »Kommt. Ich habe bereits Zimmer in einer Schenke für uns genommen. Ich glaube, Ihr werdet es interessant finden.«

Perrin blickte sich nach hinten zu dem Mann im Käfig um, während er hinter den anderen herritt. Etwas an dem Mann kam ihm bekannt vor, doch er konnte ihn nicht zuordnen.

»So was sollten sie nicht tun.« Loials Stimme klang wie eine Mischung aus Grollen und Fauchen. »Die Kinder, meine ich. Die Erwachsenen sollten sie daran hindern.«

»Stimmt«, meinte Perrin, obwohl er nicht recht aufgepaßt hatte. *Warum kommt er mir so bekannt vor?*

Auf dem Schild über der Tür der Schenke in der Nähe des Flusses, zu der Lan sie führte, stand ›Wanderers Schmiede‹, und das schien Perrin ein gutes Omen, auch wenn das Haus nichts von einer Schmiede an sich hatte, abgesehen von dem Mann mit dem Lederschurz und dem Hammer, den man auf das Schild gemalt hatte. Es war ein großes, dreistöckiges Gebäude mit rotem Dach und aus gleichmäßigen, matt glänzenden grauen Steinen erbaut. Die Fenster waren groß, die Türen mit Runen eingelegt, und so wirkte das Ganze recht wohlhabend. Stallburschen kamen angerannt, um sich um die Pferde zu kümmern. Sie verbeugten sich noch tiefer, nachdem Lan ihnen ein paar Münzen zugeworfen hatte.

Drinnen musterte Perrin aufmerksam die Gäste. Die Männer und Frauen an den Tischen hatten, wie es ihm schien, alle Festtagsgewänder an. Er sah mehr bestickte Mäntel, mehr Spitzenbesätze an Kleidern, mehr bunte Bänder und fransenbesetzte Schals, als er seit langer Zeit gesehen hatte. Nur vier Männer an einem der Tische trugen einfache Mäntel, und sie waren auch die einzigen, die nicht erwartungsvoll aufblickten, als Perrin und die anderen eintraten. Die vier Männer unterhielten sich leise weiter. Er konnte kaum etwas von dem verstehen, was sie sagten. Es klang ihm nach den Vorzügen von Eispfeffer gegenüber Fellen als Ladung und welchen Einfluß die Unruhen in Saldaea wohl auf die Preise hätten. Er stufte sie daraufhin als Kapitäne von Handelsschiffen ein. Die anderen schienen Ortsansässige zu sein. Selbst die Bedienungen trugen ihre besten Kleider. Ihre langen Schürzen bedeckten bestickte Kleider mit Spitzenkragen.

In der Küche wurde hektisch gearbeitet. Er konnte den Duft von Hammel, Lamm, Hähnchen und Rindfleisch wahrnehmen und dann noch einige Gemüsesorten. Dazu kam ein Gewürzkuchen, der ihn für den Augenblick sogar das Fleisch vergessen ließ.

Der Wirt begrüßte sie sogleich. Er war ein dicker Mann mit Glatze und leuchtend braunen Augen in einem glatten rosa Gesicht. Er verbeugte sich und rang ergeben die Hände. Wenn er nicht zu ihnen hergekommen wäre, hätte ihn Perrin nie für den Wirt gehalten, denn statt der üblichen weißen Schürze trug er wie jedermann sonst eine lange Jacke, deren kräftige blaue Wolle mit weißen und grünen Stickereien geschmückt war. Der Mann schwitzte heftig darunter.

Warum tragen sie alle ihre Festgewänder? fragte sich Perrin.

»Ah, Meister Andra«, begrüßte der Wirt Lan. »Und ein Ogier, wie Ihr es angekündigt hattet. Nicht, daß ich daran gezweifelt hätte. Nicht bei all dem, was passiert ist, und an Eurem Wort zweifle ich sowieso nicht, Meister. Warum auch kein Ogier? Ach, Freund Ogier, Euch im Haus zu haben macht mir mehr Freude, als Ihr euch vorstellen könnt. Das ist eine schöne Sache und krönt einfach alles. Ach, und die Lady...« Er musterte ihr tiefblaues Seidenkleid und die kostbare Wolle ihres Umhangs, der wohl staubig war von der Reise, aber ansonsten unbeschädigt. »Vergebt mir, bitte, Lady.« Seine Verbeugung machte aus ihm beinahe ein Hufeisen. »Meister Andra hat mir nichts von Eurem Rang erzählt, Lady. Ich muß Euch den rechten Respekt zollen. Ihr seid natürlich sogar noch willkommener hier als ein Ogier, Lady. Bitte, stoßt Euch nicht an Gainor Furlans ungehobelter Sprache.«

»Keine Ursache.« Moiraine akzeptierte gelassen den Titel, den ihr Furlan verliehen hatte. Es war ja nicht eben das erstemal, daß die Aes Sedai unter falschem Namen reiste oder vorgab, jemand zu sein, die sie nicht war. Es war auch nicht das erstemal, daß Perrin den Namen Andra für Lan gehört hatte. Die Kapuze verbarg immer noch Moiraines glatte Aes-Sedai-Gesichtszüge, und sie hielt mit einer Hand ihren Umhang zusammen, als friere sie ein wenig. Aber nicht mit der Hand, an der sich der Ring der Großen Schlange befand. »Hier im Ort sind seltsame Dinge geschehen, Wirt, wie man mir sagte. Aber ich hoffe, es wird für Reisende deshalb keine Schwierigkeiten geben, oder?«

»O Lady, man kann das wahrhaftig seltsam nennen! Eure strahlende Gegenwart allein ist beinahe zuviel Ehre für dieses einfache Haus, Lady, und noch dazu mit einem Ogier in Eurer Begleitung. Aber wir haben auch Jäger hier in Remen. Hier in des Wanderers Schmiede befinden sich welche. Jäger nach dem Horn von Valere, die sich aus Illian auf der Suche nach Abenteuern aufgemacht haben. Und sie haben tatsächlich ein Abenteuer gefunden, Lady, hier in Remen oder ein, zwei Meilen flußaufwärts. Sie haben ausgerechnet gegen wilde Aiel-Männer kämpfen müssen. Könnt Ihr euch Aiel-Wilde mit dem schwarzen Schleier in Altara vorstellen, Lady?«

Aiel. Nun wußte Perrin, was ihm an dem Mann im Käfig bekannt vorgekommen war. Er hatte schon einmal einen Aiel gesehen, einen dieser harten, beinahe legendären Einwohner des unwirtlichen Landes, das man die Aiel-Wüste nannte. Der Mann hatte Rand sehr ähnlich gesehen, sehr hochgewachsen, mit grauen Augen und rötlichem Haar, und er war ähnlich wie der Mann im Käfig angezogen gewesen, nur in Braun und Grau, das sich kaum von Felsen oder Unterholz abhob, und dazu weiche, kniehoch geschnürte Stiefel. Perrin hörte beinahe Mins Stimme wieder: *Ein Aiel-Mann in einem Käfig. Ein Wendepunkt in deinem Leben, oder etwas Wichtiges, das bald geschehen wird.*

»Warum habt Ihr…?« Er hielt inne und räusperte sich, damit es nicht ganz so grob klang. »Wie kommt es, daß ein Aiel in einem Käfig auf Eurem Marktplatz hängt?«

»Ach, junger Meister, das ist wieder eine Geschichte, die…« Furlan sprach nicht weiter und musterte ihn erst einmal von Kopf bis Fuß. Er sah die einfache Bauernkleidung und den Langbogen, den er trug, und sein Blick stockte kurz bei der Axt an seinem Gürtel gegenüber dem Köcher. Der dicke Mann fuhr leicht zusammen, als er in seiner Musterung bei Perrins Gesicht ankam. Er hatte wohl, abgelenkt durch die Anwesenheit einer Lady und eines Ogiers, Perrins gelbe Augen noch gar nicht bemerkt. »Ist er Euer Diener, Meister Andra?« fragte er vorsichtshalber.

»Antwortet ihm«, war alles, was Lan darauf entgegnete.

»Ah. Ja, natürlich, Meister Andra. Aber hier ist jemand, der Euch das besser erzählen kann als ich. Es ist Lord Orban selbst. Seinetwegen haben wir uns hier versammelt, um ihm zu lauschen.«

Ein dunkelhaariger junger Mann im roten Mantel

kam mühsam die Treppe auf der Seite des Schankraums herunter. Er humpelte an zwei Krücken, deren gepolsterte Oberkanten unter seinen Achseln steckten. Das linke Hosenbein war weggeschnitten, und sein Bein war vom Knie bis zu den Knöcheln dick bandagiert. Eine weitere Bandage trug er um die Stirn. Unter den Bewohnern von Remen entstand ein Volksgemurmel, als sei da etwas wundervolles zu sehen. Die Kapitäne fuhren in ihrer leisen Unterhaltung fort, die sich mittlerweile den Pelzen zugewandt hatte.

Furlan glaubte vielleicht, der Mann im roten Mantel könne die Geschichte besser erzählen, aber er fuhr dann doch selbst fort: »Lord Orban und Lord Gann standen mit nur zehn Knechten zwanzig wilden Aiel-Männern gegenüber. Ach, das war ein wilder und harter Kampf. Viele Wunden wurden da geschlagen. Sechs gute Knechte starben, und jedermann wurde verwundet, am schlimmsten Lord Orban und Lord Gann, aber sie töteten alle Aiel außer denen, die flohen, und sie nahmen einen gefangen. Das ist der, den Ihr draußen auf dem Marktplatz seht. Er wird die Gegend nicht mehr mit seinem wilden Gebaren unsicher machen, und die Toten auch nicht.«

»Ihr habt in dieser Gegend Schwierigkeiten mit Aiel gehabt?« fragte Moiraine.

Perrin fragte sich das auch und es regte ihn ziemlich auf. Wenn einige Leute immer noch den Ausdruck ›Aiel mit schwarzem Schleier‹ für etwas Gewaltsames verwandten, dann zeigte das nur, daß der Aiel-Krieg wohl seit zwanzig Jahren vorbei war, aber nicht vergessen. Dabei waren die Aiel weder vorher noch nachher aus ihrer Wüste hervorgekommen. *Aber ich habe einen auf dieser Seite des Rückgrats der Welt gesehen und mit dem hier sind es nun schon zwei.*

Der Wirt rieb sich über die Glatze. »Äh. Äh... nein... Lady, nicht direkt. Aber wir hätten mit diesen zwanzig Wilden welche gehabt, da könnt Ihr sicher sein. Schließlich weiß ja noch jeder, wie sie sich quer durch Cairhien gebrannt und geplündert haben. Männer aus diesem Dorf marschierten zur Schlacht der Leuchtenden Mauer, als sich die Heere der Länder versammelten, um sie zurückzuschlagen. Ich litt zu der Zeit gerade an einer Rückgratverkrümmung und konnte nicht mit, aber ich erinnere mich noch gut daran, genau wie die anderen. Wie sie nun hierherkamen, so weit von ihrem Land entfernt, das weiß ich nicht, aber Lord Orban und Lord Gann haben uns vor ihnen gerettet.« Von den Menschen in ihren Festtagsgewändern her erklang zustimmendes Gemurmel.

Orban kam durch den Schankraum zu ihnen herübergestampft. Er schien nur den Wirt im Auge zu haben. Perrin roch schalen Wein an ihm, bevor er sie erreicht hatte. »Wohin ist die alte Frau mit ihren Kräutern verschwunden, Furlan?« wollte Orban ungehalten wissen. »Gann hat große Schmerzen, und mir zerreißt es bald den Kopf.«

Furlan verbeugte sich fast bis auf den Boden hinunter. »Oh, Mutter Leich kommt am Morgen wieder, Lord Orban. Eine Geburt, Lord. Aber sie sagte, sie habe Eure und Lord Ganns Wunden genäht und gesäubert, so daß es keinen Grund zur Sorge gibt. Ach, Lord Orban, ich bin sicher, sie wird morgen früh gleich als erstes zu Euch kommen.«

Der verbundene Mann knurrte etwas in sich hinein, was nur für Perrins Ohren noch verständlich war. Es ging darum, daß sie einer Bäuerin half, ihre Jungen zu werfen, und von ihr wie ein Sack Mehl geflickt zu werden. Er blickte sich mürrisch und ärgerlich um und schien zum erstenmal die Neuankömmlinge zu erblicken. Über Perrin sah er geflissentlich hinweg, was den nicht im geringsten überraschte. Er riß beim Anblick Loials die Augen auf, aber nicht so sehr überrascht, wie man vermuten sollte. *Er hat bereits Ogier gesehen,* dachte Perrin, aber er vermutete nicht, hier einen anzutreffen. Orbans Augen zogen sich etwas zusammen, als er Lan musterte. *Er erkennt einen Kämpfer, wenn er ihn sieht, aber er freut sich nicht gerade darüber.* Dann hellte sich seine Miene auf, als er unter Moiraines Kapuze spähte, obwohl er nicht nahe genug war, um ihr Gesicht klar erkennen zu können.

Perrin beschloß, nicht weiter darüber nachzudenken, wo es doch keine Aes Sedai betraf, und er hoffte, auch Lan und Moiraine würden es ignorieren. Aber ein gewisser Blick des Behüters strafte seine Hoffnung Lügen.

»Zwölf von Euch haben gegen zwanzig Aiel gekämpft?« fragte Lan mit ausdrucksloser Stimme.

Orban richtete sich hoch auf und verzog das Gesicht vor Schmerz. In bewußt nebensächlichem Tonfall sagte er: »Ja. Solche Dinge muß man eben in Kauf nehmen, wenn man nach dem Horn von Valere sucht. Es war nicht die erste Auseinandersetzung dieser Art für Gann und mich, und es wird wohl auch nicht die letzte sein, bis wir das Horn finden. Falls uns das Licht gnädig ist.« Es klang, als bliebe dem Licht überhaupt nichts anderes übrig. »Natürlich haben wir nicht jedesmal gegen Aiel gekämpft, aber es gibt immer Leute, die einen Jäger daran hindern wollen, das Horn zu finden. Gann und mich kann man aber nicht so leicht aufhalten.« Wieder erhob sich zustimmendes Gemurmel von den Ortsansässigen. Orban richtete sich noch ein wenig mehr auf.

»Ihr habt sechs Mann verloren und einen Gefangenen gemacht.« Aus Lans Tonfall konnte man nicht entnehmen, ob er das für eine gute oder eine schlechte Ausbeute hielt.

»Ja«, sagte Orban. »Die anderen haben wir getötet bis auf diejenigen, die flüchten konnten. Zweifellos werden sie nun ihre Toten verstecken. Ich habe gehört, daß dies bei ihnen Sitte ist. Die Weißmäntel suchen gerade nach ihnen, aber sie werden sie nicht finden.«

»Sind Weißmäntel hier?« fragte Perrin in scharfem Ton.

Orban sah ihn an und dann wieder über ihn hinweg. Der Mann sprach statt dessen wieder Lan an: »Die Weißmäntel stecken immer ihre Nase in alles, ob es sie etwas angeht oder nicht. Unfähige Klötze sind das. Ja, sie werden tagelang durch die Gegend reiten, aber ich bezweifle, daß sie mehr als ihre eigenen Schatten finden.«

»Das denke ich auch«, sagte Lan.

Der bandagierte Mann runzelte die Stirn, als sei ihm unklar, was Lan damit sagen wolle. Dann fuhr er wieder den Wirt an: »Hört mal, Ihr sucht jetzt diese alte Frau! Mein Kopf platzt beinahe!« Mit einem letzten Blick auf Lan humpelte er weg und nahm wieder mühsam eine Stufe nach der anderen hoch in Richtung seines Zimmers. Bewundernde Äußerungen für den Jäger des Horns, der Aiel-Männer bezwungen hatte, folgten ihm nach oben.

»Das ist ja eine ereignisreiche Zeit für diese Stadt.« Loials tiefe Stimme zog alle Blicke auf ihn. Nur die Kapitäne, bei denen es jetzt um Tauwerk ging, soweit Perrin verstehen konnte, achteten nicht darauf. »Wo ich auch hinkomme, immer seid Ihr Menschen so aktiv, immer in Eile, immer passieren Euch solche Sachen. Wie könnt Ihr nur soviel Aufregung ertragen?«

»Ach, Freund Ogier«, sagte Furlan, »wir Menschen brauchen eben diese Aufregung. Wie ich es bedaure, daß ich nicht in der Lage war, mit zur Schlacht bei der Leuchtenden Mauer zu marschieren. Laßt mich Euch sagen ...«

»Unsere Zimmer.« Moiraine sprach nicht lauter als vorher, aber sie schnitt dem Wirt das Wort wie mit einem scharfen Messer ab. »Andra hat doch Zimmer bestellt, oder nicht?«

»Ach, Lady, vergebt mir. Ja, Meister Andra hat wirklich Zimmer gebucht. Vergebt mir, bitte. Es ist nur all diese Aufregung, daß ich mein Herz so ausschütten muß. Bitte, vergebt mir, Lady. Wenn Ihr mir bitte folgen würdet?« Mit tiefen Verbeugungen und unter weiteren Entschuldigungen führte Furlan sie die Treppe hoch. Er hörte dabei nicht mit Reden auf.

Oben blieb Perrin stehen und blickte zurück. Er hörte Gemurmel wie »Lady« und »Ogier«, fühlte die Blicke auf sich ruhen, aber es schien ihm, daß besonders ein Augenpaar nicht auf Moiraine und Lan, sondern auf ihn gerichtet war.

Er sah sie sofort. Zum einen hob sie sich von den anderen ab, und dann war sie die einzige Frau im Schankraum, die nicht die geringste Spur von Spitzen trug. Ihr dunkelgraues, fast schwarzes Kleid war genauso schmucklos wie die Kleider der Kapitäne mit seinen weiten Ärmeln und dem engen Rock. Keine einzige Rüsche, keine Stickerei oder sonstiger Zierrat waren zu sehen. Ihr Rock war zum Reiten geteilt, wie er bemerkte, als sie sich bewegte. Sie trug weiche Stiefel, die unter dem Rocksaum hervorlugten. Sie war jung – vielleicht nicht älter als er – und groß für eine Frau. Ihr schwarzes Haar fiel ihr auf die Schultern. Die Nase war gerade noch klein genug, die Lippen voll, die Backenknochen relativ hoch und die Augen dunkel und ein wenig schräg stehend. Er konnte nicht ganz entscheiden, ob er sie nun schön nennen solle oder nicht.

Sobald er sie anblickte, wandte sie sich einer Serviererin zu und sah nicht mehr zu ihm hoch, aber er war sich durchaus sicher. Sie hatte ihn lange angesehen.

KAPITEL 2

Ein besonderer Tanz

Furlan plapperte weiter, während er sie zu ihren Zimmern führte. Perrin hörte gar nicht hin. Er war zu sehr damit beschäftigt, nachzugrübeln, ob das schwarzhaarige Mädchen die Bedeutung von gelben Augen kannte. *Seng mich, sie hat mich wirklich so angeschaut!* Dann hörte er, wie der Wirt etwas sagte von »in Ghealdan den Drachen ausgerufen«, und er spitzte die Ohren, beinahe wie Loial.

Moiraine blieb am Eingang zu ihrem Zimmer wie angewurzelt stehen. »Es gibt noch einen falschen Drachen, Wirt? In Ghealdan?« Die Kapuze an ihrem Umhang verbarg ihr Gesicht noch immer, aber sie schien vollkommen erschüttert. Selbst als er der Antwort des Mannes lauschte, konnte Perrin nicht anders, als sie anzustarren. Er witterte fast so etwas wie Furcht.

»Ach, Lady, fürchtet Euch nicht. Es sind hundert Wegstunden bis Ghealdan und hier wird Euch niemand etwas antun, nicht, wenn Meister Andra zugegen ist und Lord Orban und Lord Gann. Also …«

»Antwortet ihr!« sagte Lan mit harter Stimme. »Gibt es in Ghealdan einen falschen Drachen?«

»Ach. Ach, nein, Meister Andra, nicht direkt. Ich sagte, da sei ein Mann in Ghealdan, der den Drachen dort ausruft, wie wir vor ein paar Tagen hörten. Predigt von seiner Ankunft, könnte man sagen. Er spricht von diesem Burschen drüben in Tarabon, von dem wir gehört haben. Obwohl andere behaupten, er sei in Arad Doman und nicht in Tarabon. Auf jeden Fall weit von hier. Also, an jedem anderen Tag hätte ich erwartet, daß man hier mehr darüber redet als über alles andere, darüber und über die wilde Geschichte von der Rückkehr des Heeres von Artur Falkenflügel…« Lans kalter Blick hätte auch eine Messerklinge sein können, so brachte er Furlan zum Schwitzen und Schlucken. »Ich weiß nur, was ich so höre, Meister Andra. Man sagt, dieser Bursche habe einen Blick, der einen auf dem Fleck festnageln könne, und er redet allen möglichen Quatsch über den Drachen, der komme, um uns zu retten, und daß wir ihm alle folgen müßten, und daß sogar die Tiere für den Drachen kämpften. Ich weiß nicht, ob sie ihn schon festgenommen haben oder nicht. Es ist wahrscheinlich; die Leute in Ghealdan lassen sich solche Sprüche nicht lange gefallen.«

Masema, dachte Perrin staunend. *Das ist bestimmt dieser verdammte Masema.*

»Ihr habt recht, Wirt«, sagte Lan. »Dieser Bursche wird uns wahrscheinlich hier keine Schwierigkeiten bereiten. Ich habe mal so einen Burschen gekannt, der auch wilde Sprüche klopfte. Erinnert Ihr euch noch an ihn, Lady Alys? Masema?«

Moiraine fuhr zusammen. »Masema. Ja. Natürlich. Ich hatte ihn ganz vergessen.« Ihre Stimme klang wieder fest. »Wenn ich Masema das nächste Mal sehe, wird er sich wünschen, jemand hätte ihm die Haut abgezogen, um sich daraus Stiefel anzufertigen.« Sie schlug die Tür so hart hinter sich zu, daß der Krach im Gang Echos warf.

»Ruhe!« erklang ein gedämpftes Brüllen vom hinteren Ende des Ganges her. »Mein Kopf schmerzt!«

»Ach.« Furlan rang die Hände erst in der einen Richtung und dann in der anderen. »Ach. Vergebt mir, Meister Andra, aber Lady Alys ist eine temperamentvolle Frau.«

»Nur bei denen, die ihr Mißfallen erregen«, sagte Lan gelassen. »Sie kann erheblich stärker beißen als bellen.«

»Ach. Ach. Ach. Eure Zimmer sind hier drüben. Oh, Freund Ogier, als Meister Andra mir sagte, Ihr würdet kommen, habe ich ein altes Ogier-Bett vom Speicher herunterholen lassen, wo es vielleicht dreihundert Jahre Staub angesammelt hatte. Also, das ist...«

Perrin hörte nicht mehr hin – so wenig, wie ein Flußfelsen das Rauschen des Wassers wahrnimmt. Die schwarzhaarige junge Frau beschäftigte ihn. Und der Aiel im Käfig.

Er bewegte sich ganz mechanisch und grübelte nach, als er in sein Zimmer trat. Das Zimmer war klein und lag ganz hinten. Lan hatte nichts getan, um den Wirt von seiner Meinung abzubringen, Perrin sei ein Diener. Er zog die Sehne von seinem Bogen und stellte ihn in eine Ecke. Wenn man ihn zu lange Zeit gespannt ließ, ruinierte man beide, Bogen wie Sehne. Dann legte er seine Deckenrolle und die Satteltaschen neben den Waschtisch und warf den Umhang darüber. Er hängte seine Gürtel mit Köcher und Axt an einen Haken an der Wand. Beinahe hätte er sich auf das Bett gelegt, aber ein langgedehntes Gähnen erinnerte ihn daran, wie gefährlich das sein konnte. Das Bett war eng, und die Matratze wies eine Unmenge Klumpen auf, und damit wirkte es auf ihn einladender als jedes andere Bett in letzter Zeit. Statt dessen setzte er sich auf einen dreibeinigen Hocker und grübelte. Er wollte ja immer alles richtig durchdenken.

Nach einer Weile klopfte Loial an die Tür und steckte seinen Kopf herein. Die Ohren des Ogiers zitterten vor Erregung, und sein Grinsen spaltete beinahe das breite Gesicht in zwei Hälften. »Perrin, das glaubst du nicht! Mein Bett ist aus besungenem Holz! Also, das muß mehr als tausend Jahre alt sein! Kein Baumsänger hat in dieser ganzen Zeit ein so großes Stück besungen. Ich würde mich nicht daran wagen, und mein Talent ist nun stärker als das der meisten anderen. Na ja, um die Wahrheit zu sagen, es gibt überhaupt nicht mehr viele mit diesem Talent unter uns. Aber ich gehöre zu den besten unter denen, die Holz besingen können.«

»Das ist sehr interessant«, sagte Perrin. *Ein Aiel in einem Käfig. Das hat Min gesagt. Warum hat mich dieses Mädchen so angesehen?*

»Das dachte ich auch.« Loial klang ein wenig pikiert, daß Perrin seine Erregung offensichtlich nicht teilte, aber Perrin wollte einfach nur nachdenken. »Das Abendessen ist unten fertig, Perrin. Sie haben zu Ehren der Jäger ihre besten Sachen aufgetischt, aber wir bekommen auch etwas ab.«

»Geh du nur, Loial. Ich habe keinen Hunger.« Die Düfte von brutzelndem Fleisch aus der Küche interessierten ihn nicht. Er bemerkte kaum, daß Loial ging.

Mit den Händen auf den Knien und immer wieder gähnend, versuchte er sich über alles klar zu werden. Es schien ihm wie eines dieser Puzzles, die Meister Luhhan anfertigte. Ihre metallnen Einzelteile schienen untrennbar miteinander verknüpft. Aber es gab immer einen Trick, mit dem man die eisernen Ringe und Wirbel voneinander lösen konnte, und den mußte es hier auch geben.

Das Mädchen hatte eindeutig ihn angesehen. Seine Augen konnten die Erklärung dafür sein, doch der Wirt hatte sie ignoriert, und sonst hatte niemand sie überhaupt bemerkt. Sie hatten ja einen Ogier zum Angaffen und dazu die Jäger des Horns im Haus und eine Lady zu Besuch und einen Aiel im Käfig auf dem Marktplatz. Etwas so Nebensächliches wie die Augenfarbe eines Mannes konnte ihre Aufmerksamkeit wohl kaum auf sich ziehen. Ein Diener hatte nichts an sich, was ihn von anderen abhob. *Aber warum hat sie mich dann so angesehen?*

Und der Aiel im Käfig. Was Min sah, spielte immer eine wichtige Rolle. Doch wie? Was sollte er tun? *Ich hätte diese Kinder davon abhalten können, weiter Steine auf ihn zu werfen. Ich hätte es tun sollen.* Es half nichts, daß er sich sagte, die Erwachsenen hätten ihm sicher entgegnet, er solle sich um seine eigenen Angelegenheiten kümmern, daß er ein Fremder in Remen sei und der Aiel ihn nichts angehe. *Ich hätte es trotzdem versuchen sollen.*

Er kam auf keine plausible Antwort, und so kehrte er zum Anfang zurück und ging geduldig das Ganze noch einmal durch, und danach wieder und dann erneut. Trotzdem fand er nichts außer dem Bedauern darüber, daß er nicht eingegriffen hatte.

Nach einer Weile wurde ihm bewußt, daß die Nacht angebrochen war. Das Zimmer war dunkel bis auf ein bißchen Mondschein, der durchs Fenster fiel. Er dachte an die Talgkerze und die Zunderschachtel, die er auf dem Kaminsims stehen gesehen hatte, aber für seine Augen reichte das Licht aus. *Ich muß doch wahrscheinlich etwas unternehmen, oder?*

Er schnallte sich den Gürtel mit der Axt um und hielt dann überrascht inne. Er hatte das völlig gedankenlos getan. Die Axt zu tragen war für ihn so natürlich wie das Atmen geworden. Das gefiel ihm nicht. Doch er ließ den Gürtel, wo er nun war, und ging hinaus.

Der Lichtschein von der Treppe her ließ in seinen Augen den Flur beinahe strahlend hell erscheinen, wenn er ihn mit dem Licht in seinem Zimmer verglich. Aus dem Schankraum erschollen Gespräche und Gelächter, und aus der Küche drangen die Düfte feiner Speisen. Er ging weiter nach vorn zu Moiraines Tür, klopfte einmal an und trat ein. Und dann blieb er mit puterrotem Gesicht stehen.

Moiraine zog die blaßblaue Robe, die sie sich umgehängt hatte, um sich zusammen. »Was wünscht Ihr?« fragte sie kühl. In der einen Hand hielt sie eine Haarbürste mit silbernem Griff, und ihr dunkles Haar fiel glänzend in dichten Wellen bis auf ihre Schultern.

Ihr Zimmer war viel besser als seines. Die Wände waren mit poliertem Holz getäfelt, sie hatte Lampen in silbernen Lampenhaltern, und im gemauerten Kamin brannte ein Feuer. Es roch nach Rosenduftseife.

»Ich … ich glaubte, Lan sei hier«, brachte er mühsam heraus. »Ihr steckt sonst immer die Köpfe zusammen, und deshalb dachte ich, er … Ich dachte …«

»Was wollt Ihr, Perrin?«

Er atmete tief durch. »Ist das Rands Werk? Ich weiß, daß ihm Lan hierher gefolgt ist, und all das wirkt so eigenartig – die Jäger, der Aiel –, aber ist er dafür verantwortlich?«

»Ich glaube nicht. Ich weiß mehr, wenn Lan mir berichtet, was er heute nacht herausbekommt. Mit Glück kann mir das dabei helfen, eine Entscheidung zu treffen, die ich nun treffen muß.«

»Eine Entscheidung?«

»Rand könnte einerseits den Fluß überquert und sich zu Fuß auf den Weg nach Tear gemacht haben, und andererseits könnte er sich auf einem Schiff flußabwärts nach Illian befinden, um von dort aus auf einem anderen Schiff Tear zu erreichen. Die Reise ist so wohl um vieles weiter, aber dafür um Tage kürzer.«

»Ich glaube nicht, daß wir ihn einholen, Moiraine. Ich weiß nicht, wie er es anstellt, aber selbst zu Fuß bleibt er immer vor uns. Wenn Lan recht hat, beträgt sein Vorsprung noch einen halben Tag.«

»Man könnte beinahe den Verdacht hegen, er habe gelernt, mit Hilfe der Macht zu reisen«, sagte Moiraine mit leichtem Stirnrunzeln, »aber dann wäre er sicherlich direkt nach Tear gegangen. Nein, er trägt einfach das Erbe von Wanderern und ausdauernden Läufern in sich. Aber vielleicht nehmen wir doch den Wasserweg. Wenn ich ihn nicht einholen kann, werde ich zumindest kurz nach ihm im Tear ankommen. Oder dort auf ihn warten.«

Perrin verlagerte unruhig sein Gewicht von einem Fuß auf den anderen. In ihrer Stimme lag so etwas wie ein eiskaltes Versprechen. »Ihr habt mir einmal gesagt, Ihr könntet einen Schattenfreund riechen, oder zumindest einen, der bereits ganz dem Schatten angehört. Lan kann das auch. Habt Ihr so etwas hier gewittert?«

Sie schniefte laut und wandte sich dem hohen Standspiegel zu. Seine Halterungen waren mit fein gewirktem Silber eingelegt. Mit einer Hand hielt sie ihre Robe zusammen, mit der anderen bürstete sie ihr Haar. »Nur wenige Menschen sind in solchem Maße verloren, Perrin, selbst unter den schlimmsten Schattenfreunden.« Sie hielt im Bürsten inne. »Warum fragt Ihr?«

»Da war so ein Mädchen unten im Schankraum, das mich angestarrt hat. Nicht Euch oder Loial, wie die anderen. Nein, mich.«

Die Bürste fuhr wieder durch ihr Haar, und Moiraine lächelte ganz kurz. »Manchmal vergeßt Ihr, Perrin, daß Ihr ein gutaussehender junger Mann seid. Manche Mädchen bewundern solche Schultern wie Eure.« Er grunzte und trat von einem Fuß auf den anderen. »Gab es noch etwas, Perrin?«

»Ach … nein.« Sie konnte ihm in bezug auf das, was Min vorhergesehen hatte, nicht weiterhelfen. Sie hätte ihm doch nur das sagen können, von dem er bereits wußte, daß es wichtig sei. Und er wollte ihr auch gar nicht anvertrauen, was Min gesagt hatte. Oder, was das betraf, daß Min überhaupt etwas gesehen hatte.

Draußen auf dem Flur lehnte er sich einen Moment lang an die Wand, nachdem sich die Tür geschlossen hatte. *Licht, einfach so bei ihr hineinspazieren, und sie …* Sie war eine gutaussehende Frau. *Und wahrscheinlich alt genug, um meine Mutter zu sein oder noch mehr.* Er glaubte, Mat an seiner Stelle hätte sie jetzt hinunter in den Schankraum gebeten, um mit ihr zu tanzen. *Nein, wohl doch nicht. Selbst Mat ist nicht so dumm, mit einer Aes Sedai flirten zu wollen.* Moiraine tanzte durchaus.

Er hatte sogar selbst schon einmal mit ihr getanzt. Und dabei wäre er beinahe über die eigenen Füße gestolpert vor Aufregung. *Denk nicht immer so an sie, als sei sie ein Mädchen vom Dorf, nur weil du sie so gesehen ... Sie ist eine verdammte Aes Sedai! Du solltest dir besser über diesen Aiel Gedanken machen.* Er schüttelte sich und ging hinunter.

Der Schankraum war vollgestopft mit Menschen. Jeder Stuhl war besetzt, und man hatte weitere Stühle und Bänke hereingetragen. Trotzdem hatten einige keinen Platz gefunden und standen an der Wand. Er sah das schwarzhaarige Mädchen nicht, und sonst warf ihm keiner einen zweiten Blick zu, als er sich durch den Raum zwängte.

Orban saß allein an einem Tisch, hatte sein bandagiertes Bein auf ein Kissen auf einem Stuhl hochgelegt – an diesem Fuß trug er einen Hausschuh – und hielt einen silbernen Pokal in der Hand, den eine Dienerin immer wieder mit Wein füllte. »Ja«, sagte er zu allen im Raum, »wir wußten, daß die Aiel wilde Kämpfernaturen sind, Gann und ich, aber wir hatten überhaupt keine Zeit, um es uns zu überlegen. Ich zog mein Schwert und gab Löwe meine Fersen zu spüren...«

Perrin fuhr auf, aber dann wurde ihm klar, daß der Mann sein Pferd mit diesem Namen meinte. *Sähe ihm ähnlich, wenn er behauptete, auf einem Löwen geritten zu sein.* Er schämte sich ein wenig. Nur weil er den Mann nicht leiden konnte, mußte er doch nicht gleich annehmen, daß der seine Angebereien so weit trieb. Er eilte hinaus, ohne sich noch einmal umzublicken.

Die Straße vor der Schenke war genauso voll wie der Schankraum. Menschen, die drinnen keinen Platz gefunden hatten, drängten sich vor den Fenstern, um einen Blick hineinzuwerfen, und doppelt so viele standen direkt vor der Tür, um wenigstens Orbans Erzählung lauschen zu können. Keiner warf Perrin einen zweiten Blick zu, obwohl er einige dazu brachte, sich zu beklagen, als er sich durch die Menge hindurchzwängte.

Jeder, der an diesem Abend auf den Beinen war, mußte sich bei der Schenke befinden, denn er sah nicht einen einzigen, als er zum Marktplatz ging. Manchmal huschte der Schatten eines Menschen über ein beleuchtetes Fenster, aber das war alles. Trotzdem hatte er das Gefühl, beobachtet zu werden. Er blickte sich ständig nervös um: nichts als in die Nacht gehüllte Straßen und erleuchtete Fenster. Um den Marktplatz herum waren die meisten Fenster bis auf ein paar in den oberen Stockwerken unbeleuchtet.

Der Galgen stand genauso da, wie er ihn in Erinnerung hatte, und der Mann – der Aiel – hing etwas oberhalb seiner Reichweite. Der Aiel schien wach zu sein. Zumindest hatte er den Kopf gehoben. Aber er blickte nicht zu Perrin herunter. Unter dem Käfig lagen die Steine, die von den Kindern auf ihn geschleudert worden waren.

Der Käfig hing an einem dicken Seil, das ganz oben durch einen Ring gezogen war. Es lief am Balkenkreuz über eine schwere Seilrolle und war dann ganz unten rechts und links von dem Galgen jeweils an einer hüfthoch angebrachten Querstrebe befestigt. Der Rest des Seils lag in achtlos hingeworfenen Schleifen am Boden neben dem Gestell.

Perrin sah sich wieder um und suchte den dunklen Platz ab. Er hatte immer noch das Gefühl, beobachtet zu werden, entdeckte aber nach wie vor nichts. Er lauschte und hörte ebenfalls nichts. Er roch den Rauch aus den Schornsteinen und das Essen in den Häusern und Menschenschweiß und getrocknetes Blut an dem Mann im Käfig. Es ging aber kein Geruch nach Angst von ihm aus.

Sein Gewicht und das Gewicht des Käfigs, dachte er, und er näherte sich dem Galgen. Es war ihm selbst nicht klar, wann er sich dazu entschlossen hatte oder ob er sich überhaupt dazu entschlossen hatte, aber er wußte, daß er es tun würde.

Er hakte sich mit einem Bein am Galgen ein und zog an dem Seil, worauf der Käfig ein wenig nach oben ruckte. Dadurch hatte er ein Stückchen schlaffes Seil in der Hand. Allerdings ruckte jetzt das Seil, und damit wußte er, daß sich der Mann im Käfig endlich bewegt hatte. Doch er hatte es zu eilig, um jetzt zu unterbrechen und ihm zu sagen, was er plante. Durch den gewonnenen Spielraum war er jetzt in der Lage, das Seil von einer der Querstreben abzuwickeln. Er hielt sich immer noch mit seinem Bein am Balken fest und senkte nun den Käfig Hand über Hand bis auf die Pflastersteine.

Der Aiel sah ihn nun an und musterte ihn schweigend. Perrin sagte nichts. Als er den Käfig endlich genauer sah, verzog er den Mund. Wenn man etwas macht, selbst ein Ding wie dieses, sollte man es richtig machen. Die gesamte Vorderfront des Käfigs war eine Tür, die, offensichtlich hastig zusammengebaut, an unförmigen Scharnieren hing. Ein gutes Eisenschloß hing davor, doch an einer Kette, die genauso schlecht angefertigt war wie der ganze Käfig. Er fummelte an dieser Kette herum, bis er das schwächste Glied aufgespürt hatte, Dann steckte er den dicken Dorn seiner Axt hindurch, hievte kurz und zerbrach das Glied mit einer schnellen Drehung aus dem Handgelenk. Sekunden später hatte er die Kette geöffnet, ließ sie zu Boden rasseln und zog die Tür des Käfigs auf.

Der Aiel saß bloß da, die Knie unter dem Kinn, und blickte ihn an. »Also?« flüsterte Perrin heiser. »Ich habe ihn aufgemacht, aber ich werde dich, verdammt noch mal, nicht auch noch raustragen.« Er sah sich schnell wieder um. Auf dem nachtdunklen Platz bewegte sich nichts, doch unsichtbare Augen schienen ihm weiterhin zu folgen.

»Du bist stark, Feuchtländer.« Der Aiel bewegte auch jetzt nur seine Schultern ein wenig. »Sie brauchten drei Männer, um mich da hochzuziehen. Und nun holst du mich herunter. Warum?«

»Ich will keine Menschen in Käfigen sehen«, flüsterte Perrin. Er wollte weg. Der Käfig war offen, und diese Augen sahen zu. Aber der Aiel rührte sich immer noch nicht. *Wenn du etwas tust, dann tue es richtig.* »Gehst du da jetzt raus, bevor jemand kommt?«

Der Aiel packte den vordersten Bügel des Käfigs über sich und schwang sich, Füße voran, mit einer fließenden Bewegung heraus. Dann hing er da, immer noch mit den Händen an dem Bügel. Hätte er aufrecht dagestanden, hätte er Perrin sicher um einen Kopf überragt. Er blickte Perrins Augen an – Perrin wußte, wie sie im Mondschein wie poliertes Gold glitzerten –, erwähnte sie aber nicht. »Ich war seit gestern da drin, Feuchtländer.« Es klang wie bei Lan. Nicht, daß Stimme oder Akzent einander geähnelt hätten, aber der Aiel wirkte genauso kühl und selbstsicher wie Lan. »Es braucht einen Moment, bis ich wieder auf den Beinen stehen kann. Ich bin Gaul vom Imran Sept der Schaarad-Aiel, Feuchtländer. Ich bin ein *Shae'en M'taal,* ein Steinhund. Mein Wasser ist dein.«

»Also, ich heiße Perrin Aybara. Ich komme von den Zwei Flüssen. Ich bin Schmied.« Jetzt war der Mann draußen und konnte eigentlich gehen. Wenn aber jemand kam, bevor Gaul wieder richtig zu laufen imstande war, war er ganz schnell wieder drin, außer, sie töteten ihn gleich. In jedem Fall wäre Perrins Mühe umsonst gewesen. »Wenn ich daran gedacht hätte, hätte ich eine Wasserflasche oder einen Wasserschlauch mitgebracht. Warum nennst du mich ›Feuchtländer‹?«

Gaul deutete in Richtung des Flusses. Selbst bei seinen guten Augen konnte Perrin nicht sicher sein, aber er hatte das Gefühl, der Aiel sei dabei ziemlich nervös. »Vor drei Tagen habe ich ein Mädchen beobachtet, das in einem riesigen Wasserloch schwamm. Es muß mindestens zwanzig Schritt Durchmesser gehabt haben. Sie… ist freiwillig da hineingegangen.« Er ahmte ungeschickt Schwimmbewegungen nach. »Ein tapferes Mädchen. Diese… Flüsse zu überqueren hat mich beinahe entmannt. Ich habe nicht gewußt, daß es irgendwo zuviel Wasser geben würde, und nicht geahnt, daß es überhaupt soviel Wasser auf der Welt gibt wie bei Euch Feuchtländern.«

Perrin schüttelte den Kopf. Er wußte ja schon, daß es in der Aiel-Wüste kaum Wasser gab, denn das war eines der wenigen Dinge in bezug auf dieses Land, dessen er sicher war, doch er hatte nicht geahnt, daß es so selten war, um eine solche Reaktion hervorzurufen. »Du bist weit weg von zu Hause, Gaul. Warum bist du hier?«

»Wir suchen«, sagte Gaul bedächtig. »Wir suchen nach Ihm, Der Mit Der Morgendämmerung Kommt.«

Perrin hatte diese Bezeichnung schon früher gehört und war sich klar darüber, wer damit gemeint war. *Licht, alles kommt immer wieder auf Rand zurück. Ich bin an ihn gebunden wie ein wildes Pferd, das man beschlagen will.* »Du suchst in der falschen Richtung, Gaul. Ich suche ebenfalls nach ihm, und er ist auf dem Weg nach Tear.«

»Tear?« Der Aiel war sichtlich überrascht. »Wieso…? Dann muß es wohl so sein. Die Prophezeiung sagt, wenn der Stein von Tear fällt, werden wir das Dreifache Land endlich verlassen.« So nannten die Aiel ihre Wüste. »Es steht geschrieben, daß wir verändert werden und wiederfinden, was einst unser war und verloren ging.«

»Das mag sein. Ich kenne eure Prophezeiungen nicht, Gaul. Bist du soweit, daß du gehen kannst? Jede Minute könnte jemand vorbeikommen.«

»Dazu ist es jetzt zu spät«, sagte Gaul, und eine

tiefe Stimme schrie: »Der Wilde ist los!« Zehn oder zwölf Männer in weißen Umhängen rannten über den Platz heran und zogen die Schwerter. Ihre kegelförmigen Helme schimmerten im Mondschein. Kinder des Lichts.

Als hätte er alle Zeit der Welt zur Verfügung, nahm Gaul seelenruhig ein schwarzes Tuch von der Schulter und band es sich um den Kopf, so daß sein Gesicht bis auf die Augen darunter verborgen war. »Tanzt du gern, Perrin Aybara?« fragte er. Mit diesen Worten sprang er vom Käfig weg direkt auf die anstürmenden Weißmäntel los.

Einen Moment lang waren die völlig überrascht, und dieser Moment war alles, was der Aiel brauchte. Er trat dem ersten, der ihn erreichte, das Schwert aus der Hand, und dann traf seine versteifte Hand wie ein Dolch die Kehle des Weißmantels. Der stürzte, und der Aiel wand sich um ihn herum. Der Arm des nächsten Mannes krachte hörbar, als Gaul ihn brach. Er stieß den Mann vor die Füße eines dritten und trat dem vierten im Sprung ins Gesicht. Es war wirklich einem Tanz ähnlich – von einem zum anderen, ohne stehenzubleiben oder die Bewegungen auch nur zu verlangsamen. Obwohl der Gestürzte wieder auf die Beine kam und der mit dem gebrochenen Arm sein Schwert in die andere Hand nahm, tanzte Gaul weiter mitten unter ihnen.

Perrin hatte nur einen Augenblick lang Zeit, mit seiner Überraschung fertigzuwerden, denn nicht alle Weißmäntel hatten sich auf den Aiel gestürzt. Gerade rechtzeitig konnte er mit beiden Händen den Schaft seiner Axt packen und damit einen Schwertstich abblocken. Dann schwang er die Axt und hätte am liebsten geschrien, als ihre halbmondförmige Schneide die Kehle des Mannes zerfetzte. Aber er hatte weder zum Schreien noch zum Bedauern Zeit. Weitere Weißmäntel stürzten sich auf ihn, noch bevor der erste am

Boden lag. Er haßte die klaffenden Wunden, die seine Axt schlug, haßte es, wie sie durch Schuppenpanzer hindurch das Fleisch darunter aufschlitzte, wie sie genauso leicht Helm und Schädel auf einmal spaltete. Er haßte das alles. Aber er wollte nicht sterben.

Die Zeit schien stillzustehen, und gleichzeitig lief doch alles auch schneller ab. Sein Körper fühlte sich wie nach einem stundenlangen Kampf, und er atmete stoßweise durch eine rauh gewordene Kehle. Die Männer schienen sich zu bewegen, als schwömmen sie durch dicke Gelatine. Es dauerte aber nur einen Moment vom ersten Hieb bis zum Sturz. Der Schweiß rann ihm über das Gesicht, und doch war ihm kühl wie in einem erfrischenden Bad. Er kämpfte um sein Leben und wußte nicht, ob alles nur Sekunden gedauert hatte oder die ganze Nacht über.

Als er schließlich schwer atmend und halb betäubt dastand und ein Dutzend in Weiß gehüllte Männer auf den Pflastersteinen des Marktplatzes liegen sah, schien der Mond noch kein Stückchen weitergewandert zu sein. Ein paar der Männer stöhnten noch; die anderen lagen leblos da. Gaul stand über ihnen, immer noch vermummt, immer noch mit leeren Händen. Die meisten Männer hatte er niedergestreckt. Perrin wäre es lieber gewesen, der Aiel hätte alle allein besiegt. Doch dann schämte er sich dieses Gedankens. Der Geruch nach Blut und Tod war scharf und bitter zugleich.

»Du tanzt den Tanz des Speers nicht gerade schlecht, Perrin Aybara.«

Mit Schwindelgefühlen im Kopf murmelte Perrin mühsam: »Ich verstehe nicht, wie zwölf Mann gegen zwanzig von euch gekämpft und euch auch noch besiegt haben sollen, selbst wenn zwei der anderen Jäger waren.«

»Haben sie das behauptet?« Gaul lachte leise. »Sarien und ich waren leichtsinnig, nachdem wir uns schon so lange in diesen Weichling-Ländern aufhielten, und der Wind kam aus der falschen Richtung, so daß wir nichts witterten. Wir stolperten unversehens über sie. Nun ja, Sarien ist tot, und mich hat man wie einen Narren in den Käfig gesperrt, also haben wir wohl genug für unseren Leichtsinn bezahlt. Jetzt ist die Zeit gekommen, um wegzulaufen, Feuchtländer. Tear – ich werde es nicht vergessen.« Endlich zog er den schwarzen Schleier vom Gesicht. »Mögest du immer Wasser und Schatten finden, Perrin Aybara.« Er wandte sich um und rannte in die Nacht hinaus.

Perrin wollte auch wegrennen, doch dann wurde ihm klar, daß er eine blutige Axt in Händen hielt. Schnell wischte er die gekrümmte Schneide am Umhang eines der Toten ab. *Er ist tot, seng mich, und es klebt sowieso schon Blut daran.* Er zwang sich dazu, erst den Schaft wieder durch die Schlaufe an seinem Gürtel zu stecken, bevor er lostrabte.

Beim zweiten Schritt sah er sie – eine schlanke Gestalt mit einem dunklen, engen Rock am Rand des Marktplatzes. Sie wandte sich ab, um fortzurennen, und er sah, daß der Rock zum Reiten geteilt war. Sie huschte in die Gasse hinein und war verschwunden.

Lan kam ihm entgegen, bevor er den Fleck erreichte, an dem sie gestanden hatte. Der Behüter erblickte den leeren Käfig, der unter dem Galgen stand, die halb im Schatten liegenden stillen weißen Haufen unter dem Mond, und sein Kopf ruckte hoch, als wolle er vor Zorn explodieren. Mit beherrschter, aber harter Stimme fragte er: »Ist das Euer Werk, Schmied? Licht seng mich! Kann irgend jemand Euch dabei beobachtet haben?«

»Ein Mädchen«, sagte Perrin. »Ich glaube, daß sie es gesehen hat. Aber ich will ihr nichts tun, Lan! Es könnten ja auch eine Menge anderer gesehen haben. Überall sind beleuchtete Fenster.«

Der Behüter packte Perrin am Ärmel seines Mantels

und zog ihn in Richtung Schenke. »Ich habe ein Mädchen wegrennen sehen, aber ich glaubte ... Spielt keine Rolle. Ihr holt den Ogier aus dem Bett und schleift ihn zum Stall hinunter. Wir müssen jetzt unsere Pferde so schnell wie möglich zum Anlegeplatz schaffen. Das Licht allein weiß, ob heute nacht noch ein Schiff ablegt oder was wir zahlen müssen, damit eines extra für uns segelt. Stellt mir keine Fragen mehr, Schmied. Los schon, rennt!«

KAPITEL 3

Der Falke

Der Behüter mit seinen langen Beinen war Perrin schnell ein Stück voraus, und als er sich durch die Menge am Eingang zur Schenke drängte, stieg Lan schon die Treppe hinauf, wobei er es nicht eilig zu haben schien. Perrin zwang sich dazu, ebenfalls langsam zu gehen. Von der Tür hinter ihm ertönten mürrische Kommentare über Leute, die sich einfach vordrängten.

»Noch mal?« fragte Orban und hielt seinen silbernen Pokal zum Nachfüllen hoch. »Also gut. Sie lagen im Hinterhalt an der Straße, die wir genommen hatten. Ich erwartete so nahe bei Remen keinen Überfall. Schreiend rannten sie aus den Büschen auf uns zu. Im Handumdrehen waren sie mitten unter uns, stachen mit ihren Speeren zu und töteten sofort zwei meiner besten Männer und einen von Gann. Ja, ich erkannte die Aiel, als ich sie sah, und …«

Perrin eilte die Treppe hoch. *Na ja, jetzt kennt Orban sie.*

Hinter Moiraines Tür ertönten Stimmen. Er wollte lieber nicht hören, was sie zu sagen hatte. Er huschte vorbei und steckte den Kopf in Loials Zimmer.

Das Ogier-Bett war ein niedriges, massives Ding, doppelt so lang und um die Hälfte breiter als jedes für Menschen gebaute Bett, das Perrin je gesehen hatte. Es nahm den größeren Teil des Zimmers ein, und dieses Zimmer war genauso groß und fein eingerichtet wie das Moiraines. Perrin erinnerte sich dunkel daran, daß Loial gesagt hatte, es sei aus besungenem Holz gebaut, und jedes andere Mal wäre er auch stehengeblieben, um die fließenden Linien des Bettkastens zu bewundern, die es aussehen ließen, als sei es an diesem Fleck natürlich gewachsen. In der Vergangenheit mußten wirklich Ogier öfters in Remen Station gemacht haben, denn der Wirt hatte auch noch einen hölzernen Sessel aufgetrieben, der für Loials Größe gemacht war, und ihn mit Kissen ausgepolstert. Der Ogier saß bequem darin, war in Hose und Hemd gekleidet, kratzte sich abwesend mit einem Zehennagel an der Wade und schrieb etwas in ein großes, leinengebundenes Buch, das er auf eine Sessellehne gelegt hatte.

»Wir reisen ab«, sagte Perrin.

Loial fuhr zusammen und kippte beinahe sein Tintenfaß auf das Buch. »Abreisen? Wir sind gerade erst angekommen!« grollte er.

»Ja, wir reisen ab. Komm, so schnell du kannst, zum Stall. Und laß dich nicht dabei beobachten. Ich glaube, hinter der Küche gibt es eine Hintertreppe.« Der Geruch nach Speisen war an diesem Ende des Flurs zu stark gewesen. Es mußte bestimmt noch eine Treppe geben.

Der Ogier warf dem Bett einen bedauernden Blick zu und begann, seine hohen Stiefel anzuziehen. »Aber warum?«

»Die Weißmäntel«, sagte Perrin. »Ich erzähle dir später mehr.« Er ging rückwärts hinaus, bevor Loial weitere Fragen stellen konnte.

Er hatte gar nicht ausgepackt gehabt. Sobald er seinen Köcher umgeschnallt, den Umhang übergeworfen, sich Deckenrolle und Satteltaschen über die Schulter gehängt und den Bogen in die Hand genommen hatte, erinnerte nichts mehr daran, daß er je hier gewesen war. Keine Falte in den zusammengelegten Decken am Fuß des Bettes, kein Wasserspritzer in der gesprungenen Waschschüssel auf dem Tischchen.

Selbst die Talgkerze wies noch einen unbenützten Docht auf, wie ihm plötzlich bewußt wurde. *Ich muß irgendwie gewußt haben, daß ich nicht hierbleibe. In letzter Zeit scheine ich keine Anzeichen für meine Anwesenheit zurückzulassen.*

Wie er es vermutet hatte, führte eine enge Treppe hintenherum in einen Flur hinter der Küche. Vorsichtig blickte er in die Küche hinein. Ein Küchenhund trabte in seinem großen Korbrad einher und drehte einen langen Spieß, auf den man eine Lammkeule, ein großes Stück Rindfleisch, fünf Hähnchen und eine Gans gesteckt hatte. Aus einem Suppenkessel, der an einem Flaschenzug über einem zweiten Herd hing, entwichen würzige Düfte. Aber es war kein Koch zu sehen und überhaupt keine lebendige Seele außer dem Hund. Er war Orban für seine Lügen dankbar und eilte hinaus in die Nacht.

Der Stall war ein großes Gebäude aus dem gleichen Stein wie die Schenke, auch wenn hier nur die Steinfratzen neben der großen Tür poliert worden waren. Eine einzelne Laterne, die an einem der Pfosten hing, warf ein trübes Licht. Traber und die anderen Pferde standen in Boxen in Türnähe. Loials großes Reittier füllte seine Box fast ganz aus. Der Geruch nach Heu und Pferden war vertraut und beruhigend. Perrin war als erster angekommen.

Nur ein Stallbursche hatte Nachtdienst, ein Bursche mit schmalem Gesicht und einem schmutzigen Hemd, der wissen wollte, wer Perrin sei, daß er so einfach anordnete, vier Pferde zu satteln, und wer sein Herr sei und was er mitten in der Nacht mitsamt seinem Reisegepäck hier mache und ob Meister Furlan überhaupt wisse, daß er sich so hinausschleiche und was in diesen Satteltaschen versteckt sei und was mit seinen Augen nicht stimmte, ob er krank sei …

Über Perrin hinwegsegelte eine Münze durch die Luft. Das Gold glitzerte im Laternenschein. Der Stallbursche schnappte sie mit einer Hand aus der Luft und biß darauf.

»Sattelt sie«, sagte Lan. Seine Stimme war sanft, auf eine Art, auf die auch kaltes Eisen sanft ist, und der Stallbursche deutete eine kurze Verbeugung an und wuselte los, um die Pferde zu richten. Moiraine und Loial kamen gerade rechtzeitig in den Stall, um ihre Zügel selbst in die Hand zu nehmen, und dann führten sie ihre Pferde hinter Lan her eine Straße entlang, die sich hinter dem Stall in Richtung Fluß hinunterzog. Das sanfte Klappern der Pferdehufe auf den Pflastersteinen lockte nur einen abgemagerten Hund heran, der einmal bellte und dann wegrannte, als sie an ihm vorübergingen. »Das löst Erinnerungen aus, nicht wahr, Perrin?« sagte Loial leise zu ihm.

»Sprich leiser«, raunte Perrin. »Was für Erinnerungen?«

»Das ist doch wie in alten Zeiten.« Der Ogier schaffte es, seine Stimme noch weiter zu dämpfen. Es klang wie eine Hummel, die von der Größe eines Pferdes auf die eines Hundes geschrumpft war. »Sich in der Nacht heimlich davonstehlen, hinter uns Feinde und vielleicht andere voraus. Gefahr liegt in der Luft und der kalte Hauch des Abenteuers.«

Perrin runzelte die Stirn in Loials Richtung über Trabers Sattel hinweg. Das war nicht weiter schwierig, denn seine Augen befanden sich ein Stück über Sattelhöhe, und Loial überragte sein Pferd sowieso um die Hälfte. »Wovon sprichst du? Ich glaube, du fängst an, die Gefahr zu mögen? Loial, du spinnst ja!«

»Ich lege mich nur im Geist auf eine Stimmung fest«, sagte Loial ein wenig steif. Oder vielleicht trotzig. »Für mein Buch. Ich muß ja alles darin festhalten. Ich glaube wirklich, es gefällt mir immer besser. Auf Abenteuer ausziehen. Aber sicher doch.« Seine Ohren zuckten zweimal ziemlich heftig. »Es muß mir gefallen, wenn ich darüber schreiben will.«

Perrin schüttelte den Kopf.

An der Kaimauer lagen die breiten Fährboote für die Nacht vertäut, unbelebt und dunkel, wie die meisten der Schiffe. Aber vor einem Zweimaster herrschte doch Betrieb. Laternen wurden geschwenkt, und Menschen liefen am Ufer und an Deck des Schiffes umher. Es roch vor allem nach Teer und Tauen, dazu nach Fisch. Etwas hinten im nächstgelegenen Lagerhaus gab einen würzigen, scharfen Geruch von sich, der aber von den anderen beinahe ganz überlagert wurde.

Lan entdeckte den Kapitän, einen kleinen, schlanken Mann, der seinen Kopf beim Zuhören ganz eigenartig schief hielt. Das Feilschen war schnell vorüber, und Ladebäume mit ledernen Seilschlingen wurden hergerichtet, um die Pferde an Bord zu hieven. Perrin paßte gut auf die Tiere auf und sprach mit ihnen. Pferde vertrugen wenig Ungewöhnliches, wie zum Beispiel einfach in die Luft gehoben zu werden, aber selbst der Hengst des Behüters ließ sich von seiner Stimme beruhigen.

Lan gab dem Kapitän Gold und zwei Seeleuten Silber, die barfuß zu einem Lagerhaus hinüber rannten, um Säcke mit Hafer zu holen. Weitere Besatzungsmitglieder spannten Taue zwischen den Masten, um so etwas wie einen Pferch zu bilden, und dann wurden die Pferde dorthin geführt. Die Leute beklagten sich allerdings heftig, daß sie hinterher den ganzen Mist würden beseitigen müssen. Perrin glaubte nicht, daß die Worte für andere Ohren bestimmt waren, aber seine waren eben scharf genug, um sie zu verstehen. Die Männer waren nicht daran gewöhnt, Pferde an Bord zu haben.

Nach kurzer Zeit war die *Schneegans* zum Ablegen bereit, sogar ein wenig früher, als der Kapitän geplant hatte. Der Kapitän hieß übrigens Jaim Adarra. Lan führte Moiraine unter Deck, als die Leinen losgemacht wurden, und Loial stiefelte gähnend hinterher. Perrin blieb an der Reling in der Nähe des Bugs stehen, obwohl das Gähnen des Ogiers bei ihm die gleiche Reaktion hervorgerufen hatte. Er fragte sich, ob die *Schneegans* schneller als Wölfe flußabwärts vorwärtskäme, ob er mit ihr seinen Träumen davonsegeln könne. Die Männer machten die Ruder fertig, um sich vom Kai abzustoßen.

Als die letzte Leine hinüber zu einem Hafenarbeiter geworfen wurde, rannte aus dem Schatten zwischen zwei Lagerhäusern ein Mädchen in einem engen, geteilten Rock hervor, ein Bündel auf den Armen und mit flatterndem Umhang. Sie sprang mit einem Satz an Deck, gerade als die Männer das Schiff mit Hilfe der Ruder von der Mauer abstießen.

Adarra stürzte von seinem Platz am Steuerruder auf sie zu, aber sie legte nur seelenruhig ihr Bündel ab und sagte knapp: »Ich buche eine Passage flußabwärts, ach, sagen wir, soweit der da drüben fährt.« Sie nickte in Richtung Perrin, ohne ihn dabei anzublicken. »Ich habe nichts dagegen, an Deck zu schlafen. Kälte und Nässe machen mir nichts aus.«

Dann feilschten sie ein paar Minuten lang. Sie gab ihm drei Silbermark, runzelte die Stirn, als sie nur wenige Kupfermünzen zurückbekam, steckte sie in ihre Börse und kam herüber zu Perrin.

Sie verströmte einen sanften Kräuterduft – leicht und frisch und sauber. Diese dunklen, etwas schrägstehenden Augen über den hohen Backenknochen blickten ihn an, und dann wandte sie sich um und sah zum Ufer hinüber. Er entschied, daß sie wohl etwa im gleichen Alter sein müsse wie er. Er war nicht sicher, ob ihre Nase zu ihrem Gesicht paßte oder doch etwas zu groß war. *Du bist ein Narr, Perrin Aybara. Warum interessiert es dich, wie sie aussieht?*

Der Abstand zum Kai betrug nun etwa zwanzig Schritt. Die Ruder griffen tief ins schwarze Wasser und hinterließen weiße Schaumspuren. Einen Augenblick lang überlegte er, ob er sie über Bord werfen solle.

»Na ja«, sagte sie nach einem Moment des Wartens. »Ich habe nicht erwartet, daß mich meine Reise so schnell nach Illian zurückführt.« Ihre Stimme war hoch, und sie sprach ein wenig ausdruckslos, doch sie war nicht unangenehm. »Du fährst doch nach Illian, oder?« Er verzog den Mund. »Nicht schmollen«, sagte sie. »Du hast da hinten zusammen mit dem Aiel-Mann ein ganz schönes Durcheinander hinterlassen. Der Aufruhr hat gerade begonnen, als ich ging.«

»Du hast ihnen nichts gesagt?« fragte er überrascht.

»Die Leute im Ort glauben, der Aiel-Mann hätte sich durch die Kette durchgekaut oder sie mit bloßen Händen zerbrochen oder so einen Quatsch. Sie hatten sich noch nicht geeinigt, als ich weglief.« Sie gab etwas von sich, was verdächtig nach Kichern klang. »Orban hat ziemlich laut sein Bedauern verkündet, daß er auf Grund seiner Wunden den Aiel-Mann nicht selbst jagen könne.«

Perrin schnaubte. »Wenn er jemals wieder einen Aiel sieht, wird er sich in die Hose machen.« Dann räusperte er sich und knurrte: »Tut mir leid.«

»Dazu kann ich nichts sagen«, stellte sie fest, als sei seine Bemerkung keineswegs ungewöhnlich gewesen. »Ich habe ihn im Winter in Jehannah getroffen. Er kämpfte gegen vier Mann gleichzeitig, tötete zwei, und die anderen beiden ergaben sich. Natürlich begann er den Kampf selbst und das mindert den Erfolg ein wenig, aber sie wußten schon, was sie taten. Er suchte keinen Kampf mit Männern, die sich nicht wehren konnten. Aber er ist trotzdem ein Narr. Er hat immer noch solche komischen Vorstellungen in bezug auf den Großen Schwarzwald, den einige den Wald der Schatten nennen. Hast du je davon gehört?«

Er musterte sie verstohlen. Sie erzählte genauso

gelassen von Kämpfen und vom Töten wie andere Frauen vom Backen. Er hatte noch nie vom Großen Schwarzwald gehört, aber der Wald der Schatten lag gleich im Süden der Zwei Flüsse. »Verfolgst du mich eigentlich? Du hast mich da hinten in der Schenke angestarrt. Warum eigentlich? Und warum hast du nicht erzählt, was du beobachtet hast?«

»Ein Ogier«, sagte sie und blickte dabei auf den Fluß hinaus, »ist offensichtlich eben genau das, nämlich ein Ogier, und bei den anderen von euch war es auch nicht sehr schwierig, dahinterzukommen, was ihr seid. Ich konnte viel besser unter die Kapuze von *Lady Alys* sehen als Orban, und bei ihrem Gesicht muß der Mann mit den steinernen Zügen ein Behüter sein. Licht seng mich, aber ich möchte nicht, daß der einmal wütend auf mich ist. Sieht er immer so aus, oder hat er zum Abendessen einen Felsbrocken verspeist? Na ja, und dann bist nur noch du übriggeblieben. Ich mag Dinge nicht, die ich nicht unterbringen kann.«

Noch einmal überlegte er, ob er sie über Bord werfen solle. Diesmal im Ernst. Aber Remen war nur noch ein Lichtschimmer am Himmel weit hinter ihnen in der Dunkelheit, und er wußte nicht, wie weit es zum Ufer war.

Sie schien sein Schweigen als Aufforderung zum Weitersprechen zu betrachten. »Also, da habe ich nun eine ...« – sie sah sich um und senkte die Stimme, obwohl das nächste Besatzungsmitglied mindestens zehn Fuß entfernt an seinem Ruder pullte –, »eine Aes Sedai, einen Behüter, einen Ogier – und dich. Auf den ersten Blick ein Landmann.« Ihre schrägstehenden Augen blickten aufmerksam in seine. Er hielt ihrem Blick stand, und sie lächelte. »Nur, daß du einen Aiel-Mann aus seinem Käfig befreist, dich lange mit ihm unterhältst und ihm dann hilfst, ein Dutzend Weißmäntel zu Wurst zu verarbeiten. Ich nehme an, das tust du öfters. Es schien, als sei es nichts Besonderes für dich. Ich wittere etwas Seltsames bei einer Reisegruppe wie der euren, na ja, und wir Jäger halten eben nach seltsamen Spuren Ausschau.«

Er zwinkerte – die Betonung war unmißverständlich. »Ein Jäger? Du? Du kannst doch kein Jäger sein! Du bist doch ein Mädchen!«

Ihr Lächeln war so unschuldig, daß er beinahe fortgelaufen wäre. Sie trat zurück, machte mit jeder Hand eine ausschweifende Bewegung und hielt plötzlich zwei Messer darin. Selbst Thom Merrilin hätte es nicht geschickter machen können. Einer der Männer am Ruder gab einen erstickten Laut von sich, und zwei andere kamen ins Stolpern. Ihre Ruder krachten gegeneinander, und die ganze Seite war ein einziges Durcheinander. Die *Schneegans* lief schwankend aus dem Kurs, bis der Kapitän die Lage mit ein paar kräftigen Flüchen wieder entspannte. Zu der Zeit hatte das schwarzhaarige Mädchen die Messer allerdings auch wieder verschwinden lassen.

»Geschickte Finger und ein cleverer Verstand bringen dich ein gutes Stück weiter als ein Schwert und Muskeln. Scharfe Augen sind auch hilfreich, und glücklicherweise verfüge ich über das alles.«

»Und auch über Bescheidenheit«, knurrte Perrin. Sie nahm keine Notiz davon.

»Ich habe den Eid auf dem Großen Platz in Tammaz in Illian abgelegt und den Segen erhalten. Vielleicht war ich tatsächlich die jüngste, aber in dieser Menge und bei all dem Lärm von Trompeten und Trommeln und Becken und dem Geschrei … Ein Sechsjähriger hätte da genauso den Eid ablegen können, und keiner hätte es bemerkt. Wir waren mehr als tausend, vielleicht sogar zweitausend, und jeder hatte irgendeine Vorstellung davon, wo das Horn von Valere zu finden sei. Ich habe auch eine – es könnte auch stimmen –, aber kein Jäger kann sich leisten, eine so eigenartige Spur außer acht zu lassen. Das Horn liegt bestimmt am Ende einer solchen Spur, na ja, und ich habe noch nichts Eigenartigeres gesehen als euch vier. Wo wollt ihr hin? Illian? Woanders?«

»Was hast du dir vorgestellt?« fragte er. »Wo das Horn sein soll?« *In Sicherheit in Tar Valon, hoffe ich, und das Licht gebe, daß ich es nie wieder sehe.* »Glaubst du, es sei in Ghealdan?«

Sie runzelte die Stirn. Er hatte das Gefühl, sie würde eine Witterung vermutlich nicht mehr aufgeben, wenn sie sie schon aufgespürt hatte, aber er war bereit, sie mit so vielen Ablenkungsmanövern zu verwirren, wie es nur möglich war. Dann sagte sie: »Hast du jemals von Manetheren gehört?«

Er erstickte beinahe. »Ich habe davon gehört«, sagte er vorsichtig.

»Jede Königin von Manetheren war eine Aes Sedai, und der König war ihr zugeschworener Behüter. Ich kann mir so etwas gar nicht vorstellen, aber so steht es in den Büchern geschrieben. Es war ein großes Land, umfaßte wohl ganz Andor und Ghealdan und noch mehr, aber die Hauptstadt, ich meine die Stadt selbst, lag in den Verschleierten Bergen. Und ich glaube, dort ist das Horn. Außer, ihr führt mich zu ihm hin.«

Seine Nackenhaare sträubten sich. Sie hielt ihm einen Vortrag, als sei er ein ungebildeter Dorflümmel. »Du wirst weder das Horn noch Manetheren finden. Die Stadt wurde während der Trolloc- Kriege zerstört, als die letzte Königin zuviel der Macht lenken wollte, um die Schattenlords zu vernichten, die ihren Mann getötet hatten.« Moiraine hatte ihm die Namen dieses Königspaares genannt, aber er erinnerte sich nicht mehr an sie.

»Nicht in Manetheren, Bauernjunge«, sagte sie ruhig, »obwohl es in einem solchen Land sicher gut versteckt wäre. Aber es gab andere Staaten, andere Städte in den Verschleierten Bergen, doch das ist so lange her, daß sich selbst die Aes Sedai nicht mehr daran erinnern. Und denk mal an all die Geschichten, daß es Unglück bringe, den Bereich der Verschleierten Berge zu betreten. Welcher Ort wäre besser als Versteck für das Horn geeignet als eine dieser vergessenen Städte?«

»Ich habe davon gehört, daß etwas in den Bergen versteckt sein soll.« Würde sie ihm das abnehmen? Er war noch nie ein guter Lügner gewesen. »In diesen Geschichten wird nie gesagt, was es sei, aber man nimmt an, es sei der größte Schatz auf der Welt. Vielleicht ist es das Horn? Aber die Verschleierten Berge erstrecken sich über Hunderte von Meilen. Wenn du es finden willst, solltest du deine Zeit nicht damit verschwenden, uns zu folgen. Du mußt das Horn vor Orban und Gann finden.«

»Ich habe dir doch gesagt, die beiden haben die spinnige Idee, das Horn sei im Großen Schwarzwald versteckt.« Sie lächelte zu ihm auf. Wenn sie lächelte, war ihr Mund keineswegs mehr zu groß. »Und ich sagte dir, daß ein Jäger den seltsamsten Spuren folgen muß. Du hast Glück, daß Orban und Gann beim Kampf gegen all diese Aiel-Männer verwundet wurden, sonst wären sie vielleicht jetzt auch an Bord. Zumindest werde ich euch nicht im Weg stehen oder versuchen, euch herumzukommandieren oder gar den Behüter zum Kampf aufstacheln.«

Er grollte angewidert. »Wir sind nur Reisende auf dem Weg nach Illian, Mädchen. Wie heißt du eigentlich? Wenn ich tagelang dieses Schiff mit dir teilen muß, kann ich dich nicht immer nur ›Mädchen‹ nennen.«

»Ich nenne mich Mandarb.« Er konnte sich nicht helfen und lachte schallend los. Ein erhitzter Blick aus schrägstehenden Augen traf ihn. »Ich werde dich lehren, mich auszulachen, Bauernjunge.« Ihre Stimme blieb ruhig. Gerade so eben. »In der Alten Sprache heißt Mandarb soviel wie ›Klinge‹. Das ist ein Name, der eines Jägers nach dem Horn würdig ist!«

Er beherrschte sich mühsam, als er auf den Seilpferch zwischen den Masten deutete. »Siehst du diesen schwarzen Hengst? Er heißt Mandarb.«

Der Zorn verschwand aus ihrem Blick und ihre Wangen bekamen rote Flecke. »Oh. Ich wurde bei meiner Geburt Zarine Bashere genannt, aber Zarine ist kein Name für einen Jäger. In den Legenden haben die Jäger Namen wie Rogosh Adlerauge.«

Sie wirkte aber so zerknirscht, daß er schnell sagte: »Mir gefällt der Name Zarine. Er paßt zu dir.« Sofort kehrte hitziger Zorn in ihren Blick zurück und einen Moment lang glaubte er, sie werde gleich eines ihrer Messer ziehen. »Es ist spät, Zarine. Ich will schlafen.«

Er wandte sich um und ging hinüber zur Luke, die zu den Räumen unter Deck führte. Zwischen seinen Schulterblättern prickelte es. Besatzungsmitglieder trabten immer noch deckauf und deckab, um die Ruder zu bedienen. *Narr. Ein Mädchen würde mich doch nicht mit einem Messer angreifen. Nicht, wenn all diese Leute zuschauen. Oder doch?* Gerade in dem Moment, als er die Luke erreichte, rief sie ihm etwas zu: »Bauernjunge! Vielleicht nenne ich mich Faile. So hat mich mein Vater genannt, als ich klein war. Das heißt: Falke.«

Er verkrampfte und verfehlte beinahe die oberste Strebe der Leiter. *Zufall.* Er zwang sich dazu, hinunterzusteigen, ohne einen Blick zurückzuwerfen. Es muß einer sein. Der Gang unten war unbeleuchtet, aber der Mond hinter ihm schien hell genug, daß er seinen Weg fand, ohne zu stolpern. In einer der Kabinen schnarchte jemand laut. *Min, warum mußt du nur solche Dinge vorhersehen?*

KAPITEL 4

Tochter der Nacht

Da er keine Ahnung hatte, welche Kabine für ihn vorgesehen war, steckte er den Kopf einfach in mehrere. Sie waren unbeleuchtet, und es schliefen jeweils zwei Männer in den engen Kojen. Nur in einer befand sich lediglich Loial, der auf dem Boden zwischen den Kojen saß – er paßte gerade so eben in die Lücke – und im Licht einer an einem Eisenring aufgehängten Laterne in sein Notizbuch kritzelte. Der Ogier wollte die Ereignisse des Tages mit ihm durchsprechen, doch Perrin, dem schon der Unterkiefer schmerzte, so gewaltsam mußte er das Gähnen unterdrücken, war der Meinung, das Schiff müsse sich jetzt weit genug flußabwärts befinden, daß er in Ruhe schlafen könne. Und vielleicht träumen. Selbst wenn sie es versuchten, würden Wölfe nicht mit einem von Rudern und einer starken Strömung vorwärtsgetriebenen Schiff mithalten können.

Schließlich fand er eine fensterlose Kabine, in der sich noch niemand aufhielt, und das paßte ihm sehr. Er wollte allein sein. *Der Name muß ein Zufall sein, ganz klar,* dachte er beim Anzünden der an der Wand fest angebrachten Laterne. *Außerdem heißt sie in Wirklichkeit ja Zarine.* Aber das Mädchen mit den hohen Backenknochen und den schrägstehenden Augen war nicht, was ihn am meisten beschäftigte. Er legte seinen Bogen und die anderen Habseligkeiten auf ein enges Bett, warf seinen Umhang darüber und setzte sich auf die andere Koje, um die Stiefel auszuziehen.

Elyas Machera hatte einen Weg gefunden, um mit

dem zu leben, was er war: ein Mann, der irgendwie mit den Wölfen verbunden war, und war trotzdem nicht dem Wahnsinn verfallen. Wenn er so im Geist zurückblickte, war er sicher, daß Elyas schon jahrelang so gelebt hatte, bevor sie zusammentrafen. *Er will ja so sein. Jedenfalls nimmt er es hin.* Doch das war keine Lösung. Perrin wollte eben nicht so leben, wollte es nicht hinnehmen. *Aber wenn du das Rohmaterial hast, um ein Messer anzufertigen, dann nimmst du es und machst eben ein Messer, selbst wenn du lieber eine Axt hättest. Nein! Mein Leben ist mehr als Eisen, das man in seine Form hämmert.*

Vorsichtig fühlte er mit seinem Geist hinaus, fühlte nach den Wölfen und fand – nichts. Ja, da war ein verschwommener Eindruck von Wölfen irgendwo in großer Entfernung, aber er verschwand, kaum daß er ihn berührt hatte. Zum erstenmal in langer Zeit war er allein. Wundervoll einsam.

Er blies die Laterne aus und legte sich hin. Das war auch das erste Mal seit Tagen. *Wie beim Licht wird Loial es schaffen, in einer solchen Koje zu schlafen?* All diese schlaflosen Nächte überkamen ihn jetzt, und die Erschöpfung ließ seine Muskeln erschlaffen. Ihm fiel auf, daß er den Aiel ganz aus seinen Gedanken verdrängt hatte. Und auch die Weißmäntel. *Lichtverlassene Axt! Seng mich, ich wünschte, ich hätte sie nie gesehen,* war sein letzter Gedanke vor dem Einschlafen.

Dichter, grauer Nebel umgab ihn. Unten war er so dicht, daß er seine eigenen Stiefel nicht sehen konnte, und nach den Seiten hin konnte er auch kaum zehn Schritt weit sehen. In diesem Umkreis gab es sicher nichts zu sehen. Aber im Nebel konnte sich alles verbergen. Der Nebel löste in ihm unangenehme Gefühle aus – irgendwie war er nicht feucht. Er griff mit der Hand nach seinem Gürtel, um sich das wohltuende

Gefühl zu gönnen, daß er sich verteidigen könne, und dann erschrak er. Seine Axt war nicht da.

Etwas bewegte sich im Nebel – ein Wirbeln in der Düsternis. Es kam auf ihn zu.

Er spannte seinen Körper an und fragte sich, ob es besser sei, wegzulaufen, oder zu bleiben und sich notfalls mit bloßen Händen zu verteidigen, und ob da überhaupt etwas sei, gegen das er kämpfen müsse.

Der schwadentreibende Wirbel im Nebel kam näher und nahm die Gestalt eines Wolfs an. Sein zerzauster Umriß verschwamm beinahe noch mit dem Nebel dahinter.

Springer? Der Wolf zögerte und kam dann zu ihm heran. Es war Springer – da war er sicher – aber etwas an der Haltung des Wolfs, etwas in den gelben Augen, deren Blick ihn ganz kurz traf, verlangte nach Schweigen, sowohl im Geist wie auch körperlich. Diese Augen verlangten auch, daß er ihm folge.

Er legte dem Wolf eine Hand auf den Rücken und sofort schritt Springer vorwärts. So ließ er sich führen. Das Fell unter seiner Hand war dicht und struppig. Es fühlte sich real an.

Der Nebel verdichtete sich wieder, bis ihm nur seine Hand mitteilte, daß Springer noch da sei, bis ein Blick nach unten nicht einmal mehr seine eigene Brust sichtbar fand. Nur grauer Nebel. Er hätte genausogut von Kopf bis Fuß in frisch geschorene Wolle gehüllt sein können, so wenig sah er. Es fiel ihm auf, daß er auch nichts hörte. Nicht einmal den Klang seiner eigenen Schritte. Er wackelte mit den Zehen und war erleichtert, die Stiefel noch an seinen Füßen zu spüren.

Das Grau färbte sich dunkler, und schließlich schritten er und der Wolf durch pechschwarze Nacht. Er konnte nicht einmal seine Hand sehen, wenn er seine Nase damit berührte. Davon abgesehen konnte er auch seine Nase nicht sehen. Er versuchte es damit, die Augen einen Moment lang zu schließen, doch einen Unterschied spürte er nicht. Auch hörte er nach wie vor keinen Laut. Seine Hand fühlte das rauhe Fell auf Springers Rücken, aber was unter seinen Stiefeln lag, war ungewiß.

Plötzlich blieb Springer stehen, und er war ebenfalls zum Stehenbleiben gezwungen. Er sah sich um … und schloß sofort die Augen. Nun war ein Unterschied spürbar. Ihm wurde beinahe schlecht. Sein Magen drehte sich um. Trotzdem zwang er sich, die Augen wieder zu öffnen und hinunterzublicken.

Was er da sah, konnte eigentlich nicht sein, es sei denn, er und Springer stünden mitten in der Luft. Sich selbst und den Wolf konnte er nun nicht mehr sehen. Es war, als hätten sie beide keinen Körper mehr – allein dieser Gedanke ließ ihn schwindeln. Doch unter ihm, klar, als beleuchteten tausend Lampen die Szenerie, erstreckte sich eine ungeheure Reihe von Spiegeln, die so gleichmäßig in der Schwärze hingen, als stünden sie fest auf dem Boden eines unendlichen Saales. Die Reihe setzte sich in jeder Richtung fort, so weit sein Auge sehen konnte, nur gerade unter ihm klaffte eine Lücke. Und darin befanden sich Menschen. Mit einemmal verstand er, was sie sagten, als befände er sich mitten unter ihnen.

»Großer Herr«, sagte der eine Mann leise, »wo sind wir hier?« Er blickte sich einmal um und zuckte zusammen, als sein Spiegelbild sich viele tausend Male umblickte. Danach sah er nur noch starr geradeaus. Die anderen hatten offensichtlich noch mehr Angst und drückten sich beinahe an ihn. »Ich habe in Tar Valon im Bett gelegen und geschlafen, Großer Herr. Ich schlafe doch noch immer dort! Wo bin ich hier? Bin ich verrückt geworden?«

Ein paar der um ihn versammelten Männer trugen kostbar bestickte Mäntel, während andere einfach gekleidet waren und einige sogar nackt oder in Unterwäsche dastanden.

»Ich schlafe auch noch!« schrie ein nackter Mann. »In Tear. Ich weiß doch, daß ich mit meiner Frau im Bett liege!«

»Und ich schlafe in Illian«, sagte ein Mann in Rot und Gold. Es klang erschüttert. »Ich weiß, daß ich schlafend im Bett liege, aber das kann doch nicht sein. Ich weiß, daß ich träume, aber das sein unmöglich! Wo sein wir, Großer Herr? Seid Ihr wirklich zu mir gekommen?«

Der dunkelhaarige Mann, dem sie gegenüberstanden, war ganz in Schwarz gekleidet und trug an Kragen und Manschetten silberne Spitzen. Immer wieder faßte er sich an die Brust, als habe er dort Schmerzen. Dort unten war es wohl hell, ohne daß man eine Lichtquelle erkennen konnte, aber dieser Mann schien Perrin in Schatten gehüllt zu sein. Die Dunkelheit ballte sich um ihn zusammen und liebkoste ihn.

»Ruhe!« Der schwarzgekleidete Mann sprach nicht einmal laut, aber das war auch gar nicht nötig. Während dieses einen Wortes hatte er den Kopf gehoben. Seine Augen und sein Mund waren Öffnungen, durch die man in eine wütende Feuerhölle blickte – nur Flammen und feuriges Glühen.

Nun erkannte ihn Perrin. Ba'alzamon. Er starrte hinab. Die Angst durchbohrte ihn wie mit glühenden Nadeln. Er wollte wegrennen, konnte aber seine Füße nicht mehr spüren.

Springer rührte sich. Er spürte das dichte Fell unter seiner Hand und griff hart zu. Da war etwas Wirkliches. Wirklicher als das, so hoffte er jedenfalls, was er dort sah. Doch er wußte, daß beides Wirklichkeit war.

Die dicht aneinandergedrängten Männer duckten sich.

»Ihr habt Eure Aufgaben erhalten«, sagte Ba'alzamon. »Manche dieser Aufgaben habt Ihr erfüllt. Bei anderen habt Ihr versagt.« Von Zeit zu Zeit flammten seine Augen und sein Mund wieder auf, und das

Feuer wurde vieltausendfach von den Spiegeln reflektiert. »Diejenigen, die dafür mit dem Tod bestraft werden, müssen sterben. Diejenigen, die dafür vorgesehen wurden, sich mir ganz hinzugeben, müssen sich mir beugen. Vor dem Großen Herrn der Dunkelheit zu versagen ist etwas Unverzeihliches.« Feuer flammte aus seinen Augen hervor, und die Dunkelheit brodelte und wirbelte um ihn herum. »Ihr.« Sein Finger deutete auf den Mann, der von Tar Valon gesprochen hatte, einen Burschen, der wie ein Kaufmann gekleidet war. Seine Kleider waren einfach geschnitten, aber vom feinsten Tuch. Die anderen scheuten vor ihm zurück, als habe er die Pest, und er duckte sich verängstigt und allein vor seinem Herrn. »Ihr habt dem Jungen gestattet, aus Tar Valon zu entkommen.«

Der Mann schrie auf und begann zu zittern wie eine Feile, die man gegen einen Amboß geschlagen hat. Er schien durchscheinend zu werden, und auch sein Schreien wurde dünner.

»Ihr träumt alle«, sagte Ba'alzamon, »aber was in diesem Traum geschieht, ist Wirklichkeit.« Der Schreiende war nur noch ein Nebelknoten in Gestalt eines Mannes; sein Schrei erklang aus weiter Ferne, und schließlich war auch der Nebel verschwunden. »Ich fürchte, er wird nie mehr erwachen.« Er lachte, und aus seinem Mund tosten Flammen. »Der Rest von Euch wird nicht mehr versagen. Geht! Erwacht und gehorcht!« Die anderen Männer verschwanden augenblicklich.

Einen Augenblick lang stand Ba'alzamon allein da, und dann plötzlich war eine Frau bei ihm, ganz in Weiß und Silber gekleidet.

Perrin war wie vom Schlag getroffen. Er hätte eine so wunderschöne Frau niemals vergessen können. Es war die Frau aus seinem Traum, die ihn beschworen hatte, nach Ruhm zu streben.

Ein kunstvoll gearbeiteter silberner Thron erschien

hinter ihr, und sie setzte sich darauf und zupfte sorgfältig ihre Seidenkleider zurecht. »Ihr benützt großzügig mein eigenes Reich«, sagte sie.

»Euer Reich?« fragte Ba'alzamon. »Dann beansprucht Ihr es jetzt für Euch? Dient Ihr nicht mehr dem Großen Herrn der Dunkelheit?« Die Dunkelheit in seiner Umgebung verdichtete sich einen Augenblick lang und schien zu kochen.

»Ich diene«, sagte sie schnell. »Ich habe dem Herrn des Zwielichts lange gedient. Lange war ich dafür gefangen, lag in endlosem, traumlosem Schlaf. Nur Grauen Männern und Myrddraal gesteht man keine Träume zu. Selbst Trollocs können träumen. Die Träume waren immer schon mein. Ich konnte in ihnen wandeln und sie benutzen. Nun bin ich wieder frei, und ich werde das nutzen, was mein ist.«

»Was Euer ist«, wiederholte Ba'alzamon. Die Schwärze, die ihn umwirbelte, schien belustigt. »Ihr habt Euch immer für größer gehalten, als Ihr wart, Lanfear.«

Der Namen schnitt in Perrins Fleisch wie ein gerade geschliffenes Messer. Eine der Verlorenen war in seinen Träumen gewesen. Moiraine hatte recht gehabt. Ein paar von ihnen waren frei.

Die Frau in Weiß stand jetzt wieder, und ihr Thron war verschwunden. »Ich bin so groß, wie ich eben bin. Was ist denn aus Euren Plänen geworden? Dreitausend Jahre und mehr in Ohren flüstern und an den Fäden hinter Thronen oder denen von Aes Sedai ziehen!« Diese Bezeichnung klang, von ihr ausgesprochen, wie pure Verachtung. »Dreitausend Jahre, und trotzdem wandelt Lews Therin wieder auf dieser Welt und die Aes Sedai haben ihn beinahe schon an der Leine. Könnt Ihr ihn führen? Könnt Ihr ihn umdrehen? Er war mein, bevor diese strohhaarige Ilyena ihn je gesehen hatte! Er wird wieder mein sein!«

»Dient Ihr jetzt nur noch Euch selbst, Lanfear?«

Ba'alzamons Stimme klang sanft, aber in seinen Augen und in seinem Mund wüteten unaufhörlich Flammen. »Habt Ihr eure Eide dem Großen Herrn der Dunkelheit gegenüber gebrochen?« Einen Augenblick lang löschte ihn die Dunkelheit beinahe aus, und nur die glühenden Flammen leuchteten noch hindurch. »Man kann sie aber nicht so leicht brechen wie die, die Ihr einst dem Licht geschworen und dann gebrochen habt, als Ihr in der Halle der Diener Euren neuen Herrn anerkanntet. Euer Herr beansprucht Euch für die Ewigkeit, Lanfear. Werdet Ihr weiterhin dienen, oder bevorzugt Ihr eine Ewigkeit voller Schmerz, einen endlosen Tod, aus dem Ihr nicht mehr entkommt?«

»Ich diene.« Trotzdem stand sie hochaufgerichtet und trotzig da. »Ich diene dem Großen Herrn der Dunkelheit und niemand anderem. Für immer!«

Die endlose Reihe von Spiegeln begann nun zu verschwinden, als werde sie von schwarzen Wogen überrollt. Die Schwärze kam dem Mittelpunkt immer näher. Sie überrollte Ba'alzamon und Lanfear. Dann war da nur noch Schwärze.

Perrin spürte, wie Springer sich bewegte, er war nur zu glücklich, ihm folgen zu können, geleitet ausschließlich vom Gefühl seines Fells unter seiner Hand. Erst als er sich tatsächlich bewegte, begriff er, daß das wieder möglich war. Er bemühte sich, all das zu verarbeiten, was er gesehen hatte, schaffte es aber nicht. Ba'alzamon und Lanfear. Seine Zunge klebte am Gaumen. Aus irgendeinem Grund fürchtete er Lanfear mehr als Ba'alzamon. Vielleicht, weil sie in den Bergen in seinen Träumen gewesen war. *Licht! Eine der Verlorenen in meinen Träumen! Licht!* Und wenn er sich nicht irrte, hatte sie dem Dunklen König getrotzt. Man hatte ihm gesagt und beigebracht, daß der Schatten keine Macht über einen Menschen habe, der ihm widersteht, ihn ablehnt, aber wie konnte ein Schattenfreund – nicht irgendein beliebiger Schattenfreund, sondern einer der Verlorenen! – dem Schatten widerstreben? *Ich muß verrückt sein wie Simions Bruder. Diese Träume haben mich in den Wahnsinn getrieben!*

Langsam wurde aus der Schwärze wieder Nebel, und der Nebel wurde allmählich dünner, bis er schließlich an der Seite Springers in hellem Tageslicht auf einen grasbewachsenen Hügel trat. In einem Dickicht am Fuß des Hügels begannen Vögel zu singen. Er blickte zurück. Bis zum Horizont erstreckte sich eine hügelige Ebene mit einzelnen Baumgruppen. Es gab nirgends ein Anzeichen für Nebel. Der große, angegraute Wolf stand abwartend neben ihm und sah ihn an.

»Was war das?« wollte er wissen, und er bemühte sich, im Geist die Frage so zu gestalten, daß der Wolf sie verstehen konnte. »Warum hast du mir das gezeigt? Was war das?«

Gefühle und Eindrücke überschwemmten seine Gedanken, und sein Verstand fügte die Worte hinzu. *Was du sehen mußtest. Sei vorsichtig, Junger Bulle! Dieser Ort ist gefährlich. Sei so behutsam wie ein Welpe, der ein Stachelschwein jagt.* Das hätte man besser als Kleiner Dorniger Rücken übersetzen sollen, aber sein Verstand gab dem Tier den Namen, den er als Mensch gehört hatte. *Du bist zu jung, zu neu.*

»War es wirklich?«

Alles ist wirklich, was du sehen oder auch nicht sehen kannst. Das schien alles zu sein, was Springer auf diese Frage zu antworten bereit war.

»Springer, wie kommst du hierher? Ich habe dich sterben sehen. Ich habe gefühlt, wie du starbst!«

Alle sind hier. Alle Brüder und Schwestern, die sind, die waren und die sein werden. Perrin wußte, daß Wölfe nicht lächeln, jedenfalls nicht so wie die Menschen, aber einen Augenblick lang hatte er den Eindruck, daß Springer grinste. *Hier – ich kann fliegen wie ein*

Adler. Der Wolf spannte sich an und sprang hoch in die Luft. Hoch und immer höher trug es ihn, bis er nur noch ein ferner Fleck am Himmel war. Dann kam ein letzter Gedanke: *Ich schwebe.*

Perrin sah ihm mit offenem Mund nach. *Er hat's tatsächlich getan.* Seine Augen brannten plötzlich, und er räusperte sich und rieb sich die Nase. *Demnächst plärre ich wie ein Mädchen.* Ohne zu überlegen, sah er sich um, ob ihn jemand beobachtet habe, und dann veränderte sich alles sehr schnell.

Er stand auf einer Anhöhe. Um ihn herum lagen schattenhafte Täler und Höhen. Sie schienen zu früh mit dem Horizont zu verschmelzen. Rand stand unterhalb von ihm. Rand und ein unregelmäßiger Kreis von Myrddraal und Männern und Frauen, die sein Blick nicht richtig erfassen konnte. Irgendwo in der Ferne heulten Hunde, und Perrin wußte, daß sie etwas jagten. Der Gestank nach Myrddraal und nach verbranntem Schwefel erfüllte die Luft. Perrins Nakkenhaare sträubten sich.

Der Kreis der Myrddraal und Menschen zog sich enger um Rand zusammen. Alle schritten wie im Schlaf einher. Und Rand begann, sie zu töten. Feuerbälle flogen aus seinen Händen und verschlangen zwei von ihnen. Blitze zuckten aus der Höhe herab, und weitere verschmorten. Andere wurden von Lichtstrahlen aus seinen geballten Fäusten getroffen, Lichtstrahlen, die wie weißglühender Stahl wirkten. Und die Überlebenden kamen näher und näher, als sähe keiner von ihnen, was geschah. Einer nach dem anderen starb, bis keiner mehr übrig war. Rand sank schwer atmend auf die Knie nieder. Perrin war sich nicht sicher, ob er nun lachte oder weinte; es schien ein Gemisch aus beidem zu sein.

Auf den Höhen erschienen weitere Gestalten, weitere Menschen, weitere Myrddraal, und alle schritten auf Rand zu.

Perrin legte die Hände um den Mund und rief: »Rand! Da kommen noch mehr!«

Rand blickte aus seiner gebückten Haltung zu ihm auf und knurrte ihn an. Sein Gesicht glänzte vor Schweiß.

»Rand, sie ...!«

»Seng dich!« heulte Rand.

Licht brannte in Perrins Augen, und der Schmerz verschlang alles.

Stöhnend rollte er sich auf dem engen Bett zusammen. Das Licht brannte immer noch hinter seinen geschlossenen Lidern. Seine Brust schmerzte. Er berührte sie mit der Hand und ächzte kurz, als er unter seinem Hemd eine Brandwunde fühlte, einen Fleck, nicht größer als ein Silberpfennig.

Mühsam brachte er seine verkrampften Muskeln dazu, sich zu entspannen, so daß er seine Beine ausstrecken und in der dunklen Kabine flach auf dem Rücken liegen konnte. *Moiraine. Diesmal muß ich Moiraine davon berichten. Muß nur warten, bis der Schmerz weg ist.*

Doch als der Schmerz allmählich verflog, packte ihn die Erschöpfung. Er dachte gerade noch daran, daß er aufstehen mußte, bevor er wieder einschlief, da war es auch schon geschehen.

Als er die Augen wieder öffnete, lag er zunächst nur da und starrte die Deckenbalken über sich an. Lichtstreifen oben und unten an der Tür deuteten an, daß der Morgen gekommen war. Er faßte sich mit der Hand an die Brust, um sich davon zu überzeugen, daß er sich alles nur eingebildet hatte, bis hin zu dieser Brandwunde ...

Seine Fingerspitzen fanden die Wunde. *Also habe ich es mir nicht eingebildet.* Er erinnerte sich dunkel an weitere Träume, aber die Erinnerung verflog, noch während er sie sich ins Gedächtnis zurückzurufen versuchte. Gewöhnliche Träume. Er fühlte sich sogar ausgeruht, als habe er gut geschlafen. *Und jetzt würde ich am liebsten noch einmal weiterschlafen.* Doch das alles bedeutete: Er konnte wirklich wieder schlafen. *Jedenfalls solange sich keine Wölfe in der Gegend aufhalten.*

Er erinnerte sich auch daran, während der kurzen Unterbrechung seines Schlafs nach dem Traum mit Springer darin eine Entscheidung getroffen zu haben, und er war der Meinung, sie sei gut gewesen.

Er mußte an fünf verschiedene Türen klopfen, wobei er zweimal mit Flüchen empfangen wurde und zweimal leere Kabinen vorfand, weil die Insassen schon an Deck gegangen waren, bevor er endlich Moiraine fand. Sie war bereits ganz angezogen, saß aber mit überschlagenen Beinen auf einem der schmalen Betten und las im Lichtschein der Laterne in ihren Aufzeichnungen. Weit vorn, fast am Anfang, sah er … Notizen, die aus der Zeit noch vor ihrer Ankunft in Emondsfeld stammen mußten. Lans Sachen lagen sauber zusammengelegt auf der anderen Koje.

»Ich hatte einen Traum«, verkündete er, und dann erzählte er ihr davon. Alles. Er zog sogar sein Hemd hoch, um ihr die kleine runde Brandwunde auf der Brust zu zeigen. Rote wellenförmige Striemen gingen davon aus. Vorher hatte er ihr immer Dinge verschwiegen, und das würde er wahrscheinlich wieder tun, aber diesmal war es zu wichtig. Der Scharnierstift war das kleinste und einfachste Teil einer Schere, doch ohne ihn konnte die Schere keinen Stoff schneiden. Als er fertig war, stand er abwartend vor ihr.

Sie hatte ihm mit ausdruckslosem Gesicht zugehört. Nur diese dunklen Augen hatten jedes Wort aus seinem Mund untersucht, abgewogen, gemessen und ans Licht gehalten. Nun saß sie noch genauso da, aber es war an ihm, sie forschend und abwägend anzublicken.

»Also, war es wichtig?« fragte er schließlich. »Ich

denke, das war einer dieser Wolfsträume, von denen Ihr mir erzählt habt – ganz gewiß war es ein solcher; es kann nicht anders sein – aber deshalb muß das noch nicht wirklich sein, was ich gesehen habe. Nur, daß Ihr mir gesagt hattet, ein paar der Verlorenen seien frei, und er nannte sie Lanfear, und... Ist es wichtig, oder stehe ich nur hier umsonst herum und mache einen Narren aus mir?«

»Es gibt Frauen«, sagte sie bedächtig, »die ihr Bestes tun würden, um Euch einer Dämpfung zu unterziehen, falls sie hörten, was Ihr mir gerade erzählt habt.« Seine Lunge schien einzufrieren; er bekam keine Luft. »Ich beschuldige Euch nicht, die Macht benützen zu können«, fuhr sie fort, und das Eis in ihm schmolz, »oder auch nur in der Lage zu sein, es zu erlernen. Der Versuch, Euch einer Dämpfung zu unterziehen, würde Euch nicht schaden, abgesehen von der etwas – rauhen – Behandlung durch die Roten Ajah, bevor sie ihren Irrtum bemerken. Männer wie Ihr sind so selten, daß selbst die Roten bei all ihren Nachforschungen in den letzten zehn Jahren nur drei gefunden haben. Jedenfalls vor dieser Schwemme von falschen Drachen. Was ich Euch damit klarzumachen versuche, ist, daß ich nicht glaube, Ihr könntet plötzlich anfangen, die Macht zu lenken. Davor müßt Ihr keine Angst haben.«

»Na danke für alles«, sagte er bitter. »Ihr hättet mir keinen Todesschreck einjagen müssen, nur um mir hinterher zu sagen, daß ich mich nicht fürchten solle!«

»Oh, Ihr habt allen Grund, Euch zu fürchten! Oder zumindest sehr vorsichtig zu sein, wie es der Wolf Euch schon sagte. Rote Schwestern oder auch andere würden Euch vielleicht töten, bevor sie merken, daß es bei Euch nichts zu dämpfen gibt.«

»Licht! Licht, seng mich!« Er blickte sie finster an. »Ihr versucht, mich an der Nase herumzuführen, Moiraine, aber ich bin kein Kalb und trage keinen Ring in der Nase. Die Roten Ajah oder andere würden nicht glauben, bei mir eine Dämpfung durchführen zu müssen, wenn nicht an meinen Träumen etwas Reales wäre. Heißt das, die Verlorenen sind tatsächlich wieder frei?«

»Ich habe Euch schon vorher gesagt, das könne sein. Einige davon. Eure … Träume allerdings habe ich nicht erwartet, Perrin. Manche Träumer haben bereits von Wölfen berichtet, aber ich habe das jetzt nicht erwartet.«

»Also, ich glaube, es war wirklich. Ich glaube, ich habe etwas gesehen, das wirklich geschah und das ich eigentlich nicht hätte sehen sollen.« *Was du sehen mußt.* »Ich glaube, daß zumindest Lanfear frei ist. Was werdet Ihr unternehmen?«

»Ich gehe nach Illian. Und von dort aus nach Tear, was ich noch vor Rand zu erreichen hoffe. Wir mußten Remen zu schnell verlassen, so daß Lan nicht mehr feststellen konnte, ob er den Fluß überquert oder sich eingeschifft hat. Aber das sollten wir schon herausfinden können, bevor wir Illian erreichen. Falls er diesen Weg gewählt hat, werden wir seine Spuren finden.« Sie blickte in ihr Buch, als wolle sie jetzt weiterlesen.

»Ist das alles, was Ihr tun wollt? Obwohl Lanfear frei ist, und das Licht allein weiß, wie viele noch?«

»Fragt mich nicht aus«, sagte sie kalt. »Ihr wißt nicht, welche Fragen Ihr stellen müßt, und Ihr würdet nicht einmal die Hälfte meiner Antworten verstehen, wenn ich sie Euch gäbe. Was ich nicht tun werde.«

Er trat unter ihrem Blick nervös von einem Fuß auf den anderen, bis klar war, daß sie nichts mehr zu sagen gewillt war. Sein Hemd scheuerte schmerzhaft über den Brandfleck auf seiner Brust. Es schien keine schlimme Verletzung zu sein – *nicht, wenn man nur vom Blitz getroffen worden ist* –, aber wie er daran gekommen war, war eine ganz andere Sache. »Äh ... Könnt Ihr diese Wunde heilen?«

»Habt Ihr keine Angst mehr davor, daß an Euch die Eine Macht benützt wird, Perrin? Nein, ich werde das nicht heilen. Es ist keine ernsthafte Wunde, und sie wird Euch daran erinnern, daß Ihr euch besser in acht nehmen müßt.« In acht nehmen davor, sie zu sehr zu bedrängen, genau wie in bezug auf künftige Träume und auch darauf, andere von seinen Träumen wissen zu lassen. »Gibt es noch etwas, Perrin?«

Er wollte schon zur Tür gehen, blieb aber doch noch einmal stehen. »Da ist noch etwas. Wenn Ihr wüßtet, daß eine Frau Zarine heißt, würdet Ihr glauben, der Name hätte irgendeine Bedeutung?«

»Warum beim Licht stellt Ihr mir eine solche Frage?«

»Ein Mädchen«, platzte er heraus. »Eine junge Frau. Ich habe sie letzte Nacht kennengelernt. Sie gehört zu den anderen Passagieren.« Er würde sie selbst herausfinden lassen, daß Zarine über sie als Aes Sedai Bescheid wußte. Und daß sie glaubte, wenn sie ihnen folgte, könne sie das Horn von Valere finden. Er würde künftig nichts zurückhalten, was er für wichtig hielt, aber wenn Moiraine schon Geheimnisse hatte, konnte er auch welche haben.

»Zarine. Der Name kommt aus Saldaea. Keine Frau würde ihre Tochter so nennen, wenn sie nicht glaubte, daß aus ihr eine große Schönheit würde. Und eine Herzensbrecherin. Eine, die in Palästen auf Kissen herumliegt, von Dienern und Verehrern umlagert.« Sie lächelte kurz und höchst amüsiert. »Vielleicht habt Ihr noch einen Grund, vorsichtig zu sein, Perrin, falls eine Zarine auf diesem Schiff mitfährt.«

»Ich habe vor, mich vorsichtig zu verhalten«, sagte er zu ihr. Zumindest wußte er nun, warum Zarine ihr eigener Name nicht gefiel. Er paßte wohl kaum zu einer Jägerin des Horns. *Solange sie sich nicht ›Falke‹ nennt ...*

Als er an Deck ging, war Lan schon da und kümmerte sich um Mandarb. Und Zarine saß auf einer Taurolle nahe der Reling, schliff eines ihrer Messer und beobachtete ihn. Die großen, dreieckigen Segel waren gesetzt und blähten sich im Wind. Die *Schneegans* machte gute Fahrt flußabwärts.

Zarines Blick folgte Perrin, als er an ihr vorbei zum Bug ging. Das Wasser wurde vom Bug des Schiffes aufgeworfen wie der Erdboden von einem guten Pflug. Er grübelte über Träume und Aiel-Männer nach, über Mins Voraussagen und Falken. Seine Brust tat weh. Sein Leben war noch nie so kompliziert verlaufen wie jetzt.

Rand fuhr aus seinem Schlaf der Erschöpfung hoch und schnappte nach Luft. Der Umhang, den er als Decke benutzt hatte, rutschte herunter. Seine Seite schmerzte. Die alte Wunde aus Falme klopfte fiebrig. Sein Feuer war bis auf die Glut einiger Kohlen heruntergebrannt, und nur gelegentlich züngelten daraus noch Flammen empor, doch es reichte, um die Schatten in Bewegung zu versetzen. *Das war Perrin. Bestimmt! Er war es selbst, nicht bloß im Traum. Irgendwie. Und ich habe ihn beinahe umgebracht! Licht, ich muß vorsichtiger sein!*

Vor Kälte zitternd, nahm er ein Stück eines Eichenastes in die Hand und wollte es zwischen die Kohlen schieben. Es gab nur vereinzelte Bäume in diesen Hügeln von Murandy nahe dem Manetherendrelle, aber er hatte genügend abgebrochene Äste gefunden, gerade alt genug, um richtig zu brennen, aber noch nicht verrottet. Bevor jedoch das Holz die Kohlen berührte, hielt er in der Bewegung inne. Pferde näherten sich, zehn oder zwölf, langsam, im Schrittempo. *Ich muß vorsichtig sein. Ich kann mir keine Fehler mehr leisten.*

Die Pferde bogen in Richtung seines niedergebrannten Feuers ab, traten in den trüben Lichtkreis und blieben stehen. Der Schatten ließ ihre Reiter nur als verschwommene Gestalten erscheinen, aber die meisten schienen Männer mit groben Gesichtern zu sein, die runde Helme und lange Lederwämser trugen, mit Metallscheiben wie mit Fischschuppen besetzt. Ein Reiter allerdings war eine Frau mit ergrautem Haar und einem strengen Gesichtsausdruck. Ihr dunkles Kleid war aus einfacher Wolle, aber vom feinsten Webmuster. Daran trug sie eine silberne Nadel, deren Kopf einen Löwen darstellte. Sie hätte zu den Kaufleuten gehören können, die immer zu den Zwei Flüssen kamen und dort Tabak und Wolle kauften. Eine Kauffrau und ihre Leibwächter.

Ich muß vorsichtig sein, dachte er beim Aufstehen. *Keine Fehler.*

»Ihr habt einen guten Lagerplatz gewählt, junger Mann«, sagte sie. »Ich habe ihn auf dem Weg nach Remen schon oft benützt. In der Nähe ist eine kleine Quelle. Ich hoffe, Ihr habt nichts dagegen, ihn mit uns zu teilen?« Ihre Leibwächter stiegen bereits ab, rückten ihre Schwertgurte zurecht und lösten die Sattelgurte ihrer Pferde. »Nichts«, entgegnete Rand. *Vorsicht.* Zwei Schritte brachten ihn nahe genug heran, und dann sprang er hoch in die Luft, wirbelte herum – ›Daunenfedern im Sturmwind‹ – hielt ein aus Flammen entstandenes Reiherschwert in der Hand und hieb ihr den Kopf ab, bevor sich auf ihrem Gesicht auch nur Überraschung zeigen konnte. *Sie war die gefährlichste.*

Er war schon wieder auf den Beinen, als der Kopf der Frau von ihrem Pferd rollte. Die Wächter schrien und griffen nach ihren Schwertern, und sie schrien erst recht, als sie erkannten, daß sein Schwert brannte. Er tanzte so zwischen ihnen hindurch, wie Lan es ihn gelehrt hatte, und er wußte, daß er alle zehn auch mit gewöhnlichem Stahl hätte töten können, doch die Klinge, die er führte, war ein Teil seiner selbst. Der letzte Mann fiel, und es war seinen Fechtübungen unter Lan so ähnlich gewesen, daß er schon sein Schwert zurück in die Scheide stecken wollte – ›Den Fächer zusammenfalten‹ nannte man das –, als er sich daran erinnerte, daß er gar keine Scheide trug, und das Schwert hätte bei der ersten Berührung sowieso jede Scheide zu Asche zerfallen lassen. Er ließ das Schwert verschwinden und wandte sich den Pferden zu. Die meisten waren weggelaufen, aber ein paar davon nicht weit, und der hochgewachsene Wallach der Frau stand mit rollenden Augen da und wieherte übernervös. Ihre kopflose Leiche, die am Boden daneben lag, hatte die Zügel nicht losgelassen und zog den Kopf des Tieres immer noch herunter.

Rand zog der Toten die Zügel aus der Hand, suchte schnell seine paar Besitztümer zusammen und schwang sich in den Sattel. *Ich muß vorsichtig sein,* dachte er, als er die Leichen überblickte. *Keine Fehler.*

Die Macht erfüllte ihn noch, dieser Strom von *Saidin* – süßer als Honig, verdorbener als verwesendes Fleisch. Mit einem Mal lenkte er die Macht erneut, ohne eigentlich richtig zu wissen, warum er das tat oder was er überhaupt wollte. Er wußte nur, daß es richtig war, und es funktionierte auch. Die Leichen schwebten hoch, und dann setzte er sie alle ihm gegenüber auf die Knie. Sie fielen um, und ihre Gesichter lagen im Schmutz. Die Gesichter derjenigen jedenfalls, die überhaupt noch welche hatten. Aber sie hatten vor ihm gekniet.

»Ich bin der Wiedergeborene Drache«, sagte er zu ihnen, »und so sollte es doch sein, oder?« *Saidin* wieder loszulassen fiel ihm schwer, doch er brachte es fertig. *Wenn ich zu lange daran festhalte, wie kann ich dann den Wahnsinn zurückhalten?* Er lachte bitter auf. *Oder ist es dafür schon zu spät?*

Mit gerunzelter Stirn blickte er die Reihe entlang. Er war sicher gewesen, daß es nur zehn waren, doch nun lagen elf Männer vor ihm, einer davon ohne irgendwelche Kampfausrüstung, doch immer noch mit einem Dolch in der Hand.

»Du hast dir die falsche Gesellschaft ausgesucht«, sagte Rand zu dem Mann.

Er riß den Wallach herum, trieb ihm die Fersen in die Flanken und ließ das Tier durch die Dunkelheit galoppieren. Es war noch ein langer Weg bis Tear, aber er wollte so schnell wie möglich dorthin, und wenn er Pferde dabei zuschanden reiten oder neue stehlen mußte. *Ich werde dem allem ein Ende machen. Der Verlockung. Den Ködern. Ich werde diesen Zustand beenden! Callandor.* Es zog ihn magisch an.

KAPITEL 5

Es brennt in Cairhien

Egwene erwiderte die respektvolle Verbeugung des Besatzungsmitglieds, das barfuß an ihr vorbeipatschte, mit einem graziösen Kopfnicken. Er zog an einem Tau, das sowieso schon straff gespannt schien, und verschob damit vielleicht die Stellung eines der großen, quadratischen Segel um ein Weniges. Als er dann zurücktrabte, dorthin, wo der Kapitän neben dem Rudergänger stand, verbeugte er sich noch mal, und sie nickte noch einmal. Dann wandte sie ihre Aufmerksamkeit wieder dem bewaldeten Ufer Cairhiens zu, das weniger als zwanzig Spannen entfernt an dem *Blauen Kranich* vorbeiglitt.

Sie kamen an einem Dorf vorbei, oder dem, was einmal ein Dorf gewesen war. Die Hälfte aller Häuser bestand nur noch aus qualmenden Schutthaufen, aus denen höchstens noch die Schornsteine wie kahle Bäume herausragten. An den anderen Häusern standen die Türen offen und wurden vom Wind hin- und hergeschlagen, während einzelne Möbelstücke, Kleider und Haushaltsgegenstände auf der Straße herumlagen. Der Wind packte auch sie und warf sie umher. Nichts Lebendiges rührte sich im Dorf bis auf einen halbverhungerten Hund, der das vorübergleitende Schiff nicht weiter beachtete und hinter den eingestürzten Mauern eines Gebäudes verschwand, das wohl eine Schenke gewesen war. So etwas konnte sie nicht sehen, ohne ein flaues Gefühl im Magen zu spüren, doch sie bemühte sich, die leidenschaftslose Würde zu wahren, die sie sich bei einer Aes Sedai vorstellte. Es half nicht viel. Jenseits des Dorfes stieg eine dicke Qualmwolke in den Himmel. Drei oder vier Meilen weiter, schätzte sie.

Das war nicht die erste solche Qualmwolke, die sie gesehen hatte, seit der Erinin an der Grenze nach Cairhien entlanggeflossen war, und es war nicht das erste zerstörte Dorf. Wenigstens sah man diesmal keine Leichen herumliegen. Kapitän Ellisor mußte manchmal der sich verschiebenden Schlammbänke im Fluß wegen ganz nahe am Ufer Cairhiens entlangsteuern. Trotzdem hatten sie bisher keinen einzigen lebenden Menschen gesehen.

Dorf und Rauchwolke entschwanden hinter dem Schiff, doch da kam bereits eine weitere Rauchwolke voraus in Sicht, etwas weiter vom Fluß entfernt. Der Wald wurde hier spärlicher. Eschen und Lederblattbäume und Schwarzer Holunder machten Weiden Platz und Birken und Wassereichen. Ein paar der anderen Bäume kannte sie nicht.

Der Wind packte ihren Umhang, aber sie ließ ihn ruhig flattern. Sie spürte die kalte Reinheit der Luft, die Freiheit, die ihr die braune Kleidung verlieh anstatt der weißen, auch wenn es nicht das war, was sie eigentlich tragen wollte. Doch Kleid und Umhang waren aus feinster Wolle, gut geschnitten und gut verarbeitet.

Ein anderer Matrose trabte an ihr vorüber und verbeugte sich dabei. Sie gelobte sich, wenigstens ein bißchen darüber in Erfahrung zu bringen, was sie arbeiteten. Es paßte ihr nicht, sich so unwissend zu fühlen. Ihren Ring der Großen Schlange an der rechten Hand zu tragen brachte ihr eine ganze Menge Verbeugungen vom Kapitän bis hinunter zu den Matrosen ein. Die meisten davon waren in Tar Valon geboren.

Sie hatte in der Auseinandersetzung mit Nynaeve den Sieg davongetragen. Nynaeve war sicher gewesen, daß nur sie allein alt genug sei, um von den Leuten für eine Aes Sedai gehalten zu werden. Doch da hatte sie sich geirrt. Egwene gab ja zu, daß sie genau wie Elayne einige überraschte Blicke abbekommen hatte, als sie an jenem Nachmittag im Südhafen an Bord des *Blauen Kranich* gegangen waren. Kapitän Ellisor hatte die Augenbrauen so weit hochgezogen, daß sie seinen Haaransatz erreicht hätten, doch Haare besaß er keine mehr. Trotzdem hatte er gelächelt und sich viele Male verbeugt.

»Eine Ehre, Aes Sedai. Drei Aes Sedai wollen auf meinem Schiff mitfahren? Das ist wirklich eine Ehre. Ich verspreche Euch eine schnelle Reise, soweit Ihr zu fahren wünscht. Und keine Schwierigkeiten mit Räubern aus Cairhien. Ich lege an dieser Seite des Flusses nicht mehr an. Es sei denn natürlich, Ihr wünscht es, Aes Sedai. Ein paar Städte auf der Seite Cairhiens werden von andoranischen Soldaten gehalten. Eine Ehre, Aes Sedai.«

Seine Augenbrauen waren noch einmal nach oben geschossen, als sie lediglich nach einer Kabine für alle drei verlangt hatten. Nicht einmal Nynaeve hatte nachts allein bleiben wollen, wenn sie es vermeiden konnte. Jede von ihnen hätte durchaus ohne Preisaufschlag eine eigene Kabine haben können, sagte er ihnen, denn er hatte keine anderen Passagiere an Bord, die Ladung war gestaut, und falls die Aes Sedai flußabwärts zu tun hatten, würde er auch keine Stunde mehr darauf warten, daß vielleicht noch neue Passagiere auftauchten. Sie wiederholten jedoch, daß sie nur eine Kabine benützen wollten.

Das hatte ihn überrascht und an seinem Gesichtsausdruck konnte man ablesen, daß er es nicht verstand, aber Chin Ellisor, der in Tar Valon geboren und aufgewachsen war, würde die Entscheidung einer Aes Sedai niemals in Frage stellen, wenn sie ihm ihre Absicht klargemacht hatte. Und wenn zwei von ihnen auch sehr jung wirkten – nun ja, einige Aes Sedai waren eben jung.

Die verlassenen Ruinen verschwanden hinter Egwene. Die Rauchwolke kam näher, und sie bemerkte die Andeutung einer weiteren, die aber viel weiter vom Flußufer entfernt sein mußte. Die bewaldete Landschaft änderte sich langsam und wurde zu einer grasbewachsenen, hügeligen Ebene mit vielen kleinen Dickichten dazwischen. Die Bäume trugen bereits ihre Frühlingsblüten. Winzig und weiß leuchteten sie auf den Weißdornbüschen und zwischen den hochroten Beeren der Vogelbeerbäume. Ein Baum, den sie nicht kannte, war bedeckt von runden weißen Blüten, jede größer als zwei Handspannen. In Abständen sah man die gelben oder weißen Blüten einer Kletterrose durch sattgrün belaubtes Geäst oder rote Schößlinge leuchten. Der Kontrast zu all der Asche und dem Schutt war zu hart, als daß sie den Frühling hätte genießen können.

Da wünschte sich Egwene eine Aes Sedai herbei, um ihr die vielen Fragen zu stellen, die ihr auf der Zunge brannten. Eine, der sie vertrauen konnte. Wenn sie mit den Fingern leicht über ihre Gürteltasche strich, konnte sie gerade noch den Ring des *Ter'Angreal* darinnen fühlen.

Sie hatte ihn jede Nacht seit ihrer Abreise aus Tar Valon benützt, mit zwei Ausnahmen, aber es war keine zweimal das gleiche herausgekommen. O ja, sie kam immer nach *Tel'aran'rhiod,* aber das einzig Nützliche, das sie dort sah, war wieder das Herz des Steins, jedesmal aber ohne Sylvie, die ihr Einzelheiten darüber berichtet hätte. Sie sah absolut nichts von den Schwarzen Ajah.

Ihre eigenen Träume, die nicht von dem *Ter'Angreal* unterstützt wurden, waren von Bildern erfüllt gewesen, die beinahe wie Szenen aus der Unsichtbaren Welt wirkten. Rand, der ein Schwert in der Hand hielt, das wie die Sonne brannte, bis sie es kaum mehr als Schwert erkennen konnte und auch kaum mehr ihn selbst als Rand. Wieder Rand, der auf unzählige Arten bedroht wurde. Keine dieser Bedrohungen erschien ihr wirklich. In einem Traum hatte er sich auf einem riesigen Spielbrett befunden. Die schwarzen und weißen Spielfiguren waren so groß wie Felsblöcke gewesen, und er duckte sich unter den monströsen Händen weg, die sie führten und die ihn zu zerquetschen drohten. Es konnte durchaus eine Bedeutung haben. Das war auch wahrscheinlich, doch bis auf die Tatsache, daß sich Rand durch jemand oder auch durch zwei Personen in Gefahr befand – soweit war sie sich sicher –, wußte sie nun immer noch nichts. *Ich kann ihm im Moment nicht helfen. Ich muß meine eigene Pflicht erfüllen. Ich weiß noch nicht einmal, wo er sich befindet, außer daß er möglicherweise tausend Meilen oder mehr von hier entfernt ist.*

Sie hatte von Perrin und einem Wolf geträumt und von einem Falken bei Perrin, der mit einem Habicht kämpfte. Perrin rannte vor jemand Tödlichem weg und sprang ganz bewußt vom Rand einer hoch aufragenden Klippe in die Tiefe, wobei er sagte: »Es muß vollbracht werden. Ich muß das Fliegen lernen, bevor ich auf dem Boden aufschlage.« Einmal hatte sie von einem Aiel geträumt, und sie glaubte, auch das habe mit Perrin zu tun gehabt. Aber sie war sich nicht ganz sicher. Und dann träumte sie von Min, die eine stählerne Falle zum Zuschnappen brachte, ohne sie beim Hindurchlaufen überhaupt zu bemerken. Auch von Mat hatte sie mehrmals geträumt. Mat, um den herum Würfel wirbelten – sie wußte, wo diese Vorstellung herrührte – und wie er von einem Mann verfolgt wurde, der gar nicht da war. Das verstand sie immer noch nicht: Ein Mann oder vielleicht auch mehr als einer folgten ihm, aber doch waren sie nicht vorhanden! Dann wieder ritt Mat verzweifelt auf ein in der Ferne verschwindendes Ziel zu, das er unbedingt erreichen mußte. Und er war bei einer Frau, die mit Feuerwerk um sich warf. Eine aus der Gilde der Feuerwerker, nahm sie an, aber das ergab auch nicht mehr Sinn als alles andere.

Sie hatte derart viele Träume gehabt, daß sie schon begann, an allem zu zweifeln. Vielleicht hatte es damit zu tun, daß sie den *Ter'Angreal* zu oft benützte, oder daß sie ihn überhaupt bei sich trug. Möglicherweise erfuhr sie nun auch, was ein Träumer gewöhnlich erlebte. Verzweifelte, aufwühlende Träume. Männer und Frauen, die aus Käfigen ausbrachen und sich dann Kronen aufsetzten. Eine Frau spielte mit Puppen, und in einem anderen Traum führten die Fäden an einer Puppe zu den Händen einer größeren und deren Fäden wieder zu einer größeren Puppe und immer so weiter, bis die Fäden in unendlichen Höhen verschwanden. Könige starben, Königinnen weinten, Schlachten tobten. Weißmäntel brandschatzten die Zwei Flüsse. Sogar von den Seanchan hatte sie wieder geträumt. Mehr als einmal. Diese Träume verdrängte sie in eine dunkle Ecke ihres Verstands; sie wollte nicht daran denken. Und dann Mutter und Vater – jede Nacht.

Zumindest war sie sicher, was diese Träume bedeuteten, oder sie glaubte, sicher zu sein. *Das bedeutet, ich bin weg, um Schwarze Ajah zu jagen, und ich weiß nicht, was meine Träume bedeuten oder wie ich diesen dummen* Ter'Angreal *dazu bringen kann, zu machen, was ich will, und ich habe Angst und … und Heimweh.* Einen Augenblick lang stellte sie sich vor, wie schön es sei, von ihrer Mutter hoch ins Bett geschickt zu werden und zu wissen, daß am Morgen alles besser sein würde. *Nur kann Mutter meine Probleme nicht mehr lösen und Vater kann mir nicht mehr versprechen, er werde die Ungeheuer verjagen, damit ich ihm glaube und beruhigt bin. Jetzt muß ich alles selbst machen.*

Wie lange das alles nun schon zurücklag. Sie wünschte sich das ja auch nicht wirklich wieder, aber es war eine von Wärme erfüllte Zeit gewesen, eine wunderbare Erinnerung. Es wäre schön, sie wenigstens einmal wiederzusehen und ihre Stimmen zu hören. *Wenn ich diesen Ring an dem Finger trage, den ich mir selbst auswählen kann.*

Sie hatte schließlich nachgegeben und Nynaeve und Elayne jeweils eine Nacht lang mit dem Steinring schlafen lassen. Über ihr eigenes Zögern, den Ring jemand anderem zu übergeben, war sie allerdings selbst überrascht gewesen. Als sie erwachten, hatten sie von einer Welt erzählt, die ganz sicher *Tel'aran'rhiod* gewesen war, aber keine hatte mehr als nur einen flüchtigen Blick ins Herz des Steins geworfen oder sonst etwas Nützliches gesehen.

Die dicke Rauchsäule lag nun genau vor dem *Blauen Kranich.* Vielleicht fünf oder sechs Meilen vom Fluß entfernt, glaubte sie. Die andere war nur eine verschwommene Linie am Horizont. Es könnte beinahe eine natürliche Wolke sein, aber sie war sicher, daß es das nicht war. An manchen Stellen wuchs hier das Gestrüpp ganz dicht am Ufer, und dazwischen wuchs das Gras bis zum Rand des Wassers. Nur an wenigen Flecken war das Ufer unterspült und am Rand abgerutscht.

Elayne kam an Deck und trat zu ihr an die Reling. Der Wind peitschte ihren Umhang. Auch sie trug feste Wollkleidung. Das war ein Punkt gewesen, in dem sich Nynaeve durchgesetzt hatte. Ihre Kleidung. Egwene hatte darauf bestanden, daß Aes Sedai immer nur das Beste trügen, auch auf Reisen. Dabei hatte sie an die Seide gedacht, die sie in *Tel'aran'rhiod* trug. Aber Nynaeve hatte darauf hingewiesen, daß sie wohl eine pralle Börse voll Gold besaßen, die ihnen die Amyrlin hinten in den Kleiderschrank gesteckt hatte, aber nicht wissen konnten, wie hoch die Preise flußabwärts seien. Die Dienerinnen meinten, Mat habe in bezug auf einen Bürgerkrieg in Cairhien recht gehabt und daß die Preise deshalb hochgegangen seien. Zu Egwenes Überraschung hatte Elayne sie darauf aufmerksam gemacht, daß die Braunen Schwestern häufiger Wollkleidung trugen als Seide. Elayne hatte dem Küchendienst unbedingt entkommen wollen, und Egwene glaubte, sie hätte auch Lumpen getragen, um das zu erreichen.

Wie es Mat wohl ergehen mag? Zweifellos wird er versuchen, den Kapitän des Schiffes, auf dem er sich befindet, zum Würfelspiel zu überreden.

»Schrecklich«, murmelte Elayne. »Es ist so schrecklich.«

»Was denn?« fragte Egwene abwesend. *Ich hoffe nur, er zeigt das Dokument, das wir ihm gegeben haben, nicht überall herum.*

Elayne blickte sie überrascht an und runzelte dann die Stirn. »Das!« Sie deutete auf die ferne Rauchwolke. »Wie kannst du so etwas übersehen?«

»Ich ignoriere es, denn ich will nicht erst darüber nachdenken, was die Menschen durchmachen. Ich kann nichts dagegen unternehmen, und wir müssen nach Tear kommen. Was wir suchen, befindet sich nun mal in Tear.« Sie war über ihre Leidenschaft selbst überrascht. *Ich kann doch wirklich nichts dagegen tun. Und die Schwarzen Ajah sind in Tear.*

Je länger sie darüber nachdachte, desto sicherer war sie, daß sie einen Zugang zum Herzen des Steins finden mußten. Vielleicht war nur den Hochlords von Tear die Anwesenheit dort gestattet, aber sie war langsam davon überzeugt, daß sie nur dort im Herzen des Steins die Falle der Schwarzen Ajah auslösen und gleichzeitig meiden konnten.

»Das weiß ich doch alles, Egwene, aber das kann mich nicht daran hindern, daß ich mit den Menschen in Cairhien leide.«

»Ich habe im Unterricht von den Kriegen gehört, die Andor gegen Cairhien führte«, sagte Egwene trokken. »Bennae Sedai sagt, ihr und Cairhien hättet öfter als alle anderen Länder außer vielleicht Tear und Illian gegeneinander gekämpft.«

Die andere Frau blickte sie von der Seite her an. Elayne konnte sich nicht daran gewöhnen, daß Egwene sich nicht als Andoranerin betrachtete. Zumindest wiesen die Grenzlinien auf den Landkarten nach, daß die Zwei Flüsse ein Teil von Andor waren, und Elayne schenkte den Karten Glauben.

»Wir haben Kriege gegen sie geführt, Egwene, aber seit den furchtbaren Zerstörungen während des Aiel-Kriegs haben wir ihnen beinahe genausoviel Getreide verkauft wie Tear. Jetzt ist der Handel zusammengebrochen. Da jedes Adelshaus in Cairhien gegen jedes andere um den Sonnenthron kämpft – na ja, wer kauft denn da noch Getreide und verteilt es an die Bevölkerung? Wenn die Auseinandersetzungen so hart sind, wie es die Zerstörungen am Ufer hier vermuten lassen … Weißt du, man kann nicht zwanzig Jahre lang ein Volk ernähren und dann nicht mit ihnen fühlen, wenn sie am Verhungern sind.«

»Ein Grauer Mann«, sagte Egwene, und Elayne fuhr sichtlich zusammen. Sie bemühte sich, in alle Richtungen gleichzeitig zu blicken. Das Glühen von *Saidar* umgab sie.

»Wo?«

Egwene sah sich etwas weniger hastig auf dem Deck um, ob irgend jemand nahe genug sei, zu lauschen. Kapitän Ellisor stand immer noch am Heck neben dem Mann mit nacktem Oberkörper, der das lange Steuerruder hielt. Ein weiteres Besatzungsmitglied hing in den Tauen am Bug und suchte den Fluß nach Anzeichen von Schlammbänken ab. Zwei andere noch tapsten an Deck auf und ab und zogen von

Zeit zu Zeit Taue zurecht, um die Segelstellung zu halten oder zu verändern. Die übrige Besatzung befand sich unter Deck. Einer der beiden an Deck blieb stehen und überprüfte die Halteleinen des Ruderboots, das umgekehrt an Deck festgemacht war. Sie wartete, bis er weiter weg war, bevor sie weitersprach.

»Närrin!« murmelte sie. »Ich meine natürlich mich selbst, Elayne, und nicht dich. Also schau mich nicht so wütend an.« Sie fuhr im Flüsterton fort: »Ein Grauer Mann ist hinter Mat her, Elayne. Das muß dieser Traum bedeuten, aber ich war blind. Ich bin wirklich eine Närrin!«

Das Glühen um Elayne herum verflog. »Geh nicht so hart mit dir selbst ins Gericht«, flüsterte sie zurück. »Vielleicht stimmt es, aber ich bin auch nicht darauf gekommen und Nynaeve genausowenig.« Sie schwieg einen Moment lang, und rotgoldene Locken flogen, als sie den Kopf schüttelte. »Aber das ergibt keinen Sinn, Egwene. Warum sollte ein Grauer Mann hinter Mat hersein? In meinem Brief an Mutter steht nichts, was uns auch nur im geringsten gefährden könnte.«

»Ich weiß nicht, warum«, sagte Egwene. »Es muß aber einen Grund geben. Ich bin sicher, daß dies die Bedeutung meines Traumes war.«

»Selbst wenn du recht hast, Egwene, können wir nichts dagegen unternehmen.«

»Das ist mir klar«, antwortete Egwene in bitterem Ton. Sie wußte nicht einmal, ob er sich vor oder hinter ihnen befand. Vor ihnen, vermutete sie. Mat war sicher augenblicklich abgereist. »Wie auch immer«, knurrte sie zu sich selbst, »es hilft alles nichts. Ich weiß endlich, was einer meiner Träume bedeutet, und es hilft mir kein bißchen!«

»Aber wenn du nun eine Bedeutung kennst«, sagte Elayne, »dann wirst du vielleicht bald auf weitere kommen. Wenn wir uns hinsetzen und alles durchsprechen …«

Der *Blaue Kranich* erzitterte und schwankte. Egwene stürzte auf das Deck, und Elayne fiel genau auf sie. Als sich Egwene wieder hochrappelte, glitt das Ufer nicht mehr an ihnen vorüber. Das Schiff lag still, Bug nach oben und mit deutlicher Schlagseite. Die Segel flatterten lautstark im Wind.

Chin Ellisor richtete sich auf und rannte zum Bug, ohne dem Rudergänger aufzuhelfen. »Du blinder Wurm von einem Bauern!« schrie er den Mann im Tauwerk an, der sich an der Reling festklammerte, um nicht ganz über Bord geworfen zu werden. »Du Dreck fressender Ziegensohn! Bist du noch nicht lange genug auf dem Fluß, um zu erkennen, wie sich das Wasser über einer Schlammbank staut?« Er packte den Mann an der Reling bei den Schultern und zerrte ihn an Deck zurück. Dann schob er ihn beiseite, um selbst auf den Fluß hinunterblicken zu können. »Wenn mein Rumpf deinetwegen ein Leck abbekommen hat, stopfe ich dich persönlich zum Abdichten hinein!«

Die anderen Besatzungsmitglieder waren auch wieder auf den Beinen, und weitere kamen die Leitern heraufgeklettert. Alle rannten nach vorn und drängten sich um den Kapitän.

Nynaeve erschien in einer Luke, von der aus man die Passagierkabinen erreichte, und strich sich den Rock glatt. Sie zog hart an ihrem Zopf – ihre typische Angewohnheit, wenn sie erregt war –, sah die am Bug zusammengedrängten Männer finster an und schritt zu Egwene und Elayne herüber. »Wir sind auf irgend etwas aufgelaufen, nicht wahr? Und das nach all dem Geschwätz, er kenne den Fluß genauso gut wie seine Frau. Die Frau erhält vermutlich noch nicht einmal ein Lächeln von ihm.« Sie riß wieder an dem dicken Zopf und schob sich zwischen den Matrosen hindurch zum

Kapitän. Sie alle betrachteten eingehend das Wasser unter ihnen.

Es hatte keinen Sinn, sich ihr anzuschließen. *Er bringt uns schneller wieder hier weg, wenn man ihn in Ruhe läßt.* Nynaeve erzählte ihm wahrscheinlich, wie er seine eigene Arbeit zu tun habe. Elayne machte auch den Eindruck, genau dasselbe im Sinn zu haben, denn sie schüttelte mißbilligend den Kopf, als sie beobachtete, wie der Kapitän und die Besatzungsmitglieder respektvoll ihre Aufmerksamkeit von dem abwandten, was sich unter dem Bug abspielte, und statt dessen Nynaeve anblickten. Eine Welle der Erregung machte sich unter den Männern breit und wurde immer stärker. Einen Augenblick lang konnte sie die Hände des Kapitäns sehen, die sich protestierend über die Köpfe weg hoben, und dann stolzierte Nynaeve davon. Sie machten ihr unter Verbeugungen Platz, und Ellisor eilte neben ihr her. Er wischte sich das Gesicht mit einem großen, roten Taschentuch ab. Seine erregte Stimme wurde nun hörbar, als sie sich ihnen näherten.

»... gute fünfzehn Meilen bis zum nächsten Dorf am andoranischen Ufer, Aes Sedai, und mindestens fünf oder sechs Meilen flußabwärts auf der Seite von Cairhien! Sicher, es wird von Soldaten aus Andor gehalten, aber sie kontrollieren ja nicht die Meilen von hier bis zum Ort!« Er wischte sich das Gesicht wieder ab, als triefe es von Schweiß.

»Ein gesunkenes Schiff«, verkündete Nynaeve den beiden anderen Frauen. »Der Kapitän glaubt, das sei das Werk von Flußpiraten. Er will versuchen, mit Hilfe der Ruder wieder achtern freizukommen, glaubt aber selbst kaum, daß es gelingen wird.«

»Wir machten gute Fahrt, als wir aufliefen, Aes Sedai. Ich wollte Euretwegen schnell vorankommen.« Ellisor rieb sich das Gesicht noch stärker ab. Egwene wurde klar, daß er Angst hatte, die Aes Sedai würden ihm Vorwürfe machen. »Wir sitzen ziemlich fest. Aber ich glaube nicht, daß Wasser in den Rumpf dringt, Aes Sedai. Es gibt keinen Grund zur Unruhe. Ein anderes Schiff wird vorbeikommen. Und zwei Sätze Ruder werden uns dann bestimmt freibekommen. Es ist nicht nötig, Euch am Ufer abzusetzen, Aes Sedai. Ich schwöre es beim Licht!«

»Hast du daran gedacht, das Schiff zu verlassen?« wollte Egwene wissen. »Hältst du das für richtig?«

»Natürlich ist es ...!« Nynaeve brach ab und blickte sie finster an. Egwene erwiderte den Blick, ohne nachzugeben. Dann fuhr Nynaeve ruhiger, wenn auch in nervösem Tonfall fort: »Der Kapitän meint, es könne eine Stunde dauern, bis ein anderes Schiff vorbeikommt. Eines mit genug Rudern, daß es sich auch lohnt. Oder vielleicht dauert es einen ganzen Tag. Oder auch zwei! Ich glaube nicht, daß wir uns ein oder zwei Tage Aufenthalt leisten können. Wir können uns in diesem Dorf... wie habt Ihr es genannt, Kapitän? Jurene? ... wir können also in zwei Stunden oder weniger zu Fuß dieses Dorf erreichen. Wenn Kapitän Ellisor sein Schiff so schnell freibekommt, wie er hofft, können wir dort wieder an Bord gehen. Er sagt, er wird anlegen und nachsehen, ob wir dort sind. Wenn er aber nicht freikommt, können wir uns in Jurene wieder einschiffen. Vielleicht finden wir dort sogar schon ein Schiff vor. Der Kapitän meint, daß die Händler dort anlegen, weil die andoranischen Soldaten Schutz gewähren.« Sie atmete tief durch, doch ihre Stimme klang noch gestreßter: »Habe ich euch meine Gründe ausführlich genug erklärt? Oder wollt ihr noch mehr hören?«

»Es ist mir klar«, warf Elayne schnell ein, bevor Egwene etwas sagen konnte. »Und ich halte es für eine gute Idee. Das denkst du doch auch, Egwene, nicht wahr?«

Egwene nickte widerwillig. »Ja, ich denke schon.«

»Aber, Aes Sedai«, protestierte Ellisor, »geht doch wenigstens auf der Seite Andors ans Ufer. Der Krieg, Aes Sedai. Piraten und alle möglichen Halunken treiben sich auf der Seite Cairhiens herum, und die Soldaten dort sind auch nicht viel besser. Das Wrack unter unseren Füßen zeigt doch, welche Sorte von Menschen das hier sind!«

»Wir haben bisher keine lebendige Seele auf der Seite Cairhiens gesehen«, sagte Nynaeve. »Und außerdem sind wir auch nicht gerade hilflos, Kapitän. Ich werde nicht fünfzehn Meilen weit laufen, wenn ich nach sechs Meilen ans Ziel kommen kann.«

»Natürlich, Aes Sedai.« Ellisor schwitzte jetzt wirklich. »Ich wollte damit nicht andeuten ... Selbstverständlich seid Ihr nicht hilflos, Aes Sedai. Das wollte ich damit nicht sagen.« Er wischte sich krampfhaft über das Gesicht, doch es glänzte immer noch.

Nynaeve öffnet den Mund, sah Egwene an und schien ihre Absicht zu ändern. »Ich gehe und hole meine Sachen«, sagte sie in die Luft zwischen Egwene und Elayne hinein und wandte sich erneut Ellisor zu. »Kapitän, macht Euer Ruderboot fertig.« Er verbeugte sich und hastete davon, bevor sie sich auch nur zur Luke gewandt hatte. Sie war noch nicht unten, da schrie er bereits seine Leute an, sie sollten das Boot absetzen.

»Wenn eine von euch hinauf will, dann will die andere hinunter«, murmelte Elayne. »Wenn das nicht aufhört, kommen wir nie in Tear an.«

»Wir kommen schon nach Tear«, sagte Egwene. »Und schneller, sobald Nynaeve einmal einsieht, daß sie nicht mehr die Dorfseherin ist. Wir sind jetzt alle« – sie sprach das Wort ›Aufgenommene‹ nicht aus; es waren zu viele Männer in der Nähe – »von gleichem Rang.« Elayne seufzte.

Nach kurzer Zeit setzte das Ruderboot sie am Ufer

ab, und sie standen mit Wanderstöcken da, ihre Habseligkeiten zu Bündeln verschnürt auf dem Rücken und in Tragetaschen umgehängt. Hügeliges Grasland und vereinzelte Baumgruppen umgaben sie. Ein paar Meilen weiter landeinwärts begann der Wald. Die Ruder des *Blauen Kranichs* ließen das Wasser aufschäumen, doch sie konnten das Schiff nicht vom Fleck bringen. Egwene wandte sich um und ging südwärts los, ohne noch einen Blick nach hinten zu verschwenden. Und bevor Nynaeve die Führung übernehmen konnte.

Als die anderen sie einholten, sah Elayne sie mißbilligend an. Nynaeve schritt mit starr vorwärts gerichtetem Blick einher. Elayne erzählte Nynaeve, was Egwene über Mat und einen Grauen Mann gesagt hatte, aber die etwas ältere Frau hörte nur schweigend zu und sagte schließlich: »Er wird auf sich selbst aufpassen müssen«, ohne im Schritt innezuhalten. Nach einer Weile gab es die Tochter-Erbin auf, die anderen beiden zum Sprechen zu bringen, und sie gingen alle schweigend weiter.

Baumgruppen am Ufer verbargen bald den *Blauen Kranich* hinter ihnen. Wassereichen und Weiden wuchsen dort dicht beieinander. Sie mieden die Baumgruppen, denn auch wenn sie nur klein waren, konnte sich drinnen im Schatten ihrer Äste alles mögliche verbergen. Auch ein paar niedrige Büsche wuchsen hier vereinzelt zwischen den Dickichten nahe dem Ufer, doch darin konnte sich nicht einmal ein Kind verstecken, geschweige denn ein Pirat, und die Abstände waren ziemlich groß.

»Falls wir Piraten oder Räuber treffen«, verkündete Egwene, »werde ich mich verteidigen. Hier schaut uns keine Amyrlin über die Schulter.«

Nynaeve preßte die Lippen zusammen. »Falls notwendig«, sagte sie dann der Luft vor ihr, »können wir Räuber auf die gleiche Art verscheuchen wie damals die Weißmäntel. Wenn wir keine andere Möglichkeit haben.«

»Ich wünschte, ihr würdet nicht von Räubern sprechen«, sagte Elayne. »Ich würde gern dieses Dorf erreichen, ohne ...«

Hinter einem einzelnen Busch geradewegs vor ihnen erhob sich eine Gestalt in Braun und Grau.

KAPITEL 6

Töchter des Speers

Egwene griff nach *Saidar,* bevor der Schrei ihre Kehle verlassen hatte, und sie bemerkte das gleiche Glühen auch an Elayne. Einen Augenblick lang fragte sie sich, ob Ellisor ihre Schreie gehört hatte und Hilfe ausschicken würde. Der *Blaue Kranich* befand sich kaum mehr als eine Meile flußaufwärts von ihnen entfernt. Dann war ihr klar, daß sie keine Hilfe benötigten. Sie verwob bereits die Ströme von Luft und Feuer zu einem Blitz. Sie hatte noch immer ihr eigenes Schreien im Ohr.

Nynaeve stand einfach nur da, hatte die Arme unter der Brust verschränkt und einen strengen Gesichtsausdruck aufgesetzt. Egwene wußte nicht, ob das der Fall war, weil sie nicht zornig genug war, um die Wahre Quelle berühren zu können, oder weil sie bereits gesehen hatte, was Egwene nun erst klar wurde: Die Person, die ihnen gegenüberstand, war eine Frau, kaum älter als sie selbst und nur ein wenig größer.

Sie ließ vorsichtshalber *Saidar* nicht gleich wieder fahren. Männer waren manchmal dumm genug, zu glauben, eine Frau sei harmlos, weil sie eben eine Frau war. Solche Illusionen hatte Egwene nicht. Mit einem Winkel ihres Verstands registrierte sie, daß Elayne nicht mehr von dem Glühen umgeben war. Die Tochter-Erbin hatte wohl immer noch naive Vorstellungen. *Sie war ja auch keine Gefangene der Seanchan.*

Egwene hielt allerdings auch die meisten Männer nicht für so dumm, zu glauben, die Frau vor ihnen sei ungefährlich, da ihre Hände leer waren und sie keine sichtbare Waffe trug. Blaugrüne Augen und rötliches, kurzgeschnittenes Haar mit nur einem dünnen, langen Pferdeschwanz, der ihr bis auf eine Schulter hing, weiche, hochgeschnürte kniehohe Stiefel, ein enger Mantel und ebenso enge Hosen, und das alles in den Farben der Erde und des Gesteins. Man hatte ihr einst diese Farben und dieses Aussehen beschrieben: Diese Frau war eine Aiel.

Als sie die Frau musterte, fühlte sich Egwene ganz eigenartig zu ihr hingezogen. Das verstand sie selbst nicht. *Vielleicht, weil sie wie eine Cousine von Rand wirkt.* Aber nicht einmal dieses Gefühl, beinahe verwandt zu sein, konnte ihre Neugier befriedigen. *Was beim Licht tun denn Aiel hier? Sie verlassen doch sonst ihre Wüste nicht, jedenfalls nicht seit dem Aiel-Krieg.* Ihr ganzes Leben lang hatte sie gehört, wie tödlich die Aiel seien – diese Töchter des Speers nicht weniger als die Mitglieder der männlichen Kriegergemeinschaften –, doch nun fürchtete sie sich überhaupt nicht und ärgerte sich nur darüber, im ersten Moment Angst empfunden zu haben. Wenn *Saidar* den Strom der Macht durch sie lenkte, dann mußte sie sich vor nichts fürchten. *Außer vor einer voll ausgebildeten Schwester,* räumte sie sich selbst ein. *Aber sicher nicht vor einer anderen Frau, selbst wenn sie eine Aiel ist.*

»Ich heiße Aviendha«, sagte die Aiel-Frau, »und komme von der Bitteres-Wasser-Septime der Taardad Aiel.« Ihr Gesichtsausdruck war genauso ausdruckslos und unlesbar wie ihre Stimme. »Ich bin eine *Far Dareis Mai,* eine Tochter des Speers.« Sie schwieg einen Augenblick lang und musterte sie. »Eure Gesichter sehen zwar nicht so aus, aber wir sahen Eure Ringe. In Euren Landen habt Ihr Frauen, so wie unsere Weisen Frauen zu Hause. Ihr nennt sie Aes Sedai. Seid Ihr Frauen aus der Weißen Burg oder nicht?«

Einen Moment lang wurde Egwene nervös. *Wir?* Sie sah sich genau um, konnte aber niemand hinter irgendeinem der Büsche im Umkreis von zwanzig Schritt entdecken.

Wenn da noch andere waren, mußten sie wohl im nächstgelegenen Dickicht stecken, mehr als zweihundert Schritt vor ihnen, oder in einem weiteren, das doppelt so weit entfernt lag. Zu weit weg, um eine Bedrohung darzustellen. *Wenn sie keine Bögen haben.* Aber dann mußten sie auch verdammt gute Schützen sein. Zu Hause, bei den Wettbewerben an Bel Tine und am Sonnentag, trafen nur die allerbesten Schützen auf mehr als zweihundert Schritt Entfernung.

Doch es war ein recht gutes Gefühl, zu wissen, daß sie gegen jeden, der so etwas versuchte, einen Blitz zu schleudern in der Lage war.

»Wir sind Frauen der Weißen Burg«, sagte Nynaeve ruhig. Sie gab sich offensichtlich Mühe, sich zu beherrschen und nicht nach anderen versteckten Aiel zu suchen. Sogar Elayne sah sich unruhig um. »Ob Ihr eine von uns als weise betrachten würdet, ist eine andere Sache«, fuhr Nynaeve fort. »Was wollt Ihr von uns?«

Aviendha lächelte. Egwene bemerkte erst jetzt, daß sie wirklich hübsch war. Das hatte der ernste Gesichtsausdruck vorher verborgen. »Ihr sprecht so wie die Weisen Frauen. Knapp, schnörkellos und ohne Umschweife.« Ihr Lächeln verflog, aber ihre Stimme blieb ruhig. »Eine von uns hat eine schwerwiegende Verletzung. Sie wird vielleicht sterben. Die Weisen Frauen heilen oftmals solche, die sonst sicherlich sterben müßten, und ich habe gehört, daß die Aes Sedai noch mehr fertigbringen. Werdet Ihr helfen?«

Egwene hätte beinahe in ihrer Verwirrung den Kopf geschüttelt. *Eine Freundin von ihr liegt im Sterben? Es klingt, als wolle sie uns lediglich um eine Tasse Hafermehl bitten!*

»Ich werde ihr helfen, wenn ich kann«, sagte Nynaeve bedächtig. »Ich kann aber nichts versprechen,

Aviendha. Es könnte sein, daß sie trotz meiner Bemühungen sterben wird.«

»Der Tod kommt zu uns allen«, sagte die Aiel. »Wir können lediglich wählen, wie wir ihm gegenübertreten wollen. Ich bringe Euch zu ihr.«

Zwei Frauen in Aiel-Kleidung erhoben sich in kaum zehn Schritt Entfernung, eine aus einer kleinen Mulde, von der Egwene geglaubt hatte, in ihr könne sich nicht einmal ein Hund verstecken, die andere aus Grasbüscheln, die ihr nicht einmal bis zu den Knien reichten. Beim Aufstehen nahmen sie ihre schwarzen Schleier ab. Das ließ sie leicht zusammenfahren, denn Elayne hatte ihr gesagt, daß die Aiel ihre Gesichter nur dann dahinter verbargen, wenn sie zu kämpfen und töten erwarteten. Sie legten sich die Tücher um die Schultern. Eine von ihnen hatte das gleiche rötliche Haar wie Aviendha und dazu graue Augen. Die andere hatte dunkelblaue Augen und Haar, das wie ein Flammenbündel leuchtete. Keine war älter als Egwene oder Elayne, und beide machten den Eindruck, als seien sie durchaus bereit, die kurzen Speere in ihren Händen auch zu benutzen.

Die Frau mit dem Feuerhaar reichte Aviendha Waffen: ein langes Messer mit schwerer Klinge, das sie sich an den Gürtel hängte, und auf die andere Seite hängte sie einen prall gefüllten Köcher. Ihr dunkler, matt wie Horn schimmernder Bogen steckte in einem Behälter, den sie sich auf den Rücken hängte. Am linken Arm steckte ein kleiner Lederschild und in der gleichen Hand hielt sie schließlich vier Kurzspeere mit langen Blattspitzen. Aviendha trug das alles mit der gleichen Selbstverständlichkeit wie eine Frau in Emondsfeld ihren Schal, ebenso natürlich wie auch ihre Gefährtinnen. »Kommt«, sagte sie und ging in Richtung eines Gestrüpps, an dem sie vorher vorbeigekommen waren.

Egwene ließ nun endlich auch *Saidar* fahren. Sie

vermutete, jede dieser Aiel könne sie mit einem dieser Speere erstechen, bevor sie sich zur Wehr setzen konnte, falls sie das im Sinn hatten. Aber trotz der augenscheinlichen Wachsamkeit dieser Frauen glaubte sie nicht an eine solche Absicht. *Und was geschieht, wenn Nynaeve ihre Freundin nicht heilen kann? Ich wünschte, sie würde zuerst einmal fragen, bevor sie uns alle mit ihren einsamen Entscheidungen in Gefahr bringt!*

Während sie auf die Bäume und Büsche zuschritten, beobachteten die Aiel das sie umgebende Land so aufmerksam, als befürchteten sie, es könnten sich Feind dort befinden, die genauso gut im Verbergen waren wie sie selbst. Aviendha schritt voran, und Nynaeve hielt mit ihr Schritt.

»Ich bin Elayne aus dem Hause Trakand«, sagte Egwenes Freundin, als wolle sie eben Konversation machen. »Tochter-Erbin von Morgase, der Königin von Andor.«

Egwene kam ins Stolpern. *Licht, spinnt sie denn? Ich weiß, daß Andor im Aiel-Krieg gegen sie kämpfte. Das ist vielleicht zwanzig Jahre her, aber man sagt, die Aiel hätten ein sehr gutes Gedächtnis für so etwas.*

Doch die flammenhaarige Aiel neben ihr sagte nur: »Ich bin Bain aus der Schwarzfelsen-Septime der Shaarad Aiel.«

»Ich heiße Chiad«, sagte die kleinere Frau mit dem helleren Haar auf der anderen Seite. »Ich komme von der Steinfluß-Septime der Goschien Aiel.«

Bain und Chiad blickten Egwene an. Ihr Gesichtsausdruck änderte sich nicht, aber Egwene hatte das Gefühl, sie würfen ihr insgeheim schlechte Manieren vor.

»Ich heiße Egwene al'Vere«, sagte sie also zu ihnen. Da sie mehr zu erwarten schienen, fügte sie hinzu: »Tochter der Marin al'Vere aus Emondsfeld im Gebiet der Zwei Flüsse.« Damit schienen sie sich auf gewisse Weise zufriedenzugeben, aber sie hätte wetten können, daß die Aiel-Frauen dies alles genausowenig verstanden wie sie all ihre Septimen und Clans. *Es müssen wohl so etwas wie Familien sein.*

»Seid Ihr Erstschwestern?« Bain schien sie alle drei zu meinen.

Egwene glaubte, sie meinte damit Schwestern im Sinne der Aes Sedai und sagte »Ja«, während Elayne gleichzeitig »Nein« sagte.

Chiad und Bain tauschten Blicke, die andeuteten, die drei anderen Frauen seien wohl nicht ganz recht im Kopf.

»Erstschwestern«, sagte Elayne in belehrendem Ton zu Egwene, »bedeutet: Frauen, die die gleiche Mutter haben. Zweitschwestern heißt, ihre Mütter sind Schwestern.« Sie wandte sich den Aiel zu. »Keine von uns weiß viel über Euer Volk. Ich bitte Euch, unsere Unwissenheit zu verzeihen. Ich betrachte Egwene manchmal als meine Erstschwester, aber wir sind keine Blutsverwandten.«

»Warum legt Ihr dann kein Gelübde vor Euren Weisen Frauen ab?« fragte Chiad. »Bain und ich sind dadurch zu Erstschwestern geworden.«

Egwene zwinkerte überrascht. »Wie könnt Ihr zu Erstschwestern *werden?* Entweder habt Ihr die gleiche Mutter oder nicht. Ich möchte Euch ja nicht kränken. Das meiste dessen, was ich über die Töchter des Speers weiß, hat mir Elayne erzählt. Und das ist nicht viel. Ich weiß, daß Ihr in Schlachten kämpft und keine Männer wollt, aber mehr auch nicht.« Elayne nickte. So, wie sie die Töchter Egwene gegenüber beschrieben hatte, klang es nach einem Zwischending zwischen weiblichen Behütern und den Roten Ajah.

Wieder hatten die Aiel diesen Ausdruck in den Augen, als seien sie nicht sicher, ob Egwene und Elayne noch recht im Kopf waren.

»Wir wollen keine Männer?« murmelte Chiad, als sei ihr das ein Rätsel.

Bain runzelte die Stirn und dachte offensichtlich angestrengt nach. »Was Ihr sagt, kommt der Wahrheit nahe und ist trotzdem völlig falsch. Wenn wir dem Speer angetraut werden, schwören wir, uns nie an Mann oder Kind zu binden. Doch einige geben den Speer eines Mannes oder eines Kindes wegen auf.« Ihr Gesichtsausdruck zeigte ob des Gesagten Unverständnis. »Aber wenn der Speer einmal aufgegeben wurde, kann man ihn nie zurückerhalten.«

»Oder wenn sie erwählt wird, zu Rhuidean zu gehen«, warf Chiad ein. »Eine Weise Frau kann nicht dem Speer angetraut sein.«

Bain sah sie an, als habe sie verkündet, der Himmel sei blau oder Regen falle aus den Wolken herab. Doch dann blickte sie Egwene und Elayne an, und es schien ihr zu dämmern, daß die beiden all dies wirklich nicht wußten. »Ja, das stimmt. Auch wenn einige sich dagegen zu wehren versuchen.«

»Das schon.« Chiads Tonfall klang so, als teile sie ein diesbezügliches Geheimnis mit Bain.

»Aber ich habe mich nun zu weit von der eigentlichen Absicht meiner Erklärungen abbringen lassen«, fuhr Bain fort. »Die Töchter tanzen den Speertanz niemals miteinander, auch wenn unsere Clans das gelegentlich tun, aber die Shaarad Aiel und die Goschien Aiel haben vierhundert Jahre lang Blutrache aneinander geübt. So hatten Chiad und ich das Gefühl, es reiche uns nicht, dem Speer angetraut zu sein. Wir gingen zu den Weisen Frauen unserer Clans und legten dort den Eid ab – wobei sie genau wie ich unser Leben riskierten –, der uns zu Erstschwestern machte. Wie es sich für Erstschwestern unter den Töchtern gehört, decken wir einander den Rücken, und keine wird sich ohne die andere einem Mann zuwenden. Aber ich würde nicht behaupten, daß wir keine Männer wollen.« Chiad nickte mit der Andeutung eines

Lächelns auf den Lippen. »Habe ich Euch die Wahrheit klargemacht, Egwene?«

»Ja«, sagte Egwene mit schwacher Stimme. Sie sah Elayne in die Augen, und in deren blauen Tiefen stand dieselbe Verwirrung geschrieben wie in ihren dunklen. *Keine Roten Ajah. Vielleicht eher Grüne. Eine Mischung von Behütern und Grünen Ajah, und eigentlich kapiere ich gar nichts davon.* »Mir ist nun das alles durchaus klar, Bain. Ich danke Euch.«

»Wenn Ihr beiden das Gefühl habt, Ihr wärt eigentlich Erstschwestern«, sagte Chiad, »dann solltet Ihr zu Euren Weisen Frauen gehen und den Eid ablegen. Aber Ihr seid selbst Weise Frauen – trotz Eurer Jugend. Ich weiß nicht, wie das in einem solchen Falle ablaufen könnte.«

Egwene wußte nicht, ob sie lachen oder erröten sollte. Sie sah Elayne und sich selbst vor sich, wie sie sich den gleichen Mann teilten. *Nein, das gilt nur für Erstschwestern, die auch noch Töchter der Speers sind, oder?* Elayne hatte rote Flecken auf den Wangen und Egwene war sicher, daß sie an Rand dachte. *Aber wir teilen ihn uns ja nicht, Elayne. Keine von uns kann ihn haben.*

Elayne räusperte sich. »Ich glaube nicht, daß dies notwendig ist, Chiad. Egwene und ich decken uns schon jetzt gegenseitig den Rücken.«

»Wie kann das sein?« fragte Chiad bedächtig. »Ihr seid doch nicht dem Speer angetraut. Und Ihr seid Weise Frauen. Wer würde denn seine Hand gegen eine Weise Frau erheben? Das verwirrt mich. Warum ist es notwendig, daß Ihr euch gegenseitig Rückendeckung gebt?«

Egwene kam durch ihre Ankunft an dem Dickicht um eine Antwort herum. Unter den Bäumen befanden sich zwei weitere Aiel, tief drinnen, ganz nahe am Ufer. Jolien von der Salzebenen-Septime der Nakai Aiel, eine Frau mit blauen Augen und rotgoldenem

Haar ähnlich dem Elaynes, behütete Dailin, die von Aviendhas Septime und Clan kam. Dailins Haar war schweißverklebt. Dadurch schimmerte es in noch dunklerem Rot. Sie öffnete nur einmal die grauen Augen, gleich bei ihrer Annäherung, und schloß sie sofort wieder. Mantel und Hemd lagen neben ihr, und um ihre Körpermitte waren blutgetränkte Bandagen gewickelt.

»Sie wurde von einem Schwert verletzt«, sagte Aviendha. »Ein paar dieser Narren, die von den meineidigen Baummördern Soldaten genannt werden, dachten, wir gehörten zu den Banditen, die sich in diesem Land herumtreiben. Wir mußten sie töten, um sie vom Gegenteil zu überzeugen, aber Dailin ... Könnt Ihr sie heilen, Aes Sedai?«

Nynaeve kniete neben der Verletzten nieder und hob ihre Bandagen an, um die Verwundung betrachten zu können. Sie verzog das Gesicht ob dieses Anblicks. »Habt Ihr sie bewegt, seit sie verletzt wurde? Es ist ein wenig Kruste zu sehen, die aber gebrochen wurde.«

»Sie wollte in der Nähe des Wassers sterben«, sagte Aviendha. Sie blickte kurz zum Fluß hinüber und dann schnell wieder weg. Egwene glaubte gesehen zu haben, daß sie schauderte.

»Närrin!« Nynaeve begann, in ihrer Tasche nach Kräutern zu kramen. »Ihr hättet sie damit umbringen können, daß Ihr sie mit einer solchen Verwundung transportiert habt! Sie wollte in der Nähe des Wassers sterben. Ha!« sagte sie angewidert. »Nur weil Ihr wie die Männer Waffen tragt, müßt Ihr noch nicht anfangen, genau wie Männer zu denken.« Sie zog einen hohen Holzbecher aus einer Tasche und drückte ihn Chiad in die Hand. »Füllt den. Ich brauche Wasser zum Hineinmischen, damit sie es trinken kann.«

Chiad und Bain gingen gemeinsam zum Ufer und kamen auch zusammen zurück. Ihr Gesichtsausdruck änderte sich nicht, aber Egwene hatte das Gefühl, sie hätten so halbwegs erwartet, der Fluß werde Arme nach ihnen ausstrecken und sie fangen.

»Wenn wir sie nicht hierher zum ... Fluß gebracht hätten, Aes Sedai«, sagte Aviendha, »hätten wir Euch nicht gefunden und sie wäre ohnehin gestorben.«

Nynaeve schnaubte und begann damit, durch ein Sieb zermahlene Kräuter in den Becher zu geben, wobei sie leise murmelte: »Coren-Wurzel hilft, mehr Blut zu erzeugen, Hundskraut heilt das Fleisch, und Heilalles natürlich ...« Ihr Murmeln wurde so leise, daß man es kaum noch wahrnehmen konnte. Aviendha runzelte die Stirn.

»Die Weisen Frauen benützen Kräuter, Aes Sedai, aber ich hatte nicht gehört, daß auch Aes Sedai sie gebrauchen.«

»Ich benütze, was ich eben brauche!« fauchte Nynaeve, kramte weiter in ihren Sachen herum und flüsterte in sich hinein.

»Sie hört sich wirklich an wie eine Weise Frau«, sagte Chiad leise zu Bain, und die andere Frau nickte nervös.

Dailin war die einzige Aiel, die ihre Waffen nicht zur Hand hatte, und sie alle sahen aus, als genüge ein Herzschlag, um kampfbereit zu sein. *Nynaeve wirkt auch nicht gerade beruhigend,* dachte Egwene. *Ich muß sie irgendwie ablenken. Irgendwie. Niemand hat Lust zum Kämpfen, wenn man über etwas Friedliches redet.*

»Seid mir bitte nicht böse«, sagte sie vorsichtig, »aber ich habe bemerkt, daß Ihr alle recht nervös seid, wenn es um den Fluß geht. Er ist nicht gefährlich, außer bei einem Sturm. Ihr könntet darin schwimmen, wenn Ihr wollt, obwohl die Strömung zur Mitte zu etwas heftig wird.« Elayne schüttelte den Kopf.

Der Blick der Aiel zeigte Unverständnis. Aviendha sagte: »Ich sah einmal einen Mann – einen Schienarer –, der das machte, was Ihr schwimmen nennt.«

»Ich verstehe nicht«, sagte Egwene. »Ich weiß, daß es in der Wüste nicht viel Wasser gibt, aber Ihr habt gesagt, Ihr wärt von der Steinfluß-Septime, Jolien. Ihr seid doch sicher im Steinfluß Schwimmen gegangen?« Elayne sah sie an, als sei sie verrückt geworden.

»Schwimmen«, sagte Jolien schwerfällig. »Bedeutet das ... ins Wasser gehen? In soviel Wasser hinein? Und nichts, um sich daran festzuhalten.« Sie schauderte. »Aes Sedai, bevor ich die Drachenmauer überquerte, hatte ich noch kein fließendes Gewässer gesehen, über das ich nicht mit einem einzigen Schritt wegsteigen konnte. Der Steinfluß ... Einige behaupten, einst sei Wasser darin geflossen, aber das ist nur Aufschneiderei. Da gibt es nur die Steine. Die ältesten Aufzeichnungen der Weisen Frauen und der Clanhäuptlinge besagen, daß darin nie etwas anderes als Steine waren, seit sich unsere Septime von der Hochebenen-Septime trennte und dieses Gebiet in Besitz nahm. Schwimmen!« Sie packte ihre Speere so fest, als wolle sie damit gegen diesen Ausdruck ankämpfen. Chiad und Bain traten noch einen Schritt weiter vom Ufer weg.

Egwene seufzte. Als Elaynes Blick sie traf, wurde sie rot. *Nun ja, ich bin schließlich keine Tochter-Erbin, die all so was weiß. Aber ich lerne vieles.* Als sie die Aiel-Frauen musterte, stellte sie fest, daß sie sie nicht beruhigt, sondern noch nervöser gemacht hatte. *Wenn sie irgend etwas anstellen, werde ich sie mit Hilfe der Luft festhalten.* Sie hatte wohl keine Ahnung, ob sie vier Menschen auf einmal festhalten könne, aber sicherheitshalber öffnete sie sich *Saidar,* webte den Strom ins Element Luft und hielt sich bereit. Die Macht durchströmte sie mit dem Verlangen, sie zu benützen. Elayne war nicht von Glühen umgeben und sie fragte sich, warum. Dann sah Elayne ihr in die Augen und schüttelte leicht den Kopf.

»Ich würde niemals einer Aes Sedai etwas zuleide

tun«, sagte Aviendha plötzlich. »Ich möchte, daß Ihr das wißt. Ob Dailin überlebt oder nicht, das hat damit nichts zu tun. Ich würde den« – sie hob einen der kurzen Speere – »nie gegen eine andere Frau erheben. Und Ihr seid Aes Sedai.« Egwene hatte mit einem Mal das Gefühl, die Frau wolle *sie* beruhigen.

»Das wußte ich«, sagte Elayne, als spräche sie zu Aviendha, doch ihr Blick sagte, daß sie die Worte in Wirklichkeit an Egwene gerichtet hatte. »Niemand weiß viel über Euer Volk, aber man hat mir beigebracht, daß die Aiel niemals Frauen etwas tun, außer sie sind – wie habt Ihr das genannt? – dem Speer angetraut.«

Bain schien zu glauben, Elayne habe sie wieder nicht richtig verstanden. »Das stimmt nicht ganz, Elayne. Wenn eine Frau auf mich losginge, die nicht dem Speer angetraut ist, würde ich sie verprügeln, bis sie aufgibt. Ein Mann… Ein Mann könnte denken, eine Frau aus Euren Ländern sei dem Speer angetraut, falls sie Waffen trägt. Ich weiß nicht. Männer können eigenartig sein.«

»Natürlich«, sagte Elayne. »Aber solange wir Euch nicht mit Waffen angreifen, würdet Ihr uns auch nichts tun.« Alle vier Aiel-Frauen wirkten schockiert ob dieses Gedankens, und sie sah Egwene bedeutungsvoll an. Egwene hielt trotzdem *Saidar* noch fest. Nur, weil man Elayne etwas beigebracht hatte, mußte es noch nicht stimmen, auch wenn die Aiel das gleiche behaupteten. Und *Saidar* fühlte sich… so gut in ihr an.

Nynaeve hob Dailins Kopf etwas an und begann, ihr die Kräutermischung einzuflößen. »Trinkt«, sagte sie mit fester Stimme. »Ich weiß, es schmeckt schlecht, aber trinkt alles aus!« Dailin schluckte, hustete und schluckte wieder.

»Nicht einmal dann, Aes Sedai«, sagte Aviendha zu Elayne. Sie blickte aber weiter Dailin und Nynaeve an.

»Man sagt, daß wir einst, vor der Zerstörung der Welt, den Aes Sedai dienten, aber wie das zuging, weiß keine Geschichte zu berichten. Wir haben in diesem Dienst versagt. Vielleicht ist das die Sünde, deretwegen wir in das Dreifache Land umsiedeln mußten; ich weiß es nicht. Keiner weiß, worin diese Sünde bestand, außer vielleicht den Weisen Frauen oder den Clanhäuptlingen, und die sagen nichts darüber. Man sagt auch, wenn wir den Aes Sedai gegenüber erneut versagen, würden sie uns vernichten.«

»Trinkt alles aus«, knurrte Nynaeve. »Schwerter! Schwerter und Muskeln und kein Hirn!«

»Wir werden Euch ganz bestimmt nicht vernichten«, sagte Elayne entschieden. Aviendha nickte.

»Wie Ihr sagt, Aes Sedai. Aber die alten Geschichten sind sich alle in einem Punkt einig: Wir dürfen niemals gegen Aes Sedai kämpfen. Wenn Ihr eure Blitze und Euer Baalsfeuer gegen uns schleudert, dann werde ich mit ihnen tanzen, aber ich werde Euch selbst nichts tun.«

»Leute erstechen«, grollte Nynaeve. Sie ließ Dailins Kopf vorsichtig sinken und legte eine Hand auf die Stirn der Frau. Dailin hatte die Augen wieder geschlossen. »Frauen erstechen!« Aviendha trat von einem Fuß auf den anderen und runzelte die Stirn. Sie war damit nicht allein unter den Aiel-Frauen.

»Baalsfeuer«, sagte Egwene. »Aviendha, was ist Baalsfeuer?«

Die Aiel-Frau wandte ihr die gerunzelte Stirn zu. »Wißt Ihr das nicht, Aes Sedai? In den alten Geschichten benützten die Aes Sedai das. Dort klingt es nach einer schrecklichen Waffe, aber mehr weiß ich auch nicht. Man sagt, wir hätten vieles vergessen, was wir einst wußten.«

»Vielleicht hat man auch in der Weißen Burg vieles vergessen«, sagte Egwene. *In diesem … Traum habe ich es gekannt, was es auch gewesen sein mag. Es war genauso wirklich wie* Tel'aran'rhiod. *Da würde ich sogar gegen Mat wetten.*

»Kein Recht!« zürnte Nynaeve. »Niemand hat ein Recht, Körper so zuzurichten! Niemand!«

»Ist sie zornig?« fragte Aviendha nervös. Chiad, Bain und Jolien tauschten besorgte Blicke.

»Es ist schon gut«, sagte Elayne.

»Es ist mehr als nur gut«, fügte Egwene hinzu. »Sie wird tatsächlich wütend, und das ist viel mehr als nur gut.«

Plötzlich war Nynaeve vom Glühen *Saidars* umgeben. Egwene beugte sich gespannt vor, genau wie Elayne. Dailin fuhr mit einem Schrei und weit aufgerissenen Augen hoch. Einen Augenblick später drückte Nynaeve sie wieder sanft hinunter, und das Glühen verflog. Dailins Augen schlossen sich, und sie lag schwer atmend da.

Ich sah es, dachte Egwene. *Ich ... glaube, daß ich es gesehen habe.* Sie war nicht sicher, daß sie wirklich all die vielen Ströme wahrgenommen hatte, und noch weniger, wie Nynaeve sie miteinander verweben konnte. Was Nynaeve in diesen wenigen Sekunden fertiggebracht hatte, war, als habe man mit einer Binde um die Augen gleichzeitig vier Teppiche gewebt.

Nynaeve benützte die blutigen Bandagen, um Dailins Bauch abzuwischen. Sie wischte helles, frisches Blut genauso weg wie schwarze Krusten alten Blutes. Es war keine Wunde zu sehen, keine Narbe, nur gesunde Haut, die allerdings um einiges blasser war als selbst Dailins Gesicht.

Nynaeve schnitt eine Grimasse, als sie die blutigen Fetzen nahm und in den Fluß warf. »Wascht ihr den Rest auch noch ab«, sagte sie, »und zieht ihr etwas an. Sie friert. Und haltet Euch bereit, ihr zu essen zu geben. Sie wird Hunger haben.« Sie kniete am Ufer nieder und wusch sich die Hände.

KAPITEL 7

Fäden im Muster

Jolien faßte unsicher nach der Stelle, wo sich Dailins Wunde befunden hatte. Als sie nur glatte Haut berührte, schnappte sie nach Luft. Sie hatte wohl ihren eigenen Augen nicht trauen wollen.

Nynaeve richtete sich auf und trocknete sich die Hände an ihrem Umhang ab. Egwene mußte zugeben, daß gute Wolle besser als Handtuch dienen konnte als Seide oder Samt. »Ich sagte: Wascht sie und zieht ihr etwas an!« fauchte Nynaeve.

»Ja, Weise Frau«, sagte Jolien schnell, und sie, Chiad und Bain folgten eilends dem Befehl.

Aviendha lachte kurz auf. Es klang ein wenig hysterisch – am Rande des Weinens. »Ich habe gehört, daß man einer Weisen Frau aus der Gezackter-Gipfel-Septime nachsagt, sie bringe so etwas fertig, und auch einer aus der Vier-Löcher-Septime, aber ich glaubte immer, das sei nur Angeberei.« Sie atmete tief durch und fand ihre Beherrschung wieder. »Aes Sedai, ich stehe tief in Eurer Schuld. Mein Wasser gehört Euch, und der Schatten meiner Septimenfestung wird Euch willkommen heißen. Dailin ist meine Zweitschwester.« Sie bemerkte Nynaeves befremdeten Blick und fügte hinzu: »Sie ist die Tochter der Schwester meiner Mutter. Nahe Blutsverwandtschaft, Aes Sedai. Ich stehe in Eurer Blutschuld.«

»Wenn ich Blut übrig habe, um es zu vergießen«, sagte Nynaeve trocken, »dann werde ich selbst dafür sorgen. Wenn Ihr etwas für mich tun wollt, dann sagt mir, ob ich in Jurene ein Schiff finde. In dem nächsten Dorf südlich von hier.«

»Das Dorf, in dem die Soldaten die Flagge mit dem Weißen Löwen gehißt haben?« fragte Aviendha. »Ein Schiff war da, als ich gestern die Gegend erkundete. In den alten Geschichten wird von Schiffen erzählt, doch es war ein eigenartiges Gefühl, eines wirklich zu sehen.«

»Das Licht gebe, daß es noch da ist.« Nynaeve begann, ihre Tüten mit zerstoßenen Kräutern wegzupacken. »Ich habe für das Mädchen getan, was ich konnte, Aviendha, und nun müssen wir weiter. Was sie jetzt braucht, ist Essen und Schlaf. Und bemüht Euch, daß niemand mehr ein Schwert in sie steckt.«

»Was geschehen soll, geschieht, Aes Sedai«, antwortete die Aiel-Frau.

»Aviendha«, fragte Egwene, »bei den Gefühlen, die Ihr dem Fluß gegenüber empfindet, wie überquert Ihr ihn da? Ich bin sicher, daß es zwischen diesem Ort hier und der Wüste mindestens einen Fluß gibt, der beinahe so groß ist wie der Erinin.«

»Der Alguenya«, sagte Elayne. »Oder habt Ihr ihn umgangen?«

»Ihr habt viele Flüsse, aber an manchen gibt es, was Ihr Brücke nennt, und die überquerten wir bei Bedarf. Andere konnten wir durchwaten. Und wo nichts anderes möglich war, nun, Jolien hat sich daran erinnert, daß Holz schwimmt.« Sie klatschte mit der Hand auf den Stamm einer hohen Birke. »Die sind groß, aber sie schwimmen genauso wie ein einzelner Ast. Wir fanden tote Baumstämme und machten damit ein … Schiff … ein kleines Schiff, indem wir zwei oder drei davon zusammenbanden, um den großen Fluß zu überqueren.« Das sagte sie, als sei es ganz selbstverständlich.

Egwene sah sie staunend an. Wenn sie vor etwas

solche Angst hätte, wie die Aiel vor dem Fluß, ob sie dann den gleichen Mut aufgebracht hätte? Sie glaubte nicht. *Wie steht es mit den Schwarzen Ajah,* fragte eine kleine Stimme in ihr. *Hast du nun keine Angst mehr vor ihnen? Das ist etwas anderes,* antwortete sie. *Dazu gehört kein Mut. Entweder jage ich sie, oder ich sitze da wie ein Kaninchen, das auf den Habicht wartet.* Sie wiederholte in ihrem Innern die alte Redensart: ›*Es ist besser, der Hammer zu sein als der Nagel.*‹

»Wir sollten uns auf den Weg machen«, sagte Nynaeve.

»Einen Moment noch«, warf Elayne ein. »Aviendha, warum seid Ihr von soweit hergekommen und habt solche Strapazen auf Euch genommen?«

Aviendha schüttelte verächtlich den Kopf. »Wir sind gar nicht weit gekommen. Wir waren unter den letzten, die sich aufmachten. Die Weisen Frauen haben mich in die Enge getrieben wie die Wildhunde ein verirrtes Kalb. Sie sagten, ich hätte andere Pflichten zu erfüllen.« Plötzlich grinste sie und deutete auf die anderen Aiel. »Die hier blieben zurück, um mich in meiner Seelennot zu trösten, sagten sie, aber ich glaube nicht, daß mich die Weisen Frauen hätten gehen lassen, wenn sie nicht dagewesen wären, um mich zu begleiten.«

»Wir suchen den, von dem die Prophezeiungen sprachen«, sagte Bain. Sie hielt den Oberkörper der schlafenden Dailin aufrecht, damit ihr Chiad ein braunes Leinenhemd überziehen konnte. »Er, Der Mit Der Morgendämmerung Kommt.«

»Er wird uns aus dem Dreifachen Land führen«, fügte Chiad hinzu. »Die Prophezeiung besagt, daß er von einer *Far Dareis Mai* geboren wurde.«

Elayne blickte überrascht drein. »Ich dachte, Ihr hättet gesagt, die Töchter des Speers dürften keine Kinder haben. Jedenfalls hat man mir das so beigebracht.« Bain und Chiad tauschten wieder so einen

Blick, als sei Elayne der Wahrheit nahe gekommen und habe sie dennoch wieder verfehlt.

»Wenn eine Tochter ein Kind bekommt«, erklärte Aviendha geduldig, »gibt sie das Kind den Weisen Frauen ihrer Septime, und die geben das Kind insgeheim einer anderen Frau, so daß niemand weiß, wessen Kind es ist.« Auch bei ihr klang es, als erkläre sie jemandem, daß ein Stein hart sei. »Jede Frau möchte ein solches Kind aufziehen, in der Hoffnung, daß Er es ist, Der Mit Der Morgendämmerung Kommt.«

»Oder vielleicht gibt sie den Speer auf und heiratet den Mann«, sagte Chiad, worauf Bain hinzufügte: »Es gibt manchmal Gründe, warum man den Speer aufgeben muß.« Aviendha blickte sie kurz und ausdruckslos an und fuhr fort, als hätten sie nichts gesagt: »Aber die Weisen Frauen behaupten jetzt, er könne hier, jenseits der Drachenmauer gefunden werden. ›Blut von unserem Blut, gemischt mit dem Alten Blut, und aufgezogen von einem uralten Blut, das nicht unser ist.‹ Ich verstehe das nicht, doch die Weisen Frauen haben keinen Zweifel an ihrer Behauptung zugelassen.« Sie legte eine Pause ein und suchte offensichtlich nach den richtigen Worten. »Ihr habt viele Fragen gestellt, Aes Sedai. Ich möchte Euch auch eine stellen. Ihr müßt verstehen, daß wir nach Omen und Anzeichen für Sein Kommen Ausschau halten. Warum befinden sich drei Aes Sedai in einem Land, in dem die einzige Hand, die keinen Dolch hält, einfach zu schwach ist, um den Griff zu packen; in dem die Menschen verhungern. Wohin wollt Ihr?«

»Tear«, sagte Nynaeve ungeduldig, »es sei denn, wir stehen hier herum, bis das Herz des Steins zu Staub vermodert.« Elayne begann damit, die Riemen ihres Bündels und ihrer Umhängetasche nachzuziehen, und einen Augenblick später schloß sich Egwene an.

Die Aiel-Frauen blickten sich an. Jolien erstarrte in

ihrem Versuch, Dailins graubraunen Mantel zuzuknöpfen. »Tear?« fragte Aviendha mit beherrschter, aber doch leicht zitternder Stimme. »Drei Aes Sedai durchwandern ein vom Bürgerkrieg zerrissenes Land auf dem Weg nach Tear. Das ist eigenartig. Warum geht Ihr nach Tear, Aes Sedai?«

Egwene sah Nynaeve an. *Licht, vor einem Augenblick noch haben sie gelacht, und jetzt sind sie so nervös wie zuvor.*

»Wir jagen einige böse Frauen«, sagte Nynaeve vorsichtig. »Schattenfreunde.«

»Schattenläufer.« Jolien verzog den Mund dabei, als habe sie in einen verfaulten Apfel gebissen.

»Schattenläufer in Tear«, sagte Bain, und wie um ihren Satz zu beenden, fügte Chiad hinzu: »Und drei Aes Sedai wollen ins Herz des Steins.«

»Ich habe nicht gesagt, daß wir zum Herzen des Steins wollten«, sagte Nynaeve in scharfem Ton. »Ich habe lediglich gesagt, ich will nicht hier herumstehen, bis es zu Staub zerfällt. Egwene, Elayne, seid ihr fertig?« Sie wartete nicht auf eine Antwort, sondern stolzierte aus dem Dickicht hinaus. Sie stieß ihren Wanderstock kräftig auf den Boden und ging mit langen Schritten nach Süden.

Egwene und Elayne verabschiedeten sich schnell und folgten ihr dann. Die vier Aiel-Frauen standen da und beobachteten sie.

Als sie und Elayne sich ein Stück von den Bäumen entfernt hatten, sagte Egwene: »Mir ist fast das Herz stehengeblieben, als du deinen richtigen Namen genannt hast. Hattest du keine Angst, daß sie versuchen, dich zu töten oder gefangenzunehmen? Der Aiel-Krieg ist noch nicht *so* lange her, und wenn sie auch behauptet haben, keiner Frau etwas zuleide zu tun, die den Speer nicht trägt, so wirkten sie aber auf mich, als wären sie nur zu schnell bereit, ihre Speere zu benutzen.«

Elayne schüttelte bedauernd den Kopf. »Ich habe gerade erfahren, wieviel ich über die Aiel nicht weiß, aber man hat mir gesagt, die Aiel hielten den Aiel-Krieg überhaupt nicht für einen solchen. Nach ihrem Verhalten mir gegenüber neige ich dazu, diese Meinung zu teilen. Was man mir beigebracht hat, war wohl nicht ganz falsch. Oder vielleicht haben sie mich so behandelt, weil sie glaubten, ich sei eine Aes Sedai.«

»Ich weiß ja, daß sie komisch sind, Elayne, aber *niemand* kann drei Jahre voller Schlachten etwas anderes nennen als eben einen Krieg! Es ist mir gleich, wie oft sie untereinander kämpfen, aber ein Krieg ist ein Krieg.«

»Nicht für sie. Tausende von Aiel überquerten das Rückgrat der Welt, aber sie betrachteten sich als Verfolger eines Verbrechers oder als Henker, nachdem König Laman von Cairhien das Verbrechen begangen hatte, *Avendoraldera* zu fällen. Für die Aiel war es kein Krieg, sondern eine Hinrichtung.«

Avendoraldera war Verins Vorträgen nach ein Sproß des Lebensbaumes selbst gewesen, der vierhundert Jahre zuvor als völlig unerwartetes Friedensangebot der Aiel nach Cairhien gebracht worden war. Mit dem Baum hatten die Bürger Cairhiens das Recht erhalten, die Wüste zu durchqueren. Das war bis dahin nur Händlern, Gauklern und den Tuatha'an erlaubt gewesen. Viel vom Reichtum Cairhiens beruhte seither auf dem Handel mit Elfenbein, Parfum, Gewürzen und vor allem Seide aus den Ländern jenseits der Wüste. Nicht einmal Verin hatte eine Ahnung, woher die Aiel einen Sproß von *Avendesora* hatten. Zum einen stand in den alten Büchern ganz eindeutig, daß der Baum des Lebens keine Samen abwarf, und zum anderen wußte niemand, wo er sich überhaupt befand. Lediglich ein paar Legenden, die aber offensichtlich falsch waren, brachten ihn mit den Aiel in

Zusammenhang. Was sollte die Tatsache damit zu tun haben, daß die Aiel die Menschen von Cairhien als Wasserbrüder bezeichneten und darauf bestanden, daß die Wagenzüge der Kaufleute aus Cairhien die Flagge mit dem dreifingrigen Blatt von *Avendesora* mit sich führen mußten?

Egwene mußte zerknirscht zugeben, daß sie sich nun vorstellen könne, warum die Aiel einen Krieg angefangen hatten, auch wenn sie ihn nicht für einen solchen hielten, wenn König Laman ihr Geschenk hatte fällen lassen, um sich daraus einen Thron anfertigen zu lassen, der auf der ganzen Welt einmalig war. ›Lamans Sünde‹ hatte man das später genannt. Verin zufolge hatte das nicht nur Cairhiens Handel durch die Wüste abrupt beendet, nein, alle Cairhienianer, die sich seither in die Wüste gewagt hatten, waren spurlos verschwunden. Verin behauptete, man sage, sie würden in den Ländern jenseits der Wüste als ›Tiere‹ verkauft, aber nicht einmal ihr war klar, wie ein Mann oder eine Frau überhaupt verkauft werden konnten.

»Egwene«, sagte Elayne, »du weißt doch, wer Er, Der Mit Der Morgendämmerung Kommt sein muß, oder?«

Sie blickte Nynaeves Rücken an, der sich immer noch ein gutes Stück vor ihnen befand, und schüttelte den Kopf. *Will sie ein Wettrennen nach Jurene veranstalten?* Dann wäre sie fast stehengeblieben. »Du meinst doch nicht etwa ...?«

Elayne nickte. »Ich glaube schon. Ich weiß nicht viel von den Prophezeiungen des Drachen, aber ein paar Sachen habe ich darüber gehört. Eines, woran ich mich gut erinnere, lautet: ›Am Hang des Drachenberges wird er geboren aus einer Frau, die mit keinem Manne vermählt ist.‹ Egwene, Rand sieht wie ein Aiel aus. Na ja, er sieht auch den Bildern von Tigraine ähnlich, die ich gesehen habe, aber sie verschwand, bevor er geboren wurde. Ich glaube auch kaum, daß sie seine Mutter gewesen sein kann. Ich glaube, Rands Mutter war eine Tochter des Speers.«

Egwene grübelte angestrengt, während sie neben Elayne herlief. Alles, was sie über Rands Geburt wußte, ging ihr durch den Kopf. Er war von Tam al'Thor allein aufgezogen worden, nachdem Kari al'Thor gestorben war. Wenn das stimmte, was Moiraine behauptete, konnten sie nicht seine wirklichen Eltern gewesen sein. Nynaeve hatte ein paarmal den Eindruck erweckt, sie kenne irgendein Geheimnis um Rands Geburt. *Aber ich wette, ich könnte das nicht mal mit einer Gabel aus ihr herausstochern.*

Sie holten Nynaeve ein. Egwene starrte düster vor sich hin, Nynaeve hatte den Blick starr geradeaus gerichtet, wohl auf Jurene und dieses Schiff hin, und Elayne betrachtete die beiden anderen wie ein paar schmollender Kinder, die sich um das größere Stück Kuchen gebalgt hatten.

Nach einer Weile nervösen Schweigens sagte Elayne schließlich: »Das hast du aber gut im Griff gehabt, Nynaeve. Die Heilung und auch alles andere. Ich glaube nicht, daß sie irgendeinen Zweifel daran hegten, daß du wirklich eine Aes Sedai bist. Oder in bezug auf uns alle. Du hast die richtige Haltung gezeigt.«

»Ja, das hast du gut gemacht«, bestätigte auch Egwene nach einer Weile des Überlegens. »Das war das erste Mal, daß ich wirklich genau bei einer Heilung mit Hilfe der Macht zugesehen habe. Dagegen ist das Blitzeschleudern so leicht wie Kuchenbacken.«

Ein überraschtes Lächeln erschien auf Nynaeves Gesicht. »Danke schön«, murmelte sie. Dann langte sie herüber und zupfte ein wenig an Egwenes Haar, wie sie es oft getan hatte, als Egwene noch ein kleines Mädchen gewesen war.

Ich bin leider kein kleines Mädchen mehr. Der Augenblick ging vorüber, so schnell er gekommen war, und sie gingen schweigend weiter. Elayne seufzte laut.

Sie legten eine weitere Meile zurück oder etwas mehr, obwohl sie vom Ufer abbiegen mußten, um eine Reihe von Baumgruppen mit dichtem Unterholz zu umgehen. Nynaeve bestand darauf, sie von den Bäumen fernzuhalten. Egwene dachte, es sei närrisch zu glauben, daß sich noch mehr Aiel darin verbargen, aber sie machten trotzdem keinen großen Umweg, denn diese Dickichte waren alle recht klein.

Elayne beobachtete diese Baumgruppen als einzige von ihnen genau, und sie war auch diejenige, die plötzlich schrie: »Paßt auf!«

Egwene riß den Kopf herum. Männer traten zwischen den Bäumen heraus. Um ihre Köpfe herum wirbelten Steinschleudern. Sie griff nach *Saidar,* doch etwas traf ihren Kopf, und die Dunkelheit verschlang alles.

Egwene spürte, wie sie schwankte und wie sich unter ihr etwas bewegte. In ihrem Kopf war allerdings nur Raum für Schmerzen. Sie versuchte, eine Hand an ihre Schläfe zu heben, doch etwas schnitt ihr in die Handgelenke und sie konnte sich nicht rühren. »...besser als den ganzen Tag hier herumliegen und auf die Dunkelheit warten«, sagte die grobe Stimme eines Mannes. »Wer weiß, ob nicht ein anderes Schiff nahe am Ufer vorbeikommt? Und ich traue diesem Schiff dort auch nicht. Es hat ein Leck.«

»Du solltest mal besser darauf hoffen, daß Adden dir glaubt, du hättest die Ringe bemerkt, bevor du dich zum Angriff entschlossen hast«, sagte ein anderer Mann. »Er will fette Beute haben und keine Frauen, schätze ich.« Der erste Mann knurrte etwas Unanständiges, was Adden mit seinem alten Kahn tun könne und genauso mit seiner Fracht.

Sie öffnete die Augen. Silber gesprenkelte Flecken tanzten vor ihnen. Sie glaubte, sich übergeben zu müssen. Der Boden schwankte ein Stück unter ihrem Kopf. Sie war quer über den Rücken eines Pferdes gebunden. Ihre Hand- und Fußgelenke waren mit Seilen gefesselt, die unter dem Bauch des Pferdes durchliefen. Ihr Haar hing hinunter.

Noch herrschte Tageslicht. Sie verdrehte den Hals, um sich umsehen zu können. So viele berittene Männer in grober Kleidung umgaben sie, daß sie nicht sehen konnte, ob Nynaeve und Elayne ebenfalls gefangen waren. Ein paar der Männer trugen Teile von Rüstungen – ein zerbeulter Helm hier, ein eingedellter Brustpanzer oder ein mit Metallscheiben benähtes Lederwams da –, aber die meisten trugen lediglich Mäntel, die wohl einen Monat oder mehr nicht gewaschen worden waren. Vielleicht auch noch nie. Dem Geruch nach zu schließen hatten sich die Männer gleichfalls seit Monaten nicht mehr gewaschen. Sie trugen sämtlich Schwerter auf dem Rücken oder am Gürtel.

Zorn und Furcht überfielen sie, vor allem aber heiße Wut. *Ich will keine Gefangene mehr sein! Ich lasse mich nicht fesseln! Niemals!* Sie griff nach *Saidar,* und vor Schmerz wäre ihr fast der Kopf zersprungen. Sie konnte gerade noch ein Stöhnen unterdrücken.

Das Pferd blieb einen Moment stehen. Rufe und das Quietschen rostiger Scharniere ertönten. Dann schritt es ein Stück weiter, und die Männer stiegen von ihren Pferden. Als sie weggingen, konnte sie endlich ein wenig von ihrer Umgebung sehen. Eine aus Baumstämmen gefertigte Palisade umgab sie, die offensichtlich auf einer großen, runden, aus Erde aufgeschütteten Anhöhe stand. Ein hölzerner Wehrgang zog sich innen herum, gerade hoch genug angebracht, daß die mit Bögen ausgerüsteten Wachen über die roh behauenen Stämme hinwegspähen konnten. Eine niedrige, fensterlose Blockhütte schien man direkt in den Erdboden unter der Palisade hineingebaut zu haben. Außer ein paar primitiven Schuppen war kein weiteres Gebäude zu sehen. Von den Männern und Pferden abgesehen, die gerade hereingekommen waren, war der Rest der offenen Fläche übersät mit Feuerstellen, angeleinten Pferden und weiteren ungewaschenen Männern. Es mußten mindestens hundert sein. Ziegen und Schweine und Hühner in Käfigen meckerten, grunzten und gackerten. Dazu kamen das Gelächter und die Rufe der Männer. Alles zusammen ergab einen ohrenbetäubenden Lärm, der ihr noch mehr Kopfschmerzen bereitete.

Ihr Blick fand Nynaeve und Elayne, die genau wie sie mit dem Kopf nach unten auf ungesattelte Pferde gebunden waren. Keine schien sich zu rühren. Das Ende von Nynaeves Zopf schleifte im Schmutz, als sich ihr Pferd bewegte. Eine vage Hoffnung verflog damit, daß eine von ihnen sich in Freiheit befinden und den anderen zur Flucht verhelfen könnte. *Licht, ich ertrage es nicht, wieder eine Gefangene zu sein. Nicht schon wieder.* Vorsichtig versuchte sie, erneut nach *Saidar* zu greifen. Diesmal war der Schmerz nicht ganz so schlimm – höchstens so, als habe jemand einen Stein auf ihren Kopf fallen lassen –, aber die Leere zersprang trotzdem, bevor sie auch nur an eine Rose denken konnte.

»Eine von ihnen ist wach!« schrie die verängstigte Stimme eines Mannes.

Egwene bemühte sich, schlaff dazuhängen und harmlos zu wirken. *Wie beim Licht kann ich bedrohlich wirken, wenn ich wie ein Sack Mehl zusammengeschnürt dahänge! Seng mich, ich muß Zeit gewinnen. Ich muß!* »Ich tue Euch nichts«, sagte sie zu dem Burschen, der mit verschwitztem Gesicht auf sie zurannte. Oder zumindest versuchte sie, ihm das mitzuteilen. Sie war sich nicht im klaren darüber, wieviel davon sie herausgebracht hatte, als schon wieder etwas auf ihren Kopf krachte. Ihr wurde schlecht, und eine Welle der Dunkelheit überrollte sie.

Beim nächsten Mal war das Erwachen leichter. Ihr Kopf schmerzte noch, aber nicht so stark wie zuvor. Nur ihre Gedanken wirbelten noch hilflos durcheinander. *Wenigstens ist mein Magen nicht ... Licht, besser, ich denke nicht an so was!* Sie hatte den Geschmack sauren Weines und dazu etwas Bitteres im Mund. Dünne Streifen von Laternenschein fielen durch waagrechte Spalten in einer roh zusammengezimmerten Holzwand, aber sie lag drinnen auf dem Rücken in der Dunkelheit. Auf dem Erdboden, wie sie zu spüren glaubte. Die Tür schien auch nicht gerade gut eingepaßt, sah aber leider stabil aus.

Sie schob sich etwas hoch, so daß sie auf Händen und Knien ruhte, und dann war sie überrascht darüber, daß man sie überhaupt nicht gefesselt hatte. Die anderen Wände außer der aus ungeschältem Holz waren aus rohem Stein gebaut. Das durch die Ritzen fallende Licht reichte aus, um Nynaeve und Elayne zu erkennen, die hilflos im Schmutz lagen. Auf dem Gesicht der Tochter-Erbin klebte Blut. Sie rührten sich nicht. Nur ihre Oberkörper hoben und senkten sich leicht beim Atmen. Egwene zögerte. Sollte sie die beiden sofort wecken oder lieber erst nachsehen, was sich auf der anderen Seite der Wand befand? *Nur ein kurzer Blick,* sagte sie sich. *Ich kann genausogut erstmal sehen, was uns da bewacht, bevor ich sie aufwecke.*

Sie redete sich ein, es sei nicht deswegen, weil sie fürchtete, gar nicht in der Lage zu sein, sie aufzuwecken. Als sie ein Auge an eine der Ritzen in der Nähe der Tür preßte, dachte sie an das Blut auf Elaynes Gesicht und bemühte sich, sich genau daran zu erinnern, was Nynaeve im Falle Dailins getan hatte.

Der angrenzende Raum war groß – er mußte die

ganze übrige Fläche des Blockhauses einnehmen, das sie gesehen hatte – und fensterlos. Goldene und silberne Lampen hingen an Wandhaken und an den Balken der hohen Decke und erleuchteten den Raum strahlend hell. Es gab keinen Kamin. Auf dem blanken Erdboden mischten sich Tische und Stühle aus Bauernhäusern mit vergoldeten und mit Elfenbein eingelegten Schatztruhen. Ein mit Pfauenmuster geschmückter Webteppich lag neben einem riesigen Himmelbett, das reichlich mit schmutzigen Decken und Kissen gepolstert war. Die Bettpfosten waren mit feinen, vergoldeten Schnitzereien bedeckt.

Ein Dutzend Männer saß oder stand im Raum herum, doch aller Augen waren auf einen hochgewachsenen, blonden Mann gerichtet, der sicher mit gewaschenem Gesicht gut ausgesehen hätte. Er stand mit einer Hand am Griff seines Schwertes über einem Tisch mit geschwungenen Beinen und vergoldeten eingelegten Runen. Ein Finger der anderen Hand schob etwas, das sie nicht sehen konnte, in kleinen Kreisbewegungen auf der Tischfläche umher.

Die Haustür öffnete sich. Die Nacht zeigte sich in der Öffnung, und dann trat ein schlaksiger Mann ein, dem das linke Ohr fehlte. »Er ist noch nicht gekommen«, sagte er grob. An seiner linken Hand fehlten auch zwei Finger. »Ich habe nicht gern mit denen zu tun.«

Der große Blonde achtete nicht auf ihn und schob immer noch irgend etwas auf dem Tisch hin und her. »Drei Aes Sedai«, murmelte er und dann lachte er auf. »Es gibt einen guten Preis für Aes Sedai, falls Ihr den Mut habt, mit dem richtigen Käufer zu verhandeln. Man muß halt riskieren, daß einem der Bauch durch das Maul gezogen wird, falls man versucht, ihm die Katze im Sack zu verkaufen. Nicht so risikolos, wie den Besatzungsmitgliedern auf einem Handelsschiff die Kehlen durchzuschneiden, eh, Coke? Nicht ganz so einfach, oder was meinst du?«

Nervosität machte sich unter den Männern breit, und der angesprochene, ein stämmiger Bursche mit unstetem Blick, beugte sich ängstlich vor. »Sie sind doch wohl Aes Sedai, Adden?« Sie erkannte diese Stimme. Es war der Mann, der diese unfeinen Andeutungen gemacht hatte. »Sie müssen, Adden. Die Ringe beweisen es, sage ich dir!« Adden nahm etwas in die Hand, das auf dem Tisch gelegen hatte – einen kleinen Reif, der im Laternenschein golden glitzerte.

Egwene schnappte nach Luft und befühlte ihre Hand. *Sie haben meinen Ring weggenommen!*

»Es gefällt mir nicht«, sagte der schlaksige Mann, dem das Ohr fehlte. »Aes Sedai. Jede einzelne von ihnen könnte uns alle töten. Glück stich mich! Du bist wirklich ein Narr mit Pferdehirn, Coke, und ich sollte dir besser die Kehle durchschneiden. Was ist, wenn eine davon aufwacht, bevor er kommen?«

»Sie wachen noch stundenlang nicht auf.« Das war ein fetter Mann mit heiserer Stimme und einem schiefen Lachen, das seine Zahnlücken gut zur Geltung brachte. »Meine Oma hat mir das mit dem Zeug beigebracht, das wir ihnen eingeflößt haben. Sie schlafen bis Sonnenaufgang, und er wird lange vorher kommen.«

Egwene prüfte den Geschmack nach saurem Wein und das Bittere in ihrem Mund mit der Zunge. *Was es auch war, deine Oma hat dich angelogen. Sie hätte dich lieber in der Wiege erdrosseln sollen!* Bevor dieser ›er‹ kam, dieser Mann, der glaubte, Aes Sedai kaufen zu können – *wie ein verdammter Seanchan!* –, würde sie Nynaeve und Elayne auf die Beine bringen. Sie kroch zu Nynaeve hinüber.

Soweit sie sagen konnte, schien Nynaeve tief zu schlafen. Also begann sie erst einmal damit, sie leicht zu schütteln. Zu ihrer Überraschung öffnete Nynaeve wie auf Kommando die Augen.

»Wa …?«

Sie legte gerade noch rechtzeitig ihre Hand über Nynaeves Mund, um zu verhindern, daß sie laut sprach. »Wir sind Gefangene hier«, flüsterte sie ihr ins Ohr. »Auf der anderen Seite dieser Wand befindet sich ein Dutzend Männer, und weitere sind draußen. Sehr viele weitere. Sie haben uns etwas eingegeben, damit wir schlafen, aber das war ziemlich erfolglos. Erinnerst du dich wieder?«

Nynaeve schob Egwenes Hand beiseite. »Alles klar.« Ihr Stimme klang leise und verbissen. Sie verzog das Gesicht und den Mund und lachte dann fast lautlos auf. »Schlafkraut. Diese Narren gaben uns Schlafkraut in Wein. So, wie es schmeckt, war der Wein schon beinahe Essig. Schnell, erinnerst du dich an das, was ich dir beigebracht habe? Was löst Schlafkraut aus?«

»Es vertreibt Kopfschmerz, damit man schlafen kann«, sagte Egwene genauso leise. Und beinahe genauso grimmig, bis ihr klar wurde, was sie ausgesprochen hatte. »Es macht einen ein wenig schläfrig, aber das ist auch alles.« Der fette Mann hatte bei seiner Oma nicht gut aufgepaßt. »Alles, was sie taten, war, uns dabei zu helfen, unsere Kopfschmerzen zu bekämpfen.«

»Genau«, bekräftigte Nynaeve. »Und sobald wir Elayne wach haben, werden wir uns so bei ihnen bedanken, daß sie es nicht mehr vergessen.« Sie stand auf und kauerte neben der goldhaarigen Frau nieder.

»Ich glaube, daß mehr als hundert Mann da draußen waren, als sie uns hereinbrachten«, flüsterte Egwene Nynaeves Rücken zu. »Ich bin sicher, du hast nichts dagegen, wenn ich diesmal die Macht wieder als Waffe verwende. Und irgend jemand will uns offensichtlich *kaufen*. Ich habe vor, diesem Burschen eine Lehre zu erteilen, die ihn dazu bringt, bis zum Ende seiner Tage im Licht zu wandeln!« Nynaeve beugte sich nach wie vor über Elayne, aber keine von beiden rührte sich. »Was ist los?«

»Sie ist schwer verletzt, Egwene. Ich glaube, sie hat einen Schädelbruch. Sie atmet kaum noch. Egwene, sie wird ebenso sicher sterben wie Dailin.«

»Kannst du nichts tun?« Egwene versuchte, sich an all die verschiedenen Machtströme zu erinnern, die Nynaeve verwoben hatte, um die Aiel-Frau zu retten, aber mehr als jeden dritten Fluß konnte sie sich nicht ins Gedächtnis zurückrufen. »Du mußt!«

»Sie haben mir meine Kräuter abgenommen«, jammerte Nynaeve mit zitternder Stimme. »Ich kann nicht! Nicht ohne die Kräuter!« Egwene stellte erschrocken fest, daß Nynaeve beinahe die Tränen kamen. »Seng sie alle, ich kann nicht ohne ...!« Plötzlich packte sie Elayne bei den Schultern, als wolle sie die bewußtlose Frau anheben und schütteln. »Seng dich, Mädchen«, keuchte sie, »ich habe dich nicht so weit gebracht, um dich sterben zu sehen! Ich hätte dich in der Küche bei den Töpfen lassen sollen! Ich hätte dich in einen Sack stecken und Mat mitgeben sollen, damit er dich zu deiner Mutter schleppt! Ich lasse dich nicht einfach so sterben! Hörst du mich? Ich erlaube es nicht!« Mit einem Mal umgab das Glühen *Saidars* Nynaeve, und Elayne riß gleichzeitig Augen und Mund auf.

Egwene legte Elayne blitzartig eine Hand über den Mund, um jeden Laut zu dämpfen. Als sie Elayne berührte, ergriff eine Seitenströmung des Machtflusses von Nynaeve auch sie wie einen Strohhalm am Rande eines Mahlstroms. Kälte biß in ihre Knochen, und traf dort auf eine Hitzewelle, die sich nach außen hin ausbreitete, als wolle sie ihr Fleisch verkohlen. Die Welt verschwand im überwältigenden Gefühl des Dahingleitens, Fallens, Fliegens, Herumwirbelns.

Als es schließlich zu Ende war, atmete sie schwer und blickte auf Elayne hinunter, die sie über ihre auf deren Mund gepreßte Hand hinweg ansah. Egwenes Kopfschmerzen waren spurlos verschwunden. Selbst das Kielwasser des von Nynaeve ausgehenden Machtstromes hatte dazu ausgereicht. Das Stimmengemurmel von der anderen Seite der Wand her war nicht lauter als zuvor. Falls Elayne irgendein Geräusch gemacht hatte, dann hatten Adden und die anderen nichts davon gehört.

Nynaeve kniete mit gesenktem Kopf zitternd neben ihr. »Licht«, stöhnte sie. »Das so anzustellen … war, als ob ich … mir die eigene Haut abziehe. O Licht!« Sie sah Elayne an. »Wie geht es dir, Mädchen?« Egwene zog ihre Hand weg.

»Müde«, murmelte Elayne. »Und hungrig. Wo sind wir? Da waren Männer mit Schleudern …«

Schnell erzählte ihr Egwene, was geschehen war. Lange, bevor sie fertig war, verfinsterte sich Elaynes Miene.

»Und nun«, fügte Nynaeve mit Stahl in der Stimme hinzu, »werden wir diesen Halunken zeigen, was man sich einhandelt, wenn man sich in unser Leben einmischt.« Wieder glühte *Saidar* um sie herum.

Elayne stand unsicher auf, aber auch sie war von dem Glühen umgeben. Egwene griff beinahe jubelnd nach der Wahren Quelle.

Als sie wieder durch die Ritzen spähten, um erst mal genau zu beobachten, mit wem sie es zu tun hatten, standen drei Myrddraal im Raum.

Ihre stumpf-schwarze Kleidung hing unnatürlich bewegungslos an ihnen. So standen sie vor dem Tisch, und jedermann außer Adden hatte sich so weit wie möglich vor ihnen zurückgezogen. Sie standen mit dem Rücken gegen die Wand gedrückt und mit gesenktem Blick da. Auf der anderen Seite des Tisches stellte sich Adden diesem augenlosen Blick, aber der Schweiß zog Furchen durch den Schmutz auf seinem Gesicht.

Der eine Blasse hob einen Ring vom Tisch auf. Egwene sah nun, daß es ein viel schwererer Goldring war als die mit der Großen Schlange. Mit gegen die Ritze in der Wand gepreßtem Gesicht schnappte Nynaeve nach Luft und griff sich oben unter ihr Kleid.

»Drei *Aes Sedai*«, zischte der Halbmensch, und seine Heiterkeit klang, als ob etwas Abgestorbenes zu Staub zerfiele, »und eine davon trug diesen.« Schwer schlug der Ring auf der Tischfläche auf, als der Myrddraal ihn zurückwarf.

»Das sind diejenigen, die wir suchen.« Die Stimme des anderen Blassen knarrte beinahe. »Ihr werdet reich belohnt werden, Mensch.«

»Wir müssen sie überrumpeln«, sagte Nynaeve leise. »Was für ein Schloß haben wir denn hier?«

Egwene konnte gerade noch das Schloß draußen an der Tür sehen. Es war aus Eisen und hing an einer Kette, die selbst einen Bullen zurückgehalten hätte. »Haltet euch bereit«, sagte sie.

Sie ließ einen haarfeinen Strang der Macht aus dem Element Erde entstehen, wobei sie hoffte, die Halbmenschen könnten eine so geringe Menge der Macht nicht fühlen, und verwob ihn in die Eisenkette – in jedes kleine Teilchen des kalten Metalls.

Einer der Myrddraal hob den Kopf. Ein anderer beugte sich über den Tisch auf Adden zu. »Es juckt mich, Mensch. Seid Ihr sicher, daß sie schlafen?« Adden schluckte schwer und nickte dann.

Der dritte Myrddraal wandte sich der Tür zu, hinter der Egwene und die anderen kauerten.

Die Kette fiel zu Boden, der Myrddraal, der die Tür angestarrt hatte, knurrte, und gleichzeitig öffnete sich die Tür zum Hof, und ein schwarz verschleierter Tod kam aus der Nacht über den Raum.

Schreie erklangen, als die Männer nach ihren Schwertern griffen, um sich gegen die zustechenden

Aiel-Speere zu wehren. Die Myrddraal zogen Klingen, noch schwärzer als ihre Kleidung, und auch sie kämpften um ihr Leben. Egwene hatte einmal zugesehen, wie sechs Katzen kämpften, jede gegen alle anderen. Dies hier sah dem ähnlich, nur hundertmal schlimmer. Und doch herrschte nach nur wenigen Sekunden Schweigen. Oder beinahe jedenfalls.

Jeder Mensch, der keinen schwarzen Schleier trug, lag tot, von einem Speer durchbohrt, auf dem Boden. Adden war von einem Speer an die Wand genagelt worden. Auch zwei Aiel lagen regungslos da, mitten in dem Durcheinander von umgestürzten Möbelstücken und Leichen. Die drei Myrddraal standen Rücken an Rücken in der Mitte des Raums, die schwarzen Schwerter in Händen. Einer hielt sich die Seite, als sei er verwundet worden, aber ansonsten ließ er sich nichts anmerken. Ein anderer hatte eine lange Rißwunde im blassen Gesicht. Sie blutete nicht. Um sie herum kreisten die fünf noch am Leben befindlichen Aiel in geduckter Haltung. Von draußen erklangen Schreie und metallisches Klappern, das ihnen sagte, daß dort weitere Aiel in der Nacht kämpften. Doch der Raum war von einem viel leiseren Geräusch erfüllt.

Beim Umkreisen der Blassen trommelten die Aiel mit ihren Speeren gegen ihre kleinen Lederschilde. *Bom-bom-BOM-bom … bom-bom-BOM-bom … bom-bom-BOM-bom.* Die Myrddraal drehten sich mit ihnen, und in ihren augenlosen Gesichtern stand Unsicherheit, Nervosität, weil der Blick, der sonst alle Menschen vor Angst lähmte, die Aiel gar nicht zu berühren schien.

»Tanz mit mir, Schattenmann«, rief der eine Aiel plötzlich herausfordernd. Es klang nach einem jungen Mann.

»Tanz mit mir, Augenloser.« Das war eine Frau.

»Tanz mit mir.«

»Tanz mit mir.«

»Ich glaube«, sagte Nynaeve und richtete sich auf, »jetzt ist es Zeit für uns.« Sie stieß die Tür auf, und die drei in das Glühen *Saidars* gehüllten Frauen traten in den Raum.

Es schien, als hörten in diesem Augenblick die Aiel für die Myrddraal genauso zu existieren auf wie die Myrddraal für die Aiel. Die Aiel starrten Egwene und die anderen über ihre Schleier hinweg an, als trauten sie ihren Augen nicht. Sie hörte, wie eine der Frauen laut nach Luft schnappte. Der augenlose Blick der Myrddraal hatte sich geändert. Egwene konnte beinahe das Wissen um ihren bevorstehenden Tod im Blick der Halbmenschen fühlen. Die Halbmenschen wußten sofort, mit wem sie es zu tun hatten, wenn sie Frauen gegenüberstanden, die die Macht lenkten. Sie war auch sicher, bei ihnen wahrzunehmen, daß sie ihren – Egwenes und der anderen – Tod herbeisehnten, falls sie das mit ihrem Opfer erreichen könnten. Noch stärker schien allerdings der Wunsch, ihr die Seele aus dem Leib zu reißen und zu einem Spielzeug des Schattens zu machen, ein Wunsch …

Sie war gerade erst in den Raum getreten, und doch schien es, als hätte sie diesem Blick stundenlang gegenübergestanden. »Ich habe genug davon«, grollte sie und ließ einen Feuerstrom los.

Flammen schlugen aus allen drei Myrddraal, züngelten in alle Richtungen, und sie schrien wie zersplitterte Knochen in einer Knochenmühle. Doch sie hatte vergessen, daß sie nicht allein war, daß Elayne und Nynaeve bei ihr waren. In dem Moment, als die Flammen die Halbmenschen verschlangen, schien die Luft sich um sie herum zu verdichten und preßte sie zu einem Feuerball zusammen. Feuer und Schwärze wurden immer dichter und schrumpften. Ihre Schreie ließen Egwene bis ins Mark erzittern. Dann schoß etwas aus Nynaeves Händen – ein dünner, weißer

Lichtstrahl, gegen den die Mittagssonne blaß erschien, und verband ihre Hände mit den Myrddraal. Und sie hörten auf, zu existieren, als habe es sie nie gegeben. Nynaeve fuhr selbst überrascht zusammen, und das Glühen um sie verflog.

»Was ... was war das?« fragte Elayne.

Nynaeve schüttelte den Kopf. Sie wirkte genauso erschlagen wie Elayne. »Ich weiß nicht. Ich ... ich war so zornig und hatte gleichzeitig solche Angst, was sie tun wollten ... Ich weiß nicht, was es war.«

Baalsfeuer, dachte Egwene. Sie wußte nicht, woher dieses Wissen kam, aber sie war ganz sicher. Zögernd brachte sie sich dazu, *Saidar* fahrenzulassen, damit es sie losließ. Sie wußte nicht, welches von beiden schwieriger war. *Und ich habe nichts von dem gesehen, was sie da eigentlich tat!*

Die Aiel lösten nun ihre Schleier. Ein wenig überhastet, hatte Egwene das Gefühl, als wollten sie ihr und den beiden anderen beweisen, daß sie nicht mehr weiterkämpfen würden. Drei der Aiel waren männlich, einer davon ein älterer Mann mit mehr als nur ein wenig Grau in den dunkelroten Haaren. Sie waren groß, diese Aiel-Männer, und ob jung oder alt, hatten sie dieses gelassene Selbstvertrauen im Blick und bewegten sich mit einer gefährlichen Gewandtheit, die Egwene an die Behüter erinnerte. Der Tod ritt auf ihren Schultern, und sie wußten, daß er da war, und sie fürchteten sich nicht. Eine der Frauen war Aviendha. Die Schreie von draußen ebbten langsam ab.

Nynaeve ging auf die gefallenen Aiel zu.

»Es ist nicht nötig, Aes Sedai«, sagte der ältere Mann. »Der Stahl der Schattenmänner hat sie getroffen.«

Trotzdem beugte sich Nynaeve über sie und zog ihre Schleier weg, um ihre Augenlider zu öffnen und an ihrem Hals nach einem Pulsschlag zu fühlen. Als sie sich von der zweiten aufrichtete, war ihr Gesicht totenblaß. Es war Dailin. »Seng dich! Seng dich!« Es war nicht klar, ob sie damit Dailin meinte oder den Mann mit dem grauen Haar oder Aviendha oder alle Aiel. »Ich habe sie nicht geheilt, um sie so daliegen zu sehen!«

»Der Tod kommt zu uns allen«, begann Aviendha, aber als sich Nynaeve wütend ihr zuwandte, verstummte sie. Die Aiel tauschten untereinander unsichere Blicke, als könnte Nynaeve mit ihnen möglicherweise dasselbe tun wie mit den Myrddraal. Da lag keine Angst in ihren Blicken, nur das Wissen um diese Möglichkeit.

»Der Stahl der Schattenmänner tötet immer«, sagte Aviendha. »Er verwundet nicht nur.« Der ältere Mann sah sie mit gelinder Überraschung im Blick an. Egwene wurde klar, daß für diesen Mann, genau wie bei Lan, ein Beben der Augenlider das gleiche bedeutete wie offenes Staunen bei einem anderen. Aviendha sagte: »Sie wissen so wenig über einige Dinge, Rhuarc.«

»Es tut mir leid«, sagte Elayne mit klarer Stimme, »daß wir Euren… Tanz unterbrochen haben. Vielleicht hätten wir nicht eingreifen sollen.«

Egwene sah sie verblüfft an, und dann wurde ihr klar, was sie damit erreichen wollte. *Sie sollen sich ein wenig entspannen und Nynaeve Gelegenheit zum Abkühlen geben.* »Ihr habt die Lage ganz gut im Griff gehabt«, sagte sie. »Vielleicht haben wir Euch beleidigt, weil wir unsere Nasen in Eure Angelegenheiten steckten?«

Der ergraute Mann – Rhuarc – lachte leise mit tiefer Stimme. »Aes Sedai, ich für meinen Teil bin froh darüber, was… nun, was es auch gewesen sein mag, das Ihr tatet.« Einen Augenblick lang schlich sich Unsicherheit in seinen Blick, doch dann war seine gute Laune wieder da. Sein Lächeln war angenehm. Er hatte ein starkes, kantiges Gesicht und sah recht gut aus, wenn auch ein wenig alt. »Wir hätten sie töten können, aber drei Schattenmänner... Sie hätten bestimmt noch zwei oder drei von uns erwischt, vielleicht auch uns alle, und ich weiß nicht, ob wir alle drei auch wirklich hätten besiegen können. Für die Jungen ist der Tod ein Feind, an dem sie ihre Kräfte messen wollen. Für uns, die wir schon ein wenig älter sind, ist er ein alter Freund, eine vertraute Geliebte, aber wir sind nicht darauf erpicht, sie so schnell wiederzusehen.«

Nynaeve schien sich zu entspannen, als er redete, als sauge die Tatsache, einen Aiel kennenzulernen, der sich nicht nach dem Tod zu sehnen schien, ihr die Anspannung aus den Knochen. »Ich sollte Euch danken«, sagte sie, »und das tue ich auch hiermit. Ich gebe aber zu, daß ich überrascht war, Euch zu sehen. Aviendha, habt Ihr erwartet, uns hier anzutreffen? Wieso?«

»Ich bin Euch gefolgt.« Die Aiel-Frau sagte das ohne Schamgefühl. »Um zu sehen, was Ihr unternehmen würdet. Ich sah, wie die Männer Euch gefangennahmen, aber ich war zu weit entfernt, um einzugreifen. Ich war sicher, daß Ihr mich seht, wenn ich Euch zu nahe komme, und deshalb blieb ich gut hundert Schritt zurück. Als ich dann sah, daß Ihr hilflos wart, war es schon zu spät, um allein einzugreifen.«

»Ich bin sicher, Ihr habt Euer Möglichstes getan«, sagte Egwene mit schwacher Stimme. *Sie befand sich nur hundert Schritt hinter uns? Licht, und die Räuber haben sie nicht bemerkt.*

Aviendha nahm ihre Worte als Aufforderung, mehr zu erzählen. »Ich wußte, wo sich Coram aufhalten mußte, und er wiederum kannte den Aufenthaltsort von Dhael und Luaine, und sie wieder...« Sie schwieg und blickte den älteren Mann stirnrunzelnd an. »Ich habe allerdings nicht erwartet, einen Clanhäuptling unter den Ankömmlingen vorzufinden, und schon gar nicht meinen eigenen. Wer führt die Taardad Aiel, Rhuarc, wenn du hier bist?«

Rhuarc zuckte die Achseln, als sei das nicht so wichtig. »Die Häuptlinge der einzelnen Septimen werden sich abwechseln und sich darüber beraten, ob sie wirklich nach Rhuidean gehen wollen, wenn ich sterbe. Ich wäre nicht gekommen, aber Amys, Bair, Melaine und Seana haben mir aufgelauert wie die Wildkatzen einem Ziegenbock. Ihre Träume hatten ihnen gesagt, daß ich gehen müsse. Sie wollten von mir wissen, ob ich wirklich als fetter, alter Mann im Bett sterben wolle.«

Aviendha lachte, als käme ihr das wie ein guter Witz vor. »Ich habe gehört, daß sich ein Mann, der zwischen seiner Frau und einer Weisen Frau im Kreuzfeuer steht, lieber ein Dutzend alter Feinde herbeisehnt, gegen die er kämpfen kann. Ein Mann zwischen seiner Ehefrau und drei Weisen Frauen auf einmal, und dann ist die Ehefrau ja selbst eine Weise, na, der wird vermutlich lieber sogar noch gegen den Sichtblender selbst kämpfen wollen.«

»Der Gedanke ist mir auch gekommen.« Er blickte mit gerunzelter Stirn auf etwas am Fußboden hinunter: drei Ringe mit der Großen Schlange, wie Egwene sah, und dazu einen viel schwereren Goldring, der für den Finger eines Mannes geschaffen war. »Ich denke immer noch daran. Alles muß sich ändern, aber wenn ich mich dem entziehen könnte, was sich da ändert, wäre mir auch wohler. Drei Aes Sedai, die nach Tear ziehen.« Die anderen Aiel sahen sich heimlich an, als wollten sie nicht, daß Egwene und ihre Begleiterinnen den Blick bemerkten.

»Ihr habt von Träumen gesprochen«, sagte Egwene. »Wissen Eure Weisen Frauen, was ihre Träume zu bedeuten haben?«

»Einige schon. Wenn Ihr mehr darüber wissen wollt, müßt Ihr mit ihnen sprechen. Vielleicht werden sie es einer Aes Sedai sagen. Männern sagen sie nichts, außer, was wir den Träumen nach zu tun hätten.« Mit einem Mal hörte er sich müde an. »Und gewöhnlich hätten wir genau das am liebsten vermieden.«

Er bückte sich und hob den Männerring auf. Darauf flog ein Kranich über einer Lanze und eine Krone. Egwene erkannte den Ring jetzt. Sie hatte ihn oft zuvor an einem Lederband an Nynaeves Hals hängen sehen. Nynaeve trat auf die anderen Ringe, um ihn dem Mann aus der Hand zu reißen. Ihr Gesicht war rot angelaufen in einem Gemisch von Ärger und zu vielen weiteren Gefühlen, die Egwene nicht ermessen konnte. Rhuarc machte keine Anstalten, ihn zurückzunehmen, sondern sprach im gleichen müden Tonfall weiter:

»Und eine davon trägt einen Ring, von dem ich schon als Junge gehört habe. Den Ring der Könige von Malkier. In der Zeit meines Vaters ritten sie mit den Schienarern gegen die Aiel in den Kampf. Sie waren gute Speertänzer. Aber Malkier fiel der Fäule zum Opfer. Man sagt, daß nur das Kind überlebte, das einst König werden sollte, und daß er den Tod umwirbt, der sein Land in Besitz nahm, so wie andere Männer eine schöne Frau umwerben. Wahrlich, das ist eine seltsame Sache, Aes Sedai. Von all den eigenartigen Dingen, die ich zu sehen erwartete, als Melaine mich aus der eigenen Festung über die Drachenmauer hetzte, war noch keines so eigenartig wie dieses. Ich hatte niemals erwartet, auf einen solchen Weg gehen zu müssen wie den, den Ihr mir gewiesen habt.«

»Ich weise Euch keinen Weg«, sagte Nynaeve in scharfem Tonfall. »Ich will lediglich meine Reise fortsetzen. Diese Männer hatten Pferde. Wir nehmen uns drei davon und brechen wieder auf.«

»In der Nacht, Aes Sedai?« fragte Rhuarc. »Ist Eure

Reise so dringlich, daß Ihr es riskiert, nachts durch dieses gefährliche Gebiet zu ziehen?«

Nynaeve kämpfte sichtlich mit sich und sagte dann: »Nein.« Mit gefestigter Stimme fügte sie hinzu: »Aber wir werden bei Sonnenaufgang losreiten.«

Die Aiel trugen die Toten aus der Palisadenumzäunung hinaus, aber weder Egwene noch ihre Gefährtinnen wollten das schmutzige Bett benützen, in dem Adden geschlafen hatte. Sie holten sich ihre Ringe zurück und schliefen in ihre Umhänge und einige Decken der Aiel gehüllt unter freiem Himmel.

Als sich der Himmel im Osten rosa verfärbte, bereiteten die Aiel ein Frühstück aus zähem Trockenfleisch – Egwene zögerte, bis ihr Aviendha erklärte, daß es Ziegenfleisch sei –, Fladenbrot, beinahe genauso schwer zu kauen wie das sehnige Fleisch, und einer Art von blau geädertem Quark, der so hart war, daß Elayne grimmig kommentierte, die Aiel übten wahrscheinlich das Essen, indem sie Steine kauten. Und doch aß die Tochter-Erbin soviel wie Egwene und Nynaeve zusammen. Die Aiel ließen die Pferde laufen, nachdem sie die drei besten für Egwene und die anderen ausgewählt hatten. Aviendha erklärte ihnen, daß sie nur ritten, wenn es unbedingt notwendig sei, und es klang, als liefe sie sich lieber Blasen an die Füße, als auf ein Pferd zu klettern. Es waren alles kräftige Pferde, beinahe so groß wie Schlachtrösser, mit stolz geschwungenem Hals und wilden Augen: ein schwarzer Hengst für Nynaeve, eine braune Stute für Elayne und eine graue für Egwene.

Sie beschloß ihre Stute ›Nebel‹ zu nennen, in der Hoffnung, ein weich klingender Name würde ihr Temperament besänftigen, und tatsächlich schritt Nebel leichtfüßig nach Süden zu, als die Sonne ihren roten Rand über den Horizont schob.

Die Aiel begleiteten sie zu Fuß, alle, die den Kampf

überlebt hatten. Drei weitere waren gestorben, neben den beiden, die von den Myrddraal getötet worden waren. Sie waren jetzt zusammen neunzehn. Sie liefen leichtfüßig neben den Pferden her. Zuerst wollte Egwene Nebel verhalten, damit sie besser mithalten könnten, aber die Aiel fanden das äußerst belustigend.

»Ich mache ein Wettrennen mit Euch über zehn Meilen«, sagte Aviendha, »und wir werden ja sehen, wer gewinnt, Euer Pferd oder ich.«

»Ich fordere Euch über zwanzig Meilen heraus!« rief Rhuarc lachend.

Egwene hielt ihre Angebote für ernstzunehmend, und als sie und die anderen ihre Pferde schneller dahintraben ließen, hatten die Aiel keinerlei Probleme, mitzuhalten.

Als die strohgedeckten Dächer von Jurene in Sicht kamen, sagte Rhuarc: »Lebt wohl, Aes Sedai. Möget Ihr immer Wasser und Schatten finden. Vielleicht treffen wir uns wieder, bevor die große Veränderung kommt.« Es klang ziemlich ernst. Als die Aiel nach Süden weiterliefen, hoben Aviendha und Chiad und Bain jede eine Hand zum Abschiedsgruß. Sie schienen nun, da sie nicht mehr neben den Pferden herlaufen mußten, sich keineswegs langsamer zu bewegen, eher sogar noch etwas schneller. Egwene vermutete, sie würden dieses Tempo solange beibehalten, bis sie ihr Ziel erreichten, was es auch sein mochte.

»Was hat er damit gemeint?« fragte sie. »Daß wir uns vielleicht wiedersehen, bevor die große Veränderung kommt?« Elayne schüttelte den Kopf.

»Es spielt keine Rolle, was er meinte«, sagte Nynaeve. »Ich bin froh, daß sie letzten Abend kamen, und ich bin auch froh, daß sie wieder weg sind. Ich hoffe, es ist ein Schiff da.«

Jurene selbst war ein kleiner Ort. Die Häuser

waren aus Holz gebaut, und keines wies mehr als ein Stockwerk auf. Doch über allem flatterte die Flagge mit dem Weißen Löwen von Andor an einer langen Stange, und fünfzig Mann von der königlichen Garde hielten den Ort besetzt. Ihre roten Jacken mit den langen, weißen Revers leuchteten unter metallschimmernden Brustpanzern hervor. Man hatte sie an diesen Ort geschickt, sagte ihr Hauptmann, um Flüchtlingen in Richtung Andor eine sichere Zuflucht zu bieten. Aber es wurden täglich weniger. Die meisten flohen in Orte weiter flußabwärts in der Nähe von Aringill. Es sei gut, daß die drei Frauen zu diesem Zeitpunkt angekommen waren, denn er erwarte täglich den Befehl, mit seiner Kompanie nach Andor zurückzukehren. Wahrscheinlich würden die wenigen übriggebliebenen Einwohner Jurenes mit ihnen gehen und hier alles den Räubern und den Soldaten der kriegführenden Adelshäuser von Cairhien überlassen.

Elayne hielt ihr Gesicht unter der Kapuze ihres dicken, wollenen Umhangs verborgen, aber keiner der Soldaten schien das Mädchen mit dem rotgoldenen Haar irgendwie mit der Tochter-Erbin in Verbindung zu bringen. Ein paar fragten sie, ob sie nicht ein wenig bleiben wolle. Egwene war nicht sicher, ob Elayne sich darüber freute oder schockiert war. Sie selbst erklärte den Männern, die mit ihr anbändeln wollten, daß sie keine Zeit für sie habe. Es war auf gewisse Art schon schmeichelhaft, so unverblümt gefragt zu werden. Sicher hatte sie nicht die Absicht, einen dieser Burschen zu küssen, aber es war nett, zu wissen, daß wenigstens ein paar Männer sie für ebenso hübsch hielten wie Elayne. Nynaeve versetzte einem der Männer eine schallende Ohrfeige. Egwene hätte beinahe gelacht, und Elayne lächelte ganz offen. Egwene glaubte, der Mann habe Nynaeve in den Po gekniffen, und obwohl sie wütend dreinblickte, wirkte ihr Blick keineswegs wirklich zornig, wenn man sie gut genug kannte.

Sie trugen ihre Ringe nicht. Es hatte Nynaeve nicht viel Mühe gekostet, sie davon zu überzeugen, daß der eine Ort, an dem sie ganz bestimmt nicht als Aes Sedai gelten wollten, natürlich Tear sein mußte, besonders wenn sich die Schwarzen Ajah dort aufhielten. Egwene hatte ihren Ring in die Börse zum steinernen *Ter'Angreal* gesteckt. Sie berührte den Beutel öfters, um sich zu vergewissern, daß sie noch da waren. Nynaeve hatte ihren an die Lederschnur zu dem Ring Lans gehängt und trug nun beide zwischen ihren Brüsten.

Es lag tatsächlich ein Schiff in Jurene an dem einzigen Steinkai vertäut, der sich hier in den Erinin erstreckte. Es war nicht das Schiff, das Aviendha gesehen hatte, wie es schien, aber es war immerhin doch ein Schiff. Egwene war enttäuscht, als sie es genauer ansah. Der *Pelikan* war doppelt so breit wie der *Blaue Kranich* und machte mit seinem abgerundeten, wuchtigen Bug seinem Namen absolut keine Ehre. Der Kapitän war übrigens genauso rundlich.

Dieser werte Geselle blinzelte Nynaeve an und kratzte sich hinter dem Ohr, als sie fragte, ob sein Schiff denn auch schnell sei. »Schnell? Ich habe eine volle Ladung von Edelholz aus Schienar und Teppichen aus Kandor. Warum sollte man mit einer solchen Ladung besondere Eile haben? Die Preise steigen doch ständig. Ja, ich denke, es gibt schnellere Schiffe, die nachkommen, aber sie legen hier nicht an. Ich hätte auch nicht hier angelegt, wenn ich nicht Würmer im Fleisch gefunden hätte. Dumme Idee, Fleisch nach Cairhien verkaufen zu wollen. Der *Blaue Kranich?* Ja, ich habe gesehen, daß Ellisor heute morgen ein Stück flußaufwärts an irgendwas festhing. Ich denke, er wird nicht so bald wieder freikommen. Aber das riskiert man halt mit einem schnellen Schiff.«

Nynaeve zahlte für ihre Passagen und noch mal doppelt soviel für die Pferde. Ihr Gesichtsausdruck war derart finster, daß Egwene und Elayne es erst lange nach dem Ablegen des *Pelikan* in Jurene wagten, sie wieder anzusprechen.

KAPITEL 8

Ein Held in der Nacht

Mat lehnte an der Reling und sah zu, wie die ummauerte Stadt Aringill immer näher kam. Die Ruder trieben die *Graue Möwe* an die langen Anlegestege aus geteerten Balken heran. Hohe Steinmauern schoben sich davor in den Fluß hinaus, um die Anlegestellen zu schützen, auf denen sich die Menschen drängten. Viele verließen Schiffe aller Größenordnungen, die dort vertäut lagen. Einige der Menschen schoben Karren vor sich her oder zogen Schlitten oder hochrädrige Wagen mit aufgestapelten Möbelstücken und Truhen, die man darauf festgebunden hatte. Die meisten trugen aber nur kleine Bündel auf dem Rücken, wenn überhaupt etwas. Nicht alle von ihnen beeilten sich. Viele Männer und Frauen drängten sich ängstlich und unsicher zusammen, und Kinder klammerten sich an ihre Beine. Soldaten in roten Röcken und glänzenden Brustpanzern versuchten, sie dazu zu bewegen, die Stege zu verlassen und in die Stadt zu gehen, aber die meisten waren wohl zu verängstigt, um sich vom Fleck zu rühren.

Mat drehte sich um und hielt die Hand über seine Augen, damit er im Gegenlicht den Fluß sehen konnte, den sie nun verließen. Es herrschte hier mehr Leben auf dem Fluß als im Süden Tar Valons. Mindestens ein Dutzend Schiffe konnte er allein jetzt erkennen, von einer langen Jacht mit scharfem Bug und zwei dreieckigen Segeln, die flußaufwärts gegen die Strömung gute Fahrt machte, bis zu einem breiten

Schiff mit quadratischen Segeln und stumpfem Bug, das schwerfällig von Norden heranschwankte.

Allerdings hatte fast die Hälfte aller Schiffe nichts mit dem Flußhandel zu tun. Zwei Leichter mit leerem Deck schoben sich langsam über den Fluß zu einem kleineren Ort am anderen Ufer, während drei weitere auf Aringill zuhielten, die Decks mit Menschen vollgepackt wie Fässer mit Fisch. Die Flagge, die über dieser anderen Stadt flatterte, lag im Schatten, obwohl die Sonne noch ungefähr um ihren eigenen Durchmesser über dem Horizont hing. Dieses Ufer gehörte zu Cairhien, aber er mußte die Flagge nicht erst sehen, um zu wissen, daß sich darauf der Weiße Löwe von Andor befand. In den wenigen andoranischen Dörfern, bei denen die *Graue Möwe* vorübergehend angelegt hatte, hatte es deswegen viel Gerede gegeben.

Er schüttelte den Kopf. Politik interessierte ihn nicht. *Solange sie mir nicht wieder erzählen wollen, ich sei ein Bürger Andors, bloß weil irgendeine Landkarte darauf besteht. Seng mich, vielleicht wollen sie mich sogar dazu zwingen, in ihrer verfluchten Armee mitzumarschieren und zu kämpfen, falls sich diese Sache in Cairhien ausweitet. Befehlen gehorchen müssen! Licht!* Schaudernd wandte er sich wieder Aringill zu. Barfüßige Besatzungsmitglieder der *Grauen Möwe* hielten schon die Leinen bereit, die sie anderen auf den Stegen zuwerfen würden.

Kapitän Mallia beobachtete ihn vom Steuerruder aus. Der Bursche hatte keineswegs aufgegeben, sie zu umwerben, weil er erfahren wollte, welche wichtige Mission sie zu erfüllen hätten. Mat hatte ihm schließlich den versiegelten Brief gezeigt und ihm gesagt, daß er ihn von der Tochter-Erbin erhalten habe und der Königin überbringen müsse. Eine persönliche Botschaft der Tochter an die Mutter, nicht mehr. Mallia schien aber nur die Worte ›Königin Morgase‹ gehört zu haben.

Mat grinste in sich hinein. In einer Innentasche seines Mantels steckten zwei Geldbeutel, die um einiges fetter waren als zu der Zeit, da sie an Bord gegangen waren, und er hatte noch genug einzelne Münzen in anderen Taschen, um zwei weitere zu füllen. Er hatte nicht ganz soviel Glück gehabt wie in jener ersten, seltsamen Nacht, als die Würfel und alles andere völlig verrückt gespielt hatten, aber immer noch genug. Nach der dritten Nacht hatte Mallia es aufgegeben, sich entgegenkommend zu zeigen, indem er mit ihm spielte, aber da war seine Geldtruhe bereits etwas leichter geworden. Nach Aringill würde sie noch einmal leichter werden. Mallia mußte seinen Lebensmittelvorrat ergänzen, falls er das hier bei diesen Preisen konnte. Mat dachte dabei an die vielen Menschen, die sich am Hafen drängten.

Das Grinsen verging ihm, als er wieder an den Brief dachte. Ein klein wenig Arbeit mit einer heißen Messerklinge, und das Siegel mit der goldenen Lilie war angehoben. Er hatte aber nichts gefunden. Elayne schrieb nur, daß sie fleißig und gern lerne und Fortschritte mache. Sie sei eine folgsame Tochter. Die Amyrlin habe sie für ihr Weglaufen bestraft und ihr gesagt, sie dürfe es nie mehr erwähnen, also müsse ihre Mutter verstehen, warum sie darüber nicht berichten könne. Sie sagte, sie sei zur Aufgenommenen erhoben worden und das sei nach so kurzer Zeit doch wunderbar, und nun vertraue man ihr wichtigere Aufgaben an. Sie würde für kurze Zeit Tar Valon im Auftrag der Amyrlin selbst verlassen müssen. Ihre Mutter solle sich keine Sorgen machen.

Es war ja alles schön und gut, wenn sie Morgase schrieb, sie solle sich keine Sorgen machen. Er war es, der deswegen im Suppenkessel landete. Dieser dumme Brief war bestimmt der Grund gewesen, warum diese Männer hinter ihm her waren, aber selbst Thom hatte nichts daran entdecken können. Er murmelte nur etwas über ›Chiffre‹ und ›Code‹ und das ›Spiel der Häuser‹.

Mat trug den Brief nun sicher ins Futter seines Mantels eingenäht. Das Siegel war wieder an Ort und Stelle, und er hätte wetten können, daß niemand etwas festzustellen vermochte. Wenn jemand unbedingt an den Brief kommen wollte und bereit war, ihn deshalb zu töten, dann sollte er es nur probieren. *Ich habe gesagt, daß ich ihn überbringe, Nynaeve, und das werde ich, verdammt noch mal, tun, gleich, wer mich aufzuhalten versucht.* Trotzdem würde er beim nächstenmal, wenn er diese drei verflixten Frauen traf, ein ernstes Wörtchen mit ihnen reden. *Falls ich sie je wiedersehe. Licht, daran habe ich noch gar nicht gedacht.* Das würden sie wohl überhaupt nicht gern hören, aber es mußte sein.

Als die Besatzungsmitglieder den Hafenarbeitern die Halteleinen zuwarfen, kam Thom an Deck, die Instrumentenbehälter auf dem Rücken und sein Bündel in einer Hand. Obwohl er hinkte, schritt er majestätisch zur Reling und ließ mit Absicht seinen Umhang ein wenig stärker flattern, damit die bunten Flicken besser zu sehen waren.

»Es sieht doch niemand zu, Thom«, sagte Mat. »Ich glaube, sie würden einen Gaukler im Moment nicht einmal bemerken, es sei denn, er hätte etwas zu essen in den Händen.«

Thom starrte das Hafengelände entgeistert an. »Licht! Ich hörte ja, es sei schlimm, aber das habe ich doch nicht erwartet! Arme Narren. Die Hälfte sieht aus, als sei sie am Verhungern. Ein Zimmer für diese Nacht kann uns gut und gern eine deiner Geldbörsen kosten. Und eine Mahlzeit die andere, falls du so weiteressen willst wie bisher. Es hat mich beinahe krank gemacht, dir zusehen zu müssen. Wenn du so ißt und dabei diese Leute dort draußen zusehen läßt, dann schlagen sie dir den Schädel ein.«

Mat lächelte ihn lediglich an.

Während die *Graue Möwe* an ihrem Anlegeplatz festgezurrt wurde, stapfte Mallia über das Deck auf sie zu. Er zupfte nervös an seinem Spitzbart. Besatzungsmitglieder rannten mit einer Planke herbei, um sie hinüberzulegen, und Sanor stellte sich als Wache daneben. Seine mächtigen Arme hatte er vor der Brust verschränkt. Falls einige aus der Menge das Schiff betreten wollten, würde er ausreichen, sie abzuschrekken. Niemand wagte es denn auch.

»Also werdet Ihr mich hier verlassen«, sagte Mallia zu Mat. Das Lächeln des Kapitäns war nicht mehr so zuckersüß wie vorher. »Seid Ihr sicher, daß ich Euch nicht mehr weiterhelfen kann? Seng meine Seele, ich habe noch nie ein solches Pack gesehen! Diese Soldaten sollten den Hafen räumen, wenn nötig mit dem Schwert, damit anständige Kaufleute ihrem Geschäft nachgehen können. Vielleicht kann Euch Sanor einen Weg durch diesen Abschaum bahnen, damit Ihr zu Eurer Schenke kommt.«

Damit du weißt, wo wir übernachten? Nicht die Bohne. »Ich hatte daran gedacht, vor dem Landgang noch zu essen und vielleicht ein Würfelspielchen zu wagen, um uns die Zeit zu vertreiben.« Mallia wurde ganz blaß. »Aber ich glaube, ich möchte doch lieber wieder festen Boden unter die Füße bekommen, bevor ich esse. Also werden wir Euch jetzt verlassen, Kapitän. Es ist eine angenehme Reise gewesen.«

Auf dem Gesicht des Kapitäns spiegelten sich sowohl Erleichterung als auch Enttäuschung. Mat nahm seine Siebensachen vom Boden auf, benützte seinen Bauernspieß als Wanderstock und ging mit Thom zu der Planke hinüber. Mallia folgte ihnen verlegen echtes und erlogenes Bedauern über ihre Abreise murmelnd. Mat war sicher, daß der Mann mehr als ungern die Chance sausen ließ, sich bei seinem Hochlord Samon einzuschmeicheln, indem er ihm Einzelheiten eines Bündnisses zwischen Andor und Tar Valon verriet.

Als sich Mat und der Gaukler durch die Menge drängten, knurrte Thom: »Ich weiß, daß der Mann ein unangenehmer Typ ist, aber warum mußt du ihn immer wieder herausfordern? War es nicht genug, jeden Krümel aufzuessen, von dem er geglaubt hatte, es würde bis nach Tear ausreichen?«

»Ich habe zwei Tage lang fast nichts mehr gegessen!« Der Hunger war eines Morgens einfach weg gewesen – zu seiner großen Erleichterung. Das war so gewesen, als habe Tar Valon auch das letzte bißchen Einfluß auf ihn verloren. »Ich habe das meiste davon über Bord geworfen, und das war schwer, da ja niemand etwas merken durfte.« Wenn er diese ausgemergelten Gesichter anblickte, besonders die der Kinder, kam ihm das gar nicht mehr lustig vor. »Mallia hatte es einfach verdient, auf den Arm genommen zu werden. Wie zum Beispiel gestern dieses Schiffes wegen, das auf einer Schlammbank oder so festsaß. Er hätte beidrehen und helfen können, aber er näherte sich ihnen nicht einmal, so viel sie auch rufen mochten.« Vor ihnen lief eine Frau mit langem dunklen Haar, die wirklich hübsch gewesen wäre, wenn sie nicht so zu Tode erschöpft ausgesehen hätte. Sie blickte jeden Mann an, der an ihr vorbeikam, als suche sie jemanden. Ein Junge, der ihr bis über die Hüfte reichte, und zwei noch kleinere Mädchen klammerten sich an sie und weinten. »Dieses ganze Geschwätz von Flußpiraten und Fallen. Auf mich hat es nicht wie eine Falle gewirkt.«

Thom wich einem Karren mit hohen Rädern aus, auf den man einen Käfig mit zwei quiekenden Schweinen gebunden hatte. Dabei wäre er beinahe über einen Schlitten gestolpert, der von einem Mann und einer Frau über die Pflastersteine geschleift wurde. »Und du tust alles, um anderen Menschen zu helfen, ja? Seltsam, das muß mir doch glatt entgangen sein.«

»Ich helfe jedem, der dafür bezahlen kann«, sagte Mat standhaft. »Nur die Narren in den Geschichten machen etwas umsonst.«

Die beiden Mädchen schluchzten in den Rock ihrer Mutter hinein, während der Junge mit den Tränen kämpfte. Der Blick aus den tiefliegenden Augen der Frau ruhte einen Augenblick lang auf Mat, musterte sein Gesicht, bevor er weiterglitt. Sie sah aus, als hätte auch sie am liebsten geweint. Impulsiv griff er in die Tasche und holte eine Handvoll Münzen heraus, ohne nachzusehen, welche es waren, und drückte sie ihr in die Hand. Sie fuhr überrascht auf und blickte verständnislos auf das Silber und Gold in ihrer Hand. Dann lächelte sie und öffnete den Mund, während Tränen der Dankbarkeit ihre Augen füllten.

»Kauft ihnen etwas zu essen«, sagte er schnell und eilte weg, bevor sie etwas sagen konnte. Er merkte, daß Thom ihn ansah. »Was gaffst du mich an? Münzen kann ich schnell ersetzen, solange ich jemanden zum Spielen finde.« Thom nickte bedächtig, aber Mat war nicht sicher, ob er ihn wirklich verstanden hatte. *Das verfluchte Heulen der Kinder ging mir auf die Nerven, das ist alles. Der idiotische Gaukler wird ja wohl jetzt von mir erwarten, daß ich jeder Witwe oder so Geld in die Hand drücke. Narr!* Dummerweise war ihm in dem Moment selbst nicht klar, ob er letzteres auf sich selbst oder auf Thom bezogen hatte.

Er riß sich zusammen und vermied es, irgendein Gesicht lange genug anzusehen, um es wirklich wahrzunehmen. Dann fand er jedoch eines, nach dem er Ausschau gehalten hatte, am Fuß eines Landestegs. Der helmlose Soldat in rotem Rock und Brustpanzer, der die Menschen in die Stadt hineinwies, wirkte wie ein erfahrener Feldwebel, der seine Gruppe von zehn oder mehr Soldaten lange Jahre geführt hat. Wenn er in die untergehende Sonne hineinblinzelte, erinnerte er Mat an Uno, obwohl dieser hier noch beide Augen besaß. Er sah schon beinahe genauso müde aus wie die Menschen, die er einwies. »Bewegt Euch!« rief er mit heiserer Stimme. »Ihr könnt, verflucht noch mal, nicht hier stehen bleiben. Rührt Euch! In die Stadt mit Euch!«

Mat stellte sich breitbeinig vor den Soldaten und setzte sein freundlichstes Lächeln auf. »Verzeiht mir, Hauptmann, aber könnt Ihr mir sagen, wo ich eine anständige Schenke finde? Und einen Stall, in dem man ein gutes Pferd kaufen kann? Wir müssen morgen noch einen langen Weg zurücklegen.«

Der Soldat musterte ihn von oben bis unten, betrachtete dann Thom und seinen Gauklerumhang und dann wieder Mat. »Hauptmann? Na ja. Also, junger Mann, Ihr müßtet schon des Dunklen Königs eigenes Glück haben, wenn Ihr auch nur einen Stall findet, um darin selbst zu schlafen. Die meisten in dieser Menge schlafen irgendwo in den Büschen. Und falls Ihr ein Pferd findet, das noch nicht geschlachtet wurde, dann müßt Ihr vermutlich mit dem Besitzer darum kämpfen, damit er es überhaupt verkauft.«

»Pferde essen!« knurrte Thom angewidert. »Ist es wirklich auf dieser Seite des Flusses schon so schlimm? Schickt die Königin keine Lebensmittel?«

»Es ist schlimm, Gaukler.« Der Soldat wirkte, als wolle er ausspucken. »Sie kommen schneller herüber, als die Mühlen Mehl mahlen können oder Wagen Lebensmittel von den Bauernhöfen hierherbringen. Ich denke, es wird nicht mehr lange so gehen. Der Befehl ist bereits eingetroffen. Ab morgen halten wir jeden auf, der noch herüberkommen will, und wenn nötig, schicken wir sie zurück.« Er sah finster auf die Menschen, die sich im Hafen drängten, als sei alles ihre Schuld, und dann wandte sich dieser harte Blick wieder Mat zu. »Ihr nehmt zuviel Platz ein, Reisender.

Geht weiter.« Seine Stimme erhob sich wieder zum lauten Ruf, der jedermann in Hörweite galt: »Geht weiter! Ihr könnt, verdammt noch mal, nicht hier stehenbleiben! Geht weiter!«

Mat und Thom schlossen sich dem dünnen Strom von Menschen, Karren und Schlitten an, der auf das Tor in der Stadtmauer zu und dann nach Aringill hineinfloß.

Die Hauptstraße war mit flachen, grauen Steinen gepflastert, aber so viele Menschen drängten sich darin, daß man kaum die Steine unter den eigenen Stiefeln erkennen konnte. Die meisten schienen sich ziellos einherzuschieben, und jene, die aufgegeben hatten, hockten am Straßenrand, die Glücklicheren mit ihren zusammengeschnürten Habseligkeiten vor sich oder in ihre Arme geschlossen. Mat sah drei Männer, die Uhren umklammerten, und ein Dutzend mehr mit silbernen Pokalen oder Tellern. Die Frauen hielten meist Kinder an die Brust gedrückt. Ein Gemurmel erfüllte die Luft – die wortlose Melodie der Not. Er drängte sich mit finsterer Miene durch die Menge und suchte nach dem Schild einer Schenke. Die Gebäude zeigten keinen einheitlichen Stil. Holz-, Klinker- und Natursteinhäuser standen bunt gemischt, genau wie ihre mit Schieferplatten, Ziegeln oder Stroh gedeckten Dächer.

»Das klingt gar nicht nach Morgase«, sagte Thom nach einer Weile und halb zu sich selbst. Seine buschigen Augenbrauen waren so weit zusammengezogen, daß sie wie ein weißer Pfeil auf seine Nase zielten.

»Was klingt nicht nach ihr?« fragte Mat abwesend.

»Den Flüchtlingsstrom aufzuhalten. Menschen zurückzuweisen. Sie hatte immer schon Wutanfälle, aber andererseits auch ein weiches Herz für die Armen und Hungrigen.« Er schüttelte den Kopf.

Dann sah Mat ein Schild – ›Zum Flußmatrosen‹

stand darauf, und es zeigte einen barfüßigen Burschen ohne Hemd beim Tanzen – und dorthin wandte er sich. Mit Hilfe seines Bauernspießes bahnte er sich den Weg durch die Menge. »Tja, es muß ja wohl sie gewesen sein. Wer auch sonst? Vergiß Morgase, Thom. Bis Caemlyn ist es noch weit. Zuerst sehen wir mal, wieviel Gold es uns kostet, ein Bett für die Nacht zu bekommen.«

Der Schankraum im ›Flußmatrosen‹ war genauso überfüllt wie die Straße draußen. Als der Wirt hörte, was Mat wollte, lachte er, daß sein Mehrfachkinn wackelte. »Wir schlafen hier schon schichtweise – vier teilen sich ein Bett. Wenn meine eigene Mutter zu mir käme, könnte ich ihr noch nicht einmal eine Decke und einen Platz am Herd bieten.«

»Wie Ihr bemerkt haben solltet«, sagte Thom, und seine Stimme hatte wieder diesen gewissen Hall an sich, »bin ich ein Gaukler. Ihr könnt doch sicher Strohsäcke und einen Platz in einer Ecke dafür auftreiben, daß ich Eure Gäste mit Geschichten und Jonglierkünsten, Feuerschlucken und Zauberkunststücken unterhalte.« Der Wirt lachte ihm ins Gesicht.

Als Mat ihn wieder zur Straße hinausschleppte, grollte Thom mit wieder normal klingender Stimme: »Du hast mir nicht einmal die Chance gegeben, ihn nach seinem Stall zu fragen. Bestimmt hätte ich uns wenigstens einen Platz auf seinem Heuboden ergattern können.«

»Ich habe schon genug in Ställen oder Scheunen geschlafen, seit ich aus Emondsfeld wegging«, sagte Mat, »und auch unter vielen Büschen. Ich brauche ein Bett.«

Doch in den nächsten vier Schenken, die er fand, gaben ihm die Wirte das gleiche zur Antwort wie der erste. Die letzten beiden warfen sie beinahe mit Gewalt hinaus, als er ihnen anbot, mit ihnen um ein Bett zu würfeln. Und als der Eigentümer der fünften

Schenke ihm sagte, er könne nicht einmal der Königin einen Strohsack geben – und das in einer Schenke, die sich ›Zur Guten Königin‹ nannte – seufzte er und fragte: »Wie steht es dann mit Eurem Stall? Sicher können wir doch gegen Bezahlung ein Plätzchen auf Eurem Heuboden bekommen?«

»Mein Stall ist für Pferde bestimmt«, sagte der Mann mit dem runden Gesicht, »und es gibt nicht mehr viele davon in der Stadt.« Er hatte einen silbernen Becher poliert, und nun öffnete er einen Türflügel eines schmalen Schränkchens, das auf einer großen, geschnitzten Kommode stand, und stellte ihn zu anderen Bechern und Pokalen hinein. Keiner davon paßte zum anderen. Auf der Kommode stand ein Würfelbecher aus gehämmertem Leder gerade so, daß ihn die Türflügel des Schränkchens nicht mehr umwerfen konnten. »Ich lasse da keine Leute hinein, die vielleicht die Pferde erschrecken oder gar welche stehlen. Diejenigen, die mich dafür bezahlen, ihre Tiere in meinem Stall unterzustellen und zu versorgen, verlangen all meine Sorgfalt, und außerdem habe ich auch noch zwei eigene drinnen stehen. In meinem Stall gibt es keine Betten für Euch.«

Mat betrachtete den Würfelbecher nachdenklich. Er zog eine andoranische Goldkrone aus seiner Tasche und legte sie auf die Kommode. Die nächste Münze war eine Silbermark aus Tar Valon, dann folgten eine Goldmark und eine Goldkrone aus Tear. Der Wirt sah die Münzen an und leckte sich die dicken Lippen. Mat legte noch zwei Silbermark aus Illian dazu und eine weitere andoranische Goldkrone. Dann sah er den Mann mit dem runden Gesicht an. Der Wirt zögerte. Mat faßte nach den Münzen. Die Hand des Wirts erreichte sie jedoch zuerst.

»Vielleicht würdet Ihr zwei die Pferde doch nicht allzusehr stören.«

Mat lächelte ihn an. »Was Pferde betrifft: Was würden denn Eure beiden kosten? Mit Sätteln und Zaumzeug natürlich.«

»Ich verkaufe meine Pferde nicht«, sagte der Mann und drückte die Münzen an seine Brust. Mat nahm den Würfelbecher und schüttelte ihn. »Noch einmal doppelt soviel für die Pferde, Sättel und Zaumzeug.« Er schüttelte seine Manteltasche, daß die Münzen darin klimperten, um zu beweisen, daß er noch einen höheren Einsatz wagen könne. »Ein Wurf für mich gegen den besten von zwei Würfen für Euch.« Er hätte beinahe laut gelacht, als er die Gier im Gesicht des Wirtes aufflammen sah.

Als Mat in den Stall ging, suchte er als erstes das halbe Dutzend Boxen nach einem Paar brauner Hengste ab. Es waren unauffällige Tiere, aber sie gehörten ihm. Sie mußten unbedingt gestriegelt werden, aber ansonsten schienen sie in Ordnung zu sein, besonders wenn man bedachte, daß alle Stallburschen bis auf einen auf und davon waren. Der Wirt hatte auf ihre Klagen, sie könnten von dem, was er ihnen zahlte, nicht mehr leben, nicht die geringste Rücksicht genommen, und er schien es beinahe für ein Verbrechen zu halten, daß der eine übriggebliebene Mann die Frechheit besessen hatte, nach Hause ins Bett zu gehen, nachdem er die Arbeit von drei Männern getan hatte.

»Fünf Sechser«, murmelte Thom hinter ihm. Die Blicke, mit denen er sich im Stall umsah, waren keineswegs so begeistert wie anzunehmen war, da doch er selbst diesen Schlafplatz vorgeschlagen hatte. Staubteilchen wirbelten in den letzten Strahlen der untergehenden Sonne, die durch das große Stalltor fielen. Die Seile, mit denen die Heuballen hochgezogen wurden, hingen wie Ranken von den an den Dachbalken angebrachten Rollen. Der Heuboden über ihnen wirkte düster in dieser Beleuchtung. »Als er beim zweiten Wurf vier Sechser und einen Fünfer schaffte, glaubte er, du hättest bereits verloren. Ich übrigens auch. In letzter Zeit hast du nicht jedesmal gewonnen.«

»Ich gewinne oft genug.« Mat war erleichtert darüber, nicht mehr mit jedem Wurf zu gewinnen. Glück war ja etwas Schönes, aber wenn er sich an jene Nacht erinnerte, lief ihm immer noch ein Schauer über den Rücken. Trotzdem – einen Augenblick lang hatte er beim Schütteln des Bechers bereits gewußt, welches Ergebnis herauskommen würde. Als er den Bauernspieß hoch auf den Heuboden warf, grollte der Donner vom Himmel. Er kletterte die Leiter hinauf und rief zu Thom hinunter: »Das war eine gute Idee. Ich denke doch, du solltest dich glücklich schätzen, an einem solchen stürmischen Abend nicht draußen im Regen zu stehen.«

Das meiste Heu war in Ballen an den Außenwänden aufgestapelt, aber es lag auch noch mehr als genug loses Heu herum, um es mit einem ausgebreiteten Umhang darüber zu einem bequemen Bett zu machen. Thom erschien am oberen Ende der Leiter, als er gerade zwei Kanten Brot und einen Brocken grüngeäderten Quark aus seiner Ledertasche zog. Der Wirt – er hieß Jeral Florry – hatte ihnen einige Lebensmittel zu einem Preis verkauft, für den man in friedlicheren Tagen die beiden Pferde hätte erstehen können. Sie aßen, während der Regen auf das Dach zu trommeln begann. Wasser aus ihren Feldflaschen ersetzte ihnen Wein, denn den konnte Florry ihnen um keinen Preis der Welt verkaufen, und als sie fertig waren, holte Thom seine Zunderschachtel heraus, stopfte die Pfeife mit dem langen Stiel und lehnte sich gemütlich zum Rauchen zurück.

Mat lag auf dem Rücken, starrte zu dem im Dunkeln liegenden Dach empor und fragte sich, ob es bis zum Morgen mit Regnen aufhören werde. Er wollte diesen Brief so schnell wie möglich loswerden. Da hörte er das Quietschen einer Achse von der Stalltür her. Er rollte sich zur Kante des Heubodens und spähte hinunter. Das Dämmerlicht reichte gerade noch, um sehen zu können.

Eine schlanke Frau richtete sich von den Deichseln des hochrädrigen Karrens auf, den sie gerade aus dem Regen hineingezogen hatte, zog sich den Umhang von den Schultern und murrte in sich hinein, während sie die Nässe herausschüttelte. Ihr Haar war zu unzähligen kleinen Zöpfen geflochten, und ihr Seidenkleid – er glaubte, es müsse wohl blaßgrün sein – war auf der Brust mit vielen Stickereien verziert. Das Kleid war einst kostbar gewesen, doch nun war es zerlumpt und hatte Flecken. Sie rieb sich den Rücken, wobei sie immer noch leise Selbstgespräche führte, und eilte dann zur Stalltür, um in den Regen hinauszublicken. Genauso hastig zog sie dann das große Tor von innen zu. Der Stall lag nun vollständig im Dunkeln. Drunten raschelte es, klickte und ratschte, und plötzlich flammte ein kleines Licht auf und entzündete eine Laterne, die sie in Händen hielt. Sie sah sich um, entdeckte einen Haken an einem Balken, hängte die Laterne auf und ging zu ihrem Karren. Dort kramte sie unter der mit Leinen festgezurrten Plane herum.

»Die war aber schnell«, sagte Thom leise, ohne die Pfeife aus dem Mund zu nehmen. »Sie hätte den ganzen Stall in Brand stecken können – so im Dunklen mit Feuerstein und Stahl herumzufuchteln.«

Die Frau zog schließlich ein Ende eines Brotlaibs heraus, an dem sie dann herumkaute, als sei es ziemlich hart und sie ziemlich hungrig.

»Ist noch etwas von dem Käse übrig?« flüsterte Mat. Thom schüttelte den Kopf. Die Frau hob die Nase und schnupperte. Mat wurde klar, daß sie möglicherweise den Tabaksrauch aus Thoms Pfeife roch. Er wollte schon aufstehen und ihre Gegenwart preisgeben, als sich ein Torflügel des Stalls erneut öffnete.

Die Frau duckte sich, bereit wegzulaufen, als vier Männer aus dem Regen hereinkamen. Sie legten ihre nassen Umhänge beiseite. Drunter trugen sie helle Jacken mit weiten Ärmeln und Stickereien auf der Brust; dazu Pumphosen, die ebenfalls bis zum Knie herab bestickt waren. Ihre Kleidung war vielleicht vornehm, aber es waren alles große Männer mit grimmigen Gesichtern.

»Tja, Aludra«, sagte ein Mann in gelbem Mantel, »du bist nicht so schnell vorwärtsgekommen, wie du glaubtest, eh?« Er hatte einen Akzent, der Mats Ohren unbekannt war.

»Tammuz«, sagte die Frau in einem Tonfall, als fluche sie. »Reicht es noch nicht, daß du mich durch deine Fehler aus der Gilde ausschließen läßt, du großes Ochsenhirn? Nein, jetzt mußt du mich auch noch verfolgen!« Sie sprach mit dem gleichen Akzent wie der Mann. »Glaubst du, ich sei nun glücklich, dich zu sehen?«

Der, den sie Tammuz genannt hatte, lachte. »Du bist schon eine große Närrin, Aludra, aber das wußte ich ja schon immer. Wärst du einfach nur abgehauen, dann könntest du noch lange an irgendeinem beliebigen, ruhigen Ort leben. Aber die Geheimnisse in deinem Kopf konntest du nicht vergessen, oder? Hast du geglaubt, wir würden nicht davon hören, wenn du deinen Lebensunterhalt damit verdienst, was nur der Gilde rechtmäßig zusteht?« Plötzlich hatte er ein Messer in der Hand. »Es wird mir ein Vergnügen sein, dir die Kehle durchzuschneiden, Aludra.«

Mat wurde nicht einmal bewußt, daß er aufgestanden war, bis er eines der von der Decke herunterbaumelnden Seile in Händen hielt und daran vom Heuboden herunterglitt. *Seng mich, ich bin doch ein verdammter Narr!*

Es blieb ihm nur Zeit für diesen einen verzweifelten Gedanken, und dann schwang er sich mitten zwischen den Männern hindurch. Sie fielen zur Seite wie die Kegel auf der Kegelbahn. Das Seil rutschte ihm durch die Hände, und er stürzte, taumelte über den strohbedeckten Boden, wobei ihm Münzen aus den Taschen fielen, und konnte sich gerade noch an der Wand abstützen. Als er wieder auf den Beinen war, erhoben sich auch die vier Männer schon wieder. Und jetzt hatten alle Messer in den Händen. *Lichtblinder Narr! Seng mich! Seng mich!*

»Mat!«

Er blickte hoch, und Thom warf ihm seinen Bauernspieß herunter. Er schnappte ihn sich aus der Luft – gerade rechtzeitig, um Tammuz das Messer aus der Hand zu schlagen und ihm einen harten Schlag gegen die Schläfe zu versetzen. Der Mann sackte zusammen, aber die anderen drei kamen gleich hinterher. Ein paar hektische Augenblicke über konnte Mat nur noch mit wirbelndem Stock die Messer davon abhalten, sich in ihn zu bohren. Er hieb ihnen auf Knie und Knöchel und in die Rippen, bis er einem dann einen gezielten Schlag auf den Kopf versetzen konnte. Als so schließlich der letzte Mann fiel, blickte er sie einen Moment lang an und sah dann böse der Frau in die Augen. »Mußtet Ihr euch ausgerechnet diesen Stall aussuchen, um Euch umbringen zu lassen?«

Sie steckte einen Dolch mit schmaler Klinge zurück in eine Scheide an ihrem Gürtel. »Ich hätte Euch ja geholfen, aber ich fürchtete, Ihr würdet mich mit einem dieser großen Hohlköpfe verwechseln, falls ich mich Euch mit einer Klinge in der Hand näherte. Und ich wählte diesen Stall, weil der Regen naß ist und ich auch und niemand diesen Ort bewachte.«

Sie war älter, als er geglaubt hatte, mindestens zehn oder fünfzehn Jahre älter als er, aber immer noch hübsch, mit großen, dunklen Augen und einem kleinen Schmollmund mit vollen Lippen. *Gerade richtig zum Küssen.* Er lachte ein wenig und stützte sich auf seinen Stock. »Na ja, was vorbei ist, ist vorbei. Ich denke, Ihr wolltet uns ja nicht gerade in Schwierigkeiten bringen.«

Thom kletterte vom Heuboden herab, ein wenig ungeschickt seines Beines wegen, und Aludra musterte beide. Der Gaukler hatte seinen Umhang wieder angelegt. Er ließ sich ohnehin nur selten ohne ihn sehen, besonders beim ersten Kennenlernen. »Das ist ja eine schöne Geschichte«, stellte sie fest. »Ich werde von einem Gaukler und einem jungen Helden vor diesen« – sie deutete mit dem Kof in Richtung der am Boden liegenden Männer – »Hundesöhnen gerettet!«

»Warum wollten sie Euch töten?« fragte Mat. »Er sagte etwas von Geheimnissen.«

»Die Geheimnisse«, sagte Thom beinahe mit seiner Bühnenstimme, »wie man Feuerwerk macht, wenn ich mich nicht irre. Ihr seid eine der Feuerwerker, nicht wahr?« Er verbeugte sich höflich mit wehendem Umhang. »Ich heiße Thom Merrilin und bin Gaukler, wie Ihr festgestellt habt.« Im nachhinein fügte er noch hinzu: »Und das ist Mat, ein junger Mann mit einem Talent dafür, sich in Schwierigkeiten zu bringen.«

»Ich gehörte zu den Feuerwerkern«, sagte Aludra steif, »aber dieses große Schwein von Tammuz hier ruinierte eine Vorführung für den König von Cairhien und zerstörte dabei beinahe noch das Gildehaus! Aber ich war die Herrin des Gildehauses, und so machte mich die Gilde dafür verantwortlich.« Ihre Stimme klang verteidigend. »Ich gebe die Geheimnisse der Gilde nicht weiter, gleich, was Tammuz behaupten mag, aber ich will auch nicht gerade verhungern, wenn ich statt dessen Feuerwerkskörper anfertigen kann. Ich bin kein Mitglied der Gilde mehr, also gelten die Regeln der Gilde auch nicht mehr für mich.«

»Galldrian«, sagte Thom mit fast ebenso hölzernem Tonfall wie sie zuvor. »Na ja, er ist jetzt ein toter König und wird kein Feuerwerk mehr sehen.«

»Die Gilde«, sagte sie müde, »macht mich auch fast noch verantwortlich für den Bürgerkrieg in Cairhien, als sei diese eine Katastrophennacht an Galldrians Tod schuld.« Thom verzog das Gesicht. »Es scheint, daß ich nicht mehr hierbleiben kann«, fuhr sie fort. »Tammuz und diese anderen Ochsen werden bald aufwachen. Vielleicht erzählen sie diesmal den Soldaten, ich hätte gestohlen, was ich selbst anfertigte.« Sie beäugte erst Thom und dann Mat, runzelte nachdenklich die Stirn und schien schließlich einen Entschluß gefaßt zu haben. »Ich muß Euch belohnen, aber ich habe kein Geld. Ich besitze jedoch etwas, das genauso wertvoll wie Gold sein mag. Vielleicht wertvoller. Wir werden ja sehen, was Ihr davon haltet.«

Mat tauschte einen Blick mit Thom, während sie erneut unter der Plane ihres Wagens kramte. *Ich helfe jedem, der dafür zahlen kann.* Er glaubte, auch bei Thom eine gewisse Berechnung im Blick aus seinen blauen Augen erkannt zu haben.

Aludra nahm ein Bündel von mehreren gleichartigen weg – eine kurze Rolle schweren Ölzeugs, die sie kaum mit ihren beiden Armen umfassen konnte. Sie legte sie auf das Stroh, band die Schnüre auf und rollte den Stoff auf dem Boden aus. Vier Reihen von Taschen zogen sich auf der Innenseite entlang. Die Taschen wurden von einer Seite zur anderen hin immer größer. In jeder steckte ein mit Wachs überzogener Papierzylinder, der jeweils am Ende ein wenig überstand. Darin steckte bei jedem ein Stück dunkler Schnur.

»Feuerwerkskörper«, sagte Thom. »Ich wußte es doch. Aludra, das dürft Ihr nicht machen. Ihr könnt das verkaufen und von dem Erlös zehn Tage oder länger in einer guten Schenke wohnen und jeden Tag gut essen. Jedenfalls überall, nur nicht hier in Aringill.«

Sie kniete neben der langen Bahn aus Ölzeug und schniefte. »Seid ruhig, Alter.« Es klang bei ihr nicht unfreundlich. »Ihr erlaubt mir nicht, meine Dankbarkeit zu zeigen? Glaubt Ihr, ich würde Euch das hier geben, wenn ich sonst nichts mehr zu verkaufen hätte? Seht genau her.«

Mat hockte sich fasziniert neben sie. Er hatte erst zweimal in seinem Leben Feuerwerkskörper gesehen. Händler hatten sie nach Emondsfeld gebracht, und das hatte den Gemeinderat einiges gekostet. Als er zehn war, hatte er versucht, einen aufzuschneiden, um zu sehen, was drinnen war, und damit hatte er beinahe einen Aufruhr verursacht. Bran al'Vere, der Bürgermeister, hatte ihm eine Ohrfeige verpaßt, und Doral Barran, die damalige Seherin, hatte ihm die Kehrseite mit der Rute versohlt. Sein Vater hatte ihn dann zu Hause auch noch einmal kräftig verhauen. Die Leute im Dorf hatten einen Monat lang nicht mehr mit ihm gesprochen, außer Rand und Perrin, und die hatten ihm meist auch nur gesagt, was für ein Idiot er sei. Er streckte die Hand nach einem der Zylinder aus. Aludra schlug ihm die Hand aber schnell weg.

»Paßt gefälligst zuerst auf! Die kleinsten hier werden lediglich laut knallen, sonst nichts.« Sie waren nur so groß wie ihr kleiner Finger. »Die nächsten knallen und leuchten dabei hell. Die nächsten knallen, leuchten und sprühen Funken. Die letzten« – sie waren dicker als Mats Daumen – »ergeben die gleichen Effekte, aber die Funken sind vielfarbig. Beinahe wie eine Nachtblüte, aber nicht oben am Himmel.«

Nachtblüte? dachte Mat.

»Bei denen müßt Ihr besonders vorsichtig sein. Wie Ihr seht, ist die Zündschnur sehr lang.« Sie bemerkte seinen verständnislosen Blick und winkte ihm mit einer dieser langen, dunklen Schnüre zu. »Das hier ist eine Zündschnur.«

»Dort muß man es anzünden«, murmelte er. »Das weiß ich.« Thom gab einen Laut von sich und strich sich über die Schnurrbartenden, als wolle er ein Lächeln verbergen.

Aludra knurrte. »Wo man es anzündet. Ja. Bleibt keinem davon zu nahe, aber bei diesen großen hier rennt Ihr weg, sobald Ihr die Zündschnur angebrannt habt. Versteht Ihr?« Sie rollte die lange Stoffbahn energisch wieder zusammen. »Ihr könnt sie verkaufen oder auch benützen. Denkt daran, Ihr dürft sie nie in die Nähe des Feuers legen. Dann kann es passieren, daß alle explodieren. So viele auf einmal, und möglicherweise würde ein ganzes Haus zerstört.« Sie zögerte, bevor sie die Schnüre wieder zuband, und fügte dann hinzu: »Und da ist noch etwas, wovon Ihr vielleicht schon gehört habt. Schneidet keinen davon auf, wie es ein paar Idioten schon gemacht haben, um zu sehen, was sich drinnen befindet. Manchmal explodiert der Inhalt, ohne daß eine Flamme notwendig ist, wenn Luft darankommt. Ihr könnt Eure Finger oder gar eine ganze Hand dabei verlieren.«

»Das wußte ich schon«, sagte Mat trocken.

Sie runzelte die Stirn und sah ihn an, als halte sie es für möglich, daß er es trotzdem tun werde, und dann schob sie das zusammengerollte Bündel zu ihm hin. »Hier. Ich muß jetzt weg, bevor diese Ziegenabkömmlinge erwachen.« Sie blickte zu der immer noch geöffneten Tür herüber, sah, wie der Regen in der Nacht herniederprasselte und seufzte. »Vielleicht finde ich woanders einen trockenen Fleck. Ich glaube, morgen fahre ich weiter nach Lugard. Diese Schweine werden erwarten, daß ich nach Caemlyn gehe, klar?«

Nach Lugard war es noch weiter als nach Caemlyn, und Mat mußte plötzlich an den harten Kanten Brot denken. Und sie sagte, sie habe kein Geld. Die Feuerwerkskörper würden ihr nichts einbringen, bis sie jemanden fand, der sie sich leisten konnte. Sie hatte sich noch nicht einmal nach dem Gold und Silber umgeschaut, das beim Sturz aus seinen Taschen gefallen war. Es glitzerte und funkelte im Laternenschein zwischen den Strohhalmen. *Ach, Licht, ich kann sie nicht hungern lassen, denke ich.* Er las auf, was er leicht erreichen konnte.

»Äh... Aludra? Ich habe genug, wie Ihr sehen könnt. Ich dachte, vielleicht...« Er hielt ihr die Münzen hin. »Ich kann immer mehr dazugewinnen.«

Sie hielt inne, den Umhang über eine Schulter geschwungen, und dann lächelte sie Thom an, während sie ihn vollends überwarf. »Er ist noch jung, wie?«

»Er ist jung«, stimmte Thom zu. »Und nicht halb so schlecht, wie er selbst von sich denkt. Manchmal jedenfalls.«

Mat funkelte beide an und senkte die Hand mit den Münzen.

Aludra hob die Deichseln ihres Karrens an, drehte das Gefährt herum und zog es in Richtung Tor. Sie trat Tammuz schnell im Vorbeigehen in die Rippen. Er stöhnte verwirrt auf.

»Ich hätte gern etwas gewußt, Aludra«, sagte Thom. »Wie habt Ihr die Laterne so schnell im Dunklen zum Brennen gebracht?«

Sie blieb vor der Tür stehen und lächelte ihn über die Schulter an. »Ihr möchtet wohl, daß ich Euch alle meine Geheimnisse enthülle? Ich bin dankbar, aber doch nicht verliebt genug. Dieses Geheimnis kennt noch nicht einmal die Gilde. Es ist meine eigene Entdeckung. Ich sage Euch nur soviel: Wenn ich erst weiß, wie es richtig funktioniert und immer dann, wenn ich es will, werde ich mit Hölzern ein Vermögen verdienen.« Sie drückte mit all ihrem Gewicht gegen die Deichseln und zog den Karren in den Regen hinaus. Die Nacht verschluckte sie.

»Hölzer?« fragte Mat. Er fragte sich, ob sie ganz klar im Kopf sei.

Tammuz stöhnte wieder.

»Am besten machen wir das gleiche wie sie, Junge«,

sagte Thom. »Sonst haben wir die Wahl, ob wir vier Kehlen durchschneiden wollen oder die nächsten paar Tage damit verbringen werden, der königlichen Garde zu erklären, was geschehen ist. Die hier sehen aus, als ob sie die aus Rachsucht auf uns hetzen würden. Und Gründe für Rachsucht haben sie wohl in genügendem Maße, denke ich.« Einer von Tammuz' Begleitern zuckte, als käme er langsam zur Besinnung, und murmelte etwas Unverständliches.

Als sie schließlich alles zusammengerafft und die Pferde gesattelt hatten, stützte sich Tammuz mit herunterhängendem Kopf auf Hände und Knie, und auch die anderen rührten sich stöhnend.

Mat schwang sich in den Sattel und blickte in den Regen hinaus, der noch stärker herniederprasselte als zuvor. »Ein verfluchter Held«, sagte er. »Thom, falls ich jemals wieder so aussehe, als wolle ich den Helden spielen, gib mir bitte einen Tritt.«

»Und was hättest du dann anders gemacht?«

Mat blickte ihn finster an, zog seine Kapuze über den Kopf und breitete seinen Umhang über die dicke Ölzeugrolle, die er hinter dem Sattel festgebunden hatte. Selbst bei Ölzeug würde ein wenig mehr Schutz vor dem Regen bestimmt nicht schaden. »Gib mir einfach nur einen Tritt!« Er hieb seinem Pferd die Fersen in die Rippen und galoppierte in die Regennacht hinaus.

KAPITEL 9

Jägereid

Als die *Schneegans* auf die langen Kaimauern Illians zutrieb, die Segel gerefft und nur von den Rudern vorwärtsgetrieben, stand Perrin in der Nähe des Hecks und beobachtete die große Zahl langbeiniger Stelzvögel, die durch das hohe Schilf wateten, das den großen Hafen beinahe auf allen Seiten umgab. Er erkannte die kleinen weißen Kraniche und konnte unschwer erraten, daß die großen blauen Vögel, die ihnen so ähnlich sahen, ihre Brüder waren, doch viele der kammgeschmückten Vögel mit roten oder rosa Federn und einige davon mit flachen Schnäbeln, breiter als die von Enten, kannte er überhaupt nicht. Ein Dutzend verschiedener Arten von Möwen schwebte kreischend über dem Hafen selbst, und ein schwarzer Vogel mit einem langen, spitzen Schnabel flog ganz tief über dem Wasser dahin, so daß der untere Teil des Schnabels eine Furche durch das Wasser zog. Überall im Hafen lagen Schiffe vertäut, die drei- oder viermal so lang waren wie die *Schneegans,* und warteten darauf, ihre Ladung zu löschen oder neue Ladung zu nehmen, und manche warteten auch auf die Flut, damit sie jenseits der langen Wellenbrecher in See stechen konnten. Kleine Fischerboote lagen unweit vom Schilfgürtel und in den Wasserrinnen, die das Schilf durchzogen. Zwei oder drei Mann in jedem kümmerten sich um die Schleppnetze, die zu beiden Seiten der Boote an langen Stangen hingen.

Im Wind lag der scharfe Geruch nach Salz. Er konnte die Hitze auch nicht lindern. Die Sonne stand auf mehr als dem halben Weg zum westlichen Horizont hinunter, doch es schien so heiß wie am Mittag. Die Luft war feucht; jedenfalls empfand er das so. Feucht. Seine Nase fing den Geruch nach frischem Fisch von den Booten her auf und von altem Fisch und Schlamm aus dem Schilfgürtel und den sauren Gestank einer großen Gerberei, die sich auf einer baumlosen Insel mitten im Schilf befand.

Kapitän Adarra murmelte leise etwas hinter ihm, das Steuerruder knarrte und die *Schneegans* änderte den Kurs ein wenig. Die barfüßigen Männer an den Rudern bewegten sich, als wollten sie extra leise arbeiten. Perrin warf ihnen nur einen ganz kurzen Seitenblick zu.

Statt dessen sah er zu der Gerberei hinüber und beobachtete, wie die Männer dort die auf ganze Reihen von Holzgestellen aufgespannten Tierhäute sauberschabten. Andere Männer hoben mit Hilfe langer Stöcke Häute aus großen, in den Boden eingelassenen Bottichen. Wieder andere stapelten Häute auf Karren und zogen sie zu dem langen, niedrigen Gebäude hinüber, das sich ganz hinten am Hof befand. Manchmal senkten sie die Häute aber auch wieder in die Bottiche zurück und gossen etwas aus großen Steinbehältern nach. Sie stellten wahrscheinlich hier an einem Tag mehr Leder her als ganz Emondsfeld in Monaten, und auf einer anderen Insel ein Stück weit entfernt konnte er eine zweite Gerberei erkennen.

Nicht, daß er sich wirklich für Schiffe oder Fischerboote oder Gerbereien interessierte. Die Vögel waren vielleicht ganz interessant. Jedenfalls fragte er sich, wonach diese blaßroten Stelzvögel mit ihren platten Schnäbeln wohl fischen mochten. Ein paar davon sahen eigentlich selbst recht lecker aus – er mußte sich zusammenreißen… Aber alles war ihm lieber, als nach hinten auf die Szenerie an Deck der *Schneegans* zu blicken. Dagegen konnte ihn auch die Axt an seinem Gürtel nicht verteidigen. *Selbst eine Steinmauer wird nicht ausreichen dagegen,* dachte er.

Moiraine war weder glücklich noch unglücklich darüber gewesen, zu erfahren, daß Zarine sie als Aes Sedai erkannt hatte – *Ich werde sie nicht Faile nennen, oder wie sie sich sonst nennen mag! Sie ist kein Falke!* –, und hatte sich höchstens ein wenig darüber aufgeregt, daß er es ihr nicht gesagt hatte. *Ein wenig aufgeregt, ha! Sie hat mich als Narren bezeichnet, aber das war alles. Bis jetzt.* Moiraine schien es auch überhaupt nicht zu interessieren, daß Zarine eine Jägerin des Horns war. Aber sobald sie erfahren hatte, daß dieses Mädchen glaubte, sie würden sie zum Horn von Valere führen, sobald sie erfahren hatte, daß er auch das gewußt und ihr nicht gesagt hatte – Zarine hatte das alles Moiraine gegenüber willig ausgeplaudert -,- war der kalte Blick aus ihren blauen Augen noch um vieles kälter geworden. Er hatte sich gefühlt, als habe man ihn mitten im Winter in ein Faß mit Schnee gesteckt. Die Aes Sedai hatte kein Wort gesagt, aber sie sah ihn für seinen Geschmack zu oft und zu eisig an.

Er blickte sich schnell um und kehrte sogleich zu seiner Betrachtung der Küste zurück. Zarine saß mit übergeschlagenen Beinen nicht weit von den Pferden auf dem Deck, hatte ihr Bündel und den dunklen Umhang neben sich gelegt, ihren Hosenrock ordentlich zurechtgezupft, und tat so, als betrachte sie die Dächer und Türme der sich nähernden Stadt. Auch Moiraine beobachtete Illian. Sie stand geradewegs vor den Ruderern, aber von Zeit zu Zeit traf ein scharfer Blick, unter der Kapuze ihres grauen, wollenen Umhangs abgeschossen, das Mädchen. *Wie hält sie es nur aus, die ganze Zeit diesen Umhang zu tragen?* Er hatte seine Jacke aufgeknöpft und die Kragenschnur seines Hemdes aufgebunden.

Zarine lächelte, wenn die Aes Sedai sie anblickte, aber jedesmal, wenn sich Moiraine wieder abwandte, schluckte sie und wischte sich den Schweiß von der Stirn.

Perrin bewunderte sie beinahe, wie sie es fertigbrachte zu lächeln, wenn Moiraine herschaute. Das war erheblich mehr, als er zuwege brachte. Er hatte es noch nie erlebt, daß die Aes Sedai wirklich die Nerven verlor, aber er wünschte sich allmählich, daß sie einmal schreien oder wüten oder sonst was anstellen würde, anstatt ihn nur so anzustarren. *Licht, na ja, alles auch wieder nicht, aber …* Vielleicht ließ sich dieser Blick ja auch aushalten.

Lan saß weiter vorn am Bug. Sein farbverändernder Umhang lag immer noch eingerollt in einer der Satteltaschen zu seinen Füßen. Äußerlich war er auf die Betrachtung seiner Schwertklinge konzentriert, aber er gab sich wenig Mühe, zu verbergen, daß er sich köstlich amüsierte. Manchmal schienen sich seine Lippen beinahe zu einem Lächeln zu verziehen. Perrin war allerdings nicht sicher; gelegentlich glaubte er, es könne auch an einem Schatten liegen. Schatten konnten auch einen Hammer so seltsam erscheinen lassen, als lächle er. Jede der beiden Frauen hielt sich offenbar für das Objekt dieser Erheiterung, aber dem Behüter schienen die finsteren Mienen nichts auszumachen, die sich ihm gelegentlich zuwandten.

Vor ein paar Tagen hatte Perrin gehört, wie Moiraine Lan mit eisiger Stimme gefragt hatte, ob er irgend etwas sehe, was zum Lachen sei. »Ich würde Euch niemals auslachen, Moiraine Sedai«, hatte er gelassen geantwortet, »aber wenn Ihr wirklich vorhabt, mich zu Myrelle zu schicken, muß ich das Lächeln wohl üben. Ich hörte, daß Myrelle ihren Behütern manchmal Witze erzählt. Die Gaidin müssen über die Scherze ihrer Zugeschworenen lächeln. Ihr habt mich doch auch öfters zum Lachen gebracht, oder? Vielleicht ist es Euch doch lieber, wenn ich bei Euch bleibe?« Ihr Blick hätte jeden anderen Mann an den

Mast genagelt, aber der Behüter blinzelte nicht einmal. Gegen Lan wirkte kalter Stahl wie Blech.

Die Mannschaft hatte sich angewöhnt, ganz leise über das Deck zu schleichen, wenn Moiraine und Zarine gleichzeitig an Deck waren. Kapitän Adarra hielt den Kopf schräg und wirkte, als lausche er nach etwas, was er lieber nicht hören wollte. Er gab seine Befehle im Flüsterton, anstatt zu schreien, wie er es anfangs getan hatte. Mittlerweile wußte jeder, daß Moiraine eine Aes Sedai war, und jedem war klar, daß sie schlechte Laune hatte. Perrin hatte sich zu einem lauten Wortwechsel mit Zarine hinreißen lassen, und er war nicht sicher, aber einer von ihnen hatte die Worte Aes Sedai gebraucht. Nun wußte es die ganze Mannschaft. *Verdammte Frau!* Meinte er damit Moiraine oder Zarine? Er wußte es selbst nicht. *Wenn sie der Falke ist, was soll dann der Habicht bedeuten? Muß ich mich etwa mit gleich zwei Frauen von der Sorte abfinden? Licht! Nein! Sie ist kein Falke, und damit basta!* Das einzige Gute, was er dieser zornigen Aes Sedai abgewinnen konnte, war die Tatsache, daß nun keines der Besatzungsmitglieder seinen Augen besondere Aufmerksamkeit widmete.

Loial war im Augenblick nirgendwo zu sehen. Der Ogier blieb grundsätzlich in seiner stickigen Kabine, wenn Moiraine und Zarine gemeinsam oben an Deck waren. Er behauptete, an seinen Notizen zu arbeiten. Er kam lediglich nachts an Deck, um seine Pfeife zu rauchen. Perrin verstand nicht, wie er die Hitze ertragen konnte. Selbst Moiraine und Zarine waren eher zu ertragen, als der Aufenthalt unter Deck.

Er seufzte und hielt den Blick auf Illian gerichtet. Es war eine große Stadt, auf die sie da zuhielten, genauso groß wie Cairhien oder Caemlyn, die beiden einzigen Großstädte, die er je gesehen hatte, und es erhob sich aus einem riesigen Sumpfgebiet, das sich wie eine grasbewachsene Ebene viele Meilen weit erstreckte.

Illian besaß keine Stadtmauer und schien nur aus Türmen und Palästen zu bestehen. Die Gebäude waren aus hellem Gestein erbaut, außer einigen, die wohl weiß verputzt waren. Aber dieser Naturstein war an manchen Stellen weiß, dann wieder grau und rötlich und gelegentlich sogar hellgrün schattiert. Dächer aus glasierten Ziegeln schimmerten in hundert verschiedenen Farbtönen unter den Strahlen der Sonne. An den langen Kaimauern lagen viele Schiffe, die meisten davon viel größer als die *Schneegans.* Überall wurde Ladung gelöscht oder neue Ladung genommen, und es wimmelte von Arbeitern. Am hinteren Ende des Hafens befanden sich Werften, wo große Schiffe in allen Stadien der Fertigstellung zu sehen waren – von Skeletten aus breiten Holzrippen bis zu solchen, die, nahezu fertig, bereit lagen, um vom Stapel gelassen zu werden.

Vielleicht war Illian groß genug, daß sich die Wölfe von dort fernhielten. Sie würden in diesen Sümpfen bestimmt nicht jagen. Die *Schneegans* war den Wölfen davongefahren, die ihm von den Bergen her gefolgt waren. Jetzt fühlte er mit seinem Geist vorsichtig nach ihnen, fand aber nichts. Ein seltsam leeres Gefühl war das, obwohl er es ja so gewollt hatte. Seine Träume hatte er seit jener ersten Nacht mit niemandem mehr teilen müssen. Moiraine hatte ihn mit kalter Stimme danach gefragt, und er hatte ihr die Wahrheit gesagt. Zweimal noch hatte er sich in einem dieser eigenartigen Wolfsträume befunden, und beide Male war Springer erschienen und hatte ihn wieder verjagt, ihm gesagt, er sei noch zu jung, zu neu. Er hatte keine Ahnung, was Moiraine davon hielt. Sie sagte nichts, nur, daß er aufpassen müsse und vorsichtig sein.

»Das kommt mir durchaus entgegen«, grollte er. Er gewöhnte sich schon daran, daß Springer tot und doch nicht tot war, zumindest in den Wolfsträumen.

Hinter sich hörte er die Stiefel Kapitän Adarras über das Deck schlurfen. Der Kapitän murmelte irgend etwas. Wahrscheinlich hatten ihn die laut ausgesprochenen Worte Perrins aufgescheucht.

Haltetaue wurden vom Schiff aus auf den Kai geworfen. Während sie noch an den Steinpfosten festgezurrt wurden, entwickelte der Kapitän nun mit einem Mal fieberhafte Aktivität. Er flüsterte energisch mit seinen Besatzungsmitgliedern. Er ließ Ladebäume ausschwenken, um so schnell wie möglich die Pferde an Land zu hieven. Die Planke lag auch schon für die Landgänger bereit. Lans schwarzes Streitroß schlug aus und hätte beinahe den Ladebaum gebrochen, an dem es hing. Für Loials riesiges, zottiges Reittier brauchte man zwei Ladebäume.

»Eine Ehre«, flüsterte Adarra Moiraine mit einer Verbeugung zu, als sie auf die breite Laufplanke trat, die zum Kai führte. »Eine Ehre, Euch gedient zu haben, Aes Sedai.« Sie schritt hinunter, ohne ihn eines Blickes zu würdigen. Ihr Gesicht war unter der Kapuze verborgen.

Loial erschien erst, als alle anderen und die Pferde bereits an Land waren. Der Ogier stampfte über die Laufplanke und versuchte, sich die lange Jacke anzuziehen, während er gleichzeitig seine großen Satteltaschen und die gestreifte Deckenrolle schleppte. Den Umhang hatte er sich über einen Arm gelegt. »Ich wußte nicht, daß wir angekommen waren«, grollte er atemlos. »Ich habe meine…« Nach einem Blick auf Moiraine sprach er nicht weiter. Sie schien konzentriert Lan zu beobachten, wie er Aldieb sattelte, doch die Ohren des Ogiers zuckten wie bei einer nervösen Katze.

Seine Notizen, dachte Perrin. *Eines Tages muß ich nachlesen, was er über all dies zu sagen hat.* Etwas kitzelte ihn im Nacken und er fuhr gewaltig zusammen, bis er den sauberen Pflanzenduft erkannte, der durch die

Gewürze, den Teergeruch und den üblichen Gestank eines Hafens drang.

Zarine winkte mit ihrem Finger und lächelte. »Wenn ich das mit einer leichten Berührung meiner Finger fertigbringe, Bauernjunge, dann frage ich mich, wie hoch du erst springen würdest, wenn ich …?«

Er hatte allmählich beinahe genug von den berechnenden Blicken aus diesen dunklen, schräg stehenden Augen. *Sie mag ja hübsch sein, aber sie sieht mich an wie ein Werkzeug, das ich noch nie zuvor gesehen habe, als versuche sie, herauszufinden, wie es hergestellt wurde und wozu man es wohl benützt.*

»Zarine.« Moiraines Stimme klang kühl und beherrscht.

»Man nennt mich Faile«, sagte Zarine energisch, und einen Augenblick lang wirkte sie mit ihrer auffallenden Nase wirklich wie ein Falke.

»Zarine«, sagte Moiraine entschlossen, »es ist Zeit, daß sich unsere Wege trennen. Ihr werdet anderswo bessere und weniger gefährliche Jagd finden.«

»Ich glaube nicht«, sagte Zarine genauso eindeutig. »Eine Jägerin muß der Spur folgen, die sie erkennt, und kein Jäger würde die Spur außer acht lassen, die Ihr hinterlaßt. Und ich heiße Faile.« Sie verdarb den Effekt ein wenig, als sie tapfer schluckte, aber sie zuckte mit keiner Wimper unter Moiraines Blick.

»Seid Ihr sicher?« fragte Moiraine leise. »Seid Ihr sicher, daß Ihr eure Meinung nicht ändern werdet, Falke?«

»Das werde ich nicht. Ihr oder Euer Behüter mit dem steinernen Gesicht könnt nichts tun, was mich davon abhält.« Zarine zögerte und fügte dann bedächtig hinzu, als habe sie sich gerade zu vollkommener Ehrlichkeit entschlossen: »Zumindest werdet Ihr nichts tun, um mich davon abzuhalten. Ich weiß ein bißchen über die Aes Sedai Bescheid, und allen Geschichten zum Trotz gibt es Dinge, die Ihr nicht tut.

Und ich glaube nicht, daß Steingesicht tun würde, was er müßte, um mich zum Aufgeben zu zwingen.«

»Seid Ihr da sicher genug, um es zu riskieren?« Lan sprach leise, und sein Gesichtsausdruck änderte sich nicht, aber Zarine mußte wieder schlucken.

»Es ist nicht nötig, ihr zu drohen, Lan«, sagte Perrin. Er war überrascht, sich dabei zu ertappen, wie er den Behüter zornig anblickte.

Moiraines Blick brachte ihn genau wie den Behüter zum Schweigen. »Ihr glaubt, Ihr wißt, was eine Aes Sedai macht und was nicht, ja?« sagte sie noch leiser als zuvor. Ihr Lächeln war alles andere als angenehm. »Falls Ihr mit uns gehen müßt, werdet Ihr folgendes tun.« Lan zwinkerte überrascht und die beiden Frauen starrten sich an wie Maus und Falke, nur daß Zarine diesmal nicht der Falke war. »Ihr werdet bei Eurem Jägereid schwören, daß Ihr tut, was ich sage, daß Ihr auf mich hört und uns nicht verlaßt. Sobald Ihr mehr von unseren Aufgaben wißt, als Ihr solltet, lasse ich Euch nicht in die falschen Hände fallen. Und das ist die Wahrheit, Mädchen. Ihr werdet schwören, als eine von uns zu handeln und nichts zu tun, was unsere Aufgabe gefährdet. Ihr werdet nicht in Frage stellen, wohin wir gehen und warum. Ihr werdet Euch mit dem zufriedengeben, was ich Euch sage. Ihr werdet all dies schwören oder hier in Illian bleiben. Und diesen Sumpf werdet Ihr nicht mehr verlassen, bis ich zurückkehre, um Euch zu entlassen, und wenn es den Rest Eures Lebens über dauert. Das schwöre *ich.*«

Zarine wandte nervös den Kopf ab und beobachtete Moiraine aus den Augenwinkeln. »Wenn ich das schwöre, darf ich Euch begleiten?« Die Aes Sedai nickte. »Ich werde einer von Euch sein wie Loial oder Steingesicht. Aber ich darf keine Fragen stellen. Dürfen sie denn Fragen stellen?« Moiraine verlor ein wenig von ihrer Geduld. Zarine richtete sich höher auf und hielt den Kopf hoch. »Also gut. Ich schwöre es beim Eid, den ich als Jägerin leistete. Wenn ich einen breche, habe ich beide gebrochen. Ich schwöre!«

»Gemacht«, sagte Moiraine und berührte die Stirn der jüngeren Frau. Zarine schauderte. »Da Ihr sie zu uns gebracht habt, Perrin, seid Ihr nun für sie verantwortlich.«

»Ich?« jaulte er auf.

»Für mich ist niemand verantwortlich außer mir selbst!« schrie Zarine fast.

Die Aes Sedai fuhr ernst fort, als habe keiner von ihnen auch nur den Mund geöffnet: »Es scheint, Ihr habt Mins Falken gefunden, *Ta'veren.* Ich habe mich bemüht, sie zu entmutigen, aber mir scheint, sie will sich auf Eurer Schulter niederlassen, gleich, was ich tue. Das Muster webt eine Zukunft für Euch, scheint mir. Aber denkt auch an folgendes: Wenn ich muß, schneide ich Euren Faden aus dem Muster heraus. Und falls das Mädchen das gefährdet, was sein muß, werdet Ihr ihr Schicksal teilen.«

»Ich habe sie nicht darum gebeten, mitzukommen«, protestierte Perrin. Moiraine stieg gelassen auf Aldieb und zog ihren Umhang über den Sattel der weißen Stute zurecht. »Ich habe sie nicht gebeten!« Loial zuckte die Achseln und formte lautlos mit den Lippen ein Wort. Zweifellos hatte es mit der Gefahr zu tun, eine Aes Sedai zu ärgern.

»Du bist ein *Ta'veren?*« fragte Zarine ungläubig. Ihr Blick glitt über seine feste Bauernkleidung und blieb an seinen gelben Augen hängen. »Na ja, vielleicht. Was du auch sein magst, jedenfalls droht sie dir genau wie mir. Wer ist Min? Was meint sie damit: Ich wolle mich auf deiner Schulter niederlassen?« Ihr Gesicht spannte sich an. »Wenn du versuchst, wirklich für mich die Verantwortung zu übernehmen, schneide ich dir die Ohren ab. Verstehst du?«

Er verzog das Gesicht, steckte seinen entspannten Bogen unter den Sattelgurt an Trabers Flanke und kletterte in den Sattel. Von den Tagen an Bord des Schiffes nervös gemacht, tänzelte der Braune, bis Perrin ihn mit festem Zügelgriff und beruhigendem Tätscheln auf den Hals zur Ruhe brachte.

»Das verdient gar nicht erst eine Antwort«, grollte er. *Min hat es ihr natürlich erzählt, das Klatschweib! Seng dich, Min! Seng dich auch, Moiraine! Und Zarine!* Er konnte sich nicht daran erinnern, daß Rand oder Mat jemals so von allen Seiten von Frauen herumgeschubst worden waren. Er selbst auch nicht, bevor er Emondsfeld verlassen hatte. Nynaeve war die einzige gewesen, die das fertigbrachte. Und Frau Luhhan natürlich. Sie beherrschte sowohl ihn wie auch Meister Luhhan überall, nur nicht in der Schmiede. Egwene hatte ähnliche Fähigkeiten entwickelt, aber natürlich meistens in bezug auf Rand. Frau al'Vere, Egwenes Mutter, hatte immer gelächelt, aber am Ende wurde gewöhnlich alles doch so gemacht, wie sie es wünschte. Und immer hatten die Frauen die Fäden in der Hand behalten.

Er knurrte etwas in sich hinein, faßte dann nach unten und packte Zarine am Arm. Sie quiekte vor Schreck und hätte beinahe ihr Bündel fallen lassen, als er sie hinter sich in den Sattel hob. Dieser Hosenrock, den sie trug, machte es ihr leicht, auf Traber zu sitzen. »Moiraine wird dir ein Pferd kaufen müssen«, murmelte er. »Du kannst ja nicht den ganzen Weg laufen.«

»Du bist stark, Schmied«, sagte Zarine und rieb sich den Arm. »Aber ich bin kein Stück Eisen.« Sie rutschte herum und stopfte schließlich ihr Bündel und ihren Umhang zwischen sich und Perrin. »Wenn nötig, kann ich mein eigenes Pferd kaufen. Den ganzen Weg wohin?«

Lan ritt bereits vom Kai herunter in die Stadt hinein, und Moiraine und Loial befanden sich dicht hinter ihm. Der Ogier blickte sich nach Perrin um.

»Keine Fragen, denk daran! Und ich heiße Perrin,

Zarine. Nicht ›großer Mann‹ oder ›Schmied‹ oder irgend etwas anderes. Perrin. Perrin Aybara.«

»Und ich heiße Faile, Krauskopf!«

Mit etwas, das einem Fauchen nahekam, ließ er Traber die Stiefel spüren und den anderen hinterher galoppieren. Zarine mußte die Arme um seine Taille legen, damit sie nicht abgeworfen wurde. Er glaubte, sie lachen zu hören.

KAPITEL 10

›Zum fröhlichen Dachs‹

Im Lärm der Stadt ging Zarines Lachen schnell unter – falls er sich da nicht sowieso getäuscht hatte. Es war so, wie Perrin es von Caemlyn und Cairhien her kannte. Hier waren die Geräusche allerdings etwas anders, gedämpfter, und sie bewegten sich auf einer anderen Tonhöhe, doch im Prinzip war es das gleiche: Stiefel und Räder und Hufe auf groben, unebenen Pflastersteinen, das Achsenquietschen von kleinen Karren bis zu großen Wagen, Musik und Gesang und Gelächter, das aus Schenken und Tavernen drang. Stimmen. Ein Stimmengesumme, als habe er den Kopf in einen gigantischen Bienenstock gesteckt. Eine große, lebendige Stadt.

Aus einer Seitenstraße hörte er das metallische Geräusch eines Hammers auf einem Amboß, und unwillkürlich richtete er sich höher auf. Er vermißte das Gefühl von Hammer und Zange in seinen Händen, den Anblick des weißglühenden Metalls, wie es unter seinen formenden Schlägen Funken sprühte. Die Geräusche der Schmiede verklangen hinter ihm, wurden begraben unter dem Gerumpel der Karren und Wagen und dem Geplappere der Ladeninhaber und der Passanten auf den Straßen. Unter all den Gerüchen nach Menschen und Pferden, Kochen und Backen und den hundert anderen, die so bezeichnend für eine Stadt waren, lag hier der Geruch nach Salz und Sumpf und Brackwasser.

Er war überrascht, als sie innerhalb der Stadt eine Brücke passierten. Es war ein niedriger Steinbau, der über einen nicht mehr als dreißig Schritt breiten Wasserweg führte. Bei der dritten solchen Brücke wurde ihm dann klar, daß kreuz und quer durch Illian genauso viele Kanäle wie Straßen verliefen. Männer stießen schwer beladene Lastkähne mit Hilfe von langen Stangen voran, während oben die Fahrer ihre Peitschen knallen ließen, um die Gespanne mit den schweren Wagen anzutreiben. Sänften schoben sich durch die Menschenmengen auf den Straßen. Gelegentlich sah er die lackierte Kutsche eines reichen Kaufmanns oder Adligen mit einem auf die Tür groß aufgemalten Wappen oder Abzeichen. Viele der Männer trugen eigenartige Bärte, bei denen die Oberlippe frei blieb, und die Frauen schienen breitkrempige Hüte mit angenähten Schals zu bevorzugen, die sie sich um den Hals schlangen.

Einmal überquerten sie einen Platz von immensen Ausmaßen, der von riesigen Säulen eingerahmt war. Sie bestanden aus weißem Marmor, waren mindestens fünfzehn Spannen hoch, maßen zwei Spannen im Durchmesser und stützten überhaupt nichts außer jeweils einen in Stein gehauenen Olivenzweig obenauf. An jedem Ende des Platzes stand ein riesengroßer weißer Palast mit Säulenumgängen, luftigen Balkonen, schlanken Türmchen und purpurroten Dächern. Auf den ersten Blick schienen beide genau gleich, aber dann merkte Perrin, daß der eine um ein weniges kleiner war und seine Türmchen vielleicht ein klein bißchen niedriger.

»Der Königspalast«, sagte Zarine hinter seinem Rücken, »und der Große Saal des Rats. Man sagt, der erste König von Illian habe dem Rat der Neun zugestanden, daß sie jeden Palast haben konnten, den sie wollten, aber er dürfe nicht größer sein als sein eigener. Also baute der Rat den Königspalast haargenau nach, aber jedes Maß um zwei Fuß geringer. So hielt man das seither in Illian. Der König und der Rat der

Neun streiten sich ständig, und die große Ratsversammlung streitet sich mit beidem herum, und während sie ihre Privatfehden austragen, leben die Menschen mehr oder weniger unbehelligt, wie sie wünschen. Das hat sich recht gut bewährt, wenn man schon an eine bestimmte Stadt gebunden ist. Wahrscheinlich willst du auch noch wissen, Schmied, daß dies der Tammuz-Platz ist, wo ich den Jägereid ablegte. Ich glaube, ich werde dir soviel beibringen müssen, damit keiner das Heu in deinem Haar bemerkt.«

Perrin hielt mit großer Mühe den Mund und beschloß, sich künftig nicht mehr so neugierig umzusehen.

Niemand hier schien Loial als besonders ungewöhnlich zu betrachten. Ein paar Leute blickten ihm hinterher, und einige kleinere Kinder liefen ihnen ein Stückchen nach, aber offenbar waren Ogier in Illian keineswegs unbekannt. Auch schien niemand hier die Hitze und die Feuchtigkeit zu bemerken.

Diesmal schien Loial nicht besonders glücklich darüber zu sein, daß ihn die Menschen so selbstverständlich hinnahmen. Seine langen Augenbrauen hingen ihm traurig auf die Wangen herunter, und seine Ohren waren welk. Perrin meinte, es könne aber auch an der Luft liegen. Sein Hemd klebte an ihm – naß vom Schweiß und dieser Feuchtigkeit, die in der Luft lag.

»Fürchtest du, daß du hier andere Ogier antreffen könntest, Loial?« fragte Perrin. Er spürte, wie sich Zarine hinter ihm rührte, und verfluchte sein loses Mundwerk. Er wollte die junge Frau eigentlich noch weniger wissen lassen, als Moiraine sowieso schon angedeutet hatte. Das wäre dann vielleicht Grund genug für sie zu verschwinden. *Falls Moiraine sie jetzt überhaupt noch gehen läßt. Seng mich, ich will keinen verfluchten Falken auf der Schulter tragen, und wenn sie noch so hübsch ist.*

Loial nickte. »Unsere Steinwerker kommen manchmal hierher.« Er sprach im Flüsterton, und zwar nicht nur leise für einen Ogier, sondern diesmal wirklich leise. Selbst Perrin konnte ihn kaum verstehen. »Aus dem Stedding Schangtai, meine ich. Es waren Handwerker aus unserem *Stedding*, die einen Teil Illians erbauten – den Palast der Versammlung, die große Ratshalle, einige der anderen –, und sie schicken immer nach uns, wenn es etwas zu reparieren gibt. Perrin, falls Ogier hier sind, werden sie mich zwingen, ins *Stedding* zurückzugehen. Daran hätte ich vorher denken sollen. Dieser Ort macht mich nervös, Perrin.« Seine Ohren zuckten unruhig.

Perrin ließ Traber näher aufrücken und faßte hoch, um Loial auf die Schulter zu klopfen. Es war ein langer Weg für seine Hand – bis über Kopfhöhe. Da er sich Zarines Gegenwart in seinem Rücken nur zu bewußt war, wählte er seine Worte sorgfältig. »Loial, ich glaube nicht, daß Moiraine das zulassen würde. Du warst schon so lange bei uns, und sie scheint zu wünschen, daß du bei uns bleibst. Sie wird dich nicht von ihnen mitnehmen lassen, Loial.« *Warum nicht?* fragte er sich auf einmal. *Sie hält mich hier, weil sie glaubt, ich sei für Rand wichtig, und vielleicht auch, damit ich niemanden etwas von dem erzähle, was ich weiß. Vielleicht will sie ihn aus demselben Grund hierbehalten.*

»Natürlich würde sie es verhindern«, sagte Loial mit leicht gestärkter Stimme, und seine Ohren stellten sich auf. »Ich bin schließlich auch sehr nützlich. Es kann sein, daß sie wieder die Kurzen Wege benützen will, und das könnte sie nicht ohne mich.« Zarine rührte sich wieder an Perrins Rücken, und er schüttelte den Kopf, um Loial auf sie aufmerksam zu machen. Aber der schaute gar nicht her. Er schien gerade erst selbst begriffen zu haben, was er gesagt hatte. Die Haarbüschel an seinen Ohren sanken wieder ein wenig herunter. »Ich hoffe, es liegt nicht nur daran, Perrin.« Der Ogier blickte sich in der Stadt um, und seine Ohren sanken nun wieder ganz herab. »Mir gefällt dieser Ort nicht, Perrin.«

Moiraine ritt näher an Lan heran und sprach leise auf ihn ein, aber Perrin konnte verstehen, was sie sagte. »Irgend etwas an dieser Stadt stimmt nicht.« Der Behüter nickte.

Perrin juckte es zwischen den Schulterblättern. Die Aes Sedai hatte sich ernst angehört. *Erst Loial und nun sie. Bin ich etwa blind?* Die Sonne strahlte auf die funkelnden Dachziegel herunter, und ihr Licht wurde von den blassen Mauern reflektiert. Die Gebäude wirkten, als müsse ihr Inneres angenehm kühl sein. Sie strahlten Sauberkeit aus, diese Gebäude. Und auch die Menschen. Die Menschen.

Zuerst bemerkte er nichts Außergewöhnliches. Männer und Frauen gingen zielbewußt ihren Geschäften nach, wenn auch etwas langsamer, als er es vom Norden her gewohnt war. Er glaubte, das müsse an der Hitze und dem grellen Sonnenschein liegen. Dann entdeckte er einen Bäckerjungen, der ein großes Tablett mit frischen Broten auf dem Kopf balancierte und so die Straße herunterlief. Der junge Bursche hatte einen Gesichtsausdruck, der schon fast bösartig wirkte. Eine Frau vor einer Weberei sah aus, als wolle sie den Mann, der ihr die bunten Garnspulen zeigte, am liebsten beißen. Ein Jongleur an einer Ecke biß die Zähne zusammen und betrachtete die Leute, die ihm Münzen in die vor ihm liegende Kappe warfen, als hasse er sie alle. Nicht jeder wirkte so, aber ihm schien, daß zumindest jeder fünfte Zorn oder Haß im Gesicht geschrieben trug. Und er glaubte nicht, daß sie sich dessen bewußt waren.

»Was ist los?« fragte Zarine. »Du bist plötzlich so verkrampft. Es ist, als halte man sich an einem Felsblock fest.«

»Etwas stimmt hier nicht«, sagte er zu ihr. »Ich weiß nicht, was, aber es stimmt wirklich irgend etwas nicht.« Loial nickte traurig und murmelte etwas davon, daß sie ihn zurückbringen würden.

Der Baustil in ihrer Umgebung veränderte sich im Weiterreiten. Sie überquerten noch mehr Brücken zur anderen Seite Illians hin. Die Mauern waren nun häufig unverputzt. Die Türmchen und Paläste verschwanden und machten Schenken und Lagerhäusern Platz. Viele der Männer auf der Straße und auch einige der Frauen gingen mit eigenartig rollenden Bewegungen einher. Sie alle waren barfuß wie die Seeleute. In der Luft lag ein starker Geruch nach Pech und Hanf und vor allem nach Holz – frisch gehacktem und auch lackiertem, und sauer riechender Schlamm überlagerte das alles noch. Auch die von den Kanälen ausgehenden Gerüche waren hier anders. Er rümpfte die Nase. *Nachttöpfe,* dachte er. *Nachttöpfe und alte Sickergruben hinter den Klos.* Ihm wurde ein wenig übel davon.

»Die Brücke der Blumen«, verkündete Lan, als sie wieder über eine der niedrigen Brücken ritten. Er atmete tief ein. »Und nun befinden wir uns im Parfümierten Viertel. Die Illianer sind ein Volk von Poeten.«

Zarine unterdrückte offensichtlich das Lachen, indem sie sich an Perrins Rücken drückte.

Als habe er mit einem Mal die Geduld verloren, sich dem langsamen Rhythmus der Illianer anzupassen, führte Lan sie nun schnell durch die Straßen zu einer Schenke. Zwei Stockwerke waren aus rauhem, grüngeädertem Stein erbaut, und obenauf thronten blaßgrüne Dachplatten. Der Abend nahte, und mit dem Sinken der Sonne wurden ihre Strahlen erträglicher. Das brachte ein wenig Erleichterung von der Hitze, aber eben nicht viel. Ein paar Jungen saßen auf den kurzen Steinpfosten vor der Schenke, und nun hüpften sie herunter und nahmen ihre Pferde in Empfang. Ein schwarzhaariger Bursche von vielleicht zehn Jahren fragte Loial, ob er ein Ogier sei, und als Loial das bejahte, sagte der Junge: »Ich das gedacht haben.« Er grinste selbstgefällig und nickte dabei. Dann führte er Loials großes Pferd weg und warf im Gehen die Kupfermünze hoch, die ihm Loial gegeben hatte. Er fing sie ebenso geschickt wieder auf.

Perrin blickte mit gerunzelter Stirn zu dem Schild hoch, das über dem Eingang hing. Ein weiß gestreifter Dachs tanzte auf den Hinterbeinen mit einem Mann, der etwas wie eine silberne Schaufel zu tragen schien. ›Zum fröhlichen Dachs‹ stand darauf. *Das muß aus irgendeiner Geschichte stammen, die ich noch nie gehört habe.*

Im Schankraum lagen Sägespäne auf dem Fußboden und Tabaksrauch in der Luft. Es roch außerdem noch nach Wein und Fisch aus der Küche und nach einem schweren, blumigen Parfum. Die freiliegenden Deckenbalken waren roh behauen und dunkel vom Alter. So früh am Abend waren nur etwa ein Viertel der Stühle und Bänke besetzt. Da saßen vor allem Arbeiter in einfachen Jacken und Westen, und einige davon zeigten die schwieligen bloßen Füße von Seeleuten. Alle saßen so nahe wie möglich zusammengedrängt um einen Tisch herum. Dort tanzte mit wirbelndem Rock auf der Tischfläche ein hübsches, dunkeläugiges Mädchen – von ihr ging der Parfumduft aus – und sang, begleitet von einer zwölfseitigen Zither. Ihre lose weiße Bluse war auffallend tief ausgeschnitten. Perrin erkannte die Melodie – ›Die Tänzerin‹ –, aber der Text des Mädchens war ganz anders als der, den er kannte.

»Ein Mädel aus Lugard kam in die Stadt,
um was zu erleben.
Sie lachte und blinzelte jedem gleich zu,
die Herzen der Jungs bracht' sie zum Beben.
Ihre Beine so schlank, die Haut so zart,
so fing sie 'nen Käpten sich ein im Nu.

Mit jedem Mann, ob sanft oder hart,
war sie bereit, einen zu heben.«

Sie fing die nächste Strophe an, und als Perrin begriff, was sie da sang, lief er knallrot an. Er hatte geglaubt, nachdem er die Kesselflickermädchen hatte tanzen sehen, könne ihn nichts mehr aus dem Gleichgewicht bringen, aber die hatten nur angedeutet, was dieses Mädchen offen heraussang.

Zarine nickte im Rhythmus der Musik und lächelte. Als sie ihn anblickte, grinste sie schließlich breit. »Na, Bauernjunge, ich habe ja noch nie einen Mann in deinem Alter kennengelernt, der immer noch rot wird.« Er funkelte sie an und hätte beinahe etwas Dummes gesagt. *Diese verdammte Frau bringt mich aus der Ruhe, bevor ich auch nur denken kann. Licht, ich wette, sie glaubt, ich hätte noch nie ein Mädchen geküßt!* Er bemühte sich, nicht mehr auf den Text des Liedes zu hören, den das Mädchen sang. Wenn er die Röte nicht schleunigst aus seinem Gesicht vertrieb, würde Zarine garantiert noch mehr auf ihm herumhacken.

Die Wirtin hatte bei ihrem Eintreten ganz kurz überrascht dreingeblickt. Die große, rundliche Frau, die ihr Haar im Nacken zu einem dicken Dutt zusammengebunden hatte und die stark nach Seife roch, überwand ihre Überraschung jedoch schnell und eilte zu Moiraine herüber.

»Frau Mari«, sagte sie, »ich hatte nicht erwartet, Euch heute hier zu sehen!« Sie zögerte, musterte Perrin und Zarine kurz und warf Loial einen Blick zu, doch keinen so forschenden wie den zuvor. Ihre Miene hellte sich sogar beim Anblick des Ogiers auf. Doch ihre Aufmerksamkeit galt in erster Linie ›Frau Mari‹. Sie senkte die Stimme. »Meine Tauben nicht ankommen bei Euch?« Sie schien Lan als Teil von Moiraine ganz selbstverständlich hinzunehmen.

»Bestimmt sind sie sicher angekommen, Nieda«,

sagte Moiraine. »Ich war weg, aber Adine hat bestimmt alles aufgeschrieben, was Ihr berichtet habt.« Sie betrachtete das Mädchen auf dem Tisch ohne ein äußeres Anzeichen der Mißbilligung oder irgendeinen meßbaren Gesichtsausdruck. »Im ›Dachs‹ war es erheblich ruhiger, als ich zuletzt hier war.«

»Ja, Frau Mari, das sein so. Aber die Rabauken noch nicht über den Winter weggekommen sind, es mir scheinen. Ich in zehn Jahren keine Rauferei im ›Dachs‹ haben, bis der Schwanz von diesem Winter vorbei sein.« Sie nickte in Richtung eines Mannes, der ausnahmsweise nicht in der Nähe der Sängerin saß. Der Bursche war noch größer als Perrin und stand mit verschränkten, mächtigen Armen an eine Wand gelehnt da. Mit dem Fuß klopfte er den Rhythmus der Musik nach. »Sogar Bili Schwierigkeiten haben, sie zu halten zurück. Deshalb ich einstellen das Mädchen, damit auf andere Gedanken sie kommen. Von irgwendwo in Altara sie ist.« Sie hielt den Kopf schief und hörte einen Augenblick lang zu. »Eine gute Stimme, aber ich singen besser, ja, und auch tanzen besser, als ich sein in ihrem Alter.«

Perrin schnappte nach Luft, als er sich diese mächtige Frau auf einem Tisch beim Tanzen vorstellte. Und wenn sie dann noch dieses Lied sang – ein bißchen Text drang zu ihm durch: »Ich trag nichts drunter gewiß, gewiß« –, und dann knallte ihm Zarine eine Faust in die Rippen. Er stöhnte auf.

Nieda sah zu ihm herüber. »Ich werden Euch ein wenig Honig und Schwefel mischen, Junge, für Euren Hals. Ihr sicher nicht wollen noch mehr Erkältung vor dem Frühling, wo ihr haben ein solch hübsches Mädchen am Arm.«

Moiraine warf ihm einen warnenden Blick zu, er solle sich nicht einmischen. »Seltsam, daß es hier Raufereien gibt«, sagte sie. »Ich kann mich noch gut daran erinnern, wie Euer Neffe so etwas im Keim erstickt. Ist etwas vorgefallen, daß die Menschen so gereizt sind?«

Nieda dachte einen Augenblick lang nach. »Vielleicht. Es sein schwer zu sagen. Die jungen Lords immer kommen herunter zum Hafen, um zu feiern und sich Mädchen zu suchen, weil sie nicht dürfen, wo die Luft frischer sein. Vielleicht sie nun kommen öfters, weil Winter war so hart. Vielleicht. Und andere streiten sich auch viel öfter. Es wirklich war ein schlimmer Winter. Das machen Männer zorniger und Frauen auch. All der Regen und die Kälte. Ich sogar aufwachen an zwei Morgen mit Eis in meiner Waschschüssel. Natürlich trotzdem nicht so schlimm wie der Winter davor, aber das sein ohnehin der schlimmste Winter in tausend Jahren gewesen. Beinahe könnte ich glauben die Geschichten von Reisenden, daß gefrorenes Wasser vom Himmel fällt.« Sie kicherte, um zu zeigen, wie wenig sie daran glauben mochte. Es war ein eigenartiger Laut von einer so großen Frauensperson.

Perrin schüttelte den Kopf. *Sie glaubt nicht an Schnee?* Aber wenn sie dieses Wetter schon für kühl hielt, konnte das wohl angehen.

Moiraine senkte nachdenklich den Kopf. Die Kapuze warf ihren Schatten auf ihr Gesicht.

Das Mädchen auf dem Tisch begann eine neue Strophe, und Perrin lauschte unwillkürlich wieder. Er hatte noch nie davon gehört, daß eine Frau auch nur im entferntesten das tat, wovon sie sang, aber es klang interessant. Er bemerkte, daß Zarine ihn beim Zuhören beobachtete, und so bemühte er sich, so zu tun, als sei er nur in Gedanken versunken gewesen.

»Was ist in letzter Zeit an Außergewöhnlichem in Illian geschehen?« fragte Moiraine schließlich.

»Ich denken, Ihr könnt Lord Brends Aufnahme in den Rat der Neun als ungewöhnlich bezeichnen«, sagte Nieda. »Glück stich mich, ich nicht können erinnern mich, vor diesem Winter überhaupt gehört zu haben seinen Namen, aber er kommen in die Stadt – von irgendwo in der Nähe der Grenze nach Murandy, Leute sagen – und sein aufgenommen innerhalb einer Woche. Man sagen, er ein guter Mann sei und der stärkste der Neun. Sie alle folgen seiner Führung, wie man sich erzählen, obwohl er der neueste und unbekannteste sein. Aber manchmal ich träumen so seltsam von ihm.«

Moiraine hatte den Mund geöffnet, um Nieda zu sagen, sie solle sich auf die letzten Nächte beschränken, da war Perrin sicher, aber sie zögerte dann doch und fragte schließlich: »Was für seltsame Träume, Nieda?«

»Ach, nur Quatsch, Frau Mari. Nur Quatsch. Ihr wollen es wirklich wissen? Träume von Lord Brend an fremdartigen Orten und Fußgängerbrücken, die in der Luft hängen. Alles nebelhaft in diesen Träumen sein, aber beinahe jede Nacht sie kommen wieder. Haben Ihr jemals so etwas Dummes gehört? Quatsch, Glück stich mich! Aber es sein schon seltsam. Bili sagen, er träumen das gleiche. Ich glauben, er hören von meine Träume und dann machen nach. Bili sein nicht gerade klug manchmal, ich glauben.«

»Vielleicht tut Ihr ihm da unrecht«, hauchte Moiraine.

Perrin starrte ihre dunkle Kapuze an. Sie hatte einen Moment lang erschüttert gewirkt, noch mehr als damals, als sie geglaubt hatte, in Ghealdan sei ein weiterer falscher Drache aufgetaucht. Er konnte keine Angst an ihr wittern, aber... Doch, Moiraine hatte Angst. Das war ein viel erschreckenderer Gedanke als der, Moiraine sei wütend. Er konnte sie sich sehr wohl zornig vorstellen, aber daß sie Angst haben sollte...?

»Was ich nur alles zusammenquatschen«, sagte Nieda und klopfte sich auf den Dutt in ihrem Nacken. »Als ob meine närrischen Träume sein wichtig.« Sie kicherte wieder. Ein kurzes Kichern nur – das letztere war nicht ganz so närrisch wie der Glaube an Schnee. »Ihr klingen aber müde, Frau Mari. Ich werden Euch bringen auf Eure Zimmer. Und dann ein gutes Mahl von frisch gefangenem Rotstreifen.«

Rotstreifen? Er glaubte, das müsse wohl ein Fisch sein. Er roch den Duft kochenden Fisches aus der Küche.

»Zimmer«, sagte Moiraine. »Ja. Wir nehmen Zimmer hier. Das Essen kann warten. Schiffe. Nieda, welche Schiffe laufen nach Tear aus? Früh am Morgen. Diese Nacht muß ich etwas Bestimmtes tun.« Lan blickte sie mit gerunzelter Stirn an.

»Nach Tear, Frau Mari?« Nieda lachte. »Also, nach Tear fährt keines. Die Neun haben vor einem Monat verboten, daß ein Schiff fahren nach Tear und keines auch von Tear nach hier, obwohl ich glauben, das Meervolk sich nicht halten daran. Aber es sein kein Schiff des Meervolks im Hafen. Das sein eigenartig. Ich meinen, ein Befehl der Neun, und der König halten den Mund dazu, wo er sonst immer gleich schreien, wenn sie machen einen Schritt ohne ihn. Oder vielleicht es doch nicht sein ganz so? Aller Klatsch sein von Krieg mit Tear, aber die Flußschiffer und die Wagenfahrer, die versorgen Heer, sagen, Soldaten blicken alle nach Norden, nach Murandy.«

»Die Wege des Schattens sind verwickelt«, sagte Moiraine mit gepreßter Stimme. »Wir werden tun, was sein muß. Die Zimmer, Nieda. Und dann werden wir Euer Mahl genießen.«

Perrins Zimmer war bequemer, als er erwartet hatte, wenn er so an den Eindruck dachte, den der ›Dachs‹ auf ihn machte. Das Bett war breit und die Matratze weich. Die Tür war aus festen, übereinandergenagelten Leisten gefertigt, und als er die Fensterflügel öffnete, wehte eine Brise durch den Raum, die den Geruch des Hafens mit sich brachte. Und auch etwas von dem der Kanäle, doch wenigstens wurde es jetzt kühler. Er hängte Jacke, Köcher und Axt an einen Haken und stellte den Bogen in eine Ecke. Alles andere beließ er in den Satteltaschen und der Deckenrolle. Vielleicht würde die Nacht wenig Ruhe bringen.

Wenn Moiraine schon zuvor verängstigt geklungen hatte, war das nichts gegen den Tonfall gewesen, in dem sie gesagt hatte, sie müsse diese Nacht noch etwas Bestimmtes tun. In diesem Augenblick hatte sie so stark nach Angst gerochen wie eine Frau, die ihre Hand in ein Hornissennest steckt und sie mit bloßen Fingern zerdrücken will. *Was beim Licht hat sie vor? Wenn Moiraine schon Angst hat, sollte ich vor Furcht gelähmt sein.*

Aber das war er nicht, wie er feststellte. Weder vor Angst gelähmt, noch überhaupt irgendwie eingeschüchtert. Er fühlte... Erregung. Er war bereit, irgend etwas geschehen zu lassen, freute sich beinahe darauf. Entschlossen. Er kannte dieses Gefühl. Die Wölfe empfanden das, wenn sie sich zum Kampf entschlossen hatten. *Seng mich, lieber hätte ich Angst!*

Nach Loial war er der erste, der wieder unten im Schankraum erschien. Nieda hatte einen großen Tisch für sie decken lassen. Sie konnten auf Lehnstühlen sitzen, statt auf Bänken. Sie hatte sogar einen Stuhl aufgetrieben, der groß genug für Loial war. Das Mädchen auf der anderen Seite des Raums sang nun von einem reichen Kaufmann, der gerade auf unerklärliche Weise sein Pferdegespann verloren hatte und sich aus irgendeinem Grund entschloß, seine Kutsche selber zu ziehen. Die lauschenden Männer brüllten vor Lachen. An den Fenstern sah er, daß die Dunkelheit sich schneller herabsenkte, als er erwartet hatte. Es lag ein Geruch wie nach Regen in der Luft.

»In dieser Schenke gibt es ein Ogier-Zimmer«, sagte Loial, als Perrin sich hinsetzte. »Anscheinend gibt es in jeder Schenke Illians eines. Sie hoffen, Ogier-Gäste anzulocken, wenn die Steinwerker in die Stadt kommen. Nieda behauptet, es bringe Glück, wenn man einen Ogier unter dem Dach hat. Ich kann nicht glauben, daß sie viele solche Gäste bekommen. Die Steinwerker bleiben immer zusammen, wenn sie draußen arbeiten. Die Menschen handeln so überhastet, und die Ältesten fürchten immer, daß jemand die Beherrschung verlieren und einen langen Stiel an seine Axt stecken könne.« Er beäugte die Männer um die Sängerin herum mißtrauisch, als habe er sie im Verdacht, etwas Böses im Schilde zu führen. Seine Ohren hingen wieder herunter.

Der reiche Kaufmann war nun gerade dabei, seine Kutsche zu verlieren, und die Männer wieherten vor Lachen. »Hast du herausgefunden, ob sich Ogier aus dem Stedding Schangtai in Illian aufhalten?«

»Es waren welche da, aber Nieda sagte, sie seien im Winter bereits abgereist. Sie meinte, sie hätten ihre Arbeit nicht einmal beendet. Das verstehe ich nicht. Die Steinwerker hätten niemals ihre Arbeit liegen lassen, außer man hätte sie nicht bezahlt, und Nieda sagte, daran habe es nicht gelegen. Eines Morgens waren sie einfach weg. Jemand hat sie nachts den Maredodamm hinabgehen sehen. Perrin, mir gefällt diese Stadt nicht. Ich weiß nicht, warum, aber sie macht mich … nervös.«

»Ogier«, stellte Moiraine fest, »sind für manche Dinge empfänglich.« Sie hatte ihr Gesicht noch immer verborgen, aber Nieda hatte offensichtlich jemanden ausgeschickt, um ihr einen leichteren Umhang aus dunkelblauem Leinen zu kaufen. Lan hielt ihr den Stuhl zurecht. Sein Blick war besorgt.

Zarine kam als letzte herunter. Sie fuhr sich mit den Fingern durch ihr frischgewaschenes Haar. Der Kräuterduft umgab sie noch stärker als sonst. Sie betrachtete das Tablett, das Nieda auf den Tisch stellte, und knurrte leise: »Ich hasse Fisch.«

Die rundliche Frau hatte alle Speisen auf einem kleinen Servierwagen mit mehreren übereinanderliegenden Auflageflächen hereingerollt. Der Wagen war zum Teil noch ein wenig verstaubt. Wahrscheinlich hatte sie ihn Moiraines wegen aus dem Lager holen lassen. Das Geschirr war aus dem Porzellan des Meervolks, wenn auch an manchen Stellen abgeschlagen.

»Eßt«, sagte Moiraine und sah dabei Zarine an. »Denkt daran, daß jedes Mahl Euer letztes sein könnte. Ihr habt Euch entschlossen, mit uns zu kommen. Also werdet Ihr heute abend Fisch essen. Morgen sterbt Ihr vielleicht.«

Perrin kannte den beinahe runden Fisch mit den roten Streifen nicht, aber er roch gut. Er hob sich gleich zwei davon mit der Serviergabel auf seinen Teller und grinste dann Zarine mit vollem Mund an. Der Fisch schmeckte auch gut, leicht gewürzt, wie er war. *Iß deinen schrecklichen Fisch, Falke,* dachte er. Er dachte auch, daß Zarine aussah, als wolle sie ihn gleich beißen.

»Sollen ich das Mädchen mit Singen aufhören lassen, Frau Mari?« fragte Nieda. Sie stellte Schüsseln mit Erbsen und irgendwelchem steifen, gelben Brei auf den Tisch. »Damit Ihr in Ruhe essen können?«

Moiraine starrte ihren Teller an und schien nicht hinzuhören.

Lan lauschte einen Augenblick lang. Der Kaufmann hatte mittlerweile hintereinander Kutsche, Umhang, Stiefel, Gold und den Rest seiner Kleidung verloren und mußte nun mit einem Schwein um sein Abendessen kämpfen. Dann schüttelte er den Kopf. »Sie stört uns nicht.« Er war ganz kurz einem Lächeln nahe, bevor sein Blick wieder auf Moiraine fiel. Dann kehrte die Sorge in seinen Blick zurück.

»Was stimmt nicht?« fragte Zarine. Sie ignorierte den Fisch. »Ich weiß, daß irgend etwas los ist. Ich habe seit unserem ersten Zusammentreffen noch nicht soviel Ausdruck auf Eurem Gesicht bemerkt wie jetzt, Steingesicht.«

»Keine Fragen«, sagte Moiraine in scharfem Ton. »Ihr werdet erfahren, was ich Euch sage, und nicht mehr!«

»Und was *werdet* Ihr mir sagen?« wollte Zarine wissen.

Die Aes Sedai lächelte süß: »Eßt Euren Fisch.«

Danach aßen sie schweigend weiter. Nur die Lieder drangen durch den Raum zu ihnen herüber. Da war ein Lied über einen reichen Mann, den seine Frau und Tochter immer wieder zum Narren hielten, ohne daß er sein aufgeblasenes Getue abgelegt hätte. In einem anderen entschloß sich eine junge Frau, einen Spaziergang ohne Kleidung zu machen. Dann wieder erzählte eines die Geschichte eines Hufschmieds, der sich selbst beschlug anstatt des Pferdes. Zarine erstickte dabei fast vor Lachen und vergaß sich soweit, daß sie tatsächlich einen Happen Fisch schluckte. Dann verzog sie das Gesicht, als habe sie Schlamm im Mund.

Ich werde sie nicht auslachen, sagte sich Perrin. *So idiotisch sie auch gerade aussieht, werde ich ihr doch beweisen, was gute Manieren sind.* »Das schmeckt gut, nicht wahr?« fragte er. Zarine sah ihn bitterböse an, und Moiraine runzelte die Stirn, weil er wohl ihren Gedankengang unterbrochen hatte. Das war aber auch schon ihr ganzes Tischgespräch.

Nieda räumte gerade den Tisch ab und stellte ihnen eine Käseplatte zum Nachtisch hin, als ein schrecklicher Gestank in Perrins Nase drang und sich ihm die Nackenhaare aufstellten. Es war der Geruch von etwas, das es eigentlich nicht geben durfte, und er hatte das schon zweimal zuvor gewittert. Er sah sich nervös im Schankraum um.

Das Mädchen sang immer noch vor der Schar ihrer Zuhörer, ein paar Männer kamen von der Tür aus hereingelaufen und Bili lehnte immer noch an der Wand und klopfte mit dem Fuß den Rhythmus der Zither nach. Nieda griff nach ihrem Dutt, sah sich kurz im Raum um und wandte sich ab, um den Servierwagen wegzuschieben.

Er betrachtete seine Begleiter. Loial hatte, keineswegs überraschend, ein Buch aus einer Manteltasche gezogen und schien vergessen zu haben, wo er sich befand. Zarine rollte abwesend einen Brocken Quark zu einer Kugel zusammen und musterte verstohlen erst Perrin, dann Moiraine und dann wieder ihn. Aber er war vor allem an Lan und Moiraine interessiert. Sie konnten einen Myrdraal oder einen Trolloc oder irgendeinen anderen Abkömmling des Schattens fühlen, bevor er näher als auf ein paar hundert Schritt heran war, aber die Aes Sedai blickte nachdenklich auf die Tischplatte, und der Behüter schnitt sich ein Stück gelben Käse ab und beobachtete sie. Und doch war da dieser Geruch nach etwas Falschem, Unpassendem, so wie in Jarra und am Stadtrand von Remen, und diesmal verflog er nicht so schnell. Er schien von etwas innerhalb des Schankraums auszugehen.

Er sah sich noch einmal um. Bili an der Wand, ein paar Männer, die quer durch den Raum schritten, das Mädchen, das auf dem Tisch sang, und all die lachenden Männer um sie herum. *Männer, die durch den Raum schritten?* Er sah sich mit gerunzelter Stirn nach ihnen um. Sechs Männer mit durchschnittlichen Gesichtern, die auf sie zukamen. Ganz unauffällige Gesichter. Er wollte gerade die Männer um das Mädchen noch einmal unter die Lupe nehmen, da fiel ihm auf, daß der Gestank des Bösen von den sechs ausging. Mit einem Mal hatten sie Dolche in den Händen, als sei ihnen bewußt geworden, daß er sie bemerkt hatte.

»Sie haben Messer!« brüllte er und warf die Käseplatte nach ihnen.

Der Schankraum explodierte förmlich. Männer schrien, die Sängerin kreischte, Nieda rief nach Bili und alles passierte gleichzeitig. Lan sprang auf, ein Feuerball schoß aus Moiraines Hand, Loial schnappte sich seinen Stuhl und schwang ihn wie einen Knüppel, und Zarine tänzelte fluchend zur Seite. Auch sie hatte ein Messer in der Hand, aber Perrin war zu beschäftigt, um viel auf die anderen zu achten. Diese Männer schienen nur ihn anzublicken, und seine Axt hing oben an dem Haken in seinem Zimmer.

Er griff sich einen Stuhl und riß ihm ein dickes Bein ab. Den Rest schleuderte er auf die Männer. Dann schlug er mit diesem langen Knüppel um sich. Sie bemühten sich, ihn mit ihren Stahlklingen zu erreichen, als seien Lan und die anderen keinerlei Hindernis für sie. Es wurde eng. Er konnte lediglich ihre Klingen immer wieder parieren, denn mit wilderen Schlägen brachte er Lan und Loial und Zarine ebenso in Gefahr wie die sechs Angreifer. Aus dem Augenwinkel sah er Moiraine an der Seite stehen, Frustration im Gesicht. Es war ein solches Durcheinander, daß sie nichts tun konnte, ohne ihre Freunde genauso zu gefährden wie ihre Feinde. Keiner der Dolchbewehrten sah sich auch nur nach ihr um; sie befand sich nicht zwischen ihnen und Perrin.

Schwer atmend schaffte er es, einem der so durchschnittlich aussehenden Männer kräftig über den Schädel zu schlagen, daß er die Knochen splittern hörte. Plötzlich lagen sie alle am Boden. Das Ganze schien ihm eine Viertelstunde oder länger gedauert zu haben, aber er sah, daß Bili in diesem Moment kurz vor ihnen stehenblieb und die Hände rang, als er die sechs toten Männer auf dem Boden anblickte. Bili hatte noch nicht einmal genug Zeit gehabt, in den Kampf einzugreifen, da war er auch schon vorbei.

Lans Gesicht war noch grimmiger als sonst. Er begann, die Toten gründlich zu durchsuchen, aber mit schnellen Bewegungen, die seinen Ekel deutlich widerspiegelten. Loial hatte den Stuhl noch zum Schlag erhoben. Er schreckte zusammen und stellte ihn mit verlegenem Grinsen ab. Moiraine starrte Perrin an, genau wie Zarine, die ihr Messer aus der Brust eines der toten Männer zog. Dieser Gestank nach Bösem war verschwunden, als sei er mit ihnen gestorben.

»Graue Männer«, sagte die Aes Sedai leise, »und sie waren hinter Euch her.«

»Graue Männer?« Nieda lachte ein wenig schrill und nervös. »Aber, Frau Mari, demnächst behauptet Ihr noch, Ihr glaubt an Gnome und Necks und Irrlichter und daß der Alte Grimme mit den schwarzen Hunden in der Wilden Jagd über den Himmel reitet.« Ein paar der Männer, die den Liedern gelauscht hatten, lachten auch, aber sie sahen Moiraine genauso mißtrauisch an wie die toten Männer. Auch die Sängerin starrte mit weit aufgerissenen Augen Moiraine an. Perrin erinnerte sich an diesen einen Feuerball, bevor das Durcheinander zu unübersichtlich geworden war. Einer der Grauen Männer schien leicht verkohlt und verströmte einen süßlichen Brandgeruch.

Moiraine wandte sich der rundlichen Frau zu. »Ein Mann kann im Schatten wandeln«, sagte die Aes Sedai ruhig, »ohne ein Abkömmling des Schattens zu sein.«

»O ja, Schattenfreunde.« Nieda stützte die Hände auf ihre mächtigen Hüften und blickte die Leichen finster an. Lan hatte seine Suche beendet. Er sah Moiraine an und schüttelte den Kopf, als habe er gar nicht erwartet, etwas zu finden. »Eher waren das Diebe, obwohl ich noch nie von Dieben gehört habe, die kühn genug waren, einfach in eine Schenke hineinzuspazieren. Ich haben noch nie einen Mord im Dachs erlebt. Bili! Bring sie hinaus, wirf sie in einen Kanal und streue frische Sägespäne auf den Boden. Hinten hinaus, bitte! Ich nicht wollen, daß die Wachsoldaten ihre langen Nasen in den Dachs hineinstecken.« Bili nickte, als sei er froh, endlich auch etwas Nützliches tun zu können. Er packte mit jeder Hand einen toten Mann am Gürtel und trug sie hinter zur Küche zu.

»Aes Sedai?« sagte die dunkeläugige Sängerin. »Ich wollte Euch nicht mit meinen gewöhnlichen Liedern beleidigen.« Sie bedeckte den entblößten Teil ihres Busens – also den größten Teil davon – mit ihren Händen. »Ich kann andere singen, wenn Ihr wünscht.«

»Singt, was Euch gefällt, Mädchen«, sagte Moiraine zu ihr. »Die Weiße Burg ist nicht so weltfremd, wie Ihr zu glauben scheint, und ich habe schon schlimmere Lieder gehört, als Ihr sie singen würdet.« Trotzdem schien sie nicht gerade glücklich darüber, daß nun alle im Schankraum wußten, was sie war. Sie sah Lan an, raffte den Leinenumhang um sich zusammen und ging zur Tür.

Der Behüter bewegte sich schnell, um sie abzufangen, und sie unterhielten sich leise vor der Tür. Doch Perrin verstand sie, als flüsterten sie gleich neben ihm miteinander.

»Wollt Ihr ohne mich gehen?« fragte Lan. »Ich habe geschworen, Euch zu beschützen, Moiraine, als ich Euren Eid entgegennahm.«

»Ihr habt schon immer gewußt, daß es Gefahren gibt, denen Ihr nicht gewachsen seid, mein Gaidin. Ich muß allein gehen.«

»Moiraine ...«

Sie unterbrach ihn. »Hört auf mich, Lan. Sollte ich versagen, werdet Ihr es wissen, und Ihr werdet gezwungen sein, zur Weißen Burg zurückzukehren. Das würde ich nicht ändern, selbst wenn ich die Zeit dazu hätte. Ich will nicht, daß Ihr in dem erfolglosen Versuch, mich zu rächen, auch noch sterbt. Nehmt Perrin mit. Mir scheint, der Schatten habe mir seine Bedeutung im Muster erst jetzt klargemacht. Ich war eine Närrin. Rand ist ein so starker *Ta'veren,* daß ich nicht darauf geachtet habe, was es bedeutet, daß er noch zwei andere neben sich hatte. Mit der Hilfe Perrins und Mats kann die Amyrlin vielleicht immer noch den Ablauf der Ereignisse ändern. Wenn Rand ohne Hilfe herumläuft, wird sie eingreifen müssen. Berichte ihr, was geschehen ist, mein Gaidin.«

»Ihr sprecht, als wärt Ihr schon tot«, sagte Lan grob.

»Das Rad webt, wie das Rad es wünscht, und der Schatten verdunkelt die Welt. Hört auf mich, Lan, und gehorcht, wie Ihr es geschworen habt.« Damit war sie aus der Tür.

KAPITEL 11

Schattenbrüder

Das dunkeläugige Mädchen kletterte auf den Tisch zurück und begann, mit unsicherer Stimme zu singen. Die Melodie kannte Perrin unter dem Titel ›Frau Aynoras Hahn‹. Der Text war wieder anders, als er ihn kannte. Er schämte sich seiner eigenen Enttäuschung, aber diesmal ging es wirklich nur um einen Hahn. Selbst Frau Luhhan hätte diesmal nichts dagegen einzuwenden gehabt. *Licht, ich werde schon genauso schlimm wie Mat.*

Keiner der Zuhörer beklagte sich. Ein paar der Männer wirkten ein wenig aufgebracht, doch alle schienen genauso darauf erpicht, Moiraine zu Gefallen zu sein, wie die Sängerin selbst. Niemand wollte eine Aes Sedai ärgern, selbst wenn sie gar nicht mehr da war. Bili kam zurück und wuchtete zwei weitere Graue Männer hoch. Ein paar der Zuhörer des Mädchens drehten sich um und schüttelten beim Anblick der Leichen die Köpfe. Einer spuckte in die Sägespäne.

Lan kam herüber und stellte sich vor Perrin. »Wie konntet Ihr sie erkennen, Schmied?« fragte er leise. »Das Mal des Bösen ist nicht ausgeprägt genug, und weder Moiraine noch ich konnten sie fühlen. Graue Männer sind schon an Hunderten von Wächtern vorbeimarschiert, darunter auch Behütern, ohne bemerkt zu werden.«

Perrin war sich Zarines Blick bewußt, und so bemühte er sich, noch leiser als Lan zu sprechen: »Ich … ich habe sie gewit … gerochen. Ich habe sie schon vorher gerochen, in Jarra und Remen, aber dann verschwanden sie schnell. Beide Male waren sie weg, bevor wir in diesen Orten ankamen.« Er war sich nicht sicher, ob Zarine die Worte verstanden hatte oder nicht. Sie hatte sich vorgebeugt, bemühte sich aber, unauffällig zu wirken.

»Damals folgten sie Rand. Jetzt folgen sie Euch, Schmied.« Der Behüter zeigte kein Anzeichen der Überraschung. Er sprach in normaler Lautstärke weiter: »Ich werde mich draußen umsehen, Schmied. Eure Augen entdecken vielleicht etwas, was mir entgeht.« Perrin nickte. Daran konnte man das Ausmaß der Sorge bei Lan ermessen: Er bat tatsächlich um Hilfe. »Ogier, Ihr seht doch auch besser als die meisten anderen!«

»Oh … äh«, brachte Loial heraus. »Also, ich denke, ich werde mich auch mal umsehen.« Seine großen, runden Augen rollten in Richtung der beiden Grauen Männer, die noch auf dem Fußboden lagen. »Ich glaube aber nicht, daß noch mehr davon draußen warten. Was meint Ihr?«

»Wonach suchen wir eigentlich, Steingesicht?« fragte Zarine.

Lan blickte sie einen Moment lang an und schüttelte dann den Kopf, als habe er sich entschlossen, lieber nichts zu sagen. »Was wir auch finden mögen, Mädchen. Ich werde es erkennen, wenn ich es sehe.«

Perrin überlegte, ob er hinaufgehen und seine Axt holen solle, aber der Behüter ging schon zur Tür, und er trug auch kein Schwert. *Er braucht es wohl kaum,* dachte Perrin mürrisch. *Er ist ohne genauso gefährlich wie mit Schwert.* Er hielt also das Stuhlbein weiter in der Hand und folgte ihm. Zu seiner großen Erleichterung bemerkte er, daß auch Zarine ihr Messer noch in der Hand hielt.

Dicke, schwarze Wolken wälzten sich über den Himmel. Die Straßen lagen in der Dunkelheit der späten Dämmerung und hatten sich geleert. Die Menschen wollten offensichtlich nicht von dem drohenden Regenguß überrascht werden. Ein Bursche rannte weiter drunten über eine Brücke. Das war die einzige Gestalt, die Perrin in irgendeiner Richtung entdecken konnte. Der Wind frischte auf. Ein Stoffetzen wurde über die unebenen Pflastersteine gefegt. Ein anderer hing an einer Ecke eines steinernen Pfeilers fest und flatterte mit leise knallenden Geräuschen. Donner grollte.

Perrin rümpfte die Nase. Der Wind trug den Geruch nach Feuerwerkskörpern zu ihnen her. *Nein, nicht ganz so wie Feuerwerk.* Es roch eher nach verbranntem Schwefel. Beinahe.

Zarine klopfte mit ihrer Messerklinge gegen das Stuhlbein in seiner Hand. »Du bist wirklich stark, großer Mann. Du hast den Stuhl zerrissen, als sei er aus Reisig.«

Perrin knurrte. Er wurde sich darüber klar, daß er sich stolz aufgerichtet hatte, und so ließ er sich absichtlich wieder zusammensacken. *Närrisches Mädchen!* Zarine lachte leise, und plötzlich wußte er nicht mehr, wie er sich verhalten sollte. *Idiot!* Diesmal meinte er sich selbst. *Du solltest besser Ausschau halten! Wonach eigentlich?* Er sah nichts als die Straße und roch nichts außer diesem verbrannten Schwefel. Und Zarine natürlich.

Auch Loial schien sich zu fragen, was er eigentlich suchen solle. Er kratzte sich an einem behaarten Ohr, schaute nach einer Seite die Straße hinunter und dann nach der anderen Seite, und schließlich kratzte er sich am anderen Ohr. Dann blickte er zum Dach der Schenke hinauf.

Lan kam aus der Gasse neben der Schenke heraus und ging zur Straßenmitte. Er suchte mit den Augen die Schatten vor den Gebäuden ab.

»Vielleicht hat er irgend etwas übersehen«, murmelte Perrin, obwohl er das kaum glauben konnte. Damit wandte er sich der Gasse zu. *Ich soll ja wohl auch nachsehen, also will ich genau das tun. Vielleicht hat er tatsächlich etwas übersehen.*

Lan war ein Stückchen weiter stehengeblieben und betrachtete die Pflastersteine vor seinen Füßen. Dann kam der Behüter mit schnellen Schritten zur Schenke zurück, wobei er aber weiterhin das Straßenpflaster im Auge behielt, als folge er einer Spur. Was es auch sein mochte, es führte ihn jedenfalls geradewegs zu einem der Steinpfosten gleich neben dem Eingang. Dort blieb er stehen und betrachtete die Oberseite des grauen Steins.

Perrin machte in der Gasse kehrt – es stank darin beinahe genauso wie in den Kanälen Illians – und ging statt dessen zu Lan hinüber. Er sah sofort, was der Behüter da anstarrte. Im Stein des Pfeilers befanden sich zwei Abdrücke, als habe ein riesiger Hund dort seine Vorderpfoten aufgestützt. Hier war auch dieser Geruch nach verbranntem Schwefel am stärksten. *Hunde hinterlassen doch keine Fußabdrücke im Stein. Licht, das kann nicht sein!* Nun konnte er auch die Spur ausmachen, der Lan gefolgt war. Der Hund war die Straße heraufgelaufen bis zu dem Pfosten, hatte sich dann umgedreht und war denselben Weg zurückgelaufen. Dabei hatte er auf dem Stein Spuren hinterlassen wie auf einem frisch gepflügten Acker. *Das gibt's doch nicht!*

»Schattenhund«, sagte Lan, und Zarine schnappte nach Luft. Loial stöhnte leise. Jedenfalls leise für einen Ogier. »Ein Schattenhund hinterläßt keine Fußspuren auf dem Erdboden, Schmied, nicht einmal im Schlamm, aber Stein ist etwas ganz anderes. Man hat seit den Trolloc-Kriegen keinen Schattenhund mehr südlich der Berge des Verderbens gesichtet. Der hier hat irgend etwas gesucht, würde ich sagen. Und jetzt hat er es gefunden und ist zurückgekehrt, um es seinem Herrn mitzuteilen.«

Mich? dachte Perrin. *Graue Männer und Schattenhunde verfolgen mich? Das ist doch verrückt!*

»Wollt Ihr behaupten, daß Nieda recht hatte?« fragte Zarine mit bebender Stimme. »Daß der Alte Grimme wirklich mit der Wilden Jagd über den Himmel reitet? Licht! Ich habe immer geglaubt, das seien nur Märchen!«

»Seid keine solche Närrin, Mädchen«, sagte Lan grob. »Wenn der Dunkle König frei wäre, wären wir alle jetzt nicht nur tot, sondern erheblich schlimmer dran.« Er blickte angestrengt die Straße hinunter den Spuren nach. »Aber Schattenhunde sind wirklich genug. Beinahe genauso gefährlich wie Myrddraal und noch schwerer zu töten.«

»Jetzt erwähnt Ihr auch noch die Halbmenschen«, murrte Zarine. »Graue Männer. Halbmenschen. Schattenhunde. Du solltest mich eigentlich zum Horn von Valere führen, Bauernjunge. Was für Überraschungen hältst du sonst noch für mich bereit?«

»Keine Fragen«, sagte Lan zu ihr. »Noch wißt Ihr sehr wenig, so daß Euch Moiraine vielleicht von Eurem Eid entbindet, wenn Ihr schwört, uns nicht zu folgen. Ich nehme das sogar auf mich, damit Ihr jetzt gehen könnt. Es wäre klug von Euch.«

»Ihr werdet mich nicht abschrecken, Steingesicht«, sagte Zarine. »Mich erschreckt man nicht so schnell.« Aber in ihrer Stimme schwang Angst mit. Perrin konnte es riechen.

»Ich habe eine Frage«, sagte er, »und ich will eine Antwort darauf. Ihr habt diesen Schattenhund nicht gesehen, Lan, und Moiraine auch nicht. Warum eigentlich?«

Der Behüter schwieg kurze Zeit. »Die Antwort darauf, Schmied«, sagte er schließlich ernst, »ist vielleicht so schlimm, daß weder Ihr noch ich sie wirklich wissen will. Ich hoffe, daß sie uns nicht alle tötet. Ihr drei solltet jetzt noch schlafen, solange es geht. Ich bezweifle, daß wir die ganze Nacht in Illian verbringen werden, und ich fürchte, es steht uns ein anstrengender Ritt bevor.«

»Was werdet Ihr tun?« fragte Perrin.

»Ich gehe zu Moiraine, um ihr von dem Schattenhund zu berichten. Sie kann mir nicht böse sein, wenn ich ihr aus diesem Grund folge, denn sie wüßte gar nicht, was los ist, bevor sie ihn an der Kehle hängen hätte.«

Die ersten dicken Regentropfen klatschten auf die Pflastersteine, als sie wieder hineingingen. Bili hatte die letzten der Grauen Männer beseitigt und fegte die von ihrem Blut getränkten Sägespäne zusammen. Das dunkeläugige Mädchen sang ein Lied über einen Jungen, der seine Liebste verließ. Frau Luhhan hätte das sehr gefallen.

Lan rannte ihnen voran durch den Schankraum und die Treppe hinauf, und als Perrin den zweiten Stock erreichte, kam er ihm schon wieder entgegen, gürtete im Rennen sein Schwert und hatte sich den farbverändernden Umhang über den Arm geworfen, als sei es ihm jetzt gleich, wer ihn sah.

»Wenn er den in der Stadt trägt…« Loials zerzaustes Haar streifte beinahe die Decke, als er den Kopf schüttelte. »Ich weiß nicht, ob ich jetzt schlafen kann, aber ich versuche es. Träume werden noch immer besser sein, als wach zu bleiben.«

Nicht immer, Loial, dachte Perrin, als der Ogier den Flur nach hinten schritt. Zarine wollte anscheinend bei ihm bleiben, aber er befahl ihr, schlafen zu gehen, und machte die Tür seines Zimmers vor ihrer Nase zu. Er betrachtete zögernd sein Bett, während er sich bis auf die Unterhose auszog.

»Ich muß es herausfinden«, seufzte er und kroch ins Bett. Draußen trommelte der Regen auf das Dach, und der Donner dröhnte. Die Brise, die über sein Bett strich, trug ein wenig Regenkühle mit sich, aber er würde wohl keine der Decken benötigen, die am Fuß der Matratze lagen. Sein letzter Gedanke, bevor der Schlaf ihn überwältigte, galt der Kerze, die er schon wieder anzuzünden vergessen hatte, obwohl das Zimmer dunkel war. *Nachlässig. Darf nicht so leichtsinnig sein. Leichtsinn wird die Arbeit ruinieren.*

Träume taumelten durch seinen Kopf. Schattenhunde jagten ihn. Er sah sie nicht, aber er konnte ihr Heulen hören. Blasse und Graue Männer. Ein hochgewachsener, schlanker Mann tauchte immer wieder auf. Er trug einen reichbestickten Mantel und Stiefel mit Goldrand. Die meiste Zeit über hielt er ein Schwert in der Hand, das wie die Sonne strahlte, und lachte triumphierend. Manchmal saß der Mann auf einem Thron, und vor ihm lagen Könige und Königinnen im Staub. Diese Träume vermittelten ihm den seltsamen Eindruck, als seien es überhaupt nicht seine eigenen.

Dann änderten sich die Träume, und er wußte, daß er sich in dem Wolfstraum befand, nach dem er gesucht hatte. Diesmal hatte er es wirklich gehofft.

Er stand auf einer hoch aufragenden Felssäule. Der Wind zauste sein Haar und brachte tausend trockene Witterungen und die schwache Andeutung von Wasser in einiger Entfernung mit sich. Einen Augenblick lang glaubte er, die Gestalt eines Wolfs zu haben, und er faßte nach seinem eigenen Körper, um sich zu vergewissern. Doch er war wie immer und trug die eigene Jacke, die Hosen und Stiefel. In der Hand hielt er den Bogen, und der Köcher hing an seiner Hüfte. Die Axt war nicht da. »Springer! Springer, wo bist du?« Der Wolf kam nicht.

Zerklüftete Berge umgaben ihn, weitere hohe Felstürme und dazwischen ausgetrocknete Täler und unregelmäßige Höhenzüge. Dahinter erhob sich eine

Hochebene mit fast senkrechten Abstürzen. Ein paar Dinge wuchsen hier, aber nichts Üppiges. Zähes, kurzes Gras. Dornengestrüpp und andere Pflanzen, die auf den fetten Blättern lange Stacheln zu tragen schienen. Vereinzelte niedrige, vom Wind gebeugte Bäume. Aber selbst in diesem Land konnten Wölfe etwas zum Jagen finden.

Während er sich in diesem rauhen Land umsah, fiel ein kreisförmiger Schatten über einen Teil der Berge. Er konnte nicht feststellen, ob die plötzliche Dunkelheit geradewegs vor seiner Nase begann oder auf halbem Weg zu den Bergen, aber er schien durch sie hindurchblicken zu können: Mat, der seinen Würfelbecher schüttelte. Sein Gegenüber blickte Mat mit Flammenaugen an. Mat schien den Mann nicht zu sehen, doch Perrin erkannte ihn.

»Mat!« schrie er. »Das ist Ba'alzamon! Licht, Mat, du spielst mit Ba'alzamon!«

Mat ließ seine Würfel rollen, und dabei verblaßte die Vision, und aus der Dunkelheit wurden wieder ausgetrocknete Berge.

»Springer!« Perrin drehte sich langsam um, damit er in alle Richtungen blicken konnte. Er sah sogar zum Himmel hoch – *er kann ja jetzt fliegen* –, wo die Wolken den Regen versprachen, den der ausgetrocknete Boden unter der Felsnadel aufsaugen würde, sobald er nur fiel. »Springer!«

Zwischen den Wolken ballte sich die Dunkelheit und formte sich zu einer Pforte in eine andere Wirklichkeit. Egwene, Nynaeve und Elayne standen da und betrachteten einen riesigen Metallkäfig, dessen Tür von einer schweren Feder aufgehalten wurde. Sie traten ein und faßten miteinander hoch, um die Feder zu lösen. Die Tür schnappte hinter ihnen zu. Eine Frau, die ihr Haar ganz zu Zöpfen geflochten trug, lachte sie aus, und eine weitere Frau ganz in Weiß lachte die andere aus. Das Loch am Himmel schloß sich, und es waren wieder nur Wolken zu sehen.

»Springer, wo bist du?« rief er. »Ich brauche dich! Springer!«

Und da war mit einemmal der ergraute Wolf. Er landete auf der Spitze der Felsnadel, als sei er von einem höhergelegenen Punkt herabgesprungen.

Gefährlich. Du bist gewarnt worden, Junger Bulle. Zu jung. Zu unerfahren.

»Ich brauche dich, Springer. Du sagtest, es gäbe Dinge, die ich sehen muß. Jetzt muß ich wirklich mehr sehen, mehr wissen.« Er zögerte und dachte an Mat, an Egwene, Nynaeve und Elayne. »Die seltsamen Sachen, die ich hier sehe. Sind sie Wirklichkeit?« Springers Antwort ließ auf sich warten, als sei sie so einfach, daß der Wolf es nicht fertigbrachte, das Ganze irgendwie zu erklären, und als sei es eigentlich auch gar nicht notwendig. Schließlich aber kam etwas durch.

Was wirklich ist, ist nicht wirklich. Was nicht wirklich ist, ist wirklich. Fleisch ist ein Traum und Träume besitzen Fleisch.

»Das sagt mir überhaupt nichts, Springer. Ich verstehe nicht.« Der Wolf blickte ihn an, als habe er gesagt, er verstehe nicht, daß Wasser naß sei. »Du sagtest, ich müsse etwas sehen, und dann hast du mir Ba'alzamon und Lanfear gezeigt.«

Herzfang. Mondjägerin.

»Warum hast du sie mir gezeigt, Springer? Warum mußte ich sie sehen?«

Die Letzte Jagd kommt. Trauer erfüllte diesen Gedanken und der Eindruck des Unvermeidlichen. *Was sein wird, muß sein.*

»Ich verstehe nicht! Die Letzte Jagd? Welche Letzte Jagd? Springer, heute abend haben Graue Männer versucht, mich zu töten.«

Die Untoten jagen dich?

»Ja. Graue Männer! Hinter mir her! Und ein Schattenhund war direkt vor der Schenke! Ich will wissen, warum sie hinter mir her sind!«

Schattenbrüder! Springer duckte sich und sah sich nach allen Seiten um, als befürchte er einen Angriff. *Lange her, daß wir Schattenbrüder gesehen haben. Du mußt gehen, Junger Bulle. Große Gefahr! Flieh vor den Schattenbrüdern!*

»Warum jagen sie mich, Springer? Du weißt es doch. Ich weiß, daß du es weißt!«

Flieh, Junger Bulle. Springer sprang hoch. seine Vorderpfoten trafen Perrins Brust und stießen ihn um, nach hinten, über die Kante. *Flieh vor den Schattenbrüdern!*

Der Wind brauste in seinen Ohren, als er stürzte. Springer und die Kante der Felsnadel schwanden über ihm. »Warum, Springer?« brüllte er. »Ich muß wissen, warum!«

Die Letzte Jagd kommt.

Er würde gleich aufschlagen. Er wußte es. Der Boden raste ihm entgegen, und er spannte sich an vor dem entsetzlichen Aufprall und ...

Er fuhr erwachend hoch und starrte die Kerze an, die auf dem kleinen Nachttisch flackerte. Hinter dem geschlossenen Fenster blitzte es und Donner rüttelte an den Scheiben. »Was hat er mit der Letzten Jagd gemeint?« murmelte er schlaftrunken. *Ich habe doch die Kerze gar nicht angezündet.*

»Du redest im Schlaf. Und außerdem schlägst du im Schlaf um dich.«

Er fuhr zusammen und fluchte in sich hinein, weil er den Kräuterduft in der Luft nicht gleich bemerkt hatte. Zarine saß auf einem Hocker am Rand des Kerzenscheins, die Ellenbogen auf den Knien, das Kinn auf die Fäuste gestützt, und beobachtete ihn.

»Du bist *ta'veren*«, sagte sie, als ob damit ein Punkt

auf ihrer Liste abgehakt sei. »Steingesicht glaubt, deine seltsamen Augen könnten Dinge sehen, die er nicht sieht. Graue Männer wollen dich umbringen. Du reist in Begleitung einer Aes Sedai, eines Behüters und eines Ogiers. Du befreist eingesperrte Aiel und tötest Weißmäntel. Wer bist du, Bauernjunge, etwa der Wiedergeborene Drache?« An ihrer Stimme konnte er ablesen, daß dies das Lächerlichste war, was sie sich vorstellen konnte, aber er rutschte trotzdem nervös herum. »Wer du auch sein magst, großer Mann«, fügte sie hinzu, »du könntest doch ein bißchen mehr Haar auf der Brust haben.«

Er wand sich herum, fluchte, und zerrte eine der Decken bis zum Hals über sich. *Licht, sie bringt mich zum Hüpfen wie einen Frosch auf einer heißen Felsplatte.* Zarines Gesicht befand sich am Rand des Schattens. Er konnte sie nicht klar erkennen, außer wenn ein Blitz das Zimmer vom Fenster her erleuchtete. Dieses grelle Licht warf noch einmal Schatten über ihre auffallende Nase und die hohen Backenknochen. Plötzlich erinnerte er sich daran, daß ihm Min gesagt hatte, er solle vor einer schönen Frau davonlaufen. Als er in jenem Wolfstraum Lanfear gesehen hatte, dachte er, Min müsse sie gemeint haben. Er glaubte nicht, daß irgendeine Frau schöner sein könne als Lanfear. Aber das war nur ein Traum gewesen. Zarine jedoch saß hier vor ihm und blickte ihn mit diesen dunklen, schräg stehenden Augen an, nachdenklich und abwägend.

»Was machst du hier?« schnauzte er sie an. »Was willst du? Wer bist du?«

Sie warf den Kopf in den Nacken und lachte. »Ich bin Faile, Bauernjunge, eine Jägerin des Horns. Wer glaubst du denn, daß ich sei? Die Frau deiner Träume? Warum bist du so zusammengefahren? Man könnte glauben, ich hätte dich erschreckt.«

Bevor er nach einer passenden Antwort suchen

konnte, krachte die Tür gegen die Wand, und Moiraine stand im Eingang. Ihr Gesicht war ernst und totenbleich. »Eure Wolfsträume zeigen die Wahrheit wie bei einem echten Träumer, Perrin. Die Verlorenen sind tatsächlich frei, und einer von ihnen herrscht in Illian.«

KAPITEL 12

Gehetzt

Perrin stieg vom Bett und begann sich anzuziehen. Es kümmerte ihn nicht, ob Zarine zuschaute oder nicht. Er wußte, was er vorhatte, aber trotzdem fragte er Moiraine: »Reisen wir ab?«

»Wenn Ihr nicht Sammaels nähere Bekanntschaft machen wollt?« antwortete sie trocken. Donner krachte direkt über ihnen, als wolle er ihren Worten Gewicht verleihen, und ein Blitz zuckte auf. Die Aes Sedai beachtete Zarine kaum.

Er stopfte sein Hemd in die Hose und mit einem Mal wünschte er sich, Mantel und Umhang bereits anzuhaben. Die Erwähnung des betreffenden Verlorenen ließ die Atmosphäre im Zimmer erkalten. *Als ob nicht Ba'alzamon reichte! Nein, die Verlorenen müssen auch noch ins Spiel kommen. Licht, spielt es jetzt überhaupt noch eine Rolle, ob wir Rand finden? Ist es zu spät?* Aber er zog sich fertig an und stampfte seine Füße richtig in die Stiefel hinein. Entweder das oder aufgeben, und die Menschen von den zwei Flüssen waren nicht dafür bekannt, daß sie so schnell aufgaben.

»Sammael?« fragte Zarine mit schwacher Stimme. »Einer der Verlorenen herrscht…? Licht!«

»Wollt Ihr immer noch mitkommen?« fragte Moiraine mit sanfter Stimme. »Ich werde Euch nicht zwingen, hierzubleiben, jetzt nicht mehr, aber ich gebe Euch eine letzte Chance, mir zu schwören, daß Ihr weiterzieht und uns nicht folgt.«

Zarine zögerte, und Perrin mitten im dem Anziehen inne. Es würde wohl kaum jemand freiwillig sich Leuten anschließen, die den Zorn eines der Verlorenen auf sich gezogen hatten. Nicht jetzt, wo sie einiges von dem wußte, was ihnen drohte. *Nicht, es sei denn, sie hat einen wirklich guten Grund.* Was das betraf, sollte eigentlich jeder, der hörte, daß einer der Verlorenen frei sei, bereits auf dem Weg zu irgendeinem Schiff des Meervolks sein und eine Passage zur anderen Seite der Aiel-Wüste buchen, anstatt hier zu hocken und zu überlegen.

»Nein«, sagte Zarine schließlich und er begann, sich zu entspannen. »Nein, ich werde Euch nicht schwören, meiner eigenen Wege zu ziehen. Ob Ihr mich nun zum Horn von Valere führt oder nicht – selbst der, der am Ende das Horn findet, wird keine bessere Geschichte erzählen können. Ich glaube, man wird diese Geschichte ganze Zeitalter hindurch erzählen, Aes Sedai, und ich werde ein Teil davon sein.«

»Nein!« schimpfte Perrin. »Das genügt nicht! Was wollt Ihr wirklich?«

»Ich habe keine Zeit für diese kleinlichen Streitereien«, unterbrach ihn Moiraine. »Jeden Augenblick kann *Lord Brend* feststellen, daß einer seiner Schattenhunde tot ist. Ihr könnt sicher sein, daß er weiß, das kann nur ein Behüter getan haben, und er wird auf der Stelle nach der Aes Sedai dieses Gaidins suchen. Wollt Ihr hier herumsitzen, bis er herausfindet, wo Ihr euch aufhaltet? Bewegt Euch endlich, Ihr närrischen Kinder! Weg mit Euch!« Sie verschwand im Flur, bevor er den Mund aufbekam.

Zarine wartete nun auch nicht mehr und rannte ohne ihre Kerze aus dem Zimmer. Perrin schnappte sich hastig seine Siebensachen und rannte zur Hintertreppe, wobei er noch schnell den Gürtel mit der Axt anlegte. Er holte Loial auf der Treppe nach unten ein. Der Ogier versuchte, gleichzeitig ein holzgebundenes Buch in eine Satteltasche zu stopfen und seinen Umhang anzulegen. Perrin half ihm bei dem Umhang, während sie beide hinunterrannten, und Zarine holte sie ein, bevor sie hinaus in den strömenden Regen eilen konnten.

Perrin zog der Nässe wegen die Schultern hoch und rannte über den sturmgepeitschten Hof zum Stall hinüber, ohne sich die Kapuze über den Kopf zu ziehen. *Sie muß doch einen Grund haben. Teil einer blutigen Geschichte zu sein ist doch höchstens ein ausreichender Grund für eine Irre!* Der Regen durchnäßte seine zerzausten Locken. Sie klebten ihm am Kopf, bevor er durch die Stalltür war.

Moiraine war schon drinnen. Sie hatte einen Umhang aus Ölzeug angelegt, an dem noch die Regentropfen hingen. Nieda hielt eine Laterne hoch, damit Lan in ihrem Schein die Pferde fertig satteln konnte. Es war noch ein neues dabei, ein brauner Hengst mit einer noch stärker ausgeprägten Nase als der Zarines.

»Ich werde jeden Tag Tauben aussenden«, sagte die dicke Frau. »Keiner werden mich in Verdacht haben. Glück stich mich! Selbst die Weißmäntel sagen nur Gutes über mich.«

»Hört gefälligst zu, Frau!« fauchte Moiraine. »Ich spreche nicht von einem Weißmantel oder einem Schattenfreund! Ihr müßt aus dieser Stadt fliehen und jeden mitnehmen, an dem Euch etwas liegt! Ein Dutzend Jahre lang habt Ihr mir gehorcht. Dann gehorcht mir auch jetzt!« Nieda nickte zögernd, und Moiraine knurrte frustriert.

»Der Hengst ist für Euch, Mädchen«, sagte Lan zu Zarine. »Steigt auf. Falls Ihr nicht reiten könnt, müßt Ihr es jetzt lernen oder doch mein Angebot annehmen.«

Sie legte eine Hand auf das Sattelhorn und schwang sich geschmeidig in den Sattel. »Ich habe schon mal auf einem Pferd gesessen, Steingesicht. Jetzt erinnere ich mich wieder daran.« Sie drehte sich um und schnallte ihr Bündel fest.

»Was habt Ihr damit gemeint, Moiraine?« wollte Perrin wissen, als er seine Satteltaschen über Trabers Rücken warf. »Ihr sagtet, er werde herausfinden, wo ich mich aufhalte. Er weiß es! Die Grauen Männer!« Nieda kicherte, und er fragte sich gereizt, wieviel sie wirklich glaubte unter all jenen Dingen, von denen sie behauptet hatte, sie glaube nicht daran.

»Sammael hat die Grauen Männer nicht ausgeschickt.« Moiraine stieg mit kühler und steifer Präzision auf Aldiebs Rücken, beinahe so, als bestünde kein Grund zur Eile. »Aber der Schattenhund gehörte ihm. Ich glaube, daß er meiner Spur folgte. Er hätte nicht beides gleichzeitig ausgesandt. Irgend jemand sucht nach Euch, aber ich glaube nicht, daß Sammael überhaupt von Eurer Existenz weiß. Noch nicht.« Perrin hielt mit einem Fuß im Steigbügel inne und sah sie an. Aber sie schien nun mehr damit beschäftigt, den edel gekrümmten Hals ihrer Stute zu tätscheln, als die Fragen zu beantworten, die ihm ins Gesicht geschrieben standen.

»Um so wichtiger, daß ich Euch folgte«, sagte Lan, doch die Aes Sedai schniefte nur vernehmlich.

»Ich wünsche beinahe, Ihr wärt eine Frau, Gaidin. Ich würde Euch als Novizin zur Burg schicken, damit Ihr das Gehorchen lernt!« Er zog eine Augenbraue hoch und berührte den Knauf seines Schwertes. Dann schwang er sich in den Sattel, und sie seufzte. »Na ja, vielleicht hat es auch etwas Gutes, daß Ihr nicht gehorchen könnt. Manchmal jedenfalls. Außerdem glaube ich nicht, daß selbst Sheriam und Siuan Sanche zusammen Euch das Gehorchen beibringen könnten.«

»Ich verstehe nicht«, sagte Perrin. *Das scheine ich auch ziemlich oft zu sagen. Ich bin es leid. Ich will endlich Antworten bekommen, die ich verstehen kann.* Er zog sich ganz auf sein Roß, damit Moiraine nicht auf ihn herunterblicken konnte. Sie war auch so schon genügend im Vorteil. »Wenn nicht er die Grauen Männer geschickt hat, wer dann? Wenn ein Myrddraal oder ein anderer der Verlorenen ...« Er unterbrach sich und schluckte. *NOCH EIN Verlorener? Licht!* »Wenn jemand anders sie geschickt hat, warum hat man ihm das nicht gesagt? Es sind doch alles Schattenfreunde, oder? Und warum ich, Moiraine? Rand ist doch der verdammte Wiedergeborene Drache!«

Hinter sich hörte er, wie Zarine und Nieda nach Luft schnappten, und erst dann wurde ihm klar, was er ausgesprochen hatte. Moiraines Blick schien ihm die Haut bei lebendigem Leibe abziehen zu wollen. *Verdammte lose Zunge! Warum kann ich nicht zuerst nachdenken und dann reden?* Das schien erst so geworden zu sein, seit Zarines Augen ihn beobachteten. Auch jetzt beobachtete sie ihn, und ihr Mund stand offen.

»Ihr seid jetzt an uns gebunden«, sagte Moiraine zu der Frau mit dem kühnen Gesicht. »Es gibt für Euch nun kein Zurück mehr. Niemals!« Zarine sah aus, als wolle sie etwas sagen und habe nicht den Mut dazu, aber die Aes Sedai hatte ihre Aufmerksamkeit bereits wieder anderem zugewandt. »Nieda, flieht noch heute nacht aus Illian! Diese Stunde! Und haltet Euren Mund noch mehr, als Ihr ihn die Jahre über schon gehalten habt! Es gibt welche, die würden Euch die Zunge herausschneiden, wenn sie wüßten, was Ihr erzählen könnt, und ich könnte Euch nicht rechtzeitig zu Hilfe kommen.« Ihr harter Tonfall ließ gar keinen Zweifel am Ernst ihrer Worte aufkommen, und Nieda nickte lebhaft, als habe sie nun wirklich verstanden.

»Was Euch betrifft, Perrin.« Die weiße Stute rückte seinem Hengst näher, und er lehnte sich unwillkürlich etwas vor der Aes Sedai zurück. »Viele Fäden sind im Muster verwoben, und manche davon sind genauso schwarz wie der Schatten selbst. Nehmt Euch in acht, daß Euch keiner davon erdrosselt.« Ihre Fersen berührten Aldiebs Flanken, und die Stute galoppierte in den Regen hinaus. Mandarb folgte ihr in kurzem Abstand.

Seng dich, Moiraine, dachte Perrin, als er ihnen hinterherritt. *Manchmal weiß ich nicht, auf welcher Seite du stehst.* Er sah sich nach Zarine um, die neben ihm einherritt, als sei sie im Sattel geboren. *Und auf welcher Seite stehst du?*

Der Regen hielt die Menschen von den Straßen und Kanälen fern, und so wurden sie von keinen sichtbaren Augen beim Wegreiten gesehen, doch auf den unebenen Pflastersteinen fanden die Pferdehufe nur wenig Halt. Als sie schließlich den Maredo-Damm erreichten, eine breite, ungepflasterte Straße, die sich durch den Sumpf nach Norden zog, hatte der Wolkenbruch etwas nachgelassen. Der Donner grollte noch, aber die Blitze zuckten weit hinter ihnen auf, vielleicht draußen über dem Meer.

Perrin hatte das Gefühl, sie hätten nun ein wenig Glück verdient. Der Regen hatte auch lange genug angehalten, um ihre Flucht zu verbergen, und nun schien es, als hätte sie eine klare Nacht vor sich, in der sie gut vorwärtskommen konnten. Er sprach diesen Gedanken aus, doch Lan schüttelte den Kopf. »Schattenhunde bevorzugen klare, mondhelle Nächte, Schmied, und Regen mögen sie am wenigsten. Ein gutes Gewitter kann sie völlig von einem fernhalten.« Als habe er es heraufbeschworen, wurde der Regen immer schwächer, bis nur noch ein feines Nieseln übrig war. Perrin hörte, wie Loial hinter ihm stöhnte.

Knüppeldamm und Sumpf endeten gemeinsam etwa zwei Meilen von der Stadt entfernt, aber die Straße ging weiter. Sie krümmte sich nur ein wenig Richtung Osten. Der wolkenverdunkelte Abend wurde von der Nacht verschluckt, und der Nieselregen ging weiter. Moiraine und Lan behielten ein gleichmäßiges, raumgreifendes Tempo bei. Die

Pferdehufe klatschten durch Pfützen auf dem harten Erdboden der Straße. Der Mond schien durch Lücken zwischen den Wolken. Um sie herum erhoben sich niedrige Hügel und immer häufiger sahen sie nun Bäume. Perrin glaubte, bald werde ein Wald folgen, doch der Gedanke löste Unbehagen in ihm aus. Ein Wald konnte sie vor Verfolgern verbergen, aber Verfolger konnten sich ihnen dort auch nähern, bevor sie sie bemerkten.

Ein dünnes Heulen erhob sich weit hinter ihnen. Einen Augenblick lang glaubte er, es stamme von einem Wolf. Er überraschte sich selbst damit, daß er seine Gedanken nach dem Wolf ausschweifen ließ, bevor er sich bremsen konnte. Dann erscholl der Schrei wieder, und er wußte, es war kein Wolf. Andere Schreie antworteten dem einen, alle meilenweit hinter ihnen. Es war ein unheimliches Heulen, in dem Blut und Tod mitschwangen, das Alpträumen entsprungen war. Zu seiner Überraschung verlangsamten Moiraine und Lan ihr Tempo. Die Aes Sedai musterte die Hügel in ihrer nächtlichen Umgebung.

»Sie sind weit weg«, sagte er. »Wenn wir so weitermachen, holen sie uns nicht ein.«

»Die Schattenhunde?« knurrte Zarine. »Das sind die Schattenhunde? Seid Ihr sicher, daß es nicht die Wilde Jagd ist, Aes Sedai?«

»Aber das ist es doch«, antwortete Moiraine. »Genau das ist es.«

»Den Schattenhunden könnt Ihr nicht davonrennen, Schmied«, sagte Lan, »auch nicht auf dem schnellsten Pferd. Immer müßt Ihr euch ihnen stellen und sie besiegen, oder sie werden Euch zerreißen.«

»Weißt du, ich hätte ja im *Stedding* bleiben können«, sagte Loial. »Meine Mutter hätte mich dann jetzt schon verheiratet, aber es wäre kein schlechtes Leben gewesen. Eine Menge Bücher. Ich mußte nicht unbedingt nach Draußen.«

»Dorthin«, sagte Moiraine, und sie deutete auf eine hohe, baumlose Erhebung ein ganzes Stück zu ihrer Rechten. Mehr als zweihundert Schritt im Umkreis konnte Perrin keinen einzigen Baum entdecken, und dahinter wuchsen sie auch nur spärlich. »Wir müssen sie kommen sehen, wenn wir eine Chance haben wollen.«

Das unheimliche Heulen der Schattenhunde erhob sich wieder, diesmal näher, wenn auch noch ein gutes Stück weit entfernt.

Lan ließ Mandarb ein wenig schneller voranschreiten, nachdem Moiraine nun das Schlachtfeld ausgewählt hatte. Beim Hinaufklettern klapperten die Hufe der Pferde über Felsgestein, das halb unter dem Erdboden begraben und vom Regen schlüpfrig war. In Perrins Augen waren die Kanten der Steine zu regelmäßig, um natürlich entstanden zu sein. Oben angekommen, stiegen sie neben einem niedrigen, abgerundeten Steinblock ab. Der Mond erschien in einer Lücke zwischen den Wolken und er fand sich einem verwitterten Steingesicht gegenüber, das etwa zwei Schritt lang war. Ein Frauengesicht, dachte er, wenn man die Länge der Haare in Betracht zog. Im Regen sah es aus, als weine sie.

Moiraine stieg ebenfalls ab und spähte in die Richtung, aus der das Heulen erschollen war. Sie war eine schattenhafte Gestalt mit großer Kapuze. Regentropfen glitzerten im Mondschein auf dem Öltuch ihres Umhangs.

Loial führte sein Pferd heran, um den Steinkopf besser sehen zu können. Dann beugte er sich herunter und befühlte die Gesichtszüge. »Ich glaube, das war eine Ogier-Frau«, sagte er schließlich. »Aber das hier ist kein altes *Stedding;* das würde ich fühlen. Wir alle würden das bemerken. Und wir wären sicher vor diesen Schattenwesen.«

»Was starrt ihr beiden denn da an?« Zarine

quetschte die Augen zusammen, um den Felsen besser sehen zu können. »Was ist das? Sie? Wer?«

»Viele Nationen haben sich seit der Zerstörung der Welt erhoben und sind wieder zerfallen«, sagte Moiraine, ohne sich umzudrehen. »Einige hinterließen nicht mehr als ihre Namen auf einem vergilbten Blatt oder Linien auf einer zerfledderten Landkarte. Werden wir überhaupt soviel hinterlassen?«

Das blutgetränkte Heulen erklang wieder, erneut etwas näher. Perrin versuchte, ihre Geschwindigkeit zu berechnen. Er glaubte, Lan recht geben zu müssen. Die Pferde hätten ihnen wirklich nicht entkommen können. Sie würden nicht mehr lange warten müssen.

»Ogier«, sagte Lan, »Ihr und das Mädchen haltet die Pferde.« Zarine protestierte, aber er beachtete das nicht weiter. »Eure Messer werden Euch hier kaum helfen, Mädchen.« Seine Schwertklinge schimmerte im Mondschein, als er sie zog. »Und das hier ist nur eine Art letzter Ausweg. Es klingt, als seien vielleicht zehn dort draußen und nicht nur einer. Eure Aufgabe ist es, die Pferde am Weglaufen zu hindern, wenn sie die Schattenhunde wittern. Selbst Mandarb mag diesen Geruch nicht.«

Wenn das Schwert des Behüters nicht viel brachte, dann war seine Axt auch nicht viel wert. Perrin empfand darüber so etwas wie Erleichterung, auch wenn es sich um Schattenwesen handelte: Er würde die Axt nicht benützen müssen. Er zog seinen unbespannten Bogen unter Trabers Sattelgurt hervor. »Vielleicht wird uns der helfen.«

»Versucht es, wenn Ihr wollt, Schmied«, sagte Lan. »Sie sterben nicht so leicht. Vielleicht könnt Ihr damit einen töten.«

Perrin zog eine frische Bogensehne aus seiner Gürteltasche und bemühte sich, sie vor dem Regen zu schützen. Der Überzug aus Bienenwachs war dünn und stellte keinen großen Schutz gegen anhaltende

Feuchtigkeit dar. Er klemmte sich den Bogen zwischen die Beine und bog ihn mühelos. Dann legte er die Schlingen der Sehne in die dafür vorgesehenen Hornnocken an den Enden des Bogens. Als er sich aufrichtete, konnte er die Schattenhunde bereits sehen.

Sie jagten dahin, wie Pferde im Galopp, und als er sie gerade entdeckt hatte, wurden sie noch einmal schneller. Es waren zehn große Gestalten, die durch die Dunkelheit hetzten, zwischen den einzeln stehenden Bäumen hindurchfegten, und er zog einen Pfeil mit breiter Spitze aus dem Köcher und legte ihn auf. Aber er spannte die Sehne nicht. Er war keineswegs der beste Bogenschütze in Emondsfeld gewesen, doch unter den jüngeren Männern war nur Rand besser.

Bei dreihundert Schritt Entfernung würde er schießen, entschied er. *Narr! Auf die Entfernung triffst du doch kaum ein stehendes Ziel. Aber wenn ich warte, wo sie sich doch so schnell bewegen ...* Er trat neben Moiraine und hob den Bogen. *Ich muß mir nur vorstellen, dieser huschende Schatten sei ein großer Hund.* Dann zog er die Gänsefedern des Pfeilendes bis an sein Ohr und ließ los. Er war sicher, daß der Pfeil mit der nächsten Schattengestalt verschmolz, aber das einzige Ergebnis war ein Knurren. *Das hat keinen Zweck. Sie sind zu schnell!* Er zog bereits einen weiteren Pfeil heraus. *Warum unternimmst du denn nichts, Moiraine?* Er konnte ihre Augen erkennen, wie Silber glänzend, und ihre Zähne schimmerten wie polierter Stahl. Schwarz wie die Nacht und so groß wie kleine Ponies, so hetzten sie auf ihn zu, stumm, voller Mordlust. Der Wind trieb den Gestank nach brennendem Schwefel heran. Die Pferde wieherten angstgepeinigt, selbst Lans Streitroß. *Seng dich, Aes Sedai, tu irgend etwas!* Er schoß erneut. Der führende Schattenhund zauderte, jagte aber dann weiter. *Sie können sterben!* Er schoß wieder, und der vorderste Schattenhund strauchelte, kam taumelnd wieder auf die Beine und fiel dann. Und doch hätte er in diesem Moment beinahe verzweifeln können. Einer weg, und die anderen neun hatten bereits zwei Drittel der Entfernung bis zu ihnen hinter sich gebracht. Sie schienen nun noch schneller zu werden – wie Schatten, die über den Boden flogen. *Noch mal ein Pfeil. Vielleicht genug Zeit für einen letzten dann, und anschließend die Axt. Seng dich, Aes Sedai!* Er zog wieder durch.

»Jetzt«, sagte Moiraine, als sein Pfeil die Sehne verließ. Die Luft zwischen ihren Händen fing Feuer, und das fauchte auf die Schattenhunde zu und besiegte die Nacht. Die Pferde wieherten schrill und bäumten sich auf.

Perrin hielt sich einen Arm vor das Gesicht, um die Augen vor diesem weißen Glühen zu schützen, vor einer Hitze, als sei ein Rennofen aufgeplatzt. Ein plötzlicher Mittag flammte durch die Dunkelheit und war verschwunden. Als er den Arm wegzog, sah er zunächst nur tanzende Lichtflecke und das ferne, verblassende Abbild dieses Feuerstroms. Wo sich die Schattenhunde befunden hatten, war nun nichts als der nachtbedeckte Boden und der sanfte Nieselregen. Die einzigen Schatten, die sich bewegten, waren die von Wolken, die vor dem Mond vorbeiflogen.

Ich dachte, sie würde Feuerbälle auf sie schleudern oder Blitze, aber das … »Was war das?« fragte er heiser.

Moiraine spähte schon wieder in Richtung Illian, als könne sie durch diese meilenweite Dunkelheit hindurchblicken. »Vielleicht hat er es nicht gesehen«, sagte sie mehr zu sich gewandt. »Es ist weit, und falls er nicht gerade hierhergeschaut hat, hat er es vielleicht nicht bemerkt.«

»Wer?« wollte Zarine wissen. »Sammael?« Ihre Stimme bebte ein wenig. »Ihr habt gesagt, er sei in Illian. Wie kann er irgend etwas von dort aus sehen? Was habt Ihr getan?«

»Etwas Verbotenes«, sagte Moiraine kühl. »Verboten durch Eide, die beinahe so stark sind wie die Drei.« Sie nahm Aldiebs Zügel dem Mädchen aus der Hand und tätschelte den Hals der Stute, um sie zu beruhigen. »Etwas, das fast zweitausend Jahre lang nicht mehr benützt wurde. Man könnte mich schon für das Wissen darüber einer Dämpfung unterziehen.«

»Vielleicht ...?« Loials Stimme war wie ein schwächliches Grollen. »Vielleicht sollten wir jetzt gehen? Es könnte noch mehr davon geben.«

»Ich glaube nicht«, sagte die Aes Sedai, stieg aber dabei auf. »Er würde nicht gleichzeitig zwei Rudel riskieren, falls er überhaupt zwei besitzt. Außerdem würden sie untereinander kämpfen, statt ihre Beute zu reißen. Und ich glaube nicht, daß wir sein eigentliches Angriffsziel darstellen. Sonst wäre er selbst gekommen. Wir waren ... ein Störfaktor, mehr nicht, glaube ich« – ihre Stimme klang ruhig, aber es war doch klar, daß sie es haßte, so geringgeschätzt zu werden –, »und vielleicht eine kleine Zusatzbeute für seinen Jagdbeutel, falls es nicht zuviel Mühe macht. Trotzdem bringt es nichts, ihm näher zu bleiben als unbedingt notwendig.«

»Rand?« fragte Perrin. Er konnte fast spüren, wie sich Zarine vorbeugte, um zu lauschen. »Wenn er nicht uns sucht, dann vielleicht Rand?«

»Möglicherweise«, sagte Moiraine. »Oder vielleicht Mat. Denkt daran, daß auch er *ta'veren* ist, und er blies das Horn von Valere.«

Zarine gab einen erstickten Laut von sich. »Er *blies* es? Jemand hat es bereits gefunden?«

Die Aes Sedai beachtete sie nicht. Sie beugte sich aus dem Sattel und sah ihm aus der Nähe in die Augen, die wie mattes Gold schimmerten. »Wieder einmal sind die Ereignisse schneller als ich. Das gefällt mir nicht. Und Euch sollte es auch nicht gefallen. Wenn mir die Ereignisse davonlaufen, überrollen sie

Euch möglicherweise und den Rest der Welt gleich mit.«

»Es sind noch viele Wegstunden bis Tear«, sagte Lan. »Der Vorschlag des Ogiers war gut.« Er saß auch schon im Sattel.

Einen Moment später richtete sich Moiraine auf und berührte die Rippen der Stute mit ihren Fersen. Sie war schon halb den Abhang hinunter, als er endlich seinen Bogen abgespannt und verstaut hatte und Loial Trabers Zügel aus der Hand nahm. *Seng dich, Moiraine! Irgendwo finde ich schon noch meine Antworten!*

Mat genoß die Wärme des Lagerfeuers. Er lehnte sich an einen umgestürzten Baumstamm. Vor drei Tagen hatte sich der Regen nach Süden verzogen, aber er spürte immer noch die Nässe. Und doch war er sich in diesem Moment der tanzenden Flammen kaum bewußt. Er betrachtete nachdenklich den kleinen, mit Wachs überzogenen Zylinder in seiner Hand. Thom war damit beschäftigt, seine Harfe zu stimmen, und knurrte etwas von Regen und Feuchtigkeit in seinen Bart. Er sah überhaupt nicht zu Mat herüber. Grillen zirpten in den dunklen Büschen in ihrer Umgebung. Der Sonnenuntergang hatte sie zwischen den Dörfern erreicht, und so hatten sie dieses Gehölz ein Stück von der Straße entfernt ausgewählt, um zu lagern. Zwei Abende lang hatten sie versucht, ein Zimmer für die Nacht zu finden, und zweimal hatte ein Bauer seine Hunde auf sie gehetzt.

Mat zog sein Messer aus der Gürtelscheide und zögerte dann. *Glück. Es explodiert nur manchmal, sagte sie. Glück.* So vorsichtig er konnte, schlitzte er den Zylinder der Länge nach auf. Es war ein Papierzylinder, wie er gedacht hatte. Nach dem Feuerwerk hatte er damals, zu Hause, Papierfetzen auf dem Boden gefunden. Mehrere Papierschichten, aber alles, was sich drinnen befand, sah aus wie Schmutz oder vielleicht wie mit Staub vermischte, winzige, grauschwarze Steinchen. Er hielt den Inhalt auf der Handfläche und stocherte mit einem Finger darin herum. *Wie beim Licht können Steinchen explodieren?*

»Licht seng mich!« brüllte Thom. Er steckte rasch seine Harfe in den Behälter, als könne er sie damit vor dem Inhalt von Mats Hand schützen. »Probierst du aus, ob du uns umbringen kannst, Junge? Hast du nicht gehört, daß die Dinger an der Luft zehnmal so stark explodieren als durch Feuer? Feuerwerk ist das, was den Aes Sedai am nächsten kommt, Junge.«

»Vielleicht«, sagte Mat. »Aber Aludra hat nicht wie eine Aes Sedai auf mich gewirkt. Ich habe das gleiche immer von der Uhr Meister al'Veres geglaubt – daß sie ein Werk der Aes Sedai sein müsse –, aber sobald ich einmal den Kasten geöffnet hatte, sah ich, daß er voll kleiner Metallteilchen war.« Ihm war bei der Erinnerung noch mulmig zumute. Frau al'Vere hatte ihn damals als erste erreicht. Die Seherin, sein Vater und der Bürgermeister waren aber gleich hinterhergekommen, und keiner glaubte ihm, daß er lediglich hineinschauen wollte. *Ich hätte alles wieder zusammensetzen können.* »Ich glaube, Perrin könnte auch eine machen, wenn er all diese kleinen Rädchen und Federn und was weiß ich sähe.«

»Du wärst überrascht, Junge«, sagte Thom trocken. »Selbst ein schlechter Uhrmacher ist noch halbwegs reich, und sie verdienen das auch. Aber eine Uhr explodiert wenigstens nicht gleich!«

»Das auch nicht. Na ja, jetzt ist es nutzlos.« Er warf die Handvoll Papier und die keinen Steinchen ins Feuer, worauf Thom kreischte. Die Steinchen sprühten Funken und gaben kleine Lichtblitze von sich, und alles roch plötzlich beißend.

»Du versuchst wirklich, uns umzubringen.« Thoms Stimme klang schwankend, und sein Tonfall wurde immer eindringlicher und lauter. »Wenn ich mich zum Sterben entschließe, gehe ich zum königlichen Palast in Caemlyn und kneife Morgase!« Sein langer Schnurrbart bebte. »Tu so was nicht noch einmal!«

»Es ist doch nicht explodiert«, sagte Mat, und er sah mit gerunzelter Stirn das Feuer an. Er faßte in die Rolle aus Ölzeug, die auf der anderen Seite des Baumstamms lag, und holte einen Feuerwerkskörper der nächstgrößeren Sorte heraus. »Ich frage mich, warum es nicht geknallt hat.«

»Es ist mir gleich, warum es nicht geknallt hat! Tu das nicht wieder!«

Mat sah ihn an und lachte. »Hör auf zu zittern, Thom. Es gibt keinen Grund zur Furcht. Ich weiß jetzt, was da drinnen ist. Endlich weiß ich, wie es aussieht, aber … Sag es nicht. Ich schneide keines mehr auf, Thom. Es ist ohnehin lustiger, sie in die Luft zu jagen.«

»Ich fürchte mich nicht, du dreckbespritzter Schweinehirt«, sagte Thom mit größtmöglicher Würde. »Ich zittere vor Wut, weil ich zusammen mit einem ziegenhirnigen Idioten durch die Weltgeschichte reise, der uns vielleicht noch beide umbringen wird, weil er nicht über seine eigenen Nasenspitze hinaus …«

»He, Ihr da am Feuer!«

Mat tauschte einen schnellen Blick mit Thom, als sich das Klappern von Pferdehufen näherte. Es war zu spät, um noch einen ehrlichen Menschen auf der Straße zu erwarten. Aber so nah bei Caemlyn bewachte die königliche Garde die Straße doch gut, und die vier, die nun in den Feuerschein ritten, wirkten auch nicht wie Räuber. Eines davon war eine Frau. Die Männer trugen allesamt lange Umhänge und schienen ihre Diener zu sein. Sie war hübsch, hatte blaue Augen, trug eine goldene Halskette, ein grauseidenes Kleid und einen Samtumhang mit weiter

Kapuze. Die Männer stiegen ab. Einer hielt ihr die Zügel und ein anderer den Steigbügel. Sie lächelte Mat an und zog die Handschuhe aus, als sie sich dem Feuer näherte.

»Ich fürchte, die Dunkelheit hat uns hier draußen überrascht, junger Herr«, sagte sie, »und ich würde Euch gern fragen, ob Ihr hier in der Gegend eine Schenke wißt und uns den Weg weisen könnt.«

Er grinste und wollte sich erheben. Er schaffte es bis zu einer gebückten Haltung, als er hörte, wie einer der Männer etwas sagte, während ein anderer eine gespannte Armbrust unter dem Umhang vorzog, die nur von einer Klammer am Abschuß des Bolzens gehindert wurde.

»Töte ihn, du Narr!« rief die Frau, und Mat warf den Feuerwerkskörper in die Flammen und sich selbst in Richtung seines Kampfstocks. Es gab einen lauten Knall und einen Lichtblitz. »Aes Sedai!« schrie ein Mann. »Feuerwerk, du Narr!« rief die Frau. Mat rollte sich herum und kam wieder auf die Beine, den Bauernspieß in der Hand. Er sah den Bolzen der Armbrust im Baumstamm stecken, vor dem er gesessen hatte. Der Schütze stürzte gerade mit einem von Thoms Messern in der Brust zu Boden.

Das war alles, was zu sehen er Zeit hatte, denn die anderen beiden Männer rannten um das Feuer herum auf ihn zu und zogen dabei ihre Schwerter. Einer davon stolperte mit einemmal und fiel auf die Knie. Er ließ sein Schwert fallen und griff nach dem Messer in seinem Rücken. Dann stürzte er mit dem Gesicht nach unten auf den Boden. Der letzte Mann sah nicht, wie sein Kumpan fiel. Offensichtlich glaubte er immer noch, daß sie paarweise kämpften und daß so ihr Opfer seine Aufmerksamkeit teilen müsse. Er stach mit seiner Klinge nach Mats Unterleib. Beinahe verächtlich brach Mat dem Burschen mit einem Ende seines Stocks das Handgelenk, worauf ihm das Schwert aus der Hand flog, und mit dem anderen Ende traf Mat seine Stirn. Die Augäpfel des Mannes rollten hoch, und er brach zusammen.

Aus dem Augenwinkel sah Mat die Frau auf sich zukommen. Er streckte ihr einen Finger wie ein Messer entgegen. »Schöne Kleider für eine Diebin wie Euch, Frau! Ihr setzt Euch jetzt hin, bis ich entscheide, was mit Euch geschieht, oder ich ...«

Sie blickte genauso überrascht drein wie Mat, als plötzlich ein Messer in ihrem Hals steckte und eine rote Blume sich ausbreitenden Bluts erblühen ließ. Er tat einen halben Schritt vorwärts, als wolle er sie auffangen, obwohl er wußte, daß es nichts mehr nützen würde. Ihr langer Umhang fiel über sie und bedeckte alles bis auf ihr Gesicht und den Griff von Thoms Messer.

»Seng dich«, knurrte Mat. »Seng dich, Thom Merrilin! Eine Frau! Licht, wir hätten sie fesseln können und sie der königlichen Garde morgen in Caemlyn übergeben! Licht, vielleicht hätte ich sie sogar laufen lassen. Ohne diese drei hätte sie niemanden mehr beraubt, und der einzige von ihnen, der noch am Leben ist, wird Tage brauchen, bis er wieder richtig sehen kann, und Monate, bis er wieder ein Schwert hält. Seng dich, Thom, es war nicht nötig, sie zu töten!«

Der Gaukler humpelte herüber zu der Frau und fegte mit dem Fuß ihren Umhang zur Seite. Der Dolch war halb aus ihrer Hand gerutscht. Seine Klinge war so breit wie Mats Daumen und zwei Handbreiten lang. »Hätte ich lieber warten sollen, bis du den da zwischen den Rippen hast, Junge?« Er zog sein eigenes Messer heraus und wischte die Klinge an ihrem Umhang ab.

Mat wurde bewußt, daß er das Lied ›Sie trug eine Maske, die ihr Gesicht verbarg‹ summte, und er hörte sofort auf damit. Er bückte sich und zog den Umhang über ihr Gesicht. »Am besten reiten wir weiter«, sagte er leise. »Ich möchte das nicht den Gardesoldaten erklären müssen, falls welche vorbeikommen.«

»Und sie trägt solche Kleider?« sagte Thom. »Ich würde sagen, sie haben die Frau eines Kaufmanns ausgeraubt oder die Kutsche irgendeiner Adligen.« Sein Tonfall wurde sanfter. »Wenn wir schon gehen, Junge, solltest du am besten dein Pferd satteln.«

Mat fuhr zusammen und riß seinen Blick von der toten Frau los. »Ja, sollte ich, nicht wahr?« Er sah sie nicht noch einmal an.

Solche Hemmungen hatte er in bezug auf die Männer nicht. Soweit es ihn betraf, verdiente jemand den Tod, der sich entschlossen hatte, zu rauben und zu morden, wenn er dieses Spiel verlor. Er hielt sich nicht lang mit ihnen auf, aber er wandte den Blick auch nicht ab, wenn er auf einen der Räuber fiel. Nachdem er seinen Hengst gesattelt und seine Sachen festgeschnallt hatte, ertappte er sich dabei, wie er den Mann mit der Armbrust betrachtete. An dessen Gesichtszügen war etwas Vertrautes. Es lag daran, daß durch das Flackern des Feuers ein Schatten auf das Gesicht fiel. *Glück,* sagte er sich. *Immer wieder Glück.*

»Der Armbrustschütze war ein guter Schwimmer, Thom«, sagte er, während er in den Sattel kletterte.

»Was für einen Unsinn quatscht du denn jetzt wieder zusammen?« Auch der Gaukler saß auf seinem Pferd und war viel mehr mit der Sicherheit seiner Instrumentenbehälter hinter dem Sattel beschäftigt als mit den Toten. »Wie kannst du wissen, ob er überhaupt schwimmen konnte?«

»Er hat es geschafft, aus einem kleinen Boot mitten auf dem Erinin und mitten in der Nacht heil ans Ufer zu kommen. Ich schätze, damit hat er wohl all sein Glück aufgebraucht.« Er überprüfte noch einmal die Riemen, die die Rolle mit Feuerwerkskörpern hielten. *Wenn dieser Narr schon glaubte, einer davon sei von den*

Aes Sedai hergestellt, was hätte er dann gedacht, wenn alle auf einmal losgegangen wären?

»Bist du sicher, Junge? Unwahrscheinlich, daß es der gleiche Mann ... Also, selbst du würdest bei einer solchen Wette nicht dagegenhalten.«

»Ich bin sicher, Thom.« *Elayne, ich dreh dir den Hals um, wenn ich dich wieder in die Hände bekomme. Und auch den von Egwene und den von Nynaeve.* »Und ich bin sicher, daß ich diesen verfluchten Brief loswerden will, bevor wir uns auch nur eine Stunde lang in Caemlyn aufhalten.«

»Ich sage dir, an dem Brief ist nichts weiter dran, Junge. Ich habe *Daes Dae'mar* schon gespielt, als ich jünger war als du, und ich erkenne einen Code oder eine Chiffre, selbst wenn ich nicht weiß, was sie zu bedeuten hat.«

»Also, ich habe dein Großes Spiel niemals gespielt, Thom, dein verfluchtes Spiel der Häuser, aber ich weiß, wenn jemand hinter mir her ist. Und sie würden mich nicht so lange und so weit jagen, nur um an das Gold in meinen Taschen zu kommen. Nicht einmal für eine ganze Truhe voll Gold. Es muß an dem Brief liegen.« *Seng mich, hübsche Mädchen bringen mich immer wieder in Schwierigkeiten.* »Ist dir nach all dem hier heute nacht noch nach Schlafen zumute?«

»So, wie ein unschuldiges Kind, Junge. Aber wenn du reiten willst, mache ich mit.«

Das Gesicht einer hübschen Frau ging Mat durch den Kopf, einer hübschen Frau mit einem Dolch im Hals. *Du hattest kein Glück, hübsche Frau.* »Also, reiten wir los!« sagte er energisch.

KAPITEL 13

Caemlyn

Mat erinnerte sich noch vage an Caemlyn, aber als sie sich der Stadt in den frühen Morgenstunden kurz nach Sonnenaufgang näherten, war ihm, als sei er noch nie hier gewesen. Seit dem ersten Morgengrauen waren sie auf der Straße nicht mehr die einzigen Reisenden gewesen, und auch jetzt bewegten sie sich inmitten anderer Reiter, Wagenzüge und Fußgänger… Alles strömte auf die große Stadt zu.

Sie erstreckte sich über mehrere Hügel und war mindestens so groß wie Tar Valon. Eine riesige Mauer schützte sie: fünfzig Fuß hoch, aus hellem, grauem Stein erbaut, in dem unzählige weiße und silberne Äderchen im Sonnenschein funkelten, und in regelmäßigen Abständen mit hohen, runden Türmen bewehrt, auf denen die Flagge mit dem Löwen von Andor flatterte, weiß auf rot. Außerhalb dieser Mauer schien es, daß man eine weitere große Stadt erbaut hatte, die jene andere schützend umgab. Dort sah man rote Backsteine, grauen Naturstein und weißgetünchte Wände, Schenken, Wand an Wand mit schönen drei- und vierstöckigen Häusern, die offensichtlich reichen Kaufleuten gehörten, Läden mit unter Markisen ausgelegten Waren direkt neben breiten, fensterlosen Lagerhäusern. Zu beiden Seiten der Straße zog sich ein offener Markt unter roten und purpurnen Ziegeldächern dahin. Jetzt schon priesen Frauen und Männer ihre Waren dort an, feilschten mit größtmöglicher Lautstärke, und eingesperrte Kälber und Schafe und Ziegen und Schweine, Gänse und

Hühner und Enten in Käfigen vollführten einen ohrenbetäubenden Lärm. Er erinnerte sich dunkel daran, daß ihm bei seinem ersten Aufenthalt in Caemlyn der Lärm schon auf die Nerven gegangen war. Nun erschien ihm das Ganze wie der Herzschlag der Stadt, der unaufhörlich Reichtum fließen ließ.

Die Straße führte zu zwanzig Fuß hohen Torbögen, wo Soldaten der königlichen Garde in roten Röcken und glänzenden Brustpanzern die geöffneten Torflügel aufmerksam bewachten. Sie musterten Thom und ihn aber nicht mißtrauischer als alle anderen; nicht einmal der Bauernspieß, den er vor sich über den Sattel gelegt hatte, erregte ihre besondere Aufmerksamkeit. Es schien, daß sie nur den Strom der Menschen in Bewegung halten wollten.

Dann waren sie drinnen. Schlanke Türme erhoben sich hier, die noch höher waren als die an der Stadtmauer, und große Kuppeln schimmerten weiß und golden über von Menschen wimmelnden Straßen. Gleich hinter dem Stadttor teilte sich die Straße in zwei Parallelstraßen, die durch einen breiten Grünstreifen mit Gras und Bäumen voneinander getrennt wurden. Die Hügel der Stadt stiegen in sanften Stufen zu einem Gipfel hinauf, der von einer weiteren Mauer, weiß leuchtend wie die Tar Valons, umgeben war. Dahinter erhoben sich wieder Kuppeln und Türme. Das war, wie sich Mat erinnerte, die Innere Stadt, und auf dem höchsten Hügel stand der königliche Palast.

»Hat keinen Zweck, zu warten«, sagte er zu Thom. »Ich bringe den Brief auf schnellstem Weg hin.« Er betrachtete die Sänften und Kutschen, die sich durch die Menge schoben, und die Läden mit all ihren ausgestellten Waren. »In dieser Stadt kann ein Mann durchaus zu ein wenig Gold kommen, Thom, wenn er mit Würfeln oder Karten umgehen kann.« Mit den Karten hatte er nicht soviel Glück wie beim Würfelspiel, aber außer Adligen und Reichen spielte sowieso niemand mit Spielkarten. *Und die sollte ich aufspüren.*

Thom gähnte ihn an und zog seinen Gauklerumhang wie eine Decke hoch. »Wir sind die ganze Nacht geritten, Junge. Laß uns wenigstens zuerst etwas zum Essen finden. In ›Der Königin Segen‹ gibt es gute Speisen.« Er gähnte wieder. »Und gute Betten.«

»Daran erinnere ich mich auch«, sagte Mat bedächtig. Das stimmte, zumindest halbwegs. Der Wirt war ein fetter Mann mit ergrautem Haar – Meister Gill. Dort hatte Moiraine Rand und ihn vorgefunden, als sie geglaubt hatten, sie seien sie endlich losgeworden. *Jetzt ist sie weg und spielt ihr Spielchen mit Rand. Hat mit mir nichts mehr zu tun. Jetzt nicht mehr.* »Ich treffe dich dann dort, Thom. Ich sagte, ich wolle diesen Brief spätestens eine Stunde nach meiner Ankunft los haben, und daran werde ich mich halten. Reite du inzwischen dorthin.«

Thom nickte und ließ sein Pferd abbiegen. Er rief dann noch gähnend nach hinten zu: »Verirre dich nicht, Junge! Caemlyn ist eine große Stadt!«

Und eine reiche. Mat trieb sein Pferd mit den Fersen weiter die belebte Straße hinauf. *Verirren! Ich finde mich, verflucht noch mal, zurecht!* Die Krankheit schien Teile seines Erinnerungsvermögens ausgelöscht zu haben. Er sah beispielsweise eine Schenke, deren oberes Stockwerk nach allen Seiten über das untere hinausragte, und deren Schild im Wind knarrte, und er wußte, daß er sie früher schon gesehen hatte, aber was man nun wieder von hier aus sehen konnte, war ihm vollkommen aus dem Gedächtnis verschwunden. Es konnte sein, daß er sich an ein hundert Schritt langes Straßenstück mit einemmal ganz klar erinnerte, während alles andere so geheimnisvoll wirkte wie die Würfel im geschlossenen Becher.

Doch bei all diesen Gedächtnislücken war er vollkommen sicher, nie die Innere Stadt und den königlichen Palast besucht zu haben. *Das könnte ich nicht vergessen!* Der Weg war allerdings nicht zu verfehlen. Die Straßen der Neustadt – an diese Bezeichnung erinnerte er sich mit einem Schlag; das war der Teil Caemlyns, der weniger als zweitausend Jahre alt war – führten zwar in alle möglichen Richtungen, doch die Hauptstraßen verliefen alle ins Zentrum. Die Wächter am Tor machten keine Anstalten, irgend jemand aufzuhalten.

Innerhalb dieser weißen Mauer standen Gebäude, die auch nach Tar Valon gepaßt hätten. Die sich dahinwindenden Straßen führten auf Hügelkämme und gaben den Blick frei auf immer neue Türmchen, deren gekachelte Mauern den Sonnenschein in hundert verschiedenen Farben reflektierten, und auf Parks, deren geometrische Anlagen nur von hier oben zu sehen waren. Manchmal konnte man auch einen Blick quer über die ganze Stadt erhaschen, und man sah weit dahinter die hügelige Ebene und die Wälder Andors. Es spielte eigentlich gar keine Rolle, welche Straße er hier benützte. Alle zogen sich in Spiralen um die Hügel auf ein Ziel zu, den Königspalast.

Im Nu befand er sich auf dem riesigen, ovalen Platz vor dem Palast und ritt auf das hohe, vergoldete Tor zu. Der blendend weiße Königspalast von Andor hätte ganz sicher auch als eines der Wunder Tar Valons gegolten, hätte er sich dort befunden. Seine schlanken Türme und goldenen Kuppeln leuchteten in der Sonne über hochgelegenen Balkonen mit kunstvollen Steingittern davor. Das Blattgold auf einer dieser Kuppeln hätte gereicht, um ihn ein Jahr lang im Luxus leben zu lassen.

Auf dem Vorplatz befanden sich weniger Menschen als in der übrigen Stadt, so, als sei er nur für besondere Anlässe vorgesehen. Ein Dutzend Gardesoldaten stand steif vor dem geschlossenen Tor. Alle hielten ihre Bögen in exakt gleichem Winkel vor den schimmernden Brustpanzern. Ihre Gesichter waren hinter den Gitterstäben ihrer auf Hochglanz polierten Helmvisiere verborgen. Ein wuchtiger Offizier, dessen roter Umhang zurückgeworfen war, um einen Knoten aus Goldschnur freizulegen, den er auf der Schulter trug, marschierte wichtigtuerisch vor ihnen auf und ab und beäugte jeden Mann, als suche er nach einem Staubkörnchen oder einem Rostfleck an seiner Rüstung.

Mat ließ sein Pferd anhalten und setzte ein Lächeln auf. »Einen guten Morgen, Hauptmann!«

Der Offizier drehte sich zu ihm um und starrte ihn durch das Visiergitter hindurch mit tiefliegenden Knopfaugen an – wie eine fette Ratte in einem Käfig. Der Mann war älter, als er angenommen hatte, bestimmt alt genug, um mehr als einen Rangknoten an der Uniform zu tragen, und eher fett als kräftig. »Was wollt Ihr, Bauer?« fragte er grob.

Mat holte tief Luft. *Jetzt heißt es, alles richtig zu machen. Ich muß diesen Affen beeindrucken, damit er mich nicht den ganzen Tag warten läßt. Ich will nicht ständig das Dokument der Amyrlin herumreichen, um nicht vor Langeweile sterben zu müssen.* »Ich komme aus Tar Valon von der Weißen Burg und bringe eine Botschaft von...«

»*Ihr* kommt aus Tar Valon, Bauer?« Der Bauch des fetten Offiziers bebte, als er lachte, aber dann brach sein Lachen abrupt ab, und er starrte ihn bösartig an. »Wir brauchen keine Botschaften aus Tar Valon, Schurke, *falls* Ihr überhaupt so was habt! Unsere gute Königin – möge das Licht sie erleuchten! – will keinen Kontakt mit der Weißen Burg, bevor nicht die Tochter-Erbin zu ihr zurückgekehrt ist. Ich habe auch noch nie von einem Kurier der Weißen Burg gehört, der Bauernkleidung trägt. Es ist ganz klar, daß Ihr nichts Gutes im Schilde führt. Vielleicht glaubt Ihr, ein paar Münzen verdienen zu können, indem Ihr vorgebt, Briefe zu befördern, aber Ihr müßt schon Glück haben, wenn Ihr nicht statt dessen in einer Gefängniszelle landen wollt! Wenn Ihr wirklich aus Tar Valon kommt, dann reitet zurück und richtet der Burg aus, sie sollen die Tochter-Erbin herausgeben, bevor wir kommen und sie uns holen! Wenn Ihr aber bloß auf Betrug und Silber aus seid, dann geht aus meinen Augen, oder ich lasse Euch verprügeln, bis Euch das Lebenslicht ausgeht! Wie auch immer, Bauerntölpel, haut jetzt ab!«

Mat hatte von Beginn an versucht, ein Wort einzuwerfen, und nun sagte er schnell: »Von ihr ist der Brief ja, Mann! Er ist von ...«

»Habe ich Euch nicht gesagt, Ihr sollt Euch trollen, Schurke?« brüllte der fette Mann. Sein Gesicht färbte sich beinahe so rot wie sein Mantel. »Hebt Euch fort aus meinen Augen, Ihr Gossenunrat! Wenn Ihr nicht weg seid, bis ich auf zehn gezählt habe, werde ich Euch verhaften, weil Ihr den Platz mit Eurer Anwesenheit verunreinigt! Eins! Zwei!«

»Könnt Ihr wirklich bis zehn zählen, Ihr fetter Narr?« fauchte Mat. »Ich sage Euch, Elayne hat ...«

»Wachen!« Jetzt war das Gesicht des Offiziers purpurrot. »Verhaftet diesen Mann als Schattenfreund!«

Mat zögerte einen Moment lang, da er glaubte, so etwas könne ja wohl niemand ernst nehmen, aber die gesamte Wache, ein Dutzend Männer in roten Röcken, Brustpanzern und Helmen, rannte auf ihn zu, und so riß er sein Pferd herum und galoppierte davon, die empörten Schreie des fetten Mannes im Ohr. Der Hengst war zwar kein Rennpferd, aber die Männer zu Fuß ließ er dennoch schnell hinter sich. Leute sprangen zur Seite, als er die gewundene Straße hinabjagte, und sie drohten ihm mit geballten Fäusten und mit ebensolchen Flüchen wie der Offizier zuvor.

Narr, dachte er und meinte damit den fetten Offizier, aber dann bedachte er sich selbst mit dem gleichen Wort. *Alles, was ich hätte tun müssen, war, ihren blutigen Namen gleich von Anfang an zu erwähnen.*

»Elayne, Tochter-Erbin von Andor, schickt diesen Brief an ihre Mutter, Königin Morgase.« Licht, wer konnte vorhersehen, daß sie Tar Valon auf einmal so feindselig gegenüberstehen? Wie er sich von seinem letzten Besuch her erinnerte, waren die Aes Sedai und die Weiße Burg in der Wertschätzung der Wachsoldaten gleich nach Königin Morgase gekommen. *Seng sie, Elayne hätte mir das sagen können.* Zögernd fügte er hinzu: *Ich hätte auch ein paar Fragen stellen können.*

Bevor er das Bogentor zur Neustadt erreichte, zügelte er seinen Hengst. Er glaubte nicht, daß ihn die Palastwache noch verfolgte, aber es brachte nichts, wenn er die Blicke aller am Tor auf sich zog, indem er im Galopp hindurchpreschte. Jetzt, in gemächlichem Schritt, widmeten sie ihm nicht mehr Aufmerksamkeit als zuvor.

Als er den breiten Torbogen passierte, lächelte er plötzlich und wäre beinahe umgekehrt. Er hatte sich nämlich gerade an etwas erinnert, und diese Vorstellung gefiel ihm bedeutend besser, als einfach durchs Palasttor hineinzuspazieren. Es hätte ihm wohl sogar dann noch besser gefallen, wenn der fette Offizier nicht am Tor auf Wache gestanden hätte. Er verirrte sich zweimal auf der Suche nach ›Der Königin Segen‹, aber schließlich fand er das Schild mit dem Mann, der vor einer Frau mit rotgoldenem Haar und einer Krone aus goldenen Rosen kniete, ihre Hand auf seinem Kopf. Es war ein breiter, dreistöckiger Steinbau mit großen Fenstern bis hinauf unter das rote Ziegeldach. Er ritt hinten herum zum Stallhof, wo ihm ein Bursche mit Pferdegesicht und einer Lederweste, die kaum zäher als seine Haut sein konnte, die Zügel des Pferdes abnahm. Er glaubte, sich an den Burschen erinnern zu können. *Ja – Ramey.*

»Es ist schon lange her, daß ich hier war, Ramey.« Mat warf ihm eine Silbermark zu. »Erinnert Ihr euch noch an mich?«

»Ich kann nicht sagen, daß ich …«, begann Ramey, aber dann glänzte Silber vor seinen Augen, wo er nur Bronze erwartet hatte. Er hustete, und sein kurzangebundenes Nicken wandelte sich zu einer hastigen Verbeugung mit einer Faust an der Stirn. »Aber natürlich erinnere ich mich, junger Herr. Vergebt mir. Es war mir vollkommen entfallen. Habe kein gutes Gedächtnis für Menschen. Gut für Pferde. Ich kenne Pferde, ja wirklich. Ein schönes Tier, junger Herr. Ich werde es gut pflegen, da könnt Ihr sicher sein.« Er sprudelte all das hastig heraus und gab Mat keine Zeit, selbst etwas einzuwerfen. Dann brachte er schleunigst den Hengst in den Stall, bevor er vielleicht Mats Namen hätte benützen müssen.

Mit saurem Gesichtsausdruck klemmte sich Mat die Rolle mit Feuerwerkskörpern unter den Arm und schulterte den Rest seiner Habseligkeiten. *Der Bursche hätte mich nicht von Falkenflügels Zehennägeln unterscheiden können.* Neben der Küchentür saß ein massiger, muskelbepackter Mann auf einem umgestülpten Faß und kraulte sanft eine schwarz-weiße Katze auf seinem Schoß hinter dem Ohr. Der Mann musterte Mat unter dicken Augenlidern hervor, besonders den Bauernspieß auf dessen Schulter, aber er hörte dabei mit dem Kraulen nicht auf. Mat glaubte, sich auch an ihn erinnern zu können, aber den Namen wußte er nicht mehr. So sagte er nichts, als er hineinging, und der Mann schwieg ebenfalls. *Warum sollte er sich an mich erinnern? Möglicherweise kommen jeden Tag Aes Sedai hierher, um jemanden abzuholen.*

In der Küche eilten zwei Hilfsköchinnen und drei Küchenmägde zwischen Herden und Bratspießen geschäftig hin und her. Die Anweisungen kamen von einer rundlichen Frau, die ihr Haar zum Dutt zusammengebunden hatte und in der Hand einen langen Holzlöffel hielt, mit dem sie auf das deutete, was sie gerade getan haben wollte. Mat war sicher, daß er sie von damals her kannte. *Coline, und welch ein Name für eine so dicke Frau. Aber alle nannten sie nur Köchin.*

»Hallo, Köchin«, verkündete er, »ich bin wieder da, und es ist noch kein Jahr her!«

Sie sah ihn einen Moment lang scharf an und nickte dann. »Ich erinnere mich an Euch.« Er begann zu grinsen. »Ihr wart bei dem jungen Prinzen, nicht wahr?« fuhr sie fort. »Der Tigraine so ähnlich sah, das Licht leuchte ihrem Angedenken. Ihr seid sein Diener, nicht wahr? Kommt er denn zurück, der junge Prinz?«

»Nein«, sagte er schroff. *Ein Prinz! Licht!* »Ich glaube nicht, daß er in nächster Zeit vorbeikommt, und es würde Euch auch nicht gefallen, wenn er käme.« Sie protestierte und beteuerte, was für ein feiner, gutaussehender junger Mann der Prinz sei, doch er ließ gar nicht erst ausreden. *Seng mich, gibt es denn eine Frau, die Rands wegen nicht glänzende Augen bekommt, wenn man nur seinen verfluchten Namen erwähnt? Sie würde, verdammt noch mal, schreien, wenn sie wüßte, was er jetzt tut.* »Ist Meister Gill in der Nähe? Und Thom Merrilin?«

»In der Bibliothek«, sagte sie leicht schniefend. »Sagt Basel Gill, wenn Ihr ihn seht, daß diese Abflüsse gereinigt werden müssen. Heute noch, hört Ihr?« Sie beobachtete, wie eine der Gehilfinnen irgend etwas mit einem Stück Rinderbraten anstellte, und watschelte zu ihr hinüber. »Nicht soviel, Kind. Das Fleisch wird zu süß, wenn Ihr soviel Arrath daraufgebt.« Sie schien Mat bereits wieder vergessen zu haben.

Er schüttelte den Kopf und machte sich auf die Suche nach der Bibliothek. Er konnte sich nicht an sie erinnern. Aber er erinnerte sich auch nicht daran, ob Coline eigentlich mit Meister Gill verheiratet war. Wenn er jemals vernommen hatte, wie eine Ehefrau ihrem Mann Anweisungen gab, dann jetzt gerade. Eine hübsche Dienerin mit großen Augen kicherte und wies ihn einen Flur hinunter zu einer Tür neben dem Schankraum.

Als er in die Bibliothek eintrat, blieb er erst einmal stehen und staunte. Auf den Wandregalen mußten wohl mehr als dreihundert Bücher stehen und auf den Tischen lagen noch mehr. Er hatte in seinem ganzen Leben noch nicht so viele Bücher auf einmal gesehen. Er bemerkte ein ledergebundenes Exemplar der *Reisen des Jaim Fernstreicher* auf einem kleinen Tischchen in der Nähe der Tür. Das hatte er immer schon lesen wollen – Rand und Perrin hatten ihm ständig davon erzählt –, aber er schien niemals dazu zu kommen, die Bücher zu lesen, die ihn interessierten.

Basel Gill mit seinem rosa Gesicht und Thom Merrilin saßen an einem der Tische über einem Spielbrett. Die Pfeifen in ihren Mündern stießen dünnen, blauen Tabaksqualm aus. Eine gestreifte Katze saß auf dem Tisch neben einem hölzernen Würfelbecher, den Schwanz um die Beine gewickelt, und beobachtete sie beim Spielen. Der Umhang des Gauklers war nirgends zu sehen, und so nahm Mat an, daß er bereits ein Zimmer bezogen hatte.

»Du bist schneller fertig geworden, als ich gedacht hatte, Junge«, sagte Thom, ohne die Pfeife aus dem Mund zu nehmen. Er zupfte an einem langen, weißen Schnurrbartende, während er überlegte, wohin er den nächsten Stein auf den vielen gekreuzten Linien des Spielbretts plazieren solle. »Basel, du erinnerst dich vielleicht noch an Mat Cauthon.«

»Sicher«, sagte der fette Wirt und betrachtete das Spielbrett. »Krank beim letzten Mal, als ihr hier wart, oder? Ich hoffe, es geht Euch jetzt besser, Bursche.«

»Es geht mir besser«, sagte Mat. »Ist das alles, woran Ihr euch erinnert? Daß ich krank war?«

Meister Gill zuckte zusammen, als Thom seinen Zug tat, und nahm die Pfeife aus dem Mund. »Wenn ich daran denke, mit wem Ihr weggegangen seid und unter welchen Umständen, dann ist es vielleicht besser, ich erinnere mich an nichts weiter.«

»Die Aes Sedai gelten wohl mittlerweile als etwas anrüchig, oder?« Mat legte seine Sachen auf einen großen Lehnstuhl, lehnte den Bauernspieß dagegen und setzte sich auf einen weiteren, wobei er ein Bein über die Lehne baumeln ließ. »Die Wache am Palast scheint zu glauben, die Weiße Burg habe Elayne gestohlen.« Thom blickte mißtrauisch auf die Rolle mit Feuerwerkskörpern und dann auf seine qualmende Pfeife. Er knurrte etwas in sich hinein, bevor er sich wieder dem Spielbrett widmete.

»Das wohl kaum«, sagte Gill, »aber die ganze Stadt weiß, daß sie aus der Burg verschwunden ist. Thom behauptet, sie sei zurückgekehrt, aber davon haben wir hier nichts gehört. Vielleicht weiß Königin Morgase Bescheid, aber jedermann bis hinunter zum Stallburschen benimmt sich so unauffällig wie möglich, damit sie ihm nicht den Kopf abreißt. Lord Gaebril hat sie davor bewahrt, tatsächlich irgend jemanden zum Henker zu schicken, aber ich kann meine Hand nicht ins Feuer legen, daß das nicht doch noch geschieht. Und ihre Stimmung in bezug auf Tar Valon hat er ganz sicher nicht ändern können. Wenn überhaupt, dann hat er den Konflikt noch geschürt.«

»Morgase hat einen neuen Ratgeber«, sagte Thom in trockenem Tonfall. »Gareth Bryne hat ihn nicht leiden können, und so hat sie Bryne seines Amtes enthoben und ihn nach Hause auf seine Güter geschickt, damit er den Schafen beim Wachsen ihrer Wolle zuschauen kann. Basel, ziehst du jetzt, oder willst du nicht mehr?«

»Einen Moment noch, Thom. Einen Moment. Ich will es ja richtig machen.« Gill biß fester auf seinen Pfeifenstiel und betrachtete das Spielbrett mit gerunzelter Stirn. Qualm stieg aus dem Pfeifenkopf.

»Also hat die Königin jetzt einen Ratgeber, der

nichts für Tar Valon übrig hat«, sagte Mat. »Na ja, das erklärt, warum sich die Wache so verhielt, als ich sagte, ich käme von dort.«

»Wenn Ihr ihnen das gesagt habt«, meinte Gill, »hattet Ihr Glück, daß Ihr ohne gebrochene Knochen und heil wieder weggekommen seid. Zumindest wenn einer der neuen Männer Wache hatte. Gaebril hat die halbe Wache in Caemlyn durch seine eigenen Männer ersetzen lassen, und das ist eine gewaltige Leistung, wenn man bedenkt, wie kurz er erst hier ist. Einige behaupten, daß Morgase ihn vielleicht heiraten wird.« Er versetzte einen Stein auf dem Brett, hielt aber inne und nahm den Zug kopfschüttelnd zurück. »Die Zeiten ändern sich. Die Menschen ändern sich. Zuviel verändert sich für meinen Geschmack. Ich schätze, ich werde alt.«

»Du willst wohl, daß wir beide alt werden, bevor du den nächsten Zug machst«, knurrte Thom. Die Katze räkelte sich und schlich über die Tischfläche, um sich von ihm streicheln zu lassen. »Auch wenn wir den ganzen Tag schwatzen, kommst du trotzdem nicht auf einen guten Zug. Warum gibst du nicht einfach zu, daß du geschlagen bist, Basel?«

»Ich gebe mich niemals geschlagen«, sagte Gill tapfer. »Ich werde dich noch besiegen, Thom.« Er stellte einen weißen Stein auf einen Kreuzungspunkt zweier Linien. »Du wirst ja sehen.« Thom schnaubte.

Bei dem Spielstand, den Mat vom Brett ablesen konnte, glaubte er nicht an eine Chance für Meister Gill. »Ich muß eben nur die Garde umgehen und Elaynes Brief Morgase selbst in die Hand drücken.« *Und erst recht, wenn sie alle so sind wie dieser fette Idiot. Licht, ich möchte wissen, ob er allen erzählt hat, ich sei ein Schattenfreund.*

»Du hast ihn also nicht überbracht?« schnauzte ihn Thom an. »Ich dachte, du wolltest das Ding endlich loswerden?«

»Ihr habt einen Brief von der Tochter-Erbin?« rief Gill erstaunt. »Thom, warum hast du mir das nicht gesagt?«

»Tut mir leid, Basel«, murmelte der Gaukler. Er funkelte Mat unter den buschigen Augenbrauen hervor an und blies seine Schnurrbartenden zur Seite. »Der Junge glaubt, jemand wolle ihn deshalb umbringen, also dachte ich, ich lasse ihn sagen, was er für richtig hält, und erwähne selbst nichts weiter. Es scheint ihm mittlerweile aber gleich zu sein.«

»Was denn für einen Brief?« fragte Gill. »Kommt sie nach Hause? Und Lord Gawyn auch? Ich hoffe es. Ich habe schon Gerüchte über einen bevorstehenden Krieg mit Tar Valon gehört, als ob jemand so dumm sei, mit den Aes Sedai Krieg anzufangen. Wenn ihr mich fragt, paßt das alles zu diesen wilden Gerüchten, daß die Aes Sedai irgendwo im Westen einen falschen Drachen unterstützen und die Macht als Waffe einsetzen. Nicht, daß mir das als ausreichender Grund erscheint, mit ihnen Krieg anzufangen; im Gegenteil!«

»Seid Ihr mit Coline verheiratet?« fragte Mat, und Meister Gill fuhr zusammen.

»Das Licht bewahre mich davor! Man könnte schon jetzt glauben, die Schenke gehöre ihr. Wenn sie meine Frau wäre ... Was hat das mit dem Brief der Tochter-Erbin zu tun?«

»Nichts«, antwortete Mat, »aber Ihr habt so lange weitergesprochen, daß Ihr vermutlich Eure eigenen Fragen vergessen habt.« Gill gab einen erstickten Laut von sich, und Thom lachte schallend. Mat fuhr schnell fort, bevor der Wirt wieder zu Wort kam: »Der Brief ist versiegelt; Elayne hat mir nicht gesagt, was drin steht.« Thom sah ihn von der Seite her an und strich sich über den Schnurrbart. *Glaubt er etwa, ich würde zugeben, daß wir das Ding geöffnet haben?* »Aber ich glaube nicht, daß sie nach Hause kommt. Sie will eine Aes Sedai werden, wenn Ihr mich fragt.« Er erzählte ihnen von seinem Versuch, den Brief zu überbringen, wobei er ein paar Dinge wegließ, die sie nicht unbedingt wissen mußten.

»Die neuen Männer«, sagte Gill. »Jedenfalls hört sich das mit dem Offizier danach an. Da könnte ich wetten. Nicht besser als Räuber, die meisten jedenfalls, bis auf ein paar ganz schlaue. Wartet bis zum Nachmittag, Junge, wenn die Palastwache abgelöst wird. Sagt ihnen gleich den Namen der Tochter-Erbin, und falls der neue Offizier auch einer von Gaebrils Männern sein sollte, duckt Euch eben ein wenig. Ein Knöchel an der Stirn und Ihr werdet keine Schwierigkeiten haben.«

»Seng mich, wenn ich so was mache. Ich werde vor niemandem kriechen! Nicht einmal vor Morgase selbst. Diesmal werde ich den Wachen nicht einmal nahe kommen.« *Ich will lieber gar nicht erst wissen, was dieser fette Bursche über mich erzählt hat.* Sie blickten ihn an, als sei er verrückt geworden.

»Wie, beim Licht«, sagte Gill, »wollt Ihr den Königspalast betreten, ohne an den Wachen vorbeizukommen?« Er riß die Augen auf, so, als erinnere er sich gerade an etwas. »Licht, Ihr wollt doch nicht… Junge, Ihr hättet des Dunklen Königs eigenes Glück nötig, um lebend wieder herauszukommen!«

»Wovon redest du denn jetzt, Basel? Mat, was für eine blödsinnige Sache willst du jetzt wieder probieren?«

»Ich habe aber Glück, Meister Gill«, sagte Mat. »Haltet nur ein gutes Mahl für meine Rückkehr bereit.« Als er aufstand, nahm er den Würfelbecher in die Hand und ließ die Würfel neben das Spielbrett rollen, um sein Glück zu versuchen. Die gestreifte Katze sprang herunter und fauchte ihn mit gekrümmtem Buckel an. Die fünf Augenwürfel lagen still, und jeder zeigte eine Eins. *Die Augen des Dunklen Königs.*

»Das ist der beste Wurf oder der schlechteste«, sagte

Gill. »Es hängt davon ab, welches Spiel Ihr spielt, nicht wahr? Junge, ich glaube, Ihr wollt ein gefährliches Spiel spielen. Warum nehmt Ihr diesen Becher nicht mit hinaus in den Schankraum und verliert ein paar Kupfermünzen? Ihr macht auf mich den Eindruck, als wüßtet Ihr ein gutes Spielchen zu schätzen. Ich sorge dafür, daß der Brief sicher in den Palast gelangt.«

»Coline will, daß Ihr die Abflüsse reinigt«, sagte Mat zu ihm, und dann wandte er sich Thom zu, während der Wirt noch blinzelte und vor sich hin brummte. »Es scheint keinen großen Unterschied zu geben, ob ich mir nun einen Pfeil zwischen die Rippen einhandle, weil ich diesen Brief überbringe, oder ob ich ein Messer in den Rücken bekomme, weil ich hier sitze und warte. Die Sechs zeigt nach oben und das halbe Dutzend nach unten. Stellt mir nur etwas zu essen bereit, Thom.« Er warf eine Goldmark vor Gill auf den Tisch. »Laßt meine Sachen in ein Zimmer bringen, Wirt. Wenn es mehr kostet, bezahle ich es Euch hinterher. Seid vorsichtig mit dieser großen Rolle! Thom hat gewaltige Angst davor.«

Als er hinausstolzierte, hörte er, wie Gill zu Thom sagte: »Ich habe immer schon geglaubt, dieser Junge sei ein richtiger Schurke. Wie kommt er an dieses Gold?«

Ich gewinne halt immer, dachte er grimmig. *Jetzt muß ich noch einmal gewinnen, und dann bin ich mit Elayne fertig. Das wird das letzte sein, was ich mit der Weißen Burg zu tun habe. Nur noch einmal.*

KAPITEL 14

Eine Botschaft aus dem Schatten

Als er, diesmal zu Fuß, zur Innenstadt zurückkehrte, war sich Mat keineswegs sicher, ob sein Vorhaben gelingen würde. Es könnte klappen, wenn das, was man ihm erzählt hatte, der Wahrheit entsprach, aber gerade dessen war er sich nicht sicher. Er mied den ovalen Vorplatz des Schlosses und umging den riesigen Komplex durch Seitenstraßen, die sich an die Hügelflanken schmiegten. Die goldenen Kuppeln des Palastes schimmerten unerreichbar und schienen ihn zu verspotten. Er war schon beinahe ganz herumgelaufen und näherte sich wieder dem Vorplatz, da sah er es: einen steilen Abhang, mit niedrigen Blumen bewachsen, der sich von der Straße aus zu einer weißen, aus groben Natursteinen erbauten Mauer hochzog. Über die Mauerkrone ragten mehrere belaubte Zweige heraus, und dahinter konnte er weitere erkennen: Bäume in einem Garten des Königspalastes.

Eine Mauer, die wie eine Felsklippe aussieht, dachte er, *und auf der anderen Seite ein Garten. Vielleicht hat Rand wirklich die Wahrheit gesagt.*

Ein kurzer Blick zeigte ihm, daß er im Augenblick auf der kurvenreichen Straße der einzige Passant war. Er würde sich beeilen müssen. Der Biegungen wegen konnte er nicht weit sehen; jeden Moment konnte jemand erscheinen. Er krabbelte auf allen vieren den Hang hoch. Es war ihm gleich, daß er mit den Stiefeln Büschel roter und weißer Blüten losriß. Am rauhen Stein der Mauer fand er genügend Halt, und Rillen und Vorsprünge boten sogar seinen Stiefeln noch Halt.

Wie unvorsichtig von ihnen, einem das so leicht zu machen, dachte er. Die Kletterei brachte ihm Erinnerungen zurück an die Heimat und an Rand und Perrin. Damals waren sie bis jenseits der Sandhügel gewandert, zum Fuß der Verschleierten Berge. Als sie nach Emondsfeld zurückkehrten, hatte sich der vereinte Zorn aller über sie entladen. Er hatte am meisten abbekommen, denn jeder nahm an, es sei seine Idee gewesen. Aber sie waren drei Tage lang in den Klippen herumgeklettert, hatten unter freiem Himmel geschlafen, hatten Eier gegessen, die sie den Rotkämmen stahlen, und dazu selbst geschossene fette, graue Moorhühner. Mit Pfeil und Bogen und mit der Steinschleuder hatten sie sich ernährt, oder mit Hilfe von Kaninchenfallen. Die ganze Zeit hatten sie sich lachend versichert, daß sie sich nicht vor dem angeblichen Pech fürchteten, das das Betreten der Berge bringen sollte, und daß sie vielleicht einen Schatz finden würden. Von dieser Expedition hatte er einen eigenartigen Stein mitgebracht, in dem sich scheinbar das Skelett eines recht großen Fisches abgedrückt hatte, und dazu eine lange, weiße Schwanzfeder von einem Schneeadler, und schließlich noch ein handgroßes Stück weißen Steins, der beinahe so aussah wie ein menschliches Ohr. Jedenfalls hatte er gemeint, es sehe aus wie ein Ohr, und Tam al'Thor hatte ihm bestätigt, das könne durchaus sein, obwohl Rand und Perrin anderer Meinung waren.

Seine Finger rutschten aus einer flachen Rinne. Dadurch verlor auch sein linker Fuß den Halt, und er hätte beinahe das Gleichgewicht verloren. Keuchend konnte er gerade noch die Mauerkrone packen und sich das restliche Stück hinaufziehen. Einen Augenblick lang lag er dort oben und atmete schwer. Es wäre wohl kein tiefer Sturz gewesen, aber doch genug, sich dabei das Genick zu brechen. *Narr. So in Gedanken versunken klettern zu wollen. Genauso hätte ich mich damals schon beinahe umgebracht in diesen Felsklippen. Aber das war alles vor so langer Zeit.* Wahrscheinlich hatte seine Mutter all diese Andenken längst weggeworfen. Er warf einen letzten Blick zurück, um zu sehen, ob ihn auch wirklich niemand beobachtet hatte. Die Straße war bis zur nächsten Biegung noch immer menschenleer. Dann ließ er sich in den Schloßgarten hinunterfallen.

Der Garten war groß. Geplättete Wege führten durch Grasflächen zwischen den Bäumen, und Efeu rankte sich an torförmigen Gittern über diese Wege. Und überall wuchsen Blumen. Weiße Blüten bedeckten die Birnbäume, und die Apfelbäume waren von weißen und rosa Blüten übersät. Rosen in jedem Farbton, dazu leuchtend goldene Sonnenblumen und purpurne Emondspracht und viele, die er nicht kannte. Bei manchen wußte er gar nicht, ob sie Wirklichkeit sein konnten. Der eine Baum hatte ganz seltsame hochrote und goldene Blüten, die beinahe wie Vögel geformt waren, während andere Blüten wie die von Sonnenblumen aussahen, nur waren sie mehr als zwei Fuß im Durchmesser und wuchsen an Stengeln in der Größe von Ogiern.

Stiefel knirschten auf den Steinplatten, und er duckte sich hinter einen Busch an der Mauer, während zwei Wachsoldaten vorbeimarschierten. Ihre langen weißen Kragenenden hingen ihnen über die Brustpanzer. Sie blickten nicht zu ihm herüber, und er grinste in sich hinein. *Glück. Wenn ich bloß ein bißchen Glück habe, erwischen sie mich nicht, bis ich das verfluchte Ding Morgase in die Hand drücke.*

Er glitt wie ein Schatten durch den Garten, als wolle er Kaninchen auflauern, und dann erstarrte er wieder hinter einem Busch oder einem Baum, wenn er Stiefeltritte hörte. Zwei weitere Paare von Gardesoldaten marschierten die Pfade entlang. Das zweite kam ihm so nahe, daß er sie mit zwei Schritten hätte erreichen können. Als sie zwischen den Blüten und Bäumen verschwanden, pflückte er eine dunkelrote Sternenscheinblüte und steckte sie sich grinsend ins Haar. Das machte genausoviel Spaß wie am Sonnentag Apfelkuchen stehlen. Und es war leichter. Die Frauen bewachten ihre Kuchen immer höllisch gut, während die Soldaten den Blick kaum von den Platten der Wege hoben.

Nicht lange, und er befand sich an der weißen Wand des Palastes selbst und schob sich hinter einer langgestreckten Rabatte mit weißen Rosen an der Wand entlang, immer auf der Suche nach einer Tür. Gerade über seiner Kopfhöhe befanden sich zwar breite Bogenfenster, aber er hielt es für schwieriger, eine Ausrede zu finden, wenn man ihn beim Einsteigen durch ein Fenster erwischte, als wenn er lediglich durch einen Flur spazierte. Zwei weitere Soldaten erschienen, und er erstarrte wieder. Sie würden keine drei Schritt von ihm entfernt vorbeikommen. Aus dem Fenster über ihm hörte er Stimmen, zwei Männer, die gerade laut genug sprachen, daß er sie verstehen konnte.

»... auf dem Weg nach Tear, großer Meister.« Der Mann klang verängstigt und unterwürfig.

»Laßt sie ihm doch die Pläne durchkreuzen, wenn sie das schaffen.« Diese Stimme war tiefer und kräftiger, ein Mann, der das Befehlen gewohnt war. »Das geschieht ihm recht, wenn drei ungeschulte Mädchen ihn hereinlegen können. Er war schon immer ein Narr, und das ist er auch jetzt noch. Gibt es irgendeine Neuigkeit über den Jungen? Er ist derjenige, der uns alle vernichten kann.«

»Nein, Großer Meister. Er ist verschwunden. Aber Großer Meister, eines der Mädchen ist Morgases Herzblättchen!«

Mat hätte sich beinahe umgedreht, fing sich aber rechtzeitig. Die Soldaten näherten sich. Zum Glück schienen sie seine Bewegungen hinter den dichten Rosenrabatten nicht bemerkt zu haben. *Auf, ihr Narren! Lauft vorbei, damit ich sehen kann, wer dieser verfluchte Kerl ist!* Er hatte einen Teil der Unterhaltung verpaßt.

»... ist viel zu ungeduldig gewesen, seit er wieder in Freiheit ist«, sagte die tiefere Stimme. »Er hat nicht begriffen, daß die besten Pläne Zeit benötigen, um zu reifen. Er will die Welt an einem Tag erobern und *Callandor* nebenher auch noch bekommen. Der Große Herr soll ihn holen! Er soll das Mädchen einfangen und versuchen, daraus Nutzen zu gewinnen. Und das könnte meine eigenen Pläne auch noch gefährden.«

»Wie Ihr meint, Großer Meister. Soll ich den Befehl geben, daß man sie aus Tear wegbringt?«

»Nein. Der Narr würde das als Akt gegen ihn betrachten, falls er es erfährt. Und wer kann schon sagen, was er außer dem Schwert sonst noch im Auge hat? Sieh zu, daß sie ohne Aufsehen stirbt, Comar. Ihr Tod darf überhaupt keine Aufmerksamkeit erregen.« Sein Lachen klang wie ein hallendes Grollen. »Diese unwissenden Schlampen in ihrer Burg werden es schwer haben, sie nach diesem Verschwinden wieder herbeizuzaubern. Das kann nur gut für uns sein. Es muß aber schnell geschehen. Schnell, bevor er die Gelegenheit hat, sie selbst in die Finger zu bekommen.«

Die beiden Soldaten befanden sich jetzt beinahe auf seiner Höhe. Mat bemühte sich, mit seinen Gedanken ihre Füße dazu zu bringen, sich schneller zu bewegen.

»Großer Meister«, sagte der andere Mann nervös, »das könnte schwierig werden. Wir wissen, daß sie auf dem Weg nach Tear ist, und man hat das Schiff, auf dem sie reiste, in Aringill gefunden, doch alle drei hatten es bereits vorher verlassen. Wir wissen nicht, ob sie auf einem anderen Schiff sind oder nach Süden reiten. Und es kann auch Schwierigkeiten geben, sie in

Tear aufzuspüren, wenn sie erst einmal dort ist, Großer Meister. Wenn Ihr vielleicht …«

»Gibt es denn jetzt nur noch Narren auf der Welt?« fragte die tiefe Stimme ungehalten. »Glaubst du, ich könnte mich in Tear bewegen, ohne daß er es bemerkt? Ich will nicht gegen ihn kämpfen, nicht jetzt, noch nicht. Bring mir den Kopf des Mädchens, Comar. Bring mir alle drei Köpfe, oder du wirst mich auf Knien anflehen, deinen Kopf entgegenzunehmen!«

»Ja, Großer Meister. Es soll geschehen, wie Ihr es wünscht. Ja. Ja.«

Die Soldaten marschierten mit knirschenden Stiefeln vorbei. Sie blickten nicht zur Seite. Mat wartete nur darauf, daß sie ihm die Rücken zuwandten, und dann sprang er hoch, packte mit beiden Händen den breiten, steinernen Fenstersims und zog sich weit genug hinauf, um durchsehen zu können.

Er bemerkte den Fransenteppich aus Tarabon kaum, der allein schon eine pralle Börse voll Silber wert war. Einer der breiten, geschnitzten Torflügel schwang gerade zu. Ein hochgewachsener, breitschultriger Mann mit einem Brustkorb, der beinahe den grünen, mit Silberstickereien verzierten Seidenmantel gesprengt wäre, sah mit dunkelblauen Augen die geschlossene Tür an. Sein schwarzer Bart war kurzgeschnitten. Am Kinn zog sich ein weißer Streifen hindurch. Alles in allem wirkte er wie ein harter und befehlsgewohnter Mann.

»Ja, Großer Meister«, sagte er plötzlich, und Mat hätte beinahe seinen Halt am Fenstersims verloren. Er hatte geglaubt, das müsse der Mann mit der tiefen Stimme sein, aber nun vernahm er die unterwürfige Stimme des anderen. Jetzt klang sie wohl nicht mehr unterwürfig, aber es war die gleiche. »Es soll sein, wie Ihr wünscht, Großer Meister«, sagte der Mann in bitterem Tonfall. »Ich werde den drei Schlampen selbst die Köpfe abschneiden. Sobald ich sie finden kann!«

Er schritt zur Tür, und Mat ließ sich wieder herunterfallen.

Einen Augenblick lang kauerte er noch hinter den Rosen. Jemand im Palast wollte, daß Elayne starb, und Egwene und Nynaeve hatte er ganz nebenbei auch im Visier. *Was beim Licht wollen sie denn in Tear?* Das mußten sie sein.

Er zog den Brief der Tochter-Erbin aus dem Futter seiner Jacke und betrachtete ihn mit gerunzelter Stirn. Vielleicht würde ihm Morgase glauben, wenn er ihr den gab. Und einen der Männer konnte er beschreiben. Aber die Zeit des Versteckspiels war vorüber. Der große Bursche konnte bereits nach Tear unterwegs sein, bevor er Morgase fand, und was immer sie dann unternehmen würde – es gäbe keine Garantie, daß man ihn noch aufhalten könne.

Mat holte tief Luft und zwängte sich um den Preis einiger weniger Kratzer zwischen zwei Rosengattern hindurch. Dann folgte er den Soldaten den Gartenweg entlang. Er hielt Elaynes Brief vor sich, so daß das Siegel mit der goldenen Lilie deutlich sichtbar war, und im Geiste wiederholte er noch einmal, was er genau sagen wollte. Solange er versäumt hatte, sich versteckt zu halten, waren ständig Wachsoldaten aufgetaucht – wie die Pilze nach dem Regen – nun aber schritt er beinahe offen durch den ganzen Garten, ohne auch nur einen einzigen zu Gesicht zu bekommen. Er kam an mehreren Türen vorbei. Es wäre aber nicht gut, den Palast ohne Genehmigung zu betreten. Vielleicht würden die Soldaten zuerst einmal einige unschöne Dinge mit ihm anstellen und anschließend zuhören. Er hatte sich trotzdem gerade dazu entschlossen, eine dieser Türen zu öffnen, da ging sie auch schon von selbst, und ein helmloser junger Offizier mit einem goldenen Knoten auf der Schulter trat heraus.

Die Hand des Mannes zuckte sofort zum Griff seines Schwertes, und er hatte es bereits einen Fuß breit herausgezogen, als Mat ihm den Brief vor die Nase hielt. »Elayne, die Tochter-Erbin, schickt diesen Brief ihrer Mutter, Königin Morgase, Hauptmann.« Er hielt den Brief so, daß das Liliensiegel nach vorn zeigte.

Der Blick aus den dunklen Augen des Offiziers zuckte kurz in die eine und dann in die andere Richtung, als wolle er sich vergewissern, daß niemand in der Nähe war. Aber Mat ließ er dabei kaum aus den Augen. »Wie kommt Ihr in diesen Garten?« Er zog sein Schwert nicht weiter heraus, schob es aber auch nicht zurück. »Elber steht am Haupttor. Er ist zwar ein Narr, aber er würde niemanden einfach so im Schloß herumlaufen lassen.«

»Ein fetter Kerl mit Augen wie eine Ratte?« Mat verfluchte seine lose Zunge, aber der Offizier nickte nur knapp. Er hätte wohl beinahe gelächelt, aber seine Wachsamkeit ließ nicht nach, genausowenig wie sein Mißtrauen. »Er ist wütend geworden, als ich ihm sagte, ich käme aus Tar Valon, und er gab mir überhaupt keine Gelegenheit, den Brief zu zeigen und den Namen der Tochter-Erbin zu erwähnen. Er sagte, er werde mich festnehmen, wenn ich nicht ginge, und so bin ich über die Mauer geklettert. Ich habe versprochen, den Brief Morgase persönlich zu übergeben, Hauptmann. Ich habe es versprochen, und ich halte meine Versprechen immer. Seht Ihr das Siegel?«

»Wieder diese verfluchte Gartenmauer«, knurrte der Offizier. »Die sollte um das Dreifache erhöht werden.« Er musterte Mat. »Gardeleutnant, nicht Hauptmann. Ich bin Gardeleutnant Tallanvor. Ich erkenne das Siegel der Tochter-Erbin.« Endlich glitt sein Schwert ganz in die Scheide zurück. Er streckte seine Hand aus, aber nicht die Schwerthand. »Gebt mir den Brief, und ich bringe ihn der Königin. Wenn ich Euch hinausgeleitet habe. Andere würden Euch nicht so sanft behandeln, nachdem sie Euch frei im Palast herumlaufend erwischt hätten.«

»Ich habe versprochen, ihn ihr nur persönlich zu übergeben«, sagte Mat. *Licht, ich habe nie daran gedacht, daß sie mich ihn nicht übergeben lassen.* »Ich habe mein Versprechen gegeben. Der Tochter-Erbin selbst.«

Mat sah die Bewegung von Tallanvors Hand kaum, da hatte er auch schon dessen Schwertklinge am Hals. »Ich werde Euch zur Königin bringen, Landmann«, sagte Tallanvor leise. »Aber Ihr sollt wissen, daß es Euch innerhalb eines Wimpernschlags Euren Kopf kosten kann, wenn Ihr auch nur daran denkt, der Königin etwas anzutun.«

Mat setzte sein breitestes Grinsen auf. Diese leicht gekrümmte Schwertschneide am Hals zu spüren war kein angenehmes Gefühl. »Ich bin ein loyaler Andoraner«, sagte er, »und ein treuer Untertan der Königin, das Licht sei ihr gnädig. Wenn ich schon im Winter dagewesen wäre, wäre ich sicherlich Lord Gaebril gefolgt.«

Tallanvor sah ihn mit zusammengekniffenen Lippen an und nahm schließlich sein Schwert weg. Mat schluckte und beherrschte sich gerade noch, hochzufahren und nachzuprüfen, ob sein Hals eine Schnittwunde aufwies. Diese Blöße wollte er sich nicht geben.

»Nehmt die Blume aus dem Haar«, sagte Tallanvor, als er sein Schwert in die Scheide steckte. »Glaubt Ihr, als Freier hier erscheinen zu müssen?«

Mat schnappte sich die Blüte und folgte dem Offizier. *verfluchter Narr, sich eine Blume ins Haar zu stecken. Ich muß nun langsam aufhören, den Narren zu spielen.* Allerdings konnte man kaum von ›folgen‹ sprechen, denn Tallanvor behielt ihn ständig von der Seite her im Auge, während er ihn hineinführte. So stellten sie eine eigenartige Prozession dar. Der Offizier ging seitlich voraus und halb zu Mat gewandt, falls der etwas versuchen sollte. Was ihn betraf, so bemühte sich Mat, so unschuldig zu wirken, als könne er kein Wässerchen trüben.

Die farbenprächtigen Wandbehänge hatten ihren Webern bestimmt einiges an Silber eingebracht, genau wie die Läufer auf den weißen, gefliesten Fußböden, selbst hier in den Korridoren. Überall stand Gold und Silber herum: Teller und Tabletts, Schüsseln und Becher, auf Truhen oder niedrigen Kommoden aus glänzendem Holz, genauso fein wie alles, was er in der Weißen Burg gesehen hatte. Diener eilten hin und her in ihrer roten Livree mit weißem Kragen und weißen Manschetten und dem Weißen Löwen von Andor auf der Brust. Er ertappte sich bei der Frage, ob Morgase vielleicht gern mit Würfeln spiele. *Was für ein wollköpfiger Gedanke. Königinnen beim Würfelspiel! Aber wenn ich ihr diesen Brief gebe und ihr sage, daß jemand hier im Palast nach dem Leben Elaynes trachtet, dann wette ich, daß sie mir eine fette Börse gibt.* Er sonnte sich kurz in der Vorstellung, geadelt zu werden. Sicher konnte doch der Mann, der eine Intrige aufdeckte, die den Mord an der Tochter-Erbin zum Ziel hatte, eine Belohnung erwarten.

Tallanvor führte ihn durch so viele Gänge und über so viele Innenhöfe, daß er sich schon zu fragen begann, ob er den Weg hinaus noch ohne Hilfe finden könne, da plötzlich trafen sie auf einem dieser Höfe mehr als nur Diener an. Ein Säulengang zog sich um den Hof herum, und in der Mitte befand sich ein rundes Wasserbecken, in dem sich unter breiten, auf dem Wasser schwimmenden Blättern und blühenden Wasserlilien weiße und gelbe Fische tummelten. Männer in farbenfrohen, mit Gold oder Silber verzierten Mänteln und Frauen in weiten, noch kunstvolleren Kleidern, standen vor einer Frau mit rotgoldenem Haar, die am Rand des Beckens saß, eine Hand ins Wasser hängen ließ und traurig auf die Fische blickte, die sich in der Hoffnung auf Futter ihren Fingerspitzen näherten. Am Mittelfinger ihrer linken Hand steckte ein Ring mit der Großen Schlange. Ein hochgewachsener, dunkler Mann stand neben ihrer Schulter. Die Seide seines Mantels verschwand beinahe unter den vielen Goldblättern und Litzen, die darauf aufgenäht waren. Aber es war die Frau, die Mats Blick fesselte.

Er mußte nicht erst den Kranz aus kunstvollen goldenen Rosen in ihrem Haar bemerken oder die über und über mit den Löwen von Andor bestickte Stola, die über ihrem weißen, rotgestreiften Kleid hing, um zu wissen, daß er Morgase vor sich hatte, durch die Gnade des Lichts Königin von Andor, Verteidigerin des Reichs, Beschützerin des Volkes, Hochsitz des Hauses Trakand. Sie besaß Elaynes Gesichtszüge und Schönheit, aber so, wie Elayne eines Tages aussehen würde, wenn sie gereift war. Ihre bloße Gegenwart ließ jede andere Frau im Hof in den Hintergrund treten.

Mit der würde ich tanzen und ihr im Mondschein einen Kuß stehlen, ganz gleich, wie alt sie ist. Er gab sich einen Ruck. *Denk daran, wer sie ist, mein Junge!*

Tallanvor fiel auf ein Knie nieder und drückte eine Faust auf die weißen Steinplatten des Hofes. »Meine Königin, ich bringe Euch einen Boten, der einen Brief der Lady Elayne bei sich trägt.«

Mat betrachtete die Haltung des Mannes und ließ es dann doch mit einer tiefen Verbeugung bewenden. »Von der Tochter-Erbin … äh … meine Königin.« Er hielt ihr bei der Verbeugung den Brief hin, so daß das goldgelbe Siegelwachs sichtbar war. *Wenn sie ihn erst gelesen hat und weiß, daß es Elayne gutgeht, werde ich es ihr sagen.* Morgase wandte ihm ihre tiefblauen Augen zu. *Licht! Sobald sie bessere Laune hat.*

»Ihr bringt mir einen Brief von meinem mißratenen Kind?« Ihre Stimme klang kalt, doch lag darin etwas, das ihm sagte, wie hitzig sie reagieren konnte. »Das muß bedeuten, daß sie zumindest noch am Leben ist! Wo ist sie?«

»In Tar Valon, meine Königin«, brachte er mühsam heraus. *Licht, ich möchte mal sehen, wenn sie und die Amyrlin sich gegenüberstehen und gegenseitig anfunkeln.* Bei näherer Betrachtung allerdings war er doch nicht neugierig darauf. »Wenigstens war sie dort, als ich abreiste.«

Morgase machte eine ungeduldige Handbewegung, und Tallanvor erhob sich und nahm Mat den Brief aus der Hand, um ihn ihr zu reichen. Einen Augenblick lang blickte sie mit gerunzelter Stirn das Liliensiegel an, bevor sie es mit einer kurzen Drehung der Hand erbrach. Beim Lesen bewegte sie ihre Lippen und schüttelte bei jeder zweiten Zeile den Kopf. »Sie kann nicht mehr sagen, oder?« murmelte sie. »Wir werden ja sehen, ob sie sich daran hält...« Plötzlich erhellte sich ihre Miene. »Gaebril, sie ist zur Aufgenommenen erhoben worden. Weniger als ein Jahr in der Burg und bereits befördert.« Das Lächeln verflog, so schnell es gekommen war, und sie preßte die Lippen aufeinander. »Wenn ich dieses mißratene Kind in meine Finger bekomme, wird sie sich wünschen, wieder Novizin zu sein.«

Licht, dachte Mat, *kann denn nichts ihre Laune aufbessern?* Er beschloß, es trotzdem einfach auszusprechen, aber er wünschte, sie würde nicht so dreinblicken, als wolle sie jemandem den Kopf abhacken. »Meine Königin, ich habe zufällig gehört...«

»Schweigt still, Junge«, sagte der Mann in dem goldverkrusteten Mantel gelassen. Es war ein gutaussehender Mann, beinahe so gutaussehend wie Galad und fast genauso jugendlich, trotz der grauen Schläfen, aber er war viel stärker gebaut, fast so groß wie Rand und so breitschultrig wie Perrin. »Wir werden gleich hören, was Ihr zu sagen habt.« Er faßte Morgase über die Schulter und nahm ihr den Brief aus der

Hand. Ihr böser Blick wandte sich ihm zu. Mat konnte förmlich fühlen, wie ihr Zorn wuchs. Aber der dunkle Mann legte ihr eine Hand auf die Schulter, wobei er den Blick nicht von dem Text des Briefes wandte, und Morgases Zorn schwand dahin. »Es scheint, sie hat die Burg schon wieder verlassen«, sagte er. »Im Auftrag der Amyrlin diesmal. Diese Frau überschreitet schon wieder ihre Grenzen, Morgase.«

Mat fiel es nicht weiter schwer, seinen Mund zu halten. *Glück.* Seine Zunge klebte ihm am Gaumen. *Manchmal weiß ich nicht, ob es gut oder schlecht ist.* Der dunkle Mann war die Quelle jener tiefen Stimme, der ›Große Meister‹, der Elaynes Kopf rollen sehen wollte. *Sie hat ihn Gaebril genannt. Ihr Ratgeber will Elayne ermorden? Licht!* Und Morgase blickte zu ihm hoch wie ein Hündchen, das von der Hand seines Herrn gekrault wird.

Gaebril wandte den zwingenden Blick seiner nahezu schwarzen Augen Mat zu. Der Mann schien einiges zu wissen. »Was könnt Ihr uns darüber erzählen, Junge?«

»Nichts ... äh ... Lord.« Mat räusperte sich. Der Blick des Mannes war schlimmer als der der Amylrin. »Ich ging nach Tar Valon, um meine Schwester zu besuchen. Sie ist Novizin. Else Grinwell. Ich heiße Thom Grinwell, Lord. Lady Elayne erfuhr, daß ich auf dem Heimweg Caemlyn besuchen wollte ... Ich komme aus Comfrey, Lord, einem kleinen Dorf nördlich von Baerlon, und ich hatte noch nie eine größere Stadt als Baerlon gesehen, bevor ich nach Tar Valon kam. Und dann hat sie – Lady Elayne, meine ich – mir diesen Brief mitgegeben.« Er glaubte, daß Morgase ihn prüfend angeblickt habe, als er sagte, er käme aus der Gegend nördlich von Baerlon, aber er wußte, daß es dort ein Dorf namens Comfrey gab. Er hatte gehört, wie das einmal erwähnt worden war.

Gaebril nickte, sagte aber: »Wißt Ihr, wohin Elayne

ging, Junge? Oder was sie tun sollte? Sagt die Wahrheit, und Ihr habt nichts zu befürchten. Lügt, und ihr werdet verhört werden.«

Mat mußte seinen besorgten Gesichtsausdruck nicht heucheln. »Lord, ich habe die Tochter-Erbin nur einmal gesehen. Sie gab mir den Brief – und eine Goldmark! – und sagte mir, ich solle ihn der Königin bringen. Ich weiß nicht mehr über den Inhalt als das, was ich hier gehört habe.« Gaebril schien darüber nachzudenken. Sein dunkles Gesichts sagte nicht aus, ob er ihm ein Wort glaubte oder nicht.

»Nein, Gaebril«, sagte Morgase plötzlich. »Zu viele sind schon verhört und gefoltert worden. Ich kann die Notwendigkeit einsehen, die Ihr mir bewiesen habt, aber in diesem Falle nicht. Nicht ein Junge, der nur einen Brief überbrachte, dessen Inhalt er nicht kannte.«

»Wie meine Königin befiehlt, so soll es geschehen«, sagte der dunkle Mann. Der Tonfall war respektvoll, doch dann berührte er ihre Wange auf eine Weise, daß sie errötete und die Lippen halb öffnete, als erwarte sie einen Kuß.

Morgase holte zittrig Luft. »Sagt mir, Thom Grinwell, sah meine Tochter gesund aus, als Ihr sie getroffen habt?«

»Ja, meine Königin. Sie lächelte und lachte und zeigte eine lose Zunge – ich meine …«

Morgase lachte leise über seinen Gesichtsausdruck. »Habt keine Angst, junger Mann. Elayne hat wirklich eine lose Zunge, zu lose, als gut für sie wäre. Ich bin froh, daß sie wohlauf ist.« Diese blauen Augen durchdrangen ihn mit ihrem Blick. »Ein junger Mann, der sein Dorf verlassen hat, findet es oftmals schwierig, wieder dorthin zurückzukehren. Ich glaube, Ihr werdet noch weit reisen, bevor Ihr wieder nach Comfrey kommt. Vielleicht werdet Ihr sogar wieder nach Tar Valon reisen. Falls Ihr das tut und meine Tochter wiederseht, sagt ihr, daß man oft bereut, was man im Zorn gesagt hat. Ich werde sie nicht vor ihrer Zeit aus der Weißen Burg zurückholen. Sagt ihr, daß ich oft an meine Zeit dort zurückdenke und die ruhigen Gespräche mit Sheriam in ihrem Arbeitszimmer vermisse. Sagt ihr das genau mit meinen Worten, Thom Grinwell.«

Mat zuckte unsicher die Achseln. »Ja, meine Königin. Aber ... äh ... ich will eigentlich nicht wieder nach Tar Valon gehen. Einmal im Leben eines Mannes reicht. Mein Pa braucht mich, um den Hof bearbeiten zu helfen. Meine Schwestern müssen die ganze Melkerei allein machen, wenn ich weg bin.«

Gaebril lachte, ein tiefes, amüsiertes Grollen. »Freut Ihr euch denn darauf, Kühe zu melken, Junge? Vielleicht solltet Ihr noch etwas von der Welt sehen, bevor sie sich ändert. Hier!« Er zog eine Geldbörse heraus und warf sie. Mat spürte durch den Waschlederbeutel hindurch Münzen, als er sie fing. »Wenn Elayne Euch eine Goldmark gibt, damit Ihr den Brief überbringt, gebe ich Euch zehn für die sichere Ablieferung. Schaut Euch die Welt an, bevor Ihr zu Euren Kühen zurückkehrt.«

»Ja, Lord Gaebril.« Mat hob die Börse an und brachte ein schwaches Grinsen zuwege. »Ich danke Euch, Lord Gaebril.«

Aber der dunkle Mann hatte sich bereits abgewandt und stand mit den Fäusten auf die Hüften gestützt vor Morgase. »Ich glaube, die Zeit ist gekommen, diese Pestbeule an der Grenze Andors aufzustechen, Morgase. Durch Eure Heirat mit Taringail Damodred habt Ihr ein Recht auf den Sonnenthron. Die königliche Garde kann dieses Recht so gut wie jeder andere durchsetzen. Vielleicht kann ich ihnen sogar auf die eine oder andere Art dabei ein wenig behilflich sein. Hört mich an.«

Tallanvor berührte Mat am Arm, und sie zogen sich

rückwärts und unter Verbeugungen zurück. Mat glaubte nicht, daß irgend jemand sie beachtete. Gaebril sprach noch immer und jeder Lord und jede Lady schien gespannt an seinen Lippen zu hängen. Morgase runzelte wohl die Stirn beim Zuhören, doch sie nickte so eifrig wie alle anderen.

KAPITEL 15

Wettlauf mit dem Schatten

Tallanvor führte Mat schnell aus dem kleinen Innenhof mit dem Fischteich zum großen Vorhof des Palastes. Das hohe, vergoldete Haupttor glänzte in der Sonne. Bald war Mittagszeit. Mat hatte Eile, den Palast so schnell wie möglich zu verlassen. Es fiel ihm schwer, sich dem ruhigen Schritt des jungen Offiziers anzupassen. Aber wenn er zu laufen begann, würde das Fragen auslösen. Vielleicht, aber nur vielleicht, war wirklich alles so, wie es in dem kleinen Hof geklungen hatte. Vielleicht ahnte Gaebril wirklich nicht, daß er Bescheid wußte. *Vielleicht.* Er dachte an diese beinahe tiefschwarzen Augen, die seinen Kopf wie die Zinken einer Mistgabel durchbohrten. *Licht, vielleicht.* Er zwang sich zu einem gemächlichen Schritt, als habe er alle Zeit der Welt. *Nur ein wollköpfiger Dorftrottel, der die Teppiche und das ganze Gold angafft. Nur ein Bauer, der niemals annehmen würde, jemand wolle ihm ein Messer in den Rücken rammen.* Dann ließ ihn Tallanvor durch eine kleine Seitentür im Torhaus hinaus und kam selbst nach.

Der fette Offizier mit den Rattenaugen war immer noch dort bei den Wachsoldaten, und als er Mat sah, lief sein Gesicht so rot an wie zuvor. Ehe er allerdings den Mund aufbrachte, sprach Tallanvor: »Er hat der Königin einen Brief von der Tochter-Erbin überbracht. Seid froh darüber, Elber, daß weder Morgase noch Gaebril wissen, daß Ihr versucht habt, ihnen diesen Brief vorzuenthalten. Lord Gaebril hatte großes Interesse an der Nachricht von Lady Elayne!«

Elbers Gesicht verfärbte sich schon wieder. Diesmal wurde er so blaß wie sein weißer Kragen. Er sah Mat kurz und haßerfüllt an und lief dann hastig die Reihe der Wachsoldaten entlang. Seine Knopfaugen spähten durch die Gitter der Visiere, als wolle er feststellen, ob einer von ihnen seine Angst bemerkt hatte.

»Dankeschön«, sagte Mat zu Tallanvor, und das kam aus ehrlichem Herzen. Er hatte den fetten Mann schon vergessen gehabt, bis er sein Gesicht wiedergesehen hatte. »Lebt wohl, Tallanvor.«

Er schritt über den ovalen Vorplatz, nicht gerade auffällig schnell natürlich, und war überrascht, daß Tallanvor mitkam. *Licht, gehört er zu Gaebril oder zu Morgase?* Er spürte im Geist schon ein Jucken zwischen den Schulterblättern, wo vielleicht bald eine Messerklinge eindringen würde – *Er kann es nicht wissen, seng mich! Gaebril hat mich bestimmt nicht im Verdacht!* –, da äußerte sich der junge Offizier endlich: »Wart Ihr lange in Tar Valon? In der Weißen Burg? Lange genug, um einiges zu sehen?«

»Ich war nur drei Tage lang dort«, sagte Mat vorsichtig. Er hätte den angeblichen Aufenthalt noch verkürzt, aber es wäre dann unglaubwürdig gewesen, den ganzen Weg dorthin zurückzulegen, um seine Schwester zu besuchen, und dann sofort wieder abzureisen. Es wäre ihm lieber gewesen, er hätte den Brief loswerden können, ohne überhaupt zu erwähnen, daß er in Tar Valon gewesen war. *Was beim Licht will er?* »In der Zeit habe ich nicht viel Wichtiges gesehen. Sie haben mich nicht herumgeführt und mir Sachen darüber erzählt. Ich war nur dort, um Else zu besuchen.«

»Aber Ihr müßt doch etwas gehört haben, Mann! Wer ist Sheriam? Hat es irgendeine Bedeutung, wenn man in ihrem Arbeitszimmer mit ihr spricht?«

Mat schüttelte so lebhaft den Kopf, daß ihm die Erleichterung nicht anzumerken war. »Ich weiß nicht, wer das ist«, sagte er wahrheitsgemäß. Vielleicht hatte er gehört, wie Egwene oder auch Nynaeve den Namen einmal erwähnt hatten. Sicher doch eine Aes Sedai? »Warum sollte das eine Bedeutung haben?«

»Ich weiß auch nicht«, sagte Tallanvor leise. »Ich weiß viel zu vieles nicht. Manchmal glaube ich, sie versucht, etwas mitzuteilen…« Er sah Mat scharf an. »Seid Ihr ein loyaler Andoraner, Thom Grinwell?«

»Natürlich bin ich das.« *Licht, wenn ich das noch oft wiederhole, glaube ich selbst daran.* »Wie steht es mit Euch? Dient Ihr Morgase und Gaebril genauso treu?«

Tallanvors Blick war stahlhart. »Ich diene Morgase, Thom Grinwell. Ich diene ihr bis zum Tod! Lebt wohl!« Er drehte sich um und ging zum Palast zurück, eine Hand am Schwertgriff.

Mat beobachtete ihn und murmelte: »Ich wette darum« – damit warf er Gaebrils Geldbörse in die Luft und fing sie wieder auf –, »daß Gaebril dasselbe behauptet.« Welche Spielchen sie auch dort im Palast spielen mochten – er wollte nichts damit zu tun haben. Und er wollte sichergehen, daß auch Egwene und die anderen aus dem Spiel waren. *Diese närrischen Frauen! Jetzt muß ich ihnen wieder die Kastanien aus dem Feuer holen, anstatt meine eigenen zu ernten.* Er fing erst zu laufen an, als die anderen Gebäude ihn vor den Blicken der Palastwache schützten.

Als er ›Der Königin Segen‹ betrat, hatte sich in der Bibliothek nicht viel geändert. Thom und der Wirt saßen immer noch über das Spielbrett gebeugt, wenn es auch ein neues Spiel war, wie er an der Position der Steine erkannte. Gill war schon wieder am Verlieren, und die gestreifte Katze lag wieder auf dem Tisch und putzte sich. In der Nähe der Katze stand ein Tablett mit ihren erkalteten Pfeifen und den Resten eines Mahls für zwei. Seine Sachen lagen aber nicht mehr auf dem Lehnstuhl. Jeder der beiden Männer hatte einen Becher Wein neben sich gestellt.

»Ich werde abreisen, Meister Gill«, sagte er. »Ihr

könnt die Münze behalten und eine Mahlzeit abziehen. Ich bleibe lang genug, um zu essen, aber dann bin ich weg nach Tear.«

»Warum denn so eilig, Junge?« Thom schien die Katze aufmerksamer zu betrachten als das Spielbrett. »Wir sind doch gerade erst angekommen.«

»Also habt Ihr Lady Elaynes Brief übergeben, ja?« sagte der Wirt eifrig. »Und den Kopf oben behalten, wie es scheint. Seid Ihr tatsächlich über die Mauer gestiegen wie der andere junge Mann? Nein, das ist nicht wichtig. Hat der Brief Morgase beruhigt? Müssen wir immer noch auf Zehenspitzen durchs Land laufen, Mann?«

»Ich denke, er hat sie beruhigt«, sagte Mat. »Ja, ich glaube schon.« Er zögerte einen Moment und ließ Gaebrils Geldbörse in der Hand auf und ab hüpfen. Es klimperte darin. Er hatte nicht nachgesehen, ob wirklich zehn Goldmark drin waren, aber das Gewicht schien zu stimmen. »Meister Gill, was könnt Ihr mir über Gaebril erzählen? Abgesehen von der Tatsache, daß er keine Aes Sedai leiden kann. Ihr habt gesagt, er sei noch nicht lang in Caemlyn?«

»Warum willst du mehr von ihm wissen?« fragte Thom. »Basel, ziehst du jetzt oder nicht?« Der Wirt seufzte und stellte einen schwarzen Stein auf das Brett, doch der Gaukler schüttelte den Kopf.

»Also, Bursche«, sagte Gill, »es gibt da nicht viel zu erzählen. Er kam im Winter aus dem Westen. Irgendwo aus Eurer Richtung, glaube ich. Vielleicht von den Zwei Flüssen. Ich hörte, wie die Berge erwähnt wurden.«

»Wir haben keine Lords bei den Zwei Flüssen«, sagte Mat. »Vielleicht gibt es welche in der Gegend von Baerlon. Ich weiß es nicht.«

»Das könnte sein, Junge. Ich hatte auch vorher noch nie von ihm gehört, aber ich kenne mich im Landadel ja auch nicht aus. Er kam, als Morgase noch in Tar

Valon war, und die halbe Stadt fürchtete, daß die Weiße Burg sie auch noch verschwinden lassen würde. Die andere Hälfte wollte sie gar nicht zurückhaben. Die Unruhen begannen wieder, so wie letztes Jahr am Ende des Winters.«

Mat schüttelte den Kopf. »Ich kümmere mich nicht um Politik, Meister Gill. Ich will nur etwas über Gaebril wissen.« Thom runzelte die Stirn und begann, seine Pfeife mit einem Strohhalm zu reinigen.

»Es ist ja auch Gaebril, von dem ich erzähle, Junge«, sagte Gill. »Während der Unruhen machte er sich zum Anführer der Partei, die Morgase unterstützte. Er wurde auch einmal im Kampf verwundet, wie man sich erzählt. Als sie zurückkehrte, hatte er alles unter Kontrolle. Gareth Bryne gefielen Gaebrils Methoden nicht gerade, denn er greift schon sehr hart durch, aber Morgase war so froh darüber, daß die Ordnung wiederhergestellt war, daß sie ihn auf Elaidas Position beförderte.«

Der Wirt schwieg. Mat wartete darauf, daß er fortfuhr, doch das tat er nicht. Thom stopfte seine Pfeife, ging hinüber zu einer kleinen Lampe, die eben zu diesem Zweck oben auf dem Kaminsims stand, und entzündete einen Kienspan.

»Was noch?« fragte Mat. »Der Mann muß doch einen Grund für das haben, was er tut. Wenn er Morgase heiratet, wird er dann nach ihrem Tod König? Ich meine, wenn auch Elayne tot wäre?«

Thom erstickte fast, als er seine Pfeife anzuzünden versuchte, und Gill lachte. »Andor hat eine Königin, Junge. Immer eine Königin. Falls sowohl Morgase wie auch Elayne sterben sollten – Licht verhüte es! –, dann würde Morgases engste weibliche Verwandte den Thron besteigen. Zumindest ist es gar keine Frage, wer das sein würde: eine Cousine, Lady Dyelin. Das ist nicht wie damals bei der Thronfolge, als Tigraine verschwand. Damals dauerte es ein Jahr, bis Morgase auf dem Löwenthron saß. Dyelin könnte Gaebril als ihren Ratgeber beibehalten oder ihn heiraten, um die Dynastie fortzuführen, aber auch dann wäre er nur der Prinzgemahl. Und sie würde ihn wohl auch kaum heiraten, außer, Morgase hätte ein Kind von ihm. Mehr kann er nicht werden. Dem Licht sei Dank, daß Morgase noch eine junge Frau ist. Und Elayne ist gesund. Licht! Stand etwa in dem Brief, daß sie krank ist?«

»Es geht ihr gut.« *Jedenfalls im Moment noch.* »Gibt es sonst nichts, was Ihr mir über ihn erzählen könnt?« Ihr scheint ihn nicht gerade zu mögen. Warum?«

Der Wirt runzelte die Stirn und dachte wohl angestrengt nach. Dann kratzte er sich am Kinn und schüttelte den Kopf. »Ich glaube, es würde mir nicht passen, wenn er Morgase heiratet, aber ansonsten weiß ich es selbst nicht. Man sagt, er sei ein toller Mann. Die Adligen schauen alle zu ihm auf. Ich mag allerdings die meisten der Männer überhaupt nicht, die er in die Garde hineingebracht hat. Zuviel hat sich geändert, seit er kam, aber man kann ihn nicht für alles verantwortlich machen. Es gibt nur zuviel heimliches Murren, seit er kam. Man könnte glauben, es herrschten hier Zustände wie im Cairhien vor dem Bürgerkrieg. Alle spinnen Intrigen und versuchen, sich einen Vorteil zu verschaffen. Seit Gaebril kam, habe ich Alpträume, und ich bin nicht der einzige. Natürlich ist es Unsinn, sich über Träume Gedanken zu machen. Es ist vielleicht nur die Sorge um Elayne und was Morgase in bezug auf die Weiße Burg unternimmt und die Leute, die sich wie in Cairhien verhalten. Ich weiß es einfach nicht. Warum fragt Ihr mich so über Lord Gaebril aus?«

»Weil er Elayne töten will«, sagte Mat, »und Egwene und Nynaeve auch.« Aus dem, was ihm Gill erzählt hatte, konnte er nichts entnehmen, was ihm weitergeholfen hätte. *Seng mich, ich muß ja nicht unbedingt wissen, warum er sie umbringen lassen will. Ich muß es nur verhindern.* Beide Männer starrten ihn an, als sei er verrückt geworden. Schon wieder.

»Werdet Ihr wieder krank?« fragte Gill mißtrauisch. »Ich erinnere mich daran, als Ihr zuletzt alle derartig böse angeschaut habt. Entweder das, oder Ihr haltet das vielleicht für einen Streich. Ihr scheint mir einer, der es faustdick hinter den Ohren hat. Falls es so ist, dann ist das ein verdammt gemeiner Streich.«

Mat verzog das Gesicht. »Es ist kein verfluchter Streich. Ich habe zufällig mitgehört, wie er einem Mann namens Comar befahl, Elayne den Kopf abzuschlagen. Und, wenn er schon dabei wäre, auch die von Egwene und Nynaeve. Ein großer Mann mit einer weißen Strähne im Bart.«

»Das klingt nach Lord Comar«, sagte Gill bedächtig. »Er war ein guter Soldat, aber man behauptet, er hätte die Garde wegen einer Geschichte mit gezinkten Würfeln verlassen. Nicht, daß ihm das jemand ins Gesicht sagen würde – Comar war einer der besten Schwertkämpfer der Garde. Ihr meint es wirklich ernst, oder?«

»Ich glaube schon, Basel«, sagte Thom. »Ich glaube es wirklich.«

»Das Licht leuchte uns! Was hat Morgase gesagt? Ihr habt es ihr doch bestimmt gesagt, oder? Das Licht soll Euch versengen – Ihr habt es ihr doch wohl gesagt?«

»Klar«, sagte Mat mit bitterer Stimme. »Wo doch Gaebril gleich neben ihr stand und sie ihn wie eine liebeskranke Hündin angehimmelt hat! Ich sagte: ›Ich mag ja ein einfacher Dorftrottel sein, der vor einer halben Stunde über Eure Mauer geklettert ist, aber ich weiß trotzdem bereits, daß Euer vertrauenswürdiger Ratgeber hier, in den Ihr anscheinend verliebt seid, vor hat, Eure Tochter zu ermorden.‹ Licht, Mann, sie hätte *mir* den Kopf abschlagen lassen!«

»Das kann gut angehen.« Thom betrachtete die feinen Schnitzereien an seinem Pfeifenkopf und zupfte an einer Seite seines Schnurrbarts. »Ihr Zorn kommt immer wie der Blitz aus heiterem Himmel, nur doppelt so gefährlich.«

»Du mußt es ja wissen, Thom«, sagte Gill mit abwesendem Blick. Er blickte ins Leere und fuhr sich mit beiden Händen durch das ergraute Haar. »Es muß doch etwas geben, was ich tun kann. Ich habe seit dem Aiel-Krieg kein Schwert mehr in der Hand gehabt, aber … Ach, das würde auch nichts bringen. Ich würde mich umbringen lassen und nichts damit erreichen. Aber irgend etwas muß ich unternehmen!«

»Gerüchte.« Thom rieb sich einen Nasenflügel. Er schien das Spielbrett zu betrachten und Selbstgespräche zu führen. »Niemand kann verhindern, daß Gerüchte Morgases Ohren erreichen, und wenn sie es oft genug hört, wird sie nachdenklich werden. Gerüchte sind die Stimme des Volkes, und die Stimme des Volkes sagt oftmals die Wahrheit. Das weiß Morgase. Wenn es um das Große Spiel geht, würde ich niemals gegen sie wetten. Verliebt oder nicht: Sobald Morgase anfängt, Gaebril unter die Lupe zu nehmen, wird er nicht einmal mehr seine geheimsten Kinderträume vor ihr verbergen können. Und wenn sie erfährt, daß er Elayne etwas antun will« – damit setzte er einen Stein auf das Brett; zuerst hielt Mat den Zug für eigenartig, aber dann sah er, daß mit drei Zügen etwa ein Drittel von Gills Steinen in der Falle sitzen würden –, »wird Lord Gaebril eine wunderschöne Beerdigung erleben.«

»Du und dein Spiel der Häuser«, knurrte Gill. »Aber es könnte klappen.« Plötzlich erschien ein Lächeln auf seinem Gesicht. »Ich weiß sogar, wem man es sagen muß, um die Gerüchte in Umlauf zu bringen. Alles, was ich tun muß, ist, Gilda gegenüber zu erwähnen, daß ich das geträumt habe, und drei Tage später hat sie der Hälfte aller Dienerinnen in der

Neustadt bereits erzählt, es sei eine Tatsache. Sie ist das schlimmste Klatschweib, das der Schöpfer je erschuf.«

»Geh nur sicher dabei, daß man es nicht auf dich zurückverfolgen kann, Basel.«

»Keine Angst, Thom. Vor einer Woche erst hat mir ein Mann einen meiner eigenen Alpträume erzählt und mir gesagt, er habe es von jemand anderem und der wiederum von einem Dritten. Gilda muß gelauscht haben, als ich es Coline erzählte. Aber als ich ihn schließlich ganz genau ausfragte, konnte er mir eine ganze Kette von Namen sagen, bis hinüber zur anderen Seite Caemlyns, und dort verschwand die Spur. Also, ich wollte die Probe aufs Exempel machen und habe den letzten Mann aus seiner Kette aufgespürt. Ich wollte wissen, durch wie viele Mäuler das Ganze schon gegangen war, und er behauptete, es sei sein eigener Traum gewesen! Keine Angst, Thom.«

Mat war es ziemlich gleich, was sie mit ihren Gerüchten erreichen wollten. Gerüchte würden Egwene und den anderen auch nicht helfen. Aber eine Sache nagte doch an ihm. »Thom, die scheinst das alles ziemlich gelassen hinzunehmen. Ich dachte, Morgase sei die große Liebe deines Lebens.«

Der Gaukler starrte wieder in seinen Pfeifenkopf. »Mat, eine sehr weise Frau sagte mir, die Zeit werde meine Wunden heilen und alle Falten glätten. Ich habe ihr nicht geglaubt. Aber sie hatte recht.«

»Also liebst du Morgase nicht mehr.«

»Junge, es ist fünfzehn Jahre her, daß ich Caemlyn verließ, keinen Schritt von der Axt des Henkers entfernt. Da war die Tinte von Morgases Unterschrift auf dem Todesurteil noch feucht. Wenn ich hier sitze und höre, wie Basel stichelt« – Gill protestierte, und Thom sprach noch etwas lauter –, »stichelt, nenne ich das, daß Morgase und Gaebril vielleicht heiraten, dann wird mir klar, daß die Leidenschaft schon vor langer

Zeit verblaßt ist. Ja, ich denke, ich kann sie immer noch gut leiden, vielleicht bin ich sogar noch ein ganz klein wenig verliebt in sie, aber die große Leidenschaft ist es nicht mehr.«

»Und ich sitze hier und bilde mir ein, du würdest sofort zum Palast hinaufrennen und sie warnen.« Er lachte und war überrascht, als Thom einstimmte.

»Solch ein großer Tor bin ich denn doch nicht, Junge. Jeder Narr weiß, daß Männer und Frauen gelegentlich ganz unterschiedlich denken. Der größte aller Unterschiede ist der folgende: Männer vergessen, vergeben aber nie; Frauen vergeben, vergessen aber nie. Morgase wird mich vielleicht auf die Wange küssen, mir einen Becher Wein vorsetzen und mir sagen, wie sehr sie mich vermißt hat. Und andererseits könnte es sein, daß sie mich von der Garde abführen und zum Henker bringen läßt. Nein, Morgase ist eine der fähigsten Frauen, die ich je kennengelernt habe, und das will etwas heißen. Ich habe beinahe Mitleid mit Gaebril, wenn sie erst einmal erfährt, was er vorhat. Tear, sagst du? Würdest du vielleicht doch eventuell bis morgen mit der Abreise warten? Ich könnte schon eine Mütze Schlaf gebrauchen.«

»Ich will noch bis zum Sonnenuntergang so weit wie möglich Richtung Tear kommen.« Mat zwinkerte. »Heißt das, du willst mit mir kommen? Ich glaubte, du wolltest hier bleiben.«

»Hast du nicht gerade gehört, daß ich mich entschlossen habe, meinen Kopf oben zu *behalten?* Tear klingt für mich sicherer als Caemlyn, und das ist doch gar nicht schlecht. Außerdem mag ich diese Mädchen.« In seiner Hand erschien ein Messer, und ebenso plötzlich war es wieder verschwunden. »Ich will nicht, daß ihnen etwas geschieht. Aber wenn du schnell nach Tear gelangen willst, müssen wir wieder nach Aringill. Mit einem schnellen Schiff sind wir um Tage früher dort, als wenn wir reiten, selbst wenn wir die Pferde zu Tode schinden. Und das sage ich nicht nur, weil mein Hinterteil allmählich die Form eines Sattels annimmt.«

»Also Aringill. Solange es schnell geht.«

»Nun«, sagte Gill, »da ich annehme, daß Ihr sofort abreisen wollt, Junge, werde ich mich besser um die Mahlzeit kümmern, die Ihr haben wolltet.« Er schob seinen Stuhl weg und ging zur Tür.

»Bewahrt das für mich auf, Meister Gill«, sagte Mat und warf ihm die waschlederne Geldbörse zu.

»Was ist das, Junge? Geld?«

»Einsatz. Gaebril weiß es nicht, aber er und ich, wir haben eine Wette laufen.« Die Katze sprang hinunter, als Mat den hölzernen Würfelbecher nahm und die Würfel auf den Tisch klappern ließ. Fünf Sechser. »Und ich gewinne immer.«

KAPITEL 16

Dem Wind hinterher

Als der *Pelikan* auf die Kais von Tear am Westufer des Erinin zuschwankte, sah Egwene überhaupt nichts von der Stadt, der sie sich näherten. Sie hing mit gesenktem Kopf an der Reling und starrte auf das Wasser des Erinin, das an dem dicken Rumpf des Schiffes vorbeiglitt. Das vordere Ruder auf ihrer Seite ruckte in ihr Blickfeld und verschwand wieder. Es hinterließ eine weiße Spur im trüben Wasser. Selbst das erzeugte Schwindelgefühle bei ihr, aber sie wußte, die Seekrankheit würde noch schlimmer werden, wenn sie auch nur den Kopf hob. Und falls sie gar das Ufer betrachtete, würde die langsame, korkenzieherartige Bewegung des *Pelikan* noch deutlicher in ihr strapaziertes Hirn dringen.

Seit Jurene hatte sich das Schiff nur noch rollend und stampfend fortbewegt. Es war ihr gleich, wie das vorher gewesen sein mochte, aber sie wünschte sich, der *Pelikan* wäre rechtzeitig vor Jurene gesunken. Sie wünschte sich auch, sie hätten den Kapitän dazu gebracht, in Aringill anzulegen, damit sie dort auf ein anderes Schiff hätten umsteigen können. Sie wünschte, sie hätte nie ein Schiff aus der Nähe gesehen. Sie wünschte sich sehr viel, das meiste einfach, um sich selbst abzulenken.

Das ständige Rollen war jetzt, unter Rudern, nicht mehr so schlimm wie vorher, als sie noch gesegelt waren, aber das hatte sich über so viele Tage hingezogen, daß sie den Unterschied kaum wahrnahm. Ihr Magen schien in ihrem Innern hin und her zu schwap-

pen wie die Milch in einem Steinkrug. Sie würgte und mühte sich, diese Vorstellung ganz schnell wieder zu vergessen.

Sie, Elayne und Nynaeve hatten auf dem *Pelikan* nicht viel im voraus planen können. Nynaeve hielt es nur selten mehr als zehn Minuten lang aus, bevor sie sich erneut übergeben mußte, und wenn sie das mit ansehen mußte, wurde Egwene regelmäßig auch das wenige Essen los, das sie zuvor hinuntergewürgt hatte. Auch die zunehmende Wärme weiter unten im Süden half nicht. Nynaeve war jetzt gerade unter Deck, und zweifellos hielt ihr Elayne wieder eine Schüssel unter das Kinn.

O Licht, nein! Nicht daran denken! Grüne Felder. Wiesen. Licht, Wiesen schwanken doch nicht so. Hummeln. Nein, keine Hummeln! Lerchen. Singende Lerchen.

»Frau Joslyn? Frau Joslyn!«

Sie brauchte einen Augenblick, bis sie die Stimme von Kapitän Canin erkannte, und den Namen, den sie ihm genannt hatte. Sie hob schwerfällig den Kopf und richtete den Blick auf sein langes Gesicht.

»Wir legen an, Frau Joslyn. Ihr habt immer gesagt, daß Ihr froh sein werdet, wieder an Land zu kommen. Also, jetzt sind wir da.« Seine Stimme klang ganz danach, daß er ebenso froh war, die drei Passagiere wieder loszuwerden, von denen zwei nicht mehr taten, als sich dauernd zu übergeben und die ganze Nacht über zu stöhnen.

Barfüßige Seeleute mit nacktem Oberkörper warfen den Schauerleuten auf der in den Fluß hineinragenden Kaimauer die Haltetaue zu. Die Schauerleute trugen anscheinend an Stelle von Hemden lange Lederwesten. Die Ruder waren bereits eingezogen, bis auf zwei, die das Schiff gegen einen zu harten Aufprall an die Kaimauer abstützten. Die Pflastersteine auf dem Kai waren naß. In der Luft lag noch der Geruch von Regen, und das beruhigte sie ein wenig. Jetzt wurde ihr auch bewußt, daß die ewige Schaukelei schon vor einiger Zeit aufgehört hatte. Aber ihr Magen erinnerte sie noch daran. Im Westen senkte sich bereits die Sonne. Sie versuchte, nicht an Abendessen zu denken.

»Sehr gut, Kapitän Canin«, sagte sie so würdevoll, wie es ihr möglich war. *Er würde nicht so reden, wenn ich meinen Ring an der Hand hätte, nicht einmal, wenn ich auf seine Hilfe angewiesen wäre.* Sie schauderte bei dieser Vorstellung.

Ihr Ring mit der Großen Schlange hing nun neben dem gewundenen Steinring des *Ter'Angreal* an einer Lederschnur um ihren Hals. Der Steinring ruhte kühl an ihrer Haut, beinahe kühl genug, um die warme Feuchte der Luft vergessen zu machen. Aber davon einmal abgesehen, war ihr bewußt geworden, daß sie den Ring immer häufiger berühren wollte, je mehr sie den *Ter'Angreal* benützte. Es war wie eine Sucht, und sie mußte ihn nun auf der Haut tragen, statt in einem Beutel.

Tel'aran'rhiod zeigte ihr immer noch wenig, was sie unmittelbar verwerten konnte. Manchmal hatte sie ganz kurz Rand oder Mat oder Perrin gesehen. Allerdings tauchten sie noch öfters in ihren Träumen ohne Hilfe des *Ter'Angreal* auf. Einen Sinn aber ergaben diese kurzen Ausblicke nicht. Die Seanchan hatte sie auch gesehen, aber sie weigerte sich, daran auch nur zu denken. Dann waren da Alpträume gewesen, in denen sie zusehen mußte, wie ein Weißmantel Meister Luhhan als Köder in eine riesige, furchterregend gezähnte Falle steckte. Und warum trug Perrin einen Falken auf der Schulter und was war daran so wichtig, ob er sich für die Axt an seinem Gürtel oder für den Schmiedehammer entschied? Welche Bedeutung hatte der Traum, in dem Mat mit dem Dunklen König würfelte, warum rief er immer: ›Ich komme!‹, und warum glaubte sie in diesem Traum, daß er sie damit meine? Und dann Rand. Er hatte sich durch vollständige Dunkelheit zu *Callandor* hingeschlichen. Aber sechs Männer und fünf Frauen waren mit ihm gekommen. Ein paar davon jagten ihn, andere ignorierten ihn, ein paar versuchten, ihn zu dem leuchtenden Kristallschwert hinzugeleiten, während wieder andere ihn davon abhalten wollten, es zu erreichen. Sie schienen ihn aber überhaupt nicht sehen zu können, oder zumindest nur für ganz kurze Zeit. Einer der Männer hatte Flammenaugen, und er wünschte Rands Tod mit einer Verzweiflung herbei, die sie beinahe mit der Zunge schmecken konnte. Sie glaubte, ihn zu kennen. Ba'alzamon. Aber wer waren die anderen? Dann wieder Rand in dieser trockenen, staubigen Kammer und diese kleinen Kreaturen, die sich in seine Haut bohrten. Rand, der vor einer Horde von Seanchan stand. Rand, vor ihr und einer zweiten Frau stehend, und eine von ihnen *war* eine Seanchan. Es war alles viel zu verwirrend. Sie mußte aufhören, an Rand und die anderen zu denken, und sich auf das konzentrieren, was unmittelbar vor ihr lag. *Was haben die Schwarzen Ajah vor? Warum träume ich nicht von ihnen? Licht, warum kann ich nicht lernen, es so zu steuern, daß ich sehe, was ich wissen will?*

»Laßt die Pferde an Land bringen, Kapitän«, sagte sie zu Canin. »Ich werde es Frau Maryim und Frau Caryla mitteilen.« Das waren natürlich Nynaeve – Maryim – und Elayne – Caryla.

»Ich habe einen Mann hinuntergeschickt, um es ihnen zu sagen, Frau Joslyn. Und Eure Tiere werden an Land gebracht, sobald meine Männer einen Ladebaum freimachen können.«

Er klang wirklich erfreut darüber, daß er sie los wurde. Sie dachte daran, ihm zu sagen, er solle sich nicht beeilen, doch dann verwarf sie den Gedanken sofort wieder. Das Stampfen und Rollen des *Pelikan* war wohl beendet, aber sie wollte so schnell wie möglich wieder festen Boden unter den Füßen haben. Jetzt gleich. Trotzdem blieb sie einen Moment stehen, und tätschelte Nebel die Nase und ließ die graue Stute an ihren Handfläche schnuppern, um Canin zu beweisen, daß es keine Eile hatte.

Nynaeve und Elayne erschienen an der Leiter von den Kabinengängen her, beladen mit ihren Bündeln und Satteltaschen. Elayne mußte außerdem noch Nynaeve fast schleppen. Als Nynaeve bemerkte, daß Egwene zusah, schob sie die helfende Hand der Tochter-Erbin von sich und ging ohne Hilfe zu der schmalen Laufplanke, die man zum Kai hinübergelegt hatte. Zwei Besatzungsmitglieder befestigten eine breite Segeltuchbahn unter Nebels Bauch. Egwene eilte hinunter, um ihre Habseligkeiten zu holen. Als sie wieder nach oben kam, befand sich ihre Stute schon an Land, und Elaynes Pferd schwebte auf halbem Weg zum Kai in der Luft.

Im ersten Moment, als ihre Füße wieder festes Land betraten, fühlte sie nur Erleichterung. Das hier stampfte und rollte nicht. Dann begann sie sich in dieser Stadt umzusehen, die zu erreichen ihnen soviel Mühe und Schmerzen bereitet hatte. Gleich hinter den langen Kais befanden sich steinerne Lagerhäuser, und eine große Anzahl von Schiffen, groß und klein, lag an den Kais oder im Fluß vor Anker. Hastig wandte sie ihren Blick von den Schiffen ab. Tear war auf einer Ebene erbaut worden, die kaum eine Erhebung aufwies. Wenn sie die schlammigen, ungepflasterten Straßen zwischen den Lagerhäusern hinunterblickte, sah sie Häuser, Schenken und Tavernen aus Holz und Stein. Ihre mit Schieferplatten oder Ziegeln gedeckten Dächer hatten eigenartige Ecken, und manche liefen sogar oben zu einer Spitze zusammen. Weiter entfernt konnte sie eine hohe Mauer aus dunkelgrauem Stein erkennen und dahinter wieder die Spitzen von Türmen mit umlaufenden Galerien, dazu die weißen Kuppeln von Schlössern. Aber die Kuppeln wirkten etwas eckig, und die Türme hatten spitz zulaufende Dächer, so wie einige der Häuser außerhalb. Alles in allem war Tear sicher ebenso groß wie Caemlyn oder Tar Valon, und wenn vielleicht nicht so schön, war es doch eine der ganz großen Städte. Doch von einem konnte sie den Blick kaum reißen: dem Stein von Tear.

Sie hatte davon in Geschichten gehört, gehört, daß es die größte und älteste Festung der Welt sei, die erste nach der Zerstörung der Welt erbaute, und doch hatte nichts sie auf diesen Anblick vorbereitet. Beim ersten Hinschauen glaubte sie noch, es sei ein mächtiger, grauer Steinhügel oder ein kleiner, kahler Tafelberg, Hunderte von Schritten lang auf jeder Seite. Er erstreckte sich vom Erinin im Westen durch die Mauer bis weit in die Stadt hinein. Selbst nachdem sie die große Flagge vom höchsten Punkt aus hatte flattern sehen – drei weiße Mondsicheln schräg über einem halb roten und halb goldenem Feld; diese Flagge befand sich in mindestens dreihundert Schritt Höhe über dem Fluß und war so groß, daß man sie ganz deutlich sehen konnte – und dann die Zinnen und Türme bemerkte, selbst dann war es schwer, den Stein von Tear als etwas von Menschenhand Erbautes zu sehen. Er sah aus, als sei er von einem Riesen aus einem Berg herausgehauen worden.

»Mit Hilfe der Macht erbaut«, murmelte Elayne. Auch sie starrte den Stein an. »Ströme des Elements Erde verwoben, um den Stein aus dem Erdboden heraufzuholen. Die Luft mußte Material aus allen Teilen der Welt herbeiholen, und Erde und Feuer gemeinsam verschweißen es zu einem großen Block ohne Spalt und ohne jedes bißchen Zement. Atuan Sedai meinte, heutzutage könnte die Burg das nicht mehr vollbringen. Seltsam, wenn man bedenkt, wie die Hochlords heute der Macht ablehnend gegenüberstehen.«

»Ich glaube«, stellte Nynaeve fest, die den Schauerleuten in ihrer Nähe beim Arbeiten zusah, »genau deswegen sollten wir gewisse Dinge nicht laut erwähnen.« Elayne schien zwischen Entrüstung – sie hatte ja schon sehr leise gesprochen – und Zustimmung hin- und hergerissen. Die Tochter-Erbin stimmte Nynaeve zu oft und allzu bereitwillig zu, und das paßte Egwene nicht.

Nur wenn Nynaeve recht hat, gab sie dann aber widerstrebend zu. Hier würde man eine Frau sehr genau beobachten, die den Ring trug oder auch nur mit Tar Valon in Verbindung gebracht wurde. Die barfüßigen Schauerleute in ihren Lederwesten achteten nicht auf die drei Frauen, als sie ihrer Arbeit nachgingen: Ballen oder Kisten auf dem Rücken schleppen oder auf Karren verladen. Der starke Geruch nach Fisch lag in der Luft. An den nächsten drei Kais lagen Dutzende kleiner Fischerboote, so, wie auf jener Zeichnung im Arbeitszimmer der Amyrlin. Männer mit nacktem Oberkörper und barfüßige Frauen hievten Körbe voll mit Fischen aus den Booten, Haufen von Silber und Bronze und Grün und anderen Farben, die sie bei Fischen niemals vermutet hätte – Hochrot und Dunkelblau, leuchtendes Gelb, ja, und manche hatten sogar Streifen oder weiße Flecken und ähnliche Muster.

Sie senkte die Stimme, so daß nur Elayne sie hören konnte: »Sie hat recht. Caryla. Denk daran, warum du Caryla bist.« Sie wollte nicht, daß Nynaeve dieses Eingeständnis hörte, denn wenn ihr so etwas zu Ohren kam, änderte sich ihr Gesichtsausdruck wohl nicht, aber Egwene spürte, wie eine Welle der Befriedigung von ihr ausging.

Gerade wurde Nynaeves schwarzer Hengst auf den Kai heruntergelassen. Die Seeleute hatten das Pferdefutter bereits herübergebracht und einfach auf das nasse Pflaster geworfen. Nynaeve sah die Pferde an und öffnete den Mund. Egwene war sicher, daß sie befehlen wollte, die Pferde zu satteln. Dann schloß sie ihn aber wieder und preßte lediglich die Lippen aufeinander, als habe sie das einige Mühe gekostet. Sie riß wieder einmal an ihrem Zopf. Bevor man noch die Segeltuchschlinge ganz entfernt hatte, warf sie bereits die blaugestreifte Satteldecke auf den Rücken des Schwarzen und hob ihren hochbordigen Sattel nach oben. Sie sah sich nicht einmal nach den anderen beiden Frauen um.

Egwene war in diesem Augenblick keineswegs erpicht darauf zu reiten. Die Bewegungen des Pferdes würden möglicherweise ihren Magen an das Schaukeln des Schiffes erinnern. Doch ein Blick auf die schlammigen Straßen überzeugte sie. Ihre Schuhe waren wohl fest, aber sie versank damit nicht gern im Schlamm oder hielt die ganze Zeit den Rock hochgerafft, um überhaupt richtig laufen zu können. So sattelte sie Nebel schnell, saß auf und strich ihren Rock glatt. Sie mußte sich selbst überrumpeln, sonst hätte sie vielleicht doch die Straßen gar nicht so schlimm gefunden … Auf dem *Pelikan* hatte diesmal Elayne ein wenig genäht. Die Tochter-Erbin konnte sehr präzise nähen. Sie hatte ihre Röcke alle geteilt und zu Hosenröcken abgenäht, damit sie richtig auf den Pferden sitzen konnte.

Nynaeve erbleichte, als sie sich in den Sattel schwang und der Hengst zur Seite tänzelte. Doch sie beherrschte sich mit zusammengepreßten Lippen, nahm die Zügel fest in die Hände und hatte ihn schnell unter Kontrolle. Als sie schließlich an den Lagerhäusern vorbeigeritten waren, war sie wieder in der Lage, zu sprechen. »Wir müssen Liandrin und die anderen aufspüren, ohne sie erfahren zu lassen, daß wir nach ihnen fragen. Sie wissen sicherlich, daß wir kommen, oder zumindest, daß jemand kommt, aber ich möchte sie nichts von unserer Ankunft wissen lassen, bis es zu spät für sie ist.« Sie holte tief Luft. »Ich gebe zu, mir ist noch nicht eingefallen, wie wir das anstellen sollen. Bisher. Hat eine von euch einen Vorschlag?«

»Ein Diebfänger«, sagte Elayne ohne zu zögern. Nynaeve runzelte die Stirn.

»Meinst du einen wie Hurin?« fragte Egwene. »Aber Hurin handelte im Dienst seines Königs. Jeder Diebfänger hier wird doch sicherlich im Dienst der Hochlords stehen?«

Elayne nickte, und einen Augenblick lang beneidete Egwene die Tochter-Erbin um ihren guten Magen. »Ja, schon. Aber die Diebfänger sind nicht dasselbe wie die Königliche Garde oder in Tear die Verteidiger des Steins. Sie dienen dem Herrscher, aber Leute, die bestohlen wurden, zahlen ihnen manchmal dafür, daß sie ihre gestohlenen Güter wieder besorgen. Und manchmal werden sie auch dafür bezahlt, bestimmte Leute zu suchen. Zumindest ist das in Caemlyn der Fall. Ich glaube nicht, daß es in Tear anders sein wird.«

»Dann nehmen wir uns Zimmer in einer Schenke«, sagte Egwene, »und bitten den Wirt, einen Diebfänger für uns aufzuspüren.«

»Keine Schenke«, sagte Nynaeve so entschlossen, wie sie auch ihren Hengst lenkte. Sie schien das Tier immer vollkommen unter Kontrolle zu haben. Einen Moment später mäßigte sie aber ihren Tonfall: »Zumindest Liandrin kennt uns, und wir müssen annehmen, daß uns auch die anderen kennen. Sie werden mit Sicherheit die Schenken überwachen, um zu sehen, wer der Spur folgt, die sie ausgelegt haben. Ich will ihre Falle zum Zuschnappen bringen, aber wir sollten nicht gerade drinstecken. Wir bleiben nicht in einer Schenke.«

Egwene verzichtete auf weitere Fragen.

»Wo dann?« Elayne runzelte die Stirn und dachte angestrengt nach. »Wenn ich mich zu erkennen geben würde, falls mir das überhaupt jemand abnimmt, bei dieser Kleidung und ohne Eskorte, wären wir den meisten Adelshäusern und sogar im Stein selbst willkommene Gäste. Caemlyn und Tear haben sehr gute Beziehungen zueinander. Aber an Geheimhaltung wäre dann nicht zu denken. Es wäre noch am gleichen Abend in der ganzen Stadt bekannt. Mir fällt nichts anderes ein als eben eine Schenke, Nynaeve. Außer, du willst hinaus aufs Land und einen Bauernhof suchen, auf dem wir unterkommen können. Aber vom Land aus finden wir sie nie.«

Nynaeve sah Egwene an. »Ich werde es wissen, wenn ich es sehe. Laßt mich nur machen.«

Elaynes verfinsterte Miene wandte sich erst Nynaeve und dann Egwene zu, und dann wieder der ersten. »Man sollte nicht gerade seine eigenen Ohren abschneiden, weil einem die Ohrringe nicht gefallen«, knurrte sie.

Egwene konzentrierte sich entschlossen auf die Straße, die sie hinabritten. *Seng mich, wenn ich zugebe, daß ich keine Ahnung habe!*

Es waren, verglichen mit Tar Valon, gar nicht so viele Menschen unterwegs. Vielleicht wurden sie von dem tiefen Schlamm auf den Straßen abgeschreckt. Karen und Wagen rumpelten an ihnen vorbei, die meist von Ochsen mit ausladenden Hörnern gezogen wurden. Die Treiber liefen nebenher und schwenkten lange Stöcke aus irgendeinem hellen, gefurchten Holz. Diese Straßen wurden offensichtlich nicht von Kutschen oder Sänften benützt. Auch hier hing der Geruch nach Fisch in der Luft, und nicht wenige der Männer, die an ihnen vorbeieilten, trugen große Körbe mit Fischen auf dem Rücken. Die Läden wirkten keineswegs wohlhabend. Nirgends lagen Waren aus, und Egwene sah nur wenige Kunden hineingehen. Über den Läden hingen Schilder – Nadel und Tuchballen bei einem Schneider, Messer und Schere bei einem Messerschmied, Webstuhl und ähnliches –, aber bei den meisten blätterte schon die Farbe ab. Auch die Schilder über den wenigen Schenken sahen genauso aus, und Gäste gab es wohl nicht viele. Bei den kleinen Häuschen, die sich zwischen die Schenken und Läden zwängten, fehlten Dachplatten oder Ziegel. Zumindest dieser Teil Tears wirkte arm. Und den Gesichtern nach zu schließen, war es den Menschen gleichgültig. Sie bewegten sich, arbeiteten, aber die meisten hatten wohl aufgegeben. Wenige nur warfen den drei Frauen überhaupt einen Blick zu, die ritten, wo alle anderen zu Fuß gehen mußten.

Die Männer trugen Pumphosen, die gewöhnlich am Knöchel zugeschnürt waren. Nur einige von ihnen trugen Jacken. Die waren lang und dunkel, saßen oben herum eng und wurden nach unten zu weiter. Man sah zwar Männer in Halbschuhen, kaum welche, die Stiefel trugen, doch die meisten gingen barfuß durch den Schlamm. Viele trugen auch weder Jacke noch Hemd. Die Hosen wurden gewöhnlich von einer breiten, meist bunten und oftmals schmutzigen Schärpe gehalten. Einige hatten sich nach oben spitz zulaufende Strohhüte aufgesetzt, während andere Stoffkappen trugen, die ihnen auf einer Seite über das Gesicht herunterhingen. Die Frauenkleider wiesen hohe Krägen auf, die bis zum Kinn reichten, und die Röcke gingen bis zum Fußknöchel. Viele der Frauen hatten Schürzen in blassen Farbtönen darübergebunden, manchmal sogar zwei oder drei, die obere immer etwas kleiner als die darunter. Dazu trugen auch sie die gleichen Strohhüte wie die Männer. Sie hatten sie allerdings gefärbt, damit sie zu den Schürzen paßten.

Bei einer Frau sah sie dann auch zum erstenmal, wie man hier trotz Schuhen mit dem Schlamm fertig wurde. Die Frau hatte sich kleine Holzklötze unter die Schuhsohlen geschnallt, so daß diese sich zwei Handbreit aus dem Schlamm hoben. Sie lief auf die Art ganz sicher und mit festen Schritten einher. Danach bemerkte Egwene andere, die ebenfalls solche Holzklötze trugen, Männer genau wie Frauen. Auch einige

Frauen liefen barfuß, aber nicht so viele wie Männer. Sie fragte sich, in welchen Geschäften man wohl diese Holzklötze kaufen könne, doch dann bog Nynaeve mit ihrem Schwarzen plötzlich in eine Gasse zwischen einem langen, schmalen, zweistöckigen Gebäude und einem von Mauern geschützten Töpferladen ein. Egwene tauschte einen Blick mit Elayne. Die Tochter-Erbin zuckte die Achseln, und so folgten sie ihr. Egwene hatte keine Ahnung, wohin Nynaeve wollte und wieso. Sie würde wohl mit Nynaeve ein ernstes Wörtchen reden müssen. Aber natürlich wollte sie auch nicht von den anderen getrennt werden.

Die Gasse endete plötzlich in einem kleinen Hinterhof, der eingezwängt zwischen den umstehenden Gebäuden lag. Nynaeve war bereits abgestiegen und hatte die Zügel an einen Feigenbaum gebunden, so daß ihr Hengst nicht an das Grünzeug gelangen konnte, das in einem kleinen Gemüsegarten wuchs, der etwa die halbe Fläche des Hinterhofs einnahm. Eine saubere Reihe von Steinen wies den Weg zum Hintereingang. Nynaeve ging zur Tür und klopfte an.

»Was ist los?« fragte Egwene unwillkürlich. »Warum halten wir hier an?«

»Habt ihr die Kräuter im Vorderfenster gesehen?« Nynaeve klopfte noch mal an.

»Kräuter?« fragte Elayne.

»Eine Seherin«, sagte Egwene zu ihr, und sie stieg ab und band Nebel neben Nynaeves Schwarzem an. *Gaidin ist kein schöner Name für ein Pferd. Glaubt sie, ich wüßte nicht, wen sie damit meint?* »Nynaeve hat eine Seherin oder Sucherin, oder wie sie das hier nennen, aufgespürt.«

Eine Frau öffnete die Tür einen Spaltbreit und blickte mißtrauisch hinaus. Zuerst glaubte Egwene, sie sei mager, aber dann machte die Frau die Tür vollends auf. Sie war recht gut gepolstert, wie sich jetzt zeigte, aber ihre Bewegungen zeugten von beachtlichen Muskeln. Sie wirkte genauso kräftig wie Frau Luhhan, und ein paar Leute in Emondsfeld behaupteten ja, Alsbet Luhhan sei fast genauso stark wie ihr Mann. Es stimmte wohl nicht, war aber doch auch nicht so weit von der Wahrheit entfernt.

»Wie kann ich Euch helfen?« fragte die Frau in einem Akzent ähnlich dem der Amyrlin. Ihr graues Haar hing ihr in dichten Locken fast bis auf die Schultern, und ihre drei Schürzen waren grün, jede etwas dunkler als die darunter, doch selbst die oberste nur blaßgrün. »Welche von Euch braucht mich?«

»Ich«, sagte Nynaeve. »Ich brauche etwas gegen Übelkeit. Und eine meiner Begleiterinnen möglicherweise auch. Falls wir hier überhaupt richtig sind?«

»Ihr kommt nicht aus Tear«, sagte die Frau. »Das hätte ich eigentlich schon an Eurer Kleidung sehen müssen, bevor ich Euch sprechen hörte. Man nennt mich Mutter Guenna. Man bezeichnet mich auch als Weise Frau, aber ich bin alt genug, um auf solche Schmeicheleien nichts zu geben. Kommt herein, und ich gebe Euch etwas für Euren Magen.«

Es war eine saubere, ordentliche Küche, in die sie geführt wurden. Sie war nicht groß, an der Wand hingen Kupfertöpfe, und an der Decke waren getrocknete Kräuter und Würste aufgehängt. Die Türen mehrerer großer Schränke aus hellem Holz trugen Schnitzereien, die irgendeine Art von hohem Gras darstellten. Die Tischfläche war fast weiß vom Scheuern. Die Stuhlrücken waren mit Blumenmustern verziert. Ein Topf mit einer nach Fisch riechenden Suppe köchelte auf dem Herd vor sich hin und dazu ein geschlossener Kessel mit einem Stutzen zum Ausgießen, der gerade zu dampfen begann. Im gemauerten Kamin brannte kein Feuer, und dafür war Egwene mehr als dankbar. Der Herd gab schon genug Hitze ab. Mutter Guenna schien das allerdings gar nicht zu bemerken. Auf dem Sims stand Geschirr und weiteres in den Regalen zu beiden Seiten. Der Fußboden sah aus, als sei er frisch gefegt worden.

Mutter Guenna schloß die Tür hinter ihnen, und während sie durch die Küche zu einem ihrer Schränke ging, fragte Nynaeve: »Welchen Tee wollt Ihr mir geben? Kettenblatt? Oder Blauwarz?«

»Würde ich schon, wenn ich eines davon hätte.« Mutter Guenna kramte einen Augenblick lang in dem Schrank und holte dann ein Steingefäß heraus. »Da ich in letzter Zeit keine Gelegenheit hatte, etwas zu sammeln, werde ich Euch einen Aufguß von Sumpfweißchenblättern geben.«

»Das kenne ich nicht«, sagte Nynaeve bedächtig.

»Es wirkt genauso gut wie Kettenblatt, aber der Geschmack ist ein wenig beißend, und das mögen halt viele nicht.« Die große Frau zerbröselte getrocknete und zerteilte Blätter in eine blaue Teekanne hinein und trug sie zum Herd hinüber, um das Gemisch mit heißem Wasser aufzugießen. »Seid Ihr denn auch auf diesem Gebiet tätig? Setzt Euch.« Sie deutete mit einer Hand, in der sie zwei blau-glasierte Teetassen hielt, die sie vom Kaminsims genommen hatte, auf den Tisch. »Setzt Euch, und wir unterhalten uns. Welcher von Euch ist es auch übel?«

»Mir geht's gut«, sagte Egwene leichthin, als sie sich einen Stuhl heranholte. »Ist dir schlecht, Caryla?« Die Tochter-Erbin schüttelte unwillig den Kopf.

»Spielt keine Rolle.« Die grauhaarige Frau goß Nynaeve eine Tasse der dunklen Flüssigkeit ein und setzte sich dann ihr gegenüber an den Tisch. »Ich habe genug für zwei gemacht, aber Tee aus Sumpfweißchenblättern hält sich länger als Stockfisch. Er wirkt auch besser, wenn er abgestanden ist, wenn er auch dabei ein wenig bitterer wird. Die Frage ist: Wieviel braucht Ihr, um Euren Magen zu beruhigen, und wieviel könnt Ihr eurer Zunge zumuten? Trinkt, Mädchen.« Einen Augenblick später goß sie die zweite Tasse ein und nippte selbst daran. »Seht Ihr? Es tut nicht weh.«

Nynaeve hob ihre Tasse, und beim ersten Schluck seufzte sie angewidert. Als sie die Tasse wieder abstellte, sah man ihr aber nichts mehr an. »Es schmeckt halt nur ein wenig bitter. Sagt mir, Mutter Guenna, wird es noch lange andauern, daß wir diesen Regen und Matsch ertragen müssen?«

Die alte Frau runzelte die Stirn und verteilte dann wenig erfreute Blicke an alle drei Frauen. Schließlich sah sie wieder Nynaeve an. »Ich bin kein Windsucher des Meervolks, Mädchen«, sagte sie ruhig. »Wenn ich das Wetter vorhersagen könnte, würde ich mir lieber lebendige Hechte ins Kleid stecken, als es zugeben. Die Verteidiger betrachten diese Art von Dingen als beinahe so schlimm wie das, was die Aes Sedai tun. Also, seid Ihr im gleichen Gewerbe tätig oder nicht? Ihr seht aus, als wärt Ihr weit gereist. Was ist gut gegen Erschöpfung?« fuhr sie plötzlich Nynaeve an.

»Plattwurztee«, antwortete Nynaeve gelassen, »oder Andilay-Wurzel. Da Ihr schon fragt, was würdet Ihr denn tun, um eine Geburt zu erleichtern?«

Mutter Guenna schnaubte: »Gewärmte Handtücher auflegen, Kind, und vielleicht ein wenig Weißfenchel geben, falls die Geburt außergewöhnlich schwer ist. Mehr braucht eine Frau nicht, außer einer lindernden Hand. Könnt Ihr euch nicht eine Frage ausdenken, die nicht jede Bauersfrau beantworten kann? Was gebt Ihr bei Herzschmerzen? Bei den wirklich tödlichen?«

»Zerstoßene Gheandin-Blüte auf die Zunge«, sagte Nynaeve knapp. »Wenn eine Frau stechende Magenschmerzen hat und Blut im Speichel, was tut Ihr dann?«

So überprüfte nun jede die andere. Schneller und schneller jagten sich Fragen und Antworten. Manchmal wurde das Frage-und-Antwort-Spiel kurz unterbrochen, wenn eine von einer Pflanze sprach, die die andere nur unter einem anderen Namen kannte, aber dann wurden sie wieder schneller, erörterten die Vorteile von Tinkturen gegenüber Aufgüssen, Salben gegenüber Packungen, und wann das eine oder das andere besser sei. Langsam häuften sich die Fragen zu Kräutern und Wurzeln, die einer bekannt und der anderen unbekannt waren. Beide waren äußerst lernbegierig. Egwene wurde beim Zuhören ganz kribbelig.

»Nachdem man einen Knochen gerichtet hat«, sagte Mutter Guenna, »wickelt man das gebrochene Glied in nasse Handtücher. In dem Wasser, das man in die Handtücher ziehen läßt, hat man vorher blaue Ziegenblumen ausgekocht – nur die blauen aber, das ist wichtig!« Nynaeve nickte ungeduldig. »Und der Wickel muß so heiß sein, daß es gerade noch auszuhalten ist. Ein Teil blaue Ziegenblumen auf zehn Teile Wasser. Schwächer darf es nicht sein. Sobald die Handtücher nicht mehr dampfen, muß man den Wickel erneuern, und das den ganzen Tag lang. Der Knochen wird doppelt so schnell heilen und wird auch doppelt so fest danach.«

»Das werde ich mir merken«, sagte Nynaeve. »Ihr habt erwähnt, daß Ihr Schafszungenwurz gegen Augenschmerzen verwendet. Ich habe noch nie gehört…«

Egwene hielt es nicht länger aus. »Maryim«, unterbrach sie die beiden, »glaubst du wirklich, daß du all dieses Wissen noch jemals benötigen wirst? Du bist keine Seherin mehr, oder hast du das vergessen?«

»Ich habe überhaupt nichts vergessen«, sagte Nynaeve in scharfem Ton. »Ich erinnere mich an Zeiten, wo du genauso darauf aus warst, alles Neue zu lernen, wie ich.«

»Mutter Guenna«, fragte Elayne übertrieben freundlich, »was gebt Ihr zwei Frauen, die mit dem Streiten nicht aufhören können?«

Die grauhaarige Frau spitzte die Lippen und blickte

nachdenklich die Tischplatte an. »Normalerweise, ob es sich nun um Männer oder Frauen dreht, rate ich ihnen, sich voneinander fernzuhalten. Das ist am besten und am einfachsten.«

»Normalerweise?« hakte Elayne nach. »Und wenn sie einen Grund haben, warum sie sich nicht voneinander fernhalten können? Wenn sie beispielsweise Schwestern sind?«

»Ich habe schon ein Mittel, um jemanden zu bremsen, der streitsüchtig ist«, sagte die große Frau bedächtig. »Es ist nichts, was ich jemandem weiterempfehlen würde, aber manche kommen halt damit zu mir.« Egwene glaubte, die Andeutung eines Lächelns um ihre Lippen spielen zu sehen. »Ich verlange von beiden Frauen je eine Silbermark. Bei Männern zwei, denn Männer machen mehr Aufhebens. Außerdem kaufen manche Leute einfach alles, wenn der Preis hoch genug ist.«

»Aber was ist nun das Heilmittel?« fragte Elayne.

»Ich sage ihnen, daß sie ihre Kontrahentin hierher mitbringen müssen. Beide erwarten, daß ich die andere zur Ruhe bringe.« Unwillkürlich lauschte Egwene doch. Sie bemerkte, daß auch Nynaeve ganz genau aufpaßte. »Wenn sie mich bezahlt haben«, fuhr Mutter Guenna fort, und dabei streckte sie einen kräftigen Arm aus und spannte ihre Muskeln an, »bringe ich sie hinten auf den Hof hinaus und stecke ihre Köpfe solange in meine Regentonne, bis sie sich darauf einigen, mit der Streiterei aufzuhören.«

Elayne lachte schallend los.

»Ich glaube, etwas Ähnliches hätte ich an Eurer Stelle auch getan«, sagte Nynaeve in etwas zu lockerem Tonfall. Egwene hoffte, ihr Gesichtsausdruck sähe dem Nynaeves nicht zu ähnlich.

»Das würde mich keineswegs überraschen.« Mutter Guenna grinste jetzt ganz offen. »Ich sage ihnen, wenn ich wieder höre, daß sie sich streiten, mache ich es für sie umsonst, aber ich benütze den Fluß dafür. Es ist bemerkenswert, wie gut diese Kur wirkt, besonders bei Männern. Aus irgendeinem Grund erzählt keine der Personen, die ich auf diese Art geheilt habe, anderen die Einzelheiten meiner Kur. Deshalb fragt mich alle paar Monate jemand danach. Wenn man dumm genug war, Schlammspringer zu essen, rennt man nicht herum und erzählt es allen Leuten. Ich nehme an, keine von Euch will eine Silbermark ausgeben?«

»Ich glaube nicht«, sagte Egwene, und sie blickte Elayne finster an, die schon wieder in Gelächter ausbrach.

»Gut«, sagte die grauhaarige Frau. »Diejenigen, die ich von ihrer Streitsucht kuriere, scheinen mich später zu meiden wie Nesseltang im Netz, außer, sie werden wirklich krank, und ich genieße Eure Anwesenheit. Die meisten, die zur Zeit kommen, wollen etwas haben, um ihre Alpträume zu verscheuchen, und sie werden böse, wenn ich ihnen nichts dagegen geben kann.« Einen Augenblick lang runzelte sie wieder die Stirn und rieb ihre Schläfen. »Es tut gut, drei Gesichter zu sehen, die nicht wirken, als ob alles zu spät sei und nichts anderes mehr bliebe, als ins Wasser zu gehen. Falls Ihr länger in Tear bleibt, müßt Ihr mich unbedingt wieder besuchen. Das Mädchen hat Euch Maryim genannt? Ich heiße Ailhuin. Beim nächsten Mal trinken wir einen guten Tee von den Inseln des Meervolks, wenn wir uns unterhalten, und nichts, was einem beim Trinken die Strümpfe auszieht. Licht, ich hasse den Geschmack von Sumpfweißchen; Schlammspringer schmecken da noch besser. Und falls Ihr jetzt noch Zeit habt, ein wenig zu bleiben, brühe ich uns einen Schwarzen von Tremalking. Es ist auch nicht mehr lang, bis das Essen fertig ist. Ich habe nur Brot und Suppe und Käse, aber Ihr seid herzlich willkommen.«

»Das wäre sehr schön, Ailhuin«, sagte Nynaeve. »Es ist so ... Ailhuin, falls Ihr ein Zimmer übrig habt, dann würde ich das gern für uns drei mieten.«

Die große Frau sah eine nach der anderen schweigend an. Dann stand sie auf, stellte die Kanne mit dem Sumpfweißchentee in den Kräuterschrank und holte aus einem anderen eine rote Teekanne und einen Beutel heraus. Erst nachdem sie ihnen eine Kanne mit schwarzem Tee von Tremalking gebraut, vier frische Tassen und eine Schüssel Honigscheiben sowie Zinnlöffel dafür auf den Tisch gestellt und wieder Platz genommen hatte, sprach sie weiter: »Ich habe oben drei leerstehende Schlafzimmer, da meine Töchter alle verheiratet sind. Mein Mann, das Licht sei ihm gnädig, ist seit einem Sturm bei den Fingern des Drachen vor beinahe zwanzig Jahren verschollen. Ich will auch nichts von mieten hören, wenn ich Euch die Zimmer überlasse. Falls ich das mache, Maryim.« Sie verrührte Honig in ihren Tee und musterte sie wieder.

»Was kann Euch die Entscheidung erleichtern?« fragte Nynaeve leise.

Ailhuin rührte weiter, als habe sie zu Trinken vergessen. »Drei junge Frauen auf guten Pferden. Ich weiß nicht viel über Pferde, aber die hier sehen meiner Meinung nach so aus, wie die von Lords und Ladies. Ihr, Maryim, versteht genug von meinem Gewerbe, daß Ihr euch längst auch Kräuter ins Fenster hättet hängen oder zumindest überlegen sollen, wo Ihr euch selbständig macht. Ich habe noch nie gehört, daß eine Frau dieses Gewerbe sehr weit von ihrem Geburtsort entfernt betreibt, aber Eurem Akzent nach zu schließen, kommt Ihr von weit her.« Sie sah Elayne an. »Es gibt Haar von dieser Farbe nicht gerade häufig. Eurer Sprache nach würde ich auf Andor tippen. Die närrischen Männer quatschen immer davon, daß sie ein Mädchen mit gelbem Haar aus Andor haben wollen. Ich möchte gern wissen, warum Ihr hier seid?

Seid Ihr vor irgend etwas weggerannt? Oder rennt Ihr hinter jemandem her? Nur, Ihr wirkt nicht gerade wie Diebinnen auf mich und ich habe auch noch nie gehört, daß drei Frauen hinter dem gleichen Mann her sind. Also nennt mir Eure Gründe, und wenn mir danach ist, habt Ihr die Zimmer. Wenn Ihr etwas bezahlen wollt, dann kauft meinetwegen hin und wieder ein Stück Fleisch. Fleisch ist teuer, seit der Handel mit Cairhien zum Erliegen kam. Aber zuerst: Warum, Maryim?«

»Wir jagen etwas, Ailhuin«, sagte Nynaeve. »Oder besser, wir verfolgen einige Leute.« Egwene zwang sich zur Ruhe und hoffte, dabei genauso erfolgreich zu sein wie Elayne, die ihren Tee schlürfte, als lausche sie einem Gespräch über Kleider. Egwene glaubte nicht, daß den dunklen Augen Ailhuin Guennas viel entging. »Sie haben Sachen gestohlen, Ailhuin«, fuhr Nynaeve fort. »Von meiner Mutter. Und sie haben gemordet. Wir sind hier, um Gerechtigkeit zu üben.«

»Seng meine Seele«, sagte die große Frau. »Habt Ihr denn keine Männer in der Familie? Männer sind wohl die meiste Zeit über zu nicht viel gut außer, schwere Sachen zu tragen und einem im Weg zu stehen, na ja, und zum Küssen und so, aber wenn es eine Schlacht zu bestehen oder einen Dieb zu fangen gilt, würde ich das ihnen überlassen. Andor ist doch genauso zivilisiert wie Tear. Ihr seid keine Aiel.«

»Es waren nur wir drei vorhanden, die das unternehmen konnten«, sagte Nynaeve. »Diejenigen, die an unserer Stelle hätten kommen können, wurden getötet.«

Die drei ermordeten Aes Sedai, dachte Egwene. *Sie waren bestimmt keine Schwarzen Ajah. Aber wären sie nicht ermordet worden, hätte ihnen die Amyrlin nie wieder vertrauen können. Sie versucht, sich an die Drei Eide zu halten, aber es ist verdammt knapp.*

»Aaaah«, brachte Ailhuin traurig hervor. »Sie haben

Eure Männer getötet? Brüder oder Ehemänner oder Väter?« Nynaeve bekam rote Flecken auf den Wangen, und die ältere Frau mißverstand diese Gefühlsäußerung. »Nein, sagt mir nichts, Mädchen. Ich werde altes Leid nicht wieder ausgraben. Laß es auf dem Boden liegen, bis es schmilzt. Kommt, beruhigt Euch wieder.« Es kostete Egwene Mühe, nicht angewidert zu knurren.

»Ich muß Euch soviel sagen«, sagte Nynaeve steif. Ihr Gesicht war immer noch gerötet. »Diese Mörder und Diebe sind Schattenfreunde. Es sind Frauen, aber sie sind genauso gefährlich wie jeder gute Schwertkämpfer, Ailhuin. Falls Ihr euch gefragt habt, warum wir uns nicht eine Schenke suchen, dann kennt Ihr jetzt den Grund. Sie wissen wahrscheinlich, daß wir sie verfolgen und halten Ausschau nach uns.«

Ailhuin winkte nur ab und schniefte vernehmlich. »Von den vier gefährlichsten Menschen, die ich kenne, sind zwei Frauen, die nicht einmal ein Messer tragen, und nur einer der Männer kämpft mit dem Schwert. Was Schattenfreunde betrifft … Maryim, wenn Ihr einmal so alt seid wie ich, dann wißt Ihr: Falsche Drachen sind gefährlich, Löwenfische sind gefährlich, Haie sind gefährlich, genau wie plötzlich auftauchende Stürme von Süden her, aber Schattenfreunde sind Narren. Schmutzige Narren, aber eben nicht mehr als das. Der Dunkle König ist dort eingesperrt, wo ihn der Schöpfer hinbrachte, und keine Fänger oder Fangfisch, mit denen man die Kinder erschreckt, können ihn da wieder herausholen. Vor Narren habe ich keine Angst, außer, wenn sie das Boot lenken, in dem ich sitze. Ich schätze, Ihr habt keine Beweise, mit denen Ihr zu den Verteidigern des Steins gehen könntet? Es stünde dann wohl lediglich ihr Wort gegen Eures?«

Was ist ein ›Fänger‹? fragte sich Egwene. *Oder auch ein ›Fangfisch‹?*

»Wir haben die Beweise, wenn wir sie finden«, sagte Nynaeve. »Sie werden die gestohlenen Dinge bei sich haben und wir können sie beschreiben. Es sind alte Sachen und von keinem großen Wert, außer eben für uns und unsere Freunde.«

»Ihr wärt überrascht, was alte Dinge wert sein können«, sagte Ailhuin trocken. »Der alte Leuese Mulan hat letztes Jahr mit seinem Netz drei Herzsteinschüsseln und einen Becher bei den Fingern des Drachen heraufgeholt. Jetzt ist er nicht mehr der Eigentümer eines Fischkutters, sondern eines Handelsschiffes, das den Fluß hinauf Güter befördert. Der alte Narr wußte noch nicht einmal, was er da eingefangen hatte, bis ich es ihm sagte. Höchstwahrscheinlich gibt es noch mehr davon, wo die herkamen, aber Leuese konnte sich noch nicht einmal an die genaue Stelle erinnern, wo er alles hochgeholt hatte. Ich weiß nicht, wie er es jemals fertigbrachte, einen Fisch ins Netz zu bekommen. Die Hälfte aller Fischkutter von Tear ist noch monatelang dorthin gefahren und hat nach *Cuendillar* gefischt, anstatt nach Knurrhähnen und Schollen, und bei einigen haben sogar Lords angegeben, wo sie die Netze auswerfen sollten. So viel können alte Dinge wert sein, wenn sie alt genug sind. Also, ich habe schon gemerkt, daß Ihr einen Mann braucht, um Euch zu helfen, und ich kenne genau den richtigen.«

»Wen?« fragte Nynaeve schnell. »Wenn Ihr einen Lord meint, vielleicht einen der Hochlords, dann denkt daran, daß wir keine Beweise haben, solange wir sie nicht finden können.«

Ailhuin lachte, bis sie kaum mehr konnte. »Mädchen, niemand aus dem Mauleviertel kennt einen Hochlord persönlich oder auch nur irgendeinen Lord. Schlammspringer schwimmen nicht im gleichen Schwarm wie Silberflanken. Ich bringe Euch den gefährlichen Mann aus meiner Bekanntschaft, der nicht mit dem Schwert umgeht, und der ist von beiden durchaus der gefährlichere. Juilin Sandar ist ein Diebfänger. Der beste von ihnen. Ich weiß nicht, wie das in Andor ist, aber hier arbeitet ein Diebfänger genauso für mich wie für einen Lord oder einen Kaufmann, und er verlangt noch weniger dafür. Wenn sie überhaupt auffindbar sind, kann Juilin diese Frauen für Euch aufspüren und Eure Sachen zurückbringen, ohne daß Ihr diesen Schattenfreunden nahekommen müßt.«

Nynaeve stimmte etwas unsicher zu, und Ailhuin band sich diese Holzklötze unter die Schuhe – Klogs nannte sie sie – und eilte fort. Egwene blickte ihr durch eines der Küchenfenster hinterher, als sie an den Pferden vorbei und um die Ecke in die Gasse schritt.

»Du lernst allmählich, dich wie eine Aes Sedai zu verhalten, *Maryim*«, sagte sie, als sie sich wieder den anderen zuwandte. »Du manipulierst Menschen schon genauso gut wie Moiraine.« Nynaeve wurde leichenblaß.

Elayne ging mit zitternden Knien zu ihr hin und schlug Egwene ins Gesicht. Egwene war so überrascht, daß sie nur verdattert dastand. »Du gehst zu weit«, sagte die Frau mit dem goldenen Haar. »Zu weit! Wir müssen miteinander auskommen, oder wir sterben miteinander! Hast du etwa Ailhuin deinen richtigen Namen genannt? Nynaeve hat ihr alles gesagt, was sie wissen durfte, auch, daß wir nach Schattenfreunden suchen, und es war riskant genug, uns mit Schattenfreunden in Verbindung zu bringen. Sie sagte, sie seien gefährlich und Mörder. Wolltest du, daß sie sagt, es seien Schwarze Ajah? In Tear? Würdest du alles auf die Gefahr hin riskieren, daß Ailhuin vielleicht doch nicht den Mund halten kann?«

Egwene rieb sich vorsichtig die brennende Wange. »Es muß mir ja deswegen nicht gerade gefallen.«

»Ich weiß«, seufzte Elayne. »Mir auch nicht. Aber wir müssen es eben so machen.«

Egwene wandte sich wieder um und blickte durchs Fenster zu ihren Pferden hinüber. *Ich weiß es ja. Aber es muß mir schließlich nicht auch noch gefallen.*

KAPITEL 17

Ein Sturm in Tear

Egwene kehrte schließlich doch wieder zum Tisch und zu ihrem Tee zurück. Sie glaubte, Elayne habe möglicherweise recht gehabt und sie sei wirklich zu weit gegangen, aber zu einer Entschuldigung konnte sie sich nicht durchringen. So saßen sie schweigend da.

Als Ailhuin zurückkehrte, hatte sie einen Mann dabei, einen hageren Burschen in mittlerem Alter, der aussah, als sei er aus uraltem Holz herausgeschnitzt worden. Juilin Sandar schnallte an der Tür seine Klogs ab und hängte seinen spitzen Strohhut an einen Haken. An seinem Gürtel hing ein Schwertbrecher, ähnlich dem Hurins, aber mit kurzen Schlitzen neben dem langen. Den Gürtel hatte er über seinen braunen Mantel geschnallt. Er trug einen Stock, der genauso lang war wie er selbst, kaum dicker als sein Daumen, und der aus dem gleichen hellen Holz mit den vielen Abschnitten geschnitten war, wie es die Ochsentreiber zum Antreiben ihrer Gespanne benützten. Sein kurzgeschnittenes Haar lag glatt am Kopf an, und seine flinken, dunklen Augen schienen jede Einzelheit im Raum mit einem Blick wahrzunehmen. Und jeden der Anwesenden. Egwene hätte wetten können, daß er Nynaeve zweimal genauer gemustert hatte, und zumindest für sie war die Tatsache, daß Nynaeve keinerlei Reaktion zeigte, recht aufschlußreich. Ganz offensichtlich hatte Nynaeve alles mitbekommen.

Ailhuin wies ihn zu einem Platz am Tisch. Er stülpte seine Manschetten an den Jackenärmeln hoch, verbeugte sich vor jeder von ihnen und setzte sich hin, den Stock an die Schulter gelehnt. Er sagte nichts, bis die grauhaarige Frau eine frische Kanne Tee bereitet und alle erst einmal an ihren Tassen genippt hatten.

»Mutter Guenna hat mir von Eurem Problem berichtet«, sagte er ruhig, als er seine Tasse abstellte. »Ich helfe Euch, wenn ich kann, aber es kann sein, daß mich die Hochlords bald auf einen eigenen Fall ansetzen.«

Die große Frau schnaubte. »Juilin, seit wann fängst du an, wie ein Ladenbesitzer zu feilschen, der versucht, Leinen zum Preis von Seide zu verkaufen? Behaupte bitte nicht, du wüßtest, wann dich die Hochlords auf einen Fall ansetzen, bevor sie es selbst wissen.«

»Das behaupte ich auch nicht«, erklärte ihr Sandar lächelnd, »aber ich weiß, wann ich Männer nachts auf den Dächern gesehen habe. Nur so aus dem Augenwinkel – sie sind in der Lage, sich so gut zu verbergen wie ein Röhrenfisch im Tang –, aber ich habe die Bewegung beobachtet. Keiner hat bisher einen Diebstahl gemeldet, aber es sind Diebe innerhalb der Mauern unterwegs, darauf könnt Ihr wetten! Denkt an mich, wenn ich in nicht einmal einer Woche in den Stein gerufen werde, weil eine Diebesbande in die Häuser von Kaufleuten oder sogar in die Herrenhäuser der Lords einbricht. Die Verteidiger bewachen vielleicht die Straßen, aber wenn es Diebe zu verfolgen gilt, rufen sie einen Diebfänger, und das heißt, zu allererst rufen sie mich. Ich versuche nicht, meinen Preis hinaufzutreiben, aber was ich auch für diese hübschen Frauen tun kann: Es muß bald geschehen.«

»Ich glaube, er sagt die Wahrheit«, meinte Ailhuin zögernd. »Er wird Euch zwar erzählen, der Mond sei grün und das Wasser weiß, wenn er glaubt, es brächte ihm einen Kuß ein, aber er lügt nicht so oft wie andere

Männer, wenn es um anderes geht. Er ist vielleicht der ehrlichste Mann, der je im Mauleviertel geboren wurde.« Elayne hielt sich eine Hand vor den Mund, und Egwene kämpfte mit dem Lachen. Nynaeve saß unbewegt und offensichtlich ungeduldig da.

Sandar schnitt der grauhaarigen Frau eine Grimasse und entschloß sich dann wohl, das Gesagte zu ignorieren. Er lächelte Nynaeve an. »Ich gebe zu, daß ich in bezug auf diese Diebinnen neugierig bin. Ich habe schon mit Diebinnen zu tun gehabt und auch mit Diebesbanden, aber ich habe noch nie von einer weiblichen Diebesbande gehört. Und ich schulde Mutter Guenna den einen oder anderen Gefallen.« Seine Blicke schienen Nynaeve erneut abzuschätzen.

»Was verlangt Ihr dafür?« fragte sie scharf.

»Wenn ich gestohlene Güter wiederfinden soll«, antwortete er knapp, »verlange ich den zehnten Teil des Werts der Güter, die ich wieder beschaffe. Wenn ich Menschen aufspüren soll, verlange ich eine Silbermark pro Person. Mutter Guenna sagt, die gestohlenen Sachen wären wenig wert, außer für Euch, gute Frau, also schlage ich vor, daß Ihr mir diese zum Auftrag macht.« Er lächelte wieder. Seine Zähne waren blendend weiß. »Ich würde Euch überhaupt kein Geld abnehmen, aber das würde die Bruderschaft nicht gern sehen. So nehme ich halt so wenig es nur geht. Eine Kupfermünze oder zwei, mehr nicht.«

»Ich kenne einen Diebfänger«, sagte Elayne zu ihm. »Aus Schienar. Ein äußerst respektvoller Mensch. Er trägt sowohl Schwert, wie auch Schwertbrecher. Warum tut Ihr das nicht?«

Sandar blickte einen Moment lang verwirrt drein, und dann schien er sich über die eigene Verwirrung zu ärgern. Er hatte entweder ihre Andeutung nicht verstanden, oder sich entschlossen, sie nicht zu beachten. »Ihr kommt nicht aus Tear. Ich habe von Schienar gehört, gute Frau – Geschichten von Trollocs und daß jeder Mann dort ein Krieger sei.« Seinem Lächeln nach betrachtete er so etwas als Märchen.

»Wahre Geschichten«, sagte Egwene. »Oder jedenfalls wahr genug. Ich war schon in Schienar.«

Er blinzelte kurz und fuhr fort: »Ich bin kein Lord und kein reicher Kaufmann, aber eben auch kein Soldat. Die Verteidiger machen Ausländern nicht viel Schwierigkeiten, wenn sie Schwerter tragen, außer natürlich, sie wollen sich sehr lange hier aufhalten. Aber mich würde man in eine der Zellen unter dem Stein stecken. Es gibt da Gesetze, gute Frau.« Wie unbewußt streichelte er mit der Hand seinen Stock. »Ich kann ganz gut auch ohne Schwert auskommen.« Er widmete sein Lächeln wieder Nynaeve allein. »Und jetzt beschreibt mir doch bitte diese Sachen ...«

Er brach ab, als sie ihre Börse an die Tischkante stellte und dreizehn Silbermark abzählte. Egwene war der Meinung, sie habe die leichtesten Münzen ausgewählt. Die meisten kamen aus Tear, nur eine aus Andor. Die Amyrlin hatte ihnen eine Menge Gold mitgegeben, aber selbst das würde nicht auf ewig reichen. Nynaeve blickte noch einmal nachdenklich in ihre Börse, bevor sie den Riemen wieder verschnürte und sie in ihre Gürteltasche zurücksteckte. »Es sind dreizehn Frauen, die Ihr finden sollt, Meister Sandar, und Ihr bekommt noch einmal genausoviel Silber, wenn Ihr sie wirklich gefunden habt. Spürt sie auf, und wir holen uns unser Eigentum selbst wieder.«

»Das besorge ich selber und für weniger als das hier«, protestierte er. »Und Extrabelohnungen sind nicht nötig. Ich verlange, was ich eben verlange. Ihr müßt keine Angst haben, daß ich bestechlich sei.«

»Das ist nicht zu befürchten«, stimmte Ailhuin ihm zu. »Ich sagte doch, er ist ehrlich. Ihr dürft ihm nur nicht glauben, wenn er behauptet, er liebe Euch.« Sandar funkelte sie an.

»Ich bezahle dafür, Meister Sandar«, sagte Nynaeve

entschlossen, »und deshalb bestimme ich, was ich kaufen will. Werdet Ihr diese Frauen aufspüren und nichts weiter?« Sie wartete, bis er nickte, wenn auch widerwillig, bevor sie fortfuhr: »Sie halten sich vielleicht beieinander auf, vielleicht aber auch nicht. Die erste ist aus Tarabon. Sie ist ein wenig größer als ich, hat dunkle Augen und helles, honigfarbenes Haar, das sie, wie es in Tarabon Mode ist, zu vielen kleinen Zöpfen geflochten trägt. Die Männer würden sie wohl hübsch finden, aber sie betrachtet so etwas nicht als Kompliment. Sie hat einen gemeinen Schmollmund. Die zweite kommt aus Kandor. Sie hat langes, schwarzes Haar mit einer weißen Strähne über dem linken Ohr und ...«

Sie nannte keine Namen, und Sandar fragte nicht danach. Namen konnte man so leicht ändern. Nun, da es um Geschäftliches ging, war sein Lächeln verschwunden. Dreizehn Frauen beschrieb sie, und er hörte aufmerksam zu. Als sie fertig war, war Egwene sicher, daß er die Beschreibungen von vorne bis hinten genau wiedergeben könne.

»Mutter Guenna hat Euch das vielleicht schon gesagt«, beendete Nynaeve ihren Vortrag, »aber ich wiederhole es noch mal: Diese Frauen sind gefährlicher, als Ihr glaubt! Soviel ich weiß, sind schon mehr als ein Dutzend Menschen durch ihre Hand gestorben, und ich wäre nicht überrascht, wenn das nur einen Tropfen Blut an ihren Händen darstellte.« Sandar und Ailhuin rissen die Augen auf. »Wenn sie merken, daß Ihr sie sucht, werdet Ihr sterben. Wenn sie Euch fangen, werden sie Euch zwingen, ihnen zu sagen, wo wir sind, und Mutter Guenna wird wahrscheinlich zusammen mit uns sterben.« Die grauhaarige Frau blickte ungläubig drein. »Glaubt es nur!« Nynaeves warnender Blick heischte Zustimmung. »Glaubt es, oder ich nehme das Silber wieder an mich und suche mir einen anderen Diebfänger mit mehr Hirn!«

»Als ich jung war«, sagte Sandar mit ernster Stimme, »hat mir eine Taschendiebin ein Messer in die Rippen gerannt, weil ich glaubte, ein hübsches junges Mädchen wäre damit nicht so schnell zur Hand wie ein Mann. Den Fehler begehe ich nie mehr. Ich werde mich verhalten, als seien all diese Frauen Aes Sedai und Schwarze Ajah.« Egwene hätte sich beinahe verschluckt. Er grinste verlegen, als er die Münzen aufsammelte und in seine Börse leerte, die er dann hinter die Schärpe steckte, die er als Gürtel trug. »Ich wollte Euch nicht erschrecken, gute Frau. Es sind keine Aes Sedai in Tear. Es kann ein paar Tage dauern, wenn sie nicht gerade alle zusammen sind. Dreizehn Frauen auf einmal sind leicht zu finden; getrennt wird es schwieriger. Aber ich werde sie so oder so finden. Und ich werde sie auch nicht vergraulen, bevor Ihr nicht wißt, wo sie sich aufhalten.«

Als er den Strohhut aufgesetzt und die Klogs angeschnallt hatte und aus der Hintertür verschwunden war, sagte Elayne: »Ich hoffe, er überschätzt sich nicht. Ailhuin, ich hörte, was er sagte, aber… Er hat doch begriffen, daß sie gefährlich sind, oder?«

»Er hat sich noch nie zum Narren gemacht, außer für ein hübsches Augenpaar und ein paar schlanke Fesseln«, sagte die grauhaarige Frau. »Das ist ja wohl die Schwäche jeden Mannes. Er ist der beste Diebfänger in ganz Tear. Seid unbesorgt. Er wird Eure Schattenfreunde finden.«

»Es wird noch vor Tagesanbruch wieder regnen.« Nynaeve schauderte trotz der Wärme im Raum. »Ich fühle, wie sich ein Sturm zusammenbraut.« Ailhuin schüttelte nur den Kopf und machte sich daran, Teller mit Fischsuppe auszuteilen.

Nachdem sie gegessen und alles weggeräumt hatten, setzten sich Nynaeve und Ailhuin an den Tisch und unterhielten sich über Kräuter und Heilmittel. Elayne arbeitete an einer Stickerei am Schulterteil ihres Umhangs, mit der sie auf dem Schiff begonnen hatte. Sie stickte winzige blaue und weiße Blumen darauf. Danach las sie in den *Essays des Willim von Manaches.* Ailhuin hatte das in einem kleinen Bücherregal stehen gehabt. Egwene versuchte auch, zu lesen, doch weder die Essays, noch die *Reisen des Jaim Fernstreicher,* noch die heiteren Erzählungen von Aleria Elffin konnten ihre Aufmerksamkeit mehr als ein paar Seiten lang fesseln. Sie befühlte den steinernen *Ter'Angreal* durch den Stoff ihres Kleides hindurch. *Wo sind sie? Was wollen sie im Herz? Niemand außer dem Drachen, niemand außer Rand kann* Callandor *berühren. Was wollen sie also? Was? Was?*

Als sich die Nacht immer tiefer über Tear senkte, führte Ailhuin jede in ein eigenes Zimmer im zweiten Stock. Doch nachdem sie sich in ihr Schlafzimmer zurückgezogen hatte, trafen sich die drei im Schein einer einzigen Lampe in Egwenes Zimmer. Egwene hatte sich bereits bis auf das Hemd ausgezogen. Die Schnur mit den beiden Ringen hing um ihren Hals. Der gestreifte Steinring war viel schwerer als der aus Gold. Sie taten nun, was sie jeden Abend seit ihrer Abreise aus Tar Valon getan hatten, außer in einer einzigen Nacht bei den Aiel.

»Weckt mich in einer Stunde auf«, sagte sie ihnen.

Elayne runzelte die Stirn. »Diesmal nach so kurzer Zeit?«

»Bist du nervös?« fragte Nynaeve. »Vielleicht benützt du ihn zu oft.«

»Wir wären immer noch in Tar Valon beim Töpfe Schrubben und hofften, eine Schwarze Schwester zu finden, bevor uns ein Grauer Mann findet, wenn ich ihn nicht benützen würde«, sagte Egwene in scharfem Ton. *Licht, Elayne hat recht. Ich benehme wie ein ungezogenes Kind.* Sie atmete tief durch. »Vielleicht bin ich *wirklich* übernervös. Das liegt möglicherweise daran, daß wir uns jetzt so nahe beim Herz des Steins befinden. So nahe bei *Callandor.* Und auch der Falle so nahe, was immer das sein mag.«

»Sei vorsichtig«, sagte Elayne und Nynaeve sagte etwas leiser: »Sei sehr vorsichtig, Egwene. Bitte!« Sie zog in kurzen Rucken an ihrem Zopf.

Egwene legte sich auf das niedrige Bett. Sie nahmen auf Hockern zu beiden Seiten des Betts Platz. Donner rollte über den Himmel. Der Schlaf kam nur langsam.

Wieder befand sie sich zwischen den sanften Hügeln, und wie zuerst immer sah sie die Blumen und die Schmetterlinge unter der Frühlingssonne. Eine sanfte Brise wehte, und die Vögel sangen. Diesmal trug sie grüne Seide. Auf die Brust waren goldene Vögel gestickt. Dazu hatte sie grüne Samtpantoffeln an. Der *Ter'Angreal* schien leicht genug, um aus ihrem Kleid herauszuschweben. Nur das Gewicht des Rings mit der Großen Schlange hielt ihn fest.

Sie hatte es anfangs ausprobieren müssen, aber mittlerweile hatte sie einige Gesetzmäßigkeiten von *Tel'aran'rhiod* kennengelernt. Sogar diese Welt der Träume, diese Unsichtbare Welt, hatte ihre eigenen Gesetzmäßigkeiten, wenn auch vielleicht eigenartige. Sie war sicher, noch nicht einmal den zehnten Teil davon zu kennen. Wenigstens kannte sie einen Weg, um dahin zu kommen, wohin sie wollte. Sie schloß die Augen und entleerte ihren Geist, so wie sie es getan hätte, um nach *Saidar* zu greifen. Es war nicht ganz so leicht, denn die Rosenknospe versuchte ständig, sich zu materialisieren, und sie spürte deutlich die Wahre Quelle, sehnte sich nach deren Berührung, doch diesmal mußte sie die Leere mit etwas anderem füllen. Sie stellte sich das Herz des Steins vor, so, wie sie es in all den Träumen gesehen hatte, malte es sich in allen Einzelheiten aus, vollkommen inmitten des Nichts. Die riesigen, matt glänzenden Sandsteinsäulen. Die vom Alter gezeichneten Steinplatten des Fußbodens. Die Kuppel hoch droben. Das Kristallschwert, unberührbar, das sich langsam mitten in der Luft mit dem Knauf nach unten um sich selbst drehte. Als es so wirklich schien, daß sie sicher war, es berühren zu können, öffnete sie die Augen, und sie war dort im Herzen des Steins. Oder zumindest im Herzen des Steins, wie es in *Tel'aran'rhiod* existierte.

Die Säulen waren da und auch *Callandor.* Und um das glitzernde Schwert herum, so trüb und durchscheinend wie Schatten, saßen dreizehn Frauen mit übergeschlagenen Beinen und betrachteten *Callandor* beim Rotieren. Die Frau mit dem honigfarbenen Haar – Liandrin – drehte den Kopf und sah Egwene mit diesen großen, dunklen Augen direkt ins Gesicht. Ihr Schmollmund lächelte.

Keuchend schoß Egwene so schnell in ihrem Bett hoch, daß sie beinahe hinausgefallen wäre.

»Was ist los?« wollte Elayne wissen. »Was ist passiert? Du siehst verängstigt aus.«

»Du hast gerade erst die Augen zugemacht«, sagte Nynaeve leise. »Das ist das erste Mal seit dem Beginn, daß du zurückkommst und wir dich nicht wecken müssen. Es ist etwas geschehen, nicht wahr?« Sie rupfte wieder an ihrem Zopf. »Geht es dir gut?«

Wie bin ich zurückgekommen? fragte sich Egwene. *Licht, ich weiß nicht einmal, wie ich das angestellt habe.* Es war ihr klar, daß sie nur vor sich herschob, was sie doch sagen mußte. Sie löste die Schnur an ihrem Hals und nahm den Ring mit der Großen Schlange und den größeren, verdrehten *Ter'Angreal* auf die Hand. »Sie warten auf uns«, sagte sie schließlich. Es war nicht nötig, zu erwähnen, wen sie meinte. »Und ich glaube, sie wissen, daß wir in Tear sind.«

Draußen brach der Sturm über die Stadt herein.

Der Regen trommelte auf das Deck über seinem Kopf. Mat blickte auf das Spielbrett auf dem Tisch zwischen ihm und Thom. Aber er konnte sich nicht recht auf das Spiel konzentrieren, obwohl er eine andoranische Silbermark gesetzt hatte. Donner rollte, und hinter den kleinen Kajütenfenstern zuckte ein Blitz auf. Vier Lampen beleuchteten die Kapitänskajüte der *Segler. Das verdammte Schiff mag ja so schlank wie ein Vogel sein, aber es braucht immer noch verdammt zu lange!* Das Schiff ruckte ein wenig und dann noch einmal. Die Vorwärtsbewegung schien sich zu verändern. *Er sollte uns besser nicht auf eine verfluchte Schlammbank setzen! Wenn er nicht so schnell wie möglich mit dem Butterfaß weitersegelt, werde ich ihm das Gold in den Hals stopfen!* Er gähnte. Seit sie Caemlyn verlassen hatten, hatte er nicht gut geschlafen, weil er zuviel gegrübelt und sich Sorgen gemacht hatte. Gähnend rückte er einen weißen Stein auf einen Kreuzungspunkt zweier Linien. Drei weitere Züge, und er würde fast ein Fünftel von Thoms schwarzen Steinen auf einmal schlagen können.

»Du könntest ein guter Spieler sein, Junge«, sagte der Gaukler mit der Pfeife im Mund, während er seinen nächsten Zug machte, »wenn du mit dem Kopf dabei wärst.« Sein Tabak roch nach Blättern und Nüssen.

Mat nahm einen weiteren Stein vom Stapel neben seinem Ellenbogen, zwinkerte dann aber und ließ ihn liegen. Mit den gleichen drei Zügen würde Thom ein Drittel seiner Steine umstellen und blockieren. Er hatte das nicht kommen sehen, und er fand keinen Ausweg. »Verlierst du jemals ein Spiel? Hast du jemals ein Spiel verloren?«

Thom nahm die Pfeife aus dem Mund und strich sich über den Schnurrbart. »Ziemlich lange schon nicht mehr. Morgase hat mich damals ungefähr jedes zweite Mal geschlagen. Man sagt ja, gute Offiziere und gute

Spieler des Großen Spiels seien auch gut bei solchen Brettspielen. Das trifft alles auf sie zu, und ich wette, sie könnte auch ein Heer in der Schlacht führen.«

»Möchtest du nicht lieber noch ein wenig würfeln? Das hier dauert immer so lange.«

»Ich suche lieber hier meine Gelegenheit zu gewinnen. Beim Würfeln würde ich vielleicht einmal bei neun oder zehn Würfen gewinnen«, sagte der weißhaarige Mann trocken.

Mat sprang hastig auf, als die Tür aufschlug und Kapitän Derne hereinkam. Der Mann mit dem kantigen Gesicht riß sich den Umhang von den Schultern und schüttelte erst einmal das Wasser heraus. Er fluchte leise in sich hinein. »Das Licht soll meine Knochen versengen, aber ich weiß nicht, wieso ich Euch jemals die *Segler* chartern ließ. Immer wollt Ihr noch schneller vorankommen, ob in der dunkelsten Nacht oder bei schwerstem Regen. Schneller. Immer noch schneller! Wir hätten schon hundertmal auf eine blutige Schlammbank laufen können!«

»Ihr wolltet das Gold haben«, sagte Mat grob. »Ihr habt behauptet, dieser alte Holzhaufen sei schnell, Derne. Wann erreichen wir Tear?«

Der Kapitän lächelte verkrampft. »Wir machen gerade eben am Kai von Tear fest. Und ich will ein verdammter Bauer sein, wenn ich mich jemals wieder zu so etwas überreden lasse! Also, wo ist der Rest von meinem Gold?«

Mat eilte zu einem der kleinen Fenster und spähte hinaus. Im grellen Licht der Blitze konnte er eine nasse Hafenmauer erkennen und sonst nichts. Er zog den zweiten Beutel mit Gold aus der Tasche und warf ihn Derne zu. *Wer hat je von einem Flußschiffer gehört, der nicht würfeln wollte?* »Wird auch Zeit«, grollte er. *Licht, gib, daß es nicht zu spät ist.*

Er hatte seine gesamte Ersatzkleidung mitsamt den Decken in die Ledertasche gestopft, und die hängte er sich um. Auf die andere Seite kam die Rolle mit Feuerwerkskörpern, an der er einfach eine Schnur befestigt hatte. Sein Umhang kam über alles drüber, auch wenn er vorn ein Stückchen offenstand. Besser, er wurde naß, als die Feuerwerkskörper. Er würde wieder trocknen, ohne Schaden zu erleiden, doch ein Versuch mit einem Eimer hatte bewiesen, daß die Feuerwerkskörper Nässe nicht überstanden. *Ich schätze, Rands Pa hat recht gehabt.* Mat hatte immer geglaubt, der Gemeinderat habe das Feuerwerk nicht im Regen hochgehen lassen, weil es an einem klaren Abend viel besser sichtbar sein würde.

»Bist du nicht langsam soweit, die Dinger zu verkaufen?« Thom legte sich den Gauklerumhang um. Er bedeckte seine Instrumente in ihren Lederbehältern, aber das Bündel mit Kleidung und Decken hängte er obendrauf über seinen Rücken.

»Erst, wenn ich herausbekommen habe, wie sie funktionieren, Thom. Außerdem, denk mal, was für ein Spaß das wird, wenn ich sie alle loslasse.«

Der Gaukler schauderte. »Solange du nicht alle auf einmal abschießt, Junge. Solange du sie nicht beim Abendessen in den Kamin wirfst. Das traue ich dir zu, so, wie du dich seither benommen hast. Du hattest Glück, daß uns der Kapitän vor zwei Tagen nicht vom Schiff geworfen hat.«

»Das hätte er nicht«, lachte Mat. »Nicht, solange er noch einen Beutel Gold zu bekommen hatte. Ja, Derne?«

Derne ließ den Beutel in seiner Hand hüpfen. »Ich habe zuvor nicht danach gefragt, aber jetzt habt Ihr mir das Gold gegeben und nehmt es auch nicht mehr zurück. Worum geht es hier eigentlich? Warum diese verfluchte Eile?«

»Eine Wette, Derne.« Gähnend nahm Mat seinen Bauernspieß in die Hand und war landfertig. »Eine Wette.«

»Eine Wette?« Derne sah den schweren Beutel an. Der andere, genauso schwere, war in seiner Geldtruhe verstaut. »Da muß aber ein verdammtes Königreich auf dem Spiel stehen!«

»Mehr als das«, sagte Mat.

Der Regen prasselte so stark auf das Deck nieder, daß Mat nicht einmal die Laufplanke sehen konnte, außer, wenn gerade ein neuer Blitz über die Stadt hinwegzuckte. Das Trommeln und Rauschen des Wolkenbruchs ließ ihn keinen klaren Gedanken fassen. Aber wenigstens konnte er Lichter in Fenstern ein Stück die Straße hinunter erkennen. Dort würde es sicherlich Schenken geben. Der Kapitän war nicht mehr mit an Deck gekommen, um sie zu verabschieden, und auch niemand von der Besatzung war draußen im Regen geblieben. Mat und Thom marschierten allein zum Kai hinüber.

Mat fluchte, als seine Stiefel in den Schlamm der Straße einsanken, aber das half nun nichts. Also ging er mühsam weiter, so schnell er konnte. Das Ende seines Stocks blieb bei jedem Schritt im Matsch stecken. Die Luft roch trotz des Regens nach Fisch und Fäule. »Wir suchen uns eine Schenke«, sagte er laut, daß man ihn hören konnte, »und dann mache ich mich auf die Suche.«

»Bei diesem Wetter?« schrie Thom zurück. Regen rann ihm über das Gesicht, aber es war ihm wichtiger, daß seine Instrumentenbehälter trocken blieben, als sein Gesicht.

»Comar hat Caemlyn vielleicht schon vor uns verlassen. Wenn er ein gutes Pferd hatte und nicht solche lahmen Krähen wie wir, kann er sich einen ganzen Tag vor uns in Aringill eingeschifft haben. Ich weiß nicht, wieviel von diesem Vorsprung wir durch diesen Idioten Derne aufgeholt haben.«

»Es war eine schnelle Fahrt«, räumte Thom ein. »Die *Segler* hat ihrem Namen alle Ehre gemacht.«

»Wie auch immer, Thom, Regen oder nicht: Ich muß ihn finden, bevor er Egwene und Nynaeve und Elayne findet.«

»Ein paar Stunden mehr machen auch keinen Unterschied, Junge. In einer Stadt von der Größe Tears gibt es Hunderte von Schenken. Außerhalb der Mauer stehen vielleicht noch mal hundert mehr, und manche davon werden klein sein und kaum mehr als ein Dutzend Zimmer vermieten. So klein jedenfalls, daß wir an ihnen vorbeilaufen und gar nicht merken würden, daß sie da sind.« Der Gaukler zog die Kapuze an seinem Umhang noch ein wenig weiter nach vorn und knurrte in sich hinein: »Es wird Wochen dauern, um alle abzusuchen. Aber Comar wird genauso Wochen brauchen. Wir können die Nacht in Sicherheit vor dem Regen verbringen. Du kannst jede übriggebliebene Münze darauf verwetten, daß Comar nicht hier draußen ist.«

Mat schüttelte den Kopf. *Eine winzige Schenke mit einem Dutzend Zimmer.* Bevor er Emondsfeld verlassen hatte, war die Schenke ›Zur Weinquelle‹ das größte Gebäude gewesen, das er jemals gesehen hatte. Er zweifelte daran, daß Bran al'Vere mehr als ein Dutzend Zimmer zu vermieten hatte. Egwene hatte mit ihren Eltern und ihren Schwestern in den vorderen Zimmern im zweiten Stock gewohnt. *Seng mich, manchmal glaube ich, keiner von uns hätte Emondsfeld verlassen sollen.* Aber Rand hatte wohl nicht anders gekonnt, und Egwene wäre möglicherweise gestorben, wenn sie nicht nach Tar Valon gekommen wäre. *Und jetzt stirbt sie vielleicht, weil sie dorthin ging.* Er glaubte nicht, sich noch einmal an das Bauernleben gewöhnen zu können. Kühe und Schafe konnten ganz gewiß nicht Zocken. Aber Perrin hatte noch eine Möglichkeit, nach Hause zu gehen. *Geh heim, Perrin,* dachte er unwillkürlich. *Geh heim, solange du noch kannst.* Er schüttelte sich. *Narr! Warum sollte er?* Er dachte an ein Bett, schob den Gedanken aber beiseite. *Noch nicht.*

Blitze zuckten über den Himmel, gleich drei gezackte Lichtspuren auf einmal, und sie warfen ihr grelles Licht auf ein schmales Haus, bei dem in den Fenstern Kräuterbündel zu hängen schienen. Daneben befand sich ein Laden, dicht verrammelt natürlich, aber es war anscheinend ein Töpfergeschäft, dem Schild mit den Schüsseln und Tellern nach zu schließen. Gähnend zog er die Schultern des Regens wegen noch mehr ein und bemühte sich, die Stiefel etwas schneller aus dem Matsch der Straße zu ziehen.

»Ich glaube, diesen Stadtteil können wir vergessen, Thom«, schrie er. »Dieser ganze Matsch und der Gestank nach Fisch. Kannst du dir vorstellen, daß Nynaeve und Egwene – oder Elayne – hier wohnen wollen? Frauen wollen Ordnung und Sauberkeit, Thom, und gut soll es riechen.«

»Vielleicht, Junge«, murmelte Thom und dann hustete er. »Du wärst überrascht, womit sich Frauen abfinden können. Aber vielleicht hast du recht.«

Mat hielt seinen Umhang schützend über die Rolle mit den Feuerwerkskörpern und machte noch längere Schritte. »Komm weiter, Thom. Ich will Comar oder die Mädchen heute abend noch finden – entweder den einen oder die anderen.«

Thom hinkte hinter ihm her und hustete von Zeit zu Zeit.

Sie schritten durch das breite, nun, im Regen, unbewachte Stadttor, und Mat war froh, endlich wieder Pflaster unter den Füßen zu haben. Und nicht mehr als fünfzig Schritt weiter oben stand eine Schenke. Aus den Fenstern des Schankraums drang Lichtschein auf die Straße. Musik erklang von drinnen. Selbst Thom legte die letzten fünfzig Schritte trotz Regens schnell zurück, ob er nun hinkte oder nicht.

Der ›Weiße Halbmond‹ hatte einen Wirt, dessen

Figur den Mantel unterhalb der Gürtellinie genauso ausfüllte wie oberhalb, im Gegensatz zu den meisten Männern, die auf den niedrigen Stühlen an den Tischen saßen. Mat hatte das Gefühl, die Pumphosen des Mannes, die an den Knöcheln über seinen Halbschuhen zugebunden waren, hätten gereicht, daß in jedem Hosenbein ein normaler Mann voll und ganz Platz gefunden hätte. Die Dienerinnen trugen dunkle Kleider mit hohem Kragen und kurze, weiße Schürzen darüber. Zwischen den beiden gemauerten Kaminen saß ein Mann und spielte am Hackbrett. Thom beäugte den Mann kritisch und schüttelte den Kopf.

Der säulenartige Wirt, Cavan Lopar hieß er, war mehr als froh, ihnen Zimmer vermieten zu dürfen. Er runzelte wohl die Stirn, als er ihre schmutzigen Stiefel sah, aber Silber aus Mats Geldbeutel – das Gold wurde darin nun immer weniger – und ein Blick auf Thoms flickenbedeckten Umhang ließen die Stirnfalten schnell verschwinden. Als Thom sagte, er werde gegen eine kleine Gebühr ein paar Abende lang auftreten, wackelte Lopars Mehrfachkinn vor Freude. Von einem großen Mann mit einer weißen Strähne im Bart wußte er nichts und auch nichts von den drei Frauen, die ihm Mat beschrieb. Mat ließ alles bis auf seinen Umhang und den Bauernspieß in seinem Zimmer. Er hatte kaum hingesehen, ob überhaupt ein Bett darin stand. Schlaf war wohl verlockend, aber er weigerte sich, dem Bedürfnis nachzugeben. Dann schlang er ein gut gewürztes Fischhaschee herunter und hastete wieder in den Regen hinaus. Er war überrascht, daß Thom mitkam.

»Ich dachte, du wolltest im Trockenen bleiben, Thom.«

Der Gaukler tätschelte den Flötenkasten, den er noch unter dem Umhang trug. Der Rest seiner Sachen befand sich auch oben im Zimmer. »Die Menschen sprechen gern mit einem Gaukler, Junge. Ich erfahre vielleicht Dinge, die du nicht zu hören bekommst. Ich will genauso wenig wie du, daß diesen Mädchen etwas geschieht.«

Hundert Schritt weiter die überflutete Straße entlang und auf der anderen Seite befand sich eine weitere Schenke, noch mal zweihundert Schritt weiter wieder eine, und danach kamen noch mehr. Mat klapperte eine nach der anderen ab. Sie traten kurz ein, Thom breitete seinen Umhang aus und erzählte eine Geschichte, und dann ließ er sich von irgend jemand zu einem Becher Wein einladen, während Mat nach einem großen Mann mit weißer Strähne im kurzgeschnittenen Bart und nach drei Frauen fragte. Er gewann beim Würfeln ein paar Münzen, erfuhr aber nichts, genausowenig wie Thom. Er war froh darüber, daß der Gaukler in jeder Schenke nur ein paarmal an seinem Wein nippte. Auf dem Schiff hatte Thom praktisch nichts getrunken, aber Mat war nicht sicher, ob er in Tear nicht doch wieder zum Säufer werden würde. Als sie schließlich zwei Dutzend Schankräume durchgemacht hatten, waren Mats Lider bleischwer. Der Regen hatte ein wenig nachgelassen, aber immer noch fielen stetig große Tropfen vom Himmel, und der Wind hatte mit dem Nachlassen des Regens aufgefrischt. Der Himmel färbte sich dunkelgrau in der Ankündigung der nahenden Morgendämmerung.

»Junge«, knurrte Thom, »wenn wir jetzt nicht zum ›Weißen Halbmond‹ zurückkehren, dann schlafe ich hier im Regen ein.« Er unterbrach sich und hustete. »Hast du gemerkt, daß du an drei Schenken vorbeimarschiert bist? Licht, ich bin so müde, daß ich nicht mehr denken kann. Hast du irgendein System bei deiner Suche, von dem du mir nichts erzählt hast?«

Mat starrte mit müden Augen die Straße hoch auf einen hochgewachsenen Mann, der um die Ecke eilte. *Licht, bin ich müde. Und Rand befindet sich fünfhundert Wegstunden von hier und spielt weiterhin den verfluchten*

Drachen. »Was? Drei Schenken?« Sie standen fast genau vor dem Eingang einer weiteren. ›Der Goldene Becher‹ stand auf dem Schild, das im Wind knarrte. Es sah wohl nicht wie ein Würfelbecher aus, aber er entschloß sich zu einem neuen Versuch. »Noch eine, Thom. Wenn wir sie hier nicht finden, gehen wir zurück und ins Bett.« Das Wort ›Bett‹ klang nun schöner als ein Würfelspiel mit einem Einsatz von hundert Goldmark. Trotzdem zwang er sich hineinzugehen.

Nach zwei Schritten in den Schankraum hinein sah Mat ihn. Der große Mann trug einen grünen Mantel mit blauen Längsstreifen an den Puffärmeln. Es war ganz sicher Comar mit seinem kurzgeschnittenen Bart mit der weißen Strähne über dem Kinn und so. Er saß auf einem dieser Stühle mit seltsam niedriger Lehne an einem Tisch auf der anderen Seite des Raums, schüttelte einen ledernen Würfelbecher und lächelte den ihm gegenübersitzenden Mann an. Dieser Bursche trug einen langen Mantel und Pumphosen, und er lächelte nicht. Er blickte auf die Münzen auf dem Tisch herab, als wünsche er sie in seinen Geldbeutel zurück. Ein weiterer Würfelbecher stand neben Comar.

Comar entleerte den Würfelbecher und lachte schon, bevor die Würfel liegen blieben. »Wer ist der nächste?« rief er laut und zog den Einsatz zu sich herüber. Es stapelte sich bereits ein beachtlicher Haufen von Silbermünzen vor ihm. Er schob die Würfel in den Becher und rasselte mit ihnen. »Sicher möchte jemand anders sein Glück versuchen?« Es schien, daß keiner wollte, doch er schüttelte weiter und lachte.

Der Wirt war leicht herauszufinden, auch wenn die Wirte in Tear keine Schürzen zu tragen schienen. Seine Jacke war von der gleichen dunkelblauen Farbe wie die jedes Wirts, mit dem Mat gesprochen hatte. Ein molliger Mann, wenn auch höchstens vom halben Umfang Lopars und mit der Hälfte von dessen Kinnwülsten. Er saß für sich an einem Tisch, polierte mit zornigen Bewegungen einen Zinnkrug und schaute wütend zu Comar hinüber – allerdings nur, wenn der nicht herschaute. Auch einige andere Männer blickten den bärtigen Mann aufgebracht von der Seite her an. Aber nicht, wenn er herschaute.

Mat unterdrückte seinen ersten Impuls, zu Comar hinüberzurennen, ihm mit dem Bauernspieß eins über den Kopf zu braten und zu fragen, wo Egwene und die anderen seien. Hier stimmte etwas nicht. Comar war der erste Mann heute nacht, der ein Schwert trug, aber so, wie ihn die Männer ansahen, fürchteten sie nicht nur den Schwertkämpfer. Selbst die Dienerin, die Comar einen neuen Becher Wein brachte und als Dank für ihre Bemühungen in den Hintern gekniffen wurde, hatte nur ein hysterisches Lachen für ihn übrig.

Betrachte es doch mal von allen Seiten, dachte Mat erschöpft. *Die Hälfte aller Schwierigkeiten, in die ich komme, rührt daher, daß ich das nicht tue. Ich muß nachdenken.* Vor Erschöpfung schien es ihm so, als sei sein Kopf mit Wolle angefüllt. Er gab Thom ein Zeichen, und sie schlenderten hinüber zum Tisch des Wirts, der sie mißtrauisch musterte, als sie sich hinsetzten.

»Wer ist der Mann mit der Strähne im Bart?« fragte Mat.

»Ihr seid nicht aus der Stadt, oder?« sagte der Wirt. »Er ist auch ein Fremder. Ich habe ihn vorher noch nie gesehen, aber ich weiß, was er ist. Ein Fremder, der hierhergezogen ist und sein Glück beim Handel gemacht hat. Ein Kaufmann, der so reich ist, daß er sogar sein Schwert tragen darf. Aber das ist noch kein Grund dafür, daß er uns so behandelt.«

»Wenn Ihr ihn noch niemals gesehen habt«, fragte Mat, »woher wißt Ihr dann, daß er ein Kaufmann ist?«

Der Wirt betrachtete ihn, als sei er ein Dummkopf. »Sein Mantel, Mann, und sein Schwert! Wenn er von draußen kommt, kann er kein Lord oder Soldat sein, also muß er wohl ein reicher Kaufmann sein.« Er schüttelte den Kopf über soviel Dummheit der Ausländer. »Sie kommen in unsere Häuser und schauen uns von oben herab an. Sie befummeln vor unseren Augen die Mädchen, aber sie haben kein Recht dazu. Wenn ich ins Mauleviertel gehe, dann spiele ich nicht mit einem Fischer um dessen magere Kröten. Wenn ich nach Tavar gehe, spiele ich nicht mit den Bauern, die gekommen sind, ihre Ernte zu verkaufen.« Er polierte noch gewaltsamer drauflos. »Was für ein Glück der Mann hat. So muß er wahrscheinlich an sein Vermögen gekommen sein.«

»Er gewinnt, nicht wahr?« Gähnend fragte sich Mat, wie er wohl mit einem Mann spielen würde, der auch Glück hatte.

»Manchmal verliert er«, knurrte der Wirt, »wenn der Einsatz nur ein paar Silberpfennige beträgt. Manchmal. Aber wenn es um eine Silbermark geht… Ich habe ihn heute beim Kronenspiel nicht weniger als ein Dutzend Mal mit drei Kronen und zwei Rosen gewinnen sehen. Und beim Gipfelspiel noch um die Hälfte häufiger mit drei Sechsern und zwei Fünfern. Beim Dreierspiel wirft er immer nur Sechser und beim Kompaß mit jedem Wurf drei Sechser und einen Fünfer. Wenn er schon solches Glück hat, dann hat er meinen Segen, aber er soll es gefälligst an anderen Kaufleuten auslassen, wie es sich gehört. Wie kann ein Mann solches Glück haben?«

»Gezinkte Würfel«, sagte Thom und hustete wieder. »Wenn er sichergehen will, daß er gewinnt, benützt er Würfel, die immer auf dieselbe Seite fallen. Er ist schlau genug, nicht gerade die höchsten Würfe zu benützen, denn die Leute werden mißtrauisch, wenn man immerzu einen König würfelt« – dabei zog er eine Augenbraue in Richtung Mat hoch –, »aber halt ein Ergebnis, das kaum zu schlagen ist. Er kann es aber nicht dazwischen abändern, damit sie einmal auf eine andere Seite fallen.«

»Von so was habe ich schon gehört«, sagte der Wirt bedächtig. »Ich hörte, die Illianer verwenden das.« Dann schüttelte er den Kopf. »Aber beide Männer benützen die gleichen Würfel und den gleichen Becher. Es ist unmöglich.«

»Bringt mir zwei Würfelbecher«, sagte Thom, »und zwei Sätze Würfel. Kronen oder Augen, das spielt keine Rolle, solange es die gleichen sind.«

Der Wirt runzelte die Stirn, aber er ging, wobei er vorsichtigerweise den Zinnbecher mitnahm, und kam mit zwei Lederbechern zurück. Thom ließ die aus Knochen gefertigten Würfel vor Mat auf den Tisch rollen. Ob mit Augen oder Symbolen – jeder Satz Würfel, den Mat je gesehen hatte, war entweder aus Knochen oder Holz gefertigt. Diese hatten Augen. Er nahm sie in die Hand und sah Thom finster an. »Sollte ich daran etwas entdecken?«

Thom kippte sich die Würfel aus dem anderen Becher auf die Handfläche, und dann bewegte er sich so schnell, daß das Auge kaum folgen konnte. Er ließ sie wieder hineinfallen und drehte den Becher um, so daß er umgestülpt auf dem Tisch stand, bevor die Würfel herausfallen konnten. Er behielt seine Hand oben auf dem Becher. »Mache ein Zeichen auf jeden, Junge. Etwas Kleines, aber du mußt es als dein Zeichen erkennen.«

Mat tauschte fragende Blicke mit dem Wirt. Dann blickten beide den Becher an, der umgestülpt unter Thoms Hand stand. Er wußte, daß Thom irgendeinen Trick vorhatte. Die Gaukler vollbrachten immer unmögliche Sachen, wie Feuer zu schlucken oder Seidentücher aus der Luft zu pflücken. Aber er wußte nicht, wie Thom etwas anstellen sollte, wenn sie ihn so genau beobachteten. Also nahm er sein Messer aus der Scheide und machte einen kleinen

Kratzer auf jeden Würfel, und zwar genau über die sechs Augen.

»In Ordnung«, sagte er und legte sie auf den Tisch zurück. »Zeig mir deinen Trick.«

Thom griff sich die Würfel, und dann legte er sie etwa einen Fuß entfernt wieder hin. »Schau nach deinen Markierungen, Junge.«

Mat runzelte die Stirn. Thoms Hand befand sich noch immer auf dem umgestülpten Lederbecher. Der Gaukler hatte sie nicht bewegt und auch nicht Mats Würfel auch nur in die Nähe gebracht. Er nahm also die Würfel in die Hand... und zwinkerte überrascht. Es war kein Kratzer darauf zu sehen. Der Wirt schnappte nach Luft.

Thom drehte seine freie Hand um und zeigte ihnen, daß er darin fünf Würfel hielt. »Deine Markierungen befinden sich auf diesen hier. Und genau das macht Comar. Es ist kinderleicht, obwohl ich nicht glaube, daß er die nötige Fingerfertigkeit besitzt.«

»Ich glaube nicht, daß ich mich mit dir auf ein Würfelspiel einlasse«, sagte Mat bedächtig. Der Wirt starrte die Würfel an, aber es schien nicht so, als habe er den Trick begriffen. »Ruft die Wache oder wie Ihr das hier nennt«, sagte Mat zu ihm. »Laßt ihn festnehmen.« *In einer Gefängniszelle kann er niemanden umbringen. Aber – wenn sie schon tot sind?* Er versuchte, den eigenen Gedanken zu verdrängen, aber der blieb hartnäckig. *Dann sorge ich dafür, daß auch er stirbt und Gaebril, gleich, was ich dazu tun muß. Aber das stimmt doch alles nicht, seng mich! Sie können nicht tot sein!*

Der Wirt schüttelte den Kopf. »Ich? Ich und einen Kaufmann bei den Verteidigern anzeigen? Sie würden seine Würfel noch nicht einmal anschauen. Er würde nur ein Wort sagen, und ich läge in Ketten und würde auf den Kanalbaggern in den Fingern des Drachen arbeiten. Er könnte mich auch unverzüglich mit seinem Schwert niederstrecken, und die Verteidiger würden noch sagen, ich hätte es verdient gehabt. Vielleicht geht er ja bald.«

Mat verzog resignierend das Gesicht. »Wenn ich seinen Betrug aufdecke, reicht das dann? Ruft Ihr dann die Wache oder die Verteidiger oder wen auch immer?«

»Ihr versteht das nicht. Ihr seid ein Fremder. Selbst wenn er auch von weit her kommt, ist er doch ein reicher und bedeutender Mann.«

»Warte hier«, sagte Mat zu Thom. »Ich werde ihn nicht an Egwene und die anderen heranlassen, gleich, was ich tun muß.« Er gähnte und schob seinen Stuhl nach hinten.

»Warte, Junge«, rief Thom ihm leise aber eindringlich nach. Der Gaukler stand ebenfalls auf. »Seng dich, du weißt nicht, worauf du dich da einläßt!«

Mat bedeutete ihm, zu bleiben, und ging zu Comar hinüber. Niemand anders war inzwischen der Aufforderung des Bärtigen gefolgt, und der musterte nun Mat interessiert, als er seinen Bauernspieß an den Tisch stellte und sich hinsetzte.

Comar betrachtete Mats Mantel und grinste heimtückisch. »Wollt Ihr ein paar Kupfermünzen setzen, Bauer? Ich verschwende meine Zeit nicht mit...« Er unterbrach sich, als Mat eine andoranische Goldkrone auf den Tisch legte und ihn angähnte, ohne sich die Mühe zu machen, eine Hand vor den Mund zu halten. »Ihr seid schweigsam, Bauer. Aber Eure Manieren könntet Ihr verbessern. Nun ja, Gold hat seine eigene Stimme und braucht keine Manieren.« Er schüttelte den Lederbecher in seiner Hand und ließ die Würfel herausrollen. Er schmunzelte schon, bevor sie stilllagen und drei Kronen sowie zwei Rosen zeigten. »Das schlagt Ihr nie, Bauer. Vielleicht habt Ihr in den Lumpen, die Ihr tragt, noch mehr Gold verborgen, das Ihr verlieren wollt? Was habt Ihr getan? Euren Herrn beraubt?«

Er faßte nach den Würfeln, doch Mat kam ihm zuvor. Comar schaute wütend drein, doch überließ er Mat den Becher. Wenn das gleiche Ergebnis herauskam, würden beide weiterwürfeln, bis einer schließlich gewann. Mat lächelte, als er den Becher schüttelte. Er wollte Comar keine Chance geben, sie auszutauschen. Wenn sie drei- oder viermal dasselbe würfelten, genau dasselbe Ergebnis natürlich, würden auch diese Verteidiger herschauen. Der ganze Schankraum würde es sehen und sein Wort bezeugen.

Er ließ die Würfel auf die Tischfläche rollen. Sie sprangen irgendwie eigenartig auf. Er fühlte, wie sich etwas… änderte. Es war, als sei sein Glück verstärkt zurückgekehrt. Der Raum schien sich um ihn herum zu verzerren und wie mit Fäden an den Würfeln zu ziehen. Aus irgendeinem Grund wollte er zur Tür hinsehen, behielt aber die Würfel statt dessen im Blick. Sie lagen still. Fünf Kronen. Comar fielen fast die Augen aus dem Kopf.

»Ihr habt verloren«, sagte Mat leise. Wenn er in diesem Maße Glück hatte, war es vielleicht an der Zeit, es noch etwas zu strapazieren. Eine Stimme in seinem Hinterkopf sagte ihm, er solle gefälligst nachdenken, aber er war zu müde, um darauf zu hören. »Ich denke, Eure Glückssträhne ist vorüber, Comar. Falls Ihr diesen Mädchen etwas zuleide getan habt, ist es endgültig um Euch geschehen.«

»Ich habe sie noch nicht einmal …«, begann Comar, der noch immer die Würfel anstarrte. Dann riß es ihm den Kopf hoch. Sein Gesicht war totenblaß. »Woher kennt Ihr meinen Namen?«

Er hatte sie noch nicht gefunden. *Glück, süßes Glück, steh mir weiter bei.* »Geht zurück nach Caemlyn, Comar. Sagt Gaebril, daß Ihr sie nicht finden konntet. Sagt ihm, was Ihr wollt, aber verlaßt Tear noch heute nacht. Wenn ich Euch jemals wiedersehe, töte ich Euch.«

»Wer seid Ihr?« fragte der große Mann unsicher. »Wer ...?« Im nächsten Moment hielt er sein Schwert in der Hand und sprang auf.

Mat stieß den Tisch gegen ihn. Der Tisch stürzte um, aber er hatte den Bauernspieß in den Händen. Er hatte jedoch vergessen, wie groß Comar war. Der Bärtige stieß den Tisch zurück. Mat stürzte mitsamt seinem Stuhl um, konnte aber gerade noch seinen Stock festhalten. Comar wuchtete den Tisch aus dem Weg und stach zu. Mat trat mit beiden Füßen nach dem Unterleib des Mannes, um dessen Ansturm aufzuhalten, und schwang ungeschickt den Stock. Doch es reichte, um das Schwert abzulenken. Aber dabei wurde ihm der Stock aus den steifen Fingern geschlagen. Statt dessen packte er Comars Handgelenk. Die Klinge des Mannes befand sich nur eine Handbreit vor seinem Gesicht. Ächzend rollte er sich nach hinten ab und stieß mit seinen Beinen so fest zu, wie er nur konnte. Comar riß die Augen auf, als er über Mat hinwegsegelte und mit dem Gesicht nach oben auf einen Tisch krachte. Mat faßte schnell nach seinem Stock, aber als er ihn wieder in Händen hatte, rührte sich Comar immer noch nicht.

Der große Mann lag mit gespreizten Beinen auf dem Tisch. Der Rest seines Körpers hing schlaff herunter, und der Kopf lag auf dem Boden. Die Männer, die an diesem Tisch gesessen hatten, standen ein sicheres Stück entfernt, rangen die Hände und warfen sich nervöse Blicke zu. Ein leises, besorgtes Gemurmel hing im Schankraum anstatt des Geschreis, das Mat erwartete.

Comars Schwert lag innerhalb seiner Reichweite. Doch er rührte sich nicht. Er starrte Mat an, als der das Schwert wegtrat und neben ihm auf ein Knie herabsank. *Licht! Ich glaube, sein Rückgrat ist gebrochen!* »Ich sagte Euch doch, Ihr solltet gehen, Comar. Eure Glückssträhne ist vorbei!«

»Narr«, hauchte der große Mann. »Glaubt Ihr... daß ich der einzige bin... der sie jagt? Sie leben... nicht... bis...« Seine Augen blickten Mat glasig an, und er sagte nichts mehr. Er würde auch nie wieder etwas sagen.

Mat erwiderte den Blick, als wolle er weitere Worte aus dem Toten herauszwingen. *Wer noch, seng dich? Wer? Wo sind sie? Mein Glück. Seng mich, was ist mit meinem Glück geschehen?* Ihm wurde bewußt, daß der Wirt ihn verzweifelt am Arm zog.

»Ihr müßt weg. Ihr müßt. Bevor die Verteidiger kommen. Ich werde ihnen die Würfel zeigen. Ich werde ihnen sagen, es sei ein Fremder gewesen, aber ein großer Mann mit rotem Haar und grauen Augen. Keinem wird etwas passieren. Keinem wirklichen Menschen. Nur ein Mann, von dem ich letzte Nacht geträumt habe. Keine echte Person. Niemand wird mir widersprechen. Er hat jeden mit seinen Würfeln ausgenommen. Aber Ihr müßt weg! Schnell!«

Alle anderen im Raum sahen betont weg. Mat ließ sich von dem Toten wegziehen und aus der Schenke schieben. Thom wartete schon draußen im Regen. Er packte Mat am Arm und hinkte mit ihm im Schlepptau hastig die Straße hinunter. Mats Kapuze hing auf seinem Rücken. Der Regen durchnäßte ihm die Haare und ergoß sich über sein Gesicht, rann an seinem Hals hinab, aber er bemerkte es nicht. Der Gaukler blickte sich immer wieder um, ob sie schon verfolgt würden.

»Schläfst du, Junge? Dort hinten hast du nicht so ausgesehen, als ob du schläfst. Komm schon, Junge. Die Verteidiger werden jeden Fremden auf zwei Straßen im Umkreis verhaften, gleich, welche Beschreibung ihnen der Wirt gibt.«

»Es ist das Glück«, murmelte Mat. »Ich habe es herausgefunden. Die Würfel. Mein Glück ist dann am größten, wenn die Dinge... dem Zufall überlassen sind. Wie beim Würfeln. Nicht so gut beim Kartenspiel. Beim Brettspiel wirkt es nicht. Zuviel von einem Muster. Es muß Zufall sein. Selbst, Comar zu finden. Ich habe nicht mehr jede Schenke abgesucht. Ich bin nur zufällig in diese hineingegangen. Thom, wenn ich Egwene und die anderen rechtzeitig finden will, darf ich nicht mehr systematisch suchen.«

»Wovon sprichst du eigentlich? Der Mann ist tot. Falls er sie bereits getötet hat... Na ja, dann hast du sie gerächt. Wenn nicht, hast du sie gerettet. Wirst du jetzt endlich, verdammt noch mal, schneller laufen? Es wird nicht lange dauern, bis die Verteidiger kommen, und sie sind nicht so rücksichtsvoll wie die Königliche Garde.«

Mat riß sich los und ging, etwas unsicher auf den Beinen, weiter. Den Bauernspieß schleifte er hinter sich her. »Ihm ist entschlüpft, daß er sie noch nicht gefunden hatte. Aber er sagte, er sei nicht der einzige. Thom, ich glaube ihm. Ich habe ihm in die Augen gesehen, und er sagte die Wahrheit. Ich muß sie trotzdem finden, Thom. Und nun weiß ich nicht einmal, wer hinter ihnen her ist. Ich muß sie finden.«

Thom unterdrückte mit der Hand ein eindrucksvolles Gähnen und zog Mat die Kapuze zum Schutz vor dem Regen über den Kopf. »Nicht mehr heute nacht, Junge. Ich brauche Schlaf und du auch.«

Naß. Mein Haar trieft. Mein Gesicht auch. Sein Kopf schien zu schwimmen. Ihm wurde langsam klar, daß es der Mangel an Schlaf war. Und daran, daß er darüber nachdenken mußte, um es überhaupt zu bemerken, erkannte er, wie müde er tatsächlich war. »In Ordnung, Thom. Aber bei Tagesanbruch suche ich sofort weiter.« Thom nickte und hustete, und sie gingen durch den Regen zum ›Weißen Halbmond‹ zurück.

Es war nicht lang bis zur Morgendämmerung, aber Mat hievte sich mühsam aus dem Bett und machte sich mit Thom daran, jede Schenke innerhalb der Mauern Tears abzusuchen. Er ging dorthin, wo es ihm gerade in den Sinn kam, hielt dabei überhaupt nicht nach Schenken Ausschau und warf eine Münze hoch, um zu entscheiden, ob er eine Schenke betreten solle oder nicht. Drei Tage und Nächte lang hielt er durch, und es regnete drei Tage und Nächte lang ohne Unterlaß. Manchmal donnerte es auch, manchmal blieb es ruhig, aber es goß immerzu in Strömen.

Thoms Husten wurde schlimmer. Er mußte mit dem Flötespielen und Geschichtenerzählen aufhören, und die Harfe schleppte er bei solchem Wetter gar nicht erst ins Freie. Aber er bestand darauf mitzukommen, und die Menschen unterhielten sich immer noch gern mit einem Gaukler. Mats Glück beim Würfeln schien sich noch verstärkt zu haben, seit er ziellos herumzulaufen begonnen hatte, aber er hielt sich nicht lange genug in irgendeiner Schenke oder Taverne auf, um mehr als ein paar Münzen zu gewinnen. Keiner von beiden erfuhr etwas Brauchbares. Gerüchte über einen Krieg mit Illian. Gerüchte über eine Invasion in Mayene. Gerüchte über einen Angriff aus Andor, über eine Handelsblockade des Meervolks, über das Heer Artur Falkenflügels und seine Rückkehr aus dem Reich der Toten. Gerüchte über die bevorstehende Ankunft des Drachen. Die Männer, mit denen Mat spielte, reagierten auf ein Gerücht genauso bedrückt wie auf das andere. Sie schienen ihm immer nach dem schlimmsten dieser Gerüchte zu suchen, aber allen so halbwegs Glauben zu schenken. Doch er fand keine noch so kleine Spur von Egwene und den anderen. Kein einziger Wirt hatte Frauen gesehen, die seiner Beschreibung entsprachen.

Alpträume schlichen sich in seinen Schlaf ein. Zweifellos rührte das von seinen bedrückenden Sorgen her. Egwene und Nynaeve und Elayne, dazu ein Bursche mit kurzgeschnittenem weißen Haar, der einen Mantel mit gestreiften Puffärmeln wie Comar trug, der lachte und ein Netz um sie herum webte. Nur, manchmal webte er dieses Netz um Moiraine und manchmal hielt er statt dessen ein Kristallschwert in der Hand, ein Schwert, das wie die Sonne strahlte, sobald er es berührte. Manchmal war es auch Rand, der dieses Schwert hielt. Aus irgendeinem Grund träumte er häufig von Rand.

Mat war sicher, es rühre alles davon her, daß er nicht genug Schlaf bekam und nicht genug zu essen, außer, er dachte gerade einmal daran. Doch er gab nicht auf. Er habe einen hohen Einsatz zu gewinnen, sagte er sich, und er hatte die Absicht zu gewinnnen, und wenn er sich dabei umbringen mußte.

KAPITEL 18

Der Hammer

Die Nachmittagssonne brannte heiß auf die Fähre, als sie in Tear anlegte. Auf den dampfenden Pflastersteinen des Kais standen die Pfützen, und die Luft schien Perrin genauso feucht wie in Illian. Die Luft roch nach Pech und Holz und Hanf – er konnte weiter südlich am Fluß Werften erkennen –, nach Gewürzen und Eisen und Hafer, nach Parfüm und Wein und hundert verschiedenen Düften, die er aus dem Gemisch nicht deuten konnte. Das meiste drang aus den Lagerhäusern hinter den Hafenanlagen. Als der Wind einen Augenblick lang auf Nord drehte, fing seine Nase auch den Gestank von Fisch auf, aber der verflog wieder, als sich der Wind erneut drehte. Kein Geruch nach irgend etwas, das man jagen konnte. Sein Geist suchte nach den Wölfen, bevor ihm klar wurde, was er da tat, und er sich dagegen abschloß. Das hatte er in letzter Zeit zu oft getan. Natürlich waren keine Wölfe da gewesen. Nicht in einer Stadt wie dieser. Er wünschte, er fühlte sich nicht so … einsam.

Sobald die Rampe am Ende der Fähre heruntergeklappt war, führte er Traber hinter Moiraine und Lan zum Kai hinüber. Die riesige Gestalt des Steins von Tear lag zu ihrer Linken so im Schatten, daß er wie ein Berg wirkte, trotz der mächtigen Flagge am höchsten Punkt. Er wollte den Stein nicht ansehen, aber es schien unmöglich, die Stadt zu betrachten, ohne hinzuschauen. *Ist er schon hier? Licht, wenn er schon versucht haben sollte, da hineinzugelangen, ist er möglicherweise tot.* Und dann wäre alles umsonst gewesen.

»Was wollen wir hier eigentlich finden?« fragte Zarine hinter ihm. Sie hatte nicht aufgehört, Fragen zu stellen. Nur fragte sie eben nicht den Behüter oder die Aes Sedai. »In Illian sahen wir Graue Männer und die Wilde Jagd. Was erwartet uns in Tear… von dem irgend jemand verhindern will, daß Ihr es findet?«

Perrin sah sich um. Keiner der Schauerleute, die mit Gütern beladen umherliefen, schien es gehört zu haben. Er war sicher, bei ihnen Angst gewittert zu haben, falls sie gelauscht hätten. Er schluckte die scharfe Erwiderung herunter, die er auf der Zunge gehabt hatte. Sie hatte ohnehin die schnellere und schärfere Zunge.

»Ich wünschte, Ihr wärt nicht so eifrig und optimistisch«, grollte Loial. »Ihr scheint zu glauben, daß es genauso leicht wird wie in Illian, Faile.«

»Leicht?« murmelte Zarine. »Leicht! Loial, man hätte uns beinahe zweimal in einer Nacht umgebracht. Illian allein hätte schon für ein Jägerlied ausgereicht. Wieso nennt Ihr das leicht?«

Perrin verzog das Gesicht. Ihm wäre es lieber gewesen, Loial hätte Zarine nicht bei dem Namen genannt, den sie selbst erwählt hatte. Das erinnerte ihn ständig daran, daß Moiraine glaubte, sie sei Mins Falke. Und es löste auch nicht sein Problem, zu entscheiden, ob sie die schöne Frau sei, vor der ihn Min gewarnt hatte. *Zumindest bin ich noch nicht auf den Habicht gestoßen. Oder auf einen Tuatha'an mit einem Schwert! Das wäre ja wohl das mit Abstand Eigenartigste, oder ich will ein Wollhändler sein!*

»Hör auf, Fragen zu stellen, Zarine«, sagte er beim Aufsteigen auf Traber. »Du wirst herausbekommen, warum wir hier sind, wenn sich Moiraine entschließt, es dir zu sagen.« Er bemühte sich, den Stein nicht anzusehen.

Sie wandte ihm den Blick aus diesen dunklen, schrägstehenden Augen zu. »Ich glaube, du weißt auch nicht, warum, Schmied. Ich glaube, deshalb sagst du mir nichts, weil du gar nichts weißt. Gib es nur zu, Bauernjunge.«

Er seufzte leicht und ritt hinter Moiraine und Lan her. Zarine bohrte bei Loial keineswegs nach, wenn sich der Ogier weigerte, ihre Fragen zu beantworten. Er glaubte, sie wolle ihn damit so bearbeiten, daß er schließlich doch diesen Namen benützte. Aber das würde er nicht tun.

Moiraine hatte den Umhang aus Ölzeug hinter ihren Sattel geschnallt, oben auf das unauffällige Bündel mit dem Drachenbanner, und trotz der Hitze hatte sie den blauen Leinenumhang aus Illian angelegt. Die tiefe, breite Kapuze verbarg ihr Gesicht. Ihr Ring mit der Großen Schlange hing an einer Schnur um ihren Hals. In Tear, hatte sie gesagt, waren Aes Sedai nicht gerade geächtet, aber es war verboten, die Macht zu benützen. Die Verteidiger des Steins beobachteten jede Frau ganz genau, die den Ring trug. Bei diesem Besuch in Tear wollte sie aber nicht beobachtet werden.

Lan hatte schon vor zwei Tagen seinen farbverändernden Umhang in die Satteltasche gesteckt, als klar war, daß derjenige, der die Schattenhunde ausgesandt hatte – Sammael, dachte Perrin schaudernd, und dann bemühte er sich, nicht mehr an diesen Namen zu denken –, daß derjenige keine weiteren Verfolger mehr geschickt hatte. Der Behüter hatte der Hitze Illians getrotzt, und der etwas geringeren in Tear machte er nun ebenfalls keine Zugeständnisse. Sein graugrüner Mantel war bis zum Kragen zugeknöpft.

Perrin hatte seine Jacke bis zur Mitte aufgeknöpft und das Hemd am Hals aufgebunden. In Tear war es vielleicht ein wenig kühler als in Illian, aber es war immer noch so heiß wie im Sommer in den Zwei Flüssen. Und immer nach dem Regen wurde die Hitze durch die hohe Luftfeuchtigkeit unerträglich. Sein Gürtel mit der Axt daran hing am Sattelhorn. Dort war sie zur Hand, falls er sie brauchte, und er fühlte sich wohler, wenn er sie nicht trug.

Er war überrascht über den Schlamm auf den ersten Straßen, über die sie ritten. Nur Dörfer und Kleinstädte hatten ungepflasterte Straßen, jedenfalls seiner bisherigen Erfahrung nach, und Tear war schließlich eine der großen Städte. Aber es schien den Leuten hier nichts auszumachen. Viele liefen barfuß herum. Eine Frau, die auf kleinen Holzklötzen lief, erregte kurz seine Aufmerksamkeit, und er fragte sich, warum nicht alle so etwas trugen. Diese Pumphosen, die von den Männern getragen wurden, schienen kühler als die enganliegenden, wie er sie trug, aber er hätte sich wohl wie ein Narr gefühlt, wenn er solche Hosen hätte tragen müssen. Er stellte sich vor, wie das bei ihm aussehen mochte, dann auch noch einen dieser runden Strohhüte auf dem Kopf, und dabei mußte er denn doch schmunzeln.

»Was findest du denn lustig, Perrin?« fragte Loial. Seine Ohren hingen herab, so daß die Haarbüschel daran in seinen Haaren verborgen waren, und er musterte die Menschen auf den Straßen besorgt. »Diese Leute wirken... niedergeschlagen, Perrin. So haben sie nicht auf mich gewirkt, als ich das letzte Mal hier war. Selbst Menschen, die zuließen, daß ihr Hain gefällt wurde, sollten nicht so dreinblicken.«

Als Perrin begann, die Gesichter zu betrachten, anstatt alles auf einmal sehen zu wollen, sah er, daß Loial recht hatte. Etwas fehlte an zu vielen dieser Gesichter. Vielleicht Hoffnung. Neugier. Sie sahen kaum zu den Vorbeireitenden hoch, außer, um den Pferden auszuweichen. Statt um den Ogier auf seinem mächtigen Reittier hätte es sich genausogut um Lan oder Perrin handeln können.

Die Straßen veränderten sich und waren gepflastert, als sie durch das Tor in der hohen, grauen Stadtmauer geritten waren, vorbei an den Soldaten mit ihren harten Blicken aus dunklen Augen. Sie hatten sich die Brustpanzer über rote Jacken mit weiten Ärmeln und engen, weißen Manschetten geschnallt, und auf dem Kopf trugen sie runde Helme mit Rand und Mittelrippe. Statt der Pumphosen der anderen Männer trugen sie enge Hosen, die sie in die kniehohen Stiefel gesteckt hatten. Die Soldaten runzelten die Stirn und hatten die Hände am Schwertgriff, als sie Lans Schwert sahen, und sie warfen auch kritische Blicke auf Perrins Bogen und Axt, doch auf gewisse Weise lag auch in ihren Gesichtern Niedergeschlagenheit, obwohl sie die Ankömmlinge ja so scharf gemustert hatten. Es schien, als sei ihnen im Grunde alles egal.

Innerhalb der Mauer waren die Gebäude größer und höher, wenn sie auch genauso gebaut waren wie die außerhalb. Die Dächer wirkten auf Perrin etwas eigenartig, besonders die nach oben spitz zulaufenden, aber seit er die Heimat verlassen hatte, hatte er so viele Arten von Dächern gesehen, daß er sich höchstens noch fragte, welche Art von Nägeln sie für ihre Dachplatten wohl benutzten. An manchen Orten allerdings gebrauchten die Leute überhaupt keine Nägel auf dem Dach.

Paläste und andere große Gebäude standen anscheinend planlos neben kleineren und gewöhnlicheren Gebäuden. Wenn sich auf der einen Straßenseite ein Block mit Türmen und eckigen, weißen Kuppeln befand, konnte es durchaus sein, daß gegenüber Läden und Schenken und Wohnhäuser standen. Da war zum Beispiel eine riesige Halle mit viereckigen Marmorsäulen davor, die allein schon an jeder Seite vier Schritt maßen. Man mußte fünfzig Stufen erklimmen, um zu dem fünf Spannen hohen Bronzetor zu gelangen. Doch auf der einen Seite stand eine Bäckerei, und auf der anderen hatte ein Schneider seine Werkstatt.

Hier trugen auch mehr Männer Jacken und enge Hosen wie die Soldaten, wenn auch in leuchtenderen

Farben und ohne Rüstung. Ein paar hatten sogar Schwerter an der Seite. Keiner von ihnen lief barfuß, nicht einmal die in Pumphosen. Die Kleider der Frauen waren länger und tief ausgeschnitten und zeigten bloße Schultern und einiges vom Busen. Man sah nicht nur Wollstoffe, sondern auch häufig Seide. Das Meervolk handelte sehr viel mit Seide, und dieser Handel lief eben über Tear. Man sah nun auch genauso viele Sänften und Pferdekutschen wie Ochsengespanne und Planwagen. Und doch sah man auch hier auf zu vielen Gesichtern die gleiche Resignation.

Neben der Schenke, die Lan auswählte, dem ›Stern‹, stand auf der einen Seite eine Weberwerkstatt und auf der anderen eine Schmiede. Beide waren durch enge Gassen von der Schenke getrennt. Die Schmiede war aus unverputztem, grauen Stein erbaut, das Haus des Webers und die Schenke dagegen aus Holz, obwohl der ›Stern‹ vier Stockwerke hoch war und auch noch kleine Fenster im Dach hatte. Das Rasseln der Webstühle wetteiferte mit dem Klingen des Schmiedehammers nebenan. Sie übergaben ihre Pferde Stallburschen, die ihre Tiere nach hinten brachten, und traten in die Schenke ein. Aus der Küche kam der Geruch nach Fisch, der dort gebacken und vielleicht auch gekocht wurde, und der Duft von Hammelbraten. Die Männer im Schankraum trugen sämtlich die engen Jacken und weiten Hosen. Perrin glaubte auch nicht, daß reichere Männer, wie die in den bunten Jacken mit Puffärmeln, und Frauen wie die mit den bloßen Schultern und den Seidengewändern, diesen Lärm hier in Kauf nehmen würden. Vielleicht hatte Lan deshalb diese Schenke ausgewählt.

»Wie sollen wir denn bei diesem Lärm schlafen?« knurrte Zarine.

»Keine Fragen!« sagte er lächelnd. Einen Augenblick lang glaubte er, sie würde ihm die Zunge herausstrecken. Der Wirt war ein rundlicher Mann mit Halbglatze. Er trug eine lange, dunkelblaue Jacke und diese weiten Pumphosen. Beim Verbeugen faltete er die Hände über seinem vorstehenden Bauch. Sein Gesicht wirkte erschöpft und resignierend. »Das Licht leuchte Euch, gute Frauen. Willkommen«, seufzte er. »Das Licht leuchte Euch, gute Herren, und willkommen auch Euch.« Er fuhr beim Anblick von Perrins gelben Augen leicht zusammen und wandte sich dann mit müdem Blick Loial zu. »Das Licht leuchte Euch, Freund Ogier, und willkommen. Es ist ein Jahr oder länger her, daß ich einen von Euch in Tear gesehen habe. Irgendeine Arbeit am Stein. Sie wohnten natürlich im Stein, aber ich traf sie eines Tages auf der Straße.« Er schloß mit einem weiteren Seufzer. Offensichtlich brachte er nicht einmal die Neugier auf, Loial zu fragen, warum ein anderer Ogier nach Tear gekommen sei, oder überhaupt, warum sie alle sich hier aufhielten.

Der Mann mit der Halbglatze, der Jurah Haret hieß, führte sie persönlich in ihre Zimmer. Offenbar waren Moiraine mit ihrem Seidenkleid und dem verborgenen Gesicht und Lan mit seinen harten Gesichtszügen und dem Schwert für ihn eine Lady mit ihrem Leibwächter und somit seiner persönlichen Aufmerksamkeit wert. Er hielt Perrin ganz eindeutig für einen Diener, und bei Zarine war er sich ebenso eindeutig unsicher. Das paßte ihr wiederum gar nicht. Loial schließlich war doch einfach ein Ogier. Er rief Männer herbei, die für Loial zwei Betten zusammenschoben, und er bot Moiraine ein eigenes Speisezimmer an, falls sie das wünsche. Sie nahm sein Angebot dankend an.

Sie hielten sich zusammen, so daß sie eine kleine Prozession durch die oberen Räume bildeten, bis Haret sich verbeugte und seufzend ging. Er verließ sie dort, wo er begonnen hatte, nämlich vor der Tür zu Moiraines Zimmer. Die Wände waren weiß getüncht, und Loials Kopf streifte die Decke des Flurs.

»Was für ein anrüchiger Geselle«, knurrte Zarine

und wischte sich zornig mit beiden Händen den Staub von ihrem Hosenrock. »Ich glaube fast, er hat mich für Eure Zofe gehalten, Aes Sedai. Das lasse ich mir nicht gefallen!«

»Hütet Eure Zunge«, sagte Lan leise. »Wenn Ihr diesen Namen in Hörweite anderer gebraucht, werdet Ihr es bereuen, Mädchen.« Sie schien etwas entgegnen zu wollen, aber sein eisig-blauer Blick brachte ihre Zunge diesmal zum Schweigen und kühlte wohl sogar ihren Zorn ab.

Moiraine beachtete die beiden nicht. Sie blickte ins Nichts und verkrampfte ihre Hände dabei in ihren Umhang, als wolle sie sich die Hände daran abwischen. Perrins Meinung nach war sie sich dessen gar nicht bewußt.

»Wie wollen wir vorgehen, wenn wir Rand suchen?« fragte er, doch sie schien ihn nicht zu hören. »Moiraine?«

»Bleibt immer der Schenke nahe«, sagte sie einen Augenblick später. »Tear kann eine gefährliche Stadt sein, wenn man sich darin nicht auskennt. Hier kann das Muster zerrissen werden.« Das letzte hatte sie leise gesagt, als sei es nur für sie selbst bestimmt. Mit kräftigerer Stimme fuhr sie dann fort: »Lan, wir wollen sehen, was wir herausfinden können, ohne Aufsehen zu erregen. Ihr anderen bleibt in der Nähe der Schenke!«

»Bleibt in der Nähe der Schenke«, äffte Zarine sie nach, als die Aes Sedai und der Behüter die Treppe hinunter verschwanden. Aber sie sagte es wenigstens so leise, daß sie es nicht hören konnten. »Dieser Rand. Ist das derjenige, den Ihr ...« Wenn sie in diesem Moment wie ein Falke wirkte, dann allerdings wie ein äußerst nervöser. »Und wir befinden uns in Tear, und im Herzen des Steins ist ... Und die Prophezeiungen behaupten ... Licht seng mich, *Ta'veren,* ist das eine Geschichte, an der ich beteiligt sein möchte?«

»Das ist keine Geschichte, Zarine.« Einen Augenblick lang fühlte Perrin die gleiche Hoffnungslosigkeit, wie sie im Tonfall des Wirts gelegen hatte. »Das Rad webt uns in ein Muster. Du hast dich entschieden, deinen Faden mit den unseren zu verknoten, und nun ist es zu spät, das wieder zu entwirren.«

»Licht!« grollte sie. »Jetzt klingst du schon genau wie *sie*.«

Er ließ sie bei Loial und ging in sein Zimmer, um seine Sachen zu verstauen. Im Zimmer stand ein niedriges Bett, bequem, aber klein, so wie es die Stadtbewohner für einen Diener für angemessen hielten, dazu ein Waschtisch, ein Hocker und ein paar Haken hingen an der rissigen, getünchten Wand. Als er wieder herauskam, waren beide weg. Das Klingen des Hammers auf dem Amboß lockte ihn.

In Tear sah so vieles eigenartig aus, daß er es als Erleichterung empfand, die Schmiede zu betreten. Das Erdgeschoß bestand lediglich aus einem großen Raum und hatte hinten zwei lange Schiebetüren, die gerade offenstanden. Dahinter befand sich ein Hof, in dem Pferde und Ochsen beschlagen wurden. Selbst die Ochsenschlinge fehlte nicht. Hämmer standen in Ständern, und an den freien Stellen der Wände hingen Zangen aller Arten und Größen. Stützklemmen und Hufmesser und andere Werkzeuge eines Hufschmieds lagen sauber geordnet auf Holzbänken neben Meißeln und Zinken und Stanzen und allem Zubehör, das ein Grobschmied benötigte. In Behältern lagen Eisen- und Stahlstangen verschiedener Durchmesser. Fünf Schleifscheiben mit unterschiedlichen Schleifflächen standen auf dem festgetretenen Erdboden, dazu sechs Ambosse und drei ummauerte Essen mit ihren Blasebälgen. Nur in einer davon glühte gerade die Kohle. Ablöschfässer standen gleich daneben.

Der Schmied hämmerte gerade ein gelbglühendes Eisen zurecht, das er mit einer schweren Zange festhielt. Er trug Pumphosen und hatte blaßblaue Augen, aber die lange Lederweste an seinem nackten Oberkörper und die Schürze unterschieden sich kaum von denen, die Perrin und Meister Luhhan zu Hause in Emondsfeld getragen hatten. Seine kräftigen Arme und Schultern erzählten von langen Jahren der Metallbearbeitung. In seinem dunklen Haar bemerkte er beinahe dieselbe Zahl grauer Haare, an die sich Perrin bei Meister Luhhan erinnerte. Weitere Westen und Schürzen hingen an der Wand, als habe der Mann noch Gehilfen, die jetzt aber nicht sichtbar waren. Das Feuer in der Esse roch wie zu Hause. Das heiße Eisen roch nach der Heimat.

Der Schmied drehte sich um und steckte das Stück, an dem er gearbeitet hatte, in die Kohlen zurück. Perrin trat zu ihm hin, um den Blasebalg zu bedienen. Der Mann blickte ihn an, sagte aber nichts. Perrin zog die Griffe des Blasebalgs mit langsamen, stetigen, gleichmäßigen Bewegungen hoch und runter, damit die Kohle immer genau die richtige Hitze entwickelte. Der Schmied bearbeitet das Eisen aufs neue, diesmal auf dem gerundeten Horn des Ambosses. Perrin meinte, er müsse wohl ein Faßschaber sein, den er da anfertigte. Scharfe, schnelle Hammerschläge erklangen.

Der Mann sprach ihn an, ohne von der Arbeit aufzublicken. »Gehilfe?« war alles, was er sagte.

»Ja«, sagte Perrin genauso knapp.

Der Schmied arbeitete eine Weile weiter. Es war tatsächlich ein Faßschaber, mit dem man das Innere von Holzfässern auskratzte und säuberte. Von Zeit zu Zeit sah er Perrin nachdenklich an. Er legte den Hammer einen Augenblick lang weg, nahm ein kurzes, dickes, quadratisches Metallstück aus einem Behälter und drückte es Perrin in die Hand. Dann kehrte er zu seiner Arbeit zurück. »Seht zu, was Ihr damit anfangen könnt«, sagte er.

Ohne nachdenken zu müssen, schritt Perrin zu einem Amboß auf der anderen Seite der Schmiede hinüber und klopfte mit dem Rohling dagegen. Er ergab einen schönen Klang. Der Stahl war nicht lange genug im Feuer geblieben, um viel Kohlenstoff aufzunehmen. Er schob die gesamte Länge in die glühenden Kohlen, probierte von den beiden Wasserfässern, um festzustellen, welches gesalzen worden war – das dritte Faß enthielt Olivenöl –, legte Jacke und Hemd ab und suchte sich eine Lederweste heraus, die ungefähr auf seinen Oberkörper paßte. Die meisten dieser Burschen aus Tear waren nicht so groß wie er, doch er fand eine passende. Eine entsprechende Schürze zu finden war leichter.

Als er sich umdrehte, sah er, wie der Schmied, der immer noch den Kopf über seine Arbeit gebeugt hatte, nickte und in sich hineinlächelte. Aber nur, weil er sich in einer Schmiede auskannte, mußte er noch kein guter Schmied sein. Das war noch zu beweisen.

Als er mit zwei Hämmern, einer Flachzange mit langen Griffen und einer Meißelklemme zum Amboß zurückkehrte, hatte sich der Stahlrohling zur dunklen Rotglut erhitzt, bis auf ein kleines Stück, das er aus den Kohlen hatte herausragen lassen. Er bediente den Blasebalg und beobachtete, wie die Farbe des Metalls heller wurde, bis sie ein helles Gelb erreichte, beinahe schon weiß. Dann zog er es mit der Zange heraus, legte es auf den Amboß und packte den schwereren der beiden Hämmer. Ungefähr zehn Pfund, schätzte er, und der Schaft war länger, als es die meisten Leute, die nichts vom Schmiedehandwerk verstanden, für nötig hielten. Er hielt ihn nahe beim Ende des Schafts. Aus dem heißen Metall sprühten gelegentlich Funken, und er hatte die Hände eines Schmieds aus der Nähe von Rundhügel mit ihren vielen Narben deutlich in Erinnerung. Der Bursche war leichtsinnig gewesen.

Er wollte nichts besonders Kunstvolles oder Ausgefallenes machen. Im Moment erschien ihm etwas Einfaches am besten. Er begann damit, die Kanten des Rohlings rund zu klopfen, hämmerte dann die Mitte zu einer breiten Klinge zurecht, fast so dick wie der Rohling selbst, aber gut eineinhalb Handspannen lang. Von Zeit zu Zeit legte er den Metallblock ins Feuer zurück, um ihn blaßgelb zu halten, und nach einer Weile wechselte er zu dem leichteren Hammer über, der nur etwa die Hälfte des ersten wog. Das Stück hinter der Klinge hämmerte er dünn, und dann bog er es neben der Klinge um das Amboßhorn herum. Man konnte später einen Holzgriff daran anbringen. Nun steckte er die scharfe Meißelklemme in den Meißelspalt des Ambosses und legte das glühende Metallstück darauf. Ein scharfer Hammerschlag trennte das Werkstück ab, das er geformt hatte. Es war beinahe fertig. Es würde ein Fasenmesser, mit dem man die Oberseiten von Faßdauben glättete und schräg abschnitt, wenn sie zusammengebunden wurden. Es konnte auch zu anderen Arbeiten dienen. Wenn es fertig war. Der Faßschaber des anderen Mannes hatte ihn auf die Idee gebracht.

Sobald er es abgetrennt hatte, warf er das glühende Metallwerkzeug in das Faß mit dem gesalzenen Wasser. Ungesalzenes Wasser verwendete man zur Veredelung für besonders hartes Metall, während Öl es am elastischsten machte, wie es bei guten Messern nötig war. Und bei Schwertern, wie er gehört hatte, aber er hatte noch nie so etwas geschmiedet.

Als sich das Metall genügend – zu einem stumpfen Grau – abgekühlt hatte, holte er es aus dem Wasser und brachte es zu den Schleifscheiben. Ein wenig bedächtige Arbeit mit dem Pedal brachte das Metall zum Glänzen. Vorsichtig erhitzte er die Klinge nun wieder. Diesmal färbte sie sich dunkler – wie Stroh und schließlich wie Bronze. Als der bronzene Farbton wellenförmig die Klinge zu überziehen begann, legte er sie zum Abkühlen zur Seite. Danach konnte man die endgültige Schneide schleifen. Sie noch einmal ins Wasser zu tauchen würde die Härtung zunichte machen, der er das Ganze gerade unterzogen hatte.

»Eine sehr saubere Arbeit«, sagte der Schmied. »Keine überflüssige Bewegung. Sucht Ihr Arbeit? Meine Gehilfen sind mir gerade davongelaufen, alle drei, diese wertlosen Narren, und ich hätte viel Arbeit für Euch.«

Perrin schüttelte den Kopf. »Ich weiß nicht, wie lange ich in Tear bleibe. Ich würde aber gern noch ein bißchen länger arbeiten, wenn es Euch nichts ausmacht. Es ist schon so lange her, und ich vermisse diese Arbeit. Vielleicht könnte ich ein paar von den Sachen erledigen, die Eure Gehilfen eigentlich hätten tun sollen.«

Der Schmied schnaubte laut. »Ihr seid ein ganzes Stück besser als jeder dieser Halunken, die nur herumhängen und in die Luft starren und etwas von ihren Alpträumen murmeln. Als hätte nicht jeder manchmal Alpträume. Ja, Ihr könnt hier arbeiten, solange Ihr wollt. Licht, ich habe Bestellungen über ein Dutzend Abziehmesser, drei Breitbeile für Küfer, und ein Zimmermann, dort, die Straße hinunter, braucht einen Fugenhammer, und... Zuviel, um alles aufzuzählen. Beginnt mit den Abziehmessern, und dann werden wir sehen, wieviel wir bis zum Abend schaffen.«

Perrin ging in seiner Arbeit auf. Eine Weile lang vergaß er alles, bis auf die Hitze des Metalls, das Klingen seines Hammers und den Geruch der Esse, doch dann kam ein Augenblick, als er aufblickte und feststellte, daß der Schmied – er hatte sich als Dermid Ajala vorgestellt – die Lederweste auszog. Der Beschlaghof war bereits dunkel. Alles Licht rührte von der Esse und einem Paar Lampen her. Und Zarine saß auf einem Amboß neben einer der kalten Essen und beobachtete ihn.

»Also bist du wirklich ein Schmied, Schmied«, sagte sie.

»Das ist er, gute Frau«, sagte Ajala. »Er sagt, er sei nur Gehilfe, aber soweit es mich betrifft, könnte die Arbeit, die er heute geleistet hat, zu seinem Meisterstück erklärt werden. Er arbeitet außerordentlich fein mit dem Hammer, und seine Hand ist mehr als ruhig.« Perrin trat bei diesen Komplimenten verlegen von einem Fuß auf den anderen, und der Schmied grinste ihn an. Zarine sah verständnislos von einem zum anderen.

Perrin ging hinüber und hängte Weste und Schürze auf ihre Haken zurück. Sobald er sie ausgezogen hatte, war er sich Zarines Blicke nur zu bewußt. Es war wie eine Berührung. Einen Augenblick lang schien ihm der von ihr ausgehende Kräuterduft überwältigend. Er zog sich schnell das Hemd über den Kopf, stopfte es hastig in die Hose und schlüpfte in seine Jacke. Als er sich umdrehte, lächelte Zarine ein wenig und auf eine Art, die ihn schon immer nervös gemacht hatte.

»War es das, was du hier tun wolltest?« fragte sie. »Bist du den weiten Weg hierhergekommen, um wieder als Schmied zu arbeiten?« Ajala hielt mit dem Schließen des Hoftores inne und lauschte.

Perrin nahm den schweren Hammer, den er benützt hatte, noch einmal in die Hand. Zehn Pfund schwer, und der Schaft war so lang wie sein Unterarm. Er fühlte sich gut an. Er fühlte sich in der Tat richtig an. Der Schmied hatte einmal kurz seine Augen betrachtet und noch nicht einmal gezwinkert. Die Arbeit war das eigentlich Wichtige, das Geschick in der Bearbeitung des Metalls, und nicht die Augenfarbe eines Mannes. »Nein«, sagte er traurig. »Eines Tages, hoffe ich. Aber noch nicht.« Er wollte den Hammer wieder an die Wand hängen.

»Behaltet ihn.« Ajala räusperte sich. »Ich schenke

normalerweise keine guten Hämmer her, aber … Die Arbeit, die Ihr heute geleistet habt, ist viel mehr wert als dieser Hammer, und vielleicht verhilft er Euch ja zu diesem ›eines Tages‹. Mann, wenn ich jemals einen Mann gesehen habe, der für einen Schmiedehammer geschaffen war, dann Euch. Also nehmt ihn mit und behaltet ihn.«

Perrin schloß die Hand um den Schaft. Er fühlte sich absolut richtig an. »Ich danke Euch«, sagte er. »Ich kann gar nicht sagen, was das für mich bedeutet.«

»Vergeßt nur dieses ›eines Tages‹ nicht, Mann. Denkt immer daran.«

Als sie gingen, blickte Zarine zu ihm auf und sagte: »Hast du eine Ahnung davon, wie seltsam Männer sind, Schmied? Nein. Ich habe es auch nicht angenommen.« Sie lief voraus und ließ ihn mit dem Hammer in der Hand stehen. Mit der anderen Hand kratzte er sich am Kopf.

Niemand im Schankraum beachtete ihn, einen Mann mit goldenen Augen, der einen Schmiedehammer trug. Er ging hinauf in sein Zimmer und dachte ausnahmsweise einmal daran, eine Talgkerze anzuzünden. Sein Köcher und die Axt hingen am gleichen Haken. Er wog die Axt in einer Hand und den Hammer in der anderen. Vom reinen Metallgewicht her war die Axt mit ihrer halbmondförmigen Schneide und dem dicken Dorn gute fünf oder sechs Pfund leichter als der Hammer, aber sie fühlte sich zehnmal so schwer an. Er steckte die Axt in ihre Gürtelschlinge zurück und stellte den Hammer mit dem Schaft an die Wand gelehnt daneben auf den Fußboden. Die Schäfte von Axt und Hammer berührten sich fast. Beide Holzstücke waren gleich dick. Zwei Metallstücke, die ebenfalls beinahe das gleiche Gewicht hatten. Lange Zeit saß er auf dem Hocker und betrachtete sie. Er war immer noch damit beschäftigt, als Lan den Kopf ins Zimmer streckte.

»Kommt, Schmied. Wir haben Sachen zu besprechen.«

»Ich bin wirklich ein Schmied«, sagte Perrin, und der Behüter runzelte die Stirn.

»Macht mir jetzt nur nicht schlapp, Schmied. Wenn Euch eure Füße nicht mehr tragen, reißt Ihr uns vielleicht alle mit ins Verderben.«

»Meine Füße werden mich tragen«, grollte Perrin. »Ich werde tun, was notwendig ist. Was wollt Ihr?«

»Euch, Schmied. Habt Ihr nicht zugehört? Kommt mit, Bauernjunge.«

Diese Bezeichnung, bei der ihn Zarine so oft nannte, ließ ihn nun ärgerlich auf die Füße springen, aber Lan drehte sich bereits wieder um. Perrin eilte in den Flur und folgte ihm zum vorderen Teil der Schenke. Er wollte dem Behüter sagen, daß er von Bezeichnungen wie ›Schmied‹ und ›Bauernjunge‹ genug habe und daß sein Name Perrin Aybara laute. Der Behüter zog den Kopf ein und trat in den einzigen privaten Speisesaal der Schenke, dessen Fenster zur Straße hinaus zeigten.

Perrin ging ihm nach. »Jetzt hört mal zu, *Behüter*, ich…«

»Ihr werdet zuhören, Perrin«, sagte Moiraine. »Seid ruhig und lauscht.« Ihr Gesicht war ausdruckslos, doch ihre Augen blickten genauso grimmig drein, wie ihre Stimme klang.

Perrin hatte nicht bemerkt, daß sich außer dem Behüter und ihm noch jemand im Raum befand. Lan hatte seinen Arm auf den Sims des unbefeuerten Kamins gestützt. Moiraine saß am Tisch im Zentrum des Raums. Er war einfach gearbeitet und bestand aus schwarzem Eichenholz. Keiner der anderen Stühle mit ihren hohen, geschnitzten Lehnen war besetzt. Zarine lehnte an der Wand auf der Lan gegenüberliegenden Seite des Raums und machte eine finstere Miene. Loial hatte sich entschlossen, lieber auf dem Fußboden zu sitzen als auf Stühlen, die viel zu klein für ihn waren.

»Ich bin froh, daß du dich entschlossen hast, auch zu kommen, Bauernjunge«, sagte Zarine sarkastisch. »Moiraine wollte nichts sagen, bis du da warst. Sie sieht uns nur an, als wolle sie entscheiden, wer von uns sterben wird. Ich …«

»Schweigt«, sagte Moiraine in scharfem Ton zu ihr. »Einer der Verlorenen befindet sich in Tear. Der Hochlord Samon ist in Wirklichkeit Be'lal.« Perrin schauderte.

Loial preßte die Augen zu und stöhnte. »Ich hätte im *Stedding* bleiben können. Ich wäre vielleicht sehr glücklich gewesen und hätte geheiratet, wen meine Mutter für mich aussuchte. Meine Mutter ist eine feine Frau, und sie würde mir keine schlechte Frau verschaffen.« Seine Ohren hatten sich anscheinend ganz in seinen zerzausten Haaren versteckt.

»Ihr könnt zum Stedding Schangtai zurückkehren«, sagte Moiraine. »Geht jetzt gleich, wenn Ihr das wünscht. Ich werde Euch nicht aufhalten.«

Loial öffnete ein Auge. »Ich kann gehen?«

»Wenn Ihr wünscht«, sagte sie.

»Oh.« Er öffnete das andere Auge und kratzte sich mit wurstgroßen, dicken Fingern die Wange. »Ich denke … ich denke … wenn ich die Wahl habe … daß ich lieber bei Euch allen bleibe. Ich habe sehr viele Aufzeichnungen gemacht, aber noch lange nicht genug, um mein Buch fertigzuschreiben, und ich möchte Perrin und Rand nicht verlassen und …«

Moiraine schnitt ihm mit kalter Stimme das Wort ab: »Gut, Loial. Ich bin froh, daß Ihr bleibt. Ich werde gern all Eure Kenntnisse gebrauchen. Aber bis alles erledigt ist, habe ich keine Zeit mehr, mir Eure Klagen anzuhören!«

»Ich schätze«, sagte Zarine mit unsicherer Stimme, »daß es für mich keine Chance gibt, zu gehen?« Sie sah Moiraine an und schauderte. »Ich dachte es mir. Schmied, wenn ich das überlebe, wirst du dafür bezahlen.«

Perrin starrte sie an. *Ich? Diese närrische Frau glaubt, daß es meine Schuld ist? Habe ich sie vielleicht gebeten, mitzukommen?* Er öffnete den Mund, sah Moiraines Blick und schloß ihn schnell wieder. Einen Augenblick später sagte er: »Ist er hinter Rand her? Um ihn aufzuhalten oder zu töten?«

»Ich glaube nicht«, sagte sie ruhig. Ihre Stimme klang wie kalter Stahl. »Ich fürchte, er will, daß Rand das Herz des Steins betritt und *Callandor* nimmt. Dann will er es ihm abnehmen. Ich fürchte, er will den Wiedergeborenen Drachen mit der gleichen Waffe töten, die dafür bestimmt ist, ihn zu kennzeichnen.«

»Laufen wir wieder weg?« fragte Zarine. »Wie in Illian? Ich wollte niemals weglaufen, aber ich habe nicht daran gedacht, daß ich auf die Verlorenen stoßen würde, als ich den Jägereid ablegte.«

»Diesmal«, sagte Moiraine, »laufen wir nicht weg. Wir wagen es nicht, davonzulaufen. Welten und Zeiten ruhen auf Rands Schultern, auf dem Wiedergeborenen Drachen. Diesmal kämpfen wir.«

Perrin holte sich nervös einen Stuhl heran. »Moiraine, Ihr sprecht eine Menge Dinge offen aus, von denen Ihr uns sagtet, wir dürften noch nicht einmal daran denken. Ihr habt diesen Raum doch gegen Lauscher abgeschirmt, oder?« Als sie den Kopf schüttelte, packte er die Tischkante so hart an, daß das dunkle Eichenholz ächzte.

»Ich spreche nicht von einem Myrddraal, Perrin. Niemand weiß, wie stark die Verlorenen sind, außer, daß Ishamael und Lanfear die stärksten unter ihnen waren, doch selbst der schwächste unter ihnen könnte meine Abschirmung aus mehr als einer Meile Entfernung noch spüren. Und uns in Sekunden in Stücke reißen. Möglicherweise, ohne sich von dem Fleck zu rühren, an dem er steht.«

»Also, damit sagt Ihr doch, daß er Euch zu Knoten verarbeiten kann«, knurrte Perrin. »Licht! Was sollen wir denn tun? Wie können wir irgend etwas bewirken?«

»Selbst die Verlorenen können Baalsfeuer nicht widerstehen«, sagte sie. Er fragte sich, ob es das war, was sie gegen die Schattenhunde eingesetzt hatte. Was er da gesehen und was sie damals gesagt hatte, erfüllte ihn heute noch mit Unbehagen. »Ich habe im letzten Jahr eine Menge gelernt, Perrin. Ich bin… gefährlicher als damals, als ich nach Emondsfeld kam. Wenn ich Be'lal nahe genug kommen kann, kann ich ihn vernichten. Aber wenn er mich zuerst sieht, kann er uns alle vernichten, lange bevor ich eine Möglichkeit habe.« Sie wandte sich Loial zu. »Was könnt Ihr mir über Be'lal sagen?«

Perrin zwinkerte verwirrt. *Loial?* »Warum fragt Ihr ihn?« brach es zornig aus Zarine hervor. »Zuerst erzählt Ihr dem Schmied, Ihr wolltet uns gegen einen der Verlorenen kämpfen lassen, der uns alle töten kann, bevor wir auch nur einen Gedanken zu Ende denken, und nun fragt Ihr Loial über ihn aus?« Loial murmelte mit eindringlicher Hummelstimme den Namen, den sie für sich selbst gebrauchte – »Faile! Faile!« –, aber sie konnte sich nicht zurückhalten. »Ich glaubte, die Aes Sedai wüßten alles! Licht, ich bin wenigstens noch schlau genug, um nicht zu sagen, daß ich gegen jemanden kämpfen werde, bis ich alles überhaupt Mögliche über ihn weiß! Ihr…« Unter Moiraines Blick hörte sie mit mürrischer Miene zu sprechen auf.

»Ogier«, sagte Moiraine kühl, »haben ein gutes Gedächtnis, Mädchen. Für die Menschen sind mehr als hundert Generationen seit der Zerstörung der Welt vergangen, aber für die Ogier waren es weniger als dreißig. Wir erfahren aus ihren Geschichten ständig immer noch Dinge, die wir nicht wußten. Nun berichtet, Loial. Was wißt Ihr über Be'lal? Und bitte, faßt Euch diesmal kurz. Ich brauche keine langatmigen Geschichtchen.«

Loial räusperte sich. Es klang, als lasse man Feuerholz durch einen Schlauch rutschen. »Be'lal.« Seine Ohren zuckten aus dem Haar wie die Flügel einer Hummel empor und klappten dann wieder nach vorn. »Ich weiß nicht, was in den Geschichten noch vorhanden sein könnte, das Ihr noch nicht wißt. Er wird nicht oft erwähnt, außer bei der Zerstörung der Halle der Diener, kurz bevor Lews Therin Brudermörder ihn mit Hilfe der Hundert Gefährten zusammen mit dem Dunklen König einschloß. Jalanda, Sohn des Aried, Sohn des Coiam, schrieb, daß man ihn den Neidischen nannte, daß er dem Licht abschwor, weil er Lews Therin beneidete, und daß er auch Ishamael und Lanfear beneidete. In *Eine Studie des Schattenkriegs* nannte Moilin, Tochter der Hamada, Tochter der Juendan, Be'lal den Netzweber, aber ich weiß nicht, warum. Sie erwähnte, daß er mit Lews Therin ein Brettspiel spielte und gewann, und daß er sich dessen immer brüstete.« Er sah Moiraine an und grollte: »Ich bemühe mich ja, mich kurz zu fassen. Ich weiß nichts Wichtiges über ihn. Mehrere Autoren behaupten, Be'lal und Sammael seien Anführer im Kampf gegen den Dunklen König gewesen, bevor sie dem Licht abschworen, und beide waren Meister im Schwertkampf. Das ist wirklich alles, was ich weiß. Er wird vielleicht noch in anderen Büchern und Geschichten erwähnt, aber ich habe sie nicht gelesen. Be'lal wird einfach nicht oft erwähnt. Es tut mir leid, daß ich Euch nichts Nützliches erzählen konnte.«

»Aber vielleicht habt Ihr das ja«, sagte Moiraine zu ihm. »Ich habe diese Bezeichnung nicht gekannt: Netzweber. Oder daß er den Drachen genauso beneidete wie seine Kumpane im Schatten. Das stärkt meinen Glauben daran, daß er *Callandor* haben will. Das dürfte der Grund dafür sein, warum er sich zum Hochlord von Tear gemacht hat. Und Netzweber – das ist eine Bezeichnung für einen Intriganten, einen, der geduldig und schlau Intrigen spinnt. Das habt Ihr gut gemacht, Loial.« Einen Augenblick lang verzog sich der breite Mund des Ogiers zu einem geschmeichelten Lächeln, aber dann senkten sich die Mundwinkel wieder.

»Ich kann nicht behaupten, daß ich keine Angst hätte«, gab Zarine plötzlich zu. »Nur ein Narr würde sich nicht vor den Verlorenen fürchten. Aber ich habe geschworen, daß ich einer von Euch sein will, und das werde ich auch halten. Das ist alles, was ich sagen wollte.«

Perrin schüttelte den Kopf. *Sie muß verrückt sein. Ich wünschte, daß ich keiner von uns sei. Ich wünschte, ich wäre zu Hause und würde in Meister Luhhans Schmiede arbeiten.* Laut sagte er: »Wenn er sich im Stein befindet und dort auf Rand wartet, müssen wir hineingehen, um zu ihm zu kommen. Wie stellen wir das an? Jeder sagt ständig, niemand könne den Stein ohne Erlaubnis der Hochlords betreten, und wenn ich ihn so ansehe, kann ich auch keine andere Möglichkeit entdecken, als durch das Tor hineinzumarschieren.«

»Ihr geht nicht hinein«, sagte Lan. »Moiraine und ich werden die einzigen sein. Je mehr gehen, desto schwieriger wird es. Welchen Weg hinein ich auch immer finde, ich glaube nicht, daß er selbst für nur zwei leicht wird.«

»Gaidin«, begann Moiraine mit entschlossener Stimme, aber der Behüter unterbrach sie genauso entschlossen.

»Wir gehen zusammen, Moiraine. Ich werde diesmal nicht zurückbleiben.« Nach einem Augenblick des Überlegens nickte sie. Perrin glaubte zu bemerken, wie sich Lan entspannte. »Ihr anderen solltet besser etwas schlafen«, fuhr der Behüter fort. »Ich muß nach draußen und den Stein unter die Lupe nehmen.« Er schwieg einen Moment lang. »Da ist noch etwas, das ich über Eurer Neuigkeit beinahe vergessen hätte, Moiraine. Eine Kleinigkeit, und ich weiß nicht, was sie zu bedeuten hat. Es sind Aiel in Tear.«

»Aiel!« rief Loial. »Unmöglich! Die ganze Stadt wäre in Panik, wenn auch nur ein Aiel durchs Tor marschierte!«

»Ich behauptete nicht, daß sie auf der Straße einhermarschieren, Ogier. Auf den Dächern und hinter den Kaminen der Stadt kann man sich genauso gut verbergen wie in der Wüste. Ich habe nicht weniger als drei von ihnen erspäht, obwohl offenbar sonst niemand in Tear sie gesehen hat. Und wenn ich drei sah, könnt Ihr sicher sein, daß es viel mehr sind, die ich nicht erspähen konnte.«

»Das sagt mir nichts«, meinte Moiraine nachdenklich. »Perrin, warum runzelt Ihr so die Stirn?«

Er hatte gar nicht bemerkt, daß er das tat. »Ich habe über diesen Aiel in Remen nachgedacht. Er sagte, wenn der Stein fiele, würden die Aiel das Dreifache Land verlassen. Das ist die Wüste, nicht wahr? Er sagte, das sei eine Prophezeiung.«

»Ich habe jedes Wort der Prophezeiungen des Drachen gelesen«, sagte Moiraine leise, »und das in jeder Übersetzung, und die Aiel werden darin nicht erwähnt. Wir stolpern blindlings dahin, während Be'lal sein Netz webt, und das Rad webt sein Muster um uns. Aber entstammen die Aiel dem Weben des Rads oder Be'lals Webkunst? Lan, du mußt mir den Weg in den Stein hinein schnell finden. Uns. Spüre uns schnell einen Weg auf.«

»Wie Ihr befehlt, Aes Sedai«, sagte er, aber sein Tonfall war eher warm als zeremoniell. Er verschwand durch die Tür. Moiraine sah den Tisch an und durch ihn hindurch, so war sie in Gedanken versunken.

Zarine kam herüber und blickte auf Perrin herunter. Den Kopf hielt sie ein wenig schief. »Und was wirst du tun, Schmied? Es scheint, sie wollen, daß wir hier sitzen und warten, während sie auf Abenteuer ausgehen. Nicht, daß ich mich beklagen wollte.«

Das letztere bezweifelte er. »Zuerst«, sagte er zu ihr, »werde ich etwas essen. Und dann werde ich über einen Hammer nachdenken.« *Und versuchen, meine eigenen Gefühle in bezug auf dich zu enträtseln, Falke.*

KAPITEL 19

Ein Köder für das Netz

Aus dem Augenwinkel glaubte Nynaeve einen hochgewachsenen Mann mit rötlichem Haar und einem wehenden, braunen Umhang entdeckt zu haben, ein ganzes Stück die sonnenbeschienene Straße hinunter, doch als sie sich dorthin wandte und unter dem breiten Rand des blauen Strohhuts, den ihr Ailhuin gegeben hatte, hervorlugte, befand sich zwischen ihnen bereits ein schwerfälliger Ochsenkarren. Als er aus ihrer Sicht rollte, konnte sie den Mann nirgends mehr sehen. Sie war beinahe sicher gewesen, auf seinem Rücken einen hölzernen Flötenkasten hängen gesehen zu haben, und seine Kleidung stammte bestimmt nicht aus Tear. *Das kann doch wohl nicht Rand gewesen sein. Nur, weil ich ständig von ihm träume, muß er ja nicht gleich den ganzen Weg von der Ebene von Almoth nach hier zurückgelegt haben.*

Einer der barfüßigen Männer, die an ihr vorbeiliefen, trug auf dem Rücken einen Korb, aus dem die sichelförmigen Schwänze von einem Dutzend großer Fische herausragten. Plötzlich stolperte er, und silberngeschuppte Fische flogen im hohen Bogen über seinen Kopf weg, als er zu Boden stürzte. Er landete auf Händen und Knien im Schlamm und starrte die Fische an, die aus seinem Korb gefallen waren. Jeder dieser langen, schmalen Fische stand aufrecht mit dem Kopf im Schlamm und dem Schwanz hoch in der Luft. Sie bildeten einen sauberen Kreis. Selbst ein paar Passanten starrten dieses Bild fassungslos an. Langsam erhob sich der Mann. Offensichtlich war er sich gar nicht bewußt, daß er voller Schlamm war. Er ließ den Korb von seinem Rücken gleiten und sammelte seine Fische wieder ein. Dabei schüttelte er den Kopf und knurrte etwas in sich hinein.

Nynaeve zwinkerte, doch sie war gerade mit diesem kuhgesichtigen Räuber beschäftigt, der ihr an der Tür seines Ladens gegenüberstand. Hinter ihm hingen blutige Fleischstücke an Haken. Sie zupfte an ihrem Zopf und warf dem Burschen einen scharfen Blick zu.

»Also gut«, sagte sie streng. »Ich nehme es, aber wenn Ihr soviel für ein derart armseliges Stück verlangt, werdet Ihr mich als Kundin verlieren.«

Er zuckte gelassen die Achseln, als er ihr Geld entgegennahm. Dann wickelte er das fettige Hammelfleisch in ein Tuch, das sie aus ihrem Korb geholt hatte. Sie sah ihn böse an, während er ihr das Fleisch in den Korb steckte, doch das machte ihm offensichtlich nichts aus.

Sie wirbelte herum, um davonzustolzieren – und wäre beinahe gestürzt. Sie hatte sich noch immer nicht an die Klogs gewöhnt. Die blieben ihr ständig im Schlamm stecken, und ihr war nicht klar, wie die Leute, die so etwas trugen, damit fertigwurden. Sie hoffte, die Sonne würden den Boden bald trocknen, doch wurde sie das Gefühl nicht los, daß der Schlamm mehr oder weniger zum Mauleviertel dazugehöre.

Vorsichtig schritt sie weiter in Richtung auf Ailhuins Haus zu und fluchte dabei in sich hinein. Die Preise für alles und jedes waren einfach empörend, die Qualität miserabel, und trotzdem schien es niemanden zu kümmern – weder die Käufer noch die Verkäufer. Es war eine Erleichterung für sie, im Vorbeigehen eine Frau zu beobachten, die einen Ladenbesitzer anschrie und mit einer leicht lädierten, rötlichgelben Frucht in jeder Hand vor seiner Nase herumfuchtelte. Nynaeve kannte die hiesigen Obstsorten nicht, und auch von vielen Gemüsesorten aus diesem Land hatte sie noch nie gehört. Jedenfalls rief die Frau alle Umstehenden auf, sich anzusehen, was für einen Abfall der Mann verkaufe. Doch der Ladeninhaber sah sie nur müde an und machte sich nicht einmal die Mühe, mit ihr zu streiten.

Es gab natürlich eine Entschuldigung für diese Preise, wie sie wußte. Elayne hatte ihr erklärt, daß in den Lagerhäusern das Getreide von den Ratten gefressen wurde, weil in Cairhien niemand etwas kaufen konnte, und welch enorme Bedeutung der Getreidehandel mit Cairhien nach dem Aiel-Krieg erlangt hatte. Aber diese Weltuntergangsstimmung war durch nichts zu erklären. Sie hatte an den Zwei Flüssen erlebt, wie der Hagel die ganze Ernte zerschlagen hatte, oder wie Heuschrecken sie gefressen hatten, wie die Schwarzzungenkrankheit die Schafherden und der Rotfleck den Tabak dezimiert hatten, so daß es nichts zu verkaufen gab, als die Kaufleute aus Baerlon heruntergekommen waren. Sie konnte sich an zwei Jahre hintereinander erinnern, als es bis auf Zwiebelsuppe und alten Hafer kaum etwas zu essen gab. Damals waren selbst die Jäger froh gewesen, ein mageres Kaninchen mit nach Hause zu bringen. Aber die Menschen von den Zwei Flüssen rissen sich trotz aller Niedergeschlagenheit zusammen und kehrten an ihre Arbeit zurück. Diese Leute hier hatten nur ein schlechtes Jahr erlebt, und der Fischfang und auch der übrige Handel schien zu florieren. Sie hatte einfach keine Geduld mit ihnen. Das Dumme daran war, daß sie wußte, sie müßte eigentlich etwas Geduld aufbringen. Es waren eigenartige Leute mit eigenartigen Sitten, und das, was sie für Resignation hielt, schien selbst für Ailhuin und Sandar etwas ganz Normales zu sein. Sie sollte also wirklich ein bißchen mehr Verständnis für sie zeigen.

Warum dann nicht auch für Egwene? Sie schob diesen

Gedanken beiseite. Das Kind benahm sich unmöglich, fauchte sie wegen der offensichtlichsten Einwände an und sperrte sich gegen die vernünftigsten Vorschläge. Selbst wenn völlig klar war, was sie zu tun hatten, wollte Egwene erst überzeugt werden. Nynaeve war es nicht gewöhnt, Menschen überzeugen zu müssen, und schon gar nicht Menschen, bei denen sie einst die Windeln gewechselt hatte. Die Tatsache, daß sie nur etwa sieben Jahre älter war als Egwene, tat hier nichts zur Sache.

Es liegt alles an diesen schlimmen Alpträumen, sagte sie sich. *Ich verstehe ihre Bedeutung nicht, und jetzt haben Elayne und ich sie auch, und ich weiß immer noch nicht, was sie zu bedeuten haben, und Sandar gibt nichts von sich, außer, daß er beim Suchen ist, und ich bin so frustriert, ich ... ich könnte ausspucken!* Sie riß so stark an ihrem Zopf, daß es schmerzte. Wenigstens hatte sie es fertiggebracht, Egwene zu überreden, den *Ter'Angreal* nicht mehr zu benützen und ihn in ihren Beutel zurückzustecken, anstatt ihn immer auf der Haut zu tragen. Wenn die Schwarzen Ajah sich in *Tel'aran'rhiod* befanden ... Über diese Möglichkeit dachte sie besser erst gar nicht nach. *Wir werden sie finden!*

»Ich werde sie zu Fall bringen«, knurrte sie in sich hinein. »Versuchen, mich wie ein Schaf zu verkaufen! Mich wie ein Tier zu jagen! Diesmal bin ich die Jägerin und nicht das Kaninchen! Diese Moiraine! Wenn sie nie nach Emondsfeld gekommen wäre, hätte ich Egwene schon genug beibringen können. Und Rand ... ich hätte ... irgend etwas hätte ich tun können!« Doch sie wußte, das stimmte nicht, und das machte alles nur noch schlimmer. Sie haßte Moiraine beinahe ebenso wie Liandrin und die Schwarzen Ajah, vielleicht genauso sehr wie die Seanchan.

Sie kam um eine Ecke, und Juilin Sandar mußte geschwind zur Seite springen, um nicht von ihr überrannt zu werden. Obwohl er ja an sie gewöhnt war, stolperte er doch beinahe über die eigenen Klogs. Nur sein Stock hielt ihn davon ab, mit dem Gesicht voran in den Matsch zu fallen. Dieses helle, eigenartige Holz nannte man Bambus, hatte sie erfahren, und es war viel härter, als es aussah.

»Frau … äh … Frau Maryim«, stotterte Sandar, als er das Gleichgewicht wiedergewonnen hatte. »Ich habe … nach Euch gesucht.« Er lächelte sie nervös an. »Seid Ihr zornig? Warum seht Ihr mich so finster an?«

Sie glättete die Falten auf ihrer Stirn. »Ich habe nicht Euretwegen so finster geschaut, Meister Sandar. Dieser Metzger … Na ja, es spielt keine Rolle. Warum habt Ihr mich gesucht?« Ihr stockte der Atem. »Habt Ihr sie gefunden?«

Er sah sich um, als verdächtige er jeden Passanten, ihr Gespräch zu belauschen. »Ja. Ja, Ihr müßt mit mir zurückkommen. Die anderen warten schon. Die anderen. Und Mutter Guenna.«

»Warum seid Ihr so nervös? Euer Interesse an ihnen ist doch wohl hoffentlich nicht bemerkt worden?« fragte sie in scharfem Ton. »Was hat Euch solche Angst eingejagt?«

»Nein! Nein, Frau Maryim, ich- ich habe mich nicht verraten.« Sein Blick blieb unstet. Er trat näher zu ihr heran, und seine Stimme wurde zu einem heiseren, eindringlichen Flüstern: »Diese Frauen, die Ihr sucht, sind im Stein! Gäste eines Hochlords! Des Hochlords Samon! Warum habt Ihr sie als Diebinnen bezeichnet? Gäste des Hochlords Samon!« preßte er entsetzt hervor. Auf seinem Gesicht stand der Schweiß.

Im Stein! Bei einem Hochlord! Licht, wie können wir dort an sie herankommen? Sie unterdrückte mit einer Gewaltanstrengung ihre Ungeduld. »Entspannt Euch«, sagte sie in beruhigendem Ton. »Beruhigt Euch, Meister Sandar. Wir können Euch alles erklären.« *Hoffentlich können wir das wirklich. Licht, wenn er zum Stein rennt und diesem Hochlord berichtet, daß wir nach ihnen suchen …* »Kommt mit mir zu Mutter Guennas Haus. Joslyn, Caryla und ich werden Euch alles erklären. Bestimmt. Kommt!«

Er nickte kurz, fast niedergeschlagen, und ging dann neben ihr her. Er mußte seinen Schritt dem ihren mit den ungewohnten Klogs anpassen. Es schien, als wäre er lieber gerannt.

Am Haus der Weisen Frau angekommen, eilte sie gleich nach hinten. Niemand benutzte je die Vordertür, das hatte sie schon bemerkt – nicht einmal Mutter Guenna selbst. Die Pferde waren jetzt an eine Bambusstange angebunden und weit genug von Ailhuins jungen Feigen und ihren Kräutern entfernt. Die Sättel waren im Haus verstaut. Ausnahmsweise blieb sie nicht stehen, um Gaidins Nase zu tätscheln und ihm zu sagen, er sei ein guter Junge und vernünftiger als sein Namensvetter. Sandar blieb dagegen stehen und kratzte mit dem Ende seines Stocks den Schlamm von seinen Klogs. Sie eilte hinein.

Ailhuin Guenna saß mit steifen Armen auf einem ihrer Lehnstühle, der mitten im Raum stand. Die Augen quollen der grauhaarigen Frau vor Zorn und Angst beinahe heraus und sie kämpfte offenbar verzweifelt, ohne einen Muskel zu rühren. Nynaeve mußte das feine Gewebe aus dem Element Luft gar nicht erst fühlen, um zu wissen, was geschehen war. *Licht, sie haben uns gefunden! Seng dich, Sandar!*

Heiße Wut stieg in ihr auf und schwemmte die Sperren in ihrem Innern weg, die sie normalerweise davon abhielten, die Macht zu gebrauchen. Als der Korb aus ihren Händen fiel, war sie bereits eine weiße Blüte an einem Schlehenbusch, öffnete sich *Saidar,* öffnete … Es war, als sei sie gegen eine andere Wand gerannt, eine Wand aus durchsichtigem Glas. Sie konnte die Wahre Quelle fühlen, aber die Wand ließ nichts durch außer der Sehnsucht, sich von der Einen Macht erfüllen zu lassen.

Der Korb schlug auf dem Boden auf, und als er aufsprang, öffnete sich die Tür hinter ihr, und Liandrin trat ein, gefolgt von einer schwarzhaarigen Frau mit einer weißen Strähne über dem linken Ohr. Sie trugen lange, bunte Seidengewänder, die ihre Schultern unbedeckt ließen, und das Glühen *Saidars* umgab sie.

Liandrin strich sich das rote Kleid glatt und lächelte mit diesem Rosenknospen-Schmollmund. Ihr Puppengesicht strahlte triumphierend. »Siehst du jetzt, Wilde«, begann sie, »du hast keine …«

Nynaeve schlug ihr mit aller Kraft ins Gesicht. *Licht, ich muß entkommen.* Sie knallte Rianna den Handrücken mit solcher Gewalt gegen den Kopf, daß die schwarzhaarige Frau mit einem Ächzen auf ihr in Seide gehülltes Hinterteil fiel. *Sie haben bestimmt die anderen gefangen, aber wenn ich aus der Tür komme, wenn ich weit genug wegkomme, daß sie mich nicht mehr abschirmen können, kann ich etwas unternehmen.* Sie schob Liandrin mit Macht von der Tür weg. *Laß mich nur aus dieser Abschirmung entkommen, und ich werde …*

Von allen Seiten prasselten Schläge auf sie ein, wie mit Fäusten und Stöcken. Weder Liandrin, aus deren nicht mehr lächelndem Mundwinkel Blut rann, noch Rianna, deren Haar genauso verwirrt war wie ihr Kleid, hoben auch nur eine Hand. Nynaeve fühlte die Ströme, die mit Hilfe des Elements Luft um sie gewoben wurden, genauso wie die Schläge selbst. Sie kämpfte immer noch, zur Tür zu kommen, aber ihr wurde schlagartig klar, daß sie nun auf den Knien lag. Die Schläge hörten nicht auf. Unsichtbare Stöcke und Fäuste trommelten auf ihren Rücken, in ihren Magen, auf ihren Kopf und die Hüften, die Schultern, die Brüste, die Beine … Ächzend sackte sie zur Seite und rollte sich zusammen, um sich vor den Schlägen zu schützen. *O Licht, ich habe es versucht. Egwene! Elayne! Ich habe mich bemüht. Ich werde nicht weinen! Seng mich, ihr könnt mich zu Tode prügeln, aber ich werde nicht weinen!*

Die Schläge endeten aber Nynaeve konnte nicht aufhören zu zittern. Sie fühlte sich von Kopf bis Fuß zerschlagen und erledigt.

Liandrin hockte neben ihr und hatte ihre Arme um ihre Knie gelegt. Seide raschelte auf Seide. Sie hatte sich das Blut vom Mund gewischt. Ihre dunklen Augen blickten hart, und auf ihrem Gesicht lag nun kein Triumph mehr. »Vielleicht bist du zu dumm, um zu erkennen, wann du geschlagen bist, Wilde. Du hast beinahe genauso wild gekämpft wie dieses andere idiotische Mädchen, diese Egwene. Sie ist beinahe verrückt geworden. Ihr müßt alle Unterwerfung lernen. Du *wirst* es lernen, dich zu unterwerfen!«

Nynaeve schauderte und faßte wieder nach *Saidar.* Sie hatte wohl nicht viel Hoffnung, aber irgend etwas mußte sie unternehmen. Sie zwang sich trotz der Schmerzen dazu ... und stieß wieder auf diese unsichtbare Wand. Nun amüsierte sich Liandrin offensichtlich wieder. Es glich dem grimmigen Vergnügen böser Kinder, die einer Fliege die Flügel ausreißen.

»Die hier brauchen wir aber bestimmt nicht mehr«, sagte Rianna, die neben Ailhuin stand. »Ich werde ihr Herz zum Stillstand bringen.« Ailhuin quollen beinahe die Augen aus dem Kopf.

»Nein!« Liandrins kurze, honigfarbene Zöpfe flogen herum, als sie sich zu Rianna umwandte. »Ihr tötet immer vorschnell, und nur der Große Herr kann mit den Toten noch etwas anfangen.« Sie lächelte die Frau an, die von unsichtbaren Banden auf ihrem Stuhl festgehalten wurde. »Ihr habt die Soldaten gesehen, die mit uns kamen, alte Frau. Ihr wißt, wer im Stein auf uns wartet: Hochlord Samon. Es wird ihm nicht gefallen, wenn Ihr von dem erzählt, was sich heute in Eurem Haus abgespielt hat. Wenn Ihr eure Zunge hütet, werdet Ihr weiterleben. Vielleicht könnt Ihr ihm eines Tages wieder einen Gefallen tun. Wenn Ihr plaudert, werdet Ihr dem Großen Herrn der Dunkelheit dienen, und zwar jenseits des Grabes. Was ist Euch lieber?«

Plötzlich konnte Ailhuin ihren Kopf wieder bewegen. Sie schüttelte die grauen Locken, und ihr Mund bewegte sich lautlos. »Ich… ich halte den Mund«, brachte sie schließlich niedergeschlagen heraus, wobei sie Nynaeve einen beschämten Blick zuwarf. »Wenn ich spreche, wem nützt das dann? Ein Hochlord kann mich köpfen lassen, indem er nur eine Augenbraue hochzieht. Was könnte ich Euch nützen, Mädchen? Was?«

»Es ist schon gut«, sagte Nynaeve erschöpft. *Wem könnte sie es sagen? Alles, was sie damit erreichen würde, wäre, zu sterben.* »Ich weiß, daß Ihr helfen würdet, wenn Ihr könntet.« Rianna warf den Kopf in den Nacken und lachte schallend. Ailhuin sackte in sich zusammen, als sie endgültig freigegeben wurde, doch sie blieb einfach sitzen und starrte ihre Hände auf ihrem Schoß an.

Gemeinsam zogen Liandrin und Rianna Nynaeve auf die Beine und stießen sie in Richtung der Vorderseite des Hauses. »Wenn du uns irgendwelche Schwierigkeiten machst«, sagte die schwarzhaarige Frau mit harter Stimme, »dann zwinge ich dich, dir selbst die Haut abzuziehen und als Knochengerüst zu tanzen.«

Nynaeve hätte beinahe gelacht. *Welche Schwierigkeiten könnte ich euch denn wohl bereiten?* Sie war von der Wahren Quelle abgeschnitten. Ihre Prellungen schmerzten, daß sie sich kaum auf den Beinen halten konnte. Was immer sie tun mochte, würde wie der Wutanfall eines Kindes unterdrückt. *Aber mein Körper heilt wieder, seng Euch, und Ihr werdet auch noch einen Fehler begehen! Und wenn das geschieht…*

Im vorderen Zimmer befanden sich andere Leute: zwei große Soldaten mit runden Helmen und glänzenden Brustpanzern über diesen roten Jacken mit Puffärmeln. Den beiden Männern stand der Schweiß auf der Stirn, und ihre dunklen Augen rollten, als hätten sie mindestens genauso viel Angst wie sie. Amico Nagoyin war da, schlank und hübsch mit ihrem langen Hals und der blassen Haut. Sie sah so unschuldig aus wie ein kleines Mädchen beim Blumenpflücken. Joiya Byirs Gesicht wirkte freundlich, obwohl ihre Wangen genauso glatt waren wie bei allen Frauen, die lange Zeit mit der Macht gearbeitet hatten. Sie erschien wirklich so lieb und anziehend wie eine Großmutter. Trotz ihres Alters sah man kein Grau in ihrem dunklen Haar, und ihre Haut war faltenlos. Doch ihre grauen Augen blickten drein wie die einer Stiefmutter aus dem Märchen, die gerade die Kinder ihres Mannes aus erster Ehe ermorden will. Um beide Frauen herum glühte die Macht.

Elayne stand zwischen den beiden Schwarzen Schwestern, hatte ein blaues Auge, die eine Wange war geschwollen, die Lippe aufgeplatzt, und ein Ärmel ihres Kleides war halb abgerissen. »Es tut mir leid, Nynaeve«, sagte sie mit schwerfälliger Stimme. Offensichtlich schmerzte ihr Kiefer. »Wir haben sie nicht bemerkt, bis es zu spät war.«

Egwene lag zusammengekrümmt auf dem Boden. Ihr Gesicht war fast bis zur Unkenntlichkeit angeschwollen. Als Nynaeve und ihre Begleiterinnen hereintraten, wuchtete gerade einer der kräftigen Soldaten Egwene auf seine Schulter. Dort hing sie so schlaff herunter wie ein halbleerer Hafersack.

»Was habt Ihr mit ihr gemacht?« wollte Nynaeve wissen. »Seng Euch, was …!« Etwas Unsichtbares schlug ihr auf den Mund, und zwar so hart, daß sie einen Moment lang fast das Bewußtsein verlor.

»Na, na«, sagte Joiya Byir mit einem Lächeln, das von ihrem Blick Lügen gestraft wurde. »Ich dulde eben keine Forderungen und keine Gossensprache.« Sie hörte sich auch an wie eine Großmutter. »Ihr sprecht nur, wenn man Euch angesprochen hat.«

»Ich habe dir doch gesagt, das Mädchen wollte nicht mit Kämpfen aufhören, klar?« sagte Liandrin. »Laß dir das eine Lehre sein. Wenn du irgendwelche Schwierigkeiten machst, werden wir dich nicht anders behandeln.«

Nynaeve hätte so gern etwas für Egwene getan, aber sie ließ sich auf die Straße hinausschieben. Immerhin mußten sie sie wirklich schieben, denn passiver Widerstand war das einzige, was ihr im Moment übrig blieb.

Auf der schlammigen Straße befanden sich nur wenige Leute, als hätten sich alle entschlossen, daß es anderswo schöner sei. Die wenigen übriggebliebenen eilten auf der anderen Seite vorbei, ohne einen Blick auf die glänzende, schwarz lackierte Kutsche zu werfen, die mit einem Gespann von sechs gleich großen Schimmeln mit hohen, weißen Federbüschen auf dem Zaumzeug dort wartete. Ein Kutscher saß auf dem Bock, der gleich angezogen war wie die Soldaten, doch ohne Panzer und Schwert, während ein weiterer ihnen die Tür öffnete, als sie im Hauseingang erschienen. Vorher konnte Nynaeve allerdings noch ganz kurz das Wappen sehen, das auf die Tür gemalt war: eine Faust in silbernem Handschuh, die mehrere gezackte Blitze hielt.

Sie dachte sich, das müsse wohl das Wappen des Hochlords Samon sein. *Er muß ein Schattenfreund sein, wenn er sich mit Schwarzen Ajah einläßt. Licht, verbrenne ihn!* Aber ihr Hauptinteresse galt in diesem Moment dem Mann, der bei ihrem Erscheinen neben der Kutsche im Schlamm auf die Knie sank. »Seng Euch, Sandar, warum …?« Sie fuhr zusammen, als etwas wie ein Stockschlag sie zwischen den Schultern traf.

Joiya Byir lächelte mißbilligend und streckte ihren Zeigefinger mahnend hoch. »Ihr werdet mehr Respekt zeigen, Kind. Sonst verliert Ihr vielleicht Eure vorschnelle Zunge.«

Liandrin lachte. Sie fuhr mit der Hand durch Sandars Haar und riß plötzlich seinen Kopf zurück. Er blickte wie ein treuer Hund zu ihr auf – oder wie ein Straßenköter, der einen Tritt erwartet. »Geh nicht zu hart mit diesem Mann ins Gericht.« Bei ihr klang sogar das Wort ›Mann‹ eher wie ›Hund‹. »Er mußte erst … überzeugt werden, uns zu dienen. Aber ich bin doch sehr überzeugend, oder?« Wieder lachte sie.

Sandar blickte Nynaeve verwirrt an. »Ich mußte es tun, Frau Maryim. Ich … mußte.« Liandrin zog ihn am Haar und sein Blick wanderte zu ihr zurück. Er war wieder der gefügige Schoßhund.

Licht! dachte Nynaeve. *Was haben sie ihm angetan? Was werden sie uns antun?*

Sie und Elayne wurden grob in die Kutsche gepackt, und Egwene setzte man zwischen sie. Ihr Kopf hing immer noch schlaff herunter. Liandrin und Rianna stiegen ein und nahmen die Sitze ihnen gegenüber, die nach vorn gewandt waren. Das Glühen *Saidars* umgab sie nach wie vor. Nynaeve interessierte es im Augenblick überhaupt nicht, wohin die anderen gingen. Sie wollte Egwene irgendwie erreichen, sie berühren, ihre Schmerzen lindern, aber sie konnte vom Hals abwärts keinen Muskel rühren. Höchstens winden konnte sie sich. Luftströme banden die drei wie Schichten von eng um sie gewickelten Decken. Die Kutsche ruckte an. Trotz ihrer Lederfederung schwankte sie stark bei der Fahrt über die Schlammstraße.

»Wenn Ihr sie ernsthaft verletzt habt …« *Licht, es ist offensichtlich, wie sie sie verletzt haben. Warum sage ich nicht offen, was ich will?* Aber es war beinahe genauso schwer, die Worte aus ihr herauszupressen, wie eine Hand zu heben. »Wenn Ihr sie getötet habt, werde ich nicht ruhen, bis man Euch alle wie tolle Hunde gejagt und getötet hat!«

Rianna funkelte sie zornig an, aber Liandrin

schniefte nur. »Sei keine komplette Närrin, Wilde. Man will euch lebend. Mit einem toten Köder fängt man keinen Fisch.«

Köder? Wofür? Für wen? »Ihr seid die Närrin, Liandrin! Glaubt Ihr, daß wir allein hier sind? Nur wir drei, und noch nicht einmal ausgebildete, fertige Aes Sedai? Wir sind allerdings Köder, Liandrin. Und Ihr seid wie die fetten Moorhühner in die Falle gegangen.«

»Erzähle ihr nichts davon«, fauchte Elayne, und Nynaeve zwinkerte erschrocken, bevor ihr klar wurde, daß Elayne ihr Täuschungsmanöver unterstützen wollte. »Wenn du dich wieder von deinem Zorn hinreißen läßt, wirst du ihnen noch erzählen, was sie nicht hören sollen. Sie müssen uns in den Stein bringen. Sie müssen ...«

»Halt den Mund«, fuhr Nynaeve sie an. »Du solltest die eigene Zunge besser hüten!« Elayne brachte es fertig, trotz ihres blauen Auges zerknirscht dreinzublicken. *Laß sie das erst mal schlucken,* dachte Nynaeve.

Aber Liandrin lächelte nur. »Wenn ihr euren Zweck als Köder erfüllt habt, werdet ihr uns alles sagen. Ihr werdet es sogar gern tun. Man sagt, daß ihr eines Tages sehr stark sein werdet, aber ich werde sichergehen, daß ihr mir gehorcht, und zwar noch bevor der Große Herr Be'lal euch in seine Pläne einbezieht. Er läßt gerade Myrddraal holen. Dreizehn.« Diese Rosenblattlippen lachten die letzten Worte heraus.

Nynaeve drehte es den Magen um. Einer der Verlorenen! Ihr Gehirn war ganz benommen von dem Schock. *Der Dunkle König und alle Verlorenen sind im Shayol Ghul gefangen, vom Schöpfer im Augenblick der Schöpfung dort gebunden.* Aber der Katechismus half nicht. Sie wußte nur zu gut, wieviel daran nicht stimmte. Dann drang ihr der Rest ins Bewußtsein. Dreizehn Myrddraal. Und dreizehn Schwestern von den Schwarzen Ajah. Sie hörte Elayne schreien, bevor ihr noch klar wurde, daß auch sie schrie und sich umsonst gegen diese unsichtbaren Fesseln aus Luft aufbäumte. Man konnte unmöglich feststellen, was lauter war: ihre verzweifelten Schreie oder das Lachen Liandrins und Riannas.

KAPITEL 20

Auf der Suche nach einem Mittel

Mat hing erschöpft auf dem Hocker im Zimmer des Gauklers und verzog das Gesicht, als Thom wieder hustete. *Wie sollen wir bloß weitersuchen, wenn er so krank ist, daß er nicht einmal laufen kann?* Er schämte sich dieses Gedankens sofort wieder. Thom hatte genauso fleißig gesucht wie er, hatte sich Tag und Nacht zum Weitermachen gezwungen, obwohl ihm klar gewesen sein mußte, daß er zu krank dazu war. Mat war so in der Suche aufgegangen, daß er Thoms Husten zu wenig Aufmerksamkeit geschenkt hatte. Der Wetterumschlag vom ständigen Regen zu dieser feuchten Hitze hatte ein übriges getan.

»Komm schon, Thom«, sagte er. »Lopar sagt, daß nicht weit von hier eine Weise Frau wohnt. So nennen sie hier die Seherin – eine Weise Frau. Das würde Nynaeve vielleicht gefallen!«

»Ich brauche keinen … übelschmeckenden … Trank … in der Kehle, Junge.« Thom bemühte sich vergeblich, sein Keuchen zu unterdrücken. »Geh du mal und suche weiter. Laß mich ein paar Stunden … ausruhen … und dann komme ich wieder mit.« Er krümmte sich unter einem neuen Hustenanfall, bis sein Kopf fast auf den Knien ruhte.

»Soll ich vielleicht die ganze Arbeit tun, während du dich ausruhst?« sagte Mat leichthin. »Wie kann ich ohne dich etwas finden? Das meiste von dem, was wir erfahren, kommt von dir.« Das stimmte nicht ganz. Die Männer plauderten beim Würfelspiel genauso gern wie mit einem Gaukler über einem Glas Wein, sogar etwas freimütiger als bei einem Gaukler, der die ganze Zeit so hustete, daß sie fürchten mußten, sich anzustecken. Aber langsam wurde ihm klar, daß Thoms Husten nicht von allein vergehen würde. *Wenn mir der alte Esel stirbt, mit wem spiele ich dann künftig zu Hause?* fragte er sich grob. »Außerdem läßt mich dein verdammter Husten nebenan nicht einschlafen.«

Er überhörte die Proteste des weißhaarigen Mannes und zog Thom auf die Beine. Er war erschrocken darüber, wie sehr er den Gaukler stützen mußte. Trotz der feuchten Hitze bestand Thom darauf, seinen Flickenumhang umzulegen. Mat hatte seine Jacke ganz aufgeknöpft und alle drei Schnüre an seinem Hemd aufgebunden, aber er ließ dem alten Esel seinen Willen. Keiner im Schankraum blickte auch nur hoch, als er Thom hinaus in den dunstigen Nachmittag schleppte.

Der Wirt hatte ihm den Weg wohl ganz einfach erklärt, aber als sie das Tor erreichten und dem Schlamm im Mauleviertel gegenüberstanden, wäre Mat am liebsten umgekehrt und hätte nach einer anderen Weisen Frau gefragt. Es mußte in einer Stadt dieser Größe ja wohl mehrere geben. Aber Thoms Keuchen gab den Ausschlag. Mit einer Grimasse schritt Mat in den Matsch hinein und trug Thom beinahe mit sich.

Der Wegbeschreibung nach hatte er sich schon gedacht, daß sie in jener ersten Nacht auf dem Weg vom Hafen in die Stadt an dem Haus der Weisen Frau vorbeigekommen sein mußten, und als er das lange, schmale Haus mit Kräuterbündeln in den Fenstern neben einem Töpferladen stehen sah, kam ihm die Erinnerung. Lopar hatte etwas davon gesagt, er müsse zum Hintereingang gehen, aber er hatte vom Schlamm die Nase voll.

Und von dem Fischgestank, dachte er. Er blickte finster den barfüßigen Männern nach, die mit Körben auf dem Buckel vorbeischlurften. Auch die Spuren von Pferdehufen befanden sich auf der Straße, doch sie wurden langsam von Füßen und Ochsenkarren überdeckt. Pferde, die einen Wagen oder vielleicht eine Kutsche zogen. Er hatte bisher in Tear aber nur Ochsen als Zugtiere beobachtet. Die Adligen und Kaufleute waren stolz auf ihre edlen Pferde und setzten sie niemals zur Arbeit ein. Allerdings hatte er keine Kutschen mehr gesehen, seit sie das Stadttor hinter sich gelassen hatten.

Er dachte nicht mehr an Pferde und Wagenspuren, sondern brachte statt dessen Thom zum Vordereingang und klopfte. Nach einer Weile klopfte er wieder. Und dann nochmals.

Er wollte schon aufgeben und zum ›Weißen Halbmond‹ zurückkehren, obwohl Thom ständig an seiner Schulter hustete, doch da hörte er aus dem Innern schlurfende Schritte.

Die Tür öffnete sich kaum mehr als einen Spalt und eine kräftige, grauhaarige Frau spähte heraus. »Was wollt Ihr?« fragte sie mit müder Stimme.

Mat setzte sein nettestes Grinsen auf. *Licht, ich werde krank davon, daß all diese Leute hier klingen, als gebe es keine blutige Hoffnung mehr.* »Mutter Guenna? Ich heiße Mat Cauthon. Cavan Lopar sagte mir, daß Ihr etwas gegen den Husten meines Freundes machen könnt. Ich kann gut bezahlen.«

Sie musterte sie einen Augenblick lang, schien auch Thoms Keuchen zu lauschen und seufzte dann. »Ich denke, wenigstens das kann ich noch tun. Ihr könnt genausogut hereinkommen.« Sie öffnete die Tür und schlurfte bereits weiter ins Haus hinein, bevor Mat sich rühren konnte.

Ihr Akzent klang dem der Amyrlin so ähnlich, daß er unwillkürlich schauderte, aber er folgte ihr und schleppte Thom hinein.

»Ich brauche ... das nicht«, ächzte der Gaukler. »Verdammte Mixturen ... schmecken immer ... wie Dung!«

»Halt den Mund, Thom.«

Die kräftige Frau führte sie bis hinten in die Küche, kramte in einem der Schränke herum, nahm kleine Steinguttöpfe und Kräuterpäckchen heraus und führte derweil Selbstgespräche.

Mat setzte Thom auf einen der Stühle mit hoher Lehne und blickte durch das nächste Fenster. Draußen im Hinterhof waren drei gute Pferde angebunden. Er war überrascht, daß die Weise Frau mehr als eines besaß, oder überhaupt eines. Er hatte in Tear außer den Adligen und den Reichen noch niemand reiten sehen. Diese Tiere sahen aus, als hätten sie mehr als nur ein wenig Silber gekostet. *Schon wieder Pferde. Mir sind doch jetzt die verfluchten Pferde gleichgültig!*

Mutter Guenna braute so etwas wie einen starken Tee, der übel roch, und dann zwang sie Thom, ihn zu trinken. Sie hielt ihm die Nase zu, als er versuchte, sich zu beklagen. Mat stellte fest, daß sie weniger fett war, als er angenommen hatte, denn so, wie sie den Kopf des Gauklers in einer Armbeuge hielt, während sie ihm die schwarze Flüssigkeit einflößte, gleich, wie er sich zu wehren mühte, zeugte das von einiger Kraft.

Als sie die Tasse wegnahm, hustete Thom und rieb sich genauso energisch den Mund. »Gaaah! Frau ... ich weiß nicht ... ob Ihr ... mich ertränken wollt ... oder umbringen ... mit diesem Geschmack! Ihr solltet ... solltet ein verdammter ... Schmied sein!«

»Ihr werdet das zweimal täglich zu Euch nehmen, bis dieser Husten weg ist«, sagte sie mit fester Stimme. »Und ich habe eine Salbe da, mit der Ihr euch jeden Abend die Brust einreibt.« Etwas von dieser Resignation war aus ihrer Stimme gewichen, als sie mit auf die breiten Hüften gestützten Händen vor dem Gaukler stand. »Diese Salbe stinkt genauso, wie der Tee schmeckt, aber Ihr werdet Euch damit einreiben – gründlich! –, oder ich zerre Euch hinauf wie einen alten Karpfen in einem Netz und binde Euch mit Eurem eigenen Umhang auf einem Bett fest! Es ist noch nie ein Gaukler zu mir gekommen, und ich werde den ersten sich nicht gerade zu Tode husten lassen!«

Thom kochte vor Wut und blies keuchend seine Schnurrbartenden vom Mund weg. Doch er schien die Drohung ernst zu nehmen. Zumindest sagte er nichts, wenn er auch aussah, als wolle er ihr den eigenen Tee und die eigene Salbe ins Gesicht werfen.

Je mehr diese Mutter Guenna sprach, desto ähnlicher klang sie der Amyrlin. Da Thom ein so saures Gesicht machte und sie so energisch wirkte, entschloß er sich, besser ein wenig zu vermitteln, bevor der Gaukler sich vielleicht ganz weigern würde, ihre Medikamente zu nehmen – und sie ihn dazu zwang. »Ich kannte eine Frau, die so ähnlich sprach wie Ihr«, sagte er. »Die immer Fische und Netze und so erwähnte. Klang sehr nach Euch. Der gleiche Dialekt, meine ich. Ich schätze, sie ist auch aus Tear.«

»Vielleicht.« Die grauhaarige Frau klang mit einemmal wieder müde, und sie blickte zu Boden. »Ich kannte auch ein paar Mädchen, die sich so wie Ihr anhörten. Jedenfalls zwei davon.« Sie seufzte schwer.

Mat fühlte, wie sich seine Kopfhaut zusammenzog. *Soviel Glück kann ich doch nicht haben.* Aber er würde keinen Kupferpfennig darauf wetten, daß sich noch zwei andere Frauen mit dem Akzent der Zwei Flüsse in Tear aufhielten. »Drei Mädchen? Junge Frauen? Ihre Namen waren Egwene und Nynaeve und Elayne? Die hat allerdings Haare wie die Sonne und blaue Augen.«

Sie runzelte die Stirn. »Es waren nicht die gleichen Namen«, sagte sie bedächtig, »aber ich habe schon vermutet, daß sie mir ihre wirklichen Namen nicht genannt haben. Sie hatten wohl ihre Gründe, nehme ich an. Die eine davon war ein hübsches Mädchen mit strahlend blauen Augen und rotgoldenem Haar bis auf die Schultern.« Sie beschrieb Nynaeve mit ihrem hüftlangen Zopf und Egwene mit ihren großen, dunklen Augen und dem entwaffnenden Lächeln. Drei hübsche Frauen, und so verschieden, wie man sich nur vorstellen konnte. »Wie ich sehe, sind das diejenigen, die Ihr kennt«, schloß sie. »Es tut mir leid, Junge.«

»Warum tut es Euch leid? Ich habe tagelang versucht, sie zu finden!« *Licht, und in der ersten Nacht bin ich doch glatt hier vorbeigelaufen! An ihnen vorbei! Ich wollte mich bei der Suche vom Zufall leiten lassen. Welcher Zufall könnte wohl größer sein, als auf dem Weg von einem Schiff in einer Regennacht bei einem verfluchten Blitzschlag diese Fenster zu sehen? Seng mich! Seng mich!* »Sagt mir, wo sie sind, Mutter Guenna.«

Die grauhaarige Frau blickte resignierend auf den Herd, wo ihr Wasserkessel aus dem Schnabel dampfte. Ihr Mund bewegte sich, doch sie sagte nichts.

»Wo sind sie?« wollte Mat wissen. »Es ist wichtig! Sie sind in Gefahr, wenn ich sie nicht finde!«

»Ihr versteht nicht«, sagte sie leise. »Ihr seid Fremde. Die Hochlords ...«

»Es interessiert mich nicht, wer ...« Mat blinzelte und sah Thom an. Der Gaukler schien die Stirn zu runzeln, aber er hustete so stark, daß sich Mat nicht sicher war. »Was haben die Hochlords mit diesen Mädchen zu tun?«

»Ihr versteht einfach nicht ...«

»Redet mir nicht ein, daß ich es nicht verstehe! Ich zahle Euch für die Information.«

Mutter Guenna sah ihn böse an. »Ich nehme kein Geld für ...!« Sie verzog wild das Gesicht. »Ihr verlangt von mir, ich solle Euch Dinge sagen, die zu sagen mir verboten worden sind. Wißt Ihr, was mit mir geschieht, wenn ich es Euch sage und Ihr meinen Namen auch nur flüstert? Für den Anfang werde ich meine Zunge verlieren. Dann werde ich andere Körperteile los, bevor die Hochlords das aufhängen lassen, was von mir noch übrig ist. Ich werde die letzten Stunden schreiend verbringen, um andere zu mahnen, daß sie gehorchen sollen. Und es wird diesen jungen Frauen nicht viel nützen, wenn ich es verrate oder wenn ich sterbe!«

»Ich verspreche, daß ich Euren Namen niemals andern gegenüber erwähne! Ich schwöre es!« *Und diesen Eid werde ich einhalten, alte Frau, wenn du mir nur sagst, wo sie, verdammt noch mal, sind!* »Bitte! Sie sind in Gefahr!«

Sie musterte ihn lange Zeit. Als sie fertig war, hatte er das Gefühl, sie kenne ihn bis auf den Grund seiner Seele. »Bei diesem Eid werde ich es Euch sagen. Ich ... mochte sie. Aber Ihr könnt nichts tun. Ihr seid zu spät dran, Matrim Cauthon. Beinahe drei Stunden zu spät. Sie sind in den Stein gebracht worden. Hochlord Samon ließ sie holen.« Sie schüttelte besorgt und unsicher den Kopf. »Er schickte ... Frauen aus ... die die Macht benützten. Ich habe selbst nichts gegen Aes Sedai, aber es verstößt hier gegen das Gesetz. Das Gesetz, das die Hochlords erließen. Und wenn sie jedes andere Gesetz brächen, aber dieses bestimmt nicht. Warum schickt ein Hochlord Aes Sedai aus, um einen Auftrag für ihn zu erledigen? Warum wollte er diese Mädchen überhaupt haben?«

Mat hätte beinahe losgelacht. »Aes Sedai? Mutter Guenna, Ihr habt mir derart Angst eingejagt! Wenn Aes Sedai sie abholten, gibt es keinen Anlaß zur Sorge. Alle drei werden ja selbst Aes Sedai. Nicht, daß mir das besonders gefällt, aber so ist das eben.«

Das Grinsen verging ihm, als sie ernst den Kopf schüttelte.

»Junge, diese Mädchen haben sich gewehrt wie ein Löwenfisch im Netz. Ob sie nun Aes Sedai werden wollen oder nicht, diejenigen, von denen sie geholt wurden, haben sie wie die Haie bearbeitet. Freundinnen schlagen einen nicht zusammen.«

Er fühlte, wie sich sein Gesicht unwillkürlich verzerrte. *Aes Sedai haben ihnen wehgetan? Was beim Licht …? Der verfluchte Stein. Dagegen war der Palast in Caemlyn der reinste Hühnerhof. Seng mich! Ich stand dort draußen im Regen und habe dieses Haus betrachtet! Seng mich lichtblinden Narren!*

»Wenn Ihr euch die Hand brecht«, sagte Mutter Guenna, »werde ich sie einrichten und heilen, aber wenn Ihr meine Wand beschädigt, häute ich Euch wie ein Rotauge!«

Er zwinkerte, sah dann seine Faust an und erblickte abgeschürfte Knöchel. Er erinnerte sich nicht einmal daran, gegen die Wand geschlagen zu haben.

Die kräftig gebaute Frau nahm seine Hand resolut in die ihre, aber die prüfenden Finger waren überraschend sanft. »Nichts gebrochen«, knurrte sie nach einer Weile. Ihr Blick, mit dem sie sein Gesicht musterte, war genauso sanft. »Mir scheint, sie bedeuten Euch etwas. Oder wenigstens eine von ihnen, schätze ich. Es tut mir leid, Mat Cauthon.«

»Das ist nicht nötig«, sagte er zu ihr. »Wenigstens weiß ich jetzt, wo sie sind. Alles, was ich tun muß, ist, sie da rauszuholen.« Er fischte seine beiden letzten andoranischen Goldkronen aus der Tasche und drückte sie ihr in die Hand. »Für Thoms Medikamente und dafür, daß Ihr mir das von den Mädchen berichtet habt.« Aus einem spontanen Einfall heraus gab er ihr einen leichten Kuß auf die Wange und grinste sie an. »Und das ist von mir selbst.«

Überrascht berührte sie ihre Wange. Sie schien sich

nicht entscheiden zu können, ob sie nun die Münzen oder ihn ansehen solle. »Sie herausholen, sagt Ihr. Einfach so. Aus dem Stein.« Plötzlich stieß sie ihm einen Finger, so hart wie ein Ast, in die Rippen. »Ihr erinnert mich an meinen Mann, Mat Cauthon. Er war ein sturer Narr, der direkt einem Sturm in die Fänge segeln und dabei noch lachen konnte. Fast bin ich geneigt zu glauben, daß Ihr es schafft.« Plötzlich entdeckte sie seine schlammverspritzten Stiefel, die ihr vorher wohl noch nicht aufgefallen waren. »Ich habe sechs Monate gebraucht, um ihm beizubringen, daß er mir keinen Schlamm ins Haus schleppt. Wenn Ihr diese Mädchen herausholt, wird diejenige, auf die Ihr ein Auge geworfen habt, einige Schwierigkeiten haben, Euch so zu erziehen, daß man Euch in ein sauberes Haus überhaupt einlassen kann.«

»Ihr seid die einzige Frau, die das fertigbringen könnte«, sagte er mit einem Grinsen, das unter ihrem finsteren Blick immer breiter wurde. *Sie herausholen. Das ist alles, was ich tun muß. Sie einfach aus dem Stein von dem verfluchten Tear herausholen.* Thom hustete wieder. *So geht er nicht in den Stein hinein. Nur, wie halte ich ihn davon ab?* »Mutter Guenna, kann ich meinen Freund hierlassen? Ich glaube, er ist zu krank, um zur Schenke zurückzulaufen.«

»Was?« rief Thom empört. Er versuchte, sich von seinem Stuhl zu erheben, wobei er so stark husten mußte, daß er kaum sprechen konnte. »Ich bin … keineswegs … so krank, Junge! Glaubst du … daß … in den Stein reinlaufen … so leicht wie in die … in die Küche deiner Mutter? Glaubst du … du würdest es … auch nur bis … zum Tor schaffen ohne mich?« Er hielt sich an der Stuhllehne fest, aber all das Keuchen und Husten hinderte ihn daran, sich mehr als nur zur Hälfte zu erheben.

Mutter Guenna legte ihm eine Hand auf die Schulter und drückte ihn so leicht wie ein Kind wieder auf den Stuhl hinunter. Der Gaukler blickte sie überrascht an. »Ich pflege ihn gesund, Mat Cauthon«, sagte sie.

»Nein!« rief Thom. »Das kannst du mir… nicht antun! Du kannst… mich nicht bei… dieser alten…« Nur ihre Hand an seiner Schulter verhinderte, daß er vornüberfiel.

Mat grinste den weißhaarigen Mann an. »Es war mir ein Vergnügen, dich kennengelernt zu haben, Thom.«

Als er auf die Straße hinauseilte, fragte er sich selbst, warum er das eigentlich gesagt hatte. *Er wird schließlich nicht, verdammt noch mal, sterben. Diese Frau hält ihn am Leben, und wenn sie ihn am Schnurrbart wieder aus dem Grab herausziehen muß. Ja, aber wer hält mich am Leben?*

Vor ihm ragte der Stein von Tear über der Stadt auf, unbezwingbar, eine Festung, die man hundertmal belagert hatte, ein Stein, an dem sich hundert Heere die Zähne ausgebissen hatten. Und irgendwie mußte er hineinkommen. Und drei Frauen herausholen. Irgendwie.

Er lachte auf, so daß sich sogar die mürrischen Bewohner dieses Viertels nach ihm umdrehten. Dann ging er zum ›Weißen Halbmond‹ zurück, ohne auf den Schlamm oder die feuchte Hitze zu achten. Er spürte, wie in seinem Kopf die Würfel umeinander purzelten.

KAPITEL 21

Eine Falle schnappt zu

Perrin zog sich den Mantel über, als er durch die abendlichen Schatten zurück zum ›Stern‹ schritt. Eine zufriedene Erschöpfung hatte seine Arme und Schultern erfaßt. Außer einigen kleineren Arbeiten hatte Meister Ajala ihn an einem großen, kunstvoll verzierten Eisentor arbeiten lassen, das den Eingang zum Grundstück irgendeines Landadligen schmücken sollte. Er hatte es richtig genossen, etwas so Hübsches unter seinen Händen entstehen zu sehen.

»Ich glaubte, die Augen würden ihm aus dem Kopf fallen, Schmied, als du sagtest, du würdest dieses Ding nicht bearbeiten, falls es für einen Hochlord bestimmt sei.«

Er warf Zarine einen Seitenblick zu. Die Schatten ließen ihr Gesicht zur Maske erstarren. Selbst für seine Augen waren diese Schatten überall, wenn auch ein wenig blasser als für die Augen anderer Menschen. Sie betonten ihre hohen Backenknochen und ließen ihren scharfen Nasenrücken weicher erscheinen. Er wurde einfach nicht schlau aus ihr. Obwohl Moiraine und Lan darauf bestanden, daß sie sich nahe der Schenke aufhalten sollten, wünschte er, sie fände etwas anderes zu tun, als ihm die ganze Zeit bei der Arbeit zuzusehen. Aus irgendeinem Grund wurde er immer ganz ungeschickt, wenn er sich ihres auf ihm ruhenden Blickes bewußt wurde. Mehr als einmal hatte er mit dem Hammer danebengeschlagen, bis Meister Ajala erstaunt die Stirn runzelte. Mädchen hatten ihn schon immer nervös gemacht, besonders wenn sie ihn anlächelten, aber Zarine mußte nicht einmal lächeln. Nur herschauen. Er fragte sich wieder, ob sie die schöne Frau sei, vor der ihn Min gewarnt hatte. *Besser, wenn sie der Falke ist.* Dieser Gedanke kam so überraschend, daß er stolperte.

»Ich wollte nicht, daß irgend etwas, was ich herstelle, in die Hände eines der Verlorenen fällt.« Seine Augen glühten golden, als er sie anblickte. »Falls es für einen Hochlord bestimmt war, wie hätte ich dann feststellen können, bei wem es landet?« Sie schauderte. »Ich wollte dich nicht ängstigen, Fai ..., Zarine.«

Sie lächelte breit. Wahrscheinlich glaubte sie, er könne das im Schatten nicht sehen. »Du wirst noch aufgeben, Bauernjunge. Hast du jemals daran gedacht, einen Bart zu tragen?«

Es ist schlimm genug, daß sie mich ständig auf den Arm nimmt, aber die Hälfte der Zeit über verstehe ich sie nicht einmal!

Als sie den Vordereingang der Schenke erreichten, trafen sie Moiraine und Lan, die aus der entgegengesetzten Richtung kamen. Moiraine trug diesen Leinenumhang, dessen breite, tiefe Kapuze ihr Gesicht vollständig verbarg. Lichtschein aus den Fenstern des Schankraumes malte gelbe Flecken auf die Pflastersteine. Zwei oder drei Kutschen rumpelten vorbei, und vielleicht ein Dutzend Personen befanden sich in Sichtweite. Sie eilten wohl zum Essen nach Hause. Der größere Teil der Straße wurde aber von den Schatten beherrscht. Der Weberladen war dicht verrammelt. Die Stille wirkte betäubend.

»Rand ist in Tear.« Die Stimme der Aes Sedai ertönte aus den Tiefen ihrer Kapuze wie aus einer Höhle.

»Seid Ihr sicher?« fragte Perrin. »Ich habe nichts davon gehört, daß etwas Eigenartiges passiert sei. Keine Hochzeiten, keine ausgetrockneten Brunnen.« Er sah, wie Zarine verwirrt die Stirn runzelte. Moiraine war ihr gegenüber nicht gerade freigebig mit Informationen gewesen und er auch nicht. Loial zum Schweigen zu bringen war schwieriger gewesen.

»Hört Ihr denn keine Gerüchte, Schmied?« fragte der Behüter. »Es hat Hochzeiten gegeben, und zwar in den letzten vier Tagen genauso viele wie in dem halben Jahr zuvor. Und so viele Morde, wie sonst in einem ganzen Jahr. Heute ist ein Kind vom Balkon eines Palastes gestürzt. Hundert Schritt tief auf das Straßenpflaster. Es ist aufgestanden und ohne einen Kratzer heim zu seiner Mutter gelaufen. Die Erste von Mayene, die seit dem Herbst als ›Gast‹ im Stein festgehalten wird, verkündete heute, daß sie sich dem Willen der Hochlords beugen wird, nachdem sie gestern noch behauptete, sie würde lieber Mayene und all seine Schiffe verbrennen, als daß sie auch nur einem Landadligen aus Tear gestattete, die Stadt zu betreten. Sie haben sie bisher nicht gefoltert, und die junge Frau hat einen eisernen Willen. Also sagt mir, ob Ihr es für möglich haltet, daß Rand der Auslöser dieser Sinneswandlung ist. Schmied, Tear kocht von vorn bis hinten wie ein Wasserkessel.«

»Diese Dinge mußte man mir nicht einmal erzählen«, sagte Moiraine. »Perrin, habt Ihr letzte Nacht von Rand geträumt?«

»Ja«, gab er zu. »Er befand sich im Herzen des Steins und hielt dieses Schwert« – er fühlte, wie sich Zarine neben ihm rührte –, »aber ich habe mir schon so viele Gedanken darüber gemacht, daß es kein Wunder ist, wenn ich davon träume. Ich hatte letzte Nacht überhaupt nur Alpträume.«

»Ein hochgewachsener Mann?« fragte Zarine. »Rötliches Haar und graue Augen? Er hielt etwas in Händen, das so hell leuchtet, daß es den Augen weh tut? An einem Ort mit mächtigen Sandsteinsäulen überall? Schmied, sag mir, daß dies nicht dein Traum war.«

»Seht Ihr?« sagte Moiraine. »Ich habe heute diesen

Traum hundertmal geschildert bekommen. Alle sprechen von Alpträumen. Besonders Be'lal denkt nicht daran, seine Träume abzuschirmen. Aber dieser war der häufigste.« Sie lachte mit einemmal. Es klang kalt wie das leise Klingeln metallener Glöckchen. »Die Menschen sagen, er sei der Wiedergeborene Drache. Sie sagen, er käme. Sie flüstern ängstlich an den Ecken davon, aber sie behaupten es steif und fest.«

»Und was ist mit Be'lal?« fragte Perrin.

Moiraines Antwort besaß die Schärfe einer Stahlklinge: »Ich werde mich heute abend um ihn kümmern.« Von ihr ging kein Geruch nach Angst aus.

»*Wir* werden uns heute nacht um ihn kümmern«, sagte Lan zu ihr.

»Ja, mein Gaidin. Wir werden uns um ihn kümmern.«

»Und was sollen wir tun? Hier herumsitzen und warten? Ich habe in den Bergen genug gewartet, daß es für mein ganzes Leben ausreicht, Moiraine.«

»Ihr und Loial – und Zarine – geht nach Tar Valon«, sagte sie zu ihm. »Bis alles vorbei ist. Das ist für Euch der sicherste Ort.«

»Wo ist der Ogier?« fragte Lan. »Ich will, daß Ihr drei Euch so schnell wie möglich auf den Weg nach Norden macht.«

»Oben, denke ich«, sagte Perrin. »In seinem Zimmer, oder vielleicht im Speisezimmer. Die Fenster dort oben sind beleuchtet. Er arbeitet doch immer an seinen Aufzeichnungen. Ich schätze, wenn wir davonlaufen, wird er in seinem Buch eine Menge darüber zu sagen haben.« Die Bitterkeit in seiner eigenen Stimme überraschte ihn. *Licht, Narr, willst du dich einem der Verlorenen entgegenstellen? Nein. Nein, aber ich habe die Nase voll vom Weglaufen. Ich erinnere mich daran, daß ich einmal nicht weggelaufen bin. Ich erinnere mich daran, daß ich gekämpft habe, und das war besser. Obwohl ich glaubte, ich würde sterben, war es besser.*

»Ich werde ihn finden«, verkündete Zarine. »Ich

schäme mich nicht, zuzugeben, daß ich froh bin, diesem Kampf hier zu entkommen. Männer kämpfen, wenn sie lieber weglaufen sollten, und Narren kämpfen, wenn sie weglaufen sollten. Aber ich mußte das nicht zweimal sagen.« Sie ging voraus. Ihr enger Hosenrock raschelte leise, als sie die Schenke betraten.

Perrin sah sich im Schankraum um, während sie ihr zur Hintertreppe folgten. Es saßen weniger Männer an den Tischen, als er erwartet hatte. Ein paar hockten mit leeren Blicken allein für sich, aber wo zwei oder drei zusammensaßen, da flüsterten sie in ängstlichem Tonfall so leise miteinander, daß er es kaum hören konnte. Trotzdem konnte er dreimal das Wort ›Drache‹ verstehen.

Als sie oben ankamen, vernahm er ein anderes leises Geräusch: ein Plumpsen, als fiele in dem abgeschlossenen Speisezimmer etwas zu Boden. Er blickte den Flur hinunter in diese Richtung. »Zarine?« Keine Antwort. Er spürte, wie sich ihm die Nackenhaare sträubten, und dann ging er dorthin. »Zarine?« Er schubste die Tür auf. »Faile!«

Sie lag auf dem Boden in der Nähe des Tisches. Als er in den Raum stürzen wollte, ließ ihn Moiraines scharf gerufener Befehl innehalten: »Halt, Ihr Narr! Halt, um Eures Lebens willen!« Sie kam langsam den Flur herunter, drehte den Kopf hierhin und dorthin, als lausche sie auf etwas oder suche nach etwas. Lan folgte ihr, die Hand am Schwertgriff. Doch der Blick aus seinen Augen sagte, er wisse bereits, daß Stahl nichts helfen werde. Sie kam an die Tür und blieb stehen. »Tretet zurück, Perrin. Tretet zurück!«

Gequält starrte er Zarine an, starrte Faile an. Sie lag wie leblos da. Schließlich zwang er sich dazu, einen Schritt zurückzutreten. Er ließ die Tür offenstehen und stand so da, daß er sie noch sehen konnte. Sie sah aus, als sei sie tot. Er konnte nicht einmal mehr beobachten, ob sich ihre Brust hob und senkte. Am liebsten hätte er geheult. Mit finsterer Miene bewegte er seine Hand – die, mit der er die Tür geöffnet hatte. Er öffnete und schloß sie. Der Schmerz durchfuhr ihn, als habe er sich den Ellenbogen angestoßen. »Tut Ihr denn nicht endlich etwas, Moiraine? Wenn Ihr nichts tut, dann gehe ich hinein zu ihr.«

»Bleibt stehen, oder Ihr werdet überhaupt nirgends mehr hingehen«, sagte sie ruhig. »Was ist das dort neben ihrer rechten Hand? Als sei es ihr beim Sturz aus der Hand gefallen? Ich kann es nicht erkennen.«

Er funkelte sie an und spähte dann in das Zimmer hinein. »Ein Igel. Es sieht aus wie ein aus Holz geschnitzter Igel. Moiraine, sagt mir, was da vorgeht! Was ist passiert? Sagt es mir!«

»Ein Igel«, murmelte sie. »Ein Igel. Seid still, Perrin. Ich muß nachdenken. Ich habe gespürt, wie sie ausgelöst wurde. Ich kann die Reste des Gewebes noch fühlen, das sie aufbaute. Reiner Geist und sonst nichts. Fast nichts benützt als ausschließlich die reine Kraft des Elements Geist. Warum läßt mich dieser Igel nur pausenlos an das Element Geist denken?«

»Was habt Ihr gespürt, als es ausgelöst wurde, Moiraine? Was wurde aufgebaut? Eine Falle?«

»Ja, eine Falle«, sagte sie. Sie war so offensichtlich irritiert, daß ihre kühle Beherrschung ins Wanken geriet. »Eine Falle für mich. Wenn Zarine nicht vorangegangen wäre, hätte ich als erste diesen Raum betreten. Lan und ich wären garantiert hineingegangen, um Pläne zu machen und auf das Abendessen zu warten. Nun werde ich nicht mehr auf das Essen warten. Seid still, wenn Ihr wünscht, daß ich dem Mädchen überhaupt helfe. Lan! Bring den Wirt her!« Der Behüter glitt fort in Richtung der Treppe.

Moiraine schritt im Flur auf und ab. Manchmal blieb sie stehen, um aus den Tiefen ihrer Kapuze heraus in das Zimmer zu blicken. Perrin konnte immer noch kein Anzeichen dafür entdecken, daß Zarine noch lebte. Ihre Brust regte sich nicht. Er versuchte auf ihren Herzschlag zu lauschen, aber das war selbst für seine Ohren unmöglich.

Als Lan zurückkehrte, schob er einen verängstigten Jurah Haret vor sich her. Er hielt ihm an seinem fetten Nacken gepackt. Die Aes Sedai fuhr den Mann mit der Halbglatze an: »Ihr habt versprochen, mir dieses Zimmer zu reservieren, Meister Haret!« Ihre Stimme klang so hart und präzise wie ein Abziehmesser. »Nicht einmal einem Zimmermädchen zu gestatten, hier sauberzumachen, wenn ich nicht dabei bin. Wen habt Ihr trotzdem eingelassen, Meister Haret? Sagt es mir sofort!«

Haret zitterte wie ein Wackelpudding. »N-nur den z-zwei Damen, g-gute Frau. S-sie wollten Euch eine Ü-Überraschung hinterlassen. Ich schwöre es, gute Frau. Sie ha-haben es mir gezeigt. Einen kleinen I-gel. Sie sagten, Ihr wärt be-bestimmt überrascht.«

»Ich *war* überrascht, Wirt«, sagte sie leise. »Verlaßt mich! Und wenn Ihr auch nur ein Wort darüber fallenlaßt, selbst im Schlaf, dann lasse ich diese Schenke niederreißen, bis nur noch ein Loch im Boden bleibt.«

»J-ja, Herrin«, flüsterte er. »Ich schwöre es. Ich schwöre!«

»Geht!«

In seiner Eile, die Treppe zu erreichen, fiel der Wirt erst einmal auf die Knie. Dann polterte er hinunter, als stürze er mehr, denn zu laufen.

»Er weiß, daß ich hier bin«, sagte Moiraine zu dem Behüter, »und er hat Schwarze Ajah eingesetzt, um mir diese Falle zu stellen. Vielleicht glaubt er, ich sei darauf hereingefallen. Beim Auslösen entstand winziger Machtstrom, doch vielleicht stark genug, daß er ihn wahrgenommen hat.«

»Dann wird er nicht vermuten, daß wir kommen«, sagte Lan ruhig. Er lächelte fast dabei.

Perrin sah sie mit gefletschten Zähnen an. »Und

was ist mit ihr?« wollte er wissen. »Was hat man ihr getan, Moiraine? Lebt sie noch? Ich kann sie nicht atmen sehen!«

»Sie ist am Leben«, sagte Moiraine bedächtig. »Ich kann nicht, ich wage es nicht, näher zu kommen, um mehr sagen zu können, aber sie lebt. Sie … schläft auf gewisse Weise. So wie ein Bär im Winter. Ihr Herz schlägt so langsam, daß man dazwischen die Minuten zählen kann. Mit ihrer Atmung ist es dasselbe. Sie schläft.« Selbst aus dieser Kapuze heraus konnte er ihren Blick auf sich ruhen fühlen. »Ich fürchte, daß sie nicht mehr hier ist, Perrin. Sie befindet sich nicht mehr in ihrem Körper.«

»Was meint Ihr damit, daß sie sich nicht in ihrem Körper befindet? Licht! Ihr wollt doch nicht etwa sagen, daß sie … ihre Seele gestohlen haben? Wie bei den Grauen Männern?« Moiraine schüttelte den Kopf. Er atmete erleichtert auf. Seine Brust schmerzte, als habe er seit ihren letzten Worten nicht mehr geatmet. »Wo ist sie dann, Moiraine?«

»Ich weiß es nicht«, sagte sie. »Ich habe eine Vermutung, doch ich weiß es nicht.«

»Eine Vermutung, einen Hinweis, alles! Seng mich, wo?« Lan rührte sich ob der Grobheit in seinem Tonfall, aber er wußte, daß er den Behüter wie eine Eisenstange auf der Meißelkante zu zerbrechen versuchen würde, sollte er ihn aufhalten wollen. »Wo?«

»Ich weiß sehr wenig, Perrin.« Moiraines Stimme klang wie kalte, gefühllose Musik in seinen Ohren. »Ich habe mich an das wenige erinnert, was einen geschnitzten Igel mit dem Element Geist verbindet. Die Schnitzerei ist ein *Ter'Angreal,* der zuletzt von Corianin Nedeal untersucht wurde, der letzten Träumerin in der Burg. Das Talent, das man mit dem Träumen umschreibt, hat etwas mit dem Element Geist zu tun, Perrin. Ich habe das niemals studiert; meine Talente liegen anderswo. Ich glaube, daß Zarine in einem

Traum gefangen wurde, vielleicht sogar in der Welt der Träume, *Tel'aran'rhiod.* Alles, was ihr Wesen, ihre Seele ausmacht, befindet sich in diesem Traum. Ein Träumer schickt nur einen Teil seiner selbst dorthin. Falls Zarine nicht bald zurückkehrt, wird ihr Körper sterben. Vielleicht lebt sie dann in dem Traum weiter. Ich weiß es nicht.«

»Es gibt zuviel, was Ihr nicht wißt«, knurrte Perrin. Er lugte in das Zimmer hinein und hätte am liebsten geweint. Zarine wirkte so klein und so hilflos, wie sie da drinnen lag. *Faile. Ich schwöre, ich werde dich von nun an nur noch Faile nennen.* »Warum unternehmt Ihr denn nichts?«

»Die Falle wurde ausgelöst, Perrin, aber sie wird immer noch jeden einfangen, der diesen Raum betritt. Ich käme nicht einmal an ihre Seite, bevor es auch mich erwischte. Und ich habe eine Aufgabe, die ich heute nacht erfüllen muß.«

»Seng Euch, Aes Sedai! Seng Eure Aufgabe! Diese Welt der Träume! Ist sie wie meine Wolfsträume? Ihr sagtet, daß die Träumer manchmal Wölfe dort sehen.«

»Ich habe Euch gesagt, was ich konnte«, sagte sie scharf. »Es ist Zeit für Euch, zu gehen. Lan und ich müssen uns auf den Weg zum Stein machen. Es kann jetzt kein Warten mehr geben.«

»Nein.« Er sagte es ruhig, doch als Moiraine den Mund zu einer Entgegnung öffnete, erhob er seine Stimme. »Nein! Ich werde sie nicht verlassen!«

Die Aes Sedai atmete tief durch. »Also gut, Perrin.« Ihre Stimme war aus purem Eis: ruhig, glatt, kalt. »Bleibt, wenn Ihr wünscht. Vielleicht überlebt Ihr ja diese Nacht. Lan!«

Sie und der Behüter schritten den Flur hinunter zu ihren Zimmern. Nach wenigen Augenblicken erschienen sie wieder. Lan trug seinen farbverändernden Umhang und verschwand die Treppe hinunter, ohne daß sie ihm auch nur ein Wort sagen mußte.

Er blickte durch die offene Tür Faile an. *Ich muß etwas unternehmen. Wenn es so ist, wie die Wolfsträume…*

»Perrin«, ertönte Loials tiefes Grollen, »was ist mit Faile?« Der Ogier kam in Hemdsärmeln über den Flur heran, Tinte an den Fingern und eine Schreibfeder in der Hand. »Lan sagte mir, ich solle gehen, und dann sagte er etwas von Faile, die in einer Falle stecke. Was hat er gemeint?«

Abgelenkt berichtete Perrin ihm, was Moiraine gesagt hatte. *Es könnte klappen. Vielleicht. Es muß einfach!* Er war überrascht, als Loial grollte:

»Nein! Perrin, das ist einfach nicht recht! Faile war so frei. Es ist nicht recht, sie in eine Falle zu sperren!«

Perrin blickte zu Loials Gesicht auf, und plötzlich fielen ihm die alten Geschichten ein, in denen behauptet wurde, die Ogier seien unnachgiebige Feinde. Loials Ohren lagen flach an den Seiten seines Kopfes an, und sein Gesicht war so hart wie ein Amboß.

»Loial, ich werde versuchen, Faile zu helfen. Aber währenddessen bin ich selbst völlig hilflos. Deckst du mir den Rücken?«

Loial hob diese riesigen Hände, die so vorsichtig ein Buch halten konnten, und seine dicken Finger krümmten sich, als wolle er Steine zermalmen. »Niemand kommt an mir vorbei, solange ich am Leben bin, Perrin. Nicht einmal ein Myrddraal oder der Dunkle König selbst.« Er sprach dies aus, als sei es eine Tatsache, an der nicht zu rütteln war.

Perrin nickte und blickte noch einmal durch die Tür. *Es muß funktionieren. Es ist mir jetzt gleich, ob Min mich vor ihr warnte oder nicht.* Mit einem Knurren sprang er auf Faile zu und streckte die Hand nach ihr aus. Er glaubte noch, ihren Knöchel berührt zu haben, bevor er das Bewußtsein verlor.

Ob dieser Traum von einer Falle ihn nach *Tel'aran'-rhiod* geführt hatte oder nicht, war Perrin nicht klar, aber er wußte, daß es ein Wolfstraum war. Grasbewachsene Hügel mit vereinzelten Dickichten umgaben ihn. Er sah Hirsche an einer Baumgruppe äsen, und über das Gras huschte eine Herde von Tieren, die wie braun-gestreifte Hirsche aussahen, aber lange, gerade Hörner aufwiesen, in hohen Sätzen dahin. Ihre Witterung, die der Wind zu ihm herübertrieb, sagte ihm, daß sie gut schmecken würden. Andere Düfte zeugten davon, daß hier die Jagdgründe sehr gut waren. Das war der Traum eines Wolfs.

Er trug die lange Lederweste eines Schmieds, wie er bemerkte. Seine Arme waren bloß. An seiner Seite hing etwas Schweres. Er berührte den Axtgürtel, aber nicht die Axt hing dort in ihrer Schlinge. Er ließ seine Finger über den glatten Kopf des Schmiedehammers gleiten. Es war ein gutes Gefühl.

Springer erhob sich direkt vor ihm.

Wieder kommst du wie ein Narr herbei. Der Gedanke aber zeigte das Bild eines Welpen, der ihre Nase in einen hohlen Baumstamm steckte, um den Honig aufzuschlecken, obwohl Bienen ihn in die Schnauze und in die Augen stachen. *Die Gefahr ist größer denn je, Junger Bulle. Bösartige Dinge bevölkern den Traum. Die Brüder und Schwestern meiden den Steinberg, den die Zweibeiner errichtet haben. Sie fürchten sich beinahe schon davor, den anderen einen Traum zu schicken. Du mußt gehen!*

»Nein«, sagte Perrin. »Faile ist hier irgendwo und steckt in einer Falle. Ich muß sie finden, Springer. Ich muß!« Er fühlte, wie sich in ihm selbst etwas verschob, etwas änderte. Er blickte auf seine zottigen Beine und seine breiten Pfoten hinunter. Er war ein noch größerer Wolf als Springer.

Du bist zu sehr hier! Jeder dieser Gedanken sandte nackte Angst. *Du wirst sterben, Junger Bulle!*

Wenn ich den Falken nicht befreie, ist es mir gleich, Bruder.

Dann wollen wir jagen, Bruder.

Die Schnauzen im Wind, jagten die beiden Wölfe über die Ebene, auf der Suche nach dem Falken.

KAPITEL 22

In den Stein

Mat war sich klar darüber, daß die Dächer von Tear in der Nacht kein geeigneter Aufenthaltsort für einen vernünftigen Mann waren. Er spähte in die Schatten, die der Mondschein zurückließ. Nur etwa fünfzig Schritt Entfernung über eine breite Straße oder einen kleinen Platz hinweg trennten das Ziegeldach, auf dem er sich befand, vom Stein. Er befand sich drei Stockwerke hoch über den Pflastersteinen. *Aber seit wann bin ich ein vernünftiger Mann? Die einzigen vernünftigen Leute, die ich je kennenlernte, waren so langweilig, daß man schon vom Zusehen hätte einschlafen können.* Ob nun Straße oder kleiner Platz, er war jedenfalls seit Einbruch der Nacht dort unten rund um den Stein marschiert. Nur ans Flußufer konnte man nicht gelangen, da wo der Erinin genau am Fuß der Festung entlangfloß. Ansonsten war die einzige Unterbrechung die Stadtmauer gewesen. Diese Mauer befand sich nur zwei Häuserblocks zu seiner Rechten. Wie auch immer, die Mauerkrone erschien ihm als der beste Weg zum Stein, aber es war keiner, den er mit viel Vergnügen angehen würde.

Er nahm seinen Bauernspieß wieder in die Hand und dazu eine kleine Blechschachtel mit Drahtgriff, und dann schob er sich vorsichtig zu einem Backsteinschlot hinüber, der ein bißchen näher an der Mauerkrone aufragte. Die Rolle mit Feuerwerkskörpern, oder zumindest was die Rolle mit Feuerwerkskörpern gewesen war, bevor er sie in seinem Zimmer bearbeitet hatte, rutschte an seinem Rücken entlang. Jetzt war es eher zu einem Bündel geworden, in dem alles so eng zusammengepreßt war, wie er es nur geschafft hatte, aber eigentlich war es immer noch zu sperrig, um damit in der Dunkelheit über die Dächer zu klettern. Vor einiger Zeit war er deshalb ausgerutscht, und ein Dachziegel war klappernd über die Kante geglitten und hinuntergefallen. Das hatte wohl einen Mann in einem Zimmer darunter aufgeweckt. Er hatte ›Dieb‹ geschrien, und Mat war davongerannt. Er rückte das Bündel gedankenverloren wieder im Schatten des Schornsteins zurecht. Einen Augenblick später stellte er die Blechschachtel ab. Der Drahtgriff wurde allmählich unangenehm warm.

Er fühlte sich hier ein wenig sicherer, als er den Stein aus dem Schatten heraus betrachtete, aber viel ermutigender wirkte das alles nicht. Die Stadtmauer war keineswegs so dick, wie er es in anderen Städten gesehen hatte, in Caemlyn oder in Tar Valon. Sie war nicht mehr als einen Schritt breit und von großen Steinstreben gestützt, die nun in Dunkelheit gehüllt waren. Ein Schritt Breite reichte natürlich leicht, um darauf zu gehen, aber die Fallhöhe nach beiden Seiten betrug beinahe zehn Spannen. Durch das Dunkel hinunter auf das harte Pflaster. *Aber ein paar von diesen blutigen Häusern sind direkt angebaut. Ich kann leicht auf die Krone kommen, und die führt verdammt geradewegs zum verfluchten Stein!*

Das stimmte schon, trug aber wenig zu seiner Beruhigung bei. Die Seiten des Steins wirkten wie Felsklippen. Er versuchte noch einmal, ihre Höhe abzuschätzen, und sagte sich, daß er eigentlich in der Lage sein sollte, dort hochzuklettern. *Klar, kann ich das. Das ist wie die Felswände in den Verschleierten Bergen.* Mehr als hundert Schritt gerade hoch, und dann kam die Festungsmauer. Etwas tiefer unten mußten sich Schießscharten befinden, aber jetzt in der Nacht konnte er sie nicht ausmachen. Und er konnte sich sowieso nicht durch eine Schießscharte zwängen. *Hundert verfluchte Schritte. Vielleicht hundertzwanzig. Seng mich, selbst Rand würde nicht versuchen, da hochzuklettern.* Aber es war der einzige Weg, den er finden konnte. Jedes Tor, das er bemerkt hatte, war abgeschlossen und schien stark genug, um eine Herde Büffel aufzuhalten. Ganz zu schweigen von dem Dutzend oder mehr Soldaten, die beinahe jedes davon bewachten und deren Helme, Brustpanzer und Schwerter durchaus bedrohlich wirkten.

Plötzlich blinzelte er und starrte mit zusammengekniffenen Augen auf die Flanke des Steins. Irgendein Narr kletterte tatsächlich dort empor. Er war gerade noch als beweglicher Schatten im Mondschein sichtbar und befand sich bereits mehr als zur Hälfte oben. Von ihm aus waren es mehr als siebzig Schritt bis hinunter auf die Pflastersteine. *Ist das nicht ein Narr? Na ja, ich bin genauso einer, denn ich werde auch hinaufklettern. Seng mich, vielleicht löst er einen Alarm aus, und mich fangen sie dann?* Er konnte den Kletternden nicht mehr erkennen. *Wer beim Licht ist das denn? Was spielt es schon für eine Rolle, wer das ist? Seng mich, das ist ein verfluchter Weg, um eine Wette zu gewinnen. Ich werde mir zur Belohnung von allen einen Kuß holen, selbst von Nynaeve!*

Er drehte sich ein wenig um, damit er die Mauer besser sah, und versuchte, einen Fleck zu finden, an dem er hochklettern könnte. Da plötzlich spürte er Stahl an der Kehle. Ohne nachzudenken, schlug er die Klinge und dem Mann mit seinem Stock die Füße unter dem Körper weg. Jemand anders zog ihm wieder die Füße weg und er stürzte beinahe auf den Mann, den er zu Fall gebracht hatte. Er rollte auf die Dachziegel und verlor sein Bündel Feuerwerkskörper. *Wenn das auf die Straße fällt, breche ich ihnen das Genick!* Sein Stock wirbelte durch die Luft. Er spürte, wie er auf Fleisch trat und hörte ein zweifaches Stöhnen. Dann hatte er zwei Klingen gleichzeitig an der Kehle.

Er erstarrte mit ausgestreckten Armen. Die Spitzen kurzer Speere, so matt, daß man sie im schwachen Mondschein kaum sehen konnte, senkten sich in seinen Hals. Sie hielten inne, ohne einen Tropfen Blut zu fordern. Sein Blick folgte ihnen bis zu den Gesichtern derer, die sie festhielten, doch ihre Köpfe waren verhüllt und ihre Gesichter schwarz verschleiert bis auf die Augen, die ihn anblickten. *Seng mich, ich bin wohl auf echte Diebe gestoßen! Was ist mit meinem Glück passiert?*

Er setzte ein Grinsen auf, bei dem seine Zähne im Mondschein gut sichtbar waren. »Ich habe nicht vor, Euch bei Eurer Arbeit zu stören. Wenn Ihr mich also gehen laßt, lasse ich Euch eurer Wege gehen und sage nichts.« Die Verschleierten rührten sich nicht und ihre Speere genausowenig. »Ich kann genausowenig Lärm gebrauchen wie Ihr. Ich werde Euch nicht verraten.« Sie standen da wie Standbilder und sahen ihn an. *Seng mich, ich habe für so was keine Zeit. Ich muß die Würfel rollen lassen.* Einen eisigen Augenblick lang kamen ihm die Worte in seinem Kopf eigenartig vor. Er verstärkte seinen Griff um den Bauernspieß, der an seiner Seite lag, und hätte beinahe aufgeschrien, als jemand hart auf sein Handgelenk trat.

Er verdrehte die Augen nach oben, um zu sehen, wer das gewesen war. *Seng mich Narren, ich hatte den vergessen, auf den ich gefallen war.* Aber er sah noch eine andere Gestalt, die sich hinter demjenigen bewegte, der auf seinem Handgelenk stand, und war dann doch der Meinung, es sei besser gewesen, den Stock nicht noch einmal ins Spiel zu bringen.

Es war ein weicher, bis zum Knie geschnürter Stiefel, der auf seinem Arm ruhte. Etwas zupfte an seinem Gedächtnis. Etwas von einem Mann, den sie in den Bergen getroffen hatten. Er beäugte den Rest der in

Nacht gehüllten Gestalt und versuchte, den Schnitt und die Farben ihrer Kleidung auszumachen. Alles schien aus Schatten zu bestehen. Die Farben verschwammen derart in der Dunkelheit, daß er sie nicht klar erkennen konnte. An der Hüfte des Burschen hing ein Messer mit langer Klinge. Das Gesicht war von einem dunklen Schleier verhüllt. Ein schwarzverschleiertes Gesicht. Schwarzer Schleier!

Aiel! Seng mich, was machen denn verfluchte Aiel hier? Er hatte ein flaues Gefühl im Magen, als er sich daran erinnerte, daß sich die Aiel zum Töten verschleierten.

»Ja«, sagte eine Männerstimme, »wir sind Aiel.« Mat fuhr zusammen. Es war ihm nicht klar gewesen, daß er laut gesprochen hatte.

»Ihr tanzt gut für einen, der überrascht wurde«, erklärte die Stimme einer jungen Frau. Er glaubte, das müsse die sein, die auf seinem Handgelenk stand. »Vielleicht werde ich an einem anderen Tag Zeit haben, richtig mit Euch zu tanzen.«

Er begann zu lächeln. *Wenn sie tanzen will, dann werden sie mich wohl wenigstens nicht töten.* Doch dann runzelte er die Stirn. Er schien sich dunkel daran zu erinnern, daß die Aiel-Frauen damit etwas anderes meinten.

Die Speere wurden zurückgezogen, und Hände halfen ihm auf die Beine. Er schüttelte sie ab und strich sich die Kleidung glatt, als stünde er in einem Schankraum und nicht mit vier Aiel auf einem in Nacht gehüllten Dach. Es zahlte sich immer aus, wenn man den Gegner wissen ließ, daß man gute Nerven hatte. Die Aiel trugen an den Hüften außer ihren Messern auch Köcher und auf dem Rücken weitere dieser kurzen Speere neben Bögen in ihren Behältern. Die langen Speerspitzen ragten über ihre Schultern hinaus. Er ertappte sich dabei, wie er summte: ›Ich bin unten am Grund des Brunnens‹, und sofort hörte er wieder auf damit.

»Was macht Ihr hier?« fragte die Männerstimme. Wegen ihres Schleiers war sich Mat nicht ganz sicher, wer gerade gesprochen hatte. Die Stimme klang älter, selbstbewußt, befehlsgewohnt. Er glaubte nun wenigstens die Frau genauer erkennen zu können. Sie war als einzige kleiner als er, aber nicht viel. Die anderen waren alle mindestens einen Kopf größer. *Verfluchte Aiel,* dachte er. »Wir haben Euch eine Weile beobachtet«, fuhr der ältere Mann fort, »wie Ihr wiederum den Stein beobachtet habt. Ihr habt ihn von allen Seiten genau studiert. Warum?«

»Das gleich könnte ich Euch alle fragen«, sagte eine andere Stimme. Mat war der einzige, der zusammenzuckte, als ein Mann in Pumphosen aus den Schatten trat. Der Bursche schien barfuß zu sein, wohl um auf den Dachziegeln einen besseren Halt zu finden. »Ich hatte erwartet, Diebe anzutreffen und keine Aiel«, fuhr der Mann fort, »aber glaubt nicht, daß ich Eurer Anzahl wegen Angst habe.« Ein schmaler Stock, nicht länger, als der Mann groß war, wirbelte und summte durch die Luft. »Ich heiße Juilin Sandar und bin Diebfänger, und ich will wissen, warum Ihr euch auf den Dächern befindet und den Stein anstarrt.«

Mat schüttelte den Kopf. *Verflucht, wie viele Leute sind denn heute nacht noch auf den Dächern?* Alles, was jetzt noch nötig war, war das Auftreten Thoms mit seiner Harfe, oder irgend jemandes, der sie nach dem Weg zu einer Schenke fragte. *Ein verfluchter Diebfänger!* Er fragte sich, warum die Aiel einfach nur herumstanden.

»Ihr schleicht Euch für einen Stadtbewohner recht gut an«, sagte die Stimme des älteren Mannes. »Aber warum folgt Ihr uns? Wir haben nichts gestohlen. Warum habt Ihr heute nacht selbst so oft den Stein angesehen?«

Selbst im Mondschein konnte man Sandars offensichtliche Überraschung sehen. Er zuckte kurz, öffnete den Mund – und schloß ihn dann wieder, als sich vier weitere Aiel aus der Dunkelheit hinter ihm erhoben. Seufzend lehnte er sich auf seinen dünnen Stock. »Mir scheint, ich habe mich selbst gefangen«, knurrte er. »Mir scheint, nun muß ich Eure Fragen beantworten.« Er spähte zum Stein hinüber und schüttelte den Kopf. »Ich… habe heute etwas getan… das mich beunruhigt.« Es klang beinahe, als führe er ein Selbstgespräch und bemühe sich, etwas herauszufinden. »Ein Teil von mir sagt, es sei richtig gewesen, was ich tat, und ich müsse gehorchen. Sicherlich erschien es mir richtig, als ich es tat. Aber eine kleine Stimme sagt mir… daß ich etwas verraten habe. Ich bin sicher, daß diese Stimme sich täuscht, und sie ist sehr dünn, aber sie gibt nicht auf.« Er schwieg und schüttelte wieder den Kopf.

Einer der Aiel nickte und sprach mit der Stimme des älteren Mannes: »Ich bin Rhuarc von der Neun-Täler-Septime der Taardad Aiel, und einst war ich *Aethan Dor,* ein Angehöriger der Rotschilde. Manchmal übernehmen die Rotschilde die gleichen Aufgaben wie Eure Diebfänger. Ich erkläre Euch das, damit Ihr wißt, daß ich verstehe, was Ihr tut und welche Art von Mann Ihr seid. Ich will Euch nichts antun, Juilin Sandar von den Diebfängern, und auch nicht den Menschen in Eurer Stadt, aber ich kann nicht zulassen, daß Ihr einen Alarm auslöst. Wenn Ihr schweigt, lebt Ihr weiter, wenn nicht, dann nicht.«

»Ihr habt also keine bösen Absichten der Stadt gegenüber«, sagte Sandar bedächtig. »Warum seid Ihr dann hier?«

»Der Stein.« Aus Rhuarcs Tonfall konnte man entnehmen, daß er nichts weiter zu sagen gewillt war.

Nach einem Augenblick des Nachdenkens nickte Sandar und grollte leise: »Ich wünschte beinahe, Ihr hättet die Macht, den Stein zu nehmen, Rhuarc. Ich werde den Mund halten.«

Rhuarc wandte nun Mat sein verschleiertes Gesicht zu. »Und Ihr, namenloser Jüngling? Werdet Ihr mir nun sagen, warum Ihr den Stein so genau beobachtet?«

»Ich wollte nur einen Mondscheinspaziergang machen«, sagte Mat leichthin. Die junge Frau preßte ihm sofort die Speerspitze wieder an die Kehle. Er bemühte sich, nicht zu schlucken. *Na ja, vielleicht kann ich ihnen doch etwas sagen.* Er durfte sie aber nicht wissen lassen, daß er Angst hatte. Wenn der Gegner das wußte, verlor man jeden Vorteil, den man möglicherweise noch hatte. Sehr vorsichtig schob er mit zwei Fingern die Speerspitze von seinem Hals weg. Es schien ihm, daß sie leise lachte. »Ein paar Freunde von mir befinden sich im Stein«, sagte er und bemühte sich, das Ganze nebensächlich klingen zu lassen. »Gefangene. Ich habe vor, sie herauszuholen.«

»Allein, Namenloser?« fragte Rhuarc.

»Na ja, es scheint ja wohl sonst niemand dazusein«, sagte Mat trocken. »Oder wollt Ihr mir helfen? Ihr scheint doch selbst genug Interesse am Stein zu haben. Wenn Ihr hineinwollt, könnten wir vielleicht zusammen gehen. Wie man es auch anschaut, die Würfel werden entscheiden, und ich habe eine Glückssträhne.« *Jedenfalls bisher. Ich habe schwarzverschleierte Aiel getroffen und sie haben mir nicht die Kehle durchgeschnitten. Viel besser kann es doch nicht kommen. Seng mich, es wäre nicht gerade übel, da drinnen ein paar Aiel dabeizuhaben.* »Euch könnte schlimmeres passieren, als auf mein Glück zu setzen.«

»Wir sind nicht Gefangener wegen hier, Spieler«, sagte Rhuarc.

»Es wird Zeit, Rhuarc.« Mat wußte nicht, welcher der Aiel gesprochen hatte, aber Rhuarc nickte.

»Ja, Gaul.« Er blickte erst Mat und dann Sandar und wiederum Mat an. »Löst keinen Alarm aus.« Er wandte sich um, und nach zwei Schritten hatte ihn die Nacht verschluckt.

Mat fuhr zusammen. Auch die anderen Aiel waren weg und hatten ihn mit diesem Diebfänger alleingelassen. *Oder haben sie jemand hiergelassen, uns zu beobachten? Seng mich, wie könnte ich das wissen, wenn es so wäre?* »Ich hoffe, Ihr wollt mich doch wohl nicht auch aufhalten, oder?« sagte er zu Sandar, als er sich das Bündel mit den Feuerwerkskörpern wieder überhängte und den Bauernspieß in die Hand nahm. »Ich werde jedenfalls hineingehen – an Euch vorbei oder durch Euch hindurch, so oder so.« Er ging zum Schornstein hinüber und hob die Blechschachtel auf. Der Drahtgriff war nun mehr als nur warm.

»Diese Freunde, die Ihr erwähnt habt«, sagte Sandar. »Sind das drei Frauen?«

Mat runzelte die Stirn und wünschte, daß bessere Lichtverhältnisse herrschten, damit er das Gesicht des Mannes genauer sehen könne. Die Stimme des Burschen klang eigenartig. »Was wißt Ihr von ihnen?«

»Ich weiß, daß sie sich im Stein befinden. Ich kenne ein kleines Seitentor in der Nähe des Flusses, das ein Diebfänger mit einem Gefangenen passieren darf, wenn er ihn zu den Zellen bringt. Und in den Zellen dürften sie wahrscheinlich zu finden sein. Wenn Ihr mir vertraut, Spieler, dann kann ich uns so weit bringen. Was danach geschieht, hängt vom Zufall ab. Vielleicht bringt Euer Glück uns wieder lebendig heraus.«

»Ich habe schon immer Glück gehabt«, sagte Mat bedächtig. *Traue ich meinem Glück soweit, daß ich ihm traue?* Der Einfall, den Gefangenen zu spielen, gefiel ihm nicht besonders. Es schien zu leicht geschehen zu können, daß aus dem Vorwand Wirklichkeit wurde. Aber das Risiko schien ihm auch wieder nicht größer zu sein, als zu versuchen, im Dunkel dreihundert Fuß oder mehr steil hochzuklettern.

Er blickte zur Stadtmauer hinüber und riß die

Augen auf. Schatten glitten darauf entlang, und undeutliche Gestalten kletterten darüber. Aiel – da war er sicher. Sie verschwanden, aber nun konnte er auf der steilsten Felswand unterhalb des Steins von Tear Schatten sehen, die sich langsam hochbewegten. Das wär's also gewesen mit diesem möglichen Weg. Dieser eine Kletterer zuvor hatte es vielleicht in die Festung hinein geschafft, ohne einen Alarm auszulösen, aber hundert oder mehr Aiel würden ja wohl alle Glocken läuten lassen. Allerdings konnten sie auch als Ablenkung nützlich sein. Wenn sie irgendwo im Stein ein Durcheinander verursachten, dann würden diejenigen, die das Gefängnis bewachten, einem Diebfänger mit einem Dieb im Schlepptau nicht soviel Aufmerksamkeit schenken.

Ich könnte genausogut selbst ein wenig zum Durcheinander beitragen. Ich habe hart genug daran gearbeitet. »Also gut, Diebfänger. Entschließt Euch nur nicht in letzter Sekunde, daß ich wirklich Euer Gefangener sei. Wir können zu Eurem Tor losgehen, sobald ich den Ameisenhaufen ein bißchen aufgestört habe.« Er glaubte zu sehen, daß Sandar die Stirn runzelte, aber er wollte dem Mann nicht mehr sagen, als sein mußte.

Sandar folgte ihm über die Dächer und kletterte genauso leichtfüßig wie er höher hinauf. Das letzte Dach befand sich nur ein wenig unterhalb der Mauerkrone und war direkt daran angebaut. Er konnte sich leicht daran hochziehen und brauchte nicht einmal mehr zu klettern.

»Was macht Ihr da?« flüsterte Sandar.

»Wartet hier auf mich.«

Mat trug die Blechschachtel vorsichtig mit einer Hand an ihrem Drahtgriff, und mit der anderen hielt er seinen Bauernspieß waagerecht vor sich. Er atmete tief durch und ging los in Richtung des Steins. Er bemühte sich, nicht daran zu denken, wie tief es bis zum Pflaster dort unten hinunterging. *Licht, das ver-*

fluchte Ding ist drei Fuß breit! Darauf könnte ich doch mit verbundenen Augen im Schlaf laufen! Drei Fuß breit – im Dunkeln – und fünfzig Fuß über der Straße. Er bemühte sich auch, nicht daran zu denken, was er machen würde, wenn Sandar bei seiner Rückkehr verschwunden war und vielleicht weitere Männer holte, um ihn wirklich gefangenzunehmen. *Nicht daran denken. Nur einfach das tun, was gerade ansteht. Wenigstens werde ich jetzt endlich sehen, wie es aussieht.*

Wie er vermutet hatte, befand sich eine Schießscharte in der Mauer des Steins, wo die Stadtmauer auf sie traf. Es war ein tiefer Einschnitt im Fels, in dem sich ein hoher, enger Schlitz befand, durch den ein Bogenschütze seine Pfeile schicken konnte. Falls der Stein angegriffen wurde, brauchten die Soldaten drinnen eine Möglichkeit, diesen Mauerpfad zu verteidigen. Hinter der Schießscharte war es jetzt dunkel. Es schien niemand aufzupassen. Auch daran hatte er bisher lieber nicht denken wollen.

Schnell stellte er die Blechschachtel hin, lehnte den Bauernspieß an die Wand des Steins und ließ das Bündel von seinem Rücken gleiten. Hastig stopfte er es in die Schießscharte, so tief er konnte. Er wollte den entstehenden Lärm möglichst auf drinnen beschränken. Als er eine Ecke des Öltuchs wegzog, konnte er die verknoteten Zündschnüre sehen. In seinem Zimmer hatte er darüber nachgedacht und schließlich die längeren Lunten ein Stück abgeschnitten, damit sie genauso lang waren wie die kürzeren. Mit den abgeschnittenen Stücken hatte er alle zusammengebunden. Auf diese Art sollten sie eigentlich alle auf einmal hochgehen, und ein Knallen und Blitzen von dieser Größenordnung sollte wohl jeden alarmieren, der nicht gerade taub war.

Der Deckel der Blechschachtel war nun so heiß, daß er zweimal auf seine Finger anpusten mußte, bis er ihn schließlich entfernt hatte. Er wünschte sich,

Aludras Trick zu kennen, mit dem sie die Laterne so leicht und schnell entzündet hatte. In der Schachtel befand sich glühende Holzkohle auf einer Schicht Sand. Der Drahtgriff ließ sich leicht entfernen, und damit hatte er einen Schürhaken, und nach einem bißchen Pusten glühte die Holzkohle wieder hellrot. Er hob mit der improvisierten Drahtzange die Holzkohle an die verknoteten Lunten, ließ dann beides einfach über die Mauer hinunterfallen, während die Lunten zu zischen begannen, schnappte sich den Bauernspieß und rannte über die Mauerkrone zurück.

Das ist verrückt, dachte er im Laufen. Es ist mir gleich, wie stark es knallt. Ich könnte mir meinen dummen Hals brechen …!

Das Donnern hinter ihm war lauter als alles, was er je in seinem Leben gehört hatte. Eine riesige Faust krachte ihm in den Rücken, nahm ihm die Luft, warf ihn zu Boden, und er landete hart auf der Mauerkrone. Seinen Stock konnte er gerade noch festhalten, sonst wäre er hinuntergefallen. Einen Augenblick lang lag er da und rang nach Luft. Er bemühte sich, nicht erst daran zu denken, wie sehr er sein Glück nun wohl überstrapaziert hatte, da er nicht von der Mauer gestürzt war. In seinen Ohren klang es wie alle Glocken Tar Valons auf einmal.

Vorsichtig stützte er sich hoch und blickte sich nach dem Stein um. Eine Rauchwolke hing über der Schießscharte. Hinter dem Rauch schien sich die Schießscharte selbst verändert zu haben. Sie war größer geworden. Er verstand nicht, wie und warum, aber sie schien ihm größer.

Er überlegte aber nur einen Moment lang. Am Ende dieses Teils der Mauer wartete wahrscheinlich Sandar auf ihn, um ihn als falschen Gefangenen in den Stein zu bringen, oder vielleicht eilte er auch schon mit einigen Soldaten herbei. Aber an diesem Ende der Mauer gab es möglicherweise einen Weg nach innen, der Sandar gar keine Möglichkeit ließ, ihn zu verraten. So hetzte er den Weg zurück, den er gerade genommen hatte, und dachte ganz einfach nicht mehr an die Dunkelheit und den tiefen Sturz auf die Straße.

Die Schießscharte war tatsächlich größer geworden. Die Mitte, wo der Stein dünner gewesen war, war zum größten Teil verschwunden, als habe jemand stundenlang mit einem Schmiedehammer drauflosgeschlagen. Die Öffnung war groß genug, daß ein Mann durchschlüpfen konnte. *Wie beim Licht ist das geschehen?* Er hatte keine Zeit zum Staunen.

Er schob sich durch die gezackte Öffnung, hustete wegen des beißenden Qualms, sprang innen auf den Fußboden hinunter und war bereits ein Dutzend Schritte drinnen, als schließlich Verteidiger des Steins erschienen. Es waren mindestens zehn und sie schrien verwirrt durcheinander. Die meisten waren nur in Hemdsärmeln, und keiner trug Helm oder Brustpanzer. Ein paar hatten Laternen in der Hand. Ein paar andere allerdings hatten die Schwerter gezückt.

Narr! schrie ihm seine innere Stimme zu. *Deswegen hast du doch überhaupt das verfluchte Zeug gezündet! Lichtblinder Narr!*

Er hatte keine Zeit mehr, wieder auf die Mauer hinaus zu flüchten. Mit wirbelndem Bauernspieß warf er sich auf die Soldaten, bevor die eine Gelegenheit hatten, sich überhaupt richtig zu orientieren. Er war in einem Sekundenbruchteil mitten unter ihnen, hieb den Stock gegen Köpfe, Schwerter, Knie, was auch immer er erreichen konnte, und wußte doch, daß es zu viele für ihn allein waren. Es war ihm klar, daß dieser idiotische Wurf Egwene und die anderen jede Chance gekostet hatte, die sonst vielleicht geblieben wäre.

Plötzlich befand sich Sandar neben ihm. Im Lichtschein der Laternen, die von den Männern fallengelassen wurden, als sie nach ihren Schwertern griffen, sah Mat, wie Sandars dünner Stock noch schneller wirbelte als sein Bauernspieß. Die Soldaten, die nun von zwei Stockkämpfern überrascht und in die Enge getrieben wurden, stürzten wie die Kegel zu Boden.

Sandar blickte die am Boden liegenden Männer an und schüttelte den Kopf. »Verteidiger des Steins. Ich habe die Verteidiger angegriffen! Das wird mich meinen Kopf kosten! Was habt Ihr da eigentlich getan, Spieler? Dieser Lichtblitz und Donner, und dann brach hier der Stein! Habt Ihr einen Blitz herabgerufen?« Seine Stimme senkte sich zu einem Flüstern: »Habe ich mich einem Mann angeschlossen, der die Macht gebraucht?«

»Feuerwerkskörper«, sagte Mat kurz angebunden. In seinen Ohren klang es immer noch, aber er hörte rennende Stiefelschritte auf dem Steinboden hallen. »Die Zellen, Mann! Zeigt mir den Weg zu den Zellen, bevor noch mehr hierherkommen!«

Sandar schüttelte sich. »Hier herüber!« Er eilte einen Seitengang hinunter – weg von den sich nähernden Schritten. »Wir müssen uns beeilen! Wenn sie uns hier finden, töten sie uns!« Irgendwo weiter oben hallten Gongschläge. Echos dröhnten durch die Gänge, als immer mehr Gongs den Alarm weitergaben.

Ich komme, dachte Mat, als er hinter dem Diebfänger herrannte. *Ich hole euch raus, oder ich sterbe! Das verspreche ich Euch!*

Die Gongschläge des Alarms dröhnten durch den Stein, aber Rand achtete genausowenig darauf wie vorher auf das Krachen, das ihn wie gedämpfter Donner von irgendwo unten erreicht hatte. Seine Seite schmerzte. Es war die alte Wunde, die so brannte. Sie war bei der Kletterei die Steilwand der Festung hoch beinahe wieder aufgeplatzt. Doch er achtete auch nicht auf den Schmerz. Ein schiefes Lächeln war auf seinem Gesicht festgefroren, ein erwartungsvolles Lächeln, aber auch von Grauen erfüllt. Selbst wenn er wollte, hätte er es nicht mehr aus seinem Gesicht verbannen können. Es war jetzt ganz nahe. Das Ziel seiner Träume: *Callandor.*

Ich werde es endlich zu Ende bringen. So oder so wird es zu Ende sein. Die Träume beendet. Die Köder, die Herausforderungen, die Jagd. Das werde ich nun alles beenden!

Er lachte in sich hinein und eilte durch die dunklen Gänge des Steins von Tear.

Egwene berührte mit einer Hand ihr Gesicht und verzog es vor Schmerzen. In ihrem Mund hatte sie einen bitteren Geschmack, und sie war durstig. *Rand? Was? Warum habe ich wieder von Mat geträumt und dazwischen von Rand, und jemand rief, er komme? Was?*

Sie öffnete die Augen, starrte die grauen Steinwände an, an denen nur eine qualmende Fackel hing, die flackernde Schatten auf die Wände warf, und dann schrie sie, als ihre Erinnerungen zurückkehrten. »Nein! Ich lasse mich nicht wieder anketten! Ich lasse mir kein Halsband anlegen! Nein!«

Einen Augenblick später waren Nynaeve und Elayne an ihrer Seite. Ihre zerschrammten Gesichter waren allerdings zu besorgt und verängstigt, als daß man den beruhigenden Lauten, die sie von sich gaben, viel Glauben hätte schenken können. Doch allein die Tatsache, daß sie bei ihr waren, reichten, um ihre Schreie verklingen zu lassen. Sie war nicht allein. Gefangen, aber nicht allein. Und ohne Halsband.

Sie versuchte, sich aufzusetzen, und die anderen waren ihr behilflich. Sie mußten ihr helfen, denn ihr tat jeder Muskel im Körper weh. Sie erinnerte sich an jeden dieser unsichtbaren Schläge, die sie beinahe zum Wahnsinn getrieben hatten, als ihr klar wurde … *Ich werde nicht daran denken. Ich muß überlegen, wie wir hier wieder herauskommen.* Sie rutschte ein Stück nach hinten, bis sie sich an die Wand lehnen konnte. Schmerz und Erschöpfung kämpften in ihr. Dieser

Kampf, in dem sie absolut nicht nachgeben wollte, hatte sie jedes bißchen ihrer Kraft gekostet, und die blauen Flecken und Schwellungen schienen ihr noch mehr davon zu rauben.

Die Zelle war bis auf sie und die Fackel völlig leer. Der Fußboden war blank und kalt und hart. Die einzige Öffnung in den Wänden war eine aus dicken, rauhen Brettern gezimmerte Tür. Die Bretter hatten abgesplitterte Kanten, als hätten unzählige Finger umsonst daran gerissen. In den Stein der Wände waren Botschaften eingeritzt, meist sehr unsicher und krakelig. Einmal stand da: ›Licht sei mir gnädig und laß mich sterben.‹ Sie verdrängte das sofort wieder aus ihrem Bewußtsein.

»Sind wir immer noch abgeschirmt?« brachte sie zwischen wunden Lippen hervor. Selbst das Sprechen tat weh. In dem Moment, als Elayne nickte, wurde ihr klar, daß sie gar nicht hätte fragen brauchen. Die angeschwollene Wange, die geplatzte Lippe und das blaue Auge der goldhaarigen Frau waren Antwort genug, ganz abgesehen von ihren eigenen Schmerzen. Wenn Nynaeve in der Lage gewesen wäre, Kraft aus der Wahren Quelle zu ziehen, hätte sie natürlich die anderen sofort geheilt.

»Ich habe es versucht«, sagte Nynaeve resignierend. »Ich habe es immer und immer wieder versucht.« Sie riß hart an ihrem Zopf, und trotz der hoffnungslosen Furcht in ihrer Stimme kam auch wieder etwas Zorn durch. »Eine von denen sitzt draußen. Amico, diese milchgesichtige Schlampe, falls sie die Wache nicht ausgetauscht haben, seit wir hier drinnen sind. Ich denke, eine reicht, um die Abschirmung aufrecht zu erhalten, sobald sie einmal fest gewoben wurde.« Sie lachte bitter. »Und trotz all der Mühe, die sie sich gaben, und der Schmerzen, die sie uns zufügten, könnte man jetzt glauben, wir seien völlig unwichtig. Es ist schon Stunden her, daß sie die Tür hinter uns zuschlugen, und seitdem ist niemand gekommen, um uns zu befragen oder nachzusehen oder wenigstens einen Tropfen Wasser zu bringen. Vielleicht wollen sie uns hierlassen, bis wir verdurstet sind.«

»Köder.« Elaynes Stimme schwankte, obwohl sie sich ganz offensichtlich bemühte, ihre Angst nicht zu zeigen. Und wie schlecht sie sich fühlte. »Liandrin sagte, wir seien ein Köder.«

»Für wen denn?« fragte Nynaeve mit ebenfalls zittriger Stimme. »Für wen sollen wir als Köder herhalten? Wenn ich ein Köder sein soll, möchte ich mich am liebsten denen in den Hals schieben, bis sie an mir ersticken.«

»Rand.« Egwene mußte erst einmal schlucken. Selbst ein einziger Tropfen Wasser hätte ihr schon gut getan. »Ich habe von Rand geträumt und von *Callandor.* Ich glaube, er kommt hierher.« *Aber warum habe ich von Mat geträumt? Und Perrin? Es war wohl ein Wolf, aber ich bin sicher, daß dahinter Perrin steckte.* »Habt nicht soviel Angst«, sagte sie im Bemühen, sicher zu erscheinen. »Wir entkommen ihnen schon irgendwie. Wenn wir mit den Seanchan fertig wurden, dann werden wir auch mit Liandrin fertig.«

Nynaeve und Elayne tauschten über ihr einen Blick. Dann sagte Nynaeve: »Liandrin sagte, daß dreizehn Myrddraal kämen, Egwene.«

Sie ertappte sich dabei, daß sie wieder diese Botschaft an der Wand anblickte: ›Licht sei mir gnädig und laß mich sterben.‹ Ihre Hände verkrampften sich zu Fäusten. Ihr Kiefer schmerzte, so heftig biß sie die Zähne aufeinander, um die Worte nicht herauszuschreien. *Lieber sterben! Lieber der Tod, als zum Schatten bekehrt zu werden und dem Dunklen König zu dienen!*

Ihr wurde bewußt, daß sich ihre eine Hand um den Beutel an ihrem Gürtel geschlossen hatte. Sie fühlte die beiden Ringe darin, den kleineren mit der Großen Schlange und den größeren verdrehten Steinring.

»Sie haben mir den *Ter'Angreal* nicht abgenommen«, sagte sie erstaunt. Sie zog ihn aus dem Beutel. Er lag schwer auf ihrer Handfläche mit all seinen Streifen und Farbflecken – ein Ring mit einer einzigen Oberfläche.

»Wir waren noch nicht einmal wichtig genug, uns zu durchsuchen«, seufzte Elayne. »Egwene, bist du sicher, daß Rand hierherkommt? Ich würde uns viel lieber selbst befreien, als darauf zu warten, daß er es tut, aber wenn es überhaupt jemanden gibt, der Liandrin und die anderen besiegt, dann eben nur ihn. Der Wiedergeborene Drache ist dazu bestimmt, *Callandor* zu führen. Er muß einfach in der Lage sein, mit ihnen fertigzuwerden.«

»Nicht, wenn wir ihn auch noch unfreiwillig in solch einen Käfig locken«, knurrte Nynaeve. »Nicht, wenn sie für ihn eine Falle aufgebaut haben, die er nicht sieht. Warum starrst du diesen Ring so an, Egwene? *Tel'aran'rhiod* kann uns jetzt nicht helfen. Außer, du träumst uns einen Weg hier heraus.«

»Vielleicht kann ich das«, sagte sie bedächtig. »In *Tel'aran'rhiod* konnte ich die Macht benützen. Und ihre Abschirmung wird mich nicht daran hindern, es zu erreichen. Alles, was ich tun muß, ist, zu schlafen, aber nicht, die Macht hier zu benützen. Und ich bin ganz sicher müde genug, um einzuschlafen.«

Elayne runzelte die Stirn und zog scharf die Luft ein, doch selbst diese Bewegung schmerzte. »Ich will ja gerne alles tun, aber wie kannst du selbst in einem Traum die Macht gebrauchen, obwohl du von der Wahren Quelle abgeschnitten bist? Und falls doch, wie kann uns das dann hier helfen?«

»Ich weiß es nicht, Elayne. Doch nur, weil ich hier abgeschirmt bin, muß ich in der Welt der Träume noch lange nicht abgeschirmt sein. Es ist zumindest einen Versuch wert.«

»Vielleicht«, sagte Nynaeve besorgt. »Ich würde

auch alles tun, aber beim letztenmal, als du den Ring benützt hast, bist du doch auf Liandrin und die anderen getroffen. Und du hast gesagt, sie hätten dich auch bemerkt. Was wird, wenn sie wieder dort sind?«

»Hoffentlich sind sie das«, sagte Egwene grimmig. »Hoffentlich sind sie das.«

Sie schloß ihre Hand um den *Ter'Angreal* und dann ihre Augen. Sie spürte, wie ihr Elayne über das Haar strich und wie sie ihr ganz sanft etwas ins Ohr murmelte. Nynaeve begann, wieder dieses Schlaflied aus ihrer Kindheit zu summen. Diesmal ärgerte sie das überhaupt nicht. Die leisen Töne und die Berührungen beruhigten sie. Sie ergab sich der Erschöpfung und fühlte den Schlaf kommen.

Diesmal trug sie blaue Seide, aber mehr bemerkte sie auch nicht. Eine sanfte Brise streichelte ihr unverletztes Gesicht und wirbelte die Schmetterlinge über den Blüten hoch. Ihr Durst und ihre Schmerzen waren verschwunden. Sie fühlte mit dem Geist hinaus und spürte *Saidar* und wurde erfüllt von der Einen Macht. Doch selbst der Triumph, den sie ob dieses Erfolgs empfand, ging unter in dem Rausch der sie durchdringenden Macht.

Zögernd brachte sie sich dazu, *Saidar* wieder loszulassen. Sie schloß die Augen und füllte die Leere mit einem vollkommenen Abbild des Herz des Steins. Das war der einzige Raum im Stein, von ihrer Zelle abgesehen, den sie bisher gesehen hatte. Als sie die Augen öffnete, befand sie sich dort. Doch sie war nicht allein.

Die Gestalt Joyia Byirs stand vor *Callandor.* Sie war so geisterhaft, daß das strahlende Licht des Schwerts durch ihren Körper hindurchleuchtete. Das Kristallschwert glitzerte nicht mehr nur durch reflektiertes Licht. Nein, es glühte und pulsierte, als werde ein inneres Licht enthüllt, abgeschirmt und wieder enthüllt. Die Schwarze Schwester fuhr überrascht zusammen und wirbelte zu Egwene herum. »Wie? Ihr seid abgeschirmt! Eure Träume sind beendet!«

Bevor noch die ersten Worte ausgesprochen waren, griff Egwene wieder nach *Saidar,* webte das komplizierte Muster des Elements Geist, so wie es gegen sie verwandt worden war und blockierte Joyias Verbindung zu der Wahren Quelle. Die Dienerin des Schattens riß die Augen auf, diese grausamen Augen, die so wenig in dieses schöne, freundliche Gesicht paßten. Doch Egwene webte bereits ein Muster aus purer Luft um sie. Die Gestalt der anderen Frau war wohl durchscheinend wie feiner Dunst, aber die Bande hielten sie fest. Es schien Egwene, als mache es überhaupt keine Mühe, beide Ströme in ihrem Muster zu halten und zu kontrollieren. Auf der Stirn Joyia Byirs stand Schweiß, als sie näher trat.

»Ihr habt einen *Ter'Angreal!*« Dem Gesicht der Frau war deutlich die Angst anzusehen, aber sie war bemüht, das durch ihre Stimme zu überspielen. »Das muß es sein. Ein *Ter'Angreal,* der uns entging und bei dem Ihr die Macht nicht braucht. Glaubt Ihr, daß Euch das irgendwie helfen wird, Mädchen? Was immer Ihr auch hier tut, wird die Ereignisse in der wirklichen Welt nicht beeinflussen. *Tel'aran'rhiod* ist ein Traum! Wenn ich aufwache, nehme ich Euch persönlich den *Ter'Angreal* ab. Überlegt Euch gut, was Ihr hier tut, damit ich keinen Grund habe, Euch böse zu sein, wenn ich in Eure Zelle komme!«

Egwene lächelte sie an. »Seid Ihr sicher, daß Ihr aufwachen werdet, Schattenfreundin? Wenn Euer *Ter'Angreal* mit Hilfe der Macht funktioniert, warum seid Ihr dann nicht sofort erwacht, als ich Euch abgeschirmt habe? Vielleicht könnt Ihr gar nicht erwachen, solange Ihr hier abgeschirmt seid?« Ihr Lächeln verflog. Es machte mehr Mühe, diese Frau anzulächeln, als sie aufbringen konnte. »Eine Frau hat mir einst eine Narbe gezeigt, die sie in *Tel'aran'rhiod* empfangen hatte, Schattenfreundin. Was hier geschieht, ist immer noch Wirklichkeit, wenn Ihr erwacht!«

Jetzt rollten Schweißtropfen über das glatte, alterslose Gesicht der Schwarzen Schwester. Egwene fragte sich, ob sie fürchte, sterben zu müssen. Sie wünschte sich beinahe, sie könne genug Grausamkeit aufbringen, um sie zu töten. Die meisten der unsichtbaren Schläge, die sie empfangen hatte, waren von dieser Frau gekommen. Fäuste hatten auf sie eingetrommelt, als sie lediglich versucht hatte wegzukriechen, also nur, weil sie nicht aufgegeben hatte.

»Eine Frau, die eine andere so schlagen kann«, sagte sie, »sollte nichts dagegen haben, selbst ein wenig abzubekommen.« Sie webte schnell ein weiteres Muster aus reiner Luft. Joyia Byirs Augen quollen ungläubig heraus, als der erste Schlag ihre Hüfte traf. Egwene sah nun auch, wie sie das Gewebe einrichten mußte, um es erst gar nicht weiter bewußt aufrechterhalten zu müssen. »Das wird Euch eine Lehre sein und Ihr werdet es noch spüren, wenn Ihr erwacht. Wenn ich Euch das Erwachen gestatte! Erinnert Euch auch daran. Wenn Ihr jemals wieder auch nur versucht, mich zu schlagen, werde ich Euch hierher zurückschicken, und Ihr werdet den Rest Eures Lebens hier verbringen!« Die Augen der Schwarzen Schwester starrten sie haßerfüllt an, aber nun stand auch bereits eine Andeutung von Tränen darin.

Einen Moment lang schämte sich Egwene. Allerdings nicht dessentwegen, was sie Joyia antat – die Frau hatte jeden Schlag verdient und wenn nicht deshalb, weil sie sie selbst geschlagen hatte, dann wegen der Morde in der Weißen Burg. Nein, sie schämte sich, weil sie hier Zeit für ihre eigene Rache verschwendete, während Nynaeve und Elayne in einer Zelle saßen und trotz aller Aussichtslosigkeit einen Funken Hoffnung bewahrten, daß sie etwas zu ihrer Rettung unternehmen könne. Sie verknotete ihre Gewebe, bevor ihr selbst klar war, was sie tat, und dann hielt sie inne und betrachtete die Wirkung ihrer Handlungen. Es waren drei separate Gewebe, und es war nicht nur ganz leicht gewesen, sie alle gleichzeitig aufrechtzuerhalten, sondern sie hatte nun auch fertiggebracht, daß sie sich selbst erhielten. Sie glaubte auch, daß sie in der Lage sein werde, das später zu wiederholen. Es könnte einmal nützlich sein.

Einen Augenblick später löste sie eines der Gewebe wieder, und die Schwarze Schwester schluchzte auf, vor Erleichterung ebenso wie der Schmerzen wegen. »Ich bin nicht wie Ihr«, sagte Egwene. »Dies ist das zweite Mal, daß ich so etwas getan habe, und es gefällt mir nicht. Ich werde wohl lernen müssen, statt dessen Kehlen durchzuschneiden.« Ihrem Gesichtsausdruck nach glaubte die Schwarze Schwester, Egwene wolle gleich mit ihr beginnen.

Egwene gab einen angeekelten Laut von sich und ließ sie an diesem Fleck gefangen und abgeschirmt zurück. Dann eilte sie in den Wald der glänzenden Sandsteinsäulen hinein. Es mußte irgendwo einen Weg hinunter zu den Gefängniszellen geben.

Es wurde still in dem steinernen Korridor, als der letzte Todesschrei unter den mächtigen Kiefern des Jungen Bullen erstarb, die sich um den Hals des Zweibeiners schlossen. Das Blut schmeckte bitter auf seiner Zunge.

Er wußte, daß dies der Stein von Tear war, obwohl er nicht sagen konnte, woher dieses Wissen stammte. Die Zweibeiner, die um sie herum lagen – einer zuckte noch einmal mit dem Bein, als sich Springers Zähne in seinen Hals bohrten –, hatten beim Kampf nach Furcht gestunken. Und verwirrt. Er glaubte, daß sie noch nicht einmal gewußt hatten, wo sie sich befanden. Sie gehörten auch sicher nicht in einen Wolfstraum. Doch man hatte sie ausgesandt, um ihn von der hohen Tür mit dem Eisenschloß fernzuhalten oder es zumindest zu verteidigen. Sie schienen überrascht gewesen zu sein, daß Wölfe ihre Gegner waren. Er glaubte auch, sie waren überhaupt überrascht gewesen, sich selbst hier wiederzufinden.

Er wischte sich den Mund ab und betrachtete dann seine Hand einen Moment lang verständnislos. Er war wieder ein Mann. Er war Perrin. Wieder in seinem eigenen Körper, angetan mit der Lederweste des Schmieds, und an seiner Seite hing der schwere Hammer.

Wir müssen uns beeilen, Junger Bulle. Etwas Böses nähert sich.

Perrin zog den Hammer aus der Gürtelschlaufe, während er zur Tür ging. »Faile muß hier drinnen sein.« Ein harter Schlag zerschmetterte das Schloß. Er trat die Tür auf.

Der Raum war leer bis auf einen langen Steinblock in der Mitte. Darauf lag Faile, als schliefe sie. Ihr schwarzes Haar war ausgebreitet und ihr Körper so von Ketten bedeckt, daß er einen Augenblick brauchte, um zu erkennen, daß sie unbekleidet war. Jede Kette war mit einem dicken Bolzen am Stein befestigt.

Er war sich kaum bewußt, daß er den Raum durchquerte, bis seine Hand ihr Gesicht berührte und er mit einem Finger ihren Backenknochen streichelte.

Sie öffnete die Augen und lächelte zu ihm hoch. »Ich habe geträumt, daß du kommen würdest, Schmied.«

»Ich werde dich sofort befreien, Faile.« Er hob den Hammer und zerschmetterte einen der Bolzen, als bestünde er nur aus Holz.

»Ich habe nicht daran gezweifelt, Perrin.«

Als sein Name verklang, wurde auch sie durchscheinend und verschwand. Klappernd fielen die Ketten auf den Stein, wo sie sich befunden hatte.

»Nein!« schrie er. »Ich habe sie doch gefunden!«

Der Traum ist nicht wie die Welt des Fleisches, Junger Bulle. Hier kann die gleiche Jagd auf viele verschiedene Arten enden.

Er drehte sich nicht zu Springer um. Er wußte, daß dieser die Zähne gefletscht hatte. Wieder hob er den Hammer und ließ ihn mit aller Kraft auf die Ketten niedersausen, die Faile gefesselt hatten. Unter seinem Schlag zerbrach der Steinblock in zwei Teile. Der Stein von Tear aber dröhnte wie eine Glocke.

»Dann werde ich wieder jagen«, grollte er.

Mit dem Hammer in der Hand schritt Perrin aus dem Raum. Springer lief neben ihm her. Der Stein war ein Ort für Menschen. Und Menschen, das wußte er aus Erfahrung, waren grausamere Jäger, als dies Wölfe jemals sein konnten.

Volltönende Gongschläge hallten ihr Alarmsignal durch den Korridor, doch auch sie konnten das Klingen von Metall auf Metall und die Schreie kämpfender Männer in der Nähe nicht übertönen. Mat vermutete, daß dort die Aiel und die Verteidiger gegeneinander kämpften. Der Gang, in dem er sich befand, wurde von goldenen Lampen beleuchtet, von denen sich immer vier auf einem hohen, goldenen Ständer befanden. An den matt glänzenden Steinwänden hingen Seidengobelins, die Schlachtenszenen zeigten. Auch auf dem Boden lagen Seidenteppiche – dunkelrot auf dunkelblau, im Stil von Tear gewoben. Mat war zu beschäftigt, um zu überlegen, was das alles kosten mochte.

Dieser verfluchte Bursche ist gut, mußte er anerkennen, als er einen weiteren Schwertstoß gerade noch ablenken konnte. Sein Schlag mit dem anderen Ende des Stocks nach dem Kopf des Mannes wurde blitzschnell zu einer weiteren Abwehraktion, um sich die flinke Klinge des anderen vom Leibe zu halten. *Ist der vielleicht einer der verfluchten Hochlords?* Er brachte fast einen harten Schlag zum Knie des Gegners durch, doch der sprang rechtzeitig zurück und hob sein gerades Schwert zu einer Achtungsbezeugung.

Der blauäugige Mann trug tatsächlich die Jacke mit Puffärmeln, gelb mit drei Goldlitzen, aber sie stand offen, das Hemd steckte nur halb in der Hose, und die Füße waren bloß. Sein kurzgeschnittenes, dunkles Haar war wirr wie das eines Mannes, der im Schlaf überrascht worden war, aber er kämpfte hellwach. Vor fünf Minuten war er aus einer der hohen, mit Schnitzereien versehenen Türen geschossen, die für diesen Gang typisch waren, nur ein blankes Schwert in der Hand, und nun war Mat dankbar dafür, daß der Bursche vor ihm erschienen war und nicht hinter ihm. Er war zwar nicht der erste Mann in unvollständiger Kleidung, dem Mat gegenübergestanden hatte, doch er war ganz sicher der beste.

»Könnt Ihr an mir vorbei, Diebfänger?« rief Mat, wobei er aber genau darauf achtete, den mit gezückter Klinge auf ihn wartenden Mann nicht aus den Augen zu lassen. »Ich kann nicht!« rief Sandar von hinten. »Wenn Ihr ausweicht, um mich vorbeizulassen, habt Ihr nicht mehr genug Platz, um dieses Ruder zu schwingen, das Ihr als Stab bezeichnet, und dann wird er Euch wie einen Grunt in Stücke hauen!«

Wie was? »Dann laßt Euch gefälligst was einfallen! Dieser Schurke geht mir auf die Nerven!«

Der Mann in dem Mantel mit Goldlitzen lachte höhnisch. »Es wird eine Ehre für Euch sein, durch die Klinge des Hochlords Darlin zu sterben, Bauer, falls ich das zulasse.« Es war das erstemal, daß er sich herabgelassen hatte, etwas zu sagen. »Ich glaube, ich werde Euch beide statt dessen an den Fersen aufhängen lassen und zuschauen, wenn man Euch die Haut bei lebendigem Leibe abzieht...«

»Ich glaube nicht, daß mir das gefiele«, sagte Mat.

Das Gesicht des Hochlords rötete sich empört ob dieser Unterbrechung, doch Mat ließ ihm keine Zeit für einen zornigen Kommentar. Der Bauernspieß wirbelte in einer engen Doppelschleife so schnell durch die Luft, daß die Enden verschwammen, und dann sprang er vor. Der vor Anstrengung keuchende Darlin konnte sich nur mit größter Mühe zur Wehr setzen. Im Augenblick jedenfalls. Mat wußte, daß er diese Schnelligkeit nicht mehr lange durchhalten konnte. Wenn er dann Glück hatte, würde das alte Spiel von Angriff und Abblocken weitergehen. Falls er Glück hatte. Aber diesmal hatte er nicht die Absicht, sich auf sein Glück zu verlassen. Sobald der Hochlord sich auf seine Defensivtaktik festgelegt hatte, änderte Mat mitten in der wirbelnden Bewegung seinerseits die Taktik. Das Stockende, von dem Darlin erwartet hatte, es werde auf seinen Kopf zielen, kippte statt dessen nach unten und schlug ihm die Beine weg. Dann traf das andere Ende seinen Kopf, als er bereits stürzte. Der scharfe Aufschlag ließ ihn die Augen verdrehen.

Schwer atmend lehnte sich Mat über dem bewußtlosen Hochlord auf seinen Stock. *Seng mich, wenn ich, Verflucht noch mal, gegen ein oder zwei von dieser Sorte kämpfen muß, falle ich blutig vor Erschöpfung um. In den Sagen wird nicht erzählt, daß es soviel Mühe macht, ein Held zu sein. Nynaeve hat sich doch immer etwas einfallen lassen, damit ich arbeiten muß.*

Sandar trat neben ihn und blickte mit gerunzelter Stirn auf den zusammengebrochenen Hochlord hinunter. »Wenn er so daliegt, sieht er gar nicht mehr mächtig aus«, stellte er staunend fest. »Er sieht auch nicht viel eindrucksvoller aus als ich.«

Mat fuhr zusammen und spähte den Gang hinunter, wo gerade ein Mann durch den nächsten Quergang gelaufen und schon wieder verschwunden war. *Seng mich, wenn ich nicht wüßte, daß so was verrückt ist, könnte ich schwören, es war Rand!*

»Sandar, sucht jetzt diese ...«, begann er und wollte seinen Stock mit einer ausholenden Bewegung auf die Schulter schwingen. Doch er brach ab, als der Stock dumpf auf etwas knallte.

Herumfahrend sah er sich einem weiteren halb angezogenen Hochlord gegenüber. Dieser aber ließ sein Schwert auf den Boden fallen. Seine Knie gaben nach und er hielt sich mit beiden Händen den Kopf, wo Mat ihm eine tiefe Platzwunde beigebracht hatte. Schnell schlug ihm Mat das eine Ende seines Stocks in den Magen, damit er die Hände herunternahm, und dann gab er ihm noch eines über den Kopf, was ihn über seinem Schwert zusammenbrechen ließ.

»Glück, Sandar«, murmelte er. »Glück ist eben durch nichts zu ersetzen. Jetzt sucht aber gefälligst diesen verfluchten Geheimgang, den die Hochlords zu den Zellen hinunter benützen.« Sandar hatte darauf bestanden, daß eine solche Treppe existiere, und wenn man sie benützte, blieb einem ein langer Umweg durch den größten Teil des Steins erspart. Mat hatte nicht viel für Männer übrig, die es so eilig damit hatten, Gefangene zu verhören, daß sie eine direkte Verbindung von ihren Wohnungen zum Gefängnis bauten.

»Seid nur froh, daß Ihr soviel Glück hattet«, sagte Sandar leicht erschüttert, »oder der hier hätte uns beide getötet, bevor wir ihn auch nur zu Gesicht bekommen hätten. Ich weiß, daß sich die Tür hier irgendwo befindet. Kommt Ihr nun? Oder wollt Ihr warten, bis der nächste Hochlord erscheint?«

»Geht voran.« Mat stakste über den bewußtlosen Hochlord. »Ich bin kein verdammter Held.«

Im Laufschritt folgte er dem Diebfänger, der jede der hohen Türen genau betrachtete, an denen sie vorbeikamen. Ständig murmelte er vor sich hin, daß er wisse, die Tür müsse sich hier irgendwo befinden.

KAPITEL 23

Was prophezeit wurde

Rand ging langsam zwischen den riesigen, matt schimmernden Sandsteinsäulen hindurch, an die er sich aus seinen Träumen erinnerte, in den Saal hinein. Stille erfüllte die Schatten, und doch rief ihn irgend etwas. Und vor ihm blitzte etwas auf wie ein Leuchtfeuer, das einen Augenblick lang die Schatten zurückdrängte. Er schritt hinaus unter eine große Kuppel und sah, was er gesucht hatte. *Callandor* hing mit dem Griff nach unten in der Luft und wartete auf keine andere Hand als die des Wiedergeborenen Drachen. Während es sich drehte, wurde das wenige Licht in winzige Lichtsplitter gebrochen, und von Zeit zu Zeit flammte es wie durch ein Licht aus seinem Innern hell auf. Es rief ihn, lockte ihn. Es wartete auf ihn.

Ich bin der Wiedergeborene Drache. Falls ich nicht bloß irgendein Verrückter bin mit dieser verfluchten Fähigkeit, die Macht lenken zu können – eine Marionette Moiraines und der Weißen Burg.

»Nimm es, Lews Therin. Nimm es, Brudermörder.«

Er fuhr zu der Stimme herum. Der hochgewachsene Mann mit kurzgeschnittenem weißen Haar, der aus den Schatten der Säulen trat, kam ihm bekannt vor. Rand hatte keine Ahnung, wer er war, dieser Bursche in einem roten Seidenmantel mit schwarzen, Längsstreifen an den Puffärmeln und schwarzen Hosen, die in kunstvoll mit Silber verzierten Stiefeln steckten. Er kannte den Mann nicht, aber er hatte ihn in seinen Träumen gesehen. »Ihr habt sie in einen Käfig gesperrt«, sagte er. »Egwene und Nynaeve und Elayne. In meinen Träumen. Ihr habt sie in einen Käfig gesperrt und ihnen weh getan.«

Der Mann machte eine wegwerfende Bewegung mit der Hand. »Sie bedeuten weniger als nichts. Vielleicht eines Tages, wenn sie ausgebildet sind, aber nicht jetzt. Ich gebe zu, überrascht zu sein, daß sie Euch wichtig genug waren, um für mich nützlich zu sein. Aber Ihr wart immer schon ein Narr, der eher seinem Herzen folgte als der Macht. Ihr seid zu früh gekommen, Lews Therin. Nun müßt Ihr tun, worauf Ihr noch nicht vorbereitet seid, oder Ihr müßt sterben. Sterben in dem Bewußtsein, daß Ihr diese drei Frauen, an denen Euch soviel liegt, in meinen Händen zurücklaßt.« Er schien auf etwas zu warten. »Ich habe vor, sie weiterhin zu benützen, Brudermörder. Sie werden mir und meiner Macht dienen. Und das wird ihnen viel mehr weh tun als alles, was sie vorher erlitten haben.«

Hinter Rand blitzte *Callandor* auf, und sein Licht pulsierte warm an Rands Rücken. »Wer seid Ihr?«

»Ihr erinnert Euch tatsächlich nicht an mich, oder?« Der weißhaarige Mann lachte plötzlich. »Wenn man es so betrachtet, erkenne ich Euch auch nicht wieder. Ein Bauernbursche mit einem Flötenkasten auf dem Rücken. Hat Ishamael die Wahrheit gesagt? Er hat doch immer gelogen, wenn er sich damit auch nur den kleinsten Vorteil ergaunern konnte. Erinnert Ihr euch denn an nichts, Lews Therin?«

»Ein Name!« wollte Rand wissen. »Nennt mir Euren Namen.«

»Ihr könnt mich Be'lal nennen.« Das Gesicht des Verlorenen verfinsterte sich, als Rand auf diesen Namen nicht reagierte. »Nimm es!« fauchte Be'lal, und seine Hand deutete auf das Schwert hinter Rand. »Einst sind wir Seite an Seite in den Krieg gezogen, und deshalb gebe ich Euch eine Chance. Eine winzige Chance, doch eine, Euch zu retten und auch die drei, die ich zu meinen Spielzeugen machen will. Nimm das Schwert, *Bauer!* Vielleicht reicht es aus, um Euch zu helfen, mich zu überleben.«

Rand lachte. »Glaubt Ihr, Ihr könntet mich so leicht das Fürchten lehren, Verlorener? Ba'alzamon selbst hat mich verfolgt. Glaubt Ihr, ich werde mich nun vor Euch ducken, vor einem Verlorenen kriechen, wenn ich dem Dunklen König selbst widerstanden habe?«

»Glaubt Ihr das wirklich?« fragte Be'lal leise. »Ihr wißt wirklich überhaupt nichts.« Plötzlich hielt er ein Schwert in der Hand, ein Schwert mit einer Klinge, die aus schwarzem Feuer geformt war. »Nimm es! Nimm *Callandor!* Dreitausend Jahre lang, während ich gefangen lag, hat es hier gewartet. Auf Euch. Einer der mächtigsten *Sa'Angreal,* wie wir je angefertigt haben. Nehmt es und verteidigt Euch, falls Ihr dazu in der Lage seid!«

Er ging auf Rand zu, als wolle er ihn zu *Callandor* hintreiben, doch Rand hob seine Hände, und *Saidin* erfüllte ihn: der süße Strom der Macht, angereichert mit der ekelerregenden Bösartigkeit der Verderbtheit. Und er hielt ein Schwert aus roten Flammen in der Hand, ein Schwert, das auf seiner feurigen Klinge das Zeichen eines Reihers trug. Er bewegte sich, wie Lan es ihm beigebracht hatte, und er glitt wie im Tanz aus einer Figur in die andere: ›Die Seide zur Seite schieben‹; ›Das Wasser fließt bergab‹; ›Wind und Regen‹. Die Klinge aus schwarzem Feuer traf auf die aus rotem, und es regnete Funken, es dröhnte, als zersplittere weißglühendes Metall.

Rand erreichte mit einer flüssigen Bewegung wieder die En-garde-Position und mühte sich, seine plötzlich aufkeimende Unsicherheit nicht zu zeigen. Auch auf der schwarzen Klinge war ein Reiher zu sehen. Der Vogel war so dunkel, daß er fast nicht sichtbar war. Einmal hatte er einem Mann mit einem stählernen Reiherschwert gegenübergestanden, und er hatte es mit knapper Not überstanden. Er wußte, daß er an sich kein Recht hatte, das Zeichen des Schwertmeisters zu führen. Es war das Schwert gewesen, das ihm sein Vater gegeben hatte. Doch wenn er sich ein Schwert in seiner Hand vorstellte, war es immer dieses. Einmal hatte er sich selbst beinahe den Tod gegeben, wie es ihn der Behüter gelehrt hatte, aber er wußte, daß diesmal der Tod endgültig sein würde. Be'lal war besser als er im Schwertkampf. Stärker. Schneller. Ein wirklicher Meister des Schwerts.

Der Verlorene lachte auf und schwang sein Schwert mit schnellen Bewegungen vor sich. Das schwarze Feuer brauste auf, als werde es durch das schnelle Vorbeistreichen der Luft gespeist. »Ihr wart früher einmal ein großer Schwertkämpfer, Lews Therin«, sagte er spottend. »Erinnert Ihr euch daran, als wir diese zahme Sportart aufnahmen und lernten, mit dem Schwert zu töten, wie es in alten Büchern gestanden hatte? Erinnert Ihr euch auch nur an eine dieser verzweifelten Schlachten oder wenigstens an eine unserer blutigen Niederlagen? Natürlich nicht. Ihr erinnert Euch an nichts, oder? Diesmal habt Ihr nicht genug gelernt. Diesmal, Lews Therin, werde ich Euch töten.« Be'lals Spott wurde beißender. »Vielleicht könnt Ihr euer Leben ein wenig verlängern, wenn Ihr *Callandor* nehmt. Ein wenig.«

Er näherte sich langsam, als wolle er Rand Zeit geben, Zeit, sich umzudrehen und zu *Callandor* zu laufen, dem Schwert, Das Nicht Berührt Werden Kann, und es an sich zu nehmen. Aber der Zweifel nagte an Rand. *Callandor* konnte nur vom Wiedergeborenen Drachen berührt werden. Er hatte ihnen aus hunderterlei Gründen gestattet, ihn dazu auszurufen, weil er zu dieser Zeit keine andere Wahl gehabt hatte. Aber war er wirklich der Wiedergeborene Drache? Wenn er nicht im Traum, sondern nun in Wirklichkeit hinlief, um *Callandor* zu berühren, würde dann seine Hand auf eine unsichtbare Wand treffen, während ihn Be'lal von hinten niederstach?

Er stellte sich dem Verlorenen mit dem Schwert, das ihm vertraut war, der Klinge, die er mit *Saidin* geschmiedet hatte. Und wurde zurückgetrieben. Auf das ›Fallende Blatt‹ antwortete ihm ›Gewässerte Seide‹. ›Die Katze tanzt auf der Mauer‹ traf auf ›Der Keiler stürmt bergab‹. ›Der Fluß unterspült das Ufer‹ hätte ihn beinahe den Kopf gekostet, und er mußte sich wenig elegant zur Seite werfen, als die schwarze Flamme seine Haare versengte. Er rollte sich ab, kam auf die Beine und mußte sich ›Steine fallen von den Klippen‹ erwehren. Methodisch und absichtsvoll trieb ihn Be'lal im Kreis herum immer weiter auf *Callandor* zu.

Schreie warfen ein Echo zwischen den Säulen, das Klingen von Stahl auf Stahl, doch Rand hörte das kaum. Er und Be'lal waren im Herzen des Steins nicht mehr allein. Männer mit Brustpanzern und Helmen mit breiten Rändern fochten mit Schwertern in den Händen gegen schattenhafte, verschleierte Gestalten, die mit ständig zustechenden kurzen Speeren zwischen den Säulen einherhuschten. Ein paar der Soldaten formierten sich zu einer Reihe. Pfeile blitzten aus der Düsternis heran und trafen sie in die Kehle, ins Gesicht, und sie starben in ihrer Formation. Rand bemerkte den Kampf kaum – selbst als Männer nur wenige Schritte von ihm entfernt tot niederstürzten. Sein eigener Kampf war zu verzweifelt, und er benötigte all seine Konzentration. Feuchte Wärme rieselte an seiner Seite herunter. Die alte Wunde brach wieder auf.

Er stolperte plötzlich, da er den Toten vor seinen Füßen nicht bemerkt hatte, bis er auf dem Rücken, den Flötenkasten hart im Kreuz, auf dem Steinboden lag.

Be'lal hob seine Klinge aus schwarzem Feuer und fauchte: »Nimm es! Nimm *Callandor* und verteidige dich! Nimm es, oder ich töte dich sofort! Wenn du es nicht nimmst, töte ich dich jetzt!«

»Nein!«

Selbst Be'lal fuhr ob des Kommandotons in der Stimme der Frau zusammen. Der Verlorene trat aus Rands Schwertradius und wandte sein finsteres Gesicht Moiraine zu, die mitten durch die Schlacht schritt, die Augen gerade auf ihn gerichtet, als bemerke sie die Todesschreie in ihrer Umgebung gar nicht. »Ich hatte geglaubt, ich hätte Euch endlich los, Frau. Macht nichts. Ihr seid nur ein Plagegeist. Eine Stechmücke. Ein Stechmich. Ich werde Euch zu den anderen sperren und Euch lehren, mit Euren lächerlichen Kräften dem Schatten zu dienen«, schloß er unter verächtlichem Lachen und hob die freie Hand.

Moiraine war nicht stehengeblieben oder hatte auch nur ihren Schritt verlangsamt, während er sprach. Sie befand sich nicht mehr als dreißig Schritt von ihm entfernt, als er die Hand bewegte, und sie erhob augenblicklich ihre beiden Hände.

Einen Moment lang stand Überraschung auf das Gesicht des Verlorenen gezeichnet, und er hatte gerade noch Zeit, »Nein!« zu schreien. Dann schoß ein Feuerbalken, heißer als die Sonne, aus den Händen der Aes Sedai, eine gleißende Leuchtspur, die alle Schatten auslöschte. Sie traf auf Be'lal, und der wurde zu einer durchscheinenden Gestalt aus schimmernden Lichtpunkten, die weniger als einen Herzschlag lang in diesem Licht tanzten und sich dann auflösten, bevor noch sein Schrei verklungen war.

Als dieser Lichtbalken verschwand, herrschte Schweigen im Raum, Schweigen, bis auf das Stöhnen der Verwundeten. Aller Kampf war auf einen Schlag beendet. Verschleierte und Gerüstete standen gleichermaßen wie betäubt da.

»Er hatte recht, was eine Sache betraf«, sagte Moiraine würdevoll und kühl, als stünde sie auf einer Wiese. »Ihr müßt *Callandor* an Euch nehmen. Er hatte vor, Euch zu töten, um es Euch abzunehmen, doch es ist Euer durch das Recht Eurer Geburt. Es wäre wohl viel besser gewesen, Ihr hättet mehr gelernt und erfahren, bevor Eure Hand es aufnimmt, aber Ihr seid nun an diesem Punkt angelangt, und es ist keine Zeit mehr, um zu lernen. Nehmt es, Rand.«

Peitschenartige schwarze Blitze wanden sich um sie. Sie schrie, als sie von ihnen in die Luft gehoben und zur Seite geworfen wurde wie ein Sack Getreide, bis sie gegen eine der Säulen knallte.

Rand blickte auf zum Ursprung der Blitze. Dort befand sich ein tieferer Schatten, beinahe am oberen Ende der Säulen, eine Schwärze, gegen die alle anderen Schatten wie die Mittagssonne wirkten, und aus dieser Schwärze blickten ihn zwei Feueraugen an.

Langsam senkte sich der Schatten herab und verfestigte sich zu Ba'alzamon, in totes Schwarz gekleidet wie ein Myrddraal. Doch selbst die Kleidung war nicht so schwarz wie der Schatten, der um ihn hing. Er hing in der Luft, zwei Spannen über dem Fußboden, und starrte Rand mit einem Zorn im Blick an, der genauso feurig war wie seine Augen. »Zweimal in diesem Leben habe ich dir die Chance geboten, mir lebend zu dienen.« Flammen loderten in seinem Mund auf, als er sprach, und jedes Wort toste wie aus einer Esse. »Zweimal hast du dich mir verweigert und mich verwundet. Nun wirst du eben im Tod dem Herrn der Gräber dienen. Stirb, Lews Therin Brudermörder! Stirb, Rand al'Thor! Es ist Zeit für dich, zu sterben! Ich nehme deine Seele an mich!«

Als Ba'alzamon die Hand ausstreckte, drückte sich Rand hoch und warf sich verzweifelt auf *Callandor* zu, das immer noch glitzernd in der Luft leuchtete. Er wußte nicht, ob er es noch erreichen und dann auch noch berühren könne, aber er war sicher, daß es seine einzige Chance darstellte.

Ba'alzamons Schlag traf ihn im Sprung, bohrte sich in ihn, riß etwas aus ihm heraus, wollte einen Teil seiner selbst aus ihm herauszerren. Rand schrie. Er fühlte sich, als falle er wie ein leerer Sack in sich zusammen, als würde sein Innerstes nach Außen gekehrt. Der Schmerz in seiner Seite, die Wunde, die er in Falme erhalten hatte, war ihm beinahe willkommen, etwas, woran er sich halten konnte, was ihn an das Leben erinnerte. Seine Hand schloß sich krampfartig zur Faust. Sie schloß sich um den Knauf *Callandors.* Die Eine Macht durchströmte ihn, ein Strom, stärker als er glauben konnte, und er floß von *Saidin* in das Schwert hinein. Die Kristallklinge schien heller als selbst Moiraines Feuer. Es war unmöglich, *Callandor* noch anzusehen, unmöglich noch als Schwert zu erkennen. Reines Licht flammte in seiner Hand. Er kämpfte gegen den Strom an, gegen diese unwiderstehliche Flut, die auch ihn, alles, was in seinem Innersten war, mit sich in das Schwert reißen wollte. Einen Herzschlag lang, jahrhundertelang, hing er so, schwankend, am Rande des Weggeschwemmtwerdens wie Sand in einer Springflut. Unendlich langsam gewann er an Gleichgewicht. Es war noch immer, als stünde er barfuß auf der Schneide einer Rasierklinge über einem bodenlosen Abgrund, doch irgend etwas sagte ihm, daß dieser Zustand noch der beste sei, den er erwarten könne. Um soviel Macht zu lenken, mußte er auf dieser Schärfe tanzen, wie er durch die Positionen des Schwertkampfes getanzt war.

Er wandte sich Ba'alzamon zu. Das Reißen in ihm hatte aufgehört, seit seine Hand *Callandor* berührt hatte. Nur ein Augenblick war vergangen, doch er schien eine Ewigkeit gedauert zu haben. »Du wirst meine Seele nicht bekommen«, rief er. »Diesmal will ich es ein für allemal beenden! Ich werde es jetzt beenden!«

Ba'alzamon floh, und Mann wie Schatten verschwanden.

Einen Moment lang stand Rand nur da und runzelte die Stirn. Da war etwas wie … ein Falten … zu spüren gewesen, als Ba'alzamon verschwand. Ein Verdrehen, als habe Ba'alzamon irgendwie die Wirklichkeit *verdreht.* Er ignorierte die Männer, die ihn anblickten, ignorierte Moiraine, die zusammengebrochen am Sockel einer Säule lag, fühlte durch *Callandor* hinaus und verformte die Wirklichkeit, um ein Tor aus ihr heraus zu erschaffen. Er wußte nicht, wohin, nur, daß er dorthin wollte, wohin Ba'alzamon geflohen war.

»Nun bin ich der Jäger«, sagte er und trat durch das Tor.

Der Steinboden unter Egwenes Füßen bebte. Der Stein erzitterte und dröhnte. Sie fing sich wieder und blieb lauschend stehen. Es kam kein weiteres Geräusch, kein weiterer Erdstoß. Was auch immer geschehen sein mochte: Es war vorüber. Sie eilte weiter. Ein eisernes Gittertor stand ihr im Weg. Das Schloß daran war so groß wie ihr Kopf. Sie lenkte die Macht der Erde darauf, bevor sie dort ankam, und als sie gegen die Gitterstäbe richtete, zerfiel das Schloß in zwei Teile.

Schnell durchschritt sie das Zimmer dahinter und vermied es, die Dinge anzusehen, die an den Wänden hingen. Peitschen und eiserne Klammern waren am auffälligsten. Leicht schaudernd öffnete sie eine kleinere Eisentür und trat in einen Korridor mit vielen rauhen Holztüren. Schilffackeln, die in Abständen in Eisenklammern hingen, beleuchteten ihn. Sie empfand beinahe genausoviel Erleichterung, diese Dinge hinter sich lassen zu können, wie darüber, das vorzufinden, was sie suchte. *Aber welche Zelle?*

Die Holztüren ließen sich leicht öffnen. Einige

waren nicht abgeschlossen, und die Schlösser an den anderen hielten nicht länger als das große zuvor. Aber jede Zelle war leer. *Natürlich. Niemand würde sich ausgerechnet hierher träumen. Jeder Gefangene, der Tel'aran'rhiod erreicht, würde sich einen viel angenehmeren Ort erträumen.*

Einen Augenblick lang empfand sie so etwas wie Verzweiflung. Sie hatte sich eingeredet, daß es wichtig sei, die richtige Zelle zu finden. Aber vielleicht war sogar das unmöglich. Dieser erste Korridor erstreckte sich weiter und weiter, und andere mehr zweigten davon ab.

Plötzlich sah sie eine Bewegung ein Stück weit vor sich. Eine Gestalt war da, fast noch weniger materiell als Joyia Byir zuvor. Es war aber eine Frau gewesen. Da war sie sicher. Eine Frau, die auf einer Bank neben einer Zellentür saß. Das Abbild formte sich wieder und verschwand erneut. Es konnte aber bei diesem schlanken Hals und dem blassen, unschuldig wirkenden Gesicht mit den Schlafzimmeraugen keinen Irrtum geben. Amico Nagoyin war dabei, auf Wache einzuschlafen und von ihrem Wachdienst zu träumen. Und offensichtlich spielte sie schläfrig mit einem der gestohlenen *Ter'Angreal.* Egwene verstand das nur zu gut; es hatte sie auch große Mühe gekostet, den von Verin erhaltenen nicht ständig zu benützen und auch nur ein paar Tage von ihm zu lassen.

Sie wußte, es war möglich, eine Frau von der Wahren Quelle abzuschneiden, auch wenn sie bereits *Saidar* berührt hatte, aber ein bereits geschaffenes Gewebe wieder aufzutrennen mußte viel schwieriger sein, als den Strom aufzuhalten, bevor er richtig floß. Sie schuf die Muster, die sie weben wollte, hielt sie bereit, machte aber die Stränge des Elements Geist diesmal viel dicker und schwerer, so daß ein dichteres Gewebe entstand, das jedoch eine Kante wie eine Messerschneide aufwies.

Die flackernde Gestalt der Schwarzen Schwester erschien wieder, und Egwene ließ die Ströme aus Luft und Geist auf sie los. Einen Augenblick lang schien etwas dem Gewebe des Geistes zu widerstehen, doch sie drückte mit aller Macht nach. Da gab es nach.

Amica Nagoyin schrie. Es war ein dünner Laut, kaum hörbar, so schwach wie sie selbst, und sie erschien beinahe wie ein Schatten dessen, was Joyia Byir gewesen war. Doch die aus Luft gewobenen Bande hielten sie fest. Sie verschwand nicht mehr. Angst verzerrte das hübsche Gesicht der Schwarzen Ajah. Sie schien etwas zu plappern, aber selbst ihre Schreie waren ein Flüstern, so leise, daß Egwene es nicht verstand.

Sie verknotete die Gewebe, nachdem sie die Schwarze Schwester ganz darin eingehüllt hatte, und wandte ihre Aufmerksamkeit der Zellentür zu. Ungeduldig sandte sie einen Strom aus dem Element Erde in das Eisenschloß. Es zerfiel zu schwarzem Staub, so fein, daß er sich aufgelöst hatte, bevor er den Boden erreichte. Sie öffnete die Tür und war nicht überrascht, die Zelle leer vorzufinden. Nur eine Schilffackel brannte darin.

Aber Amico ist gebunden und die Tür steht offen.

Einen Moment lang überlegte sie, was sie als nächstes tun solle. Dann trat sie aus dem Traum heraus …

… und erwachte unter Schmerzen und durstig, die Zellenwand am Rücken. Sie blickte direkt auf die verschlossene Zellentür. *Natürlich. Was mit lebendigen Dingen dort geschieht, ist Wirklichkeit, wenn sie erwachen. Was ich jedoch mit Stein und Eisen oder Holz dort anstellte, hat in der Welt des Erwachens keine Wirkung.*

Nynaeve und Elayne knieten noch immer neben ihr. »Wer auch dort draußen ist«, sagte Nynaeve, »hat vor ein paar Augenblicken geschrien, aber sonst ist nichts geschehen. Hast du einen Fluchtweg gefunden?«

»Wir sollten eigentlich hinausmarschieren können«, sagte Egwene. »Helft mir auf die Beine und ich werde dieses Schloß entfernen. Amico wird uns keine Schwierigkeiten machen. Das war sie, die geschrien hat.«

Elayne schüttelte den Kopf. »Ich habe versucht, *Saidar* zu erreichen, seit du eingeschlafen warst. Es ist jetzt etwas anders geworden, aber ich bin immer noch davon abgeschnitten.«

Egwene bildete die Leere in sich und wurde zu der Rosenknospe, die sich *Saidar* öffnete. Die unsichtbare Wand war immer noch da. Jetzt schimmerte sie. Es gab Augenblicke, da sie glaubte, beinahe spüren zu können, wie die Wahre Quelle sie mit Macht zu füllen begann. Beinahe. Die Abschirmung flackerte schneller, als sie nachvollziehen konnte. Sie hätte genausogut immer noch fest sein können.

Sie blickte die anderen beiden Frauen an. »Ich habe sie gebunden. Ich habe sie abgeschirmt. Sie ist ein mit Leben erfülltes Wesen, kein lebloses Eisen. Sie *muß* immer noch abgeschirmt sein.«

»Es ist auch etwas mit der Abschirmung um uns geschehen«, sagte Elayne. »Aber Amico bringt es immer noch fertig, sie aufrecht zu erhalten.«

Egwene ließ den Kopf an die Wand sacken. »Ich muß es wieder versuchen.«

»Bist du stark genug?« Elayne verzog das Gesicht. »Um es geradeheraus zu sagen, du klingst noch schwächer als zuvor. Dieser Versuch hat dir einiges abverlangt, Egwene.«

»Dort bin ich stark genug.« Sie fühlte sich auch erschöpfter, schwächer, aber es war eben die einzige Möglichkeit, die ihr einfiel. Das sagte sie ihnen, und ihre Gesichter sagten, daß sie ihr zustimmten, wenn auch zögernd.

»Kannst du so bald wieder einschlafen?« fragte Nynaeve schließlich.

»Sing mir was vor.« Egwene brachte ein Lächeln zustande. »So wie damals, als ich ein kleines Mädchen war. Bitte!« Sie hielt eine Hand Nynaeves in ihrer, den Steinring in der anderen, schloß die Augen und versuchte, in der wortlosen gesummten Melodie Schlaf zu finden.

Das breite eiserne Gittertor stand offen, und der Raum dahinter schien leer. Doch Mat ging nur vorsichtig hinein. Sandar war noch draußen im Gang und versuchte, nach allen Seiten gleichzeitig Ausschau zu halten, sicher, daß jeden Moment ein Hochlord oder vielleicht hundert Verteidiger auftauchen würden.

Es befanden sich jetzt keine Menschen in dem Raum. Das hatten sie zweifellos dem Kampf oben zu verdanken, wie er an den halbgegessenen Speisen auf einem langen Tisch sah, von dem sie offensichtlich hastig aufgesprungen waren. Wenn er die Dinge betrachtete, die an den Wänden hingen, war er durchaus froh, ihnen nicht begegnen zu müssen. Peitschen verschiedener Größen und Längen, unterschiedlicher Stärke und mit unterschiedlicher Zahl von Schnüren. Zangen und Klammern und Handschellen. Gerätschaften, die wie Metallstiefel aussahen, und Handschuhe und Helme, auf denen sich große Schrauben befanden, die man wohl anziehen konnte, um diese Stücke zu verengen. Andere Dinge waren da, deren Zweck er nicht einmal ahnte. Wäre er den Männern begegnet, die so etwas benützten, hätte er wohl zuallererst dafür gesorgt, daß *sie* ihr Leben ließen, bevor er weiterging.

»Sandar!« zischte er. »Wollt Ihr die ganze verdammte Nacht lang dort draußen herumstehen?« Er eilte zur Innentür – wie die äußere verschlossen, aber kleiner – und ging hinein, ohne auf eine Antwort zu warten. Im Korridor dahinter befanden sich viele grobe Holztüren. Die Beleuchtung kam genau wie draußen von qualmenden Schilffackeln. Nicht mehr als zwanzig Schritt vor ihm saß eine Frau auf einer Bank neben einer der Türen. Sie hatte sich eigenartig steif an die Wand gelehnt. Sie drehte den Kopf ganz langsam in seine Richtung, als sie das Knirschen seiner Stiefel auf dem Steinboden hörte. Eine hübsche junge Frau. Er fragte sich, warum sie nur ihren Kopf bewegte und selbst den wie im Halbschlaf.

War sie eine Gefangene? *Draußen im Gang? Aber jemand mit einem solchen Gesicht kann nicht zu denen gehören, die solche Sachen wie dort draußen an den Wänden benützen.* Sie wirkte wirklich, als schliefe sie. Ihre Augen waren nur ein wenig geöffnet. Und die Qual, die sich auf diesem lieblichen Gesicht abzeichnete, machte sie wohl eher zu einer der Gefolterten als einem Folterknecht.

»Halt!« schrie Sandar hinter ihm. »Das ist eine Aes Sedai! Sie ist eine von denen, die diese Frauen gefangennahmen, die Ihr sucht!«

Mat verharrte mitten im Schritt und starrte die Frau an. Er erinnerte sich daran, wie Moiraine Feuerkugeln geschleudert hatte. Er fragte sich, ob er eine solche Feuerkugel mit dem Bauernspieß ablenken könne. Er fragte sich auch, ob sein Glück je ausreichen würde, den Aes Sedai zu entkommen.

»Hilf mir«, sagte sie mit schwacher Stimme. Ihre Augen wirkten nach wie vor wie im Halbschlaf, aber der bittende Tonfall ihrer Stimme war wohl hellwach. »Helft mir, bitte!«

Mat zwinkerte. Sie hatte unterhalb ihres Halses noch immer keinen Muskel bewegt. Vorsichtig trat er näher heran und gab Sandar einen Wink, sein Gejammere über die Aes Sedai einzustellen. Sie bewegte den Kopf gerade noch, um ihm mit Blicken folgen zu können, aber auch nicht mehr.

An ihrem Gürtel hing ein großer eiserner Schlüssel. Einen Augenblick lang zögerte er. Eine Aes Sedai, hatte Sandar gesagt. *Warum bewegt sie sich nicht?* Er schluckte, und dann zog er den Schlüssel so vorsichtig aus der Schlinge, als versuche er, einem Wolf ein Stück Fleisch aus den Zähnen zu ziehen. Sie rollte mit den Augen in Richtung auf die Tür neben ihr und stieß einen Laut aus ähnlich dem einer Katze, die gerade gesehen hat, wie ein riesiger Hund knurrend zu ihr in einen Raum kam, der keinen zweiten Ausgang hat.

Er verstand es nicht, aber solange sie nicht versuchte, ihn davon abzuhalten, die Tür zu öffnen, war es ihm gleich, warum sie wie eine ausgestopfte Vogelscheuche dasaß. Vielmehr fragte er sich, ob sich auf der anderen Seite der Tür etwas befinden könne, wovor er Angst haben sollte. *Wenn sie eine von denen ist, die Egwene und die anderen fingen, dann ist es eigentlich logisch, daß sie sich hier befindet, um sie zu bewachen.* Tränen drangen aus den Augenwinkeln der Frau. *Nur, daß sie aussieht, als wäre da drinnen ein verfluchter Halbmensch.* Doch es gab nur einen Weg, das herauszufinden. Er lehnte den Stock an die Wand, drehte den Schlüssel im Schloß und warf die Tür auf, bereit, im Notfall sofort wegzurennen.

Nynaeve und Elayne knieten auf dem Fußboden und hatten eine offensichtlich schlafende Egwene zwischen sich. Er schnappte nach Luft, als er Egwenes verschwollenes Gesicht sah, und änderte seine Meinung, daß sie schlafe. Die anderen beiden Frauen wandten sich ihm zu, als er die Tür so gewaltsam öffnete. Sie wirkten fast genauso zerschlagen wie Egwene. *Seng mich! Seng mich!* Sie sahen ihn an und schnappten ebenfalls nach Luft.

»Matrim Cauthon«, sagte Nynaeve, und es klang erschrocken, »was beim Licht machst du denn hier?«

»Ich kam, um euch, verflucht noch mal, zu retten«, sagte er. »Seng mich, wenn ich erwartet hätte, so begrüßt zu werden, als ob ich Kuchen stehlen wolle. Ihr könnt mir später ja mal erzählen, warum ihr so ausseht, als hättet ihr mit Bären gekämpft. Wenn Egwene nicht laufen kann, trage ich sie auf dem Buckel. Es sind überall im Stein Aiel, oder jedenfalls nahe genug, und entweder bringen sie die verdammten Verteidiger um, oder die verdammten Verteidiger bringen sie um, aber wie auch immer: Wir sollten hier raus, solange wir, verdammt noch mal, können. Falls wir können!«

»Drücke dich bitte nicht so schmutzig aus«, sagte Nynaeve zu ihm, und Elayne warf ihm einen dieser mißbilligenden Blicke zu, die Frauen so unnachahmlich beherrschen. Keine aber schien ihm ihre ganze Aufmerksamkeit zu widmen. Sie begannen, Egwene zu schütteln, als sei sie nicht mit mehr Schrammen und blauen Flecken bedeckt, als er je in seinem Leben gesehen hatte. Egwenes Augenlider flatterten und öffneten sich. Sie ächzte: »Warum habt ihr mich aufgeweckt? Ich muß es erst durchschauen. Wenn ich die Bande um sie herum löse, wird sie erwachen und ich kann sie nicht mehr einfangen. Aber wenn nicht, wird sie niemals vollständig einschlafen, und …« Ihr Blick fiel auf ihn, und sie riß die Augen auf. »Matrim Cauthon, was beim Licht tust *du* denn hier?«

»Sag du es ihr«, sagte er zu Nynaeve. »Ich habe zuviel damit zu tun, Euch zu befreien, als daß ich auf meine Ausdrucksweise achte.« Sie blickten alle an ihm vorbei und sahen so wütend aus, als wünschten sie sich, Messer in den Händen zu halten.

Er wirbelte herum, doch alles, was er sah, war Juilin Sandar, der aussah, als habe er eine verfaulte Pflaume verschluckt.

»Sie haben einen Grund«, sagte er zu Mat. »Ich … ich habe sie verraten. Aber ich mußte.« Das galt den Frauen hinter Mat. »Die eine mit den vielen honigfarbenen Zöpfen hat mit mir gesprochen, und ich … ich mußte es tun.« Einen langen Augenblick über sahen ihn alle weiterhin an.

»Liandrin hat gemeine Tricks auf Lager, Meister

Sandar«, sagte Nynaeve schließlich. »Vielleicht ist es wirklich nicht ganz Eure Schuld. Wir können die Schuld ja später aufteilen.«

»Wenn dies nun alles geklärt ist«, sagte Mat, »können wir jetzt vielleicht ja gehen?« Ihm war überhaupt nichts klar, doch in diesem Augenblick war es ihm wirklich wichtiger zu gehen.

Die drei Frauen humpelten hinter auf den Gang hinaus, aber dann blieben sie neben der Frau auf der Bank stehen. Sie rollte mit den Augen und wimmerte. »Bitte. Ich werde zum Licht zurückkehren. Ich schwöre, Euch zu gehorchen. Ich werde mit der Eidesrute in der Hand schwören. Bitte …«

Mat fuhr zusammen, als Nynaeve plötzlich ausholte und mit einem gewaltigen Faustschlag die Frau von der Bank beförderte. Sie lag da, und endlich waren ihre Augen vollständig geschlossen. Doch selbst im Liegen hatte sie dieselbe Körperhaltung wie zuvor im Sitzen auf der Bank.

»Es ist weg«, sagte Elayne aufgeregt.

Egwene beugte sich hinunter und kramte in der Gürteltasche der Frau herum. Dann zog sie etwas heraus, das Mat nicht erkennen konnte, und steckte es in die eigene Tasche. »Ja. Es ist ein wunderbares Gefühl. Etwas hat sich geändert, als du sie geschlagen hast, Nynaeve. Ich weiß nicht, was, aber ich konnte es spüren.«

Elayne nickte. »Ich auch.«

»Ich würde gern alles, aber auch alles, an ihr ändern«, sagte Nynaeve grimmig. Sie nahm Egwenes Kopf in ihre Hände, und Egwene stellte sich keuchend auf die Zehenspitzen. Als Nynaeve die Hände von ihr nahm und sich Elayne zuwandte, waren Egwenes Schrammen verschwunden. Die von Elayne verschwanden genauso schnell.

»Blut und Asche!« grollte Mat. »Wieso schlägst du eine Frau, die bloß dagesessen hat? Ich glaube, sie konnte sich überhaupt nicht rühren!« Alle drei wandten sich zu ihm um, und er gab einen erstickten Laut von sich, als sich die Luft in seiner Umgebung mit einem Mal zu dicker Gelatine verfestigte. Er schwebte in die Luft empor, bis seine Stiefel gut einen Schritt über dem Boden baumelten. *Oh, seng mich, die Macht! Nun habe ich befürchtet, daß die verfluchten Aes Sedai die verfluchte Macht gegen mich einsetzen würden, und jetzt tun es die verdammten Frauen, die ich retten wollte! Seng mich!*

»Du verstehst überhaupt nichts, Matrim Cauthon«, sagte Egwene mit harter Stimme.

»Und bis du verstehst«, sagte Nynaeve noch nervöser, »schlage ich vor, du behältst deine Meinung für dich.«

Elayne begnügte sich mit einem Blick, der ihn an den seiner Mutter erinnerte, wenn sie hinausging, um eine Rute vom Busch abzuschneiden.

Aus irgendeinem Grund ertappte er sich dabei, sie genauso anzugrinsen wie einst seine Mutter. Das hatte ihm dann so manches Mal eine Tracht Prügel eingebracht. *Seng mich, wenn sie das fertigbringen, verstehe ich nicht, wie man sie zuerst einsperren konnte!* »Was ich verstehe ist, daß ich euch aus etwas herausgeholt habe, was ihr selbst nicht schaffen konntet, und ihr zeigt soviel Dankbarkeit wie ein verfluchter Mann aus Taren-Fähre, der Zahnweh hat!«

»Du hast recht«, antwortete Nynaeve, und plötzlich knallten seine Stiefel so hart auf den Boden, daß seine Zähne aufeinanderschlugen. Aber er konnte sich wieder bewegen. »So sehr es mich schmerzt, das zugeben zu müssen, aber du hast recht, Mat.«

Er war versucht, darauf etwas Sarkastisches zu entgegnen, aber in ihrer Stimme lag gerade soviel Entschuldigung, daß er es auf sich beruhen ließ. »Können wir jetzt gehen? Da die Kämpfe überall weitergehen, glaubt Sandar, daß er und ich euch durch ein kleines Tor in der Nähe des Flusses hinausbringen können.«

»Ich gehe aber noch nicht, Mat«, sagte Nynaeve.

»Ich will Liandrin finden und ihr die Haut abziehen«, sagte Egwene, und es klang beinahe so, als meine sie das ernst.

»Alles, was ich will«, sagte Elayne, »ist Joyia Byir zu verprügeln, bis sie quiekt, aber eine der anderen tut es auch.«

»Seid ihr alle taub?« grollte er. »Dort draußen ist eine Schlacht im Gange! Ich kam her, um euch zu retten, und das werde ich auch tun!« Egwene tätschelte seine Wange, als sie an ihm vorbeiging, und Elayne tat es ihr nach. Nynaeve schniefte bloß. Er blickte ihnen mit offenem Mund nach. »Warum habt Ihr denn nichts gesagt?« fuhr er den Diebfänger an.

»Ich habe gesehen, was Euch das Reden einbrachte«, sagte Sandar schlicht. »Ich bin doch kein Narr.«

»Also, ich will nicht gerade mitten in einer Schlacht herumhocken!« schrie er den Frauen nach. Sie verschwanden eben durch eine kleine, verschlossene Tür. »Ich haue ab, versteht ihr?« Sie blickten noch nicht einmal zurück. *Sie werden dort draußen wahrscheinlich umgebracht! Irgend jemand steckt ihnen ein Schwert in die Rippen, während sie gerade woanders hinschauen!* Knurrend legte er sich den Bauernspieß auf die Schulter und ging ihnen hinterher. »Wollt Ihr nur hier herumstehen?« rief er dem Diebfänger zu. »Ich bin nicht von soweit hergekommen, um sie jetzt umbringen zu lassen!«

Sandar holte ihn in dem Raum mit den Peitschen ein. Die drei Frauen waren schon weg, aber Mat hatte das Gefühl, sie würden bestimmt unschwer zu finden sein. *Ich muß bloß Männer finden, die verflucht in der Luft herumhängen! Verdammte Weiber!* Er beschleunigte seine Schritte zum Trab.

Perrin schritt grimmig entschlossen durch die Gänge des Steins und suchte nach irgendeinem Anzeichen von Faile. Mittlerweile hatte er sie noch zweimal gerettet. Einmal hatte er sie aus einem eisernen Käfig herausgeholt, ähnlich dem des Aiels in Remen, und einmal hatte er eine stählerne Truhe mit dem Zeichen des Falken an der Seite aufgebrochen, in der sie lag. Beide Male hatte sie sich in Luft aufgelöst, nachdem sie seinen Namen genannt hatte. Springer trabte an seiner Seite und prüfte die Luft. So scharf Perrins Geruchssinn war – der des Wolfs war noch besser. Es war Springer gewesen, der sie zu der Truhe geführt hatte.

Perrin fragte sich, ob er sie wohl je in Wirklichkeit befreien könne. Nun hatte er, wie es schien, schon lange kein Zeichen mehr von ihr entdeckt. Die Gänge des Steins waren leer, die Lampen brannten, an den Wänden hingen Gobelins und Waffen, aber außer Springer und ihm selbst rührte sich nichts. *Und ich glaube, das muß Rand gewesen sein.* Er hatte nur einen flüchtigen Blick erhascht, einen Mann, der dahinrannte, als verfolge er jemanden. *Das kann er doch nicht gewesen sein. Es kann nicht sein, aber ich glaube doch, daß er es war.*

Springer lief plötzlich schneller und hielt auf eine weitere hohe Tür zu, diesmal mit Bronze ausgekleidet. Perrin bemühte sich, mit ihm Schritt zu halten, stolperte und fiel auf die Knie. Er streckte gerade rechtzeitig die Hand aus, um nicht aufs Gesicht zu fallen. Schwäche überfiel ihn, als bestünden all seine Muskeln nur noch aus Wasser. Auch nachdem sich dieses Gefühl wieder gelegt hatte, raubte es ihm einen Teil seiner Kraft. Es kostete ihn Mühe, wieder auf die Beine zu kommen. Springer hatte sich umgedreht und blickte ihn an.

Du bist zu sehr hier drüben, Junger Bulle. Das Fleisch wird schwächer. Du kümmerst dich nicht genug darum, an deinem Fleisch festzuhalten. Bald werden Fleisch und Traum miteinander sterben.

»Suche sie«, sagte Perrin. »Das ist alles, was ich will. Suche Faile.«

Gelbe Augen trafen auf gelbe Augen. Der Wolf drehte sich um und trabte zu der Tür hin. *Hier durch, Junger Bulle.*

Perrin erreichte die Tür und drückte dagegen. Sie rührte sich nicht. Es schien keinen Weg zu geben, sie zu öffnen: keine Klinke, nichts, woran er sie packen konnte. In das Metall war ein feines Muster eingeätzt, so fein, daß selbst seine Augen es kaum erkennen konnten. Falken. Tausende winziger Falken.

Sie muß hier sein. Ich glaube nicht, daß ich es noch viel länger aushalte. Mit einem Aufschrei schwang er seinen Hammer und ließ ihn gegen die Bronzetür donnern. Es klang wie ein großer Gong. Wieder schlug er zu, und der Ton des Aufschlags wurde tiefer. Ein dritter Schlag, und die Bronzetür zersplitterte wie Glas.

Drinnen, hundert Schritt von der zersplitterten Tür entfernt, saß ein Falke an eine Stange gekettet inmitten eines Lichtkreises. Der Rest des riesigen Raumes war von Dunkelheit erfüllt, von Dunkelheit und einem schwachen Rascheln wie von hundert Flügeln.

Er tat einen Schritt in den Raum hinein, und ein Falke flatterte mit ausgestreckten Krallen auf ihn zu. Die Krallen streiften im Vorbeiflug sein Gesicht. Er warf einen Arm über seine Augen. Krallen rissen an seinem Unterarm. Dann taumelte er auf den Vogelsitz zu. Wieder und wieder griffen nun die Vögel an. Falken tauchten ab, schlugen mit ihren Krallen zu, rissen an ihm, aber er schwankte schwerfällig weiter. Blut rann ihm über Schultern und Arme, besonders über den Arm, den er sich zum Schutz vor die Augen hielt. Den Blick hatte er stur auf den Falken in der Mitte des Lichtkreises gerichtet. Er hatte den Hammer verloren; wo, wußte er nicht. Aber er wußte, wenn er zurückgehen würde, ihn zu suchen, käme er ums Leben, bevor er ihn noch fand.

Als er den Vogelsitz erreichte, trieben ihn die zuschlagenden Krallen auf die Knie nieder. Unter seinem Arm hervor sah er den Falken auf der Stange an, und sie starrte mit lidlosen, dunklen Augen zurück. Die Kette, die ihr Bein festhielt, war an der Stange mit einem kleinen Schloß in Form eines Igels befestigt. Er packte die Kette mit beiden Händen. Nun achtete er nicht mehr auf die anderen Falken. Ein Wirbelwind messerscharfer Klauen umgab ihn. Mit letzter Kraft zerriß er die Kette. Der Schmerz und die Falken brachten Dunkelheit über ihn.

Er öffnete die Augen, und entsetzlicher Schmerz überfiel ihn, als hätte man mit tausend Messern sein Gesicht, die Arme und Schultern zerschnitten. Es spielte keine Rolle. Faile beugte sich über ihn. Diese dunklen, schräggestellten Augen blickten besorgt drein. Sie wischte sein Gesicht mit einem bereits blutgetränkten Lappen ab.

»Mein armer Perrin«, sagte sie leise. »Mein armer Schmied. Du bist so schlimm verletzt.«

Mit einer Anstrengung, die ihn weitere Schmerzen kostete, drehte er den Kopf. Er befand sich in dem kleinen Speiseraum im ›Stern‹, und in der Nähe eines Tischbeins lag ein holzgeschnitzter Igel, der nun in zwei Teile zerbrochen war. »Faile«, flüsterte er ihr zu. »Mein Falke.«

Rand befand sich immer noch im Herzen des Steins, aber es war verändert. Hier kämpften keine Männer, es lagen keine Toten herum, und er war ganz allein. Plötzlich ertönte der Klang eines großen Gongs durch den Stein, dann wieder, und selbst die Steine unter seinen Sohlen erzitterten. Ein drittes Mal dröhnte es, und dann brach das Geräusch abrupt ab, als sei der Gong zersprungen. Alles war ruhig.

Wo bin ich hier? fragte er sich. *Noch wichtiger, wo ist Ba'alzamon?*

Als Antwort schoß zwischen den Säulen ein flammender Lichtschein hervor und genau auf seine Brust zu, ein Lichtbalken wie der Moiraines zuvor. Instinktiv drehte er sein Handgelenk mitsamt dem Schwert. Es war Instinkt und vielleicht noch etwas anderes, was ihn dazu brachte, in diesem Augenblick einen Strom *Saidins* in *Callandor* zu leiten, eine Machtflut, die das Schwert heller aufglühen ließ als selbst dieser auf ihn zuschießende Lichtstrahl. Sein unsicheres Gleichgewicht zwischen Existenz und Zerstörung kam ins Wanken. Sicherlich würde ihn dieser Strom mit verschlingen.

Der Lichtstrahl traf auf *Callandor* und wurde von dessen Schneide gespalten. Auf jeder Seite schoß ein Strahl vorbei. Er spürte, wie sein Mantel versengt wurde und wie die Wolle zu brennen begann. Hinter ihm trafen die beiden Arme aus gefrorenem Feuer, aus flüssigem Licht, auf riesenhafte Sandsteinsäulen. Wo sie auftrafen, hörte der Stein zu existieren auf. Die brennenden Strahlen bohrten sich hindurch zu weiteren Steinsäulen, die das gleiche Schicksal erlitten. Das Herz des Steins grollte, als die Säulen umstürzten und in Staubwolken zerschmettert wurden. Ein Regen von Steinsplittern stob durch den Saal. Was aber direkt in den Lichtstrahl geriet, das … war einfach nicht mehr.

Aus dem Schatten ertönte ein wütendes Grollen, und der flammende Strahl rein weißer Hitze erlosch.

Rand schwang *Callandor,* als wolle er etwas direkt vor sich treffen. Der weiße Lichtschein, der die Form der Klinge verbarg, flammte hinaus und durchschnitt die Sandsteinsäule, hinter der das Grollen ertönt war. Der matt schimmernde Stein wurde wie Seide zerschnitten. Die durchtrennte Säule wankte. Ein Teil

davon brach ab und stürzte von der Decke herab. Unten zerplatzte er in riesige, gezackte Brocken, die auf dem Fußboden zu liegen kamen. Als das Poltern verflogen war, hörte er weiter hinten das Geräusch von Stiefeln auf dem Steinboden. Fliehende Schritte.

Callandor kampfbereit in der Hand, eilte Rand hinter Ba'alzamon her.

Der hohe Torbogen, der aus dem Herzen hinausführte, brach zusammen, als er ihn gerade erreichte. Die gesamte Wand stürzte in Staubwolken und einem Regen von Steinbrocken zusammen, der drohte, ihn zu begraben. Er lenkte die Macht darauf, und alles wurde zu in der Luft schwebendem Staub. Er lief weiter. Er wußte nicht genau, was er gemacht hatte und wie, aber er hatte keine Zeit zum Nachdenken. Er jagte Ba'alzamons sich entfernenden Schritten hinterher, deren Echo in den Gängen des Steins ertönte.

Myrddraal und Trollocs erschienen plötzlich aus dem Nichts heraus, riesige, bestialische Gestalten mit haßverzerrten Gesichtern, Hunderte, und so füllten sie den Gang vor ihm und hinter ihm. Sichelähnliche Schwerter und solche aus tödlich-schwarzem Stahl verlangten nach seinem Blut. Ohne zu wissen, wie, verwandelte er sie in Dunst, der sich vor ihm teilte und verschwand. Die ihn umgebende Luft wurde zu stickigem Ruß, der seine Nase verstopfte, ihm den Atem raubte, aber er ließ die Luft wieder frisch und kühl werden. Flammen loderten aus dem Boden unter seinen Füßen empor, brachen aus Wänden und Decke, wütende Feuerzungen, die Gobelins und Läufer verzehrten, Tische und Truhen zu Aschehaufen verbrannten, Zierrat und Lampen vor sich zu Tropfen geschmolzenen, brennenden Goldes reduzierten. Er zerschlug die Feuer, verfestigte sie zu einer roten Glasur auf dem Steinboden.

Die ihn umgebenden Steine wurden durchscheinend wie Nebel; der Stein verblaßte. Die Wirklichkeit erbebte. Er konnte spüren, wie sie sich abwickelte, wie er selbst seinen Lebensfaden abwickelte. Er wurde aus dem Hier herausgestoßen an irgendeinen anderen Ort, wo überhaupt nichts existierte. *Callandor* flammte in seinen Händen wie die Sonne, bis er glaubte, es werde schmelzen. Er glaubte auch, er selbst werde im Strom der Einen Macht schmelzen, der ihn durchfloß. Diese Flut lenkte er irgendwie dorthin, wo er das Loch wieder verschloß, das sich um ihn herum geöffnet hatte, so daß er sich auf der Seite des Seins halten konnte. Der Stein wurde wieder fest und undurchsichtig.

Er konnte sich nicht einmal vorstellen, was er da eigentlich tat. Die Eine Macht wütete in ihm, bis er sich selbst kaum mehr kannte, bis er kaum noch er selbst war, bis das, was er selbst war, kaum noch existierte. Sein unsicheres Gleichgewicht wankte. Zu beiden Seiten drohte ein endloser Absturz, das Ausgelöschtwerden durch die Macht, die aus ihm in das Schwert floß. Nur in dem Tanz auf der Schneide der Rasierklinge lag noch etwas wie Sicherheit, wenn auch nicht viel. *Callandor* leuchtete in seiner Faust, bis es ihm schien, als trüge er die Sonne selbst. Undeutlich flackerte in ihm wie die Flamme einer Kerze im Sturm das sichere Gefühl, daß er alles vollbringen könne, solange er *Callandor* hielt. Alles.

Er jagte durch endlose Korridore, tanzte auf der Rasierklinge entlang, jagte denjenigen, der ihn töten wollte, den er töten mußte. Diesmal konnte es keinen anderen Ausgang geben. Diesmal *mußte* einer von ihnen beiden sterben. Daß das auch Ba'alzamon wußte, war klar. Immer weiter floh er, immer befand er sich gerade noch außer Sicht, so daß nur die Geräusche seiner Flucht Rand weiterlockten, doch selbst auf der Flucht verwandte er diesen Stein von Tear, der nicht der echte Stein von Tear war, gegen Rand, und Rand kämpfte instinktiv, vorausahnend und mit der

Hilfe des Zufalls dagegen an, kämpfte und rannte diese Messerschneide in vollkommenem Gleichklang mit der Macht entlang, dem Werkzeug und der Waffe, die ihn verschlingen würde, sollte er versagen.

Wasser füllte die Säle von oben bis unten, dick und schwarz wie am Grund des Meeres, und nahm ihm die Luft. Er verwandelte es wieder in Luft, ganz unbewußt, und jagte weiter. Plötzlich gewann die Luft an Gewicht, bis es ihm schien, als drücke ein ganzer Berg auf jede Stelle seines Körpers, als werde er von allen Richtungen gleichzeitig zerquetscht. In jenem Moment, bevor er vollkommen zu nichts zermalmt wurde, wählte er bestimmte Fluten aus dem Strom der Macht aus, der in ihm wütete, und der Druck verschwand augenblicklich, ohne daß ihm bewußt gewesen wäre, wie oder warum und welchen Strang er erwählt hatte; dazu war alles zu schnell gegangen. Er verfolgte Ba'alzamon, und die Luft selbst wurde mit einemmal zu festem Stein, der ihn einschloß. Dann schmolz der Stein, und schließlich war überhaupt nichts mehr da, was seine Lunge füllte. Der Boden unter seinen Füßen zog ihn an, als wöge ein Pfund plötzlich tausend, und dann verflog alles Gewicht so schnell, daß ein einziger Schritt ihn in die Luft hinauf wirbelte. Ein unsichtbarer Schlund öffnete sich und wollte ihm den Verstand aus dem Körper zerren, ihm die Seele selbst entreißen. Er überwand jede Falle und rannte weiter. Was Ba'alzamon auch verformte, um ihn zu vernichten, das heilte er, ohne sich dessen bewußt zu sein. Irgendwie war ihm schon klar, daß er vieles wieder ins natürliche Gleichgewicht brachte, Dinge durch seinen Tanz auf der unmöglich feinen Trennlinie zwischen Existenz und dem Nichts wieder richtete, aber dieses Bewußtsein war nur ganz schwach ausgeprägt. Seine ganze Aufmerksamkeit galt der Verfolgung, der Jagd, dem Tod, der an ihrem Ende stehen mußte.

Und dann befand er sich wieder im Herzen des Steins und schritt durch die mit Trümmern übersäte Bresche, wo einst eine Wand gestanden hatte. Einige Säulen hingen jetzt schief wie abgebrochene Zähne in der Halle. Und Ba'alzamon zog sich vor ihm zurück. Seine Augen flammten, und Schatten hüllten ihn ein. Schwarze Linien wie Stahldrähte zogen sich von Ba'alzamon ausgehend in die Dunkelheit hinein, die sich dort aufbaute, und verschwanden in unvorstellbare Höhen und Entfernungen innerhalb dieser Schwärze.

»Ich lasse mich nicht auflösen!« schrie Ba'alzamon. Sein Mund war Feuer; sein Schrei warf Echos zwischen den Säulen. »Ich kann nicht besiegt werden! Kommt mir zur Hilfe!« Einiges von der ihn einhüllenden Dunkelheit waberte in seine Hände, und er formte daraus eine so schwarze Kugel, daß sie sogar das von *Callandor* ausgehende Licht aufsaugte. Plötzlicher Triumph erglühte aus den Flammen seiner Augen.

»Du wirst vernichtet!« rief Rand. *Callandor* wirbelte in seinen Händen. Sein Licht drückte die Dunkelheit zurück, zerschnitt die stahlschwarzen Fäden um Ba'alzamon, und der wand sich in Krämpfen. Als existierten zwei Ba'alzamons gleichzeitig, schien er zu schrumpfen und im gleichen Moment zu wachsen. »Du wirst aufgelöst!« Rand stieß die leuchtende Klinge in Ba'alzamons Brust.

Ba'alzamon schrie, und die Feuer seines Gesichts flammten wild. »Narr!« heulte er. »Den Großen Herrn der Dunkelheit kann niemand jemals besiegen!«

Rand zog *Callandors* Klinge aus Ba'alzamons Körper heraus, und er sackte herunter und begann zu fallen. Der ihn umgebende Schatten verschwand.

Und plötzlich befand sich Rand in einem anderen Herzen des Steins, umgeben von unbeschädigten Säulen und Männern, die schrien und starben, verschleierten Männern und gerüsteten mit Brustpanzern und Helmen. Moiraine lag immer noch zusammengebrochen am Sockel einer Sandsteinsäule. Und zu Rands Füßen lag die Leiche eines Mannes, der mit einem durch die Brust gebrannten Loch auf dem Rücken lag. Es wäre vielleicht ein gutaussehender Mann von mittleren Jahren gewesen, aber wo sich Augen und Mund befinden sollten, klafften bei ihm nur Löcher, aus denen sich schwarze Rauchwölkchen erhoben.

Ich habe es geschafft, dachte er. *Ich habe Ba'alzamon getötet, Shai'tan getötet. Ich habe die Letzte Schlacht gewonnen. Licht, ich bin wirklich der Wiedergeborene Drache! Der Zerstörer ganzer Nationen, der Zerstörer der Welt! Nein! Ich will das Zerstören und das Töten beenden! Ich WERDE es beenden!*

Er erhob *Callandor* über seinen Kopf. Silberne Blitze schlugen aus der Klinge, gezackte Strahlen, die zu der großen Kuppel über ihnen emporschossen. »Haltet ein!« schrie er. Das Kämpfen hörte auf; die Männer sahen ihn staunend an, über schwarze Schleier hinweg oder unter den Rändern runder Helme hervor. »Ich bin Rand al'Thor!« rief er, und seine Stimme dröhnte durch den riesigen Saal. »Ich bin der Wiedergeborene Drache!« *Callandor* leuchtete in seiner Hand.

Einer nach dem anderen, verschleiert oder mit Helm, knieten die Männer vor ihm nieder und riefen: »Der Drache ist Wiedergeboren! Der Drache ist Wiedergeboren!«

KAPITEL 24

Das Volk des Drachen

Überall in der Stadt Tear erwachten die Menschen im Morgengrauen und erzählten von den Träumen dieser Nacht. Sie hatten geträumt, daß der Drache im Herzen des Steins gegen Ba'alzamon kämpfte, und als sie ihre Augen zu der großen Festung des Steins erhoben, da erblickten sie eine neue Flagge, die am höchsten Punkt im Wind flatterte. Auf weißem Untergrund wand sich dort die Gestalt einer großen Schlange mit roten und goldenen Schuppen, mit einer goldenen Löwenmähne und vier Beinen. Jedes der Beine endete in fünf goldenen Klauen. Männer kamen halb betäubt und verängstigt vom Stein herunter und erzählten mit gedämpfter Stimme von dem, was in dieser Nacht geschehen war. Dann strömten Männer und Frauen durch die Straßen und weinten, als sie von der Erfüllung der Prophezeiung sprachen.

»Der Drache!« riefen sie. »Al'Thor! Der Drache! Al'Thor!«

Mat spähte durch eine Schießscharte hoch oben an der Seite des Steins auf die Stadt hinunter und schüttelte den Kopf, als er dem Chor der Stimmen lauschte, der sich wellenförmig aus dem Häusermeer erhob. *Na ja, vielleicht ist er es wirklich.* Er hatte immer noch daran zu kauen, daß Rand wirklich hier war.

Jeder im Stein schien den Leuten unten beizupflichten, oder falls nicht, ließen sie es sich nicht anmerken. Er hatte Rand seit letzter Nacht nur einmal gesehen, wie er mit *Callandor* in der Hand durch einen Gang geschritten war. Dabei umringten ihn ein Dutzend verschleierter Aiel, und hinter ihm lief ein Rattenschwanz von Bewohnern des Steins: eine ganze Reihe der Verteidiger und die meisten der überlebenden Hochlords. Die letzteren schienen im Mindestfall damit zu rechnen, daß Rand ihre Hilfe benötigen werde, um die Welt zu regieren. Die Aiel hielten alle mit scharfen Blicken zurück, und falls notwendig, streckten sie die Speere vor. Sie glaubten ganz sicher, daß Rand der Drache sei, obwohl sie ihn bei einem anderen Namen nannten: Der Mit Der Morgendämmerung Kommt. Es befanden sich beinahe zweihundert Aiel im Stein. Sie hatten ein Drittel ihrer Kämpfer während der Auseinandersetzungen verloren, aber sie hatten zehnmal mehr Verteidiger getötet oder gefangengenommen.

Als er sich von der Schießscharte abwandte, fiel sein Blick auf Rhuarc. An einem Ende des Raums stand ein hohes, eigenartiges Regal. Zwei holzgeschnitzte, glänzende Räder aus einem dunkel geäderten Holz hielten das Ganze. Dazwischen war das Regal mit allen Bücherborden aufgehängt, so, daß die Bretter waagrecht hängen blieben, wenn die Räder bewegt wurden. Auf jedem Brett lag ein großes, in Gold gebundenes Buch. Auf den Umschlägen glitzerten Edelsteine. Der Aiel hatte eines der Bücher geöffnet und las darin. Irgendwelche Abhandlungen, dachte sich Mat. *Wer hätte geglaubt, daß ein Aiel Bücher liest? Wer hätte geglaubt, daß ein Aiel überhaupt blutig lesen kann?*

Rhuarc blickte in seine Richtung. Es war ein selbstbewußter Blick aus kalten, blauen Augen. Mat blickte schnell wieder weg, bevor der Aiel seine Gedanken von seinem Gesicht ablesen konnte. *Wenigstens trägt er keinen Schleier, dem Licht sei Dank! Seng mich, diese Aviendha hätte mir ja beinahe den Kopf abgerissen, als ich sie fragte, ob sie auch ohne Speer tanzen könne.* Bain und

Chiad waren auch wieder eine Sache für sich. Sie waren wirklich hübsch und mehr als freundlich, aber er brachte es niemals fertig, mit der einen zu sprechen, ohne daß die andere dabei war. Die männlichen Aiel schienen seine Bemühungen, mit einer allein zu reden, amüsant zu finden, und Bain und Chiad wohl offensichtlich auch. *Frauen sind so schon eigenartig, aber neben diesen Aiel-Frauen ist das ja noch normal, was mir bisher eigenartig erschien!*

Der große Tisch in der Mitte des Raums war wunderbar geschnitzt und an den Kanten und den dicken Tischbeinen vergoldet. Er war für die Versammlungen der Hochlords bestimmt gewesen. Moiraine saß auf einem der thronähnlichen Stühle. In dessen hochaufragende Lehne war das Halbmondwappen von Tear mit Gold, geschliffenen Karneolen und Perlmutt eingelegt. Egwene, Nynaeve und Elayne saßen nahe bei ihr.

»Ich kann immer noch nicht glauben, daß Perrin hier in Tear ist«, sagte Nynaeve gerade. »Seid Ihr sicher, daß es ihm gutgeht?«

Mat schüttelte den Kopf. Er hätte an sich erwartet, daß Perrin letzte Nacht mit den anderen oben im Stein gekämpft hätte. Der Schmied war immer schon tapferer als andere Verrückte gewesen.

»Es ging ihm gut, als ich ihn verließ.« Moiraines Antwort klang ernst. »Ob dem immer noch so ist, weiß ich nicht. Seine ... Begleitung befindet sich in erheblicher Gefahr, und es könnte sein, daß er den Kopf in dieselbe Schlinge gesteckt hat.« »Seine Begleitung?« fragte Egwene in scharfem Ton. »Wa ..., wer ist denn Perrins Begleiter?«

»Welche Gefahr?« wollte Nynaeve wissen.

»Nichts, worüber Ihr euch die Köpfe zerbrechen müßtet«, sagte die Aes Sedai gelassen. »Ich werde in Kürze hingehen und mich um sie kümmern. Ich habe das nur hinausgeschoben, um Euch dies hier zu zeigen, das ich unter den *Ter'Angreal* und anderen Gegenständen gefunden habe, die mit der Einen Macht zusammenhängen und die von den Hochlords im Laufe der Zeit gesammelt wurden.« Sie nahm etwas aus ihrer Gürteltasche und legte es vor sich auf den Tisch. Es war eine Scheibe von der Größe einer Männerhand, anscheinend aus zwei aneinandergelegten Tränen geformt, die eine pechschwarz und die andere schneeweiß.

Mat erinnerte sich dunkel daran, daß er bereits andere Scheiben dieser Art gesehen hatte. Uralt, genau wie diese, aber zerbrochen, während diese ganz war. Drei hatte er bisher zu Gesicht bekommen; nicht alle zusammen, sondern in Bruchstücken. Aber das konnte an sich gar nicht sein, denn sie bestanden aus *Cuendillar,* das von keiner Macht der Welt, nicht einmal von der Einen Macht, zerstört werden konnte.

»Eines der sieben Siegel, mit denen Lews Therin Brudermörder und die Hundert Gefährten das Gefängnis des Dunklen Königs verschlossen«, sagte Elayne und nickte, als wolle sie sich das selbst bestätigen.

»Genauer gesagt«, warf Moiraine ein, »ist es ein Zentrum eines der Siegel. Aber im wesentlichen habt Ihr schon recht. Während der Zerstörung der Welt hat man sie verstreut und zur Sicherheit verborgen. Seit den Trolloc-Kriegen waren sie tatsächlich verschwunden.« Sie schniefte. »Ich höre mich schon wie Verin an.«

Egwene schüttelte den Kopf. »Ich denke, wir mußten wohl erwarten, eines hier vorzufinden. Schon zweimal hat Rand Ba'alzamon gegenübergestanden, und beide Male war zumindest eines der Siegel gegenwärtig.«

»Und dieses ist nicht zerbrochen«, sagte Nynaeve. »Zum erstenmal ist das Siegel unzerstört. Als spiele das jetzt noch eine Rolle.«

»Glaubt Ihr, es spiele keine Rolle mehr?« Moiraines Stimme klang gefährlich ruhig, und die anderen Frauen runzelten die Stirn, als sie so zu ihnen sprach.

Mat rollte die Augen. Sie redeten nur von unwichtigen Dingen. Es gefiel ihm nicht besonders, daß er kaum zwanzig Fuß entfernt von dieser Scheibe stand, nun, da er wieder wußte, was das war, ganz gleich, wieviel *Cuendillar* wert war, aber… »Entschuldigung«, sagte er.

Sie drehten sich alle um und sahen ihn an, als habe er etwas Wichtiges unterbrochen. *Seng mich! Hol sie aus einer Gefängniszelle heraus, rette ihnen ein dutzendmal das Leben, bevor die Nacht vorüber ist, und dann funkeln sie einen genauso böse an wie die verfluchten Aes Sedai! Na ja, sie haben sich ja auch keineswegs bei mir bedankt, oder? Man hätte denken können, ich steckte meine Nase in Dinge, die mich nichts angingen, anstatt verdammte Verteidiger davon abzuhalten, ihnen ein Schwert in den Leib zu rammen.* Laut sagte er nur milde: »Es macht Euch doch nichts aus, wenn ich eine Frage stelle, oder? Ihr habt immer nur über dieses Aes Sedai… äh… Sachen gesprochen, und keine hat sich die Mühe gemacht, mir etwas zu erklären.«

»Mat?« sagte Nynaeve warnend und zog dabei an ihrem Zopf, aber Moiraine warf ruhig und nur mit ein klein wenig Ungeduld in der Stimme ein: »Was möchtet Ihr denn wissen?«

»Ich möchte wissen, wie all dies überhaupt sein kann.« Er wollte in ganz sanftem Ton sprechen, doch dann redete er sich heiß: »Der Stein von Tear ist gefallen! Die Prophezeiungen sagten, das werde niemals geschehen, bis das Volk des Drachen käme. Heißt das etwa, *wir* sind das verdammte Volk des Drachen? Ihr, ich, Lan und ein paar hundert verdammte Aiel?« Er hatte den Behüter in dieser Nacht ebenfalls gesehen. Er hatte keinen großen Unterschied entdecken können, wer tödlicher war – Lan oder die Aiel. Als sich

Rhuarc aufrichtete und ihn anblickte, fügte er hastig hinzu: »Ach, tut mir leid, Rhuarc. Nur ein verbaler Ausrutscher.«

»Möglicherweise«, sagte Moiraine bedächtig. »Ich kam, um Be'lal davon abzuhalten, Rand zu töten. Ich hatte den Fall des Steins von Tear nicht erwartet. Vielleicht sind wir das. Prophezeiungen erfüllen sich, wie es bestimmt ist, und nicht, wie wir es für richtig halten.«

Be'lal. Mat schauderte. Er hatte letzte Nacht schon diesen Namen gehört, und im hellen Tageslicht gefiel er ihm auch nicht besser. Wenn er gewußt hätte, daß einer der Verlorenen frei war und auch noch hier im Stein, dann hätte er sich diesem Ort erst gar nicht genähert. Er blickte Egwene, Nynaeve und Elayne an. *Also, ich hätte mich vielleicht trotzdem wie eine verdammte Maus eingeschlichen, aber bestimmt nicht rechts und links Leuten auf den Kopf gehauen!* Sandar war bei Tagesanbruch aus dem Stein geeilt. Wie er behauptete, wollte er Mutter Guenna die Neuigkeiten mitteilen, aber Mat glaubte eher, er wollte sich nur den Blicken der drei Frauen entziehen, die aussahen, als hätten sie sich noch nicht entschieden, was mit ihm geschehen solle.

Rhuarc räusperte sich. »Wenn ein Mann Clanhäuptling werden will, geht er nach Rhuidean im Land der Jenn Aiel, zu dem Clan, den es nicht gibt.« Er sprach leise und sah mehrmals finster den rotgefransten Seidenteppich unter seinen weichen Stiefeln an wie ein Mann, der etwas zu erklären versucht, was er nicht erklären wollte. »Frauen, die Weise Frauen werden wollen, treten diese Reise ebenfalls an, aber falls sie erwählt werden – wenn überhaupt –, halten sie das geheim. Die Männer, die in Rhuidean erwählt werden, die alles überlebt haben, werden am linken Arm gezeichnet. So.«

Er schob den Ärmel seines Mantels und des Hemdes zurück, um seinen linken Unterarm zu enthüllen.

Die Haut dort war viel blasser als die seiner Hände und seines Gesichts. In die Haut eingeätzt, als sei es ein Teil von ihr, war der gleiche rotgoldene Drache wie auf der Flagge über dem Stein. Er zog sich in zwei Bändern um seinen Unterarm.

Der Aiel ließ seinen Ärmel seufzend herunterrutschen. »Der Name wird nicht ausgesprochen, außer unter den Clanhäuptlingen und den Weisen Frauen. Wir sind …« Er räusperte sich wieder, offensichtlich unfähig, es auszusprechen.

»Die Aiel sind das Volk des Drachen«, sagte Moiraine ruhig, aber es klang doch ein wenig überrascht, wie Mat es bei ihr noch nie bemerkt hatte. »Das hatte ich nicht gewußt.«

»Dann ist nun wirklich alles vollbracht«, sagte Mat, »wie es prophezeit wurde. Wir können uns alle ohne weitere Sorgen auf den Weg machen.« *Die Amyrlin wird mich nun nicht mehr brauchen, um in dieses verdammte Horn zu stoßen!*

»Wie kannst du so etwas sagen?« wollte Egwene wissen. »Hast du nicht verstanden, daß die Verlorenen wieder frei sind?«

»Ganz zu schweigen von den Schwarzen Ajah«, fügte Nynaeve grimmig hinzu. »Wir haben hier nur Amico und Joyia gefangen. Elf sind entkommen! Ich möchte gern wissen, wie sie das angestellt haben. Und das Licht allein weiß, wie viele andere wir überhaupt noch nicht kennen.«

»Ja«, sagte Elayne mit genauso harter Stimme. »Ich bin vielleicht noch nicht soweit, einem der Verlorenen gegenüberzutreten, aber ich will wenigstens Liandrin die Haut abziehen!«

»Natürlich«, sagte Mat verbindlich. »Sicher.« *Sind die verrückt geworden? Sie wollen die Schwarzen Ajah* und *die Verlorenen fangen?* »Ich meinte nur, daß das schwerste Stück Arbeit getan ist. Der Stein ist an das Volk des Drachen gefallen, Rand hat *Callandor*, und

Shai'tan ist tot.« Moiraines Blick war so hart, daß er glaubte, der ganze Stein bebe einen Moment lang.

»Schweigt still, Ihr Narr!« sagte die Aes Sedai mit einer Stimme, die in ihn schnitt wie ein Messer. »Wollt Ihr seine Aufmerksamkeit auf Euch lenken, indem Ihr den Dunklen König beim Namen nennt?«

»Aber er ist tot!« protestierte Mat. »Rand hat ihn getötet. Ich habe die Leiche gesehen!« *Und wie die gestunken hat! Ich hätte nicht gedacht, daß etwas so schnell verwesen kann*

»Ihr habt ›die Leiche‹ gesehen«, wiederholte Moiraine mit spöttisch verzogenem Mund. »Die Leiche eines Mannes. Nicht den Dunklen König, Mat.«

Er blickte Egwene und die beiden anderen Frauen hilfesuchend an. Sie wirkten genauso verwirrt wie er. Rhuarc sah aus, als habe er gerade erfahren, daß eine gewonnene Schlacht in Wirklichkeit noch nicht einmal ausgetragen worden war. »Wer war das dann?« wollte Mat wissen. »Moiraine, mein Gedächtnis weist Lükken auf, in die ein ganzer Wagen mitsamt dem Gespann hineinpaßt, aber ich erinnere mich genau daran, wie Ba'alzamon in meinen Träumen war. Ich weiß es noch genau! Seng mich, ich glaube nicht, daß ich das jemals vergessen kann! Und ich habe das erkannt, was noch von seinem Gesicht übrig war.«

»Ihr habt Ba'alzamon erkannt«, sagte Moiraine. »Oder vielmehr den Mann, der sich Ba'alzamon nannte. Doch der Dunkle König lebt noch in seinem Verlies unter dem Shayol Ghul, und der Schatten liegt noch immer über dem Muster.«

»Das Licht erleuchte und beschütze uns«, murmelte Elayne mit schwacher Stimme. »Ich glaubte ... ich glaubte, die Verlorenen seien das Schlimmste, worüber wir uns jetzt noch Gedanken machen müßten.«

»Seid Ihr sicher, Moiraine?« fragte Nynaeve. »Rand war sicher – ist immer noch sicher –, daß er den Dunklen König getötet hat. Ihr scheint aber sagen zu wollen, daß Ba'alzamon gar nicht der Dunkle König war. Das verstehe ich nicht. Wie könnt Ihr so sicher sein? Und wenn er nicht der Dunkle König war, wer war er dann?«

»Ich kann aus dem einfachsten aller Gründe sicher sein, Nynaeve. Wie schnell auch die Verwesung fortschritt – es war doch der Körper eines Menschen. Glaubt Ihr, wenn der Dunkle König getötet würde, würde er einen menschlichen Körper zurücklassen? Der Mann, den Rand tötete, *war* ein Mensch. Vielleicht war es der erste der befreiten Verlorenen, oder vielleicht war er auch niemals vollständig gefangen. Das werden wir möglicherweise nie erfahren.«

»Ich ... weiß vielleicht, wer es war.« Egwene brach mit verunsicherter Miene ab. »Zumindest habe ich vielleicht einen Hinweis. Verin zeigte mir eine Seite aus einem alten Buch, in dem Ba'alzamon und Ishamael gemeinsam erwähnt wurden. Es war fast vollständig im Hochgesang geschrieben und beinahe unverständlich, aber ich erinnere mich an etwas wie ›einen Namen, der sich hinter einem anderen Namen verbirgt‹. Vielleicht war Ba'alzamon in Wirklichkeit Ishamael?«

»Möglich«, sagte Moiraine. »Vielleicht war es Ishamael. Aber selbst wenn, dann leben immer noch neun der dreizehn. Lanfear und Sammael und Ravhin und ... pah! Selbst wenn wir wissen, daß zumindest einige dieser neun in Freiheit sind, ist das keineswegs das Wichtigste.« Sie legte eine Hand auf die schwarzweiße Scheibe, die auf dem Tisch lag. »Drei der Siegel sind zerbrochen. Nur vier halten noch. Nur diese vier Siegel stehen zwischen dem Dunklen König und der Welt, und es kann sein, daß er sogar jetzt schon die Welt auf gewisse Weise berühren kann. Welchen Kampf wir auch hier gewonnen haben mögen – Schlacht oder Scharmützel –, es war alles andere als der letzte.«

Mat beobachtete, wie ihre Mienen an Entschlossenheit gewannen – Egwenes und Nynaeves und Elaynes –, langsam, zögernd, aber immer deutlicher, und er schüttelte den Kopf. *Verdammte Frauen! Sie sind alle bereit, weiterzumachen, weiterhin Schwarze Ajah zu jagen, gegen die Verlorenen und gegen den verfluchten Dunklen König zu kämpfen. Na ja, sie sollten nicht glauben, daß ich sie das nächstemal wieder aus der heißen Suppe ziehe. Das sollten sie wirklich nicht glauben!*

Einer der hohen Türflügel öffnete sich, während er überlegte, was er sagen solle, und eine hochgewachsene junge Frau von adliger Haltung betrat den Raum. Sie trug ein Diadem mit einem im Flug befindlichen goldenen Habicht auf der Stirn. Das schwarze Haar fiel ihr bis auf die bleichen Schultern, die von ihrem Kleid aus feinster roter Seide freigelassen wurden, genau wie ein großzügiges Stück ihres, wie Mat feststellte, bewundernswerten Busens. Einen Moment lang musterte sie Rhuarc interessiert mit ihren großen, dunklen Augen, und dann wandte sie sich kühl und majestätisch den Frauen am Tisch zu. Sie schien Mat vollständig zu ignorieren.

»Ich bin nicht gewohnt, daß man mir aufträgt, Botschaften zu überbringen«, verkündete sie und wedelte ein zusammengefaltetes Pergament in einer schmalen Hand.

»Und wer seid Ihr, Kind?« fragte Moiraine.

Die junge Frau richtete sich noch gerader auf, obwohl Mat das für unmöglich gehalten hätte. »Ich bin Berelain, die Erste von Mayene.« Sie warf das Pergament mit einer hochmütigen Geste vor Moiraine auf den Tisch und wandte sich wieder der Tür zu.

»Einen Moment, Kind«, sagte Moiraine und entfaltete das Pergament. »Wer hat Euch das gegeben? Und warum habt Ihr es gebracht, wenn Ihr es nicht gewohnt seid, Botschaften zu überbringen?«

»Ich… weiß nicht.« Berelain stand der Tür zugewandt da. Sie hörte sich erstaunt an. »Sie war ... beeindruckend.« Sie schüttelte sich und schien ihre Selbstachtung wiederzugewinnen. Einen Augenblick lang betrachtete sie leicht lächelnd Rhuarc. »Ihr seid der Führer dieser Aiel-Männer? Euer Kampfeslärm hat meinen Schlaf gestört. Vielleicht dürft Ihr einmal mit mir dinieren. Eines Tages in nächster Zukunft.« Sie blickte sich zu Moiraine um. »Man hat mir mitgeteilt, daß der Wiedergeborene Drache den Stein eingenommen habe. Informiert den Lord Drachen, daß die Erste von Mayene heute abend mit ihm zu speisen wünscht.« Und damit defilierte sie aus dem Raum. Mat konnte es nicht anders beschreiben, so würdevoll wirkte diese Ein-Frau-Prozession.

»*Die* hätte ich gern als Novizin in der Burg.« Egwene und Elayne sagten fast gleichzeitig dasselbe und lächelten sich dann gezwungen an. »Hört mal her«, sagte Moiraine. »›Lews Therin gehörte mir, gehört mir und wird mir immer und ewig gehören. Ich gebe ihn in Eure Hände, um ihn für mich zu hegen, bis ich komme, ihn zu holen.‹ Unterschrieben ist es mit ›Lanfear‹.« Die Aes Sedai richtete ihren kühlen Blick auf Mat. »Und Ihr habt geglaubt, es sei vollbracht? Ihr seid ein *Ta'veren,* Mat, ein Strang, der wichtiger für das ganze Muster ist als die meisten anderen. Ihr seid dem Horn von Valere verbunden. Für Euch ist überhaupt nichts vorüber.«

Sie sahen ihn alle an. Nynaeve wirkte traurig, Egwene blickte ihn an, als habe sie ihn noch nie zuvor gesehen, und Elayne, als warte sie darauf, daß er sich in irgend jemand anderen verwandle. Rhuarc hatte einen gewissen Respekt im Blick, obwohl Mat alles in allem genausogern darauf verzichtet hätte.

»Also gut, selbstverständlich«, sagte er lahm. *Seng mich!* »Ich verstehe schon.« *Ich frage mich, wie schnell*

Thom wieder reisefertig sein kann. Zeit zum Abhauen. Vielleicht kommt Perrin mit. »Ihr könnt auf mich zählen.«

Von draußen erklangen nach wie vor unablässig die Rufe: »Der Drache! Al'Thor! Der Drache! Al'Thor! Der Drache! Al'Thor! Der Drache!«

Und es stand geschrieben, daß keine Hand außer
der seinen das Schwert halten könne, das im
Stein lag, und er zog es hervor und es war
wie Feuer in seiner Hand und sein Ruhm
verbrannte die Welt. So begann es. So singen wir
von seiner Wiedergeburt. So singen wir vom Beginn.

– aus *Do'in Toldara te,*
Lieder des Letzten Zeitalters,
Quarto Neun: Die Legende vom Drachen,
komponiert von BOANNE,
Meisterin aller Gesänge in Taralan,
Viertes Zeitalter

GLOSSAR

VORBEMERKUNG ZUR DATIERUNG

Seit der Zerstörung der Welt waren drei verschiedene Systeme der Zeitrechnung in Gebrauch. Das erste zählte die Jahre Nach der Zerstörung (NZ). Da aber die Jahre der Zerstörung und die darauffolgenden Jahre über fast vollkommenes Chaos herrschte und dieser Kalender erst gut hundert Jahre nach dem Ende der Zerstörung eingeführt wurde, hat man seinen Beginn völlig willkürlich gewählt. Am Ende der Trolloc-Kriege waren so viele Aufzeichnungen vernichtet worden, daß man sich stritt, in welchem Jahr der alten Zeitrechnung man sich überhaupt befand. Deshalb einigte man sich auf einen neuen Kalender, der am Ende dieser Kriege einsetzte und die (scheinbare) Erlösung der Welt von der Bedrohung durch Trollocs feierte. In diesem zweiten Kalender erschien jedes Jahr als sogenanntes Freies Jahr (FJ). Nach weitreichender Zerstörung, Tod und Aufruhr während des Hundertjährigen Krieges entstand ein dritter Kalender. Dieser Kalender zählt die Jahre der Neuen Ära (NÄ) und ist während der geschilderten Ereignisse in Gebrauch.

Aes Sedai (Aies Sehdai): Träger der Einen Macht. Seit der Zeit des Wahnsinns sind alle überlebenden Aes Sedai Frauen. Man mißtraut ihnen und fürchtet, ja haßt sie. Viele geben ihnen die Schuld an der Zerstörung der Welt, und allgemein glaubt man, sie mischten sich in die Angelegenheiten ganzer Staaten ein. Gleichzeitig aber findet man nur wenige Herrscher ohne Aes-Sedai-Berater, selbst in Ländern, wo schon die Existenz einer solchen Verbindung geheimgehalten werden muß. Nach einigen Jahren, in denen sie die Macht gebrauchen, beginnen die Aes Sedai, alterslos zu wirken, so daß auch eine

Aes Sedai, die bereits Großmutter sein könnte, keine Alterserscheinungen zeigt, außer vielleicht ein paar grauen Haaren (*siehe auch:* Ajah; Amyrlin-Sitz).

Aiel (Aiiehl): die Bewohner der Aiel-Wüste. Gelten als wild und zäh. Man nennt sie auch Aielmänner. Vor dem Töten verschleiern sie ihre Gesichter. Das führte zu der Redensart: ›Er benimmt sich wie ein Aiel mit schwarzem Schleier‹, um einen gewalttätigen Menschen zu beschreiben. Sie nehmen kein Schwert in die Hand, sind aber tödliche Krieger, ob mit Waffen oder mit bloßen Händen. Während sie in die Schlacht ziehen, spielen ihre Spielleute Tanzmelodien auf. Die Aielmänner benützen für die Schlacht das Wort ›der Tanz‹ und ›der Tanz der Speere‹ (*siehe auch:* Aiel-Kriegergemeinschaften; Aiel-Wüste).

Aielkrieg (976–78 NÄ): Als König Laman von Cairhien den Avendoraldera fällte, überquerten mehrere Clans der Aiel das Rückgrat der Welt. Sie eroberten und brandschatzten die Hauptstadt Cairhien und viele andere kleine und große Städte im Land. Der Konflikt weitete sich schnell nach Andor und Tear aus. Im allgemeinen glaubt man, die Aiel seien in der Schlacht an der Leuchtenden Mauer vor Tar Valon endgültig besiegt worden, aber in Wirklichkeit fiel König Laman in dieser Schlacht, und die Aiel, die damit ihr Ziel erreicht hatten, kehrten über das Rückgrat der Welt in ihre Heimat zurück (*siehe auch: Avendoraldera,* Cairhien).

Aiel-Kriegergemeinschaften: Alle Aiel-Krieger sind Mitglieder einer der Kriegergemeinschaften. Es gibt z. B. die Steinsoldaten, die Roten Schilde oder die Töchter des Speers. Jede Gemeinschaft hat eigene Gebräuche und manchmal auch ganz bestimmte Pflichten. Zum Beispiel fungieren die Roten Schilde als Polizei. Steinsoldaten schwören oftmals, sich nicht zurückzuziehen, wenn einmal eine Schlacht begonnen hat. Um diesen Eid zu erfüllen, sterben sie, wenn nötig, bis auf den letzten Mann. Die Clans der Aiel bekämpfen sich auch gelegentlich untereinander, aber Mitglieder der gleichen Gemeinschaft kämpfen nicht gegeneinander, selbst wenn ihre Clans im Krieg miteinander liegen. So gibt es jederzeit, sogar während einer offenen kriegerischen Auseinandersetzung, Kontakt zwischen den Clans (*siehe auch:* Aiel-Wüste, *Far Dareis Mai*).

Aiel-Wüste: das rauhe, zerrissene und fast wasserlose Gebiet östlich des Rückgrats der Welt. Nur wenige Außenseiter wagen sich dorthin, nicht nur, weil es für jemanden, der nicht dort geboren wurde, fast unmöglich ist, Wasser zu finden, sondern auch, weil die Aiel sich im ständigen Kriegszustand mit allen anderen Völkern befinden und keine Fremden mögen. Nur fahrende Händler, Gaukler und die Tuatha'an dürfen sich in die Wüste begeben, und sogar ihnen gegenüber sind die Kontakte eingeschränkt. Es sind keine Landkarten der Wüste bekannt.

Ajah: Gesellschaftsgruppen unter den Aes Sedai. Jede Aes Sedai gehört einer solchen Gruppe an. Sie unterscheiden sich durch ihre Farben: Blaue Ajah, Rote Ajah, Weiße Ajah, Grüne Ajah, Braune Ajah, Gelbe Ajah und Graue Ajah. Jede Gruppe folgt ihrer eigenen Auslegung in bezug auf die Anwendung der Einen Macht und die Existenz der Aes Sedai. Zum Beispiel setzen die Roten Ajah all ihre Kraft dazu ein, Männer zu finden und zu beeinflussen, die versuchen, die Macht auszuüben. Eine Braune Ajah andererseits leugnet alle Verbindung zur Außenwelt und verschreibt sich ganz der Suche nach Wissen. Die Weißen Ajah meiden soweit wie möglich die Welt und das weltliche Wissen und widmen sich Fragen der Philosophie und Wahrheitsfindung. Die Grünen Ajah (die man während der Trolloc-Kriege auch Kampf-Ajah nannte) stehen bereit, jeden neuen Schattenlord zu bekämpfen, wenn Tarmon Gai'don naht. Es gibt Gerüchte über eine Schwarze Ajah, die dem Dunklen König dient.

Alanna Mosvani: eine Aes Sedai der Grünen Ajah.

al'Meara, Nynaeve (Almehra, Nainiev): Eine Frau aus Emondsfeld im Distrikt der Zwei Flüsse in Andor. Sie gehört jetzt zu den Aufgenommenen.

Alte Sprache, die: Die vorherrschende Sprache während des Zeitalters der Legenden. Man erwartet im allgemeinen von Adligen und anderen gebildeten Menschen, daß sie diese Sprache erlernt haben. Die meisten aber kennen nur ein paar Worte.

al'Thor, Rand: Ein junger Mann aus Emondsfeld, der einst Schäfer war und nun zum Wiedergeborenen Drachen ausgerufen wurde.

al'Vere, Egwene (Alwier, Egwain): eine junge Frau aus Emondsfeld, die in der Ausbildung zur Aes Sedai steht.

Amalasan, Guaire (Amalasin, Gwär): *siehe* Krieg des Zweiten Drachen.

Amyrlin-Sitz, der: (1.) Titel der Führerin der Aes Sedai. Auf Lebenszeit vom Turmrat, dem höchsten Gremium der Aes Sedai, gewählt; dieser besteht aus je drei Abgeordneten (Sitzende genannt, wie z. B. in ›Sitzende der Grünen‹ …) der sieben Ajahs. Der Amyrlin-Sitz hat, jedenfalls theoretisch, unter den Aes Sedai beinahe uneingeschränkte Macht. Er hat in etwa den Rang einer Königin. Etwas weniger formell ist die Bezeichnung: die Amyrlin. (2.) Thron der Führerin der Aes Sedai.

Anaiya: eine Aes Sedai der Blauen Ajah.

Angreal: ein sehr seltenes Objekt. Es erlaubt einer Person, die die Eine Macht lenken kann, einen stärkeren Energiefluß zu meistern, als das sonst ohne Hilfe und ohne Lebensgefahr möglich ist. Sie sind Relikte des Zeitalters der Legenden. Es ist heute nicht mehr bekannt, wie sie angefertigt wurden. Es existieren nur noch sehr wenige (*siehe auch: Sa'Angreal, Ter'Angreal*).

Atha'an Miere: *siehe* Meervolk, Meerleute.

Aufgenommenen, die: Junge Frauen in der Ausbildung zur Aes Sedai, die eine bestimmte Stufe erreicht und einige Prüfungen bestanden haben. Normalerweise braucht man ca. fünf bis zehn Jahre, um von der Novizin zur Aufgenommenen erhoben zu werden. Die Aufgenommenen sind in ihrer Bewegungsfreiheit weniger eingeschränkt als die Novizinnen, und es ist ihnen innerhalb bestimmter Grenzen sogar erlaubt, eigene Studiengebiete zu wählen. Eine Aufgenommene hat das Recht, einen Großen Schlangenring zu tragen, aber nur am dritten Finger ihrer linken Hand. Wenn eine Aufgenommene zur Aes Sedai erhoben wird, wählt sie ihre Ajah, erhält sie das Recht, deren Stola zu tragen, und darf den

Ring an jedem Finger oder auch gar nicht tragen, je nachdem, was die Umstände von ihr verlangen.

Avendesora: in der alten Sprache der Baum des Lebens. Wird in vielen Geschichten und Legenden erwähnt.

Avendoraldera: ein in Cairhien aus einem *Avendesora*-Keim gezogener Baum. Der Keimling war ein Geschenk der Aiel im Jahre 566 NÄ. Es gibt aber keinen zuverlässigen Bericht über eine Verbindung zwischen den Aiel und *Avendesora* (*siehe auch:* Aielkrieg).

Aviendha (Awi-enda): eine Frau aus dem Bitteres-Wasser-Clan der Taardad Aiel; eine *Far Dareis Mai* – also eine Tochter des Speers.

Aybara, Perrin: ein junger Mann aus Emondsfeld, der früher Gehilfe eines Hufschmieds war.

Ba'alzamon: in der Trolloc-Sprache ›Herz der Dunkelheit‹. Es wird angenommen, dies sei der Trolloc-Name für den Dunklen König (*siehe auch:* Dunkler König; Trollocs).

Baschere, Zarin: eine junge Frau aus Saldaea, die zu den Jägern des Horns gehört. Sie möchte Faiel (fa-iel) genannt werden, was in der Alten Sprache soviel wie ›Falke‹ bedeutet.

Baummörder: Aiel-Bezeichnung für Bewohner Cairhiens, die immer im Tonfall der Entrüstung und des Schrekkens verwendet wird.

Baumsänger: ein Ogier, der die Fähigkeit besitzt, zu den Bäumen zu singen (›Baumlied‹ genannt) und sie damit heilt oder ihnen hilft, zu wachsen und zu blühen, oder der Gegenstände aus ihrem Holz anzufertigen hilft, durch die der Baum nicht beschädigt wird. Auf diese Art hergestellte Objekte werden als ›besungenes Holz‹ bezeichnet und sind sehr gesucht. Es existieren nicht mehr viele Ogier, die Baumsänger sind; das Talent scheint auszusterben.

Behüter: ein Krieger, der einer Aes Sedai zugeschworen ist. Das geschieht mit Hilfe der Einen Macht, und er gewinnt dadurch Fähigkeiten wie schnelles Heilen von Wunden, er kann lange Zeiträume ohne Wasser, Nahrung und Schlaf auskommen und den Einfluß des Dunklen Königs auf größere Entfernung spüren. Solange er am Leben ist, weiß die mit ihm verbundene Aes Sedai, daß er lebt, auch wenn er noch so weit entfernt ist, und sollte er sterben, dann weiß sie den genauen Zeitpunkt und auch den Grund seines Todes. Allerdings weiß sie nicht, wie weit von ihr entfernt er sich befindet oder in welcher Richtung. Die meisten Ajahs gestatten einer Aes Sedai den Bund mit nur einem Behüter. Die Roten Ajah allerdings lehnen die Behüter für sich selbst ganz ab, während die Grünen Ajah eine Verbindung mit so vielen Behütern gestatten, wie die Aes Sedai es wünscht. An sich muß der Behüter der Verbindung freiwillig zur Verfügung stehen, es gab jedoch auch Fälle, in denen der Krieger dazu gezwungen wurde. Welche Vorteile die Aes Sedai aus der Verbindung ziehen, wird von ihnen als streng behütetes Geheimnis behandelt (*siehe auch*: Aes Sedai).

Be'lal: einer der Verlorenen.

Bel Tine (Behltein): Frühlingsfest im Gebiet der Zwei Flüsse, bei dem das Ende des Winters, die erste aufgehende Saat und die Geburt der ersten Lämmer gefeiert werden.

besungenes Holz: *siehe* Baumsänger.

Bittern: ein Musikinstrument mit wahlweise sechs, neun oder zwölf Saiten. Es wird auf die Knie gelegt und gezupft oder mit einem Plektrum angeschlagen.

blocken: der Akt – durchgeführt von einer Aes Sedai –, in dem eine Frau, die sie lenken kann, von der Einen Macht abgenabelt wird. Eine Frau, die geblockt wurde, kann die Wahre Quelle noch fühlen, sie aber nicht mehr berühren. Es ist so selten gewesen, daß man von den Novizinnen verlangt, die Namen und Verbrechen aller Frauen auswendig zu lernen, die jemals geblockt wurden.

Bornhald, Dain: ein Offizier der Kinder des Lichts, der Sohn des Lordhauptmanns Geofram Bornhald, der in Falme auf der Toman-Halbinsel starb.

Byar, Jaret: ein Offizier der Kinder des Lichts.

Caemlyn: die Hauptstadt von Andor.

Cairhien: sowohl eine Nation am Rückgrat der Welt wie auch die Hauptstadt dieser Nation. Die Stadt wurde im Aielkrieg (976–978 NÄ) wie so viele andere Städte und Dörfer niedergebrannt und geplündert. Als Folge wurde sehr viel Agrarland in der Nähe des Rückgrats der Welt aufgegeben, so daß seither große Mengen Getreide importiert werden müssen. Auf den Mord an König Galldrian (998 NÄ) folgten ein Bürgerkrieg unter den Adelshäusern um die Nachfolge auf dem Sonnenthron, die Unterbrechung der Lebensmittellieferungen und eine Hungersnot. Im Wappen führt Cairhien eine goldene Sonne mit vielen Strahlen, die sich vom unteren Rand eines himmelblauen Feldes erhebt.

Callandor: ›Das Schwert, das kein Schwert ist‹ oder ›Das unberührbare Schwert‹. Ein Kristallschwert, das im Stein von Tear aufbewahrt wird in einem Raum, der den Namen ›Herz des Steins‹ trägt. Keine Hand kann es berühren, außer der des Wiedergeborenen Drachen. Den Prophezeiungen des Drachen nach ist eines der wichtigsten Zeichen für die erfolgte Wiedergeburt des Drachen und das Nahen von Tarmon Gai'don, daß der Drache *Callandor* in Besitz nimmt.

Cauthon, Matrim (Mat): ein junger Mann von den Zwei Flüssen.

Chronik, Behüter der: Unter den Aes Sedai ist dies die Stellvertreterin des Amyrlin-Sitzes. Sie fungiert auch als deren Sekretärin. Sie wird von der Vollversammlung auf Lebenszeit gewählt und kommt gewöhnlich aus der gleichen Ajah wie die Amyrlin (*siehe auch:* Amyrlin-Sitz; Ajah).

Cuendillar: auch als Herzstein bekannt. *Siehe:* Herzstein.

dämpfen, Dämpfung: Wenn ein Mann die Anlage zeigt, die Eine Macht zu beherrschen, müssen die Aes Sedai seine Kräfte ›dämpfen‹, also komplett unterdrücken, da er sonst wahnsinnig wird, vom Verderben der *Saidin* getroffen, und möglicherweise schreckliches Unheil mit seinen Kräften anrichten wird. Ein Mann, der einer Dämpfung unterzogen wurde, kann die Eine Macht immer noch spüren, sie aber nicht mehr benützen. Wenn vor der Dämpfung der beginnende Wahnsinn eingesetzt hat, kann er durch den Akt der Dämpfung aufgehalten, jedoch nicht geheilt werden. Hat die Dämpfung früh genug stattgefunden, kann das Leben des Mannes gerettet werden.

Daes Dae'mar: das Große Spiel, auch bekannt als das Spiel der Häuser. Dieser Name wurde den Plänen, Intrigen und Manipulationen der großen Adelshäuser untereinander verliehen. Man legt großen Wert darauf, verdeckt zu arbeiten, auf ein Ziel hinzuarbeiten, während man ein ganz anderes vortäuscht, um ein Ziel mit geringstmöglicher Anstrengung zu erreichen.

Damodred, Lord Galadedrid: der einzige Sohn von Taringail Damodred und Tigraine; Halbbruder zu Elayne und Gawyn. Im Wappen führt er ein geflügeltes, silbernes Schwert, das nach unten zeigt.

Drache, der: Ehrenbezeichnung für Lews Therin Telamon während des Schattenkriegs. Als der Wahnsinn alle männlichen Aes Sedai befiel, tötete Lews Therin alle Personen, die etwas von seinem Blut in sich trugen und jede Person, die er liebte. So bezeichnete man ihn anschließend als Brudermörder (*siehe auch*: Wiedergeborener Drache; Drache; Prophezeiungen des Drachen).

Drache, falscher: Manchmal behaupten Männer, der Wiedergeborene Drache zu sein, und manch einer davon gewinnt so viele Anhänger, daß eine Armee notwendig ist, um ihn zu besiegen. Einige davon haben schon Kriege begonnen, in die viele Nationen verwickelt wurden. In den letzten Jahrhunderten waren die meisten falschen Drachen nicht in der Lage, die Eine Macht richtig anzuwenden, aber es gab doch ein paar, die das konnten. Alle jedoch verschwanden entweder, oder wurden gefangen oder getötet, ohne eine der Prophezeiungen erfüllen zu können, die sich um die Wiedergeburt des Drachen ranken. Diese Männer nennt man falsche Drachen. Unter jenen, die die Eine Macht lenken konnten, waren Raolin Dunkelbann (335–36 NZ), Yurian Steinbogen (ca. 1300–1308 NZ), Davian (FJ 351), Guaire Amalasan (FJ 939–43) und Logain (997 NÄ) (*siehe auch:* Wiedergeborener Drache).

Drachen, Prophezeiungen des: ein im *Karaethon-Zyklus* enthaltener, wenig bekannter und selten erwähnter Text, der voraussagt, daß der Dunkle König wieder befreit wird und die Welt berührt. Lews Therin Telamon, der Drache, Zerstörer der Welt, wird wiedergeboren, um

Tarmon Gai'don, die Letzte Schlacht, gegen den Schatten zu schlagen (*siehe auch:* Drache).

Dunkler König: Gebräuchlichste Bezeichnung, in allen Ländern verwendet, für Shai'tan: die Quelle des Bösen, Antithese des Schöpfers. Im Augenblick der Schöpfung wurde er vom Schöpfer in ein Verlies am Shayol Ghul gesperrt. Ein Versuch, ihn aus diesem Kerker zu befreien, führte zum Schattenkrieg, dem Verderben der *Saidin,* der Zerstörung der Welt und dem Ende des Zeitalters der Legenden.

Dunklen König nennen, den: Wenn man den wirklichen Namen des Dunklen Königs erwähnt (Shai'tan), zieht man seine Aufmerksamkeit auf sich, was unweigerlich dazu führt, daß man Pech hat oder schlimmstenfalls eine Katastrophe erlebt. Aus diesem Grund werden viele Euphemismen verwendet, wie z. B. der Dunkle König, der Vater der Lügen, der Sichtblender, der Herr der Gräber, der Schäfer der Nacht, Herzensbann, Herzfang, Grasbrenner und Blattverderber. Jemand, der das Pech anzuziehen scheint, ›nennt den Dunklen König‹.

Eide, Drei: Die Eide, die eine Aufgenommene ablegen muß, um zur Aes Sedai erhoben zu werden. Sie werden gesprochen, während die Aufgenommene eine Eidesrute in der Hand hält. Das ist ein *Ter'Angreal,* der sie an die Eide bindet. Sie muß schwören, daß sie (1) kein unwahres Wort ausspricht, (2) keine Waffe herstellt, mit der Menschen andere Menschen töten können, und (3) daß sie niemals die Eine Macht als Waffe verwendet, außer gegen Abkömmlinge des Schattens oder um ihr Leben oder das ihres Behüters oder einer anderen Aes Sedai in höchster Not zu verteidigen. Diese Eide waren früher nicht zwingend vorgeschrieben, doch nach verschiedenen Geschehnissen vor und nach der Zerstörung hielt man sie für notwendig. Der zweite Eid war ursprünglich der erste und kam als Reaktion auf den Krieg um die Macht. Der erste Eid wird wörtlich eingehalten, aber oft geschickt umgangen, indem man eben nur einen Teil der Wahrheit ausspricht. Man glaubt allgemein, daß der zweite und dritte nicht zu umgehen sind.

Eine Macht, die: Die Kraft aus der Wahren Quelle. Die große Mehrheit der Menschen ist absolut unfähig, zu lernen, wie man die Eine Macht anwendet. Eine sehr geringe Anzahl von Menschen kann die Anwendung erlernen, und noch weniger besitzen diese Fähigkeit von Geburt an. Diese wenigen müssen ihren Gebrauch nicht lernen, denn sie werden die Wahre Quelle berühren und die Eine Macht benützen, ob sie wollen oder nicht, vielleicht sogar, ohne zu bemerken, was sie tun. Diese angeborene Fähigkeit taucht meist zuerst während der Pubertät auf. Wenn man dann nicht die Kontrolle darüber erlernt – durch Lehrer oder auch ganz allein (äußerst schwierig, die Erfolgsquote liegt bei eins zu vier) –, ist die Folge der sichere Tod. Seit der Zeit des Wahns hat kein Mann es gelernt, die Eine Macht kontrolliert anzuwenden, ohne dabei auf die Dauer auf schreckliche Art dem Wahnsinn zu verfallen. Selbst wenn er in gewissem Maß die Kontrolle erlangt hat, stirbt er an einer Verfallskrankheit, bei der er lebendigen Leibs verfault. Auch diese Krankheit wird, genau wie der Wahnsinn, von dem Verderben hervorgerufen, das der Dunkle König über die *Saidin* brachte. Bei Frauen ist der Tod mangels Kontrolle der Einen Macht etwas erträglicher, aber sterben müssen auch sie. Die Aes Sedai suchen nach Mädchen mit diesen angeborenen Fähigkeiten, zum einen, um ihre Leben zu retten, und zum anderen, um die Anzahl der Aes Sedai zu vergrößern. Sie suchen nach Männern mit dieser Fähigkeit, um zu verhindern, daß sie Schreckliches damit anrichten, wenn sie dem Wahn verfallen (*siehe auch:* Zeit des Wahns; Wahre Quelle).

Elaida: eine Aes Sedai-Ratgeberin der Königin Morgase von Andor. Sie kann manchmal die Zukunft vorhersagen.

Elayne: Königin Morgases Tochter, die Tochter-Erbin des Throns von Andor. Sie befindet sich in der Ausbildung zur Aes Sedai. Sie führt im Wappen eine goldene Lilie.

Erster Prinz des Schwertes: Titel – normalerweise – des ältesten Bruders der Königin von Andor, der seit seiner Kindheit darauf vorbereitet wurde, im Krieg die Armee der Königin zu kommandieren und im Frieden als ihr Ratgeber zu fungieren. Falls die Königin keinen überlebenden Bruder hat, bestimmt sie jemanden für diese Position.

Fäule, die: *siehe* Große Fäule.

Falkenflügel, Artur: ein legendärer König, der alle Länder westlich des Rückgrats der Welt und einige von jenseits der Aiel-Wüste einte. Er sandte sogar eine Armee über das Aryth-Meer, doch verlor man bei seinem Tod, der den Hundertjährigen Krieg auslöste, jeden Kontakt mit diesen Soldaten. Er führte einen fliegenden goldenen Falken im Wappen (*siehe auch:* Hundertjähriger Krieg).

Far Dareis Mai: wörtlich ›Töchter des Speers‹. Eine von mehreren Kriegergemeinschaften der Aiel. Anders als bei den übrigen werden ausschließlich Frauen aufgenommen. Sollte sie heiraten, darf eine Frau nicht Mitglied bleiben. Während einer Schwangerschaft darf ein Mitglied nicht kämpfen. Jedes Kind eines Mitglieds wird von einer anderen Frau aufgezogen, so daß niemand mehr weiß, wer die wirkliche Mutter war. (›Du darfst keinem Manne angehören, und kein Mann oder Kind darf dir angehören. Der Speer ist dein Liebhaber, dein Kind und dein Leben.‹) Diese Kinder sind hoch angesehen, denn es wurde prophezeit, daß ein Kind einer Tochter des Speers die Clans vereinen und zu der Bedeutung zurückführen wird, die sie im Zeitalter der Legenden besaßen (*siehe auch:* Aiel-Kriegergemeinschaften).

Festung des Lichts, die: die große Festung der Kinder des Lichts in Amador, der Hauptstadt von Amadicia. Es gibt in Amadicia einen König, doch die wirklichen Herrscher sind die Kinder des Lichts (*siehe auch:* Kinder des Lichts).

Feuerwerker, Gilde der: eine Gesellschaft, die das Geheimnis der Anfertigung von Feuerwerkskörpern wahrt. Sie schrecken selbst vor Mord nicht zurück, um dieses Geheimnis zu wahren. Die Gilde genießt einen hohen Bekanntheitsgrad wegen der grandiosen Feuerwerke, die sie für Herrscher und hohe Adlige veranstaltet. Kleinere Feuerwerkskörper werden auch an andere verkauft, jedoch unter strengsten Warnungen, es könne zu

Katastrophen führen, wenn man versuche, sie zu öffnen und ihr Geheimnis zu erfahren. Das Gildehaus steht in Tanchico, der Hauptstadt von Tarabon. Die Gilde errichtete ein weiteres Gildehaus in Cairhien, doch das wird nicht mehr benützt.

Flamme von Tar Valon: das Symbol für Tar Valon und die Aes Sedai. Die stilisierte Darstellung einer Flamme; eine weiße, nach oben gerichtete Träne.

Fünf Mächte, die: Das sind die Stränge der Einen Macht, und jede Person, die die Eine Macht anwenden kann, wird einige dieser Stränge besser als die anderen handhaben können. Diese Stränge nennt man nach den Dingen, die man durch ihre Anwendung beeinflussen kann: Erde, Luft, Feuer, Wasser, Geist – die Fünf Mächte. Wer die Eine Macht anwenden kann, beherrscht gewöhnlich einen oder zwei dieser Stränge besonders gut und hat Schwächen in der Anwendung der übrigen. Einige wenige beherrschen auch drei davon, aber seit dem Zeitalter der Legenden gab es niemand mehr, der alle fünf in gleichem Maße beherrschte. Und auch dann war das eine große Seltenheit. Das Maß, in dem diese Stränge beherrscht werden und Anwendung finden, ist individuell verschieden; einzelne dieser Personen sind sehr viel stärker als die anderen. Wenn man bestimmte Handlungen mit Hilfe der Einen Macht vollbringen will, muß man einen oder mehrere bestimmte Stränge beherrschen. Wenn man beispielsweise ein Feuer entzünden oder beeinflussen will, braucht man den Feuer-Strang; will man das Wetter ändern, muß man die Bereiche Luft und Wasser beherrschen, während man für Heilungen Wasser und Geist benutzen muß. Während Männer und Frauen in gleichem Maße den Geist beherrschten, war das Talent in bezug auf Erde und/oder Feuer besonders oft bei Männern ausgeprägt und das für Wasser und/oder Luft bei Frauen. Es gab Ausnahmen, aber trotzdem betrachtete man Erde und Feuer als die männlichen Mächte, Luft und Wasser als die weiblichen. Im allgemeinen werden die Fähigkeiten als gleichwertig betrachtet, doch unter den Aes Sedai gibt es ein Sprichwort: »Es gibt keinen Felsen, der so fest ist, daß Wind und Wasser ihn nicht abtragen könnten, und kein Feuer, das nicht von Wasser oder Wind gelöscht werden kann.« Es soll nicht unerwähnt bleiben, daß dieses Sprichwort erst lange nach dem Tod des letzten männlichen Aes Sedai aufkam. Irgendein mögliches Äquivalent bei den männlichen Aes Sedai ist nicht mehr bekannt.

Gaidin: wörtlich ›Bruder der Schlacht‹. Ein Titel, den die Aes Sedai den Behütern verleihen (*siehe auch:* Behüter).

Galad: *siehe* Damodred, Lord Galadedrid.

Gaukler: fahrende Märchenerzähler, Musikanten, Jongleure, Akrobaten und Alleinunterhalter. Ihr Abzeichen ist die aus bunten Flicken zusammengesetzte Kleidung. Sie besuchen vor allem Dörfer und Kleinstädte, da in den größeren Städten schon zuviel andere Unterhaltung geboten wird.

Gaul: ein Aiel aus dem Imran-Clan der Shaarad; ein *Shae'en M'taal,* also ein Steinsoldat.

Gawyn: Sohn der Königin Morgase, Bruder von Elayne, der bei Elaynes Thronbesteigung Erster Prinz des Schwertes wird. Er führt einen weißen Keiler im Wappen.

Gewichtseinheiten: 10 Unzen = 1 Pfund; 10 Pfund = 1 Stein; 10 Steine = 1 Zentner; 10 Zentner = 1 Tonne.

Grauer Mann, ein: jemand, der freiwillig seine oder ihre Seele dem Schatten geopfert hat und ihm nun als Attentäter dient. Graue Männer sehen so unauffällig aus, daß man sie sehen kann, ohne sie wahrzunehmen. Die große Mehrheit der Grauen Männer sind tatsächlich Männer, aber es gibt darunter auch einige Frauen.

Grenzlande, die: die an die Große Fäule angrenzenden Nationen: Saldaea, Arafel, Kandor und Schienar.

Grimme, der alte: *siehe* Dunkler König, Wilde Jagd.

Große Fäule, die: eine Region im hohen Norden, die durch den Dunklen König vollständig verdorben wurde. Sie stellt eine Zuflucht für Trollocs, Myrddraal und andere Kreaturen des Dunklen Königs dar.

Großer Herr der Dunkelheit: Diese Bezeichnung verwenden die Schattenfreunde für den Dunklen König. Sie behaupten, es sei Blasphemie, seinen wirklichen Namen zu benützen.

Große Jagd nach dem Horn, die: ein Zyklus von Erzählungen über die legendäre Suche nach dem Horn von Valere in den Jahren zwischen dem Ende der Trolloc-Kriege und dem Beginn des Hundertjährigen Kriegs. Um sie vollständig zu erzählen, benötigt man viele Tage (*siehe auch:* Horn von Valere).

Großes Muster: Das Rad der Zeit verwebt die Muster der einzelnen Zeitalter zum Großen Muster, in dem die gesamte Existenz und Realität, Vergangenheit, Gegenwart und Zukunft festgelegt sind. Auch als Gewebe der Zeiten oder Zeitengewebe bekannt (*siehe auch:* Muster eines Zeitalters; Rad der Zeit).

Große Schlange: ein Symbol für die Zeit und die Ewigkeit, das schon uralt war, bevor das Zeitalter der Legenden begann. Es zeigt eine Schlange, die ihren eigenen Schwanz verschlingt. Man verleiht einen Ring in der Form der Großen Schlange an Frauen, die unter den Aes Sedai zu Aufgenommenen erhoben werden.

Große Spiel, das: *siehe Daes Dae'mar.*

Haid: Flächenmaß zur Vermessung von Land; etwa 100 x 100 Schritte.

Halbmensch: *siehe* Myrddraal.

Herz des Steins: *siehe Callandor.*

Herzstein: eine unzerstörbare Substanz, die während des Zeitalters der Legenden erschaffen wurde. Jede bekannte Kraft, die dazu benützt wird, den Herzstein zu zerstören, wird von ihm absorbiert und stärkt die Kraft des Herzsteins. Anderer Name für *Cuendillar.*

Hochlords von Tear, die: Die Hochlords von Tear regieren als Rat diesen Staat, der weder König noch Königin aufweist. Ihre Anzahl steht nicht fest. Im Laufe der Jahre hat es Zeiten gegeben, wo nur sechs Hochlords regierten, aber auch zwanzig kamen bereits vor. Man darf sie nicht mit den Landherren verwechseln, niedrigeren Adligen in den ländlichen Bezirken Tears.

Horn von Valere, das: das legendäre Ziel der Wilden Jagd nach dem Horn. Man nimmt an, das Horn könne tote Helden zum Leben erwecken, damit sie gegen den Schatten kämpfen.

Hundert Gefährten, die: hundert männliche Aes Sedai,

ausgewählt aus den mächtigsten des Zeitalters der Legenden, die – von Lews Therin Telamon geführt – den letzten Angriff durchführten und den Schattenkrieg beendeten, indem sie den Dunklen König erneut in seinen Kerker sperrten und diesen versiegelten. Der Gegenangriff verdarb die *Saidin;* die Hundert Gefährten verfielen dem Wahnsinn und begannen die Zerstörung der Welt (*siehe auch:* Zeit des Wahns; Zerstörung der Welt; Wahre Quelle; Eine Macht).

Hundertjähriger Krieg: Eine Reihe sich überschneidender Kriege, geprägt von sich ständig verändernden Bündnissen, ausgelöst durch den Tod von Artur Falkenflügel und die darauf folgenden Auseinandersetzungen um seine Nachfolge. Er dauerte von 994 FJ bis 1117 FJ. Der Krieg entvölkerte weite Landstriche zwischen dem Aryth-Meer und der Aiel-Wüste, zwischen dem Meer der Stürme und der Großen Fäule. Die Zerstörungen waren so schwerwiegend, daß über diese Zeit nur noch fragmentarische Berichte vorliegen. Das Reich Artur Falkenflügels zerfiel und die heutigen Staaten bildeten sich heraus (*siehe auch:* Falkenflügel, Artur).

Illian: ein großer Hafen am Meer der Stürme, Hauptstadt der gleichnamigen Nation. Im Wappen von Illian findet man neun goldene Bienen auf dunkelgrünem Feld.

Ishamael (Ischamajel): in der Alten Sprache ›Verräter aller Hoffnung‹. Einer der Verlorenen. Er war der Anführer der Aes Sedai und lief während des Schattenkriegs zum Dunklen König über. Man sagt, selbst er habe seinen ursprünglichen Namen vergessen (*siehe auch:* Verlorene).

Karaethon-Zyklus, der: *siehe* Drachen, Prophezeiungen des.

Kesselflicker: *siehe* Tuatha'an.

Kinder des Lichts: eine Gemeinschaft von Asketen, die sich den Sieg über den Dunklen König und die Vernichtung aller Schattenfreunde zum Ziel gesetzt hat. Die Gemeinschaft wurde während des Hundertjährigen Kriegs von Lothair Mantelar gegründet, um gegen die ansteigende Zahl der Schattenfreunde als Prediger anzugehen. Während des Kriegs entwickelte sich daraus eine vollständige militärische Organisation, extrem streng ideologisch ausgerichtet und fest im Glauben, nur sie dienten der absoluten Wahrheit und dem Recht. Sie hassen die Aes Sedai und halten sie, sowie alle, die sie unterstützen oder sich mit ihnen befreunden, für Schattenfreunde. Sie werden geringschätzig Weißmäntel genannt. Im Wappen führen sie eine goldene Sonne mit Strahlen auf weißem Feld.

Krieg des Zweiten Drachen: der Krieg der Jahre 939–943 FJ gegen den falschen Drachen Guaire Amalasan. Während dieses Kriegs erlangte ein junger König namens Artur Tanreall Paendrag, später als Artur Falkenflügel bekannt, großen Ruhm.

Krieg um die Macht: *siehe* Schattenkrieg.

Längenmaße: 10 Finger = 3 Hände = 1 Fuß; 3 Fuß = 1 Schritt; 2 Schritte = 1 Spanne; 1000 Spannen = 1 Meile.

Laman (Leimahn): ein König von Cairhien aus dem Hause Damodred, der seinen Thron während des Aielkriegs verlor (*siehe auch:* Aielkrieg; *Avendoraldera*).

Lan, al'Lan Mandragoran: ein Behüter, der Moiraine zugeschworen wurde. Ungekrönter König von Malkier, Dai Shan, und der letzte Überlebende Lord von Malkier (*siehe auch:* Behüter; Moiraine; Malkier).

Lanfear: in der Alten Sprache ›Tochter der Nacht‹. Eine der Verlorenen, vielleicht sogar die mächtigste neben Ishamael. Im Gegensatz zu den anderen Verlorenen wählte sie ihren Namen selbst. Man sagt von ihr, sie habe Lews Therin Telamon geliebt und seine Frau Ilyena gehaßt (*siehe auch:* Verlorene; Drache).

Leane: eine Aes Sedai der Blauen Ajah und Behüterin der Chronik (*siehe auch:* Chronik, Behüter der).

Lews Therin Telamon; Lews Therin Brudermörder: *siehe:* Drache.

Liandrin: eine Aes Sedai der Roten Ajah aus Tarabon. Mittlerweile wurde bekannt, daß sie in Wirklichkeit eine Schwarze Ajah ist.

Loial, Sohn des Arent, Sohn des Halan: ein Ogier aus dem *Stedding* Schangtai.

Malkier: eine Nation, einst eines der Grenzlande, mittlerweile Teil der Großen Fäule. Im Wappen führte Malkier einen fliegenden goldenen Kranich.

Manetheren: eine der Zehn Nationen, die den Zweiten Pakt schlossen; Hauptstadt des gleichnamigen Staates. Sowohl die Stadt wie auch die Nation wurden in den Trolloc-Kriegen vollständig zerstört.

Masema: ein Soldat aus Schienar, der die Aiel haßt.

Mayene (Mai-jehn): Stadtstaat am Meer der Stürme, der seinen Reichtum und seine Unabhängigkeit der Kenntnis verdankt, die Ölfischschwärme aufspüren zu können. Ihre wirtschaftliche Bedeutung kommt der der Olivenplantagen von Tear, Illian und Tarabon gleich. Ölfisch und Oliven liefern nahezu alles Öl für Lampen. Der augenblickliche Herrscher von Mayene ist Berelain. Sein Titel lautet: Der Erste von Mayene. Die Herrscher von Mayene führen ihre Abstammung auf Artur Falkenflügel zurück. Das Wappen von Mayene zeigt einen fliegenden goldenen Falken.

Meerleute, Meervolk: Bewohner der Inseln im Aryth-Meer und im Meer der Stürme. Sie verbringen wenig Zeit auf diesen Inseln und leben statt dessen meist auf ihren Schiffen. Sie beherrschen den Seehandel fast vollständig.

Meile: *siehe* Längenmaße

Merrilin, Thom: ein Gaukler, einst Geliebter von Königin Morgase.

Min: eine junge Frau mit der Fähigkeit, die Aura der sie umgebenden Menschen erkennen und auf ihre Zukunft schließen zu können.

Moiraine (Moarän): eine Aes Sedai der Blauen Ajah. Sie stammt aus dem Hause Damodred, aber nicht aus der direkten Linie der Thronfolger. Sie wuchs im Königlichen Palast von Cairhien auf.

Mordeth: Ratsherr, der die Stadt Aridhol dazu brachte, Methoden der Schattenfreunde gegen die Schattenfreunde selbst anzuwenden. Dadurch führte er die Zerstörung der Stadt herbei und ihre Umbenennung in Shadar Logoth (›Wo der Schatten wartet‹). Nur eines überlebt in Shadar Logoth außer dem Haß, der die Stadt abtötete, nämlich Mordeth selbst, der seit zweitausend Jahren in den Ruinen gefangen ist und auf jemanden wartet, dessen Seele er verschlingen kann, um so einen neuen Körper zu gewinnen.

Morgase (Morgeis): Von der Gnade des Lichts, Königin von Andor, Verteidigerin des Lichts, Beschützerin des Volkes, Hochsitz des Hauses Trakand. Im Wappen führt sie drei goldene Schlüssel. Das Wappen des Hauses Trakand zeigt einen silbernen Grundpfeiler.

Muster eines Zeitalters: Das Rad der Zeit verwebt die Stränge menschlichen Lebens zum Muster eines Zeitalters, das die Substanz der Realität dieser Zeit bildet; auch als Zeitengewebe bekannt (*siehe auch: Ta'veren*).

Myrddraal: Kreaturen des Dunklen Königs, Kommandanten der Trolloc-Heere. Nachkommen von Trollocs, bei denen das Erbe der menschlichen Vorfahren wieder stärker hervortritt, die man benutzt hat, um die Trollocs zu erschaffen. Trotzdem deutlich vom Bösen dieser Rasse gezeichnet. Sie sehen äußerlich wie Menschen aus, haben aber keine Augen. Sie können jedoch im Hellen wie im Dunklen wie Adler sehen. Sie haben gewisse, vom Dunklen König herstammende Kräfte, darunter die Fähigkeit, mit einem Blick ihr Opfer vor Angst zu lähmen. Wo Schatten sind, können sie hineinschlüpfen und sind nahezu unsichtbar. Eine ihrer wenigen bekannten Schwächen besteht darin, daß sie Schwierigkeiten haben, fließendes Wasser zu überqueren. Man kennt sie unter vielen Namen in den verschiedenen Ländern, z. B. als Halbmenschen, die Augenlosen, Schattenmänner, Lurk und die Blassen.

Nedeal, Corianin: *siehe* Talente.

Niall, Pedron: Lordhauptmann und Kommandeur der Kinder des Lichts (*siehe auch:* Kinder des Lichts).

Ogier: (1) eine nichtmenschliche Rasse. Typisch für Ogier sind ihre Größe (männliche Ogier werden im Durchschnitt zehn Fuß groß), ihre breiten, rüsselartigen Nasen und die langen, mit Haarbüscheln bewachsenen Ohren. Sie wohnen in Gebieten, die sie *Stedding* nennen. Nach der Zerstörung der Welt (von den Ogiern das Exil genannt) waren sie aus diesen *Stedding* vertrieben, und das führte zu einer als ›das Sehnen‹ bezeichneten Erscheinung: Ein Ogier, der sich zu lange außerhalb seines *Stedding* aufhält, erkrankt und stirbt schließlich. Sie sind weithin bekannt als außerordentlich gute Steinbaumeister, die fast alle großen Städte der Menschen nach der Zerstörung erbauten. Sie selbst betrachten diese Kunst allerdings nur als etwas, das sie während des Exils erlernten und das nicht so wichtig ist wie das Pflegen der Bäume in einem *Stedding,* besonders der hochaufragenden Großen Bäume. Außer zu ihrer Arbeit als Steinbaumeister verlassen sie ihr *Stedding* nur selten und wollen wenig mit der Menschheit zu tun haben. Man weiß unter den Menschen nur sehr wenig über sie, und viele halten die Ogier sogar für bloße Legenden. Obwohl sie als Pazifisten gelten und nur sehr schwer aufzuregen sind, heißt es in einigen alten Berichten, sie hätten während der Trolloc-Kriege Seite an Seite mit den Menschen gekämpft. Dort werden sie als mörderische Feinde bezeichnet. Im großen und ganzen sind sie ungemein wissensdurstig, und ihre Bücher und Berichte enthalten oftmals Informationen, die bei den Menschen längst verlorengegangen sind. Die normale Lebenserwartung eines Ogiers ist etwa drei- oder viermal so hoch wie bei Menschen. (2) Jedes Individuum dieser nichtmenschlichen Rasse (*siehe auch:* Zerstörung der Welt; *Stedding;* Baumsänger).

Ordeith (Or-dies): in der Alten Sprache ›Wurmholz‹. Dieser Name wurde von einem Mann angenommen, der den kommandierenden Lordhauptmann der Kinder des Lichts berät.

Rad der Zeit, das: Die Zeit stellt man sich als ein Rad mit sieben Speichen vor – jede Speiche steht für ein Zeitalter. Wie sich das Rad dreht, so folgt Zeitalter auf Zeitalter. Jedes hinterläßt Erinnerungen, die zu Legenden verblassen, zu bloßen Mythen werden und schließlich vergessen sind, wenn dieses Zeitalter wiederkehrt. Das Muster eines Zeitalters wird bei jeder Wiederkehr leicht verändert, doch auch wenn die Änderungen einschneidender Natur sein sollten, bleibt es doch das gleiche Zeitalter.

Rat der Neun: ein Rat von Neun Lords aus Illian, die an sich dem König zur Seite stehen sollen, jedoch gewöhnlich gegen ihn um die Macht kämpfen. Sowohl der König wie auch die Neun müssen sich häufig mit der Versammlung auseinandersetzen.

Reisen des Jaim Fernstreicher, die: ein sehr populäres Buch mit Reiseerzählungen und Beobachtungen von einem bekannten Schriftsteller und Weltreisenden aus Malkier. Das Buch wurde im Jahre 968 NÄ erstmals aufgelegt und ist seither immer wieder nachgedruckt worden. Jaim Fernstreicher verschwand kurz nach dem Aielkrieg, und man hält ihn allgemein für tot.

Rhuarc: ein Aiel, der Häuptling des Taardad Clans.

Rogosch Adlerauge: ein legendärer Held, der in vielen alten Berichten erwähnt wird.

Rote Schilde: *siehe* Aiel-Kriegergemeinschaften.

Rückgrat der Welt: eine hohe Bergkette, über die nur wenige Pässe führen. Sie trennt die Aiel-Wüste von den westlichen Ländern.

Sa'Angreal: ein extrem seltenes Objekt, das es einem Menschen erlaubt, die Eine Macht in viel stärkerem Maße als sonst möglich zu benützen. Ein *Sa'Angreal* ist ähnlich, doch ungleich stärker als ein Angreal. Die Menge an Energie, die mit Hilfe eines *Sa'Angreals* eingesetzt werden kann, verhält sich zu der eines *Angreals* wie die mit dessen Hilfe einsetzbare Energie zu der, die man ganz ohne irgendwelche Hilfe beherrschen kann. Relikte des Zeitalters der Legenden. Es ist nicht mehr bekannt, wie sie angefertigt wurden. Es gibt nur noch eine Handvoll davon, weit weniger sogar als *Angreale*.

Sanche, Siuan (Santschei, Swahn): eine Aes Sedai, die früher der Blauen Ajah angehörte. Im Jahre 985 NÄ zum Amyrlin-Sitz erhoben. Sie war die Tochter eines Fischers aus Tairen und wurde vor dem zweiten Sonnenuntergang, nachdem man entdeckt hatte, daß sie die Fähigkeit besaß, per Schiff nach Tar Valon geschickt. So verlangt es das Gesetz von Tairen.

Saidar, Saidin: *siehe* Wahre Quelle.

Schattenfreunde: die Anhänger des Dunklen Königs. Sie glauben, große Macht und andere Belohnungen zu empfangen, wenn er aus seinem Kerker befreit wird.

Schattenhunde: *siehe* Wilde Jagd.

Schattenkrieg: auch als der Krieg um die Macht bekannt; mit ihm endet das Zeitalter der Legenden. Er begann kurz nach dem Versuch, den Dunklen König zu befreien, und erfaßte bald schon die ganze Welt. In einer Welt, die selbst die Erinnerung an den Krieg vergessen hatte, wurde nun der Krieg in all seinen Formen wiederentdeckt. Er war besonders schrecklich, wo die Macht des Dunklen Königs die Welt berührte, und auch die Eine Macht wurde als Waffe verwendet. Der Krieg wurde beendet, als der Dunkle König wieder in seinen Kerker verbannt werden konnte (*siehe auch:* Hundert Gefährten, Drache).

Schattenlords: diejenigen Männer und Frauen, die der Einen Macht dienten, aber während der Trolloc-Kriege zum Schatten überliefen und dann die Trolloc-Heere kommandierten. Weniger Gebildete verwechseln sie mit den Verlorenen.

Seanchan (Schantschan): (1.) Nachkommen der Armeemitglieder, die Artur Falkenflügel über das Aryth-Meer sandte und die zurückgekehrt sind, um das Land ihrer Vorfahren wieder in Besitz zu nehmen. (2.) das Land, aus dem die Seanchaner kommen.

Seherin: eine Frau, die in den Frauenzirkel ihres Dorfs berufen wird, weil sie die Fähigkeit des Heilens besitzt, das Wetter vorhersagen kann und auch sonst als kluge Frau anerkannt wird. Ihre Position fordert großes Verantwortungsbewußtsein und verleiht ihr viel Autorität. Allgemein wird sie dem Bürgermeister gleichgestellt, in manchen Dörfern steht sie sogar über ihm. Im Gegensatz zum Bürgermeister wird sie auf Lebenszeit erwählt. Es ist äußerst selten, daß eine Seherin vor ihrem Tod aus ihrem Amt entfernt wird. Ihre Auseinandersetzungen mit dem Bürgermeister sind auch zur Tradition geworden. Je nach dem Land wird sie auch als Führerin, Heilerin, Weise Frau, Sucherin oder einfach als Weise bezeichnet.

Seelenlose, der: *siehe* Grauer Mann.

Selene: ein Name, den die Verlorene Lanfear benützt.

Shadar Logoth: in der Alten Sprache ›der Ort, an dem der Schatten wartet‹. Eine seit den Trolloc-Kriegen verlassene und gemiedene Stadt. Sie steht auf verfluchtem Land, und kein Steinchen dort ist harmlos (*siehe auch:* Mordeth).

Shai'tan: *siehe* Dunkler König.

Shayol Ghul: ein Berg im Versengten Land; dort befindet sich der Kerker, in dem der Dunkle König gefangengehalten wird.

Sheriam: eine Aes Sedai von den Blauen Ajah – die Herrin der Novizinnen in der Weißen Burg.

Spanne: *siehe* Längenmaße.

Sonnentag: ein Festtag im Mittsommer, der in vielen Gegenden der Welt gefeiert wird.

Spiel der Häuser, das: *siehe Daes Dae'mar.*

Springer: ein Wolf.

Stechmich: eine fast unsichtbar kleine Moskitoart.

Stedding: eine Ogier-Enklave. Viele *Stedding* sind seit der Zerstörung der Welt verlassen worden. In Erzählungen und Legenden werden sie als Zufluchtsstätte bezeichnet, und das aus gutem Grund. Auf eine heute nicht mehr bekannte Weise wurden sie abgeschirmt, so daß in ihrem Bereich kein Aes Sedai die Eine Macht anwenden kann und nicht einmal eine Spur der Wahren Quelle wahrnimmt. Versuche, von außerhalb eines *Stedding* mit Hilfe der Einen Macht im Inneren einzugreifen, bleiben erfolglos. Kein Trolloc wird ohne Not ein *Stedding* betreten, und selbst ein Myrddraal betritt es nur, wenn er dazu gezwungen ist, und auch dann nur zögernd und mit größter Abscheu. Sogar echte Schattenfreunde fühlen sich in einem *Stedding* nicht wohl.

Steinsoldaten: *siehe* Aiel-Kriegergemeinschaften.

Stein von Tear: die mächtige Festung über der Stadt Tear. Man sagt, sie sei die erste Festung gewesen, die nach der Zeit des Wahns gebaut wurde. Manche behaupten sogar, sie sei *während* der Zeit des Wahns erbaut worden und mit Hilfe der Einen Macht. Sie wurde unzählige Male angegriffen und belagert, ist aber niemals gefallen. Der Stein wird zweimal in den Prophezeiungen des Drachen erwähnt. Zum einen steht darin, daß die Festung nur dann fallen werde, wenn das Heer des Drachen kommt. An einer anderen Stelle steht, die Festung werde erst dann fallen, wenn die Hand des Drachen das Unberührbare Schwert *Callandor* führt. Manche glauben, daß darauf auch die Abneigung der Hochlords der Einen Macht gegenüber herrührt und auch das Gesetz der Tairen, das den Gebrauch der Macht verbietet. Trotz dieser Antipathie enthält der Stein eine Sammlung von *Angreal* und *Ter'Angreal,* die beinahe der in der Weißen Burg gleichkommt. Es gibt Leute, die behaupten, die Sammlung sei nur deshalb angelegt worden, um den überragenden Glanz von *Callandor* zu mindern.

Talente: Fähigkeiten, die Eine Macht auf ganz spezifische Weise zu gebrauchen. Das naturgemäß populärste Talent ist das des Heilens. Manche sind verlorengegangen, wie z. B. das Reisen, eine Fähigkeit, sich von einem Ort zu einem anderen zu bewegen, ohne den Zwischenraum durchqueren zu müssen. Andere, wie z. B. das Vorhersagen (die Fähigkeit, zukünftige Ereignisse zumindest auf allgemeinere Art und Weise vorhersehen zu können), sind mittlerweile selten oder beinahe verschwunden. Ein weiteres Talent, das man seit langem für verloren hielt, ist das Träumen. Unter anderem lassen sich hier die Träume des Träumers so deuten, daß sie eine genauere Vorhersage der Zukunft erlauben. Manche Träumer hatten die Fähigkeit, *Tel'aran'rhiod,* die Welt der Träume, zu erreichen und sogar in die Träume anderer Menschen einzudringen. Die letzte bekannte Träumerin war Corianin Nedeal, die im Jahre 526 NÄ starb.

Ta'maral'ailen: in der Alten Sprache ›Schicksalsgewebe‹. Eine einschneidende Änderung im Muster eines Zeitalters, die von einer oder mehreren Personen ausgeht. Sie sind *ta'veren* (siehe auch: Muster eines Zeitalters; *ta'veren*).

Tanreall, Artur Paendrag: *siehe* Falkenflügel, Artur

Tarmon Gai'don: die Letzte Schlacht (*siehe auch:* Drachen, Prophezeiungen des; Horn von Valere).

Tar Valon: eine Stadt auf einer Insel im Fluß Erinin. Mittelpunkt der Macht der Aes Sedai. Von hier aus regiert der Amyrlin-Sitz.

Ta'veren: eine Person im Zentrum des Gewebes von Lebenssträngen aus ihrer Umgebung, möglicherweise sogar *aller* Lebensstränge, die vom Rad der Zeit zu einem Schicksalsgewebe zusammengefügt wurden (*siehe auch:* Muster eines Zeitalters).

Tear: Ein großer Hafen und ein Staat am Meer der Stürme. Das Wappen von Tear zeigt drei weiße Halbmonde auf rot- und goldgemustertem Feld (*siehe auch:* Stein von Tear).

Telamon, Lews Therin: *siehe auch:* Drache, der.

Tel'aran'rhiod: in der Alten Sprache ›die unsichtbare Welt‹, oder ›die Welt der Träume‹. Eine Welt, die man in Träumen manchmal sehen kann. Nach den Angaben der Alten durchdringt und umgibt sie alle möglichen Welten. Im Gegensatz zu anderen Träumen ist das in ihr real, was dort mit lebendigen Dingen geschieht. Wenn man also dort eine Wunde empfängt, ist diese beim Erwachen immer noch vorhanden, und einer, der dort stirbt, erwacht nie mehr.

Ter'Angreal: jedes einer Anzahl von Überbleibseln aus dem Zeitalter der Legenden, die die Eine Macht verwenden. Im Gegensatz zu *Angreal* und *Sa'Angreal* wurde jeder *Ter'Angreal* zu einem ganz bestimmten Zweck hergestellt. Z. B. macht einer jeden Eid, der in ihm geschworen wird, zu etwas endgültig Bindendem. Einige werden von den Aes Sedai benützt, aber über ihre ursprüngliche Anwendung ist kaum etwas bekannt. Einige töten sogar oder zerstören die Fähigkeit einer Frau, die sie benützt, die Eine Macht zu lenken (*siehe auch: Angreal; Sa'Angreal*).

Tigraine (Tigrän): als Tochter-Erbin von Andor heiratete sie Taringail Damodred und gebar seinen Sohn Galadedrid. Ihr Verschwinden im Jahr 972 NÄ, kurz nachdem ihr Bruder Luc in der Fäule verschwand, löste einen Kampf um ihre Nachfolge in Andor aus und verursachte die Geschehnisse in Cairhien, die schließlich zum Aiel-Krieg führten. Sie zeigte im Wappen eine Frauenhand, die den Stiel einer Rose mit weißer Blüte umfaßte.

Tochter-Erbin: Titel der Erbin des Throns von Andor. Die älteste Tochter der Königin folgt ihrer Mutter auf den Thron. Sollte keine Tochter geboren oder am Leben sein, geht der Thron an die nächste Blutsverwandte der Königin.

Tochter der Nacht: *siehe* Lanfear

Träumer: *siehe* Talente

Trolloc-Kriege: eine Reihe von Kriegen, die etwa gegen 1000 NZ begannen und sich über mehr als 300 Jahre hinzogen. Trolloc-Heere verwüsteten die Welt. Schließlich aber wurden die Trollocs entweder getötet oder in die Große Fäule zurückgetrieben. Mehrere Staaten wurden im Rahmen dieser Kriege ausgelöscht oder entvölkert. Alle Aufzeichnungen aus dieser Zeit sind fragmentarisch.

Trollocs: Kreaturen des Dunklen Königs, die er während des Schattenkriegs erschuf. Sie sind körperlich sehr groß und extrem bösartig. Sie stellen eine hybride Kreuzung zwischen Tier und Mensch dar und töten aus purer Mordlust. Nur diejenigen, die selbst von den Trollocs gefürchtet werden, können diesen trauen. Trollocs sind schlau, hinterhältig und verräterisch. Sie essen alles, auch jede Art von Fleisch, das von Menschen und anderen Trollocs eingeschlossen. Da sie zum Teil von Menschen abstammen, sind sie zum Geschlechtsverkehr mit Menschen imstande, doch die meisten einer solchen Verbindung entspringenden Kinder werden entweder tot geboren oder sind kaum lebensfähig. Die Trollocs leben in stammesähnlichen Horden. Die wichtigsten davon heißen: Ahf'frait, Al'ghol, Bhan'sheen, Dha'vol, Dhai'mon, Dhjin'nen, Ghar'ghael, Ghob'hlin, Gho'hlem, Ghraem'lan, Ko'bal und Kno'mon.

Tuatha'an: ein Nomadenvolk, auch als die Kesselflicker oder das Fahrende Volk bekannt. Sie wohnen in buntbemalten Wagen und folgen einer pazifistischen Weltanschauung, die sie den Weg des Blattes nennen. Die von den Kesselflickern reparierten Gegenstände sind häufig besser als vorher. Sie gehören zu den wenigen, die unbehelligt durch die Aiel-Wüste ziehen können, denn die Aiel meiden jeden Kontakt mit ihnen.

Verin Mathwin: eine Aes Sedai der Braunen Ajah.

Verlorenen, die: Name für die dreizehn der mächtigsten Aes Sedai, die es jemals gab, die während des Schattenkriegs zum Dunklen König überliefen, weil er ihnen dafür die Unsterblichkeit versprach. Sowohl Legenden wie auch fragmentarische Berichte stimmen darin überein, daß sie zusammen mit dem Dunklen König eingekerkert wurden, als dessen Gefängnis wiederversiegelt wurde. Ihre Namen werden heute noch benützt, um Kinder zu erschrecken.

Verräter aller Hoffnung: *siehe* Ishamael

Versammlung, die: eine Körperschaft in Illian, die von und aus dem Kreis der Händler und Reeder gewählt wird. Sie soll theoretisch sowohl den König wie auch den Rat der Neun beraten, hat sich aber in der Vergangenheit meist auf Machtkämpfe mit beiden eingelassen.

Versengte Land, das: verwüsteter Landstrich in der Umgebung des Shayol Ghul, jenseits der Großen Fäule.

Wahre Quelle, die: die treibende Kraft des Universums, die das Rad der Zeit antreibt. Sie teilt sich in eine männliche (*Saidin*) und eine weibliche Hälfte (*Saidar*), die gleichzeitig miteinander und gegeneinander arbeiten. Nur ein Mann kann von *Saidin* Energie beziehen und nur eine Frau von *Saidar*. Seit dem Beginn der Zeit des Wahns ist *Saidin* von der Hand des Dunklen Königs gezeichnet (*siehe auch:* Eine Macht).

Weiße Burg: der Palast des Amyrlin-Sitzes in Tar Valon und der Ort, an dem die Aes Sedai ausgebildet werden.

Weißmäntel: *siehe* Kinder des Lichts

Wiedergeborener Drache: Nach der Prophezeiung und der Legende wird der Drache dann wiedergeboren werden, wenn die Menschheit in größter Not ist und er die Welt retten muß. Das ist nichts, worauf sich die Menschen freuen, denn die Prophezeiung sagt, daß die Wiedergeburt des Drachen zu einer neuen Zerstörung der Welt führen wird, und außerdem erschrecken die Menschen beim Gedanken an Lews Therin Brudermörder, den Drachen, auch wenn er schon mehr als dreitausend Jahre tot ist (*siehe auch:* Drache; Drache, falscher).

Wilde, eine: eine Frau, die allein gelernt hat, die Eine Macht zu lenken, und die ihre Krise überlebte, was nur etwa einer von vieren gelingt. Solche Frauen wehren sich gewöhnlich gegen die Erkenntnis, daß sie die Macht tatsächlich benützen, doch durchbricht man diese Sperre, dann gehören die Wilden später oft zu den mächtigsten Aes Sedai. Die Bezeichnung ›Wilde‹ wird häufig abwertend verwendet.

Wilde Jagd, die: Viele glauben, daß in der Nacht der Dunkle König (oft auch der alte Grimme genannt, so wie in Tear, Illian, Murandy, Altara und Ghealdan) mit seinen ›schwarzen Hunden‹ oder Schattenhunden ausreitet und Seelen jagt. Das ist die Wilde Jagd. Regen kann die Schattenhunde abhalten, aber wenn sie einmal eine Spur aufgenommen haben, muß man sich ihnen stellen und sie besiegen, sonst ist der Tod ihres Opfers unvermeidbar. Man glaubt sogar, daß der bloße Anblick der Wilden Jagd bedeutet, der eigene Tod oder der eines geliebten Menschen stehe bevor.

Zeit des Wahns: die Jahre, nachdem der Gegenschlag des Dunklen Königs die männliche Hälfte der Wahren Quelle verdarb und die männlichen Aes Sedai dem Wahnsinn verfielen und die Welt zerstörten. Die genaue Dauer dieser Periode ist unbekannt, aber es wird angenommen, sie habe beinahe hundert Jahre gedauert. Sie war erst vollständig beendet, als der letzte männliche Aes Sedai starb (*siehe auch:* Hundert Gefährten; Wahre Quelle; Eine Macht; Zerstörung der Welt).

Zeitalter der Legenden: das Zeitalter, welches von dem Krieg des Schattens und der Zerstörung der Welt beendet wurde. Eine Zeit, in der die Aes Sedai Wunder vollbringen konnten, von denen man heute nur träumen kann (*siehe auch:* Rad der Zeit; Zerstörung der Welt; Schattenkrieg).

Zerstörung der Welt, die: Als Lews Therin Telamon und die Hundert Gefährten das Gefängnis des Dunklen Königs wieder versiegelten, fiel durch den Gegenangriff ein Schatten auf die *Saidin*. Schließlich verfiel jeder männliche Aes Sedai auf schreckliche Art dem Wahnsinn. In ihrem Wahn veränderten diese Männer, die die Eine Macht in einem heute unvorstellbaren Maße beherrschten, die Oberfläche der Erde. Sie riefen furchtbare Erdbeben hervor, Gebirgszüge wurden eingeebnet, neue Berge erhoben sich, wo sich Meere befunden hatten, entstand Festland, und an anderen Stellen drang der Ozean in bewohnte Länder ein. Viele Teile der Welt wurden vollständig entvölkert und die Überlebenden wie Staub vom Wind verstreut. Diese Zerstörung wird in Geschichten, Legenden und Geschichtsbüchern als die Zerstörung der Welt bezeichnet (*siehe auch:* Zeit des Wahns).

Zweifler, die: ein Orden innerhalb der Gemeinschaft der Kinder des Lichts. Sie sehen ihre Aufgabe darin, die Wahrheit im Wortstreit zu erkennen und Schattenfreunde zu erkennen. Ihre Suche nach der Wahrheit und dem Licht, so wie sie die Dinge sehen, wird noch eifriger betrieben, als das bei den Kindern des Lichts allgemein üblich ist. Ihre normale Befragungsmethode ist die Folter, wobei sie der Auffassung sind, daß sie selbst die Wahrheit bereits kennen und ihre Opfer nur dazu bringen müssen, sie zu gestehen. Die Zweifler bezeichnen sich als die Hand des Lichts und verhalten sich gelegentlich so, als seien sie völlig unabhängig von den Kindern und dem Rat der Gesalbten, der die Gemeinschaft leitet. Das Oberhaupt der Zweifler ist der Hochinquisitor, der einen Sitz im Rat der Gesalbten hat. Ihr Wappen ist ein blutroter Hirtenstab.

SERIE PIPER

Robert Jordan

Die Herrschaft der Seanchaner

Das Rad der Zeit 25. Aus dem Amerikanischen von Andreas Decker. 348 Seiten. Serie Piper

Mat Cauthon, der treue Gefährte des Wiedergeborenen Drachen, gerät in Ebou Dar in größte Gefahr: Die Invasoren aus Seanchan festigen durch fortwährende Kämpfe ihre Herrschaft und bauen ihre Stellungen immer weiter aus. Mat muss fliehen. Doch er ist der Geliebte der Königin, die ihn nicht gehen lassen will. Und die Hochlady Tuon, die Tochter der Neun Monde, steht mit ihren Heeren schon vor den Toren der Stadt …

»Jordans Werk erinnert in seiner Dichte und Wärme an Tolkien.«
Publishers Weekly

05/1735/01/L

Robert Jordan

Der neue Frühling

Das Rad der Zeit 29. Aus dem Amerikanischen von Andreas Decker. 429 Seiten. Serie Piper

Was geschah vor der Rückkehr Rand al'Thors, des legendären Wiedergeborenen Drachen? Welche Ereignisse führten zu Rands Flucht aus seiner Heimat? Das langerwartete Prequel über die Vorgeschichte und die Hintergründe zum Welterfolg »Das Rad der Zeit« ist eine faszinierende Reise in die Vergangenheit, eine Zeit voll düsterer Schlachten und mystischer Magie. Endlich lüftet Robert Jordan eines der bestgehüteten Geheimnisse seiner Welt – unverzichtbar für Robert Jordan-Fans und alle, die es werden wollen!

»Jeder Roman dieses Zyklus ist wie der Satz einer Sinfonie!«
Interzone

05/1784/01/R